进击的学霸

中篇 不灭的意志

叶修 著

目录

第一章　降临——新学期开始了！　001

第二章　学霸的神威初见　009

第三章　互挖秘密——学神的提问游戏　016

第四章　妖星的善意　022

第五章　不要失效啊，我的学习秘籍！　028

第六章　这个高中生要跳湖？　033

第七章　你用了假的思维导图吧！　038

第八章　结构化思维　047

第九章　学习使我快乐！　053

第十章　补考事件——巨人崛起了！　058

第十一章　班级的中心人物　066

第十二章　学习中的心智损耗　071

第十三章　两个抽象任务　077

第十四章　笼中兽　082

第十五章　恐惧之心　088

第十六章　塑料同学情　093

第十七章　兼职教师　098

第十八章　费曼技巧的尝试　103

第十九章　封号学神的恋情　109

第二十章　希望之光　115

第二十一章　一门双封号　121

第二十二章　千相　126

第二十三章　合适的教学风格？　131

第二十四章　虚荣之道　136

第二十五章　情绪管理法　141

第二十六章　时间策略　145

第二十七章　费曼技巧的误区　150

第二十八章　这些学神啊，没一个靠谱儿的！　154

第二十九章　实验班的学神（神经病）　159

第三十章　最简作文模型　163

第三十一章　作文标题的技巧　170

第三十二章　机密交易　175

第三十三章　操场上的萤火虫　182

第三十四章　冥想法　188

第三十五章　邀约夏子萱　194

第三十六章　实验班之乱　199

第三十七章　欠债当还　205

第三十八章　意外之喜　209

第三十九章　学习中心论　213

第四十章　心之所向　219

第四十一章　人物传——修远　223

第四十二章　复习的策略　228

第四十三章　第二次机会　233

第四十四章　选科分班　237

第四十五章　人物传——舒田　241

第四十六章　王者回归　247

第四十七章　短暂的宁静　251

第四十八章　校长的悲叹　255

第四十九章　暗流涌动　261

第五十章　初回二中　268

第五十一章　谁的生日？　274

第五十二章　不辨真伪的故事　278

第五十三章　人的逻辑　285

第五十四章　诡异的图像记忆法　292

第五十五章　学习状态复盘　299

第五十六章　再谈希望　305

第五十七章　阅读的挫折　311

第五十八章　第一次对话　315

第五十九章　关键词阅读法　320

第六十章　秋凉　326

第六十一章　学霸大会　330

第六十二章　后遗症　335

第六十三章　想念修远　339

第六十四章　由内而外　343

第六十五章　第二届学霸大会　347

第六十六章　交换体验日　354

第六十七章　语文课的三个维度　360

第六十八章　全方位碾压　366

第六十九章　意外的转机　371

第七十章　错题笔记法　376

第七十一章　错误的康奈尔笔记　382

第七十二章　长久的寂静　389

第七十三章　人物传：占武——皮相篇　397

第七十四章　信息源管理　402

第七十五章　神威　408

第七十六章　再探秘，看向学神的身后！　413

第七十七章　又见卢标，挖掘机密的学霸小队！　418

第七十八章　二中大危机　423

第七十九章　一念生，在艰难的学期之后！　427

第八十章　试探——曙光初现！　432

第八十一章　转学？开启命运的窗口　437

第八十二章　最后一战　442

第八十三章　卑微　447

第八十四章　众神之神　452

第一章

降临——新学期开始了!

2月中旬,寒风依旧,路边老树枝头光秃秃的,没有丝毫绿意。最辛苦的大概就是高中的师生了,不论天气怎么寒冷,该上学、上课的是万不能拖沓的。学生们羽绒服和棉服裹得厚厚的,老师们戴着围巾、手套,哈着气,穿过校门,进入教学楼。

高一教学楼,二楼,十四班门口,一个身材匀称、略显慵懒的中年男人站在走廊上,和过往的学生有一搭没一搭地打着招呼。

这人便是袁野,高一普通班十四班的数学老师兼班主任。"原来第一名乔督木走了,来了个叫修远的,不知道水平怎么样。"袁野靠在走廊墙上,回想起上学期结束前的教师会议。

卢标转学去临湖实验高中,高一所有教师乃至校长马泰都大为震惊——毕竟,整个兰水二中只有两个能够冲击清北的种子,占武和卢标,如今卢标出走,冲清北的战斗力直接减少了一半。为此,学校紧急召开了一次全校教师大会,号称"优等生保卫战",生怕其他优秀学生——尤其是占武——再转学去临湖实验高中。可以说,卢标的出走,再次激起了全校老师对一年前"709惨案"的深刻恐惧和心理阴影。

袁野暗想:唔……临湖实验真不是东西啊,去年制造了一个"709惨案",今年又把我们年级第二的卢标弄走了。不过话说回来,临湖实验挖了你们实验班的好学生,实验班的老师会觉得不爽;可是你们实验班把我们普通班的尖子生挖走了,难道我们就爽了?真是……不知道修远水平怎么样啊?这么优秀的乔督木走了,要是这个修远水平不行,那可就……

早读的铃声已经响起了,教室里逐渐响起读书声。袁野看着最左边一组第三排靠走廊的一个空空的位子,心里嘀咕着:迟到了?这个修远怎么回事?本来还想隆重介绍下他的。算了……那个空位,正是袁野为修远刻意留出来的。

估摸着早读差不多要到时间了,袁野准备简单讲几句话然后结束早读,开始第一节课了:"先祝同学们新年快乐!这学期我们班上的人员略有变动,原来的乔督木同学进入实验班二班,而原二班的修远同学,由于不太喜欢实验班的高压环境,就调动到我们相对比较轻松的十四班来了……"

学生们开始议论纷纷:"人在哪儿啊?没见着他啊?"

"实验班过来的,肯定是大学霸啊!"

"估计智商超高吧!秒杀我们这些凡人。"

"没事!我等凡俗众生,被人秒着秒着也就习惯了。原来的乔督木还不是秒杀我们?"

"不知道梅羽纱、叶歌海能不能翻身?原来总是被乔督木压着的。"

"我觉得够呛吧?这个实验班的肯定更厉害啊!"

"就是,要不是'大神'怎么进得了实验班啊?"

……

底下正议论着,一个高挑的身影出现在教室门口。灰色的长款风衣垂落到膝盖处,下面是深蓝色牛仔裤,搭着一双黑球鞋。他左手插在风衣口袋里,右手提着书包,面无表情道:

"报告。"

袁野向门口望去,道:"你是……"

"修远。"

原本就嗡嗡作响的教室里突然炸开锅了。

女生们尖叫着:

"哇!这就是从实验班过来的人啊!看起来就觉得好聪明啊!"

"就是啊!看起来好有个性啊!好炫酷啊!"

"长得还挺帅的嘛!现在的学霸都这样吗?不光学习好,还要长得好!"

"好有气场啊!感觉超级高冷的。"

男生们也嘀咕:

"这个人感觉有点儿装模作样啊。"

"嗯,是个狠角色,有点儿人狠话不多的感觉。"

"天才少年来了,我们班实力更强了啊。"

修远站在门口听着众人的议论,心里不是滋味。这个寒假他过得绝不愉快,由于跌到倒数第五名被实验班调走,不仅自己内心遭受多重打击,还要面对父母的严厉斥责。半个多月来,他一直心情低落,几乎没有与任何人说过话,因而此时那副面无表情、少言寡语的冷酷模样,倒也不是故意装出来的,只是当下灰暗心理状态的直观表现罢了。至于新同学们议论中的赞美和惊叹,修远甚至觉得充满讽刺的意味。

虽然他知道,这真的不是讽刺,对于这些普通班的学生来说,他哪怕是实验班的倒数第五名,也足够厉害了,但是修远一想到还留在实验班的那些同学,一想到转学到临湖实验高中的卢标,就觉得无比悲凉——同样是离开二中实验班,卢标是太优越了,实验班配不上他,而自己却是配不上实验班。

袁野看着修远,心想:这学生来得真是时候,好一个华丽的戏剧性登场,是故意还是巧合?"好了,大家安静!欢迎修远同学进入我们十四班大家庭。来,你就坐在那个位子吧!"袁野抬手向左边一组第三排的空位一指。

修远向空位走去,走到一半突然愣住了——左边一组的第三排临走廊的座位,那不正是原来实验二班卢标的位子嘛!真是分毫不差!

天意啊,天意啊,真是老天要戏弄我修远啊!

修远念及于此,心中百感交集,对那座位简直是不忍直视,一把将书包摔在桌上,硬生生地坐着,两手继续插着口袋,都不愿意多碰一下这张桌子。可恨的座位,可恨的卢标,可恨的命运啊!

"喂,你看他,好跩的姿势啊!"

"唉,实验班的学霸啊,肯定就是这么有个性的啦!"

"感觉超级酷,就是跟一般人不一样呀!"

袁野个性向来随和,又有些懒散,对学生并不严厉。他看了修远的奇特坐姿一眼,并没有多说什么,只是暗想:现在的年轻人个性倒是蛮突出的……

"好了,同学们,待会儿第一节课是数学,先把课本拿出来吧!这学期我们先学习'解三角形'这一章,第一节课我们来简单了解下正弦定理。上学期我们已经学习了单独的角的正弦、余弦、倍角、半角的变化,那么在一个三角形内部,多个角和边之间,有没有什么规律呢?这就是我们要了解的内容……你们可以趁着课前10分钟预习一下!"

这是实验班上学期已经学过的内容了,修远既没有必要再听一遍,也实在没有心情听课,预习就更不必了,只是无精打采地在内心叹息:唉,从今天起,我修远就要在这普通班里度日了……

而一旁的同桌倒是很热情地和他打招呼,还积极地给他介绍班里的同学:"大神你好!我是张子涵,给你介绍下我们班的同学吧!这位是梓涵,那个是紫涵,那几位是子轩、紫萱、梓轩、紫璇和紫轩,后边的是浩然、昊然、浩宇、昊宇、皓宇,还有宇浩、雨浩、宇豪,那几个是宇轩、雨轩、雨萱……"

修远毫无兴趣地听着……

同一天,临湖实验高中也刚刚开学。大体上来说,重点高中有两种风格。第一种是半军事化管理、严格的高考工厂,一切从严从紧,把学生的每一滴生命力和时间都榨出来服务于高考。这种风格的高中,往往假期很少,基本一个寒假不超过十天。

而临湖实验高中属于第二种风格，即稍微宽松一点儿的那种。他们并没有比本市的二三流高中的学生更辛苦一点儿、少放点儿假，反而更加宽松。不仅假期一点儿不少，而且假期内作业极少，学生有了很大的自由空间。不过，学生毕竟是学生，当你给他们太多自由的时候，总免不了部分学生会选择放飞一下自我，由此荒废了假期。所以开学第一天，老师往往会选择让学生们做一些小测试，看看他们假期里有没有合理地平衡学习和娱乐。这样的小测试并不进行年级排名，各科老师自己掌握了学生的情况就好。也不是所有学科都进行，高一年级由于还未选科，所以一般只有语、数、英三门科目进行测试。

开学这天的早自习，高一九班学生们正在读英语，门口出现两个身影，其中一人是班主任英语老师秦音，另有一名着装干净、身材高挑的男生。

"各位同学，打扰一下！给大家介绍一下，这位是从二中转校过来的新同学，从今天开始就加入我们九班了！来，你给大家做一个自我介绍吧！"

九班的学生们稍微停下了读书的声音，抬起头来向前看去——当然也有几个男生头都不抬的，只是向前瞟了一眼，毕竟一个从二流高中转校过来的学生，有什么值得注意的呢？

"大家好，我叫卢标，请多多关照。"

这简短的介绍完毕后，倒是好几个女生低声叫道："哇！来了个小帅哥啊！"

"咦？真的耶，挺阳光帅气的感觉啊！"

"不错不错，这样的小帅哥多来几个养养眼，姐姐教你做题哟！"

"哈哈，小姐姐我可以陪你练口语哟！"

卢标有些无语了，这几个女生……他向班主任秦音看过去，意思是询问自己的座位。

由于今天早上刚接到这个新生的转学通知，所以她并没有特地给卢标安排座位。秦音环顾教室，全班只有最右边一组第五排有个靠走廊的空座位，这是一个休了一学期病假的学生的座位。很自然地，她只能先将卢标安排在那里了，于是手一指："卢标同学，你就坐那个位子吧。"

卢标点点头，向座位上走去。

正走着，身后却传来无数低声叹息：

"唉，完了，可惜了这么好一个小鲜肉……"

"可怜，可怜，怎么这么倒霉啊……"

"不行，一定要挽救他，我……唉，我还是算了吧。"

"唉，天意天意，命苦啊……"

卢标听着这些低语又是一阵疑惑：这又是怎么回事？有什么问题吗？怎么感觉这个班的氛围这么诡异啊……

同桌是一名中长头发的男生，正趴在桌上睡觉，被卢标拉凳子的声音弄醒，睡眼蒙眬地看着卢标："咦，你又来了……不对，你是谁？"

卢标在座位上坐定，放好书本后，想着不如先和同桌打个招呼吧。"哦，我是新转学过来的。你好啊！"卢标微笑道。

那人抬起头直盯着卢标，顺口道："我哪里好了？"

卢标一愣——这是什么意思？不禁盯着那人的眼睛，只见那刘海儿底下藏着一双细长的眼睛，虽然睡眼蒙眬尚未完全睁开，却感觉眼睛深邃，如同两个不可见底的山洞，眉宇之间，又似乎透着一股慧气。

不过卢标一时也想不了那么多，只当这人睡迷糊了随口乱说话，于是放慢了语速，看着他道："我是说，我是新转学来的同学，很高兴认识你！"

那人眯着睡眼挠挠头："哦？有多高兴？"

……

卢标再一次愣住，完全不知道怎么回复——这人怕不是有点儿毛病吧？怪不得刚才那些女生都在叹气……

正尴尬着，前排一个短发戴眼镜的女生回过头来对他的同桌呵斥道："你闭嘴吧，不要祸害新同学了！"

卢标继续发愣，好彪悍的女生……

那男生于是叹了口气，道："算了，算了，也好，也好啊！你来了，总算有个人陪我说说话解解闷儿了！"

卢标不由得心生感慨：这句话我总算听懂了，终于是一句能够理解的话了！

"啊，我叫卢标，你叫什么？"

前排另一名长发女生回过头插嘴道："你不用管他名字，卢标，你平时有什么事就找我们吧，不要理他！我叫莫长烟，她叫董欣怡。"

卢标无语地看看那名女生，又看看同桌，完全不知道如何接话。只有一点可以肯定：这么多人都骂他，这个同桌是真的很惹人恨啊！

不过同桌似乎对这些辱骂毫不在意，自顾自地伸着懒腰，转着脖子。

那两名女生也回过头去聊一些学习上的事情。

"等下要数学考试了，你有没有准备？我寒假光顾着玩去了。"

"我也没有耶！不过我寝室的应彩玲应该会考得不错，她说自己一个寒假都在认真学习。"

"是吗？那估计她应该考得挺好，恭喜她了耶！她要是考好了，她父母肯定很高兴，她也会很高兴！"莫长烟说着看向旁边组的一位女生。

卢标听到这对话，也顺着莫长烟的目光看去，只见一位长相乖巧的小个子女生正认真地读着英语。卢标看了看莫长烟，又看了看那个乖巧的小个子女生，心里暗道：真心祝福自己同学考得好，这几个女生倒是胸襟开阔，看来班级里的整体氛围不错，没有原来兰水二中实验班的竞争带来的压抑感。

卢标正想着，突然从右边传来声音："好看吧？"

正是那个诡异同桌的声音。

"啊，没有，我只是……"卢标脸略一红，正想着怎么解释。

"没关系，不用紧张，男生看看美女很正常。我们班美女不少，慢慢看，不用着急。"

"不是，我只是……随便……"卢标完全不知道怎么解释了。算了，不解释了，还是读英语吧。

"害羞干吗？想看就认真看嘛！来来来，我们一起看。"说完同桌真的兴致勃勃地凑上去，伸手指向那个女生，"其实这个女生呢，我们年级是有几个男生在追她的，确实算是个小美女。你觉得她美在什么地方？"

卢标不接话，只觉得越来越无语了，他已经开始怀疑，转学到临湖实验高中到底是不是一个正确的决定了。

"你看那个女生，五官秀气乖巧，当然好看，但是就此还不算吸引人。很多喜欢她的男生呢，声称喜欢她的个性和气质。你觉得她是哪种个性和气质？"

卢标继续沉默，心想这个同桌不仅无聊，而且肤浅，尽关心这些八卦内容，跟他聊天可以说是毫无意义了。

"哎，你是不是觉得那个女生有一种特别乖巧的感觉？惹人怜爱？有没有觉得这就是她气质中最鲜明的特色？其实有几个男生就是冲着这一点才喜欢她的。你说这是不是她最突出的优点？"

"……"卢标心想：要如何才能结束这肤浅的对话呢？

"而且这种乖巧啊，不仅是样貌和气质上给人的感觉，就连行为和心态上也是一样。比如，她要是考试考得好了，就特别高兴，因为她的父母会很高兴——你看她是不是特别乖巧懂事？因为父母高兴了，所以她也就高兴。"

"……"卢标幽怨地看着他，心想要不要找老师换个座位，自己是真不想跟这个既肤浅又无聊的人待下去了……在临湖实验高中这样的重点中学，这家伙应该是垫底的吧？

"她一考好了就高兴，一高兴起来啊，心里就像开了花一样，而且还不止一朵，像是开满花的山谷。然而这高兴又为人所束缚和控制，一副经典的'我要让爸妈认同我'的'乖宝宝相'，人工痕迹明显。所以更恰当地说，不是鲜花山谷，而是摆出来供人赏玩的鲜花超市……"

卢标听了这话，突然心中一惊：这人怎么突然深刻起来了？好犀利的言辞！不由得转头看向他。

"所以呢，像这种女生啊，可惜，她由于有着个'乖宝宝相'，心思就不纯净了，杂念也多，是很难真正彻底静下心来学习的，最终的高度也就有限了，只能靠拼体力、耗时间来支撑着。而她又拼命地想要通过考个好成绩来得到父母的认可——刚好形成一个悖论，于是就形成了个悲剧。"

卢标又是一惊。这人……这人说的，不正是老师当年提到的心智损耗吗？他是说，这名女生背负了一个不恰当的信念，于是产生了较大的心智损耗，导致无法达到顶尖水平。这个同桌，原来不简单啊！

"所以你看这些喜欢这个女生的男生，他们其实是在喜欢一个悲剧。如果真的把她追到手了呢，那就是亲自参与一个悲剧了，比看悲剧更悲剧。但问题是，这小美女一心想着提高成绩，肯定是不会理会他们的，所以他们注定追求不到手，于是又各产生了一个悲剧。当然，这个追不到手的悲剧化解了前面亲自参与悲剧的悲剧，看起来好像是悲喜相抵、不正负负，然而由于他们意识不到自己用一个悲剧避免了另一个悲剧，所以心里只感受到新悲剧的痛苦，而没有感受到避开老悲剧的喜悦，所以总的来说还是个悲剧……"

卢标再次震惊。这人悲剧来、悲剧去地绕了一通，看似是无厘头的绕口令，其实却逻辑清晰、思想通透。

"所以你再看着小美女，还觉得漂亮吗？有没有觉得像戴了个呆板的芭比娃娃面具？"

卢标继续沉默，但已经不是瞧不起的沉默，而是被惊得说不出话来了。

"再进一步呢，其实也不能说是戴面具，更像是被人把抹着混凝土的面具糊在脸上了，因为是被迫的，所以根本没得选嘛！所以说啊，一切都是命啊，就像她的名字一样，就像你一样——你说你怎么这么不凑巧就坐在我旁边了呢？唉，我都替你担心啊。"

前排的莫长烟回过头来，一脸怨愤地瞪着卢标的同桌，恶狠狠道："你个死人妖，刚才说的那些话，要是敢当应彩玲的面去说，我就'打死'你！"

董欣怡也回头附和道："就是，她要是听到，非得伤心死不可！你就不能不害人吗？你少害几个人会死啊！"

这同桌对那个叫应彩玲的女生的一通分析，确实可能让常人无法接受，然而卢标脑子里却闪过曾经听过的几句话——"该痛就痛，该破就破""一层真相，一层境界"……不过卢标没时间细细思考这些话语，还停留在对同桌的震惊之中。一个俗不可耐的无聊之人，突然就变成了看破人心的高手，前后转化太快了。

莫长烟对卢标说："你不要理会，他是我们九班的耻辱！"又转过头对同桌道："哎，别得意，说不定应彩玲这次就要超过你了呢！"

"啊，这样啊！那我真是太高兴了，真希望她能超过我啊！哎，我真是做梦都要笑醒了！但是说好了啊，你们不要绑架我，不要用非正常手段……"

应彩玲超过他？卢标一愣，问道："他成绩很好吗？"

话音刚落，莫长烟就皱起眉头，而那同桌则大笑起来，笑声诡异，无比骇人。

更令卢标诧异的是，班上其他同学都不闻不问，一脸淡定，仿佛早就习惯这诡异的大笑了。

董欣怡回头对卢标解释道："这个死人妖是第一名！基本每科都是！所以说他是我们九班的耻辱啊！我们好好的一个九班，这么优秀的九班，竟然让这个死人妖抢了第一的位置，难道不是耻辱吗？！"

卢标再一次震惊！这个看起来疯疯癫癫、不太正常的同桌，竟然是全班第一？而且还心智超常、洞悉人心，一副游走人间的态度？

莫长烟愤恨道："反正你平时别理他，只要记住了，他是个不正常的死人妖就行了！我们班没几个人愿意理他！而且我们班同学都一致同意，谁要是能把他从第一的位置上挤下去，谁就是我们班的英雄！你要是……算了，反正不要理他！"

显然，莫长烟原本想说，要是卢标能取代这同桌成为第一名就是本班的英雄了，不过一名从兰水二中这样的二流高中转学过来的学生，哪里能在临湖实验这样的重点高中成为全班第一呢？哪怕是临湖实验的普通班的第一，也不是兰水二中的学生能够企及的。甚至，莫长烟想：这卢标同学在本班能够不垫底就不错了。

卢标倒是不理会莫长烟未说完的话，而是转头问同桌道："那……那他们为什么总是叫你人妖呢？"

"哦，这都是朋友错爱，给了个听起来很吓人的称号。"

……

卢标无语：这种称号也算是错爱？

"其实称号另有一个，但太'美好'了，可能吓着他们了，所以他们自行改成了'人妖'，显得更接地气一点儿。你知道，人们对自己的同类感觉更亲切一些。"

卢标又无语了，这又是拐弯抹角地损别人啊！话说这家伙语言能力真是不弱啊！

"那你真实的称号是什么呢？"卢标追问道。

同桌邪魅一笑，平静说道：

"封号，妖星。"

▶ 第二章 ◀

学霸的神威初见

"封号,妖星?"卢标轻声嘀咕着。"妖星"这两个字,自己之前听过啊!不过是听谁提起过呢?又似乎记不起来了。但可以确认,既然已经有封号了,这个妖星绝不是个普通人,甚至有可能不仅是全班第一,而且在年级上也是排得进名次的。卢标说道:"你就是妖星!真是太凑巧了,我居然坐到你旁边了!"

妖星倒是显得有些惊讶:"你居然听过这个封号?"

"当然听过,你可是大名鼎鼎的啊!"

"其实这些封号,都是虚名而已,就像天上的浮云……"

"也不用谦虚,你是响当当的人物了。"

妖星瞟了他一眼,叹道:"谦虚?唉,其实所谓浮云,只要面积够大,就能遮天蔽日、呼风唤雨了嘛……你们这些人怎么就不懂呢?年轻人还是太天真了啊……"

……

卢标简直说不出话来。不愧是妖星啊,跟他聊天,好累!

上午数学两节课连堂,进行了开学的数学摸底考试。临湖实验高中的进度,比兰水二中快了一些,上学期已经学完了数列部分,所以考试中自然也会考到。卢标虽是兰水二中的顶尖高手,但是没学过的部分,自然也是无从下手了。大约有 30 分的题目是数列部分的,卢标只得全部跳过,只做函数、向量和三角部分的题目。

既然有这么多题目不用做,卢标自然空出了很多时间。他忍不住打量起妖星来。只见他一副懒洋洋的姿态斜靠着墙,似乎漫不经心,可是那眼神却无比专注,目光如炬,似乎要穿透试卷一般。卢标忽然回忆起几年前老师曾经提到过的一个知识点:"看人先看眉眼,心性、境界,都在眼神中。"当时老师只是顺带一提而已,他也没怎么听懂,然而今日见到妖星的神采,就突然明白了老师当年的话。这妖星作风怎么散漫,语言怎么古怪、疯癫,都挡不住那眼神中的锐气与智慧啊!

妖星做题做得飞快，不一会儿就连压轴题也一并完成了。抬头时见卢标在看自己，又看到卢标卷子上空出的许多题，以为卢标是想看看答案。的确，一个从兰水二中这样的二流高中转学过来的小"学渣"，碰到了临湖实验这样省重点高中的难题不会做，想要看看边上学神的答案不是很正常吗？于是他微微一笑，将试卷往卢标那边轻轻一推。卢标却回以一笑，轻轻摇摇头。

呵，有点儿骨气。妖星心想。

试卷改得飞快，下午自习时试卷就发了下来。由于不是正式考试，所以老师没有排名，但学生们私底下一比对，大致还是能知道自己的排名。前座的莫长烟回头一把抢过妖星的试卷，叹了一口气，大声道："这死人妖又是第一，146分！"其他人听到声音也纷纷跟着叹气。

又有几个女生围过来关心卢标的成绩。临湖实验高中里，似乎略有些"阴盛阳衰"，至少这九班是如此。不仅女生数量多、男生数量少，关键是男生的质量也不太高，好不容易来了个叫作卢标的小帅哥，女生们难免有些兴奋。

"啊，116分，不错啊！"

"是啊，不仅没有垫底，估计倒数十名也没有呢！"

卢标听了这些女生的夸奖和安慰，心里真是哭笑不得。

"卢标同学，有什么不会做的题可以来问我哟！"

"是啊是啊，平时有什么需要帮助的尽管来找我啊！"

"学习上有困难也不用害怕哟，我们都会帮你的。对了，你千万不要找那个死人妖，平时离他远一点儿！"

卢标活了十几年了，还是第一次被人这么安慰——完全被当成一个什么都不会的学渣对待了……卢标也不做辩解，只是问道："对了，你们为什么这么讨厌他啊？还有，他真名叫什么啊？"卢标问过妖星了，妖星不说，而看妖星的课本和试卷上的名字，也是"妖星"，甚至连老师都是直接称呼他"妖星"。

女生们惊慌道："他就叫死人妖！这就是他的真名！你千万不要被他的表象迷惑了，以为他是个'良民'，是个学神。其实，他是'天地间至阴、至邪之气'化而成的！他是邪恶的化身！"

一通对卢标的劝说与对妖星的咒骂，卢标看看边上的妖星也丝毫没有生气的意思，似乎内心毫无波澜，甚至还有点儿想笑。

女生们散去后，卢标耸耸肩道："一般班级里的第一名，是不会这么惹人恨的。你还真是个特例啊。"

妖星回道："一般班级里的新生，是不会引起这么多关注的。你还真是个特例啊。"

卢标笑道："一点儿新鲜劲，过几天就好了。"

妖星又叹口气道："没办法啦，我认识的女生就是这么肤浅，除了她……"

"她？谁？"

"算了，没什么。那个人已经不在临湖实验高中了。没什么。"妖星说着淡淡一笑，向卢标的试卷上看去。

女生们散去后还在小声议论着卢标，隐隐听到有女生说什么可以借着指导卢标做作业的机会去和他搭讪之类的。卢标的试卷只有 116 分，上面的错题着实不少，妖星原本只是随意瞟一眼就回过头去做自己的事了，然而几秒钟后突然又转头细看卢标的试卷。

妖星的嘴角突然露出一丝诡秘的微笑。他突然意识到，卢标所有的错题，全部都与数列相关——也就是说，卢标的函数、向量和三角部分的题目，是全对的。选择题、填空题，以及最后一个高难度小压轴题都是全对的。

妖星带着淡淡的诡异的微笑向卢标身边凑过去："改错题呢？"

"是啊，错了不少。"

"数列这章没学过吧？"

"嗯，没学过。兰水二中进度比较慢，寒假里我也忙其他事去了，没有自学。"

"哦，那你慢慢自学吧。"妖星确认了，卢标确实是没学过数列这章。

说是试卷改错，其实就是要自学整个章节。卢标掏出课本、教辅书和 16 开的大号笔记本，一边聚精会神地看书，一边在笔记本上写写画画起来。而妖星也不干别的事情，就这么懒懒散散地斜靠着墙，饶有兴致地看着卢标自学。

只见卢标先翻到目录页，勾出"数列、等差数列、等比数列"等几个关键词，口中轻声喃喃道："第一节性质可能是引言，核心是等差数列和等比数列……目录里都提到数列本身和数列求和，求和可能是重点题型……"

妖星心道：先看目录，好习惯。

卢标又快速翻看第一节。第一节原本是些基础的概念介绍，没什么知识点，所以卢标翻看的速度极快。不过有时又忽然停下来，接着喃喃道："提到了函数，可能会有函数与数列的内容交叉题，或者用函数的解法来解数列题目……"

妖星眼神一闪，想：猜得好！还没开始做题就已经提前猜到这一章可能出现的高端解法了。

飞速扫视完第一节后，卢标开始进入"等差数列"章节。基础的等差数列初中时就已经有概念了，因而卢标进度依旧飞快。一边用笔勾出书中的黑体字重点，定义、公式等，一边又在白纸上画出一个直角三角形，并在三角形内画出多列间距相等的竖直线。

又听得卢标喃喃道:"如果本身是等差数列,那么等间距取值也会是等差数列了……序列号也是对称的……首尾加起来等于2倍中间位,推广到n……两个等差加起来也是等差……"

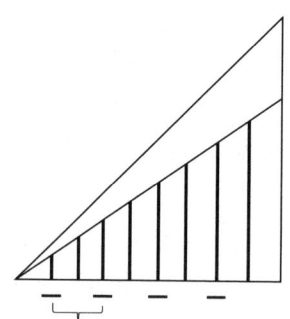

妖星眼睛开始略微瞪大,想:立刻就开始用图形化来思考了?两个等差数列加起来也是等差。若$m+n=p+q$,则$a_m+a_n=a_p+a_q$,还有$a_1+a_2+a_3=3a_2$,推广到n位数——这都是根据基础公式概念衍生出来的定理啊,而这个卢标,居然就画了个简单的图,几十秒钟后就想出来这么多的衍生定理?

接着,卢标又翻出试卷,在其中几道空着没做的数列题目上写写画画,时间短则10秒,长则1分钟后,写出答案。

好快!妖星心里感叹道。

卢标又在笔记本上零星写道:"数列+函数,数列+方程,数列+向量……"

这正是刚才几道题的结构拆解。

妖星又想:每做一题就把结构拆解出来?唔……

一会儿,卢标又将书翻到"等差数列求和"小节,将书中的两个求和公式顺手勾出来:

$$S_n=\frac{n(a_1+a_n)}{2}$$

$$S_n=na_1+\frac{n(n-1)}{2}d$$

又飞快地在旁边写上:

$$S_n=\frac{d}{2}n^2+(a_1-\frac{1}{2}d)n$$

妖星又一愣，随即反应过来：这是将第二个求和公式改写成了二次函数形式。二次系数为 $\frac{d}{2}$，一次系数为 $(a_1 - \frac{1}{2}d)$。妖星随即看向试卷的选择题第三题：

已知数列 $\{a_n\}$ 的前 n 项和公式为 $S_n = 4n^2 - 6n$，则公差 d 的平方为（　）。

这本是一道简单的送分题，不过正常人依然需要算上至少 1 分钟吧！然而，按照卢标自己改写出来的新公式，那么只需要 1 秒钟就能算出公差 d 了——因为 $d \div 2 = 4$，所以 $d = 8$。

一道原本没有区分的简单题，竟然被这家伙的一个自发改写的公式给减少了 1 分钟的计算时间。

自行改写公式……妖星越来越觉得，这个卢标，不简单！

不过，仅仅改写个公式，加速一下简单题的计算，也不算特别了不起的操作。稍微难一点儿的题目，这个家伙，还能这样快速解出来吗？

一会儿，卢标看完了基础题目，又翻出试卷上的解答题第二题——一道等差数列衍生的题目。

数列 $\{a_n\}$ 满足 $a_1 = 1$，$na_{n+1} = n(n+1)$，$n \in N^*$。
（1）证明：数列 $\{\frac{a_n}{n}\}$ 是等差数列。
（2）若 $T_n = a_1 - a_2 + a_3 - a_4 + \cdots + (-1)^{n+1} \cdot a_n$，求 T_n。

卢标只是瞟了一眼，迅速写下第一问的关键步骤——两边同时除以 $n(n+1)$，然后 $a_n = n^2$ 解出。又在草稿纸上画出两条线，表示 n 为奇数和偶数两种情况。1 分钟后，完整答案被写了出来。

中等难度题被做出来并不奇怪，然而一个在 10 分钟之前连基础知识都没听过的人，一个才看完基础概念的人，立刻就秒解出来，依然令人震惊。

那么，再难一点儿的题，这个卢标又该如何呢？妖星的兴趣越来越浓厚了。这张试卷里，除去数列的压轴题，小题中真正比较难的是选择题第十一题。

设函数 $f(x) = (x-3)^3 + x - 1$，$\{a_n\}$ 是公差不为 0 的等差数列，$f(a_1) + f(a_2) + \cdots + f(a_7) = 14$，则 $a_1 + a_2 + \cdots + a_7 = （　）$。
A. 0　　B. 7　　C. 14　　D. 21

卢标盯着题目看了 2 分钟，似乎没什么思路，速度终于慢了下来。妖星心想：要做出来这题不容易,自己考试时候也是做了 7~8 分钟才完成。正想着,只见卢标将题干中的 3 次方一圈,然后用线条、文字一番写画:

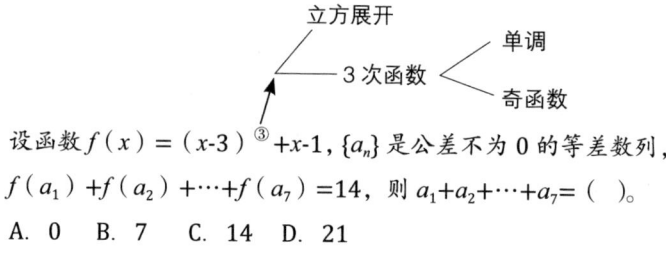

A. 0   B. 7   C. 14   D. 21

这种草稿法是什么意思?妖星疑惑道。

再一看,卢标在草稿纸上写下:

$f(x) = (x-3)^3 + x - 3 + 2$,
$g(x) = f(x) - 2 = (x-3)^3 + x - 3$,
$h(x) = g(x+3) = x^3 + x$(奇函数),
$g(a_1) + \cdots + g(a_7) = f(a_1) - 2 + \cdots + g(a_7) - 2 = 0$,
$h(a_1 - 3) + \cdots + h(a_7 - 3) = 0$,
所以 $a_1 - 3 + \cdots + a_7 - 3 = 0$,
$a_1 + \cdots + a_7 = 21$。

妖星一怔——居然就这样写出来了?

没错,这个题目的最核心步骤,正是构造一个 3 次方与 1 次方的混合奇函数,然后进行平移。妖星自己能够做出来,是因为老师上课时候曾经讲过类似的题目,可是这个卢标,居然刚刚自学了一些基础概念后就立刻做出来了。这到底是个什么样的天才?

不对!妖星突然又想到,未必就是天才的缘故。或许和他那个打草稿的方式有关?妖星平复了一下自己激动的情绪,回想起刚刚半小时内发生的事情。

这个卢标,首先在自学的时候,有先看目录的习惯——据自己所知,这是在《如何阅读一本书》中提到的学习方法,其他学习流派中可能也有提到。

接着学习基础公式时,不会局限于文字理解,第一时间就用图形化表示了——这是典型的可视化思维模式。

不仅理解和记忆很快,而且习惯自己推演衍生公式和定理,做出关键猜想,而这又和上面的可视化思维模式结合了起来。

接着在做题的时候，面对一道从没见过的中高难度题目，以一种独特的打草稿方式演算，居然用短短 2~3 分钟就找到了思路并写出答案。

这草稿方式背后对应的是什么思维暂时还不清楚，但可以肯定的是，这个叫作卢标的人，不仅仅是聪明的天才，还有一整套独特的学习体系。

这短短的半小时里，卢标给妖星留下了久久不忘的印象。妖星可以肯定，这个人，绝不是一个普通人。

这样一个高手，为什么会从兰水二中这种二流高中转学过来？唔，有必要查一查这个卢标有什么底细。

第三章

互挖秘密——学神的提问游戏

这一整天,卢标都在自学数列章节,从等差到等比,难度逐级加大,题型也复杂起来。第二日早上卢标从寝室来到教室,正见着妖星嬉皮笑脸地跟一名女生插科打诨。

"那么你化妆起到的效果是什么呢?"

"淡妆而已,有什么嘛!"

"淡妆也是妆嘛,那么你化淡妆起到的效果是什么呢?难道是想吸引我?"

"要你管!谁稀罕你看了!我化妆给自己看行不行?"

"关键是你这个妆有点儿矛盾啊。"

"哪里矛盾了?你还懂化妆?"女生反问。

另一名女生也插嘴道:"这不是化得挺好的嘛,色调和谐,浓淡适宜,眉毛、眼影、鼻影恰到好处,哪里矛盾了?"

"唉,不是你的妆内部矛盾,是你的多个行为之间有矛盾啦!"

女生越来越疑惑:"哪有什么矛盾?快说清楚!"

妖星于是不急不缓道:"你看看自己,每天晚上学到12点以后,有时候甚至到凌晨1点,平时也很认真,这个行为显示出你对学业本身是很看重的。而每天又要花至少20分钟去化个妆,以及额外至少20分钟用于补妆、卸妆等,加起来就是40分钟不止了——这个时间就是对学习时间极大的侵占,即你的第二个行为抵消了第一个行为的效果,甚至,可能正是因为你每天熬夜到那么晚,熬得眼圈都有点儿黑了,于是加重了化妆掩饰的需求,无限循环……

"其实吧,眼圈黑就黑点儿嘛,熊猫的眼圈比你还黑呢,也没见人家化妆啊?你看它心态多好。你要是不化妆,说不定也能被当作国宝呢!"

女生眉头一皱,骂道:"你才是国宝!"

"哎哎,别急。更关键的是,你化妆的需求是从哪里来的呢?为什么这么多女生都没想要化妆,你却想到了?这个动机从何而来?

"甚至再进一步,你学习本身的动机是什么?有没有再往前想一步?其实这两个动机很可能同源而来,也正是这两个动机限制了你的学习高度,而你又表现得那么想学好,所以说有些矛盾而不自知……"

"走开!听到你说话就烦!"女生越听越不耐烦,以至于胸口剧烈起伏,呼吸都有些紊乱了。卢标看着那女生的神情和姿态,似乎起了些额外的情绪,不仅仅是对妖星的常规厌恶了。卢标料想,大约是妖星所说的话正刺激到她心中一些未想通的信念了吧?心神扰动,于是神志紊乱了。

旁边的女生们也帮腔:"就是,一天不说话会死啊,这人开口就没好事,人家化个妆也碍着你了啊?"

埋怨几句后,再无人理会妖星。妖星呵呵一笑,对所有骂声置若罔闻,又回头转向斜后排一个正在做题的男生:"啊,老吴,你初中数学老师贵姓啊?是不是上课水平比较差?"

那姓吴的男生抬起头来叹口气:"干吗?调笑完女生了,又开始惹我了啊?"

"唉,你看你说的,关心一下你嘛!所谓爱屋及乌,我对你的关爱之情如此浓烈,已经到连你的初中老师也能惠及,所谓恩泽天下……"

"行了行了,妖星,我怕了你,别瞎搞啊,我还要做题呢,碰到不会的题目再来请教你啊。"男生打断道。

"请教题目嘛当然可以,不过做题这种事情,古有诗云,一道一道又一道,两道三道四五道,六道七道八九道,不识本心即无道……"

"什么乱七八糟的……老妖,你到底想干吗?什么本心,什么无道的?"

"无道当然是说你不得学习之道啦;本心嘛,要从你上课不听讲、埋头自己做题开始说起……"

"行了行了,还是劝我上课听老师讲?别了,我自学惯了!好了,妖大哥,妖大爷,你饶了我吧,我真要做题了!"男生的耐心终于也用尽了,不再搭理妖星。

卢标一早上就看完了两场戏,面带微笑回到座位上。半途,前排的女生莫长烟还扭头向卢标道:"昨天你还问我们为什么这么讨厌这个人,今天你看见了吧?一大早就不干好事,人家女生没招惹他,化个淡妆他要废话一长段;吴坚也没惹他,自己在那儿做题呢,他也要多嘴几句。每个人有自己不同的学习方式嘛。人家就喜欢自学怎么了?他以为自己第一名了不起啊,非得听他的!

"所以说这个人啊,是'天地间至阴、至邪之气'幻化而成的,是纯粹的'邪恶'啊!"

卢标听罢,不置可否地笑笑,坐了下来。

"啊,卢标来了啊,你好啊!"妖星热情地打招呼,只是这种热情总是让人万分警觉，总有一种不祥的预感……

卢标想起昨天自己跟妖星说"你好"，结果被对方反问一句"我哪里好"，问得接不上话。于是他现在微微一笑，也反问道："哦，我哪里好了？"

妖星听了却显出一副若有所思的神情，道："是啊，是啊，问得好啊！其实，你又有哪里好了呢？"

卢标又一阵无语，若不是已经坐下来，怕是要跌倒了。"你……一个打招呼的'你好'都能被你玩出那么多花样，真是服你。真怀念那个'你好'的意思仅限于'很高兴见到你'这样简单含义的年代啊！"

"呃，其实，很高兴见到你，主要是我心态好，也不能说明你有特别好的地方嘛，做人还是不要那么骄傲……"

"……"卢标一脸怨念地看着妖星，完全无法接话。

妖星突然露出一个诡秘的笑容——虽然他一直带着一丝若有若无的诡异微笑，然而现在诡异得更明显了，道："不过说起你嘛，卢标，可能确实有几点好，你有些小秘密呢。"

卢标笑道："哦？我有什么秘密？"

妖星压低声音，缓缓道："卢标，毕业于长隆实验初中，中考全市第九名，却出于某些不明原因进入兰水二中实验二班。在长隆实验初中，常年位于年级前列，获得封号'命运学神'，仅次于最强者封号'杀神'的占武，到兰水二中后亦如此。同时，由于在兰水二中经常给同学讲解学习策略，所以又新得到一个'策略之神'的平行封号。

"据传言，曾跟随某位神秘老师多年，掌握了完整的学习策略和思维体系，所以学习效率极高，成绩也极好。天生骄子，家境优裕，更有贵人相助，难怪封号为'命运学神'。所谓'策略之神'，也不过是命运洪流中的一股细浪，我看你的代表封号，应该是命运吧。呵呵，命运，把你调到我旁边来坐，啊，真是命运啊……"

卢标表面上不动声色，心里却是无比吃惊。怎么才隔了一个晚上，这个妖星就把自己的底细基本摸得门儿清了："了解得挺详细啊，从哪里打探来那么多消息？"

"嘿嘿，自有我的渠道。你身上藏着的秘密真是不少啊！"

"呵，没你多啊。"

"过奖过奖。正好，我有几个问题要问你呢。"

"什么问题？"

于是妖星自顾自地伸手翻开卢标昨天遗留在桌上的笔记本，翻到昨天卢标自学等差数列时画的那张图，问道："你刚开始自学的时候，立刻就画了这张图，这张图是什么意思？为什么要这样做？这似乎是可视化思维中的一种？"

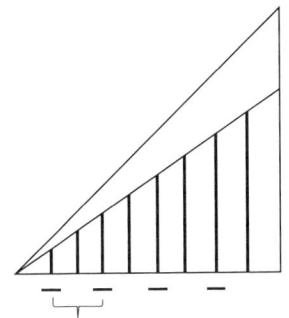

卢标微微一笑,心想:果然没逃过妖星的眼睛。"哦,这个啊,这其实就是……"

"就是什么?"妖星赶紧问道。

"啊,我突然感觉不是很想说了,因为……"

如果是卢标正常的作风,有人问自己学习方法上的问题,他早就坦言相告了。可是这会儿居然卖关子逗弄起妖星来。估计是这两天被妖星虐多了,居然也模仿上了妖星的风格……

妖星带着那诡异的笑,直盯着卢标的眼睛:"哦,因为什么?"

两人就这么对视着。一般人是很不习惯眼睛直视的,会感到别扭、尴尬,可这两人就这么直愣愣地对视着,目光如电,似乎都想穿透对方,却都无法穿过对方凝聚着的精神。

半分钟的对视之后,卢标道:"因为我也有一些关于你的问题没有想明白。不如一个问题换一个问题,怎么样?"

"哈哈哈!有意思,好!你先回答第一个问题吧,然后再问我。"

"行,第一个问题。关于这个图形,先说基础意思。三角形的 n 等分线,长度就是典型的等差数列,所以用这个图来代表等差数列的基础含义。从图上明显可以看出,第一根线和第三根线长度总和等于第二根线的 2 倍,这是小学的梯形知识。另外线 1、线 3、线 5 和线 1、线 4、线 7 这样等间距的线条,长度明显也是等差的,这是几何学的常识。同样根据初中几何知识,'线 1+ 线 9= 线 2+ 线 8= 线 3+ 线 7=……',多个线段相加也是一样。

"上面叠加一个三角形,同样也可以画出 n 等分线,形成等差数列。而两个三角形合在一起形成一个大三角形,大三角形的 n 等分线还是等差数列,于是推导出,两个等差数列相加减,还是等差数列。这就是这张图的基础意思。

"这种方法的好处也是显而易见的——快。刚才这些衍生结论,我后来也在其他的教辅书里看到了,给出了明确的公式。不过,如果硬背这些公式的话,不仅难以灵活应用,而且速度慢了。对着图得出这些结论,仅需要几秒钟,非常直观,容易理解——试想，如果不是对着图形，而是对着抽象的公式，哪里能如此快速地思考出这么多条衍生结论？而且自己主动思考得出的衍生结论，又会比从书中看来的印象更加深刻些。"

妖星点点头，基本符合自己昨天的猜测。

卢标接着说道："这种方法，是基础的图形化思维，也可以叫可视化思维。不过要澄清一下，现在很多人把思维导图这种单一的小工具叫作可视化思维，其实它只是可视化思维中的一个很小的分支。图形的应用千变万化，没有局限，只要用得恰当，都能起到促进理解、加深记忆的功效。并且越抽象复杂的内容，用图形来辅助，效果就越好。

"在数学、物理、化学、生物、地理这些学科中，尤其是数学和物理，能够应用图形思维的地方太多了。物理有很多直观图和模拟图，数学中有很多几何、函数图。可以这么说，但凡能够用图形的地方，就应该尽量用上，绝对只有好处，没有坏处。对于高效学习者来说，看到知识点先顺手画图，应该成为本能习惯。"

妖星听得笑意满满，道："很好，解释得很详细。该你了，提问吧。"

卢标回以一笑，问道："第一个问题，你刚才为什么要暗示那个女生不要化妆？她有什么特殊情况吗？你所谓的化妆的动机、学习的动机同源，指的是什么？"

"呵呵，问出这种问题，看来细节把握很到位嘛！那我就说了——

"这个女生有一种比较强烈的表现型人格，需要活在他人的肯定里，需要得到他人的认同和关注，化妆是这种心理特质的一个典型表现。在学习动机上，她也有表现型动机，通过努力学习、取得好成绩来获得关注与认可。所以说，两种动机同源。

"她的问题在于，表现型动机会带来几个矛盾。第一点，表现型动机叠加女生的爱美天性，导致了她的化妆需求很强烈，过多的心理能量投入这件事上，不仅占据了学习时间，还导致心神不能绝对安宁，总会想着自己的妆容好不好看。哪怕外人没有在意的时候，她也会忍不住觉得别人在观察她、评论她，产生细微的分神。

"第二点，即便不考虑化妆这件事情，表现型动机本身就会带来心神的干扰，无法绝对专注，一旦学得不好了，遇到难题了，本能反应不是专注攻克难题，而是不可抑制地产生一种怀疑——别人会不会看不起我？会不会没那么尊敬我了？

"于是，她无法达到绝对的宁静，从而限制了自己所能达到的高度。这个限制非常残酷，意思是，不论她在其他方面怎么努力，熬夜学到晚上 12 点、1 点，也是没有用的。"

卢标回忆道："好像昨天你也说过另一个女生需要在父母面前表现出乖宝宝的样子，看来与今天的这个女生特征类似喽？"

妖星摇头道："不一样。昨天的女生，着重表现的是乖和懂事，主要针对父母，其次是老师，顺便对其他人表现出乖巧、可爱的样子，是属于在父母、师长面前乖巧久之后的习惯状态。从原因上讲，大概率是父母的道德绑架导致了这种屈服。

"今天这个女生，着重表现的是优秀，吸引关注会针对所有人，甚至主要是同龄人，父母反而是其次。从原因上讲，大概率是父母的忽视，或者长期与父母有某些矛盾和生疏。"

卢标又问："你见过她们的父母吗？"

"没有，刚才做的是概率推测，不过应该差不了太多。"

卢标听着妖星的分析，再次感叹此人心理方面的功底之深刻。一名高一学生，能够把人分析到这种地步，这个妖星是什么来头呢？

▶ 第四章 ◀

妖星的善意

妖星又道:"换我了!第二个问题,昨天你自学等差求和公式的时候,顺手写了个衍生公式,我后来发现,试卷上有一道题刚好能够直接用到这个衍生公式。这是凑巧吗?还是你掌握了什么方法,能够让衍生公式一定有用处?"

妖星边说边翻开卢标数学书上的一页,指着卢标自己改写的公式说。

$$S_n = \frac{d}{2}n^2 + (a_1 - \frac{1}{2}d)n$$

"这要分两点讲。首先公式改写有一定的随机性,你改写出来的公式到底有没有用,事先是肯定不能保证的。由于这个不确定性,所以很多人并没有改写公式的习惯,觉得改出来的是个没用的东西,白费力气。

"实际上,即便最后验证出来,改写出的公式并没有直接作用,改写过程也是有意义的,它能够加深你对公式本身的理解和记忆。另外从概率上来讲,多改写几次,总会碰到有用的改写情况,所以更加值得一试。

"第二点,针对昨天的情况。由于书里面的引言章节部分就已经提到了,数列可以和函数对应起来,但是在具体讲等差求和的时候,却没有提到怎么对应函数,所以有一个合理的猜想是,把等差求和公式改写成函数形式,是有特殊意义的,比随机猜测概率更大。把 $S_n = na_1 + \frac{1}{2}(n-1)nd$,改写成函数形式,自然就是 S_n 为 y,n 为 x,即得到:$S_n = \frac{d}{2}n^2 + (a_1 - \frac{1}{2}d)n$。

"刚好是一个过 0 点的二次函数。

"那么在不同题目中验证一下,发现至少有两个作用:第一,给出求和公式以后,能够根据二次函数系数秒解出 d 和 a_1,速度极大地加快了;第二,对于 a_1 为负、d 为正,或者 a_1 为正、d 为负的数列,求最小值、最大值的时候,不用一个个算,可以根据二次函数对称轴来判断,也能提高效率。

"总的来讲，改编公式，极大概率是有意义的，也是一种应当成为本能的学习方式。"

妖星若有所思地点点头。改编公式这件事情自己也做过，所以卢标的讲解他能很快听懂。不过，他尚未如卢标所说那样，让改编公式形成本能。另外，卢标能够根据不同章节的特色有根据、有方向性地改编公式，这样的方法更值得学习。

"到我了。"卢标问，"第二个问题，你刚才说后面那个男生的初中数学老师水平差是什么意思？他说你又劝他上课好好听讲，跟这个有什么关系？"

"哦，老吴啊。他来自一个水平很一般的初中，老师水平跟不上是自然的。"

"就这么简单？不对，背后还应该有些什么东西。"卢标怀疑道。这两天的接触下来，卢标发现这妖星很不简单，随口说几句看似无意义的闲话，背后却往往有更深刻的东西在里面。

"啊，如果还要深挖的话，就这么解释吧。他在一个老师水平不行的初中，凭什么能考上临湖实验高中？因为他完全忽视了老师，纯靠自学，自己上课不听讲只做题而拼来的。长久下来，这种上课不好好听讲而是自己搞自己学习的做法，已经形成习惯了。

"然而他没有意识到，环境变了。如今临湖实验高中的老师，水平还不错，讲课的效率比他自学的效率更高，而他却没有意识到这一点，还停留在自学的习惯上，反而造成了他现在的成绩不佳。

"放弃了高效的听课，自学得很辛苦又没什么好结果，悲剧。

"从心理上看，这样对老师的不信任与对自己的过度信任，既是他当年成功的原因，也是他今天困局的原因，所谓'成也萧何败也萧何'吧。

"你可能会觉得，他的问题就是太固执、倔强了，改过来就好了。可是哪有这么容易呢？试想一下，如果他没有那么固执、倔强，初中的时候能够坚持不听课自学而坚持下来吗？老师会毫不干预就让他上课不听讲去自学吗？不可能的，一定想要压迫而让他服从的。但凡他不是那么倔强的话，早就屈从于老师了，于是也就不可能学得好、进得了临湖实验高中。

"而正由于他的倔强，也同样导致了今天在临湖实验高中，他不会轻易改变自己的方法和作风。这成也萧何败也萧何的东西，浅了说，是他的学习方法；深了说，那就是他的性格了。更深了说，是什么造就了他的性格呢？唉，这东西，没法说，命啊。"

妖星语调平缓地说了这么一大段，卢标听得若有所思。看起来这姓吴的同学只是学习方法上有些偏差，可是经妖星这么一说，似乎在性格，以及性格背后的层面上，还有更强大的力量在束缚着这人啊。是什么呢？

"第三个问题。昨天那个比较难的数列题目，你在刚学完基础概念的情况下，居然只用两分钟就想出答案了，是怎么做到的？单纯的智商高吗？还有，你在题目旁边写的那些东西，是什么意思？我感觉和你这么快解出题目有一定关系。"

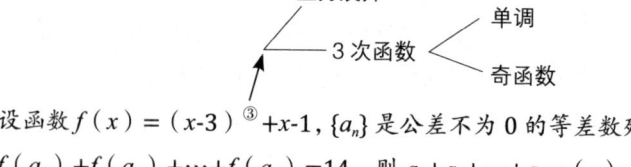

设函数 $f(x)=(x-3)^{③}+x-1$,$\{a_n\}$ 是公差不为 0 的等差数列,$f(a_1)+f(a_2)+\cdots+f(a_7)=14$,则 $a_1+a_2+\cdots+a_7=$( )。
A. 0   B. 7   C. 14   D. 21

"哦,那个题目确实有些难度,而我仅仅学完基础概念后就能快速做出这样的题,看起来好像很厉害的样子。

"其实,那个题虽然是数列章节的难题,但题目的核心难度并不在于数列的知识点本身,而在于函数的应用上——这是我早就学过、练过的了。因此能够快速做出那道难题,并不算特别夸张。"

妖星笑道:"你不是看起来很厉害,而是原本就很厉害,却伪装出一副很呆萌的样子,让那些女生居然说'小姐姐教你做题',哈哈,你什么时候结束伪装,我等着看她们的笑话。另外,题目旁边你写的字,又有什么名堂呢?似乎和你解题的思路有关系。"

"那是一种学习策略,叫作模式识别,属于结构化思维配套的策略体系中的一个分支。"

"什么意思?"

"简单来说,模式就是,对某个条件特征,有某些特定的解法。比如这个题目的特征是出现了三次函数,而对应的解法,要么是展开,要么是利用三次函数的单调性和奇偶性。显然,单调性和奇偶性更常用一些,于是立刻想到把原函数平移,成为标准奇函数,后面的解法就顺水推舟了。实际上,根据模式识别,这种难度的题应该是秒解的,我两分钟想出来还是慢了,因为在数列这个陌生的知识情境下没有融会贯通。"

"结构化思维简单,不过模式识别没听过……"妖星喃喃道,"唔,看来确实有一个庞大的体系。换你问了。"

"换我问了……"卢标一时有点儿愣住,问什么呢?妖星今早对两个同学的"撩拨"行为背后的深层原因已经问清楚了,还有什么想问的呢?突然灵光一闪,卢标问道:"对了,你昨天说班上几个女生很肤浅,除了'她'。那么,这个'她'是谁?"

妖星一愣,显然没有料到卢标会问这个问题:"你问这个干吗?"

"随便问问咯。"卢标一摊手。

妖星结束了惊讶的神情,又恢复到那玩世不恭的诡异笑容:"她嘛……其实没什么。你不要以为这是一个对我多么重要的人,好像我要魂牵梦萦、日思夜想,哈哈,只是偶尔碰到的一个路过的人而已。"

"你在隐藏。"

"没什么隐藏的。好吧,告诉你吧。说起这个女生呢,倒是跟你有点儿像……"

卢标一阵无语,自己怎么跟一个女生像起来了。

"她原本是临湖实验高中的第一名,优秀的程度令人赞叹。不过后来貌似转学了,到文兴市的一个国家级重点高中去读书了。我们这小小的临湖实验高中只是省级重点,全国排名还进不了前五十,还是留不住她啊!所以说有点儿像你嘛,你不也从兰水二中转到我们这里来了嘛,只是她更高一层而已。"

"就这么简单?没了?"

"没了。不是我要隐瞒,而是我对这个女生了解也很少,她转学的时间太快了,高一第一次月考完以后立刻就走了啊。"妖星叹口气,"我还想多了解一点儿呢,大概没机会了。"

说到此处,妖星不禁回忆起与她那短暂的相识。

高一上学期,临湖实验高中开学第一次月考,妖星以普通班学生的身份,竟然考到了年级第四名,比绝大多数实验班的学生更优秀。一时间全校震动,实验班学生再也不敢轻看普通班学生,而普通班学生将他奉为大英雄——那时候他的"妖性"还没有彻底暴露出来,还没有那么惹人厌恶,于是"妖星"的名号也就广为流传。

就连实验班老师和年级主任都亲自约谈妖星,希望他可以加入实验班,不过妖星不为所动,声称实验班太压抑,自己性格散漫,受不了那个拘束。

月考过后的颁奖典礼上,年级前五名上台领奖。在台下做准备的时候,妖星便见到她了。

那女生穿着一身宽松的运动服,远看起来并没什么耀眼的女神风范,可是近看却觉得,那脸有一种说不出的美。清秀,却又不是普通的清秀;精致却又不是凡俗的精致。该如何形容呢?妖星突然联想到小时候学国画时的感觉,国画比不上高清照片精细,却让人感觉有更高的层次与格局,更有韵味——他初看到这女生时,就产生了这样的感觉。

以妖星的性格,一般是不会对普通美女有特别感觉的,此刻却忍不住注视着她。

女生感到妖星在注视着她,回头朝他一笑,道:"听说你叫妖星?"

妖星与她对视。他从来都是目光如电地想要透视过去一样,此刻却感到女生投过来的目光如清风,将他的如电眼神尽数散掉。妖星恍惚感觉自己身处于幽静的山谷之间一般,云雾缭绕,仙气飘飘。自己平日那妖异而痞兮兮的作风,竟然分毫展现不出来。

"听说你把心理社团高二的社长'逼疯'了呢。"女生又笑道。

妖星一边点点头，一边想要快速回忆起自己是否对这女生有些什么了解，好搭上几句话。可惜，自己对她的事情了解太少了，只知道她以极高的分数得了年级第一而已。

女生就这么盯着他看了半分钟，忽然又说："果然像传言中那么有意思呢。那么，你在找什么呢？"

你在找什么呢？

就这么没头没尾、让人莫名其妙的一个问题。

你在找什么呢？

妖星愣住，我在找什么呢？女生看着他的那眼神，又仿佛将他带到那最高一座苍山的山顶上，狂风大作、呼啸万里，俯视天下，乃至乘风而升至星辰之中，却又感到无限的迷茫，遗失了自己，不知所归，心中忽然生起一股悲凉。

我在寻找什么呢？

在那精神的世界里，每个人都在寻找某些东西。那是精神的驱动，是生命的原动力，是一切行为、言语的根源，是一个人的灵魂与肉体、大脑与骨骼。我妖星，又在寻找什么呢？

妖星那诡异的行事风格早已形成，他对人心的深刻洞察更是从小即有的基本功。但在总能看透他人心性的同时，他对自己的了解又有多少呢？他一直能够模糊地感受到自己确实在寻找着什么，却又模模糊糊，没有明确地思考清楚这个问题，甚至很多时候根本没有去刻意思考这个问题。

而如今女生就这么轻轻一问，又将他带到了他的精神世界中，使他无限沉思起来。

等妖星再反应过来，颁奖典礼已经结束了，女生离去了。又过了几个星期，妖星茶饭不思地回忆与反省着自己十几年来的人生轨迹，追索自己的思绪。最后终于想透彻了，终于明白了自己是一个怎样的人，终于知道自己真正在追寻的是什么了！从此，妖星便是一个全新的妖星，一个更纯粹的妖星，一个站在更高层面上的妖星了。

他急匆匆地跑到实验班门口，说要找上次考年级第一的女生。实验班门口的学生道："哦？你是那个妖星吧？怎么样，要不要加入我们实验班？"

"以后再说，那个女生呢？"

那人耸耸肩："早就走了，去了文兴市一个国家级重点高中。"

妖星听到这消息，失落得如同被抽了一缕灵魂出来，就这么呆呆地立在实验班门口。

"美女走了，大家都很失落，没办法。"那人道。

旁边又有个人说："唉，平常人只当她是个普通的美女学神。可是她哪有那么简单？对她了解得越多，她走以后留下的失落也就越多了。"

妖星听到这评论，如同遇到高山流水一般只想拍手称是。说这话的这个人，正是上次考试的第二名。于是妖星和这人一番长谈，由此结下缘分。

卢标无法知道妖星此刻脑海中的回忆，但看他的神情也可判定，这女生必定不是个普通人，不是个普通的让人喜爱的美女。他相信，以妖星的层次，普通的美女一定是看不上眼的了。

卢标又细细思考妖星前面的话。妖星对人性的把握之深，自己昨日就已经见识过了，今日又进一步巩固印象。而今天一早看到的行为又似乎让自己有新的启示。尽管他看上去妖言妖语、行事诡异，对着两个同学一通言语，不仅让他们摸不着头脑而且心生不快，可是细细想来，这是妖星看到了他们的局限与弱点，拐弯抹角地在提醒他们啊！

那么，这个提醒的目的又是什么呢？

是为了显摆吗？不是！从妖星对同学"表现型动机"的评价来看，他自己早就已经超越那个需要优越感的凡俗层次了。更何况，他的行事风格也并没有真的让同学们尊敬他，甚至是鄙视和厌恶他，而他又对这鄙视和厌恶不以为意。

也就是说，这个被同学们称为"'天地间至阴、至邪之气'幻化而成的邪恶妖星"，其实是从自己的思维和角度出发，一言一行都蕴含着对他人的善意啊！只是这善意的表现方式太特殊，往往会刺到人内心的痛点，以至于一般人根本接受不了。可惜啊，可叹啊，最能让人成长和提高的地方，往往也就是内心深处最抵触、最痛的地方。

而这个妖星，被称为"纯粹邪恶"的妖星，竟是一个在心底充满了纯然善意的人！卢标心想：临湖实验高中，果然是个藏龙卧虎的地方，不仅平时老师的讲课水平上升了一个台阶，还能够遇到妖星这样的同学。自己的转学，真的是转对了啊！回想自己当初为了几十万奖学金而选择兰水二中，实在是个错误的选择。

老师啊，我终于明白为什么您当初说我的选择是欠缺格局的了。

卢标看向妖星，庆幸自己来到临湖实验，并遇到了这么一个同桌。

妖星也从回忆中走出来，看向卢标，庆幸自己居然遇到了这样一个特殊的同桌。

卢标和妖星两人相视而笑，彼此心里都知道，有意思的日子，将要开始了。

"阿嚏！"修远打了一个喷嚏。所谓"树挪死人挪活"，"挪动了"的卢标的日子顺风顺水，"挪动了"的修远，依然还在无精打采着。

▶ 第五章 ◀

不要失效啊，我的学习秘籍！

自从修远被调换到普通班十四班以后，班主任袁野就一直在疑惑，这次调换到底是不是正确的？毕竟原来最优秀的学生换来了从实验班下来的修远，如果修远水平不行，那么自己班上不仅优秀率降低，而且少了一个排头兵，班级的学习氛围可能会变差。

他祈祷，千万不要亏。

然而几天之后袁野就断定，自己这次肯定是亏了。

这一周的数学课上，袁野不断地重复以下语句：

"修远！注意听讲！和差化积公式你到底记不记得？！"

"不要发呆啊，修远！你到底有没有在听？"

"作业怎么又没做？修远，下午放学之前补起来！"

"修远，昨天没睡好吗？上课不要睡觉啊！"

"我们在讲正弦定理！你把书翻到余弦定理是什么意思啊？！"

……

袁野以45度仰天长叹："什么玩意儿啊！从实验班下来的学生怎么这么不靠谱儿啊！"

修远不在状态，原因也是多方面的。一来是上学期被实验班淘汰的心理阴影还在，心情不佳，所以常常是无精打采的样子；二来是实验班的数学、物理、化学、英语等几门课，进度都比普通班更快，目前普通班所学的数学课内容，修远在实验二班的时候已经都学过了。再加上寒假最后一周时，修远在家里又反复把这几章的内容画成了思维导图，早已烂熟于心，实在没兴趣在课堂上再听一遍了。

两周过后，单元小测验，内容是三角恒等变换与正弦定理、余弦定理。"三角变换，是我们上学期学过的内容，正弦、余弦定理是我们刚讲的。正弦定理和余弦定理内容比较少，所以和上学期的内容合起来做一个小测验。"袁野一边发试卷一边说。

"啊，又要测验啊，好难啊！"

"是啊，三角变换的公式好多啊，上学期就没记住啊！"

"完了，三角变化和余弦定理结合起来考，肯定不会做啊！"

……

第二天数学课，昨日的试卷改完出成绩了。"什么情况，看不出来啊。"袁野在讲台上一边发试卷一边念成绩，"下面把前几名的同学分数报一下，希望大家向他们学习！第一名，修远，128 分！第二……"

袁野还没说完，下面响起一片尖叫声："哇，太厉害了，128 分啊！"

"好牛啊！你看他平时根本都不学的啊！"

"是啊是啊，上课也不听，作业也不做，随随便便就考了 128 分啊！"

"安静！"袁野喊了一声，继续念，"第二名，梅羽纱，116 分；第三名，叶歌海，112 分……"

修远被周围同学尖叫了一阵，感到有点儿恍惚，好久没有这种感觉了啊。又听袁野继续报分数，心中有点儿感慨：第二名只有 116 分？普通班果然比较差啊。这要是实验班，130 多、120 多的，得至少十几二十个吧。

袁野心想：这个修远，实力还不错啊，不知道为什么会从实验班掉出来？估计和他那个吊儿郎当、不愿意认真学的性子有关？再观察一段时间摸摸底吧。

第一个月过去了，修远从实验班到普通班，属于降维打击，轻松应付。其余科目倒是平常，但是数学保持在 120~130 分，英语 115~120 分。这样的分数在实验班不过是一般水平，在普通班就属于一流了。

然而修远心中偶尔也产生一点儿疑惑：英语、数学这段时间考得不错，到底是因为自己画思维导图的做法产生了效果；还是因为这些内容在实验班已经学过一遍，所以现在分数比较高；甚至可能是因为普通班的试卷难度比实验班低了一个等级。

修远希望这是因为思维导图终于产生了效果。上学期的失败，在很大程度上与自己寄希望于思维导图这个学习工具有关。几个月内修远的成绩逐步下滑，以至于到后期想认真学的时候发现，即便认真起来了也没有特别的成效，这样的惶恐是他从未经历过的，毕竟初中时期的自己可是轻轻松松就排在年级前十的学霸啊！

他太想要快速回到巅峰了，这个需求如此深刻与急切，于是他只能寄希望于某种秘籍——思维导图。他想要这一个方法发挥出巨大的效果，因此把所有精力全部投入其中。而期末成绩的跌破似乎验证了这个叫思维导图的工具并没有那么神奇，可修远又不死心，又想着可能是因为自己坚持得不够久？可能要坚持画思维导图更长时间才有效果？于是依然坚持到现在，就像是陷入传销的人在初期失败后已经隐约觉得有点儿问题，可是还要不断地劝说自己坚持下去，不能放弃发大财的希望一般。

而最近一个月的成绩还算过得去，于是修远又忍不住想：或许是思维导图终于产生效果了吧？或许未来还将会产生更大的效果吧？或许……

从第二个月开始，实验班原来学过的东西已经用完了，进入新的内容。数学开始学习数列，物理则进入圆周运动章节。语文这种科目，修远根本不知道学到哪儿了，因为感觉学不学考出来的分数差别不大，100分左右的样子。其余科目修远暂时并不上心，因为最终的选科还没确定。

"物理是要选的，化学呢，不好说。要不选个地理？暂时不能确定。不管了，这段时间主要精力先放在数学、英语和物理上吧。"修远上课时继续保持心不在焉的状态，或者无视老师的讲授，自己在下面胡乱翻书、做题。

"袁老师，那个新来的修远是什么情况？李双关有没有和你说过？"十四班物理老师谢柏初问道，"上课也不听，要么自己搞自己的，要么就趴着睡觉！"

"唉，麻烦。"袁野叹气，"从实验班下来的学生，不好管啊。上我的课也是一样的。关键他考出来成绩还好，没法说他。"

谢柏初摇摇头，说："这玩世不恭的态度，迟早要栽！要不怎么从实验班过来的？"

又两周之后的单元测试，数学降到了118分。修远心里一紧，一种不祥的预感涌上心头，这是数列章节的第一次测试。再过两周，数列章节的第二次测试，112分！虽然在十四班依然排在前列，但已经不是修远自己的预期了。

因为是之前没学过的内容，所以成绩一下子掉下来了吗？修远在心中嘀咕：怎么会这样？不是因为做了思维导图所以学得很好吗？

周四的午饭时间，修远去食堂路上路过操场，边走边想：会不会是这几次考试难度特别高的缘故？正想着，突然听到有人叫他的名字。

"修远！嘿！这边！"一个微胖的身影喊道。

付词的声音。扭头一看，付词、马一鸣、姚实易、刘宇航、刘语明五个人正在操场上打球。"快来快来！3vs3赶快搞起来！"付词喊道。

好久没打球了！到新班级一个月，修远沉浸在自己的郁闷情绪和心事中，还没怎么和同学们熟识起来，团队活动完全没参与，这时看到几个老同学，不由得有些高兴，小步跑起来："好好好！打半个小时再去吃饭！"

几个人边打球边聊天。付词说："还好你转出实验班了！我跟你说，李双关这学期越来越变态了！我都后悔，早知道上学期少考几分，也换到普通班算了！"

修远一惊，自己因为被实验班淘汰，经历了这么痛苦的心理挣扎，这家伙居然想要主动出来?"怎么了?李双关又干吗了?"

马一鸣接道:"干吗了?发疯了!单词错一个,罚抄五十遍!没背下来的文章,抄二十遍!你说是不是发疯了?!"

修远一惊:"这么夸张?"

刘宇航说:"他就是自己心情不好,拿我们出气!"

"怎么心情不好了?"

"还不是因为卢标的事!"

卢标!因为最好的学生转学了,所以李双关很狂躁,也是预料之中。

修远甚至有点儿庆幸自己离开了实验班,不用看李双关的脸色了,也跟着开心起来,罚球线附近一个急停跳投,唰地进筐了。

"好球!"刘语明等人叫道。

修远心情大好,活力迸发,一会儿一个胯下运球、变向过人,一会儿一个背身单打、翻身跳投,连进三四个球。

"嘀,修远今天太猛了,吃药了吧!看样子在普通班日子过得不错啊!"马一鸣跟防修远防不住,累得直喘气。

其实修远一样很累,喘着大气,只不过心情舒畅,把所有体能全部一次性拿出来了而已。"哪有!我都好久没打球了,体力比你们更差!"

付词突然笑嘻嘻地问:"我说修远,到普通班是什么感觉?有没有'天帝降临'、秒杀一切的感觉?其实我也想到普通班去耶,你看我们这几个,在实验班就是食物链的末端,我就想,要是我也去普通班,说不定就立马翻身了呢?说不定就有哪个美女对我崇拜得五体投地哇,哈哈哈!"

刘宇航补了一句:"我觉得吧,你还是面对事实吧,就算你变成普通班的第一名,也改变不了你又胖又丑的事实嘛!"

"你再瞎说!"付词直接用球向刘宇航砸过去,"传球!给我接着!"

这几个人谈起成绩的事情,让修远突然想起刚刚进行的考试了:"哎,我打听一下,这周的数列单元的考试,据说是全年级统考,你们班参加没有?"

付词一拍大腿:"别说了,那个考试,烦死了。全班都考得一塌糊涂,金玉玫在班上大发脾气,也不知道是被李双关传染的,还是到了更年期了。当然,确实是考得太差了。不过这也没办法嘛,我们不等式一章都快学完了,突然临时通知我们要考数列那一章,谁知道啊!根本就没复习!"

修远听了,心里居然有种暗暗的期待,赶紧问:"考得特别差?怎么差了?"

姚实易解释道:"最高分李天许,128 分,第二名陈思敏就只有 122 分了。好像就这两个 120 分以上的吧? 110 分以上的也不多,好像十个左右。我只有 102 分。"

修远听了，心中一阵狂喜：原来不是我的问题！果然是因为这次题目太难了啊！当然，这种狂喜是不能表现出来的，修远压抑住激动的心情，装作若无其事地问道："那我112分不是还算可以了？"

"你？"付词瞟了修远一眼，"伙计，你用的是普通班的试卷吧？"

"什么意思？"修远心里咯噔一下，有种不祥的预感。

"伙计，普通班和实验班用的是不同的试卷，明白没有？意思是虽然都是考的数列章节，但是你们用的是简单版的，而实验班用的是变态版的。你们的试卷我看过，太简单了吧！这卷子要是放在实验班，估计130分以上的人一大堆吧！"付词口气有点儿不屑，"当然，其实我还是比较喜欢简单版的试卷啊！让我考那个试卷，至少能得120分吧！听起来就舒服啊！"

修远心里一阵蒙，运球的手都感觉没力气了。

第六章

这个高中生要跳湖?

晚自习前,修远在寝室里心神不宁。

他已经搬离了原来实验班的寝室,来到了普通班寝室,环境更差、更拥挤一点儿。修远无力地躺在床上,脑海中思绪纷杂。

原本112分的试卷,就让修远心中不安、充满怀疑——对思维导图这种方法,甚至对自己。而中午又发现,这张只得了112分的试卷,居然还是普通班的水准,比实验班的试卷难度更低一个层级。剧烈的挫败感围绕着修远,仿佛泰山压顶一般。

自己的水平又下降了吗?这次考试的实验班的试卷有多难呢?如果换成实验班的试卷,自己又能考多少呢?他无法控制地不断想着这些问题。

终于他受不住煎熬,决心一探究竟。方法也很简单,毕竟他还在实验班的同学群里面,于是拿出手机在群里发了个信息:

"哪位同学有这次数列一章考试的试卷?帮忙拍张照发上来,我想看看。"

修远想:如果有人回复,那么自己晚自习就做一做这张试卷,看看自己究竟水平如何。如果暂时没人回复——毕竟实验班的学生大概率是没人敢在学校里用手机的——那就等到周末回去了以后,应该有人愿意帮忙发试卷照片了吧。

一直到周五中午之前,群里果然没人说话。中午大概1点,修远正在寝室休息,实验班群里突然热闹起来。有几个人在抱怨:

"震惊,刚刚听到消息,听说从下周起周六要上课了,没有两天的休息了!"

"天哪,不是说教育局规定周六不准补课吗?怎么压不住场子了啊?"

"完了,这周是最后一个周末了!"

"听说普通班这学期还有周末,要到高二才没有。"

"那我现在转去普通班还来得及吗?在线等,挺急的!"

群里热闹起来,修远趁机又把那条求试卷的消息再发了一遍:"哪位同学有这次数列章节考试的试卷?帮忙拍张照发上来,我想看看。"

修远心想：群里既然有几个人在线，或许有人能帮我发试卷照片吧。

只见群里不知谁回了一句："都去普通班了还要我们试卷干吗？"

另一人说："可能有受虐倾向吧。"

接着又有几个回复："身在普通班，心系实验班。"

"不用看了，很难，不适合你。"

修远整个人彻底愣住了。每看到一条这样的回复，就像是被人在背后捅了一刀一样。怎么会这样？

自己只不过是要一张试卷而已，怎么会受到这些人讥讽、群嘲？自己难道做错了什么？并没有啊！哪怕现在已经离开了，可至少在两个月以前，自己还和他们是同学啊，为什么连这样一点点小事都不愿意帮忙，还要如此嘲弄？

所谓人走茶凉，就是这样的场景吗？

尽管也有人劝道："不要嘲讽了，说不定人家下学期考好了还要回来呢？"可是并不能抵消那些嘲讽的人造成的伤害。修远握着手机的左手已经有些颤抖了，牙齿咬得发响。

那些匿名嘲讽的人，修远已经来不及追究是谁了。那样的屈辱、悲哀，与近一个月来的迷茫、失落纠缠在一起，仿佛一个巨大的黑洞，吞噬着他的灵魂和能量，让他觉得浑身发冷。

群里的管理员看到一条信息："修远已经离开本群。"

周五下午放学，修远一脸呆滞地背上书包回家。坐在公交车上又路过那个大湖，修远心里突然产生一种感觉，想要下去看一看。

这湖是本市最大的一个湖，名叫微湖。临湖实验高中，就在湖的北面边上，背靠一座小山，面朝微湖，故名临湖实验高中。而兰水二中则在微湖的南边。微湖风景秀丽，沿湖种植一圈柳树，建设了湖边公园，常有附近居民在湖边散步，或坐在湖边板凳上休息。

修远带着沉重、杂乱的思绪，站在湖边远望湖面。湖对面看不见的地方就是临湖实验高中，背后则是兰水二中。修远心想：自己这近一年的苦难，就是从考不上临湖实验高中、进入兰水二中开始的。

修远站在湖边沿岸上，呆呆地看着湖面。岸边1米处有游客保护措施，每隔几米立一个水泥桩子，铁链从水泥桩子中穿过，拉成一排，用来防止行人过于靠近湖水。边上插着一块牌子："水深危险，请勿靠近。"一个念头从脑子里蹦出来：掉下去又怎么样？死了还清静，没有这么多烦心事了。

然而修远又并不是真的想死，只是因为心情极度烦躁、痛苦，所以产生了一点儿这样的念头。他不会故意往湖里跳，但是又偏偏迈过铁链，站在湖岸最边沿的地方，让自己有掉下去的风险。人在愤怒、痛苦的时候，确实就会做出这样矛盾的事情。

修远沿着湖岸迈动步伐，鞋子离湖岸最边缘只有 2 厘米不到的距离。右侧即是湖水，左侧则是一排杨柳。彼时已经 3 月中旬，杨柳枝条招展，偶尔有杨柳枝条从树上垂下，拂过他的脸。那些枝条挠得脸上痒痒的，修远的心情本来就烦躁，又被杨柳枝"骚扰"，更加生气，右手一抬抓住枝条，顺手狠狠地往右边一扯，拿杨柳撒气。

心情烦躁之下，这一扯有点儿用力过猛了，身体稍微有点儿失衡，向右倾了。本来这点儿小小失衡，右脚往右边踏一小步就重新平衡了，可是……

可是修远右边就是湖！没有空间调整了！

修远右脚踏空，心中一紧，突然意识到出事了：完了！掉下去了！我不会游泳！

"扑通"一声，修远掉进了湖里。

可以称这是史上最失败的一次自杀，因为修远根本就不想自杀，这是纯粹的意外。然而，在路人的视角看来，这就是一次标准的自杀：一个少年愁容满面地在湖边晃荡了一阵，终于狠下心来，跳湖了……

一个男人大叫："有个小孩跳湖了！有人会游泳吗？快救人！"

修远在湖里拼命挣扎着，呛了一口又一口的水。这下玩大了！快来人救我啊！我真的不想死啊……然而一掉下去就呛了口水，根本喊不出来。这一段路并不是市中心，人很少，虽然会有人来散步，但一般时间都是晚饭之后，或者周末。现在是周五下午 5 点 30 分，附近根本就没什么人！修远一路在湖边晃荡，只碰到了一个人坐在湖边的长椅上看书——就是现在在岸上大叫"有人会游泳吗"的那个人。可是他居然在问"有人会游泳吗"说明他自己是不会游泳的——真是悲剧啊，谁来救救我啊？！

这湖水大概 3 米多深，虽然不算太深，但是足够淹死一个不会游泳的人。修远挣扎了几分钟，想要往湖岸边游过去，没想到居然越来越远了！2 米、3 米、5 米……呛的水越来越多，巨大的恐慌席卷全身。完了，没人救我，真的要死了……我不想死啊……

湖水仿佛在他身体里令人绝望地漫延。

突然，修远感到背后一股力拉住他。是一只手抓住了他的衣领，正在把他往岸边方向拖。5 秒、10 秒、20 秒以后，他的手已经触摸到湖岸了。得救了！修远一边咳嗽一边心想。

被人拖上岸以后，修远大口喘气，咳嗽了几分钟，终于呼吸平稳了。大难不死啊，吓死我了……几分钟后，修远脑子里终于出现了一个念头，意识算是彻底清醒了。

还不知道是谁救了自己呢。修远抬头去找那个救他的人。这要是个女的，肯定就是天下第一大美女；要是个男的，一定就是世界第一大帅哥了。修远心中充满感激，一下子意识到什么叫作"情人眼里出西施"了。不论是什么人，在此时修远的眼中也是一副盖世英雄的模样了。

这"盖世英雄"生得好一副模样！只见得他面色苍白，额头锃亮，发如海藻，眼似明灯，一举手便有雍容之态，一投足就是散漫之姿。肩上披着深黑色聚酯纤维霸气风衣，身上穿着菜市场八元一件小白背心，灰色运动长裤飘然抖动，蓝色塑料拖鞋脚下生风。英姿飒爽，驼背没腰；铜筋铁骨，身上带土。长相中窥见着骨骼奇特，衣着间散发着思维创新！这一副英雄模样，真是世所罕见！

英雄，你这衣着打扮也忒有特色了吧……修远心想：虽然说是因为刚刚跳进湖里显得全身湿透而凌乱，可是看你这打扮，哪怕正常情况也是有点儿特殊了吧。不过嘴上是一定不能这么说的，好歹人家刚刚救了自己的命啊。

"谢……谢谢，谢谢叔叔啊。"修远说道。

那人一边拧干自己衣服上的水，一边说："小伙子，什么事情想不开？"

"没、没有……不小心掉下去了……"修远一边赶紧答道，一边打着寒战。

"我看你刚才在湖边走来走去的，面色凝重，即便是不小心掉下去的，恐怕也还是有些什么心事吧。正常人不会故意走在这么危险的地方。"

修远一时语塞。是啊，正常人就不会故意往危险地方走啊。自己心情抑郁、烦躁，才会故意在湖岸边走。

"对了，你是怎么救我的啊？你会游泳吗？"修远突然想到，这男人刚才好像还在大喊"有人会游泳吗"他自己应该是不会游泳的吧？

男人咳出了几口水，说："不会游泳。本来你今天是很危险的，周围只有我一个人，又不会游泳。"

"不会游泳？那你怎么把我救上来的？"

"当时的场景是这样的，你距离湖岸边大概5米，湖岸和水面距离1米，然后周围只有我一个人。快速分析一下，要救你只有两种可能：第一，有人下去救你；第二，用个什么东西把你拉起来。

"当时周围只有我一个人，而我不会游泳。那么我跳下去救你是不可能的了。所以所有思考都往第二条思路集中，怎么样把你拉起来。我的第一反应是，用几件衣服打结成绳子，但是立马反应过来，长度不够5米。接着我又快速观察周边环境，有柳树、湖岸，岸边有铁链。于是我立刻想到两种可能：第一种可能是快速折几根最长的柳条，看能不能够到你；第二种可能是能不能利用下岸边的保护链。

"继续观察，恰好发现，这附近有一个水泥桩子上的铁链比较松动，估计是老化了。我尝试了几秒，用脚把这个松动的地方蹬了几下，发现更松了，判定继续蹬下去是可以彻底把铁链扯出来的。于是放弃柳条的思路，或者说，把'用柳条'调整为备用思路。花了十几秒把铁链扯出来了,这样就形成了救你的主力工具。这一段可以用的铁链大概 8 米长,但是由于不是正临近你的,所以我怀疑长度不够,于是往你那里抛了两次,发现还是差了 2 米左右。

"于是我把自己的风衣系在铁链的锁环上,再加上我自己臂展大概 1.8 米,刚刚好,够长度。用极限的距离把你救上来的。"

修远听得呆住了:人不可貌相啊!这短短不到 2 分钟就完成了一系列这么复杂的思考程序?脑子转得太快了吧!

"真厉害啊!"修远赞叹道。

"小伙子,你还没有回答我呢。什么事情这么想不开啊?"那人突然切回话题,继续问道。

第七章

你用了假的思维导图吧！

"这么年轻的小伙子，高中生吧？什么事情这么想不开？"

修远低下头，说："没什么，心情不好而已。"

"怎么心情不好了？学习问题还是失恋了？"

"啊？"修远一下子抬起头来。

"我跟不少学生打过交道。你们这个年龄的烦心事，要么是学习，要么是青春期感情，这两个基本占了 80% 以上。"

"唉，算是学习吧。烦死了，成绩不好。"修远简短地说。这将近一年，经历了这么多挣扎和痛苦，关键不就是一个学习问题嘛！虽然其间具体情况要复杂得多，但是这一个初次见面的人问起来，又哪能细细展开？只得简短地回答一句话——学习问题。

"你是高一的吗？"

"是。"

"唔……我来推测一下。首先可能是有点儿不甘心，你应该初中成绩不错，本来可以考上临湖实验高中，但是最终失之交臂，进了兰水二中。按理说，你在兰水二中应该是一流的水平，自己也是这么预期的，但是结果不尽如人意，没想到自己表现出来的成绩并不那么优秀。这种不断下降的成绩，导致了不断降低的自我评价和没有降低的自我预期之间产生了巨大的冲突。"

修远听了大惊，叫道："你怎么知道？！你认识我？你是二中的老师？"

"另外家庭也有点儿问题，跟父母的沟通很少，出了这么多问题但是不被理解，家庭不但没有减轻你的压力，本身还可能成为一种压力源了。同学关系也会比较矛盾……"

"等下！"修远打断那人的话，"你怎么知道这些的？你认得我爸妈？你是二中的老师吗？"这种被一个陌生人知晓一切的感觉，实在是有点儿让人震惊，甚至有点儿恐怖。

那人看了修远一眼，解释道："我之前留意到，你是坐 26 路公交车在这一站下车的，这辆车路过兰水二中，也就是说你大概率是兰水二中的学生。你在湖边的时候，往临湖实验高中的方向呆呆地看了很久——那边的风景并不好，再加上你的面部表情，大致可以做出推断，你所烦心的事情与临湖实验高中有关系，即想去而不得。

"如果上面的推断成立，那么下面也就很自然了。一个原本可以考上临湖实验高中的学生，实力应该是属于兰水二中的一流水平——估计你自己也是这样预期的。但如果事情真的这么顺利，你不会有学习问题，也不会这么阴郁地在湖边晃荡——也就是说，即便在兰水二中，你也没有达到很高的水平，没有被老师、同学优待，这种心理落差对人的打击会很严重。

"至于家庭方面，从你的表现来看，种种压力之下，如果能够与父母有较好的沟通，不至于憋屈到今天这种程度，由此可以推断。"

修远一脸蒙，张大了口，惊得说不出话来："你……"

"对了，同学，你背的包我也顺手捞回来了。书应该都还在，有几张纸从包里露出来了，我看了下，是你画的思维导图，都湿透了，一摸纸就碎了。

"不过无所谓吧，反正画的都是错的，没什么用。"

修远突然一个激灵："等下！为什么说我的思维导图是错的？你真是二中老师吗？"说回来，修远沦落到今天的惨状，也和思维导图有关。一是他抱有极大的信心，投入了太多精力；二是由于他高估了思维导图的作用，导致心态浮躁，中间浪费了很长时间。最终上学期期末考试的结果，以及近期的成绩下滑，都与此有关。因此当那人提到思维导图，提到他的思维导图是错的，修远变得格外敏感。修远看了看地上湿透的碎纸片——三四张英语的思维导图和一张数学思维导图，又问道："你是英语老师？"

那人一摆手："我是做学习策略研究的，也算是老师吧。同学，身上还湿着呢，先不说了，赶快回去换衣服吧，免得冻病了！"说完，自己也转身离开。

"等下！大叔，等下！"修远追过去。思维导图在修远心中留下的执念太深，一定要弄清楚不可，"我不怕冷！你赶快说一下，为什么我画的是错的？我学习出了问题，是不是就是因为画错了思维导图？"

那大叔又转过身来，叹了口气说："唉，同学，你不冷我还冷呢。再说你，都在打寒战了，还不冷？你想问些学习问题，可以理解，不过我们还是改天再聊吧，先回去换衣服吧。"

"改天？那我怎么找你？留个电话？微信？"修远一个健步抢先上前，拦在大叔面前。

大叔一脸无奈："联系方式不必了。我想想……那就后天吧，星期天下午，我还是在这个地方看书，你过来吧。"说完转身走了。走了没几步大叔又折回来，去湖边刚才坐的长椅上拿起几本书，再次离开。修远扫一眼过去，共三本书，一本《深度思维》，一本《学习的逻辑》，还有一本封面上有"的学霸"几个字，没看太清楚，大致是跟学习方法有关的。

"做学习策略研究的……"修远喃喃自语，"是学习方法吗？那个人好像很懂的样子……"等到那人慢慢走远了，修远才突然感到一阵寒冷，"真的要冻死了！赶快回去换衣服。"

修远回家后，向父母解释半天，自己确实是不小心掉进湖里的，然而怎么解释都没有用……

"疯了，他已经疯了，开始跳湖了……"修督风满脸愁容地说。

"你到底是怎么回事啊？学校里发生什么事了啊？是不是压力太大了？真的是不小心的吗？"妈妈也格外关心。

"真的是不小心，"修远用手捂脸，"真的……"

当天晚上，修远躺在床上辗转反侧，脑海里思绪飘荡。为什么他说我的思维导图是错的？到底是知识点画错了，还是说我的画法是错的？画法不可能错吧，那个培训班的老师确实就是这样说的啊……那就是知识点有错误？不过有三四张思维导图，都错了？不像啊……

另外，学习策略研究又是什么？专门研究思维导图的吗？要是他说思维导图的画法是错的，跟培训班的老师说的不一样，那我该相信谁呢？唔……还是先去见了他再说吧，听听他怎么解释。不过万一他不来怎么办？看起来这人不太靠谱儿啊。不过好歹他救了我一命，先相信他吧……

这样折腾到晚上 3 点，修远终于睡着了。

接下来一天多，修远基本上都在想办法把书包里打湿的书弄干。修远特意把剩下的两张英语思维导图保存好，小心翼翼地烤干。"到时候看他怎么说的，我这两张英语思维导图有什么错。"

到星期天下午，修远提前出门了。修督风警惕地问："怎么这么早走？"修远无奈地撒了谎："那个……作业都湿了，没法做。早点儿到学校去，找同学要一份作业。"

这个理由简直完美！于是顺利出门。暂时，修远还不想让人知道那个神秘大叔的事情。

来到湖边是下午 2 点左右。修远一阵张望，见湖边只有几个散步的人，没发现那个大叔。

"糟了，当时只说是下午，没说几点！"修远心里一阵急，"不会要我等到四五点吧？唉，当时真是傻啊！现在该怎么办？"

正想着，突然有人在背后叫他："同学，在看什么呢？"

正是那个大叔的声音。修远回头一看，差点儿没认出来！眼前这人穿着一身休闲服，上身一件灰色运动外套，下面一条黑色运动裤，脚踏一双跑步鞋。虽然不算英俊潇洒，但也好歹是个正常人了，与上次的奇葩装扮完全不同。如果不是声音没变，修远简直认不出他了。

"大、大叔！你来了！"修远惊喜地叫道。

"啊，刚来。家就住在附近。"大叔边说边向湖边一个公共座椅走去，"去那边坐着说吧。"修远赶紧快速跟上。

修远从书包中掏出思维导图，把图打开放在大叔眼前，开门见山问道："大叔！上次你说我思维导图画的是错的，为什么？错哪儿了？"

大叔接过思维导图，问道："我先问你，你是每一科目都画了思维导图，还是只画了英语这一科？"

"英语和数学两科画了，其余画得少。本来是准备，如果英语和数学画思维导图有效果的话，其他科目再跟上。但是画了几个月，好像没什么效果，所以……"

"嗯，首先从学科来讲呢，英语这种学科，画思维导图基本没什么用。"

"啊！"修远吃了一惊，"为什么啊？"

"其实按照你这种画法呢，数学思维导图也是基本没用的。"

"啊！"修远又吃了一惊，"为什么啊？"

"反而是最适合这么画的几个科目，比如生物、地理、政治之类的，你却没有画……"

"啊！"修远连吃了三惊，感觉有点儿"饱了"，"为什么啊？大叔，解释一下吧！"

"总的来讲，你用的基本上属于假的思维导图……"

"……"修远心里一阵无语：你是不准备解释了吗？

"我先问你，你认为思维导图的本质是什么？"

修远一愣："本质？这个……好像没想过。"

"那我再问你，为什么你认为思维导图会有用？"

"这……因为原来那个培训班的老师说有用……"修远感觉有点儿慌，似乎哪里有点儿不对。

"为什么有用？"

"好像……不是很清楚……"

那人扶了扶眼镜，盯着修远说："同学，什么情况都搞不清楚，人家说有用你就信了？看来你是个老实人啊！"

"……"修远已经不知道该说什么了，愣了一会儿，突然想起了什么，说，"对了，我想起来了，那个老师说思维导图可以开发右脑，激活人体的潜能，把学习效率提高10倍！"说完，修远感觉尴尬得到了缓解，哈哈哈，终于回答上来了啊！不用像个傻子一样什么都不知道了啊。

"然后你就信了啊？"

"这……"刚刚走了没多远的尴尬又回来了，而且还有"利息"。

"唉，同学，看来你不仅人老实，智商也很惊人啊。"

"这……大叔，过分了啊。"

"唉，这么说吧。假设有个电视广告，卖药的，声称包治百病，开发人体潜能，让你健康10倍，你觉得信不信？"

"这……"

"那么，别人说思维导图能开发大脑潜能，提高学习效率10倍，你怎么就信了？"

"这……"

"唉，同学，你还是太年轻啊。"

"这……"

"对了，你叫什么名字？"

"我叫修远。"

"名字还不错。我姓林，你叫我林老师吧。"

"那个，林老师，你还是解释一下吧……为什么思维导图用在英语上不合适？为什么数学这样画思维导图也不行？"

"这要从思维导图的本质说起。思维导图，本质不是一种图形，不是花哨的形状和色彩，而是一种思维方式。"

"思维方式？"修远疑惑。

"对，思维导图的本质，是结构化思维。结构化思维，是一种从框架到细节的思维方式。"

"从框架到细节？这又是什么？"

"口头说起来太抽象了，举几个例子吧。"林老师扶了扶眼镜，说，"有一种数学小游戏，叫作算24，你玩过吧？"

"玩过，四个数字，用加减乘除和括号进行计算，每个数字用一次，最后得出来24吧？"

"对，就是这个，简单的小学数学运算嘛！我来出几个题，你做做试试。"

修远心里就比较放松了，小学数学的计算嘛，应该问题不大，无非是时间长短的问题。碰到简单的算24题目，几秒钟就解决了，比如2、3、5、6，3-2=1，5-1=4，4×6=24。复杂一点儿的，就要多试几次，可能要2~3分钟了。但不管怎么说，肯定是会做的——除非碰到死题，本身是没有答案的。

"第一题，1、5、5、5。开始算吧。"

修远一听，感觉应该是比较简单的题目。因为复杂的题，或者死题，一般都有些特殊数字，比如11、13之类的。这种简单数字的组合一般都好算。

"嗯，5×5=25，25-1=24……多一个5？不对……

"再试下，5-1=4，4×5=20，20+5=25……也不对……"

修远尝试了好几次，似乎没有那么简单，心想：这个大叔，看起来就不对劲啊……果然不会那么简单……修远坐在长凳上，从书包中拿出纸笔，放弃口算，开始踏踏实实地用笔算了起来。

"5×5×5=125，125-1=……不对，差太远了，再试一次。

"5-5=0，也不对……

"怎么会这样？小学数学题已经做不出来了，难道我真的智商感人？"

几分钟过去了，修远已经有点儿头皮发麻了。又过了好一会儿，修远灵光一闪，终于长舒一口气，心中已经有了结论。

林老师拿起自己随身带的水杯，喝了一口水，问道："哦，做出来了吗？"

修远带着迷人的自信，微笑着回答道："已经有结论了——这，是一道死题。"嘿嘿，大叔，想拿一道没有解的死题来骗我啊！可是我一样能够给出答案——没有答案，也是一种答案。

"喀喀喀……"林老师差点儿被一口水呛死，"不是吧？不会做还那么自信？！你还真是骨骼奇特的'天才'啊……"

修远不服："本来就没有解！难道你能解出来？我不信！"

"唉，年轻人，听着：1÷5=0.2，5-0.2=4.8，4.8×5=24。算完了。"

"……"修远一脸无语："这么奇怪的算法？"

"哦？"林老师一脸关爱智障的微笑，"你们小学没有学除法吗？"

"……"修远无语，一头冷汗，"这、这个不算！今天状态不好，再来一个！"

"那好吧，再来一个。听着，2、2、13、13。算吧。"

修远心想：肯定又是些奇怪的套路！唔，看看，除法的话……不好弄，刚才1÷5=0.2，现在变成13了，除不尽啊。嗯，只能除以2了，试下。

唔，13÷2=6.5，6.5+13=……不对！6.5×2=13，13+13=26，又不对！怎么回事啊……

啊！我明白了！刚才故意搞一个特殊算法，故意引诱我往特殊情况上想，但是第二题，有可能恰恰就是常规算法。声东击西啊！修远突然意识到问题所在，开始改变思路。

2×13=26，26-2=24……不对！应该是 26÷2=13，13+13=……还是不对啊！修远心里越算越烦躁。

"啊！我明白了！"修远又长舒一口，胸有成竹了。

"林老师，我已经知道了！"修远带着迷之自信说道。

"哦，这回终于会做了？估计是受到了上一题的启发吧？"林老师说完，又端起杯子喝了一口水。

"没错！刚才故意给一道看似死题、其实有解的题给我，然后第二次再真的给我一道没解的死题！利用人的惯性思维，想把我卡死在这里！经过无数次的尝试以后，依然算不出来，排除一切不可能之后，真相只有一个——这一题，就是一道死题！"修远慷慨激昂地说完上面一段话，恨不得此时自己鼻梁上架着一副黑框眼镜，身着蓝色外套，打上红色领结，然后斜侧身面向前方，最好再来点儿背景音乐。

"咯咯咯……同学，就凭你这种迷之自信，我怎么也想不通你是会跳湖的人啊！"

"……"修远心中一惊，感觉大事不好，并且庆幸刚才没有背景音乐。难道……难道有解？

林老师叹了一口气："唉，听着：$2÷13=\frac{2}{13}$，$2-\frac{2}{13}=\frac{24}{13}$，$\frac{24}{13}×13=24$。算完了。"

"……"

"同学，哪一步没听懂吗？"

"这，听肯定听得懂啊，但是没想到。"修远无奈地回答。

"那么是哪一步想不到呢？知识点不会吗？分数不会？还是除法不会？"

"这……"修远不知如何回答，只好说，"一时没想到吧，今天状态不好，没灵感。"

"这就是问题所在啊。你去依赖灵感，本质上就是依赖经验和运气。运气好，碰巧想到了，就做出来了，或者之前做过同样的题目，就会了。这种都不是正确的学习方法。"

"那应该怎么做？"修远好奇地问道。

修远意识到，这是一个非常重要的问题，不仅仅是算 24 而已。在数学和物理学科中，修远经常会遇到这样的问题，一道题目中，很明显相关知识点是学过的、是记得的，但是就是找不到解题思路。总有一种应该能做出来，但就是做不出来的感觉。等到一看答案，又会一拍脑袋：唉！我怎么就没想到呢！应该可以想到的啊！如果状态好一点儿的话，应该能做出来的啊！

这种平时学数学、物理时经常遇到的问题，和今天的算 24 一样，都是知识点肯定会，就是找不到做题思路。所以，理论上，只要今天的问题解决了，学数学、物理时遇到问题一样能解决。

"来，把笔和纸给我。"林老师说着便拿过修远手中的纸和笔，画出一张表格，一边写一边说,"比如说之前 1、5、5、5 这道题。算 24,有四个数字,所以一共是三个计算步骤。我们把最后一个步骤进行情况分类,也就是问——最后一步,最后一个数字,是怎么得到 24 的?

"这个问题,有且只有五种情况。

"第一种,通过加法得到,某个数字加某个数字等于 24。

"第二种,通过减法得到,某个数字减某个数字等于 24。

"第三种,通过乘法得到,某个数字乘某个数字等于 24。

"第四种,通过除法得到,某个数字除某个数字等于 24。

"第五种,前两个数字加减,后两个数字加减,得到两个整数,然后相乘。这种情况一般是比较简单的,像 4×6、3×8、2×12 之类的。1、5、5、5 显然不是这种情况,几秒钟就试出来了,可以排除。

"于是就有了下面的这张表。"

+	24=1+23	23——5、5、5	X
	24=5+19	19——1、5、5	X
−	24=25-1	25——5、5、5	X
	24=29-5	29——1、5、5	X
×	$24=5\times\frac{24}{5}$	$\frac{24}{5}$——1、5、5	O
	$24=1\times24$	24——5、5、5	X
÷	$24=24\div1$	24——5、5、5	X
	$24=120\div5$	120——1、5、5	X

"你看,一个个地排查下去。如果 24 是通过加法得出来,可能是 24=1+23,但是,5、5、5 不可能算出 23 来,排除。也可能是 24=19+5,但是,19 能通过 1、5、5 计算出来吗?不能,也排除。

"接着看减法。24=25-1。也就是问,25 能通过 5、5、5 算出来吗?不行。再看,24=29-5,那么,29 能通过 1、5、5 算出来吗?也不行。

"这样依次排查,每一种情况不漏过,不管看起来多么特殊。比如,$24=\frac{24}{5}\times5$,那么,$\frac{24}{5}$ 能通过 1、5、5 算出来吗?发现可以,$5-\frac{1}{5}$,正好等于 $\frac{24}{5}$。由此,计算完毕。"

修远听得发愣,大为感叹:"天啊,居然还有这种做法!按照这种做法,所有的算 24 的题目,都可以百分之百保证算出来。根本不用管之前有没有做过,也不用管最终答案的思路多么特殊,反正就这么一项项排查就行了!简直无敌了啊!"

林老师笑笑:"不错,算你反应快!应用这种做法,根本不需要灵感、状态等虚无缥缈的东西,不需要依靠运气。它是被清晰的思路所百分之百保证的。关键点,就在于我们一开始就进行了宏观的种类划分，有且只有四种情况——加、减、乘、除，再无其他可能。这种清晰的分类，保证了后面我们可以快速、准确地找到答案，绝无遗漏。它不是经验，不是运气，而是一种思维方式——"

修远感受到巨大的震惊。脑子里似乎有一些东西正在快速酝酿、涌动、积聚。如果……如果……

"如果你把这种思维方式运用到学习当中，基本就所向无敌了。这种思维方式，就叫作——结构化思维！"

林大叔接着说："而所谓的思维导图，根本就不是一种图形，不是什么开发右脑潜能的扯淡玩意儿，它的本质就是结构化思维。甚至于，只要你掌握了结构化思维的方式，你把它表现成一张思维导图、一张表格，或者就用普通的笔记，已经差别不大了。

"如果要表现成思维导图的话，也要牢记，重要的不是搞那些花花绿绿的颜色、图形，而是结构化思维的方式。所有的思维导图，都应该围绕着这种本质、核心的思维方式来进行。可以这么说——

"一切不从结构化思维出发的思维导图，都是假的思维导图！"

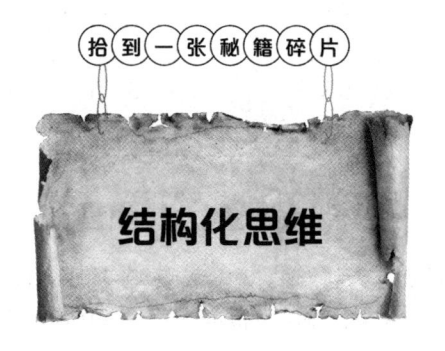

拾到一张秘籍碎片

结构化思维

▶ 第八章 ◀

结构化思维

修远心潮澎湃，脑海里思绪翻腾，痛心疾首地说："原来如此！之前我画思维导图时，也有疑惑，为什么画了些图像、颜色，就能够激发右脑潜能？那样岂不是美术班的学生个个都是天才？可是不知为什么，没有去细想，还是这么做下去了！

"不过，结构化……嗯，刚才那个算 24 的例子我大概明白，不过，唔，感觉好像还是差了一点儿，没彻底弄懂……结构化思维，这个，到底什么是结构化思维呢？我是说，如果不用那个算 24 的例子，换一个例子，什么是结构化思维呢？"

"哈哈哈！你反应还算不错。也别着急，仅仅听了一个例子，本来就没法弄明白'结构化思维'这个概念。

"我来给你下一个精确的定义吧。结构化思维，是一种从框架到细节的思维方式，它强调，不要先入为主地陷入细节，要先考虑大的框架，再去慢慢研究细节。这样，就不会犯方向性的大错误。

"具体来讲，结构化思维包括两个核心要素：第一个是层级，第二个是分类。"

"层级？"

"嗯，层级。这个概念很好理解，层级是指事物的纵向深度。比如，你会网购买东西吧？"

"啊，会啊！"

"买东西要填快递地址吧？"

"当然啦！"

"快递地址——我随便举一个例子——应该是这样的：中国，浙江省，杭州市，西湖区，龙溪路，丰湖小区，5 栋，202 号。这就是一个典型的纵深层级。中国，一级；浙江，二级；杭州，三级……以此类推。"

"这样啊？这不是很常见吗？"

"所以说，这个概念很好理解嘛。你觉得这样的顺序递进的层级，有什么好处？"

"好处？就是看起来方便喽。"

"没错，层次划分，会让你的注意力自然集中，大脑会感觉思考得很顺畅。如果你不注意层级排列，就会让大脑很烦躁、很累、很乱。比如，还是上面的地址，你这样写：202号，杭州市，龙溪路，中国，西湖区，丰湖小区，浙江省。有什么感觉？"

"这样就乱了，估计卖家看了直接拒绝发货吧。"

"没错，这就是层级。简单吧？"

"嗯，明白了。那么分类呢？也是我们平常说的事物分类吗？"

"是的，像上面的题目中，加、减、乘、除各是一类。再如，苹果和梨是一类，猫和狗是一类，苹果和狗就是两类，等等。"

"如果那样的话，也是挺简单的嘛。"

"哦？觉得简单，不错嘛，学得很快！来，再来做个题目试试。"

"又要算24？这就太简单了吧，就按照你刚才的那个方法，所有题目都算得出来啦！"修远显得有点儿轻松。

"当然不是。这次换个题目。听着。

"在一条长达几千公里的国道上，有一段路在一个山区，其中有一个弯道，被称为'死亡弯道'，因为在过去的几年时间内，这个弯道上的事故发生率比其他地方要高几十倍，死了几十个人。

"当地新换了一个官员以后，认为在自己的辖区内出现这种所谓的'死亡弯道'，让自己非常丢脸，于是他派当地的交通局官员，也就是你，去想办法解决这个'死亡弯道'的问题。

"你去现场调查了以后，发现这个'死亡弯道'在一个山谷里，它的路宽是正常标准，但是弯拐得确实是很急——因为山的形状就是这样的。你手头大概有几十万甚至一百万左右的资金，它们可以被用来处理这个问题，更多钱就没有了。现在，你准备通过什么方法来解决这个问题？"

"这是个什么怪题目？'死亡弯道'？唔……"修远陷入沉默，开始拿出纸笔，画起了草图，"出事故的原因是什么呢？我想想，对了，弯道太急了！这样的话，把路加宽不就好了？不对，说了是山谷，也就是说，外侧是悬崖，没法加宽！这样的话，只能把里面的山挖掉了。咦，不知道几十万够不够挖山的啊？林老师，只能想到这里了，肯定要把里面的山挖掉一部分，这样弯道就变直了一些，安全些。但是钱够不够的问题，我就不知道了，又不是搞工程建设的，没有经验。"

修远认为，分析到这里，就已经是极限了，更多的就不应该归他管了，因为他只是一个学生，不知道这些挖山、开路的造价，也是正常的。

"不错嘛小伙子，一言不合就要挖山，很有愚公精神嘛！"林老师笑道。

修远看着林大叔的表情，感觉有点儿不对劲，应该不止这么一个方法，否则就没有难度了。"等下！我还有一个方法，就在弯道这里设置一个减速牌，让司机减速也可以！"修远兴奋地补充道。

"嗯，不错。还有吗？"

"啊？我想想。也可以设置一个减速带。"

"跟减速牌差不多。还有吗？"

"这……就这么多吧，已经足够解决问题了嘛。"

林老师闭上眼，又是一口水下肚："呵呵，对不对先不说，我问你，你的分类和层级去哪里了？"

修远一时没有反应过来："什么意思？"

"结构化思维啊！你不是说结构化思维很简单吗？但你应用了吗？"

"啊？这里也要结构化思维？这……和刚才的算 24 不一样啊！"修远直直地看着林大叔。大叔笑而不语，看样子是不打算接话了，于是修远又开始思考起来。

"这个，结构化思维……分类、层级。分类的话，这个地方怎么分类呢？唉，大叔，我想不出来啊，你快说吧！"

林老师收起笑脸，平静地说："刚才说过，结构化思维如果应用于高中学科学习的话，效果惊人。不过，如果你脑子都不愿意动，才经过这么几秒钟就放弃了，我觉得没有必要浪费时间教你了。这样的态度，你学了也没用。"

修远听了心里一紧，额头上差点儿冒出冷汗。他看着大叔深邃的眼睛，如同望着湖水，湖中有雾，雾里又有一座神秘岛。修远低下头，决定不能被大叔看扁了，要继续思考。

层级、分类……分类的话，这个地方，人是一类，车是一类，路是一类，这都是第一级，就是大叔说的框架了。然后从框架到细节，细节的话，人，有可能超速，这就用减速带。也可能……对了，疲劳驾驶！可能是由于在路上开车开久了，疲劳驾驶造成事故。

然后车，我想想，可能哪一类车不适合开到山里来？质量比较差的？旧车吧！那就把旧车限行，不让它进这段路。

最后是路，路的弯道太急，这是最明显的原因，可以挖山。也有可能路不平？或者，路上有个什么障碍？检查一下，把障碍清除就好了。

修远思考了好一会儿，最终才怀着忐忑的心情把自己上面的想法告诉林大叔。

林老师听了点点头，缓缓说："稍微有点儿样子了。虽然比较粗糙，但方向差不多了。还是我给你细细分析一次吧。

"先要有一种意识。结构化思维的应用场合非常广泛，你要时时刻刻注意思考，此处能不能应用结构化思维？如果能应用，那你的思考就会比较清晰，而且不容易有漏洞。所以，结构化思维，首先是一种意识。"

"意识？"修远似乎想到了什么，"等我想一下。意识……最开始，我随口就说，弯道太急了，要挖山，这个答案显然不够周全。但是，后面当你提醒我用结构化思维的时候，我就很自然地补充了很多种答案。关键是，在这个过程中，你根本没有直接提示我什么东西，只是让我注意用结构化思维。"

修远猛然抬起头，大声说："这就是意识！就在这一个点上，有没有意识到要用结构化思维。如果没意识到，思维就很狭窄、肤浅；如果意识到了，思维一下子就开阔了。"修远兴奋得越说越快，"这才叫开发潜能啊！仅仅一句话，就让我的思考能力提升了那么多！"

"哈哈！"林大叔笑了起来，"对了，对了。就是这种意识。实际上，结构化思维是一种技能。技能嘛，只要你越用，就一定会越熟练，所以，技术本身并不是特别大的问题。反而一开始这种意识的培养，才是关键！

"当然，也不是说技能不重要了。有些细节，也还是要注意一下。你听听我对刚才那个问题的分析吧。

"在这个问题场景中，先不要直接进入细节，先建立一个大的框架，做一个大的分类。实际上，第一层级，有四个大类，人、车、路，以及其余周围环境。所有可能的答案，都在这四个大分类当中。

"然后再去逐一思考各种细节的可能性。比如，人，有可能是酒驾——山区里面没有警察查酒驾，所以部分司机就放松警惕了；有可能是疲劳驾驶，就像你说的那样；有可能是受到惊吓了，比如，可能这个弯道的山上面有个狼窝、蛇窝之类的，等等。

"再依次去分析其他大类。比如环境这个大类，下面又有几个小类。有可能是山谷中风太大的原因；有可能是光线的问题。而光线，又分出两个小类，有可能是光太暗，也有可能是光太强，比如，山上住了一户人家，晚上喜欢开强灯光，影响到下面的公路驾驶，等等。

"这样一项项地分析下来，基本所有的可能原因都会被囊括其中，不会有遗漏了。"

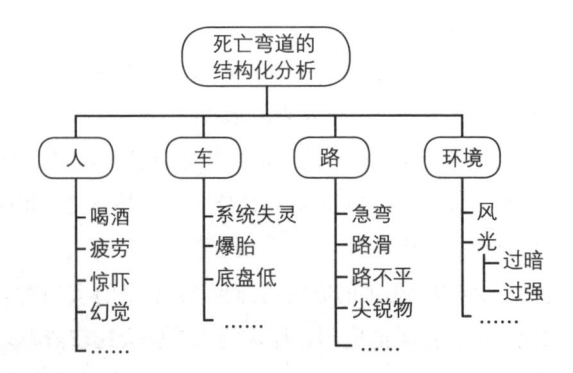

```
         死亡弯道的
         结构化分析
    ┌───────┬───────┬───────┐
    人      车      路      环境
    │       │       │       │
  ─喝酒   ─系统失灵 ─急弯    ─风
  ─疲劳   ─爆胎    ─路滑    ─光
  ─惊吓   ─底盘低  ─路不平    ├─过暗
  ─幻觉   ─……    ─尖锐物    └─过强
  ─……            ─……
```

修远听得入了迷，心中暗想：居然有这么多种可能，而每一种都有可能是最终的原因。也许根本就不是弯道的问题，只是周围光线太暗了而已，结果我却去修弯道了。如果没有做这样的结构化分析，那么思路根本就不会那么清晰，也不会那么系统啊！

林老师看修远陷入沉思，就停了一会儿，让他尽情地思考。过了一会儿，修远望着大叔，说："林老师，我好像知道了。你之前说过，思维导图的本质是结构化思维，也就是说，在画思维导图的时候，各个分支也要严格按照这个大的框架结构来画。先做好大的分类，然后再去梳理各个细节。"

"对了。这样去画思维导图，把课本知识进行合理的分类，能够很清晰地知道知识的层次脉络，知道知识点在知识网络中的位置，学起来就会清晰、高效。"

"林老师，这点我听懂了，但是我还有一个疑问。之前我的英语思维导图，确实画得比较混乱，没有按照结构化思维的方式来画。但是我的数学也画了类似的思维导图，虽然没有严格按照今天的结构化思维来画，但是也差得不多。不过，依然没有什么效果啊！"

林老师点点头，说："嗯，先把结构化思维弄清楚了，再来思考这个问题。我之前也看过你画的数学思维导图，和大部分使用思维导图的学生画的是一样的——也就是没什么用的那种。你知道问题出在哪里吗？"

"就是这一点没想通。"

"哈哈哈！"林老师大笑道，"因为你们实际上画的不是思维导图，而是知识导图。"

"啊？什么意思？"

"你想想，你画的思维导图上面，都是些什么东西？是不是抄了一堆公式、定理和概念？"

修远回忆了一下，说："是啊！都是书上的原始公式和定义啊。"

"那些主要靠记忆的东西，叫思维吗？只是知识而已。你们根本就没有思考起来。真正的思维，应当是如何使用这些公式和定理，如何对它们进行组合和变形，等等。只有这样做出来的东西，才能叫作思维导图。可以说，用结构化思维去处理知识，是思维导图的低级用法；用结构化思维去处理思维，才是思维导图的高级用法。"

醍醐灌顶！

修远陷入长长的震惊中，说不出话来。

"这样看来，之前画的图确实都是没用的啊！不过是把书上的内容又抄了一次而已。"修远几乎要笑了出来，"简直太傻了啊！抄了几个月的书！居然还指望靠它去'救命'，靠它去翻身，靠它让自己的分数涨上去！"修远猛烈地摇头，埋怨自己犯了个如此低级的错误。

"懂了，懂了！这下是真的懂了！唉，真是错得太多了！唉！"修远不住地摇头叹气。

"真的懂了吗？那我考考你吧。你觉得，哪些学科适合用思维导图，哪些学科不适合？该用什么样的思维导图？"

"这就好分析了。思维导图的核心是结构化思维，用法是知识的思维导图和思维的思维导图这两种。对于生物、地理、政治、历史这些学科，比较适合用思维导图的低级阶段，就是知识的思维导图。而数学、物理之类的，就需要用思维导图的高级阶段——思维的思维导图！"修远一口气说了出来，几乎不需要再思考了。

"不错，不错，看来当下确实是理解了。不过具体应用的时候能不能做到，还要经过实际检验才行。今天的课就上到这里吧！一周之后，同一时间、同一地点，你来汇报一下你的学习成果吧。"

"好！谢谢林老师！"修远高兴得几乎是喊了出来。心中仿佛厚厚的窗帘被掀开，房间里充满明媚的阳光。

第九章

学习使我快乐！

袁野下午接到修督风的电话，询问修远在学校里情况如何，是不是出了什么问题。袁野一阵奇怪——表现还算正常吧，虽然上课是有点儿吊儿郎当，但是并不像有什么严重问题的样子，似乎在这个班上适应得还不错。

"啊？跳湖？这个不会吧？修远爸爸，您可能是想多了吧？嗯，对，我也觉得，他应该是不小心掉下去的吧。啊，对，没事就好，没事就好……"

恰好数学课代表杨乾智正走进办公室，似乎听到了一些什么："啊，什么跳湖？"

袁野吓一跳，心想：千万不能让这种事情在学生当中乱传，于是说："没什么，其实是那个修远，太有个性了，这才4月初啊，居然跑到微湖里去游泳！唉，他爸爸担心他感冒，所以打个电话跟我问问。"

"啊？去微湖游泳？这么不怕冷！"杨乾智惊道，"太有个性了吧？从实验班出来的人就是跟我们普通人不一样啊！"

杨乾智拿了数学作业回班级里。袁野还在思考修远的问题：这个家伙，什么情况？到底是不小心掉下去的，还是真的跳湖了？难道在我们班不适应？没有吧？唉……

"尤老师，分享一下你的经验吧！你看这次小考，你们班学生进步好大啊，120分以上的人有好几个！你用了什么特殊的方法？怎么这学期刚开始变化就这么大？"一位老师问十六班数学老师尤园。

尤园有点儿不好意思地笑了笑："啊？这个，好像没什么特别的方法吧，跟以前一样啊。可能是有些学生终于开窍了吧？哈哈，哈哈，我也不是很清楚……你看十五班赵老师那边也进步很大嘛！"

修远离开那位林大叔回到学校时，班级里已经早就议论纷纷了。

"你听说了吗？那个从实验班出来的修远，好有个性哦！他上周五居然跑到微湖里游泳了！"

"不会吧？难道他不怕冷吗？"

"听说还是穿着衣服游的！太猛了啊！"

"好厉害啊！真是跟我们想法完全不一样啊！"

"喊，什么啊，他就是有病吧。游泳不会去游泳馆啊？非跑到微湖里去！"

"人家就是有个性嘛！"

"我看他就是故意引人注意的吧！"

……

修远走进教室时，班上十几二十个同学一齐转头看他，让他感觉有点儿莫名其妙。怎么回事？看我干吗？修远心想。

不过修远没有心思再管那么多了，而是急切地要把刚刚学的结构化思维应用到当前的学习中。学的还是数列章节，修远翻出之前的试卷和辅导书，快速看了起来。

还是原来的课本，还是原来的教辅书，可是这一次，带着结构化思维的意识去看，一切在修远的眼中都已经有些不一样了。

把课本、上次考试的试卷，以及教辅书中的数列章节翻阅完以后，修远心中产生了一种感觉：清晰。之前看题目的时候，感觉题海茫茫、无穷无尽，虽然平时练习也做过不少，但脑子里总有模糊不清的感觉。考试成绩高低，纯看考场上状态如何、有没有灵感。但是此刻再看这些题目，却有一种清晰的感觉。

并不是说，这些难题突然就不难了，它们还是有难度。可是那只是技术性的难了，而不是一片迷迷糊糊、杂乱无章的难，即现在的难，是清晰的、可以攻克的难，是不会让人慌乱、迷茫的难。

"如果要给这些题分类，该怎么分？"修远进一步问自己。

"等差的一类，等比的一类？或者求通项的一类，求和的一类？"

修远立刻意识到，这样的分类并不好，太粗糙了，与题目的核心关键点并没有真实联系起来。其实修远已经吃过类似的亏了——他之前专注于画一些知识点的思维导图，完全起不到作用，正是因为它们只是单纯的公式、概念等，与千变万化的题目之间缺乏真正深刻的联系。

对题目的分类也是一样，仅仅简单地分为求通项、求和也没有意义。就好比给世界上的人分类，逻辑上，你当然可以分为男人和女人，但是这样的分类法基本没有作用——因为人的类型太多，男女性别的划分并不能让你对每个人的特质有深刻的启迪与了解。题目也是这样，看起来基本只有求和与求通项两种题，但同样是求通项，不同的题目间又千差万别，单纯的一个"求通项"并不能挖掘出题目的核心。

换句话说，求通项、求和这种分类，只是一个空壳而已，并没有什么意义，必须要有进一步的细分。

那么，按照什么标准来细分呢？这才是核心问题。

显然，根据林老师的意思，应该按照题目中蕴含的思路来分类。于是，修远将自己的注意力重心转移到题目中蕴含的思路上去，思考每一道题时都暗自揣测，这道题的核心思路究竟是什么呢？

将一张基础试卷和教辅书中的中等难度的题目全部分析完以后，修远发现了一个惊人的事实——看似千变万化的题目，其实核心思路只有极少的几类而已。

比如，大部分题目都是基础公式和衍生公式的应用——这就占了80%的分数了。对于等差数列来说，除了最基础的 $a_n=a_1+(n-1)d$ 和 $S_n=\frac{n(a_1+a_n)}{2}=na_1+\frac{n(n-1)}{2}d$，还有几个根据基础公式演变出来的公式：

1. 当 $m+n=p+q$ 时，$a_m+a_n=a_p+a_q$；
2. 根据1，另 $p=q$，当 $m+n=2p$ 时，$a_m+a_n=2a_p$；
3. 根据2，$S_{2n-1}=(2n-1)a_n$；
4. 对于等差数列 a_n，S_{3n-2n}、S_{2n-n}、S_n 也为等差数列；
5. 对于等差数列 a_n，S_n-S_p、$S_{n+k}-S_{p+k}$、$S_{n+2k}-S_{p+k}$，也为等差数列。

这几个衍生公式都不难理解，可以简单证明出来。如果按照结构化的方式整理一下，其实也不过就是几个公式而已嘛！更何况，这些公式也并不是什么机密，很多辅导书上都有啊。可是之前由于缺乏结构化的思维方式，一头埋进题海里，总觉得题型有无数种，就这几个简单的衍生公式总也整不清楚，还觉得很复杂。现在抽出身来整理一下，居然就这么几种！

当然，除去几个基础和衍生公式，还有些特殊的做题技巧需要掌握，但细细查阅资料后发现，其实也没有几个。主要是累加、累乘法、构造数列法、错位相减、裂项相消、分组求和，以及倒序相加等几种——一共就不到十种方法而已。

数列章节已经学习好几个星期了，几个星期掌握十种方法，真的很难吗？

如果说，每种大类方法下面可能有两三个细分，那么在极端高效的完美情况下，做三十到五十道题，整个数列章节也就已经搞定了啊！可自己做了多少题呢？10倍都不止了，为什么之前还是一片混沌呢？就是因为没有抓住核心思路，没有围绕核心思路做结构化啊！

修远越想越兴奋，整理题目思路居然整理出了强烈的快感，完全停不下来。整个晚自习，修远奋笔疾书、马不停蹄，之前做过的那些题目，都被他通过解题思路结构化的方式真正融入大脑。好比肠胃不好的人吃了很多补品并没有多大效用，但哪一天肠胃好起来了，补品的效果可能就会突然显现。

越做越清晰，头脑中的混沌变成了清晰的结构，修远感到无比畅快。

这样畅快的感觉一旦开启就不想停下来。第二天午休时间，修远甚至觉得不太想睡觉，被一股巨大的兴奋感刺激着，吃完饭就直奔教室，想要把数列剩余部分的细节补充完整。修远步伐轻快，小声吹着口哨来到十四班教室门口，却发现门口有一个熟悉的女生身影——

夏子萱！

"她怎么会在这儿？"修远心里疑惑。

"啊，修远，刚好你来了。"夏子萱说着递过来一张试卷，"上周你在群里说想要我们数列章节的测试试卷，我本来拍了照片准备发给你的，不过后来你退群了……"

修远回忆起群里实验班几个匿名同学的羞辱，自己一怒之下就退群了。

"……所以我就复印了一张给你送过来，不知道你用不用得上？"

修远略微一愣，心中一阵感动，竟不知说什么好。其实当初在实验班时，自己与夏子萱并不熟悉，只不过因为夏子萱是班长，所以才偶尔有些接触。现在自己需要帮助时，付词、姚实易、刘语明等与自己玩得好的人都没有吭声，反倒是并不太熟悉的夏子萱愿意大费周折来帮忙了。

"谢、谢谢！"修远接过试卷。

"要不你还是加一下我 QQ 吧，以后你要是还要试卷的话，我直接拍了照就可以传给你，不用每次去复印这么麻烦了。"

"好，太好了！谢谢你。"修远高兴道。

留过联系方式，两人各自转身。夏子萱一回头，正看见诸葛百象在楼梯口处站着，于是自然冲他笑笑。诸葛百象回以一笑，道："你特地复印了试卷，又专程给修远送来？"

夏子萱回头确认修远已经进了教室，又低声道："是啊。其实修远挺可怜的，一个被淘汰出实验班的人，还念念不忘地想要实验班的试卷等资料，心里面该有多么不甘心、多么落寞！尤其是，他高一开学的时候可是班级的前几名呢，结果……反正复印一张试卷给他也不麻烦，毕竟同学一场，能帮他就帮他吧——难道你觉得不应该吗？"

诸葛百象赶紧一摆手解释道："不不不，应该的。不过你这专程跑一趟过来，恐怕有人要误会你对修远有什么想法。当然，我自然知道，你就是单纯、很善良而已。"诸葛百象说完一笑，回忆起去年期末考试之后，罗刻与李天许之争时，全班同学看着罗刻被李天许羞辱却无动于衷，只有夏子萱冲进大雪之中安抚罗刻的情景。

修远回到教室，感动之余也略微兴奋，正好，拿实验班的题目试一试自己所做的数列章节结构化的效果如何。修远浏览和尝试思考试卷题目，每道题只是思考思路，而不纠结于计算具体数据，如此花费了大半个小时，得到结果——除了压轴题最后一问和填空的小压轴题是没有见过的新题型，其他题目全都没有超出自己所做的解题思路结构化的范围。

而且，剩小压轴题不会做，也不是因为自己在数列章节有什么知识漏洞，而是因为这题是数列和函数结合的难题，自己在函数章节部分基础不扎实，导致了题目中的关键思路有遗漏；至于压轴题第二问，则涉及一个较为复杂的等比数列构造，是自己已经知道有此一类题型，暂时还没有来得及去仔细研究的情况。

修远不由得兴奋起来，如果自己不出现低级的计算错误，那么这张试卷能够得到将近 140 分。看来结构化整理初显成效了啊！

这一周的课余时间里，修远将几种题型依次研究透彻、归纳清晰、操作熟练。由于巨大的兴奋和高度的投入，进度还比预计的更快一些，甚至让他有多余的空闲时间去额外研究一些压轴题型了。

"喂，你觉得那个修远怎么样啊？"一个人小声问道。

"不能按照一般人估计，甚至与之前第一名的乔督木也不是一个类型。"一个冷冷的女声回答。

"怎么说？"

"前几个星期，上课完全不听讲，好像根本不愿意学的样子；这一个星期，突然又无比专注地在学习——状态变换很快，让人完全摸不着头脑。"

另一个男生插嘴道："我看他这几次考试成绩也不是特别高，普通优秀而已啊。"

女生冷静道："目前看不出实力。这都是不重要的小考试，他自己未必重视。真正体现水平，可能要等到期中考试才行。这种人，要么是'水货'，学习态度不端正，有一搭没一搭地学，所以被淘汰出实验班了；要么是个天才，对自己的智力极端自信，哪怕平时不学，什么时候兴致来了随便看看书、做做题就能立刻赶上来。"

"我看他进入状态倒是很快——从上几周的丝毫不学到这周的全神贯注，简直是无缝衔接。"

"他要真是个天才，那我们不是又没有出头之日了？"

讨论小声进行着。在十四班原第一名乔督木离开之前，这三个学生——梅羽纱、叶歌海、鲁阿明，基本上稳定地占据二到四名。现在，乔督木离开了，修远转入，他们最大的假想敌就成了修远。这三个人关系要好，谁得第一无所谓，重要的是，他们能把那个叫作修远的家伙压下去吗？

第十章

补考事件——巨人崛起了！

周三下午，十六班数学老师尤园正在办公室里备课，十五班老师赵丽华找到他："尤老师，跟你说个事情。"

"哦？"尤园抬起头，"什么事？"

"上次数列单元的测试，我们班有几个学生，平常都是70~80分、中等偏下水平的。这次居然都考了110分以上！原来以为他们是突然开窍了，但是后来课上讲卷子的时候，发现有点儿不对，考试时候做对了的题目，把答案遮住叫他们讲解一下怎么做的，居然讲不清楚！好几个学生都是这样！"

"这是怎么回事？难道是考前突击复习，考过就忘了？"尤园疑惑道。

"我第一反应也是这样。不过后来找不同的同学查了一下，发现，这几个人是提前弄到部分题目和答案了！"

"啊？怎么漏题了？"

正说着，其他几个班的数学老师跟着围过来："怎么回事？"

赵丽华接着说："我对这几个学生批评教育了好久，他们最终透露出来，题目和答案，是十六班几个学生给他们的！尤老师，我想你们班这次成绩这么高，可能也需要查一下吧？当然，这不是怀疑你的教学水平，但是有些不守纪律的学生，还是要管一管！"

"什么？我们班学生泄露出去的题？"尤园大为紧张，后背流汗，脸上泛红。尤园心思比较简单，有几个平时成绩不好的学生这次考到120分以上，尤园简单地认为是这几个学生最近认真学习了，没想到是提前知道题目答案！简直尴尬啊！"这个，一定要查！一定要查！"尤园赶紧说，"唉，这些学生，怎么就不学好呢！"

其他班数学老师也开始怀疑，自己班上是否有学生参与此事。

一个下午的忙碌审查和训问学生后，数学组的老师们初步得到真相：

数列章节单元测试之前，十六班有个学生到老师办公室来，碰巧当时办公室没人，这学生发现尤园桌上有测试试卷，趁机用手机拍了第二面大题的照片，然后带回去查资料、找原题、背答案。

随后，这名学生在班级内小范围地传告了相关资料，又进一步传告到同楼层的其他几个班级。该楼层有十三班、十四班、十五班、十六班四个班级。十四班、十五班、十六班的数学老师已经明确查证，本班确实有少数学生提前拿到了答案；十三班有几个学生成绩高于平时水平，但尚未掌握明确证据，学生自己也不承认。

"总的来讲，这四个班级的本次测试是无效的。其他班级暂时不明确。所以我想，这四个班级，还需要重新测试一次。"七班数学老师、数学组副组长廖伟敬说，"另外，也希望老师们保管试卷的时候要小心一些。虽然只是平时的小测试，但还是要注意嘛。重测的试卷，就由十三班到十六班的四位数学老师重新出一份吧，然后各班找自己方便的时间进行补考。"

"这些学生，真是不像话！"尤园非常激动。虽然不算什么大事，但不论怎么说也是自己班上的学生弄出来的。更关键的是，在此之前其他数学老师还向他道喜，表示要向他学习，这就尴尬了。所以在出试卷的时候，尤园一个劲地往里面加难题，似乎要通过这些难题撒撒气。

另外三个班的老师围到尤园的办公桌旁。

"尤老师，我说，这样出题似乎太难了一些吧？"袁野问道。

"就是要让这些学生知道下厉害！不治治他们，简直不知道天高地厚！"尤园情绪激动。

十五班的赵丽华说："虽说如此，不过应该也不用搞得这么难吧。你看后面四道大题，其实都是接近压轴题的难度了，别说普通班的学生了，恐怕实验班的学生也受不了。我和临湖实验高中的老师也有交流，就算是他们学校的测试题，应该也没有这么难。我觉得至少换两题下来，降低下难度。保留两道难题让学生们长长记性，就够了。"

一阵讨价还价之后，试卷定了下来。尤园表示不满："这个试卷难度，便宜他们了！"而袁野则暗暗担心：便宜个啥啊，明显难度过高了。唉，这一场补考考下去，估计学生的信心要被打击死了。

十四班的补考于周四晚自习进行。袁野说："可能大家已经知道了，上次数列单元的小测试，我们班有部分同学提前拿到了答案，所以老师们决定，需要重考一次。这份新试卷呢，是几个老师重新出的，比较仓促，我看了一下，难度比较大。但是大家不要紧张，高考的难度是不会有这么大的。所以这张试卷，还是要认真做……"

"唉，好讨厌啊，是谁提前看答案的啊，拖累我们！"

"还要更难一些啊？上次那个已经不简单了吧！"

"数列都已经上完了,怎么还要考啊!要考也该考正在学的不等式了吧?"

"喂!搞错没有,你喜欢考试啊?不等式也不要考啦!"

……

修远自从用结构化的方式把数列章节整理完了以后,信心爆棚,袁野说要补考一次,他不仅不担心、不厌恶,甚至还很高兴!于是低着头暗自笑了一下,不料这一下被袁野看到了。

尽管修远这一周已经在拼命努力学习了,不过鉴于他前一个月的表现实在太辣眼睛,不是睡觉、走神儿,就是躲在桌子底下看手机、小说之类的东西。所以现在看到修远低头暗笑,袁野本能的反应就是,这家伙又要滑头了。

袁野无奈地说:"喂,修远,尤其是你啊,考试的时候严肃一点儿啊!平时上课就没有好好听,至少考试一定要好好考吧!"

"啊?"修远突然被袁野点名,只好收住笑脸,抬起头,"哦,知道了。"

旁边又开始窃窃私语:"不是吧?他原来一直没有好好考吗?"

"太厉害了吧?上一次就考了110多分,已经很高了,还是没有认真考试?"

"别扯淡了,我看他就是只有110分左右的水平吧。"

"只有?你考多少分? 100分都不到吧?"

……

"行了!安静!话不多说,开始测试吧!"袁野说道。

考试进行了20分钟左右,就有很多学生开始叹气、发呆,互相张望了。教室里一片惨状,哭天抢地。

"老师,我们得罪你了吗?居然让我们做这种试卷?"

"老师,你恨我们吗?你想要我们发呆到死吗?"

"老师,我觉得没有必要做下去了,可以放学了……"

"老师,你这种试卷对我没有作用啊。正常情况下我就不及格,你这张试卷我还是不及格而已嘛!"

"老师,这个选择题比上次试卷的大题还要难啊,你故意的吧?"

……

袁野以手捂脸:"喂,题目不是我出的啊,不要怨我……"

就在其他人纷纷表示要放弃的时候,修远却出奇地冷静。题目确实比上一次难了很多,但是……但是根本没有逃出他做的几个分类,依然是那几种题型而已。修远心中暗想。

比如,选择题第三题:

已知两个等差数列 $\{a_n\}$ 和 $\{b_n\}$ 的前 n 项和分别为 A_n 和 B_n，且 $\dfrac{A_n}{B_n} = \dfrac{7n+45}{n+3}$，则使得 $\dfrac{a_n}{b_n}$ 为整数的正整数 n 的个数是（ ）。

A. 2　B. 3　C. 4　D. 5

难倒一片学渣，并让不少中等水平学生计算减速，不过修远却根据自己事前做好的结构化，一眼就意识到，这是要把 $a_n \div b_n$ 转化为 $A_{2n-1} \div B_{2n-1}$，不到1分钟就得出了答案。

又如，大题第一题：

设数列 a_1，a_2，$\cdots$，a_n，$\cdots$ 中每一项都不为0。
证明：$\{a_n\}$ 为等差数列的充分必要条件是：对任何 $n \in N^*$，都有
$\dfrac{1}{a_1 a_2} + \dfrac{1}{a_2 a_3} + \cdots + \dfrac{1}{a_n a_{n+1}} = \dfrac{n}{a_1 a_{n+1}}$。

一众学渣看着题目就有点儿蒙，不过修远回顾一下自己解题思路结构化的内容，立刻意识到，这与裂项相消法最为接近，于是轻松解出题目。

再如，大题第三题：

已知数列 $\{a_n\}$ 满足 $a_1=4$，$a_n=3a_{n-1}+2n-1$（$n \geq 2$）求 $\{a_n\}$ 的通项公式。

这一题，不仅学渣们如见天书，中上程度的学生也束手无策，而修远却轻松定位——这是数列构造法的一个细分。不过5分钟，这道难题又被完美解决。

总之，这一次的试卷，修远做得无比顺畅。

周五上午，试卷改完了。数学办公室里，另外三个班的老师围在了尤园的办公桌旁。
"我说尤老师，你这张试卷一考完，有几个学生已经表示想退学了啊！"十三班数学老师曹宗卫说。
尤园："……"
"是啊是啊，考完以后，整个班士气低迷，都没有信心再学下去了！"十五班老师赵丽华接茬儿道。
尤园："……"
"唉，尤老师，我们班学生认为我已经疯了，我只能表示，试卷其实是你出的啊！"袁野补充道。

尤园："……"

尤园表示："呵呵，呵呵，这个……啊，这个，稍微有点儿和想象的不一样呢。啊，哈哈，下次注意，下次注意！其实我们班学生反应好像还行吧，哈哈！"

"是——吗？"赵丽华拖长了声音，"150分的满分，我们班最高分102分，总共才五个人及格！你们班考得特别好吗？"

曹宗卫补充道："我们班八个人及格，全都是90多分，就没有超过100分的！"

"我们班还没有改完试卷，五十张批改了四十张左右，最高104分，目前只有四个人及格。我估计全部改完了，也不超过六个人及格吧。"袁野一边说着，一边又回到办公桌前，急着想把剩下的试卷改完，以证实自己的推断。

尤园："……"

"尤老师，你们班情况应该特别好吧？你都说了学生反应还可以的嘛！"

"是啊是啊，最高分多少，几个人及格？快说啊！"

尤园："这……好像……只有两个人及格……"

曹宗卫和赵丽华一起盯着尤园，直勾勾的眼神似乎在索命，仿佛在说："还我学生信心——还我班级士气——"

尤园："……"

"喂！"袁野突然叫了起来，"都过来！你们来看看这张试卷！"

三个老师围过去看了半天，好一会儿说不出话来。

赵丽华试探着问："不会试卷又泄密了吧？"

"不可能！"袁野斩钉截铁地说，"尤其对于这个学生是不可能的。"

"这个修远什么来头？"尤园说，"是从实验班下来的那个吗？"

曹宗卫还有疑问："那也不正常吧。这个难度，就是实验班的正常学生也做不到这种程度。"

"是啊。这次的试卷，难度已经超过上次实验班试卷的水平了。"袁野放下笔，缓缓说道。

十四班，数学课。袁野抱着一堆试卷走进教室。还没开口，学生们看见试卷，抢先嚷嚷起来：

"袁老师，我觉得你不用报成绩了，反正不及格嘛！"

"我觉得成绩还是要报一下，都是不及格，但是20分和80分还是有区别的嘛！"

"呸！这么难的试卷，你考到80分我立马跳楼！"

"呸，怕什么，赶快念成绩，反正都不及格，大家都一样！谁怕谁啊！"

"就是就是！报成绩！大家都一样！"

一般考试完以后，大部分学生都不想让老师当众念成绩。但是这一次情况恰恰相反，因为大家都知道难度是不正常的，分数低了并不能说明什么，反而以一种无所谓、看热闹的心态闹腾了起来。

"行了，大家安静！"袁野说，"大家也知道，这次考试难度是不正常的，超过了高考的正常水平，所以分数低了也不要紧。这一次，能够及格的同学就已经相当优秀了。我们还是看一看哪些同学及格了吧！"

底下又开始叫起来了："什么？！居然有人及格了？骗人的吧！"

"废话，你不及格，以为都跟你一样不及格啊！"

"你才废话！说得好像你能及格一样！"

……

"别吵了！本次一共有五位同学及格了！韩杰，91分！"

"牛！"底下一片叫好。

袁野："叶歌海，93分！"

"啊，叶歌海果然及格了！"

"是啊是啊，就算我们不及格，叶歌海肯定能够及格的！"

袁野："鲁阿明，96分！"

"哇！看不出来啊，这小子这么厉害！"

"他本来数学就很厉害的好吧？人家只是偏科，英语不行而已。"

袁野："梅羽纱，104分！"

"天啊！104分！假的吧！"

"不愧是梅羽纱啊！牛气冲天啊！"

"虽然早知道她很厉害，但是104分也太夸张了吧！"

"非正常人类啊！外星人吧！"

……

梅羽纱接过试卷，安静地看了看叶歌海和鲁阿明。鲁阿明回以一个恭喜的微笑，叶歌海则做出一个复杂的表情，似乎既在说恭喜，又表示不服输。

周围同学热闹地讨论着："学霸就是学霸，还是那几个人，再难的试卷也能及格啊！"

梅羽纱突然意识到一个问题——目前只报了四个人的名字。

"好了，同学们，安静一下，还有最后一个及格的同学。他……他的情况稍微有点儿特殊……"袁野稍微顿了顿，似乎故意制造某种紧张的效果，又似乎不知道该如何说下去，"那个，最后一个及格的同学，同时也是我们班的最高分，也是这次重考的四个班的学生中的最高分。修远，142分！"

刚才还在吵闹的同学们，瞬间安静下来了。尖叫声没有了，开玩笑的声音没有了，一切声音都消失了。当你惊讶的时候你会大叫，但这个惊讶一旦过了头，反而就发不出什么声音了。

说实话，就是袁野当时看到修远的试卷的时候，也惊讶得几乎说不出话来。

修远听见这个分数，既是无比的欣喜——从来没有拿过这么高的分数，却又有点儿意料之中的感觉。这种感觉真的太奇妙了，修远心想：自己什么时候变得这么自信了？在这样高难度的考试中，居然得了 142 分的超高分数！然而自己还有种不出所料的感觉。

修远忍住内心的欣喜，面无表情地走上讲台领试卷。

"各位同学，我补充一下。"袁野开口了，"刚才的第二名梅羽纱同学，104 分，就是这次四个班的第二高分了。修远，142 分，是第一名——"

学生中终于打破了沉默："简直是……简直……"

"差距太大了……"

"这叫作……叫作什么啊？"

"没话说了……"

最终有人总结道："巨人。"

那一天，十四班的学生终于体会到了被巨人支配的恐惧，以及视野被囚禁在渺小的普通班的囚笼里而不知世界之大的屈辱。

他是巨人。从此，修远多了一个外号——巨人。

"修远，"袁野说，"你这次的分数，确实是有点儿不太正常啊……"

修远领完试卷准备回座位，听到袁野叫他，于是停住，回头看着袁野。

"那个，不知道你有没有什么想说的话？分享下经验之类的？"

"啊？"修远正沉浸在自己解题思路结构化成功了的喜悦中，没有准备任何获奖感言之类的东西，一时间完全不知道说什么，无比心虚且慌张——老大，你让我发表感言也要提前通知一声吧？搞什么"突然袭击"啊！这会儿让我临场说什么啊？！

情急之中，突然想到袁野在考试之前说"至少考试的时候要认真点儿"之类的话，于是表面淡定实则内心慌张地回道："不是你让我认真考试的吗？"

"我——的——天——"

全班又一下炸开了锅，几十个人一起大喊出来。

"意思是之前根本没有认真考试啊！"

"绝对不是人啊！生物课代表呢？快把他拖出去做 DNA 检测！"

"我觉得叶歌海、梅羽纱这些人太亏了，有修远在，他们再也没希望当第一了吧？"

"巨人学霸……我们这些人只能战栗了……"

"是啊,我们就永远活在被这个巨人支配的恐惧之下吧……"

其他人大呼小叫的时候,梅羽纱也暗自震惊了一下:"难道他的意思是……"梅羽纱回头看着鲁阿明,而鲁阿明正心有灵犀地和叶歌海对视着。叶歌海的脸上满是震惊,而鲁阿明的脸上却有一股兴奋。

"巨人……巨人……"许多人在喃喃自语。

他是巨人吗?

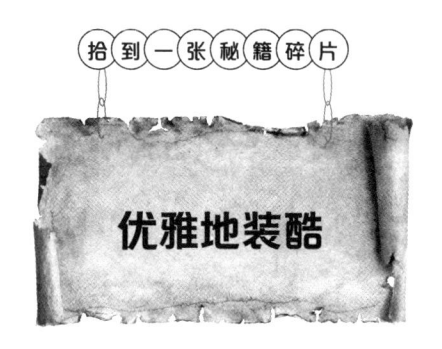

拾到一张秘籍碎片

优雅地装酷

第十一章

班级的中心人物

午饭结束后，下午课还未开始，修远来到座位上自习。此时，数学课已经上到不等式章节。修远如法炮制，正在着手进行不等式章节所有题型的结构化整理。这是第一遍整理，修远不打算做太多题目，而是着重把之前做过的题目，以及部分没做过的题，大致看一遍，记一下分类。

"喂，看见了吗？超大型学霸正在学习哪！"

"是啊，你看他学习多么轻松啊，根本就不动手做啊，只用看的啊！"

"太恐怖了！我们动手算半天都算不出来，估计他光看就能看会了吧？"

自开学初转到十四班以后，修远一开始就吸引了不少目光，在随后的一个月里，没有什么特殊表现，于是关注逐步消散。然而他这次在地狱级的单元测试中考出了142分的惊天成绩，再次成为十四班的风云人物，任何时候只要他出现，附近就会响起议论声。

有时候这些同学的小声议论也会传到修远的耳朵里。修远心里既无奈又好笑：这些人根本不知道我在干什么，一通瞎猜。

不过这也难怪，因为从外表看来，他现在确实是一副懒懒散散的样子。左手掌托着脑袋，右手随意地翻着一本平摊在桌面上的教辅书，怎么看怎么不像是在认真学习的样子。

"那个、那个……修远，你、你好！"一个怯生生的声音响起。

"嗯？"修远抬头，一个衣着素雅，一脸文静的女生站在他面前。这个女生他还不认识。不过说实话，其实十四班的大部分学生他都不认识。虽然来了接近两个月，但是他太过专注于自己的心绪，并未与这个班的同学熟悉起来。他问："怎么了？"

这女生名叫舒田，在十四班并不算突出——不管是成绩、人际关系，还是其他的特长，都一样。若论长相，其实还算有一种文静的漂亮，但是性格太内向了，和班上其他人交往很少。尤其在讲话的时候，有一种怯生生的感觉，似乎永远都很自卑、很紧张的感觉，所以在班上也没什么人主动理她。总的来讲，大致是一个空气一般的存在。

"我、我叫……我叫舒田！"这女生好不容易憋出一句话来。修远有点儿疑惑：这女生是有口吃吗？可惜了，本来不算丑。

"啊，有事吗？"修远语气平淡。

"那个，我想找你，请教、请教一些问题……"

修远看她满脸通红，判断可能不是口吃，是有点儿紧张了，心想：唉，问个问题而已，这么紧张干吗？于是很大度地说："有什么问题就问吧。"

"谢谢，谢谢！不好意思，可能耽误你时间了，我比较笨，不懂的有点儿多。"

"啊，没事，你说吧。哪道题？"

舒田战战兢兢地拿出上午发下来的数学试卷："这、这一题开始。"

修远接过试卷一看，天啊，62分，真是惨不忍睹！如果把试卷比作一个做完手术的病人，那么显然，医生根本就是忘记缝合伤口了，血流得到处都是。

"咦，到处都是错题，到底要问哪些题？"

"这个……第二题，第三题，第六题，第十五题，还有……"

"啊，第二题，直接套一个衍生公式；第三题也用衍生公式；第六题做个错位相减……"

舒田完全愣住，丝毫跟不上节奏。

修远看了看舒田蒙的脸，只好放慢节奏又细致讲了一遍。讲的过程中，修远发现这女生不会做的题型，大多集中在数列衍生公式与求和的部分。唉，就那么几种题型，第一道讲完了，第二道还是不会，又要讲一次。修远心想。不过也不好明说，怕伤人自尊。

大约讲了20分钟，接近十道题。修远讲得飞快，舒田则反应很慢，也不知道听懂没有。

"你好厉害，所有题都会……"舒田说。

"啊？还行吧。"修远简单回复道，"还有不会的吗？"

"我……我还要回去想下。题太多了，有些现在听懂了，但是过会儿又不懂了。还有些其他题目我也没掌握好，但是没有考……这么多题型你都会，是不是做了好几百道题啊？"

旁边几个人插话："这种巨型学霸，一千道都有可能吧。"

"我觉得不会吧，一千道，太夸张了！"

"那也得七八百道吧！"

……

争论不休之时，数学课代表杨乾智突然清了清嗓子，道："呵呵，我看，你们猜测的方向恰好反了。"

"怎么反了？"

"数学，是一种纯粹的智力游戏。智力跟不上的人，做一百道题也比不上天才做一道题。你们从凡人的角度出发，猜测修远做过一千道题，而实际上恰好相反，很有可能，他仅仅做过几道题而已呢。人家可是从实验班出来的天才，不管什么题，第一次看见就会了。可能智商有150吧？"

"啊？150的智商？不至于吧！"

"呵呵，告诉你们吧，人家只用做几道题就能学好了。简单的知识点，他只需要做普通的一题；中等难度的知识点，也不过是认真地做一题；至于压轴题的话，才是认真、反复地做。"

……

修远听着这些人随口讨论，心里暗自思索：差得太远了，这些人的猜测完全没谱儿嘛！简直……简直就是……

"嘿，巨型学霸，他们猜了那么多情况，到底是哪一种啊？"樊龙说。

樊龙是十四班班长，以"刷题狂魔"之名蜚声班内，但由于成绩并不算太理想，所以还没有驰名班外。在他的猜测里，修远应该属于狂刷几百道题然后傲视群雄的人。我在数列这一章，做了三百到四百道题，他那么厉害，估计有可能做了五百到六百道。樊龙心想。不过他上课好像不怎么听？唔，肯定是躲起来偷偷刷题了！对，一定是这样！

修远被周围一圈人围着问，被人猜测自己刷了一千道题，很无奈地说："哪有一千道？一百道都没有。"

"果然！"杨乾智兴奋地叫了起来，"看，我就说吧！数学这种学科，说到底就是一个智力的游戏。"

"不可能！"樊龙则斩钉截铁，"肯定是在我们没看到的时候做了很多题！学霸说的话你也信？他说很少做题就很少做了？他要是考完试说这次又没考好，你是不是也要信了？幼稚！"

一群人围着修远吵吵嚷嚷，竟然让修远心中生起一种恍如隔世的感觉。从被之前在实验班的众人嘲讽、冷落，到现在的众星捧月，仅仅过去两个多月的时间而已。

修远解释道："哪需要刷这么多？数列章节所有题目，除去有些压轴题最后一问思路很特殊、意外，剩下95%的分数，一共也就不到十大类型。每种大类题型顶多有两三个细分题型——其实有些只有一种。这样算起来，也不过三十道题就搞定了。"

"哇！好厉害！只做三十道题就搞定了一个单元！"一群人五体投地。

"牛！果然是天才！"杨乾智赞叹道，"这就是智商的差距啊！"

修远感到有点儿讽刺。不久之前，他还在怀疑自己的智商是否够用，陷入巨大的自我怀疑中。而现在，居然有人反复感叹他是天才。至于"三十道题搞定一个单元"这个结论，属于半真半假。真的是，最后自己做完数列章节总结的时候，确实只做了三十道题；假的是，在修远开始用结构化思维学习之前，已经不知道做了多少题，而且多半是无用功，只不过没有把这部分以无用功的方式做的题目算进去而已。

"只有不到十种题型，做三十道题就行了吗？"舒田大为震惊，"可是，我怎么觉得有几百种题啊？"

"真的只有不到十种……"修远无奈地说，"你看，就这十种。"修远边说边在纸上写下来。

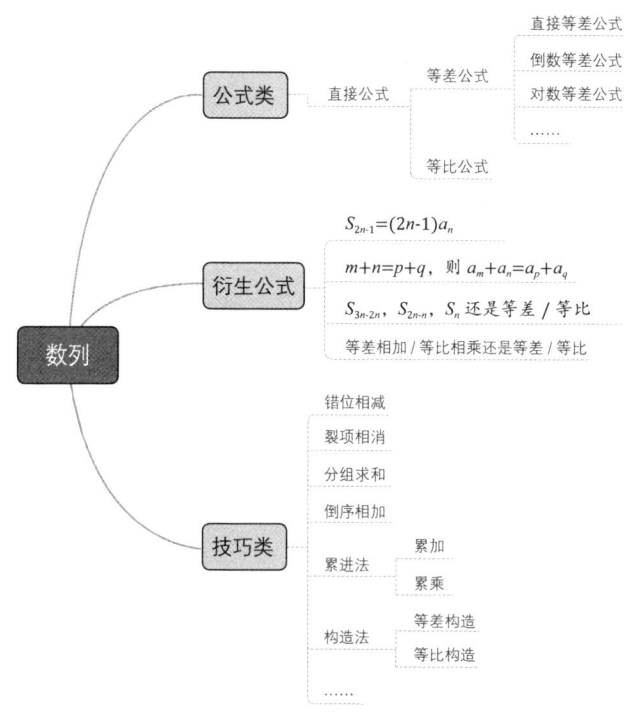

```
                                       ┌─ 直接等差公式
                     ┌─ 等差公式 ──────┤─ 倒数等差公式
          ┌─公式类─直接公式            ├─ 对数等差公式
          │          └─ 等比公式        └─ ……
          │
          │              S_{2n-1}=(2n-1)a_n
          │              m+n=p+q，则 a_m+a_n=a_p+a_q
     数列─┼─衍生公式 ── S_{3n-2n}，S_{2n-n}，S_n 还是等差/等比
          │              等差相加/等比相乘还是等差/等比
          │
          │              错位相减
          │              裂项相消
          │              分组求和
          │              倒序相加
          └─技巧类 ── 累进法 ─┬─ 累加
                               └─ 累乘
                        构造法 ─┬─ 等差构造
                                └─ 等比构造
                        ……
```

"就这些了。像错位相减、分组求和这些技巧，下面没有细分了，最容易掌握；构造法比较复杂了，细分较多，涉及常数构造、分数构造、带'n'的构造等，不过一般是压轴题或者倒数第二题第二问才会出现。还有一两种特殊的技巧，曾经在压轴题里见过，但是太冷门了，一般不会考，我就没细写了。总之，压轴之外的数列题目种类，就这么不到十种的技巧了。"

舒田盯着看了好一会儿，小心翼翼地把它抄在自己的本子上，道了谢，然后捧着错题本回去了。

班长樊龙、数学课代表杨乾智和其他同学也纷纷拥上前来观看这图形，又是一阵

议论。不过修远心想：你们真的能看懂吗？

若是以前在实验班，修远对自己的学习机密，是绝不愿意分享出去的——那时候，他还在使用着低级盗版的思维导图，尚且敝帚自珍、秘而不宣。如今面对这样一群同学，却连丝毫想要藏私的心都没有。

他突然又想起了当年的卢标。卢标对其他同学，也从无藏私，大方分享，是否也和今天修远的心态一样呢？或许有共同之处吧。

只有不到十种题型吗？梅羽纱暗想：或许……

"喂，待会儿要不要去找舒田看看，修远写的是什么？"叶歌海低声对鲁阿明说。

"啊？怎么不直接找修远问呢？"

"这……喊，算了。非要找他吗？十种题型而已，我们自己也能想出来。"叶歌海狠心说，"梅羽纱、鲁阿明，你们听明白他的思路了吗？"

鲁阿明用手抚摸下巴，低头沉思："似乎，是一个新的方向……"

梅羽纱安静地说道："通过总结把题型归为十大类，这样看起来变化繁多的题型就会变少，局面豁然开朗。"

"这样的话——"鲁阿明兴奋地说，"题海战术就被避免了，不需要无限刷题了。"

"可是，真的做得到吗？"叶歌海疑惑，"我怎么感觉，数列这一章的题目至少有七八十种？甚至有可能更多呢！明明有几十上百种题型，怎么能被强行归类为十种呢？"

"这就不清楚了，或许还有其他的方法，修远没有公布出来吧。"鲁阿明摊手。

叶歌海皱着眉头沉思了好一阵，仍然没有找到头绪："到底还藏着什么技巧？"

梅羽纱看着叶歌海眉头紧皱的样子，安慰道："不如我们三个人一起来探索吧。如果叶歌海决定了，一定要在不去问修远的情况下自己摸索出来，那么我们三个人一起摸索，至少要快一些。"

三个人一边低声讨论，一边时不时地看向修远那边。

一开始修远被多人围住，还没有注意到他们。等到舒田、樊龙、杨乾智等人散去后，他立刻就感到了三人在指指点点和轻声议论，心想：这几个人，搞什么呢？要问问题就直接过来问嘛，偷偷摸摸地在背后说我什么呢？算了，不重要……

想到这里，修远又忍不住回忆起当年在实验班的场景。卢标展现了出众的才能以后，尽管有柳云飘、木炎等人在积极请教、学习，也有罗刻和自己这样的人，明明对卢标的学习策略很好奇、很想学习，却又故意远离卢标，只在背后窃窃私语、指指点点。这到底是什么心态呢？修远想：他们为什么要这样呢？自己当年为什么又要这样呢？

第十二章

学习中的心智损耗

"太管用了!"修远高兴地说,"林老师,上周数学测试,我得了142分!而且还是超级难的试卷。"

周日下午,修远又来到湖边,如期与林老师见面。4月中旬,天气逐渐暖和起来,草长莺飞,微湖沿岸的风景愈加优美。林老师坐在湖边长凳上,目光越过湖面,望着远处的青山、蓝天、白云。

"哦?结果很喜人嘛。"林老师说,"在用的过程中有什么感觉?"

"简洁!特别明显的感觉,就是简洁!化繁为简!做题的时候针对性特别强,感觉思路很清晰!"

"不错,能产生这种感觉,大概是掌握要领了。"

"其实也不是一开始就有这种感觉的,而是用着用着就领悟了啊!哈哈哈!这招太好用了啊,做结构化的时候,不以知识点为分类标准,而是以题目中蕴含的核心思维为分类标准,这样做起题来简直太方便了。

"哎,不知道为什么,这样做完了以后,考试中碰到类似的题目,感觉反应特别快!做结构化的时候,记住了题目中的一些特点,考试时只要看到了这个特点,立马就想到了要用哪种解题思路,分类特清晰——哈哈哈,完全就是秒解啊!"

哦?自发地领悟到了一点点模式识别?林老师心里暗想。

"怎么说呢,效果简直是神奇啊,让我的那些同学都……"

"都怎么?"

修远突然停住大笑,若有所思,缓缓说道:"其他同学好像不太能理解这种高效的学习方式,各种胡乱猜测。他们看到我这次考得好了,有的人说我是肯定偷偷地做了一千道题才这么厉害,还有的说我肯定是智商150分以上的天才……总之,都是很离谱的猜测啦。"

林老师淡然一笑,道:"又如何呢?"

修远耸耸肩："其实对我倒是没什么影响。他们这些猜测肯定是不对的，但是就像您问的，不对了又会怎样呢？对他们有什么影响呢？"

"哦，那你说说，有什么影响呢？"

"啊，我就是不知道才问你的嘛！而且我怎么可能知道呢？我跟他们又不是很熟，才认识两个月而已，而且前一个多月接触也不多。"

"呵，如果不知道具体有什么影响，那你猜一猜，会不会有影响呢？"林老师微微一笑，又问道。

修远略作犹豫，道："应该有吧？这应该反映出他们对学习的观念是错的，既然观念是错的，那肯定有负面的影响嘛——犯了错怎么可能不受惩罚呢！不过暂时怎么影响还不知道，还要后续观察。唉，感觉是一个很漫长的调研啊，不知道要过多久才能看出影响来。"

林老师看向湖面，悠然道："其实，不需要观察也能推测出来。观念必然导致行为，行为必然导致结果，按一两句话说出的逻辑来，这个人未来的结果也就大概率看得到了。"

"哦？怎么看得到？"修远不解。

"这么解释吧。比如，你提到有个同学说——你考这么好，肯定是个智商150的天才。这个同学的观念准确表述出来，是什么呢？"

修远略一迟疑，道："他觉得数学学习最重要的因素是智力，这就是他的观念。"

"嗯。持有这个观念的人，在学习数学的时候，会做出什么行为呢？"

"行为？"修远愣住了，"这……好像不知道啊。"

"数学学习中——其实其他科目也是一样——会有很多的难题，是需要深入思考、反复研究的。上课听不懂，下课要再思考。做一遍不会，要做第二遍、第三遍。这样的难题，是不可能避免的。

"而认为智力是最重要因素的人，他面对难题会怎么做呢？他会想：我不会做这个题目，是因为智力跟不上。既然智力跟不上，那么再认真研究又有什么意义呢？所以他的行为大概率就会是——碰到难题，只是略思考就放弃了。

"行为导致结果，这种学生的结果就是，一定达不到顶尖水平。难的题目都不会，因为他的大脑从来没有得到过充分的锻炼。"

修远凝神静听，若有所思，道："有道理。我回去观察下，看看那个人是不是如您所说的那样。不过这样说起来，那些刷题派的人，就跟他相反了，会拼命地做题，那他们的结果应该就比较好了吧。"

"错。"一个简洁有力的回复。

"啊？也不好？"

"殊途同归。"

"殊途同归？"修远更疑惑了，"观点不一样，甚至完全相反的两种人，怎么可能会殊途同归呢？应该是两个极端，各自都是错的，但错的方式不一样吧！"

"呵呵，你的想法很符合常理。"林老师不紧不慢地解释，"可是常理未必靠得住。有时候世间的事就是这么奇妙，完全相反的想法，却可能会产生相似的结果。认为学习不过是疯狂刷题，这样的观点会导致什么行为呢？"

"当然是会让他们特别勤奋地做题啊！这不是好事吗？比那些碰到难题就放弃的人要好多了啊！"修远着急道。

"表面上是如此，可是你得细想。遇到难题，要不要反复思考、细细品味一下？特别复杂的章节、多变的题型，需不需要多做题型整理和总结？"

"这个当然需要啦！"修远这次的巨大进步，正是来源于对各种数列题型的结构化整理。

"可是持有'学习即是刷题'这种观念的人，他们大概率会放弃重要的思考和总结环节，一味地沉迷于题海之中。题型那么多，掌握不了怎么办？刷题。课听得半懂不懂，题有时候会做，有时候不会做怎么办？刷题。已经做过的题目，稍微变化下，再碰到又不会做了，怎么办？还是刷题。

"当他们把刷题当作学习的核心的时候，就会用这一个要点去代替其他更重要的内容，最重要的动脑思考步骤就被略过了。所以，他们的结局也是一样——虽然刷了无数的题，但大脑依然没有被充分锻炼过。所以说，和那些持有'智力优先'观点的人，不过是殊途同归而已。"

"殊途同归！"修远听得呆住了。原来真的可以这样？认为学习纯粹靠智商的人和认为学习纯粹靠刷题的人，其结果都是会忽略重要的大脑思考过程，让思维得不到充分的锻炼。两种观点的想法却得到同一个结果，天啊！这可真是……

"那，我还有一个问题！"修远又想起舒田的情况，"还有个同学，一个女生，给我的感觉怪怪的，好像一直很害怕什么，畏畏缩缩的，一提到学习的事情就很紧张，总说自己'很笨啊'什么的，好像还没开始学就觉得学不会了。但是又表现得很愿意学习，学得很认真的样子。这又会产生什么结果呢？"

"呵呵，你觉得呢？"林老师笑了笑。

"不知道……总觉得她这种恐惧的心态会对她的学习有些影响。自信不足？听说自信不足的学生不容易学好，林老师，是这样吗？"

"你问了一个好问题。"林老师说，"有很多种不良心态会影响一个人的学习，而恐惧，又几乎是其中最恶劣的一种。依你描述的情况来看，那个女生，恐怕成绩是很差的。"

"好像是比较差，错题很多。"

"不仅目前成绩比较差,而且,不容易进步。"

"哦?为什么?未来的事情也能确定吗?"修远疑惑起来。

"而且思维能力会比较弱,复杂问题想不清楚。"

"啊?"修远回忆了一下,"好像还真是!她找我问问题,好几个同一类型的题,要反复问几次。哎,林老师,你怎么知道的?这些特点,你仅仅通过她的恐惧就能推断出来吗?她这么认真地学,也许过段时间就学好了呢?而思维能力跟她的恐惧,又有什么关系呢?"

"既然你问起,我就给你讲讲吧。"林老师深吸一口气,"跟你讲一讲关于心智损耗的问题。"

"心智损耗?"

"当我们学习时,记忆能力和思维能力是很重要的东西,其中思维能力又更为重要。凭借记忆完成主要的学习,这种事情在小学以后基本就结束了。进入中学、大学和社会,所需要的学科知识和解决现实问题的知识,其难度大幅增加,对于深度理解、深度思考的能力要求都大幅增加。

"当我们面临这种外部变化的挑战,一旦有所不能达成,感受到压力了,大脑的一个本能反应是为当前的困境找一个原因。常见的原因基本只有这句话——问题太难了,而我的智商不够。"

"对,我之前就是这种感觉,学不会的时候,就怀疑自己的智商。那些同学很多也是这样。"

"在这种解释里,隐含了一个粗糙的观念——思考能力即是智商。而且,这种智商往往被看成硬件式的、先天性的。我们没有意识到另一个非常重要的因素——心智损耗。

"绝大多数人,当我们调整好状态、静下心来专注思考的时候,其实能力都是比较强的,比你想象的要强大得多。但是这个条件——静下心来专注和思考——往往无法达成。我们安静地坐在书桌前,就以为自己已经在专注了,其实这个时候,潜意识中的各种念头、情绪,纷纷扰扰,正在对我们形成各种影响,只是我们无法察觉而已。

"给你举个例子。"

林老师找修远要了笔和纸,边说边写:"比如说,一道题的逻辑全链条是这样的——"

$$A \longrightarrow B \longrightarrow C \longrightarrow D \longrightarrow E \longrightarrow F$$

"A是最基本的条件,推导到B,再推导到C,然后一直推导到F。面对这样一个逻辑链条较长的问题,学霸的状态是一直专注于问题本身,专注于从A到F的一步步推导过程。这不仅是说外表看起来他一直坐在那里没有动、很安静,而且是说他的大脑里也一直比较纯粹，把所有的念头都集中在了知识本身上。

"而一个所谓的学渣，虽然他也可以安静地坐在桌前，看起来很专注的样子，但是他的大脑状态其实并非真的专注。他的大脑不是在纯粹地思考问题，而是混杂了很多念头和情绪。而这些情绪和念头都是自动产生、不受他意识控制的。

"比如，学渣从 A 推导到 B、C 以后，知识思维就暂停了，大脑里出现了一个混杂着恐惧和焦虑的念头——还没有做出来？是不是又错了？！这个念头出现以后，会产生一系列的连贯念头，如同多米诺骨牌效应一样。如——

"肯定是又做错了，反正一直总是做错题。

"上次不会做被老师说不听讲，这次估计又要被说了。

"我上课真的没听讲吗？好像也听了吧，但就是不会啊。

"很多时候他可能尚未感觉到这些念头的产生，它们就已经被快速地思考完毕了。最终的结果就是，在充分地探索这个知识点和自己的能力边界之前，他就已经放弃努力了。末了，他可能还会产生一个额外的念头——唉，又不会做，我真是太笨了。这个念头多次重复以后就被巩固下来了，下次学习时就又多了一个可以干扰他的障碍。"

修远听得入了迷，想不到人的思维居然是这样的。

"这些念头和情绪有很多，往往相生、相伴。

"焦虑——完了，上次这种题型就不会做，这次又出现了！怎么办啊，老师可能会批评我……

"烦躁——好烦，怎么这么难！最讨厌这种题型了！出题人可恶啊……

"恐惧——完了，又一题不会做，我爸肯定要打我，说我没用……

"愤怒——又是这个题，又不会做！我真蠢啊！老师水平也不行，上次就没有讲清楚……

"嫉妒——他好像做出来了，哼，这么快就开始写了，肯定做出来了，难道我真的比不上他……

"自卑——上次也不会做，一直都是这样，我肯定不行的……

"绝望——我就是这么蠢，没用的，不用试了……

"所有的这些念头和情绪都有一个共同的效果：你还没有真正思考，你的思考就已经结束了。凡此种种，皆称为心智损耗。

"所以，你的智商比你想象的要高，你的思考潜力比你想象的要高，同时，你心智当中的这些损耗也比你想象的要高。"

拾到一张秘籍碎片

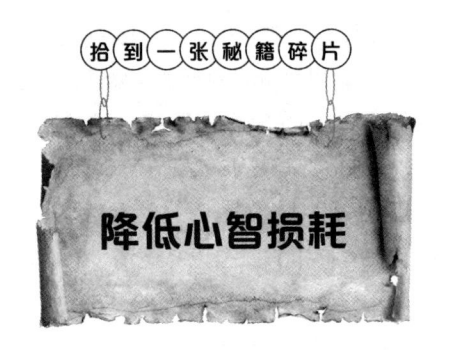

降低心智损耗

"好可怕！"修远感叹，"我们的大脑中，藏着这么多障碍！如果这些念头不加以控制的话，根本就没法正常思考问题！"修远想到了那个叫舒田的女生，突然觉得她挺可怜的。

"在这么多心智损耗之下，人的思维能力会变弱，几乎是不可避免的。严格来说，这样的心智损耗每个人都有，但是程度的区别非常大。有些人的损耗严重，每隔几秒钟都会有各种负面念头侵入，如此，他的思考能力就会特别弱；有些人损耗较小，能够持续几十分钟，甚至几个小时不出现负面念头来干扰，如此，他的思考能力就会特别强。

"其实，你之前提到的几个同学的特点，也可以说他们有心智损耗。认为智力是核心因素的人，碰到难题，还没有认真思考，脑子里就蹦出一个念头——智力不够，想了也没用，不用想了；认为学习就是刷题的人，碰到要思考的部分，直接屏蔽了思考的动力，跳转到盲目刷题上去，把思维链条掐断了——这是他潜意识之中一个深层习惯。

"总之，这些心智损耗，是学习和思考的巨大障碍。"

"那这种心智损耗的问题能解决吗？能弥补吗？"修远问。

"不好说，首先看程度。程度较弱的比较好弥补，有可能一旦他意识到了这个问题，意识控制一下就好了；程度强的就不好解决了。解决起来也没有固定的方法，面对不同的人、不同种类的心智损耗，方法也不同。但是总的来说，比较复杂。"

"好可怕！幸亏我没有！"修远长吁一口气。

"哦？那么你是从什么时候开始，产生了你没有心智损耗的幻觉呢？"林老师抬起头，深邃的眼睛直盯修远的眼睛。

第十三章

两个抽象任务

思维如溪流，本应在原野上奔腾不息，润泽大地，所过之处生机盎然。水道通畅，则奔流万里；水道有障碍，则停滞不前。心智中的障碍，会让思维能力快速损耗，是为心智损耗。

"我也有心智损耗？"一听到这样可怕的心智损耗自己也可能有，修远略微受到点儿惊吓。

"我说过，其实每个人都有，无非程度不同而已。你可能没有特别强烈的心智损耗，但是中等程度的呢？"

"那我有哪些心智损耗？"修远着急地问。

"这个嘛，只能由你告诉自己了。"

林老师笑道："我又不会读心术，怎么能这么简单地知道你内心深处有什么问题呢？只有你自己才最容易发觉。"

"可是我自己也不知道啊！"修远更着急了。

"教你一个方法。"林老师淡定回应，"这周，你回去注意观察和记录自己的念头。我们在工作、学习中思考问题的时候，都会有走神儿、开小差的情况，你就留心观察，自己思维中断是因为什么？是外界的临时干扰呢，还是自己内心的念头？把这些东西记录下来，就有可能找到你心智损耗的部分了。"

"哦……您是说，心智损耗会导致我们的思考中断，所以，当我思考中断的时候，找出让我中断的那个原因，它就有可能是我的心智损耗了？那好，林老师，我们下周再见了！"

"啊，下周没空，有事要去外地。"

"那就再下周！"

"啊，好像也没空。"

"咦？怎么，老师你该不会不想教我了吧？"

"那倒不是,确实有事。下周《求教》杂志社举办一个活动,我去他们那里讲课。再下周的话,綦山教师进修学校有个新教师培训,我要去讲课。所以只能等到五一节以后的第一周了。而且,教不教你是我的自由吗?我又没收你钱!"

"不是吧!老师,不要抛弃我啊!我刚刚取得了一点点进步啊!你不是还救过我一命吗?这是多么深厚的友谊啊!"

"是啊,我救了你啊,又不是你救了我……真是……"

"不要啊,林老师!我可是很崇拜你啊!那个怎么说来着?我对你的敬仰之情犹如长江之水滔滔不绝,又如黄河之水一发不可收拾,还有什么微湖啦、渤海啦……"

"行啦行啦!马屁拍得龙王都扛不住了。五一节之后见吧!"

"这个林老师真是特殊啊,之前教了我学习方法、结构化思维,现在又教我什么心智损耗——这是教育学的内容吗?好像不是吧。不过按照老师的说法,心智损耗对人的学习有巨大的影响……"修远呆呆地坐在座位上。

总结一下,这段时间他有两个任务:第一,要观察一下樊龙、杨乾智等人的行为习惯,看看与林老师所说的是否对应;第二,要找一找自己身上有没有什么心智损耗,看看自己的思维是怎么中断的——这两个任务可真是抽象啊,到底该怎么做呢?修远盯着前方,发着呆。貌似这两个任务,反而比做数学题和背英语单词要难得多了啊!做数学题和背英语单词,至少有明确的资料和行动方向,这两个抽象任务可怎么弄?修远第一次意识到,原来高中生学一学知识点、做一做题,比起处理现实生活中的问题来说,并不算太难啊。

在学科学习上,这一周,修远开始进行学科方法扩展。

之前结构化思维在数学上取得了巨大的成效,很自然地,修远尝试把它移用到其他学科上。"感觉数学和物理比较接近,先试着用同样的方法解决下物理吧。"

这是个大工程,因为修远的物理从高一上学期开始就基础不牢了。尽管现在在学习"功"的内容,但是当修远决定去提高物理成绩的时候,已经下定决心,从上学期的力学分析开始了。

"目前要补习的内容,从大框架上来讲,是第二章,匀变速直线运动;第三章,相互作用;第四章,牛顿运动定律;第五章,曲线运动;第六章,曲线运动与力的结合。咦?恰好是一章一个大的分类?好像课本就是按照结构化思维的方式去分章节的啊!以前没有意识到啊!"

修远突然发现了这个秘密,有些惊喜,又有些埋怨自己:"怪不得林老师说结构化应用很广泛,连编写教材的人都在用结构化思维。这个秘密这么明显地摆在我面前,我之前怎么没有发现呢？"

修远又仔细想了想："第二章讲的是匀变速直线运动；第三章讲的是相互作用；第四章牛顿运动定律——其实讲的就是直线运动与力的结合；第五章讲的曲线运动；第六章则是曲线运动与力的结合。所以真正标准的结构化应该是这样的——"修远一边想一边在本子上画了一幅结构图。

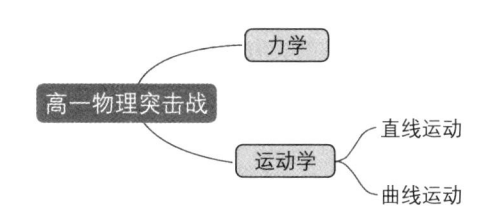

```
高一物理突击战 ─┬─ 力学
               └─ 运动学 ─┬─ 直线运动
                          └─ 曲线运动
```

"好简单！"修远看着自己画的图，突然产生了一种异样的感觉，"以前一直觉得物理很复杂，内容很多，这样结构化地一看，居然发现只有这么点儿东西？真正的新内容只有三个板块——力学分析、直线运动、曲线运动，其他内容，不过是各个板块的组合而已。"这么想着，修远感到有一股巨大的自信涌现出来。

说做就做！有了这股自信以后，修远开始对一个个章节攻克起来，课间与自习的时候，桌上堆满了物理书与教辅书。

在这个普通班里，修远是全班的焦点，不管他在做什么，总会引来别人的关注和议论。看到这段时间修远的精力全部投入物理，杨乾智在小范围内传播："看来修远的天才仅限于数学领域，物理就不行了。你看他每天做物理题花这么长时间，可见是没有物理天赋的。果然智商是分种类的啊！"

叶歌海说："这么回忆一下，好像也是啊！我们之前只关注他数学特别厉害，但是现在想想，似乎他几次物理考试的分数都很一般呢！"

"不能这么快下结论。"梅羽纱提醒，"就算他的数学这么强，在之前有一段时间也是隐忍不发的。还记得他的那句话吗——不是你让我认真考的吗？也许他在物理上也没有认真考呢？"

鲁阿明补充道："没错。另外我还观察到一个情况，他在学的，根本就不是最近讲的几个物理单元，而是高一上学期的物理。你们说，这会不会是他的一种独特学习方法呢？"

"是吗？"叶歌海疑惑道，"你不说我还没注意呢！不过为什么要复习上学期的物理呢？难道他上学期学得不好吗？"

"目前还不能确定，需要搜集更多的情报。"鲁阿明说。

"搜集更多的情报？嗯？该怎么搜呢？我们只能观察到他在做什么，却不知道他为什么要这样做……"叶歌海皱着眉头，自言自语。

"简单。"梅羽纱面无表情地起身，走到修远面前，露出一个温柔的微笑，直接开口问道，"修远同学你好，请问你为什么这段时间一直在学习上学期的物理呢？是因为上个学期没学好吗？"

"啊？"叶歌海大惊，"居然就这么直接去问了？"

"是啊，为什么不可以呢？"鲁阿明反问。

修远正在专心研究斜面上摩擦力的受力分析，突然被梅羽纱这么提问，心里一惊，仓促回答道："啊？这个……呃，研究一下嘛。对了！你们有没有发现这学期学的内容跟上学期的内容有什么关系呢？"

"哦？你有什么发现吗？"梅羽纱继续面无表情地问道。

"嗯，你看我们目前学的六个单元，其实只分为三个新内容——力学分析、直线运动、曲线运动。剩下的内容，不过是这三个内容的组合而已。比如第四章'牛顿运动定律'，其实就是力学分析和直线运动的组合；第六章'万有引力与航天'，其实就是曲线运动与力学分析的组合。"修远慌忙把才意识到的新发现说了出来，以掩盖自己上学期确实没学好的事实，末了还不忘反问一句，"你不觉得这样从本质上梳理一下更有利于深度思考吗？"

"原来如此。谢谢你的指导哦！"梅羽纱露出一个迷人的微笑，转身回去了。

"好险，刚刚数学才考了一个142分，要是让他们知道我上学期物理只有不到60分，那就完了……"修远心有余悸。

"什么？六章的内容其实只有三个知识点？"叶歌海大为惊叹，"他是从什么角度思考的？"

"他的意思是，牛顿运动定律其实是力学分析与直线运动的结合；而万有引力其实是曲线运动与力学分析的结合。"梅羽纱如实转达，"我推测，他在实际理解习题的时候，可能也存在某种类似的思维方式，找到不同题目中的共性，化繁为简，于是我们看起来有无数变化的题目，在他眼里只有少数几种而已。"

"好厉害的思维方式！"鲁阿明感叹道，"真的是巨人啊，跟我们的思维方式完全不一样啊！虽然不知道这样子的思考具体该怎么进行，但确实是不一样，值得我们继续研究一下呀！"

"好处嘛，似乎是更加简洁一些，更加本质一些……"

当叶歌海、梅羽纱、鲁阿明在小声议论的时候，修远意识到他们正在议论自己。这帮奇怪的家伙到底在讨论什么？难道他们看出来我上学期物理不及格了吗？思绪纷飞，有点儿紧张……

修远突然顿了一下，心想：我对"他们知不知道我上学期物理不及格"感到紧张，这算不算一种心智损耗？啊，不知道，反正先记下来，到时候去问林老师。

得益于结构化思维带来的强烈的正面反馈，修远近一段时间的学习状态极好，专注力突然莫名提升，学习的时候几乎没有走神儿和思考卡顿的情况。如此一来，反而不好寻找自己的心智损耗了。或许我就是心智损耗特别少呢？修远又想：暂时不管了，先看看樊龙、杨乾智这两个家伙，他们的特点到底和林老师所说的是不是一样。

远距离地观察了几天，也看不出什么名堂，只得到了一些最基本的信息。

樊龙，男，十四班班长，人称"刷题狂"。成绩分布上，语文110分左右，数学100分左右，英语120分左右。其他"六选三"科目中，生物与化学略好，在75分左右，政治、历史、物理在及格线边缘，地理70分左右。

杨乾智，男，十四班数学课代表，信奉智力天定论、智力决定（数学）论。语文95分左右，数学100~125分剧烈浮动，英语105分左右。"六选三"科目中，物理80分左右，生物、化学60分左右，地理75~80分，政治、历史不及格。

当然，这些是正常难度下的均分，比如市里统考的期中、期末考试，而不是上次那种极端变态的数学试卷分数。

如何验证他们的行为模式与林老师说的是否一致呢？修远想：从外部是观察不出来了，需要亲自进行沟通才行啊。

▶ 第十四章 ◀

笼中兽

这天中午，修远吃完饭后早早来到教室，恰好樊龙也在教室，正埋头刷题呢。修远于是主动上去打招呼："樊班长，中午好啊！"

"啊？巨型学霸——啊不，我是说修远，你好你好！你来得挺早啊！"

"哪有你早呢。"修远笑笑。

"嗐，我早点儿来多做点儿题。不等式章节挺麻烦的，跟前面的函数、数列全都结合起来了。不多刷点儿题，根本应付不过来。"

"哦。我看你平时做的数学题很多啊，好像主要精力都花在数学上了吧？不过你的英语成绩好像比数学要强一些呢。"

樊龙尴尬一笑："其实英语的题目也做了很多，不过主要是在周末做，你没看见而已。"

"哦？那语文呢？"修远继续追问。

"语文主要是做阅读嘛，作文一周写一篇。"

"那你各个科目中，哪个科目做的题最多呢？英语吗？我看你英语成绩最好了。"

樊龙略一思考，道："应该是数学最多，英语和语文其次。生物、化学和地理也比较多，物理、政治、历史就稍微少一点儿了。所以成绩上，物理、政治、历史都比较差，就是因为题做少了。地理、生物成绩稍好一些，因为题做得多。唉，其实我也想多做点儿物理、政治、历史的题，但是实在是没有时间了。"

"哦。"修远心想：按照樊龙的说法，他因为生物、化学、地理的题目做得多，所以成绩好；而物理、政治、历史题目做得少，所以成绩差。所以他自然得到结论，做题越多成绩越好。可是花时间最多的数学却成绩一般，反而没有英语好，这又如何解释呢？

"唉，别光说我了，修远，你呢？你每天做几张试卷？你成绩这么好，肯定做了不少题吧？"

修远被这样的问题问得有点儿无语："这……题目当然是要做一些，不过好像也没那么多吧。老师发的试卷，还有一本自己买的教辅书，就这么多了。"

"哦？不可能吧，肯定还有其他的。不然就是你那本教辅书特别厚，题目超级多？"

修远耸耸肩："真没了，题目也不多。"

背后突然传出声音："我就跟你说了，数学这种科目，就是纯粹的智力游戏，人家智商高，根本不用做那么多题目。"这声音，是杨乾智。

巧了！修远心里高兴，两个凑一块儿了。

"肯定有隐藏……"樊龙嘀咕。

"唉，你这是以小人之心度君子之腹了。智商高的人，做几道题比你做几百道题都强，何必骗你呢？"杨乾智帮修远解释道。修远表示感谢，不过心里却想：你这解释也不太靠谱儿了……

修远又问道："其实我也不是什么天才。不过我觉得，学习只靠刷题，还是不对的吧！比如樊龙，你看自己做的数学题比英语题要多得多了，为什么你数学成绩反而没有英语成绩好呢？"

"就是就是。"杨乾智插话。

樊龙叹口气，道："唉，就是没这个天分吧。所以，更要多做题啊，笨鸟先飞啊！"

修远突然意识到，这樊龙等于承认了智力对于数学学习的重要性了，只不过他的理解方向是——由于他并不聪明，所以只能靠反复做题来弥补。那么……

修远又问道："那你做完题目之后，有没有反思、总结之类的呢？"

樊龙道："总结？怎么总结？你是说抄到错题本上吗？那肯定是要做的啊，每个学科一个错题本，数学更多。"

也就是说，没有总结、反思的环节。

"那，就这么抄到错题本上，效果好吗？"

"呃，应该有效果吧……"

"比如说，改完错过题目的错之后，下次还会再错吗？"

"要是原题，基本不会错了，毕竟我都是认真背过答案的。不过数学的题型真的是太多了，无穷无尽啊，每次都会出现没见过的题型。真是……要是再多一点儿时间刷题就好了。"

果然如此。修远推了推樊龙的整体逻辑——从观念到行为，再到结果。首先，樊龙承认智商的重要性，同时认为自己智商平庸，只能靠疯狂刷题来弥补。于是在行为上，他就抓紧一切时间拼命做题，辅导书一本接一本，试卷一张接一张，但没有有效思考和反思的环节——所谓的反思，仅仅停留在背诵原题答案、摘抄在改错本上而已。

由于他对每一门学科都采用这样的方法，再结合不同学科的特性，就得出了他的学科成绩。比如，需要思考的数学和物理，他一味刷题而不去细致思考，所以成绩最差；英语需要思考的内容比较少，主要是词汇、词组，以及它们的固定搭配等基本功，这时候他反复刷题打下来的功底就显出了作用，成绩比较优秀了；语文成绩也一般，因为语文里大量的阅读理解题也是需要思维的；政治、历史两门学科，修远自己也常不及格，不好评价；至于化学、生物、地理，这三门学科中，应该有需要思考的部分，也有需要反复记忆的琐碎知识点，所以樊龙反复刷题的方式起到了一部分效果，但远远谈不上优秀。

总的来说，从他的观念，到行为方式，再到结果，简直逻辑严密、天衣无缝啊！

修远感到巨大的兴奋，他第一次意识到，原来人的思想、行为和结果，也如同课本知识点一样，是有公式、定理可以判断的啊！简直太神奇了！

那么杨乾智这边又如何呢？修远又忍不住问道："那你呢？杨乾智，你平时是怎么学的？"

"怎么学？"杨乾智有些摸不着头脑，"该怎么学就怎么学喽！不就是上课听讲、下课做题这样子吗？"

"比如，你做的题目多吗？有没有像樊龙一样疯狂刷题？"

"当然没有！虽然基础题目肯定是要做一些的，起码老师的作业要完成吧，但是我都说过了，像数学这种学科，智力游戏而已，智商跟不上的话，再怎么做题也没用。"

樊龙不满地补了一句："说得好像你智商多高似的。"

"哪有！"杨乾智解释道，"就是因为我不是天才，所以数学成绩也永远高不上去啦！顶多 120 分了，有时候还到不了。"

修远又引导性地问："那你平时会不会多做一些数学上的难题，把成绩提高上去？"按照林老师的逻辑，像杨乾智这样的学生，做难题的时候会不愿意去深入思考，容易放弃。

"这个，怎么说呢？看状态吧！"

"哦？什么意思？"

"状态好就多做几道难题，要是感到状态不好就不做了，做了也没用，心烦！"

修远还是没弄明白，道："能不能说具体一点儿？"

"这有什么不懂的呢？比如说，今天我状态好，看到难题一下子就想出来思路了，那我就可以多做几道难题嘛！要是状态不好，总是想不出来，那还想什么？想了也没用啊，那肯定就不做了。所以说学习啊，不能一味死撑，要根据状态来调整啊！"

樊龙若有所思地点点头，旁边围观的同学也纷纷点头。"是啊！""还是要劳逸结合好！""就是，状态来了，学习效率就高了。"

修远心里一阵无语：是个啥啊！杨乾智这理解根本就不对啊！

首先，杨乾智的心理、行为模式，与林老师所说的果然对应了。他认为智力是学习数学的第一因素，努力的作用并不大。而后面说的，他状态好就多做几道题，状态不好就少做或不做，其实就是懒、不努力。并且不是一般的懒，而是在思维上偷懒。所谓"状态好"，其实就是说对于当下的他来说，这道题并不难，即他并不需要付出额外的思考；而一旦状态不好，也就是说，不能很快想出来题目的时候，他就立刻放弃思考了。

本质上，他将智力和思考混为一谈了，因认为智力无法改变，就放纵自己思维上的懒惰。又或许，他根本没有意识到这也是一种懒惰？不论怎样，正如林老师所说，杨乾智和樊龙的最终结果是殊途同归的——都造成了思维上的懈怠，没有真正利用自己的大脑。

既然没有主动运用自己的大脑思维能力，于是就只能被动地等待大脑的状态波动了。状态好的时候就认真学，状态不好的时候就懒得思考，然后给这种低效的状态安一些好听的句子：学习不能死撑、要根据状态调整、要劳逸结合，等等。

学习要根据状态调整，要劳逸结合——这些说法单独拿出来，能说是错的吗？可是这些说法根本就是含混不清、似是而非、毫无意义的。不能死撑，那该干吗呢？要根据状态调整，那该怎么调整呢？要劳逸结合，哪里该劳，哪里该逸？全都没有说到点子上去啊！

修远认为，最关键的是学习策略、思维方法的高效啊——正如偶然遇到的林老师所教给自己的那样。比如，之前林老师讲结构化思维的时候，就特别强调过，所谓"状态好不好、做题有没有灵感"，本质上都是思维方法的问题——缺乏稳定的思考结构而导致思考效果的不稳定。如今看来，杨乾智所谓的"状态好不好"，不就是典型代表吗？看来第一次讲的结构化思维的内容，还能够和这次讲的心智损耗、人的心理、行为模式的内容联系起来呢！

樊龙问道："那修远你到底是怎么学的？难道真的像杨乾智说的那样，纯粹靠智商？"

修远道："我嘛，不算天才，可能就是掌握了一些学习方法，效率比较高吧。"

"什么方法？"众人赶紧问。

"数学，主要是在做结构化；物理嘛，好像也是吧……"修远突然意识到，自己被一群人围着崇拜了半天，其实只懂了一个结构化思维而已，无非是对结构化的核心要素理解得比原来更深了一点儿，然后从简单的知识的结构化升级到了思维的结构化。再多的学习方法，也就不懂了。

樊龙又问："结构化是什么意思？"

"结构化嘛，也可以叫作思维导图……"

修远正准备解释一番，突然被杨乾智打断："咯！就这玩意儿？我用过这种方法，花花绿绿地画了一堆图，根本没用啊！"

"咦？怎么没用？"

"人家大学霸说有用，你还说没用？谁信你啊！"

"就是，你懂什么，乱插嘴！要是没用修远成绩能这么好？"

修远还没开口，旁边一圈人就帮他反驳起来。

杨乾智被一圈人围住反驳，却显得不慌不忙，镇定自若，道："这你们就不懂了。首先，思维导图这种方法，我很久之前就学过了，很负责任地告诉你们，就是没有用！

"其次，我们要理性分析，不能人云亦云。修远说思维导图有用，真的有用吗？啊，修远，不是我故意跟你抬杠啊，是有话直说——实际情况可能是，他用了思维导图，他的成绩很好，于是他认为，自己的成绩好就是因为使用了思维导图。

"然而这个逻辑真的成立吗？使用思维导图和成绩好之间，真的是因果关系吗？其实更有可能的是，因为他先天智商太高，随便学学就成绩好了，而他恰好又在使用思维导图，所以认为，成绩好是思维导图造成的。就好像，一只大象，它是吃素的，长得比食肉动物高大，于是它认为，自己长得高大是因为吃素——可是这个逻辑根本就是错的。真正的原因，就是这个大象的基因好！

"同样的道理，我们也不能因为修远说思维导图有用，就觉得这个东西真的有用——如果成绩好的根本原因是思维导图，那为什么我用了就没效果？所以还是不能盲目听信，还要批判性思考才行。"

旁边众人若有所悟，陷入沉思中。

修远在一旁听得目瞪口呆，简直忍不住要给杨乾智鼓掌了。还批判性思维，修远心想：我也是惊呆了，明明是一堆谬论，怎么还说得这么有道理？居然还能搞个寓言故事出来？同学，你是辩论队出来的吗？你这样的人才怎么不去搞传销啊！

你说我是因为纯粹智商高才学习好，可是又哪里知道，我刚刚被淘汰出了实验班，曾严重怀疑自己智商低到不够用，怀疑得在寒假里自卑、苦恼，整夜睡不好觉啊！而且，你所谓的思维导图，怕也是个"假冒伪劣"版本吧？就像我上学期也在用思维导图，由于"版本"不对，导致毫无效果。现在换成了"正版"结构化思维，立刻效果凸显了啊！

可是修远不好意思把这些东西说出来，他不能让这些对他崇拜有加的同学知道，自己因为成绩太差被实验班淘汰了出来，于是闭口不谈，只能勉强笑笑。边上的同学对杨乾智一番赞美，称他"想得太周到，逻辑严密，真是聪明"。

总之，经过一番"好有道理"的演说，这世上又多了几个唯智力论的信徒。

而修远看他们，却像在看被困在牢笼里的野兽。樊龙也好，杨乾智也罢，都被困在思维的牢笼里，一时半会儿是挣扎不出来了。

或许，是永远？

第十五章

恐惧之心

杨乾智和樊龙的思想、行为模式,已经完全与他们当下的学习和成绩状态对应起来了,其心智损耗的逻辑严密。那么修远呢?他是否有什么心智损耗呢?

修远趴在课桌上思考着这些抽象的问题,暂时没有答案。

一个怯生生的声音在身后响起,打断了他的思绪:"那、那个……修远同学,我、我能不能请教你一个问题?对不起,打扰你休息了!"

修远起身回头,又是上次那个女生。好像叫作舒田?

"怎么了?"

舒田拿出一本辅导书,指着其中一道题说:"这、这道题的答案我没太看懂……能不能请教下你?"

对照着答案还看不懂?修远有点儿疑惑,接过书看题:

已知数列 $\{a_n\}$ 满足性质:对于 $n \in N$,$a_{n+1} = \dfrac{a_n+4}{2a_n+3}$,且 $a_1=3$,求 $\{a_n\}$ 的通项公式。

啊,这是个什么题?修远飞快地回忆着自己解题思路,似乎没有明显的对应解题思路。等式一边是整数,一边是分数,难道要取倒数?那也不行,取倒数后,左边分母是 a_{n+1},右边分母是 a_n+4,还是凑不齐啊。更不要提取倒数后在上面的 $2a_n+3$,更处理不了。

修远突然意识到,这一题很可能是个构建的题目,而且是很复杂的构造,自己没见过的那种。

完了,人家拿了一道自己没见过的题目来问,怎么办?修远脸上镇定自若,心里慌得稀乱——这可怎么跟人家小姑娘交代啊!

修远只得一边强装镇定问道:"答案哪里看不懂了?"一边飞速地自己看答案,希望能够快速看懂。

"啊，因为我比较笨……"舒田低下头，声音变小，脸又紧张得红了起来。

比较笨？我问你哪里看不懂，你回答自己比较笨是个什么鬼？修远有点儿无语。不过这样的废话也给修远看答案争取了时间，修远似乎能看懂了——果然，这就是个比较复杂的等比数列构造题目。构造的种类太多了，自己之前只积累、总结了其中的几种，而这一种刚好没见过。不过，毕竟都是构造类解法，所以答案还是比较容易看懂的。

"那具体是哪一步没有看懂呢？"修远又问。

"这、这里……它突然弄了一个方程出来，说有两个特征根，然后就出来一个等比数列……完全看不懂了。"

答案一，采用了特征根解法，说白了就是，直接套用了一个特殊公式，而没有给出任何具体的步骤、解释。修远心想：你要是能看懂就怪了，除非把特征根公式的推导过程写出来——我自己还不会呢。由于特征根类的数列题目出现得很少，修远也没有太深入研究。

然而，这个答案下还有第二种解法，把如何构造特殊数列一步步讲解得比较清楚，为什么不用这个答案呢？

解析：$a_{n+1}+x=\dfrac{a_n+4}{2a_n+3}+x=\dfrac{(2x+1)a_n+4+3x}{2a_n+3}=\dfrac{2(x+1)(a_n+\frac{4+3x}{2x+1})}{2a_n+3}$,

取倒数得 $\dfrac{1}{a_{n+1}+x}=\dfrac{2a_n+3}{2(x+1)(a_n+\frac{4+3x}{2x+1})}$，所以 $x=\dfrac{4+3x}{2x+1} \Rightarrow x_1=-1$,

$x_2=2$，故 $\begin{cases}\dfrac{1}{a_{n+1}-1}=\dfrac{2a_n+3}{-(a_n-1)}\\\dfrac{1}{a_{n+1}+2}=\dfrac{2a_n+3}{5(a_n+2)}\end{cases}$，两式相除得 $\dfrac{a_{n+1}-1}{a_{n+1}+2}=-\dfrac{1}{5}\cdot\dfrac{a_n-1}{a_n+2}$,

由题可知 $\dfrac{a_1-1}{a_1+2}=\dfrac{2}{5}$，于是 $\dfrac{a_n-1}{a_n+2}=\dfrac{2}{5}\cdot(-\dfrac{1}{5})^{n-1}$,

得 $a_n=\dfrac{1+\frac{4}{5}\cdot(-\frac{1}{5})^{n-1}}{1-\frac{2}{5}\cdot(-\frac{1}{5})^{n-1}}=\dfrac{5^n+4\cdot(-1)^{n-1}}{5^n-2\cdot(-1)^{n-1}}\,(n\in N^*)$,

故 $\{a_n\}$ 的通项公式为 $a_n=\dfrac{5^n+4\cdot(-1)^{n-1}}{5^n-2\cdot(-1)^{n-1}}\,(n\in N^*)$.

"解法二的答案讲解得很清楚，这个能看懂吗？"修远又问。

舒田不好意思道："第二个答案还没有看……"

"……"修远无语了。第一个答案看不懂，正常人的反应就是去看看第二个答案吧，她为什么没有看呢？

如果是不想学，第一个答案看不懂了就直接放弃这题，那就应该不会回来主动找自己解答问题啊。她来找自己问，说明是想认真学习的，但又连答案都不去看。这到底是为什么呢？说不通啊！

"那我先回去看第二个答案吧，对不起啊，打扰你了……"舒田的脸更红了，头也低得更低了。

"行了，去吧，不懂的就再来问吧。"修远随口道。

女生返回座位，修远脑海中的思考却停不下来了。刚才已经验证了，杨乾智和樊龙的思想、行为模式都符合林老师所说的逻辑，那么这个叫作舒田的女生又如何呢？她的特点也很明显——畏畏缩缩，总是很害怕、很紧张的感觉。

从结果上来看，她的成绩很差；从心理、情绪上来看，充满了紧张和恐惧。那么，这种紧张、害怕的心理，会造成怎样的行为？在心理状态和结果之间，差了行为模式的一环。林老师说过，这样的人思考能力比较弱，不过具体是怎么个弱法呢？她的大脑中是怎样思考的呢？比如，刚才正常的反应应该是看不懂第一个答案就去第二个答案，但她直接不看答案了，这其间是怎么想的呢？

修远心想：不如借着这个机会，问问她？按照她的思考能力，估计第二个答案也不会看得太懂，待会儿应该还会过来的。

查探舒田的"思想—行为—结果"模型，变成了修远的新任务。修远觉得，这种研究人类想法的项目还是蛮有意思的。

几分钟之后，舒田果然又回来了。

"对、对不起！"女生的声音颤抖着，"第二个答案我也没太看懂……能不能请你讲一下？真的不好意思，又打扰你了……"

这女生的态度不得不说是非常客气了，不过，过度拘谨了，却让修远感觉并不舒服——但这不要紧，还是自己的研究任务更重要。

"没事。不过我先问你一个问题啊。第一个答案看不懂，一般人的反应是直接去看第二个答案，你却直接放弃了。这是为什么？"

舒田一愣，不知道怎么回答，呆呆地看着修远。

修远看着舒田惊讶的眼神，心想：啊，难道是自己的语气太生硬，吓到她了？于是换了一种更温柔的语气："我是说，你当时心里是怎么想的？我想要了解一下你的想法。呃，这个……因为这些思维习惯对你的学习是有深刻影响的，你让我教你的话，不如直接从根源层面着手比较好……"

这个理由也是比较扯了，也不知道舒田会不会信？反正总不能说自己正在对她做研究吧。

"想法……好像，没什么想法？"

"没什么想法？"修远追问。

舒田更紧张了："就、就是没想什么，直接就来问了……"

"……"修远一时不知如何继续下去了。

没想法是什么玩意儿？不可能啊！或许是想法在潜意识中进行，她没有意识到？这倒是比较可能。可是自己怎么才能知道她的潜意识想法是什么呢？这也太难了吧？修远有些无奈。

修远抬起头看着舒田的脸，看着她的身形，似乎有一张灰蒙蒙的网笼罩着舒田的身体。她低着头，红到了耳根，不自觉地搓着自己的手，双脚并拢，大腿甚至有点儿微微颤抖。那张网，定是由强烈的紧张和恐惧编织而成的。

啊！修远突然想到了什么。

"那么我来推测一下。你看到第一个答案，完全看不懂，所以心里感觉很害怕，潜意识就觉得后面的答案也很复杂，一定也是看不懂的，于是就直接放弃了，是不是？"

舒田抬起头看着修远的眼睛，略作思索，点点头："好像、好像是这样……"

"不仅今天如此，你平时看到其他稍难一点儿的题目，大概也是同样的思维反应——直接放弃。放弃了以后，人还坐着不动，看起来还在学习一样，然而实际上大脑的思维状态却是一片空白。"

"不知道我说对了没有？"修远压住激动的心情，以沉稳平静的语调说道。不仅透过表象直入本质，还将别人的心态、思维状态全部推测出来，如同林老师附体一般。一瞬间，仿佛自己也是个高手了。

舒田瞪大眼睛看着修远，颤道："是、是的……我比较笨，所以……"

这下，逻辑彻底梳理清楚了。由于观念上，总是觉得自己比较笨，很害怕学习，于是行为上，大脑基本上无法思考，刚刚看到题目就会放弃，学习被害怕的情绪终止了。进而在结果上，稍难的题目都无法学会，导致最终成绩很差。

同样是逻辑严密啊！

不论是杨乾智、樊龙，还是这个叫舒田的女生，都拥有不同的特点、不同的心态、不同的成绩，看似纷繁复杂，却总能找到严丝合缝的逻辑将他们的观念、行为和结果穿插起来。人的世界，真是奇妙啊！修远领悟到这一层，心中有巨大的感慨。

不过感慨归感慨，眼前与这女生的沟通还没有结束。现在该怎么跟她说呢？

修远先是简单地将第二种答案给她分析了一遍——但她依然是半懂不懂的。修远又道："其实吧，你去研究这种题目没有太大的意义，这都是接近压轴题级别的难度了。我记得你还有很多基础题目都还没弄懂吧？与其花费大量时间去攻克这种不怎么出现的压轴题，不如多学学那些只需要少数时间就能搞定的中低难度题目。这叫作——"

修远顿了顿，心想：叫作什么呢？

"超越学习技术的学习策略。"

不错，就得这么说！哈哈，显得很有格调啊！修远在内心欢呼，为自己找到一个高大上的名词而得意。

当然，这种得意是不能显现出来的，表面上还是要高冷一点儿才好，太嘚瑟了是会影响形象的，毕竟自己现在已经莫名其妙地成了十四班天字第一号的高冷学神。

舒田道过谢，愣愣地回到座位上。

"喂，看到没有，根本就不是一般的学霸啊！直接从技术层面升级到策略层面了。"

"是啊，普通的学霸跟人讲题，哪会讲得那么深入啊！他简直就有天生的领导者气质啊！"

"对对对！你看他不仅分析题目，还能分析舒田的心理和思想，简直比福尔摩斯还炫酷啊！"

"啊啊啊！我受不了！你们谁去打听下他有没有女朋友……"

"……"

越是被众多人吹捧，越是让修远又好笑又无奈。自己随便对舒田扯了几句，怎么在他们眼中就变得这么神了？

修远又回头看了看舒田，心道：这个女生怀着一颗恐惧之心在学习，损耗很大，于是成绩也很差，和樊龙和杨乾智比都差了很远。那么自己呢？自己的损耗又是些什么？已经验证完了其他同学的思维行为模式，但自己心智损耗的探索依然无门可入。

晚上12点，舒田在床上辗转反侧。

他……他问了我好多问题……

他……他讲解得好细致，一点儿都没有嫌我烦……

他……他还从题目本身上升到学习的策略问题……

他……不可能的！他那么优秀……

他……

"喂，别晃了，翻来翻去的，床架子都嘎吱响，吵死了！"

第十六章

塑料同学情

寻找自我心智损耗依然没有进展，然而随着学习策略的更新，修远在日常的学习中轻松了很多，自信了很多。空气中的压抑和烦闷一扫而空，4月下旬的天空越发明亮。

当天下午，修远连续苦学"熬战"四个小时，略感疲劳："学了好久了，累死了！对了，好久没有打篮球了！去找下付词他们，看看他们有没有在打球。"算起来，已经一个月没有打过球了。

"嗨，各位！加一个！"修远高兴地跑了过去。

"哟，修远啊，好久不见啊！"付词打招呼道，"来吧来吧！"

依然是付词、马一鸣、姚实易、刘宇航、刘语明五个人。修远问："怎么每次总是你们几个打？二班其他人不打球吗？"

"哦，其他人啊，都忙着赶快吃饭，赶快回去学习呢！就我们几个浪荡的人敢出来打篮球啦！"刘宇航说，"李双关最近也说，不准打篮球了，免得一身汗，影响晚自习。"

"话说你在普通班过得怎么样啊？爽不爽啊？我估计普通班的人出来打篮球，老师肯定不管吧？"付词笑着问道。

"啊，还不错！"修远底气十足地回复，"轻松又逍遥啊！"其实这段时间一直在加紧练习结构化思维，之前是数学，现在是物理，每天的学习量并不少，但是从心情上来说，修远确实比以前轻松、愉快了很多。

"唉，普通班就是好啊，轻松多了，老师管得也没那么严。"马一鸣感叹道。

"那当然啦，基本是一群注定考不上一本线的人，老师才懒得管那么多呢！"付词笑着说。

修远听了这话有些不愉快，因为现在他也算是普通班的人了。修远的脸色有些难看，然而他并没有反驳什么，因为班上的其他人，确实大部分的成绩都上不了一本线。

"那也不能这么说，你看修远还不是普通班的？"姚实易解围道。

"哈哈，修远在普通班怎么样啊？可别丢了我们实验班的脸哦！"付词笑道。

"还行，上次数学142分。"修远冷冷地说，希望这个分数能够镇一镇付词。

"哦？什么时候？"马一鸣问。

"上次数列单元补考。"

"厉害啊！"刘语明赞叹。

"咳，他们普通班的试卷简单得要死！"付词快速插话。

"谁说的！"修远赶紧解释，"上次补考超级难！估计比你们的试卷都更难！"

"好好好，你们普通班的试卷就是比我们实验班的难！"付词依然是一脸微笑，然而有些阴阳怪气的语调让修远十分不爽，"哎呀，我真是运气好，上次期末没有去普通班，不然这么难的试卷，肯定不及格哟！"

"你……"修远被付词的话讥讽得目瞪口呆、一脸愤怒，瞪着付词说不出话来。其他人也有些诧异，不知付词为何这么不客气。几秒钟以后，修远愤怒地把球一丢，甩手朝食堂走去。

"唉，付词，你干吗呢？好歹之前是同学嘛。"姚实易皱眉道。

"现在已经不是了！谁叫他这么跩？都被淘汰去普通班了，还要在这儿装模作样？"

从周三晚自习一直到周五，修远的脑子里忍不住不断回想着付词对自己的讥讽。真是塑料同学情啊！明明上学期还关系密切，经常一起说说笑笑，现在突然就是一番讽刺，说翻脸就翻脸了！付词这浑蛋，就这么看不得我过得好一点儿吗？愤怒与烦躁之情充斥着修远的大脑。

修远学习时一直心不在焉，效率大幅降低，甚至周末的作业也没有好好做，脑子就像突然结冰了一样。第二周的星期二，修远凝视着自己的物理书，突然意识到一个问题——原计划周五之前结束的"力学分析"章节的结构化思考，居然拖到现在还没做完。

"怎么效率这么低？"修远终于回过神来，反问自己，"加起来已经二十多个小时了啊。"

修远突然意识到，这不就是林老师所说的心智损耗了吗？

他还记得林老师的原话："你回去注意观察和记录自己的念头。我们在工作、学习中思考问题的时候，都会有走神儿、开小差的情况，你就留心观察，自己思维中断是因为什么？是外界的临时干扰呢，还是自己内心的念头？把这些东西记录下来，就有可能找到你心智损耗的部分了。"

自己已经将近一周时间心不在焉、效率低下，之前的专注、高效消失无影，这难道不是严重的心智损耗吗？真是太亏了啊！

不过，这到底属于哪一种损耗呢？说白了就是——为什么付词这浑蛋讥讽了自己一顿，自己就这么长时间心神不安呢？

愤怒！是愤怒造成的？没错，自己莫名其妙被付词讥讽，肯定是很愤怒的啊！看来，自己的心智损耗，主要就是愤怒了。

不过好像也……

思维一旦启发就很难停下来，修远突然回忆起上周另一个同学梅羽纱来问自己问题，自己怀疑她看出来自己上学期物理不好时，也是心里一顿紧张，思维混乱。总感觉和今天的情况有联系啊。

有什么联系呢？这两个事件有什么共同点呢？修远立刻意识到问题所在——

面子！

自己担心梅羽纱等同学知道自己上学期物理不好，无疑是担心丢了面子；而自己对付词的言行产生剧烈的愤怒，则是因为，付词非常严重地驳了自己的面子，还是在原来实验二班的好几名老同学面前。因为面子丢得非常严重，所以第二次自己的心神被扰乱的程度也更严重了。

看来，自己真是一个好面子的人啊！

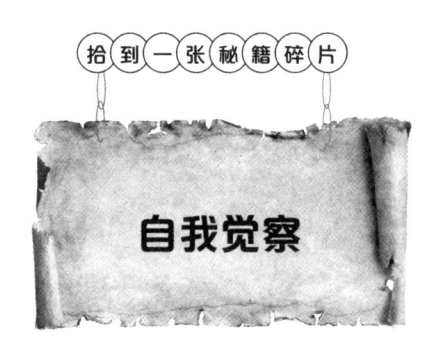

拾到一张秘籍碎片

自我觉察

而这样的虚荣心，又常常让自己心神不定，好不容易找到的高效学习感觉，只因为一次面子问题就消逝了，世上还有更亏的买卖吗？果然叫作心智损耗——心智上的弱点，让自己遭受了巨大的损失。

问题算是找到了，不过怎么解决呢？一旦被驳了面子就情绪激动，思考和学习效率大幅下降，这问题又该怎么解决呢？修远一时想不到答案，只能准备在下次再见到林老师的时候去问了。

不过另一方面，当修远意识到这些问题后，反而情绪暂时回归平静，没有那么烦躁和愤怒了。他也可以说是因祸得福——被付词讥讽了一顿，心神大乱之后，居然就莫名其妙完成了林老师布置的寻找心智损耗的任务。

后面一段时间，修远的思维恢复正常了，物理的结构化整理也比较顺畅地继续进行下去了。三天后，天体运动的整理已经完毕了。可这样集中整理太累了……修远心想：出来混果然都是要还的啊。后面好了，跟着老师的进度学，一边上课一边整理，估计要轻松多了吧。

另外，修远也对自己的大脑进行了全面的搜索，总结了几个主要的心智损耗。最严重的损耗来源于虚荣，包括同学的看法、老师的评价，尤其是对于被淘汰出实验班这个事情，自己的内心总是放不下，时不时会回想出相关的场景。每当这个时候，自己的情绪也会跟着有些起伏，于是自然地，大脑的思考也就中止了。

面子、虚荣、尊严，目前来看，这类东西就是自己最大的损耗了。

"喂，你们看，那个巨型学霸又在迷之凝视了。"叶歌海说。

"不知道在想些什么呢……"梅羽纱也疑惑。

"是在思考问题吗？既不动手算，也不翻书，就这样凭空思考？感觉跟我们完全不一样啊。"鲁阿明好奇。

"唔，说不定又是什么奇怪的学习方法，但我们是没法知道了，毕竟大脑里的东西……"叶歌海皱着眉头。

话还没说完，梅羽纱又起身了，直接走向修远。"啊？又直接走过去问了？"叶歌海惊道。

"你好，修远同学。能问你一个问题吗？"梅羽纱露出一个可爱的微笑，"我注意到，你这段时间一直都在盯着前方沉思问题，能告诉我是在思考什么问题吗？是不是你也有什么很难的题目想不通呢？"

修远正在沉思，听到梅羽纱的声音后心里一惊，本能地说道："没有啊，怎么会有不会的问题嘛，我……"修远本来想说，自己是从实验班出来的人，在普通班怎么会有不会做的题。但是他突然停住了，意识到，自己正在犯一个重复了无数次的错误——

虚荣！修远心想：一听到别人怀疑自己的能力，立马方寸大乱，本能地就想吹牛、反驳。这个该死的虚荣心又跳出来了，完全不受控制啊！到底该怎么解决它呢？下次见到林老师一定要好好问问他啊。

当下虽然不知道怎么彻底铲除它，但修远下定决心，至少要控制住自己，决不继续夸口了——越夸海口、吹牛，越说明自己被虚荣这个东西打败了，多没面子。啊，好像得出了个悖论？

无论如何，这一次，敌人不是怀疑自己能力的梅羽纱，而是自己的虚荣心！

"没什么，想些问题而已。"修远强行平静下来，一边淡淡地说，一边迷之凝视着梅羽纱。

两人对视了几秒钟之后，梅羽纱又露出那个可爱的微笑，说："哦，那没什么，我只是好奇地问问，你可不要在意哦！"

　　梅羽纱一边往回走，一边想：上次的方法没有起作用。他的心思，没有那么简单……

　　修远有些奇怪：那个女生，是叫作梅羽纱吗？这么漂亮的一个女生，露出这样可爱的笑，却让我觉得她的骨子里透着一股冷漠，甚至比当初易姗的冷漠更甚。修远扭头看梅羽纱和叶歌海交流，注意到，梅羽纱看着叶歌海的时候，虽然依然面无表情，但是眼神会突然温柔起来。

　　"呵呵，看来是对那个叶歌海有意思，对其他人都很高冷啊。"

　　总之，在见到林老师之前，只能暂时通过这样的自我觉察来感受虚荣的来袭，勉强压制下去。林老师说过，下一次见面是在五一节之后，那么五一节之前的唯一重大事项，就是期中考试了。

　　期中考试，全市统考，为了照顾临湖实验高中，试卷难度必然比平时普通班试卷的高出不少。自己在遇到林老师之后，究竟成长了多少呢？第一次正式检验机会，来临了。

第十七章

兼职教师

"先期中考试,再放五一节的假,典型让人过不好假期啊!"

"难道要五一节之后再期中考试,逼得你五一节放假还在复习,这样就好了?"

"其实没事,毕竟成绩没出来就放假了,你假装自己考得很好就行了。"

……

抱怨归抱怨,不过认真复习以应对期中考试的人数并没有那么多。修远回想起当年在实验班时,但凡期中、期末之前的复习,基本都是兢兢业业、不敢放松的。而在这普通班里,氛围明显轻松了很多,对于考试的重视程度比实验班颇有不及。

其实这又有什么奇怪的呢?平时上课听讲、写作业、单元测验等事情,早已可以看出,普通班与实验班的差距不仅是在成绩高低上,更是在心态、重视程度、勤恳、刻苦程度的区别上。这些同学很矛盾,一方面抱怨和焦虑考试考不好,另一方面却又不愿意认真复习。修远略一观察,貌似能够认真复习、准备考试的人,不足一半。

和其他人不一样,修远目前的焦虑不在于考试好坏,而在于——最近很穷……

修远家境一般,每月的生活费并没有太富余,而最近花钱又有点儿大手大脚。由于成绩突出且进步,心情大好,修远胃口也变好了,吃的明显变多;又由于心情大好,对自己的管束也变松了——

数学单元测验得了 142 分的高分?去食堂吃顿好的庆祝一下。

又做完了一个单元的物理结构化?去食堂吃顿好的犒劳下自己。

今天对某个单元的题型又有新领悟?去食堂吃顿好的给自己些正面反馈。

今天心情不错?再去吃顿好的……

今天有点儿无聊?吃顿好的……

如今到了 4 月 23 日,修远突然发现,自己没钱了,真的没钱了……

"喂，同学，你这份红烧鸡还要不要了？卡上的钱不够啊！有没有现金？"食堂大妈嚷嚷着。

刷卡机显示，饭卡余额三块六。修远摸了摸口袋，现金零元。

这就有点儿尴尬了……

上次刷完卡以后，修远看漏了一个小数点，以为自己饭卡上还有三十六元，原本准备今天吃完饭以后，在晚上打电话给父母要钱的，没想到今天中午就已经穷得过不下去了。

"前面的买不买饭啊，不买让开啊！"后面排队的学生已经不耐烦了。

"修、修远同学，能让我帮你付吗？"一个怯生生的声音响起。

修远回头——舒田？

"啊，你怎么在这里？"

"我、我也来打饭……"

修远意识到自己问了个蠢问题，舒田来打饭有什么奇怪的？

"好几次都麻烦你帮我解答问题，不如我来请你吃顿饭吧……"舒田紧张得几乎不敢看修远的眼睛。

啊，这么巧？刚好没钱吃饭的时候就冒出来个人请客。修远喜出望外。虽然这个叫舒田的女生跟自己并没有太熟，但管他呢，都穷得吃不起饭了还在乎这个？

"这样啊，那麻烦你结个账吧！"修远毫不犹豫地答应了……

周围女生投来鄙视的眼神：居然让女生请客。

修远面无惧色地将这些眼光撑回去：女生请客怎么了？这是男女平等的表现形式之一嘛！

"谢谢啦！等你也打完饭，我们找个地方坐下吧。"

"不、不用等我！你先去占个座位吧……"舒田赶紧道。

"嗯？也是哦，等会儿没座位了。那我先去占座位了，就那个位子吧！"修远伸手指向远处一个空桌。

修远离开后，舒田紧张的情绪终于缓解一些了。他答应了，没有拒绝我，太好了，我可以跟他一起用餐了……

修远不会想到，舒田早就在旁边看着了。实际上在去食堂的半路上看见修远后，她跟了他一路，一直在想如何请他吃饭，却始终不敢开口，紧张得手心里都是汗，后背也湿了，紧张过度了，甚至于几乎要放弃了。然而突然修远又闹出了余额不足没钱买饭的意外，舒田一愣，心想这简直是天赐良缘，啊，不对，是天赐良机，终于鼓起勇气走了上去。

"我是为了向他学习才请他吃饭的,不是其他原因……"舒田红着脸对自己说。

舒田扭扭捏捏地端着两碗菜来到修远面前坐下,和修远豪爽地摆了一桌子的午餐对比强烈。修远这边有红烧鸡块、臊子蒸蛋、酥脆排骨、土豆丝、炝炒生菜,再加一份南瓜饼;而舒田那里,一份青椒肉丝,一份西蓝花。

没了。

修远看着两边的鲜明对比,略显尴尬:"这个,不好意思,让你破费了……"修远当时只顾着自己没钱结账的尴尬,却没想到,自己豪爽地一通点餐后让舒田买单到底合不合适——万一人家小姑娘家庭条件也不那么好呢?修远又注意到,舒田的穿着较为朴素,显然不是名牌,心里不由得有点儿过意不去。

一听到修远的话,舒田的本能反应是怕修远以后再不给她请客吃饭的机会了,吓得赶紧解释:"没关系的!我每个月的餐费都花不完,剩了很多,请你吃饭没关系的!"

"剩很多?"修远随口一问。

"是的!上个月饭卡上剩了两千多。"舒田继续解释。

"这样啊……"

真是看不出来啊,修远满脸尴尬,自己一个月生活费才八百元——大概是这个四线小城市高中生的平均水平吧,然而这姑娘剩余的餐费就有两千以上……不过她穿着很朴素,难道是什么名牌衣服,自己不认得牌子?也不像啊,看起来质量很一般呢,可能就是在衣着上特别低调吧。

"不过也没必要充这么多钱到饭卡上吧?"

"哦,是我妈妈给我充的,她以为我钱用完了,就随手充了一点儿。"舒田非常贴心地继续解释。

"随手……"

修远脸上的尴尬已经显而易见了。随手充了"一点儿"是吧?你是多有钱……

修远强行假装不尴尬:"那个,不管怎么说呢,还是很感谢你请客……"

"哪里,我还要感谢你前几次指导我做题呢,我……我觉得还不够……不够回报你教我做题花费的心思……那个……"舒田又开始紧张起来,话也说不清楚了。

"啥?"修远没听明白,"对了,上次数列单元的基本题型,你梳理清楚没有?那种用不动点构造等比数列的压轴题,你就没有必要浪费时间了。马上期中考试了,数列章节肯定是重点,你要是做好了准备也能多拿点儿分。"

"最基本的公式弄懂了,不过还有不少变形题不太懂。另外,题目变化一下,有时候就不会了……"舒田有些不好意思,仿佛自己辜负了修远的教诲。

"哦?那你数学一般多少分?"说起来,自己对这个女生的了解还非常少。

"一般只有60~70分……"

"不及格？"

"……"舒田又脸红起来，低下头不说话。

修远意识到自己可能说错话了，赶紧补充道："啊，我是说，你这个分数的话，如果把复习做好了，进步空间是非常大的……"

舒田听了这话，勉强把头抬起来，不过耳根子依然红透了。

糟了糟了，这女生怎么这么敏感？修远有些尴尬，人家请我吃饭，我却说错话伤了她，这可真是……

为了缓解一些尴尬，修远只好道："啊，那个，其实你有什么问题的话，也可以来问我，呃，就当、就当你请我吃饭的报酬吧——我是说期中考试之前啊……"

"其实……其实之前有几次想去问你问题的，但不敢去……"舒田低着头，声音如同飞蚊声般细小。

"啊，为什么？"难道我很可怕？修远心想：自己果然已经变成高冷学神了吗？

"我怕打扰你学习，因为期中复习期间，我想你也会很忙，所以……"

"哦，这个没事。那个，在期中考试之前应该没问题。"

"这样吧，修远同学，要不然我……我想，期中考试之前每天都由我来请你吃饭好不好？不然我也不好意思找你问学习上的问题了……"

"啊？让你这么破费，那我真是不好意思。"修远对舒田的提议感到吃惊。

"没有！让你拿出这么宝贵的复习时间来教我，我真的很过意不去，所以只能……"

答应，还是不答应？修远陷入了痛苦的纠结之中。

答应？怎么好像被人包养了一样？自己真的要在期中复习的紧要关头拿出很多时间来帮这个女生吗？划得来吗？

不答应？可自己真的是没钱了，如果再向父亲要钱估计又得被训斥一顿，毕竟自己考到兰水二中父亲就很不满了，而调出实验班更是让他无比愤怒。还想多要些生活费？真是想沦落到死无葬身之地……另外这女生也是挺有钱的，貌似让她请客吃点儿饭也不是什么大问题……

唉，真是难以抉择啊！

进也不是退也不是，面对这个无法抉择的两难问题，修远足足犹豫了"长"达1秒钟之久才勉强答应："那……好的，就这么愉快地决定了！"

嗯，相当于兼职了一份家教工作，我这收费也不高嘛，只不过吃几顿饭，没毛病。

修远大快朵颐，舒田斯文用膳。20分钟后两人离开食堂，背后不远处传来小声议论。

"你看看,还说她单纯,撩学霸撩得飞起,一看就不是什么好东西。"

"咦,为什么这么说?"

"呸,家里有钱了不起啊,不要脸。"

"呃,约学霸吃顿饭,也不算不要脸吧?"

"明明就是勾引,长得就不像好人!"

"啊,我觉得她长得还不错啊……"

"你有毛病啊!非要撑我?吃你的饭去!"

▶ 第十八章 ◀

费曼技巧的尝试

靠左边一组第三排临走廊的位子，就是修远的座位。修远回到自己的座位时，经常会想起当年的卢标，因为当年在实验二班，卢标就坐在这个位子上。而近一个多月以来普通班十四班的少男少女们不断地围绕着心中的"巨人""学霸"加以关注，这众星捧月的感觉又让修远回忆起卢标添加了额外线索。

今天，修远又回忆起了卢标。这一次，是因为卢标曾经讲过的一个重要学习策略——费曼技巧。据说这是由诺贝尔物理奖获得者费曼发明的一种学习方法，主要思想是，通过对别人讲题、讲知识点来提高自己的水平，即给别人教授得越好，自己学得越好。

还记得当年卢标在班上讲解这种学习方法时，无数男男女女以崇拜的眼神盯着卢标，修远心中虽然厌恶，但好歹记下来了有这么回事。这次舒田找修远指导学习，修远犹豫之后决定同意，除去真的很穷，也有部分原因是当时忽然想到了卢标所提及的费曼技巧。如果自己这段时间给舒田教授、指导学习，那么是不是也会促进自己的学习呢？虽然对着真人讲课和大脑模拟略有区别，但总归都是以教带学，大同小异。

总之，以这次期中考试为标尺，此举值得尝试。

也因为带着这样的动机，修远在给舒田教授时付出了超额的耐心。修远给人讲题并不多，对舒田这种基础较差的学生接触更少，很多修远看来非常简单的题目舒田却莫名不懂，他只得一遍遍重复地讲，甚至经常不明白舒田到底哪里不懂。

比如这道题：

已知等差数列 $\{a_n\}$ 的前 n 项和为 S_n，若 $\overrightarrow{OB}=a_1\overrightarrow{OA}+a_{200}\overrightarrow{OC}$，且 A，B，C 三点共线（该直线不过原点 O），则 S_{200} 等于（   ）。

A. 100   B. 101   C. 200   D. 201

如果单做等差数列的简单求和，她懂；如果单做向量章节的知识点——A、B、C三点共线时，则向量 OA 的系数和 OB 的系数和等于 1——她也懂。可是把两个简单知识点合在一起，她就反应慢了，甚至反应不过来了。

再如这道题：

设数列 $a_1, a_2, \cdots, a_n, \cdots$ 中的每一项都不为 0，证明：$\{a_n\}$ 为等差数列的充分必要条件是：对任何 $n \in N$，都有 $\dfrac{1}{a_1 a_2} + \dfrac{1}{a_2 a_3} + \cdots + \dfrac{1}{a_n a_{n+1}} = \dfrac{n}{a_n a_{n+1}}$。

并不复杂的证明题，无非是用到裂项和等差数列的基本性质，大不了再算上充分性和必要性的基本定义。在修远看来，没有任何难点。可是舒田这种题也不会，修远简直不知道从哪里讲起，只好把最基础的定义和方法复述了一遍。

甚至于，前面的解三角形章节也会帮忙讲解：

如图，在 $\triangle ABC$ 中，$\angle ABC=90°$，$AB=\sqrt{3}$，$BC=1$，P 为 $\triangle ABC$ 内一点，$\angle BPC=90°$。

（1）若 $PB=\dfrac{1}{2}$，求 PA。

（2）若 $\angle APB=150°$，求 $tan\angle PBA$。

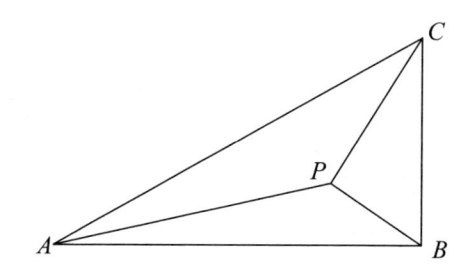

正弦定理会了，三角的转换公式也背了，但是在题目中遇到，只能愣着……

修远耐着性子一边慢慢讲解，一边安慰自己：唔，这是以教代学，对我自己的成长也是有帮助的，更何况收人钱财替人消灾……另外，修远已经觉察到舒田的学习障碍与她的恐惧有关，所以在辅导舒田课业时，偶尔也插入些安慰、鼓励之语：

"别担心，多想想能明白的！"

"啊，其他人这种题也都会想错，你没什么特殊的呢！"

"哦，这里要做一个三角转换，不用怕，多见过几次这种转换就会了……"

以舒田的视角来看却又是另一幅景象了。修远所不知的是，在此之前，舒田几乎没有如此频繁地问过人问题，甚至找老师请教时说话也是畏畏缩缩、断断续续，生怕被人嫌弃太笨、太差。这段时间与修远接触，一方面频繁接触同一个人，熟悉度不断增加，确实能够消除对他的紧张心理；另一方面，之前向其他人请教的时候只是单纯的学习交流，而这段时间与修远，则是教室里讲解问题，休息时又一起吃饭，甚至偶尔饭后散步。另外，修远受人恩惠，加上又有自己的小心思，讲解得比旁人更加细致，甚至比以教学为天生职责的老师更耐心。如此多方努力，也确实让舒田自觉学业有不小进步。总之，舒田今日心情大好，如同4月底的天空一般阳光明媚，暖风拂面。

他聪明、帅气，不仅行为举止个性十足，而且那么优秀，我不会做的很难的数学题，他都会……

他讲解得好耐心啊，我那么笨，他都一点儿不烦躁，一遍遍地讲……

他好温柔，总是鼓励安慰我，他总是那么温柔吗？还是……

这些温柔的画面和声音如此频繁地出现在舒田的脑海里，有时她走路时都会低着头，突然露出痴想的笑容，最夸张的时候甚至会一脸幸福地撞到树——幸好没人看到。

临湖实验高中的校园，不仅比兰水二中更大，而且环境更好。大方位上背山面水、风景极佳，而且校内植被覆盖率更高，草绿花红，校园一角还有池塘、假山。冬天时这样的青山绿水尚不能给人特殊的感觉，而越是天气明朗、温热起来，那草木的清香和湿润空气给人的"滋养"，就越是能体现出味道来。

卢标原在二中时，习惯在空旷的操场上散步，而来到临湖实验以后，最常去之处，就是教学楼前的池塘边上了。妖星也常与他一同出现。

近期九班的女生们大失所望。一是几次单元测验下来，卢标分数快速赶超，终于暴露了自己的学神属性，那些叫嚣着"姐姐教你做题哟"撩拨卢标的小姑娘一个个面面相觑、吐着舌头；二是这让人春心荡漾的小帅哥，不仅不幸坐在了众人厌弃的妖星旁边，而且和妖星关系良好，在教室里常常兴致勃勃讨论问题，午休、晚休之时还常常一起散步、谈心。

"完了完了，妖星肯定懂'妖法'，把我们的小卢标勾引走了！"小姐姐们气愤地说。

不过期中将至，学生们的重心还是放在了应对考试上。在大考来临的紧要关头，只有两种人依然保持放松：要么是彻底不关心学习的学渣——这种人在临湖实验这样的省重点学校很少；要么是学神体质，根本不必担心考试——连平时自己学校里出的偏难的题目都不惧，那么期中全市统考，这种照顾了弱势学校的简单题目还会怕吗？不仅内心毫无波澜，甚至还有点儿想笑。

卢标与妖星，都是后一种。

傍晚时分，小池塘旁边，卢标和妖星两人并排靠在栏杆上闲聊着。

"预估一下，这次期中考试你能排多少名？"妖星随意问道。

"不好说，之前都是单元测，还没有正式综合考过呢。这次争取进前一百名吧！"卢标轻松道。

"前一百名？开玩笑。你要是发挥好点儿，前十名都进去了。"

卢标笑笑，不置可否："那么你呢？之前考过年级第四名，这次有什么想法？"

妖星摇摇头："呵呵，高一刚开学的第四名还有些偶然性，后来几次联考、期中、期末，基本上每次都稳定降一点儿，到期末已经排二十名以后了。没办法，实验班各方面条件都要更好些——师资、教辅资料、同学环境。哪怕我一开始水平与他们差不多，但在资源劣势的情况下长时间浸没，逐步落下是正常结果。"

卢标想起了之前自己在兰水二中的经历，心中一番感慨："听说之前实验班老师曾经邀请你加入实验班，你既然知道实验班条件更好，那么为什么不调去实验班呢？"

"嗯，曾经考虑过，不过还是决定不去了。不太喜欢实验班的环境，据说比较压抑，竞争太激烈。而我呢，对成绩也没那么看重，不是非得去清华、北大不可，随便找个像样点儿的985去读了就行。"

"以985为目标的话，年级一百五十名以内就行了，对于大名鼎鼎的妖星来说目标太低了吧？"卢标笑道。

妖星不回应，却道："不过这次期中考试，可能不会再继续下滑了，甚至大概率要前进。运气好的话，重回前十名内也不是不可能。"

"哦？为什么？"

"嘿，当然是因为从你那里学到了不少好东西啦！"妖星笑道，"遇到你这种家伙，算是运气好吧，你花费上百万学到的内容，我不说全部复制一遍，至少学到三成吧。这么算的话，三十万到手了，血赚！"

"哈哈，能够这么短时间掌握不少，你也是天赋异禀了，不愧是妖星。"

妖星又邪魅一笑，看向卢标道："那么你觉得，这次我俩谁会名次更高一点儿？"

之前各学科的单元测试里，卢标与妖星互有高低，妖星赢的次数虽然多一点儿，但卢标越追越紧，差距只在毫厘之间。

"怎么，你也有兴趣计较这些排名吗？"卢标笑道。

"怎么不会？雄性动物的竞争本能不可以有吗？我偏要压你一头不可以吗？"妖星语气突然加重。

此时若有旁观者，定当被妖星突然严肃的语气吓一跳，卢标却看着池塘里平静的水面，一笑置之，道："行了，别装了，连冲击清北的动力都没有的人，还跟我竞争什么？你还是回去逗莫长烟她们吧。"

妖星立刻消散了那严肃的表情，像泄了气的皮球，叹口气道："唉，没意思没意思！跟你开玩笑的被识破率越来越高了，'抖包袱'也不行了。啊，还是天真的小女生们比较有趣一点儿啊！"

卢标又道："不过既然提出这个话茬儿，我们也可以比一比这次的期中考试成绩，顺便下点儿赌注。"

"哦？怎么个赌法？"妖星又有了一点儿兴致。

"如果我赢了，你就告诉我，你名字的来源。"

"喊，封号妖星怎么来的你不是早就知道了吗？没意思没意思。"

卢标盯住妖星眼睛，道："不是封号，是你本名的来历。是你的名字作何解！"

"嗯？你还对这个有兴趣？"

卢标无奈道："你也是个奇葩了——好吧，原本就是——一般人自我介绍，首先就是介绍姓名，接着就会解释了。而你呢？死不肯告诉我你的名字，我居然花了半个月才偶然在你一本旧练习册上找到你的名字。要解名的话，找线索是找不到了，只能找你问喽！"

"名字不总是随便起的？父母哪天抽风不就来个奇特名字？武侠看多了就是'长风''冷锋'，韩剧看多了就是'孝真''秀贤'。实在懒得想了，随便来个'子涵''梓涵''紫涵'就完了——我们年级不就十几个'zǐ hán'吗？"

解释得很合理，不过卢标完全不为所动："不要装傻了，你的名字很特殊，必有解释。"

妖星耸耸肩："行吧行吧，没什么意思。我要赢了呢？"

卢标略作思考，道："我再教你些其他学习策略，如何？"

来自学神卢标的学习秘籍，无数人求之不得，然而妖星对以此为赌注毫无兴致："唉，没意思没意思，反正平时我问你，你还不是要告诉我？又不会藏着。"

卢标满脸无奈，愤愤道："你这不相当于逼着我不教你了？我不管，反正就是用策略换名字解释，就这么定了！"

"哟？你居然还会耍赖？有长进啊！"

"跟你学的！"

妖星耸耸肩，勉强答应："好吧，虽然没意思，但也就依你了吧。"

正说着，妖星瞥见从远处走来一个人影。此时池塘边没几个人，那人明显就是冲着妖星和卢标的方向来的。妖星伸手拍了拍卢标的肩膀，笑道："哎，介绍个有意思的人给你认识。喏，看那边。"

只见一名男生朝着妖星走来。这人 1.78 米左右身高，走起路来大步流星、风风火火、目不斜视。他身穿一套长袖运动服，除去留满汗渍外并无特色；头发稍长，刘海儿遮眉，略显不修边幅，倒是与妖星的气质有几分相似；再看眼神，目光极犀利，眼眸深处一股强烈的傲气。

卢标心中一叹，知道这人必不简单，问道："这是谁？"

妖星道："实验班的常规'头牌'，考得最差的一次都是年级第三的天才学神，封号人形电脑。"

封号人形电脑？卢标忽然意识到，除去妖星，自己对临湖实验高中的王牌人物们，暂时还一无所知。

正想着，那男生已经走到妖星面前，语气平稳，语速也快，道："这人是谁？好几次看见你跟他在一起——算了，没兴趣。

"喂，有空没？找你问件事，千相。"

第十九章

封号学神的恋情

临近晚自习了,在临湖实验高中校园内的池塘边只有寥寥三个身影——卢标和妖星并排站着,对面一人是高一实验班的学生。

"两位,我来介绍一下,这位是我的新任同桌兼朋友卢标。卢标,这位是高一实验班的叶玄一,年级排名经常第一,稳定前三,封号人形电脑。"

"嗯,知道了。"叶玄一草草点个头,显然对卢标没什么兴趣,"方便私聊下?找你问个问题。"

"先说,大致什么问题?"妖星问。

"感情问题。"叶玄一回答简略。

"关于那个人?"

"不是,另一个。"

"哦?放弃那个人了?"

"早放弃了。反正她已经不在这个学校了。现在是另一个人。"叶玄一语气略显不悦。

"嘿嘿,我建议就在这里聊。"妖星嘴角微微向一侧上扬,眼睛瞟向卢标,道,"可以让他听听。"

"嗯?"叶玄一略一怔,盯住妖星的眼睛,微微皱眉,又向卢标瞟去,不屑的神情略微收敛,掺杂了一丝疑惑,又看向妖星。妖星一言不发,只笑着点点头。几个眼神交流下来,叶玄一也点点头,道:"看来千相你很看得起这位朋友,好,我且说问题,你们听着。"

"说吧。"妖星背靠着池塘栏杆,一脸轻松。

"我最近两周状态很不好,看书、做题的速度大幅下降,脑子里经常出现一个女生的身影,偶尔会影响到睡眠……"

"哦,这个呀!典型的青春期特征嘛。"妖星戏谑道。

"一边去,别扯淡,听我说完!"

"好啦，你继续。"

"这种状态本来就有点儿烦了，结果不知道怎么被传到班主任那里去了，找我谈话几次，反复扯什么早恋危害——无聊透顶。更搞笑的是，语文老师也知道这个事情了，私下里也找我聊，又说什么中学生有恋爱冲动是正常行为，可以以平常心对待，过了这阵子热度就好了，什么不要太张扬、不要影响学习就行——完全没有帮助！懒得继续跟他们废话，还是来找你问问靠谱儿点儿。"

卢标听着叶玄一的描述，心里一边暗自分析，一边又好奇——从不落俗套的妖星会对这种情况给出什么建议？

"哪个女生？你们班里的吗？"妖星问。

"顾云溪。"

妖星耸耸肩："不认识。有没有照片？"

叶玄一随即掏出手机，翻相册："这个，上学期运动会照的，蓝色衣服这个。看得清吗？"

"看得清，挺漂亮。嗯？气质不错啊！唔……很柔和，又有活力，哎，优点不少，这种女生你喜欢上也比较正常嘛，很多人都会喜欢吧。"妖星突然侧脸看向卢标道："哎，你知不知道，我们年级很多知名美女都在实验班？实验班以3%的人数，占了大概30%的知名美女数量，你说这是为什么？"

卢标笑道："你还对美女有兴趣？"

"唉，闲得无聊的时候看看嘛，总不是坏事。"妖星应道，又转向叶玄一："她还有什么特点，介绍下？"

"特点？平时在各种社团和学校活动比较活跃，不过成绩一般，大概班里排三十名吧。"

"跟你现在什么关系？双方挑明了吗？"

"没有！"

"没有？你们两个都没有挑明，怎么被老师知道的？"

"嗐！"叶玄一一拍脑袋，"有天上课看她看得发呆，被老师点名了！"

"你们平时什么互动模式？"

"互动模式？什么意思？"

"意思是你们交流多吗？平时聊些什么、做些什么？"

叶玄一眉头一皱，道："没有特别交流什么，偶尔聊，话题比较杂，学习问题聊过，上次组织运动会的时候聊过……"

"你还参加运动会？你们两个聊运动？扯淡吧。"

"呃，聊天内容基本上是，她想让我参加接力跑，然后我果断拒绝了。"

"……"卢标和妖星对视一眼，各自无语。

"不过她倒是挺好脾气，也不强求，还对我笑，说什么以后找我学习之类的。"叶玄一补充道。

"嗯，还有吗？学习上，交流什么问题？"

"学习交流……基本上也比较少，她水平跟我差距比较大，沟通麻烦。问过我几次题，估计我讲得太快了，她可能没听懂，后来就没问了。"

"……"卢标和妖星又对视一眼，各自无语。

"不过她也不遮掩、不烦躁，就是平静地跟我说'没听懂'，还是笑着说的。"

"还有吗？"

"差不多就这些吧，交际不多。行了，千相，有什么想法，说吧。"

妖星长吸一口气，略作思考，突然又转向卢标，道："要不你先来？"

卢标笑笑："人家指名找你的，我先不插话。"

叶玄一又瞟了一眼卢标，再对妖星道："唉，你这老妖，别磨叽了，说吧！"

"好吧。先问下，你对恋爱、心理之类的知识了解过多少？"

"从没恋爱过，从没了解过，在此之前基本也对此没有兴趣。当然那个人……"

妖星摆摆手道："那个人太特殊了，可以不算。只说当前这个。你的两个老师，一个强调早恋有害，叮嘱你严防；另一个强调恋爱正常，不必大惊小怪。你对这两个观点具体是什么想法？"

"我虽然没有专门研究过相关内容，但凭感觉，这两种解释应该是太粗浅了，没什么指导意义。"

"嗯，我先说吧！"妖星略微严肃起来，道，"恋爱，不管是普通的恋爱还是中学生恋爱，基本都是两个逻辑，一个是生物本能的繁衍逻辑，另一个是心理补缺逻辑。"

妖星直接亮出核心观点，立意深刻，卢标微微点头。

"生物本能很好理解，心理补缺是指什么？"

"自心不圆满，心有所缺，缺在哪里，就本能地想有补充的倾向——就好比心里有一条裂缝，意识如水会自动往裂缝里渗，不受管控。比如，若一个女生内向、抑郁，更可能看见阳光、活泼的男生就忍不住心动；若一个男生成长于一个内部浮躁，甚至暴戾的家庭，就更大概率喜欢文静、柔和的女生。不论男女，如果长期不能获得尊重和成就感，那些能够给他尊重和成就感的人就成了优先的爱慕对象。还有比较惨的，如果他童年缺爱、缺存在感缺到骨子里了，那么管他什么渣男渣女，只要对他比较好，那就容易倾心。"

"有点儿道理。"叶玄一点头。

"两种逻辑都有激发恋爱欲望的动力，但也有区别。第一种生物繁衍逻辑，喜欢的对象应该是比较容易更换的，不稳定，没有那么刻骨铭心；第二种心理补缺逻辑，往往有特定对象，或者特定的特征的对象，且容易纠缠很深，念念不忘。卢标，这个按你的说法，当属于心智损耗中的一种吧？"

卢标点点头："常见品类。"

叶玄一手扶着下巴，略作沉思，道："按你的理论，我的情况是第一种还是第二种？"

妖星道："混合品类。"

叶玄一又道："第二种，心理补缺，我是缺了哪里？"

妖星略作思索，道："实验班的氛围是不是更压抑了？"

叶玄一道："之前跟你说过了，一直就这样，其实没变过。"

实验班的氛围压抑？卢标有些好奇，道："怎么压抑了？"

叶玄一瞟了卢标一眼，简略解释道："前十五名相互竞争，非常激烈。排名靠后的倒是没什么压力。"又问妖星："你提这个干吗？"

妖星也瞟向卢标："卢标，不说点儿什么吗？给点儿面子嘛。"

这是三个人第一次见面，妖星主动引荐两人认识，而叶玄一不知卢标底细，只当卢标是个普通俗人，屡次表露出不屑，只不过因为妖星的面子而勉强收敛一些。卢标知道，该向这位人形电脑学神交代些什么了。

"我来猜一猜吧。"卢标微微一笑，向叶玄一道，"这个女生按照妖星的评价，主要特点是柔和，你自己几次提到她，也不自觉地强调，你非常耿直地拒绝她，讲题不到位，她既不生气，也不焦躁，还很温柔地对你笑——这都反映出，这个柔和的特点在你心里是非常重要的，就是妖星刚才所说的，她以这个特点在补你的'缺'。

"相应地，你的'缺'就应该往这方面去猜想。从逻辑上反推，应该是你脾气比较急躁，就更偏好这种柔和的女生。

"另外，从交际模式上来说，你大约比较自我，说话很直——这种行为模式是不太容易与大多数人处好关系的。再加上妖星又强调了，你所在的实验班，前面十几名的相互竞争压力非常大，难免再给人的气质增加一些攻击性……"

卢标笑笑，不再说下去。

叶玄一看看卢标，回以一笑："嗯，没错，别人说我傲慢、说话冲、脾气差，也不是一天两天了——不过我无所谓。"这一次，他不再是斜眼瞟，而是正眼看了。

妖星又接话道："说穿了就是，缺乏不带攻击性的正常社交，再混合上青春期的正常本能，刚好碰到了一个柔和又漂亮的女生，于是发生了。"

"一边去。那么，我这种情况，你觉得严不严重？"

妖星哼哼道："小儿科，比那些原生家庭出问题——缺爱、缺安全感、缺自信、缺尊重的，要简单10000倍。"

- 112 -

卢标又插道："判断严不严重之前，先要明确问题和目的。你的目的是什么，目的和现状之差即为问题。一个明显的问题是，由于这些情感上的困扰造成无法安心学习，专注力、思维能力降低，这种心智损耗应该是你需要解决的；另一个可能存在的问题是，你想要达成什么状态？是彻底放下这个女生呢，还是最终跟她明确交往并且保持内心平静？"

"唔……是个问题。"叶玄一低头沉思，"你们有什么建议？"

妖星调侃卢标道："怎么，你还能教他如何把女生追到手吗？"

卢标笑笑："理论上能，但实际上不太可行，也不推荐。不过这种事情，只有他自己决定了。"

叶玄一道："如果能追到她，并且保持平静，不影响自己的专注思考，这应该是个完美状态吧？能不能实现？"

"我同意卢标的观点，基本不可能。"妖星道，"你又不是个感情老手，刚开始接触的话，适应期很长。毕竟恋爱这种东西，原本就是个引起情绪剧烈波动的心理活动。怎么取舍看你自己选了。"

"这样……用一个女生补心里的缺口？感觉不好，这是自己玩自己啊。这样想的话，好像整个过程就没意思了。千相，你之前有次跟我提过一个什么'诸相非相'，是不是这个意思？一个早恋问题，分解一下，恋爱的'相'就这么没了？"

"勉强差不多吧。"妖星一耸肩。

"似乎这种补缺的方式并不必要，可以转化？"叶玄一又问。

"当然可以。适当脱离高压竞争环境，多交些朋友，自然会疏散掉一部分。你的程度比较轻，仅仅外部疏散已经足够了。剩下的就是些生物本能了。可以思考下，想通了这一层以后，还剩多少障碍。"

卢标又补充："这种感情波动引起的专注涣散，如果程度不是很深，可以尝试练习冥想，对抚平情绪、提高专注也有些帮助。不知你了解过没有？"

叶玄一一摆手："没必要，差不多想通了。现在感觉已经不太纠结了，这种程度，不需要什么外来技巧，我自己心智已经足够控制了。"

方才这一番畅谈，讲的人讲得透彻，听的人听得灵光，而且即学即用、当下解脱。这样所谓的早恋情感问题，各中学不论排名先后都有大量案例。老师们或是明令禁止、凶狠打压，或是不以为意，乃至暗地支持，以彰显开明、大度——总归不解学生心结。至于学生，或是不明就里、心中迷茫，或是爱情至上，宣称"大胆爱才能青春飞扬"。

而在临湖实验高中的池塘旁边，这一所谓的早恋问题，就这么化为清风而去，不在水面上吹起半点儿涟漪。

叶玄一手撑着池塘的栏杆，看着水面，忽然又抬头望天，长吁一口气，道："果然还是找老妖你比较靠谱儿嘛。当然，这位卢标同学，也很有意思，以后有空跟你多聊聊这些心理方面的问题。"

妖星又如鬼魅般地笑道："嘿嘿，卢标有意思的地方，远不止知道这么点儿心理常识哪。"

第二十章

希望之光

年年岁岁卷相似,岁岁年年题不同。一转眼,高一下学期的期中考试来临了。半年之前的期中考试,修远一败涂地,然而这一次,他带着巨大的信心走进考场——

并且发现第一题就不会做。

"啊,这段时间基本都扑在数学、物理上,语文还是没怎么学啊……"修远看着语文试卷上的论述题叹气。当然,半年前修远为自己制订了"先攻数学、物理,再追语文、英语等科"的学习策略,更多的是自己骗自己,而这一次在神秘林老师的帮助下他是真的执行了数学、物理的突击计划。然而这并不能改变他当前面对语文试卷的困境。

"说起来,语文的论述类阅读,基本上一直都是靠蒙的呢……"

阅读文字,完成题目:

诸子之学,兴起于先秦,当时一大批富有创见的思想家接踵而至,在思想史上蔚为奇观。在狭义上,诸子之学与先秦时代相联系;在广义上,诸子之学则不限于先秦而绵延于此后中国思想发展的整个过程,这一过程至今仍没有终结。

诸子之学的内在品格是历史的继承性,以及思想的创造性、突破性。"新子学",即新时代的诸子之学,也应有同样的品格。这可以从"照着讲"和"接着讲"两个方面来理解……

……

进而言之,从现实的过程看,"照着讲""接着讲"总是相互渗透:"照着讲"包含对以往思想的逻辑重构与理论阐释,这种重构与阐释已包含"接着讲";"接着讲"基于已有的思想发展,也相应地包含"照着讲"。"新子学"应追求"照着讲"与"接着讲"的统一。

1. 下列关于原文内容的理解和分析，不正确的一项是（   ）。（3分）

   A. 广义上的诸子之学始于先秦，贯穿于此后中国思想史，也是当代思想的组成部分

   B. "照着讲"主要指对经典的整理和实证研究，并发掘历史上思想家的思想内涵

   C. "接着讲"主要指接续诸子注重思想创造的传统，在新条件下形成创造性的思想

   D. 不同于以往诸子之学，"新子学"受西方思想影响，脱离了既有思想演进的过程

2. 下列对原文论证的相关分析，不正确的一项是（   ）。（3分）

   A. 文章采用了对比的论证手法，以突出"新子学"与以往诸子之学的差异

   B. 文章指出理解"新子学"的品格可从两方面入手，并就二者的关系进行论证

   C. 文章以中西思想交融、互动为前提，论证"新子学""接着讲"的必要和可能

   D. 文章论证"照着讲""接着讲"无法分离，是按从逻辑到现实的顺序推进的

3. 根据原文内容，下列说法正确的一项是（   ）。（3分）

   A. 对经典进行文本校勘和文献编纂与进一步阐发之间，在历史上是互相隔断的

   B. 面对中西思想的交融与互动，"新子学"应该同时致力于中国和世界的文化构建

   C. "照着讲"内含"接着讲"，虽然能发扬以往的思想，但无助于促进新思想生成

   D. "新子学"要参与世界文化的发展，就有必要从"照着讲"逐渐过渡到"接着讲"

"第一题应该选 D 吧，这个比较稳妥。但是第二题怎么感觉 A、C 都是错的？中西思想交融、互动不该是前提吧？第三题怎么感觉没有正确的？这真是……"修远一边叹气，一边对不确定的选项随机选了下去。

按照这个节奏，语文的分数一定又比较低了，进而可能拖累总分，导致自己在数学、物理上的高分体现不出来太大的优势。即便自己近期已经真的非常努力学习了，还有贵人相助，但可能依然没有很好的效果。念头又拓展开来——想要返回实验班的愿望可能无法实现，再次向李双关、易姗等人证明自己，遥遥无期……

念及于此，修远烦躁的情绪逐渐涌起。

仅仅一个文本论述阅读遇到的困难就使修远心中的一堆情绪翻涌，烦躁不安、心神不宁，几乎无法顺畅考试。并且以此状态，很有可能会再影响后续几门的考试了。

等等，这是什么？这就是林老师所说的心智损耗吗？修远突然灵光一闪，中断了自己原先的念头和情绪。原来我又陷入损耗之中了……自从林老师布置寻找心智损耗的任务以来，修远最初以为自己心神稳固、几无损耗，但随着经历的事情增多，逐步发现，原来自己的损耗其实挺严重的啊！从与梅羽纱交流后的瞬时情绪波动，到和原实验二班同学争吵后几天无法安宁，再到今天考场上突然陷入情绪的剧烈波动。

"好可怕的玩意儿！一定要找林老师好好问问啊！"

不过说来也奇怪，当修远跳出之前的念头，觉察到那些烦躁的情绪后，即便没有做什么，情绪也自动消散了不少。虽不能说就此"痊愈"，但至少可以安心进行接下来的考试了。论述阅读虽然无法确定正确选项，但至少排除些错误选项，从四选一的蒙变成二选一的蒙；现代文赏析虽然不太明白题目在考查什么，但好歹套路地写上"生动形象地表达了……"；作文即便想不出什么高深的立意，也至少把平凡的立意按照结构化的方式工工整整地写出来。

"语文就这样吧。只能靠数学、物理把总分提上去了。"

两天半之后，几科依次考完，中午学生们回到班级里，一边抱怨考试，一边等待老师布置作业、安排五一放假。

"唉，烦死了，一到期中考试难度就变高了啊！"

"就是就是，都怪临湖实验高中！"

"唉，别想了！赶快放假吧！"

"做梦吧，下午还要上两节课才放假。"

"啊？不是吧？我听说是中午直接放假的啊！"

"唉！下午的课有什么意义？考试有什么意义？读书又有什么意义？一天到晚背这些公式，学这些数列，有什么用？买菜的时候需要裂项相消吗？可悲的应试教育啊！"

"就是啊！学了这些三角函数也没用啊，一点儿创新思维能力都没有！"

班长樊龙走进教室，大声宣布："行了，不用等了，确认消息了，下午还有两节课。都去吃饭吧！"

"唉！可恨的应试教育，可悲的应试教育！"

修远返回教室，听到教室里一通乱哄哄的抱怨，不仅心里没有放假前的轻松和激动，反而陷入沉思。抱怨作业多、学着太累，这事情修远自己也干过。然而听着十四班同学的抱怨，修远心中却不是滋味。买菜的时候用不到裂项相消法，所以学数学没用，应试教育很可悲——这都是什么逻辑？学三角函数没有提高创新思维能力，所以也不需要学，这又是什么玩意儿？

这样混乱的抱怨，至少，在原来实验二班的时候是不会听到的。

修远不知为什么，忽然想起了罗刻，又想起了卢标。

"修远，我们去吃饭吧。"身后传来舒田的声音，将修远暂时从思绪中拉了回来。

"哦，走吧。"

考试结束后，所有人心情松了一下，食堂里人声鼎沸，喧嚣的声音比往常更胜。舒田额外又多点了几个菜，摆了一桌。

"哇，这么多！吃不完吧？"修远惊道。心里突然想到：期中考试结束了，自己先前与舒田约定考试前辅导她学习换她请吃饭的交易，差不多也该结束了吧？另外，五一节回去后，家里也会给5月的生活费了。

"嗯，为了感谢你这几天一直辅导我学习，所以多点了一些菜，你不要客气呢。"舒田羞涩一笑。

"啊，哪里哪里，这几天一直都是你请客，我也不好意思了……对了，这次考试感觉如何？"如果自己的辅导确实起到了成效，那么自己也不用对舒田那么不好意思了。

"还、还好。数学应该是有所进步了，我、我感觉可能会及格吧？简单题会做的比原来多了几道……对于修远你这样的大神来说可能及格是很低的分数，但对于我来说已经很不错了……"

"哦，这样啊。"

"对了，修远，你……你有没有什么喜欢的东西？我想等你生日的时候送你一个礼物……"

"生日？"修远想起几天前舒田曾经问过自己的生日。不过自己的生日在9月底，那个时候……

"好像没什么……到时候再说吧。"修远应付道。

五一节之后出成绩，大多数学生五一节假期可以休息几天了。普通班的作业虽然也不少，但是比起实验班还是轻松了很多。然而修远并没有准备休息，他已经可以预知期中考试的分数了，至少他知道，语文成绩一定是不好看的。

"带本论述文阅读练习题回去，作文最好也写两篇……不如背背范文怎么样？唉，古诗词背诵有几个空也没有填，背下课本啊——要学的东西好多啊……"修远塞满了一书包，走出校门。

之前每次假期回家，修远的学习状态都会下滑，变得懒散、不想学，一般都是躲在卧室里玩手机去了。不过这次五一节，修远一反常态地忙碌了三天。完成学校布置的各科作业花了一天半，剩下的时间也没休息，早上起来读语文课文，下午写完一篇作文后，晚上背诵作文范文，又花了一个多小时练阅读理解……

"啊！真是个充实的五一假期啊！"修远伸了个懒腰。他突然回忆起几个月前自己糟糕的状态、懒散的作风，觉得学习是多么辛苦而又难以忍受。可是这次自己主动放弃假期休息，加班加点补做练习，而且并没有觉得太劳累，修远自己都感到惊奇且欣喜。

为什么会有这样的转变呢？

按照一般父母的说法，这是孩子长大了、成熟了——然而这说法不仅是从纯粹的成人视角出发的，而且太简略、太敷衍。

是自己更加热爱学习了？对学习本身产生了更大的兴趣？这说法表面是成立的，毕竟修远确实感受到，自己对学习的兴趣增加了，愿意去深入地研究题目了。不过这说法依然无法令人信服啊，为什么自己突然就热爱学习了呢？

或许是因为，自己现在成了班上的"头牌"学神，更有面子了，而自己虚荣的个性让自己更愿意学习？唔，或许有一点儿这样的因素吧。修远回想起自己风光的初中，每当被老师们当众表扬，每当被男生们赞叹、佩服，每当被女生们尖叫着倾慕的时候，他总会觉得受到无限激励，然后鼓起干劲去学习一阵子。再加上自己本身的小聪明，铸就了初中三年的辉煌。

可是今天的感觉又不一样了啊，应该不仅仅是因为成为班级关注中心的虚荣而已了吧！到底是什么呢？

假期最后一天的下午，修远从窗户向外看去，从对面高楼的缝隙里瞥见一隙天空。那天空多么深远、多么广阔、多么明亮。

那是希望吧？

那是希望啊！

几个月前，越是焦躁、绝望的时候，越是无法安下心来学习，甚至需要用游戏、体育等娱乐来麻痹自己啊。那时候，自己一方面要装出满不在乎，并没有太大问题的模样，另一方面又要把所有翻身的希望押在并不靠谱儿的原始版思维导图上。在伪装的希望背后，实际上是内心深处的迷茫和绝望吧！

可是今天，是真实的、看得见的希望了。

自己的数学和物理已经大幅进步，不仅在单元测验的成绩上已经体现出来了，而且修远自己也感觉得到。以前觉得自己数学还不错，那是无知的、模糊的自信，而今天却真实地知道自己学到了什么程度——这都是解题思路结构化的功劳啊！一个单元里，有些什么东西，自己已经掌握了什么东西，清清楚楚地列在那里，事实如此坦实地呈现着，就能够给人带来巨大的自信，以及平和的心态，与往日浮躁的、无知的自信，早已不可同日而语。

而这一切的变化，都起源于与林老师机缘巧合的会面啊！

修远回忆起自己当日被强力拽出水面，睁眼看见了明亮的光辉，感受到了无尽的希望。

对，是希望，只有希望才能激励着一个人不辞辛劳地拼搏着、奋斗着啊！

修远突然意识到，看得见希望，是一件多么幸福的事情。被希望"抚摸"着、指引着，然后去努力，这样充实的生活，多么有意义。

永远，不要丧失了希望啊。

第二十一章

一门双封号

五一节假期结束，周日晚自习开始恢复上课。修远一如往常轻松地走向教室，刚刚路过教室靠走廊的窗户，就听到有人小声喊道："巨人来了！"再进入教室，只见班级突然陷入安静，所有人都停下自己的事情，不约而同地看向他。

怎么回事？

虽然这段时间修远一直是班级里的焦点人物，不过这次的场景也太反常了吧？都看我干吗？修远疑惑着，不由得放慢了脚步，缓缓扫视着班级众人，试图找出一些线索。

在班级众人的视角看来则是另一番景象——高冷的学神以冷酷的眼神扫视全班，威震全场，就连脚步、身形、动作都如同电影里主角出场时一样，像是威风八面的细致特写和慢动作镜头，就差背景音乐了。

回到座位上，只见桌上放着一张小字条，正是自己的期中考试成绩条。

修远心中咯噔一下，知道众人异样的眼光一定与自己的成绩有关。看这样子，要么是非常好，要么是非常差了。修远不由得有点儿紧张，几乎是有点儿抖着手拿起成绩条。

语文：102 分，班级排名 9，年级排名 194；

数学：139 分，班级排名 1，年级排名 7；

英语：112 分，班级排名 4，年级排名 117；

物理：92 分，班级排名 1，年级排名 6；

化学：83 分，班级排名 2，年级排名 55；

生物：73 分，班级排名 8，年级排名 163；

政治：69 分，班级排名 12，年级排名 258；

历史：65 分，班级排名 15，年级排名 213；

地理：80 分，班级排名 2，年级排名 42。

综合成绩不算太突出，不过单科有亮点，数学和物理对比去年期末考试确实取得了巨大的进步。其他各科略有提高，政治、历史保持在了及格线以上，考虑到语文、英语仅停留在完成老师作业的阶段，基本没怎么发力，这个分数也能勉强接受了。

这样的分数很高吗？把他们惊成这样子？修远依然不解。

就在这时，樊龙突然道："如果是选科取最强科目的话，这个分数已经是年级前八十名了……"

又有人补充："听说期末再排名的时候，就不是九科通排，而是选科赋分了。"

修远恍然大悟——如果这样计算的话，政治、历史、生物不擅长的科目就可以不管了，取物理、化学、地理加语、数、英算分，这样自己数学、物理的优势体现得就更明显。所以今天的成绩，其实已经相当不错了啊！而前八十名即是说，自己已经有能力重返实验班了。

修远赶紧问道："樊龙，你刚才说的最强科目选科排名，从哪里看到的？"

樊龙一摊手："只有班主任才知道，刚才我去拿分数条的时候袁老师告诉我的。"

修远点点头，不再深究。他想的是，如果自己的弱科语文、英语能够再提高一点儿，综合排名应当还有很大的提升空间。甚至，如果能像数学那样飞跃的话，那排名简直不可想象！

而班里的其他人则各怀心思。修远最初来到十四班时，班主任袁野，以及学校的调班通知，都说这是不喜欢实验班氛围的学生主动申请调出来的。可是这种说法到底是真是假，不得而知，很多人是不信的。期末考试结束后，还将有一次调班，普通班中有部分同学会进入实验班——那么修远会不会返回实验班呢？

他表现出的成绩，已经超越了实验班的基准线，那么他到底会不会选择返回实验班呢？

教室里逐渐恢复吵闹，在高声的闲聊之中，鲁阿明、梅羽纱、叶歌海小声讨论着。

"你说他期末会不会去实验班？"叶歌海皱眉问道。

"可能不会，进实验班不是强制性的，哪怕排名到了也可以申请不去。同样，据说出实验班也可以申请。你看他期中考试的成绩，明显超过了实验班的最低标准，估计是实验班的平均水平。推测他当时从实验班下来，就是主动申请的。既然当初是主动申请出来的，那么就不太可能回去。"鲁阿明说。

"更重要的是，如果他回去了，对于我们来说意味着什么？"梅羽纱反问。

叶歌海略微沉吟，道："如果他还在这个班，我们又有什么好处呢？反正是永远拿不了第一了，每个人名次往后退一位。"

舒田坐在第一组倒数第二排，听着众人的讨论，心里默默念叨着：他会走吗？应该不会吧，毕竟当初他就是自己想要从实验班出来的呢。嗯，应该不会呢。

五一节过后，临湖实验高中与兰水二中同一天恢复上课。高一九班年轻的女班主任秦音悠闲地走进办公室，突然办公室里的老师们一齐转头看向她，还鼓起了掌。

怎么回事？秦音吓了一跳。

"了不起啊，秦老师，了不起啊！"十二班英语老师感叹道。

"啊？怎么了？"秦音莫名其妙。

"太给我们普通班长脸了啊！你看看，我们原来在田老师面前是从来都抬不起头的，你帮我们出了一口气啊！"五班英语老师笑道。

"等下，到底怎么了？"秦音依然摸不着头脑。

"我哪里有什么厉害的，还不是实验班生源好？倒是秦老师，接收的都是普通生源，还能教出这样的成绩，那才是厉害啊！"实验班教英语的田老师谦虚道。

"等等！你们都在说什么啊？"秦音有点儿急了。

"秦老师，你是真不知道还是假不知道？"

"我真不知道你们在说什么啊！"秦音无奈地一摊手。

"你没看期中考试成绩表？"

"没看呢！明天下午才有我的课，准备明天上午看的。"

"唉，真是人有实力，心里一点儿都不慌啊！哪像我这种老师，担心学生成绩担心得要死呢！"十七班英语老师调侃道，"秦老师，你现在可是著名的'一门双封号'了啊！"

"啥？什么封号？哪个账号被封了？"

"扑哧！"十七班老师笑道，"看来你是真不知道啊，我跟你解释下吧！你们班这次期中考试可厉害了，居然有两个学生进了年级前十！"

"什么？！两个年级前十？"秦音简直被"炸"了起来，"不可能吧？你是说的通排年级前十，还是除了实验班的年级前十？"

"通排！包括了实验班。"

"这！不会吧？"秦音脑海中无数念头闪过，心想：千相肯定是其中一个，但是还有谁啊？这么厉害！年级前十！我们班谁还有这种实力啊？应彩玲？不对啊。方原？也不像啊！其他人……就想不出来谁有这么厉害啊！

"太优秀了啊，秦老师，我们班别说年级前十了，连年级前三十都没有。"

"嗨，哪是你们班？大部分普通班都没有年级前三十的学生吧？前三十的学生，实验班占了二十四个，普通班只有六个，平均四个班才会有一个！哎，秦老师厉害，一个班居然两个前十！实验班老师都怕你了啊！"

秦音客套着："哪里哪里，哈哈，这个啊，我是运气好，主要是学生自己学得好啊……"心里还在发蒙，另一个年级前十到底是谁啊？

"哎，秦老师，怎么从来没听你提起过这个叫卢标的学生呢？"

卢标？

卢标！

秦音心里一惊，这个叫卢标的学生这么厉害？他不是从兰水二中转过来的吗？虽然卢标中间有几次单元测验成绩还不错，能够在班上排前几名，可是兰水二中相比临湖实验实在差距太大，一个摆脱不掉的"二流水准"的刻板印象，让秦音始终觉得，来自兰水二中的卢标，根本不可能那么厉害啊！

"卢标？啊，他是另一个前十？"秦音怔怔道。

"怎么你还不知道？"

"我不知道啊！平时也没太留意这个学生啊，转学过来的。"

"从哪里转学的？文兴市？"

"不是！从兰水二中过来的。"

"哎呀，了不起！"一名老师惊叫，"连兰水二中转过来的学生，都能被你教成了这样的水平，太了不起了！"

十七班英语老师接着说道："我继续给秦老师介绍啊，根据学生中间的规矩，年级前几名的学生，是可以被称为学神的，每个学神都会获得一个封号。比如你们班那个最厉害的学生，封号是妖星，这你该听说过了吧？"

"妖星？听说过啊，我还以为就是同学们之前间随便起个外号呢！"

"哪里是随便的外号，学神封号，那是要经过学生普遍认可才行的。"十七班老师继续解释，"原来的规矩是，年级前五名的被称为学神，六到十名被称为学霸，只有学神能有封号，学霸都不能有，这个规矩其他老师也知道吧？"

"嗯，好多年前就听说过了，这可是咱们临湖实验学生的文化传统呢！"有老师打趣道。

"没错。不过这一届高一产生了一点儿变化。历年来，年级前十从来都是由实验班的学生占据的，即便普通班学生能进前十，也是偶尔一两次，从来没有稳定守住位置。然而这次，普通班的两个学生居然同时进入前十，而且名次还不是第九、第十这种边缘位置，而是一个第六，另一个第八。对于实验班的学生来说，这可是奇耻大辱啊！"

"嗯嗯，我们班学生在群里闹开锅了，都在讨论这两个普通班学生呢！"田老师插嘴道。

"因为这个特殊性，加上那个叫妖星的学生之前还考过一次年级第四，再加上这两个学生据说在初中的时候就已经很出名了，有自己的封号，所以这次实验班的学生破例承认了这两名普通班的学生为封号学神啦！所以秦老师，你现在就是年级知名的'一门双封号'的班主任了！"

秦音听得津津有味，原来学生里还有这么有趣的事情啊！

"喂，怎么算？按照赋分算法还是总分算法？"妖星问道。

"呃，这个，当时下赌注的时候忘记了赋分算法这回事了……"卢标笑道。

"总分你高，赋分我高，所以……"

妖星话没说完，卢标赶紧插嘴道："学校排名就是按照总分算的，所以我们当然按照学校官方的标准啦！"

"喊，奸诈。"妖星不屑道，"高考可是赋分算法，你这总分算法一点儿都不正规。"

临湖实验高中的小池塘边，妖星和卢标两人各自靠着栏杆。夕阳投射在池塘里，几天前，两人在池塘边立下赌约，现在该要兑现了。

"说吧，你的名字，千相，是什么意思。别耍赖啊，往深处说。"卢标催促道。

"你真是……问了个不好回答的问题啊……"妖星叹口气，难得一见地严肃起来。

第二十二章

千相

> 世事无相，相由心生。可见之物，实为非物；可感之事，实为非事。
> ——《佛说无常经》

"你对佛教文化有没有什么了解？"妖星转过身，面对池塘，看着微风拂动水面。

"哦？略微听过一点儿，但是不多。"

"我倒是从小读了不少传统文化的经典……"

"《论语》《中庸》那些？"卢标问道。他回忆起自己小学二三年级就开始读这些书，那时候是学校开了传统文化入门课程，于是他开始了解。

"恰好相反，儒家几本书我小时候都没看过，是初中时才读的。小学时，反而是更难懂的佛家经典读得比较多。"

"哦？先难后易？这读法少见呢，为什么是这个顺序？"

"不知道，这你得问我爸！反正就是这样了。我记得早年家里有一幅书法字，上面写的是'相由心生'。我问我爸什么意思，他就给我解释，这是《佛说无常经》里的几个字。大概意思可以解释为——相，指的是世界所呈现出来的景象，也可以理解为一个人面对的外在世界、人生的经历等，而这些是由他的内心所决定的。这个说法你应该有所了解吧。"

卢标道："听过，但没有细究。你的名字千相，这个'相'字，就是从这个典故中来的？"

"对。没细究，那挺好。这种事情啊，就是不要细究，一旦细究就完了，无穷无尽的疑惑和痛苦。"妖星叹气道，"我就是细究了这说法，才从小就开始疑惑，是根深蒂固的疑惑，随着年龄增大、经历丰富后越来越深的疑惑！"

"说来听听，怎么个疑惑法？"卢标来了兴致。

"我爸说我的名字就是从这幅字、这思想里来的，我就来了兴趣。他见我有兴趣了，就给我找来了这些经典，于是我从小就读着这些东西长大。经常念叨什么'诸相非相，相由心生'之类的玩意儿。一、二年级的时候，念了也不知道什么意思，后来三年级懂点儿字面意思了，就开始疑惑，自己的内心怎么能决定自己的经历呢？说不通啊！"

卢标顺口接道："你看可不可以这样简单理解呢——心理决定行为，进而影响自己经历的'世界之相'。拿学习来说，心理上认为学习完全不重要，于是行为上完全不学习，其经历大概率是进最差的学校，然后遇到一群不够优秀的人，不仅各种干扰、障碍多，并且容易习得一身坏习惯。心理上认为学习重要，却浮躁而急于求成的人，行为上倾向于表现为一时热血沸腾、苦学不止，一时又失落、抱怨、不能静心，于是更有可能进入中等学校，进而遇到相应的人、事、物。

"当然，也不是简单按照成绩优劣来讨论这些内心对'外相'的影响，还有更多复杂的变化。比如同样是成绩优秀的人，有些会傲慢而鄙视他人，他们的经历更有可能是，在一个充满竞争与敌意的环境里度过三年；而有些则不以成绩为意，自顾自地学习，他们的感受则可能是充实地拼搏、奋斗三年。

"我的意思，应该解释清楚了吧？"

"好！说得太好了！"妖星突然兴奋地一拍池塘栏杆，对卢标竖起大拇指，狠狠夸道，"这个解释，已经达到了我小学三年级下学期的理解水平了！"

"……"卢标一脸无语，这妖星一边这么严肃地谈话，一边还不忘展现一下自己"妖娆"的言行，"行了，我不插话了，你接着说吧。"又想：自己随口这样肤浅地解释，被妖星戏谑一番，倒是也不奇怪。

"我小学三年级下学期，大概就是这么理解的。开玩笑的话不说了，那时候天天思考这个'相由心生'的问题，后来想到了这一层解释，其实兴奋了好久，以为弄懂了其中深意。可是后来几个星期，又开始疑惑起来，刚才那解释其实说不通。

"还是以学习为例，同样是小学时候成绩优秀且傲慢的人，最终将会经历怎样的世界、感知到怎样的'相'呢？

"假设他进了一个初中，班里面不少高手，老师又是采用特别鼓励班内竞争的教学方式，对性格、价值观方面的教养不予关注——这种教育模式其实很常见。经过一番竞争，他终于凭自己的聪明才智胜出了，那么他的傲慢就必然与日俱增，且根深蒂固，不说持续终生，至少是相当长的一段时间。

"如果他进了一个初中，老师是特别鼓励班级竞争的，且对其他性格方面的教养不予关注，但是班里面恰好来了一个天才，是他注定永远超越不了的天才，万里挑一的级别，就是这么巧分到他的班上了，会怎样？一方面他永远超不过这天才，另一方面老师又拼命鼓励竞争。于是他大概率就是一边傲慢，一边又逆反出嫉妒、愤恨。

"如果他进了一个初中，虽然班里面有一个万里挑一、注定超越不了的天才，但是老师的教育理念是坚持弱化竞争，鼓励多元评价与合作的模式，那么这人就有可能不仅弱化了自己的傲慢——毕竟见识了天才，而且向高手学到了不少东西，由此更上一层。

"你看这样一个案例中的人，在三种不同情况下，他会在高中时期表现出不同的心理状态，于是让后来的人以为，他高中、大学，乃至更远人生的经历是受他高中时候的内心状态影响的，也就是'相由心生'，却看不见，其实他高中时候的心理状态，被初中时期的同学、老师影响着，甚至决定着。所以看似'相由心生'的命运，却是'心由相定'——你的心态、情绪、认知，为周遭的世界所决定！

"而且，这案例还只是讨论了同学、教师、学校这样的浅层影响因素，若是进入原生家庭的层面，那就更可怕了。同学、老师对人的影响，只是小概率、浅层次的影响，而家庭对人的影响，却是极大概率且决定性的。一个人的认知、心态、情绪、性格，很多最根深蒂固的底层内心逻辑，纯然为被家庭所塑造的，而所谓能够决定了外界'相'的心，根本上就被'家庭'这个巨大的'相'给钉死了。"

"……所以你小学四年级就在思考这些东西？"卢标有些无语地反问。

"是啊，怎么了？"

"没、没什么……"

"案例当然不是这些案例，但那个意思你懂的。"妖星叹口气道，"这种疑惑啊，一旦开始就停不下来了，而且随着经历的事情越多就越深。因为这么些年看下来，基本没有人能够超脱这'心由相定'的规律。

"四年级时我开始怀疑，是不是因为自己没有遇到特别优秀的人？只要这人够聪明、够努力，就能打破规律呢？于是我开始拼了命地往优秀人群里钻。报了两个奥赛班、一个英语班、一个围棋班、一个编程班，又去参加各种比赛、活动，什么作文比赛、航模比赛、主持大赛、演讲大赛……总之，把各种维度下可以评价为优秀的人，全都集齐了。

"结果是越看越失望。这些人是真优秀，真的让我佩服，各有各的特点，但唯一不变的特点就是，他们的家境都不差。大部分都是中产之上的家庭，不少富裕人家；就算家里经济上稍微紧张一点儿的，父母也是对孩子充满关爱且教养有方的。总之，越是优秀的人，越是因为他生于更优秀的家庭。我从来没见过什么人，能够超脱这个巨大的'相'。

"比如卢标你，够不够优秀？我也很欣赏你这个朋友。但是要说我特别特别敬佩你，尊敬到灵魂里？不好意思，真没有。以你的家境，以你父母对你的教育投资，说难听一点儿，只要不是主动放弃就不会差到哪儿去。再碰巧你天生还算有点儿聪明，于是到了今天的境界，顺理成章。这是'相由心生'吗？

"甚至我自己也是一样。我为什么成长得这么轻松？首先我家庭经济条件还不错；

其次我爸爸算是个知识分子吧，素质比较高，碰巧他又很重视教育，也算懂点儿，又碰巧父母之间还很和谐，对子女也非常关爱；最后我先天智商也比较高。这么一路碰巧下来，注定了我一定顺风顺水地走到现在。甚至我有这份闲心来跟你聊什么'相由心生'的问题，一样是为这种家庭所决定了。

"所以你跟我这种人，其实也并没有什么了不起的。"

卢标安静地听着，不再插话。他也不知道该如何回答妖星。

"这是讨论到了原生家庭的概念。如果再进一层，到命运本身的层次上，那就更可怕了。原生家庭的局限能不能破？也许能破，也许不能，看命运愿不愿意开恩赏你个机会。比如，之前提出的初中生三种发展方向的案例——原生家庭把这人教养得傲慢、自大，多少就是有些问题的。那这个问题如何解决呢？就是看他有没有那么好的运气，碰到适合他的老师和同学。说穿了，命运依然是在别人手里的。

"甚至于，当原生家庭的障碍足够大的时候，无论外力怎么作用，都无法抵消和去除那样的障碍了。"

卢标忽然道："可是命运给你机会，你能不能抓得住，依然是取决于自己的。个人意志的作用，也不能完全忽略吧？"

"且不细究所谓抓住机会的能力是如何培养的，有多少取决于命运本身，命运本身是否给你机会已经不是你所能控制的了。被命运封住了上限，向上走只能靠命运开恩赏赐给你留一道口，有什么好高兴的吗？"

妖星随手捡起一粒石子，扔进池塘，溅起些许水花，泛起涟漪："千相之名，所附的意思是，见过世间千万'命运之相'后，明白'相由心生'之理。可惜我恰好往相反的道路越走越远，越看这世间百态，就越觉得'心生相'是光明的表象，'相定心'才是悲惨的真实。命运之轮滚动，人类卑微如蝼蚁。每个人，都是命运的奴隶。"

"既然是你父亲所命之名，这问题你有没有问过你父亲呢？"

"当然问过。小学阶段，他还跟我解释说人的主观意志多么强大，能够产生多么伟大的转变。我太小，不好反驳，只是自己半信半疑。等到初中时候，我就驳他了，多驳几次，他也就不说话了。我怀疑，这问题他自己也没想通，根本没有上升到颠扑不破的自我认知真理层面，而是一种飘浮的信念，纯然地逼迫自己相信而已吧。而且他自己的工作和人生经历也并不支持他的观点，那些背负平庸甚至绝望命运的人，一个个麻木地畏缩在命运的夹缝里，被枷锁固定住、拖拽着直至死亡，他看过的案例，比我多出百倍。"

两人都盯着眼前的一潭死水，陷入沉默。

许久，卢标声音低沉着问："如此理解命运，那么你存在的意义是什么呢？你生命的动力又从哪里来？"

"存在原本没有意义,意义都是自己附加上去的,想怎么加就怎么加,理论上,'千相'至'无相',随心所欲。至于我嘛,我的意义,就是探寻这命运本身;我的动力,就是从这好奇与怨念中而来的。

"唉,我这一辈子,就死纠这个问题了。"

卢标听了妖星许多话,又想到自己一生经历。自己出生富贵,由高峰急转而至深渊,人生大起大落,惊险无比。他想起自己家庭跌至破败边缘,未来多年的人生,主要精力只能放在世俗事业和金钱之中了。妖星虽然饱受不解之惑的心理折磨,但这纯然的心灵追求何尝不是一种伟大的探索,乃至灵魂之趣呢?

妖星啊妖星,你比我更快一步啊。

▶ 第二十三章 ◀

合适的教学风格？

距离见到林老师的日子还有五天。

经过半个月的探索，修远初步定位了自己的心智损耗——虚荣。暂时不知道如何解决，但能够感知到这玩意儿对自己的影响——它会引发一系列的情绪。并且初步体验到，对于不那么强烈的情绪，有时候，仅仅意识到情绪的存在，意识到情绪由虚荣产生，就能比较容易中断自己当下所想，从情绪里暂时分离出来。

在见到林老师之前，修远还有自己的打算。如今数学、物理成绩已经大幅提高，考虑到期末计分能够选科撤掉弱科以后，自己的成绩已经基本到了能够重返实验班的水平——当然，还不是太稳。而要进一步巩固这个进步局面，自然是要把目前最弱的语文和英语补起来，尤其以语文为主。

所以这一周，修远延续了五一节的思路，加强自己的语文学习。不仅语文早读、背诵文言文等更认真了，自由早读也都用来诵读语文了。课后的练习时间，数学和物理的耗时相对减少，转而开始疯狂地刷语文题——论述文本、小说赏析、文言文、古诗词赏析，甚至连平时最懒得写的作文，也开始隔一天写一篇训练。

修远一边练习语文，一边在积攒问题。之前林老师给出的方法，乃是抽象的、针对全学科的思维方法，不知道针对语文有没有更细致的学习方法？甚至语文这学科还挺麻烦，不同题型恐怕还要用不同方法去学。比如，论述文本阅读做起来总是脑子一蒙，四个选项看起来都有道理，这该怎么处理？而文言文又该怎么解决——这显然是和论述文本阅读不同的学法吧？然后作文，肯定又是另一种方法才能学好了。

更何况，现在物理与数学还在持续提高期，也不能松，否则万一成绩又掉下去怎么办？毕竟才提升了一个多月，还不稳固。不过这样时间就不太够了，该怎么办呢？如何进行时间管理呢？

修远一边疯狂地刷着题，一边把这些疑惑记录下来。

如此充实的安排，修远甚至并不觉得累，只觉得浑身充满干劲。有了目标，又有了希望,只觉得每一个细胞都充满力量,仿佛"瘦弱"的ATP都化身"运动健将",疯狂地给身体和大脑补充能量。

周二下午下课后,修远正收拾东西准备去食堂吃饭。舒田在后排的座位上紧张地搓着手,思考如何找理由再约修远一起进餐呢?期中考试结束后,修远新的生活费到手,自然提出不再需要舒田请客吃饭了。同时舒田的数学成绩也确实有所进步,破天荒地升到92分,刚好及格。既然补习的目的已经达到,也是时候停止了。再加上修远对"教授舒田到底对自己的学习有没有帮助"尚有疑惑——也许费曼技巧不是这么用的呢——修远决定腾出更多的时间来攻克语文。

修远心态轻松地回头,而舒田心里却硬生生地缺了一块,仿佛试卷上的填空题,在完整的语句里挖出一个空,而她茫然若失地愣在那里。

期中考试前一周那样频繁的陪伴,舒田不仅快速习惯,还感到温暖而舒适。修远原本不是十四班的学生,不仅对班级里的社交圈没有历史性了解,又由于心心念念想着重返实验班,心理上并没有真正把自己当作十四班的人,自然没有注意到,其实舒田在班级里并不活跃,也没有多少能和她说得上话的人。所以舒田对于修远的情愫,远比一般学渣对学神的景仰和崇拜更加密切而微妙。那是寒秋雨夜呆望着窗户玻璃时对被窝的依恋,叠加上碧玉年华的懵懂四月春情。

她手心里都是汗,心想一定要找到一个新的理由重新约修远去吃饭,甚至终于鼓足了勇气站了起来,却不想班主任袁野突然闯了进来,叫道:"修远,没去吃饭哪?刚好,找你谈谈,你就跟我一起去教师食堂吃饭吧!"

啊,袁老师要找修远……舒田松了口气,主动去约修远吃饭消耗了她太大的勇气,袁老师的出现给了她一个合理的借口稍作休息,可心里又一阵失落。要不,等晚饭的时候再去找他吧……

修远大大咧咧地跟着袁野来到教师食堂。教师食堂在学生食堂的楼上,多了包间,多了单独点菜的服务。老师们如果独自用餐,其实一般也是去学生食堂窗口打饭。只有教师聚餐、会客和迎接领导检查的时候,才会去二楼的教师食堂。修远头一次进教师食堂,倒是略感新鲜。不知道袁老师找他有什么事呢?

袁野随意点了几个菜,笑道:"修远啊,你来我们班这么久了,好像很少跟你单独谈话呢!今天中午刚好有空,请你吃顿饭,一起聊聊天嘛!"

"啊?聊什么?"修远摸不透袁野的意思。

"来我们班两个月了,感觉怎么样?都还适应吗?"

"还行吧?没什么不适应的。"

"嗯,那就好!"袁野点点头,"跟原来实验班有什么差别?我看你自从来了我们班，各科目成绩都有所进步了。"

修远略微有点儿尴尬，不好意思地低下了头。显然，袁野作为班主任很清楚学校政策，同学们以为修远是不喜欢实验班主动申请调班，但袁野知道，修远就是成绩太差被淘汰出来的。

"那个……都是袁老师教得好。"修远赶紧心虚地回道，"还有其他老师也很好，还有班级氛围也不错……"虽然修远心里认为，这其实是自己发奋努力开始认真学习，以及运气好莫名其妙遇到高人指点的缘故，但此时已经管不了那么多了。

"嗯嗯！哈哈哈！你还真会说话嘛。其实啊，每个人都有自己的学习风格和性格偏向。我们普通班的情况，一般人总觉得比实验班要差些。但实际上哪有什么好啊、差啊的？适合的才是最好的。实验班虽然老师实力更强，同学水平也高一些，但是我们班级也不差嘛！而且实验班压力很大，但有些同学就是习惯在轻松的环境下学习才能学好，那实验班就不适合他们了嘛！"

"嗯嗯嗯……"修远忙不迭地点头。

"来来来，别光顾着说啊，先吃菜。"袁野将一盘梅菜扣肉、一盘蒜香排骨推到修远面前。这些大油大腻的菜，袁野平日不怎么吃，完全是按照年轻人的口味点的。

"我看啊，修远你就应该适合这种学习风格。班级氛围轻松点儿、压力小点儿、心情好点儿，反而学得越好呢，是不是？如果你继续待在我们班呢，估计还能继续进步，我们班的老师们也会尽力给你创造好的学习条件嘛！比如你看你的座位安排，虽然我们班有少数同学对学习没有那么上心，但是我给你安排的这个座位啊，周围都是些热爱学习且实力比较强的同学，比如班长樊龙啊、数学课代表杨乾智啊、英语课代表王艺涵啊，还有你的同桌冯远辉等，都是很不错的学生。"

修远这下明白了，袁野来找自己的目的，应该是劝说自己继续留在普通班了。

虽然袁野动机不纯，但是他说的话到底有没有道理？修远反而疑惑起来。原来在实验班的时候，以李双关为代表的严苛老师们，疯狂地布置作业，把所有休息日的时间全部压榨干净，而且严格检查，绝不允许钻漏洞。这样的氛围适合自己吗？自己这段时间能够有巨大的进步，多是来源于自己根据自身情况调整节奏，搞自己的一套学习体系。如果去了实验班，时间全被老师占了，会不会反而不利于自己学习？

"也是啊，实验班老师都是疯子，布置作业多得要死，反而不利于学习。尤其是那个李双关，最有病。"修远恨恨道。这不仅是对作业过多的教学风格的反感，也夹杂了修远个人对李双关的私愤。

听到学生这么赤裸裸地骂实验班老师，袁野有些无奈——一方面这表明修远留在自己班上的概率很大，另一方面好歹袁野自己也是个老师吧，虽然现在是在和李双关抢学生，但总不能赞同学生骂老师的行为吧？

"喀喀……这个，嗯，其实每个老师都有自己的教学风格嘛，当然就像我说的，李老师现在的教学风格不太适合你……"袁野圆场道。

不过修远哪里懂这些人情世故，只是对李双关积愤已久，想起李双关那变态的作业量，以及对自己的多次奚落，甚至羞辱，气不打一处来，将李双关如何疯狂布置作业、如何奚落自己的事情添油加醋地一股脑儿地抱怨出来。

袁野初时只当修远是生气乱说，只在心里笑笑，后面却也越听越心惊："啊？真的做到半夜2点？不会吧！"

"什么？全班集体罚抄课文这么多遍？有点儿夸张啊！"

"李老师不是英语老师吗，怎么会给你们加数学作业？还有这种操作？"

"他真这么说你？应该不至于吧？这确实是有点儿不近人情了啊……"

"早听说他的教学风格比较严，不过平时也没太接触，毕竟实验班老师跟我们都不在一个办公室……"

修远一边疯狂吃菜下饭，一边迅速将食物的能量转化为无穷无尽的吐槽李双关的话，新陈代谢运转速度逼近光速，简直让时间都变慢了——至少袁野是这么觉得的。

"唉，李老师怎么变成这样了呢？"袁野有些无奈地皱着眉。

修远倒是反应过来，问道："变成这样？难道他之前不是这样的？"

"唔，不是啊。"袁野眼睛向左下方看去，陷入回忆，"最开始他来我们学校的时候，教学风格是很亲和的啊，不仅没有那么多作业，而且和学生打成一片，还称兄道弟的，学生都很喜欢他。"

"什么？！"修远差点儿被一口汤呛死了，而且很怀疑袁野所说的"打成一片"到底是什么意思，应该是指师生矛盾太大了，只能动手才对吧？亲和？李双关很亲和？疯了吧！

"唉，不管怎么说，反正李老师现在的教学风格似乎不适合你嘛！"袁野将话题拉了回来，"我觉得你继续待在我们班还是挺好的嘛，啊，哈哈哈！"

修远一边继续大吃大喝，一边道："嗯，挺好挺好……"

吃饱喝足之后，修远感觉带着十二分饱的肚子恐怕是不好睡觉了，于是直接返回教室。此时离午自习尚早，教室里同学们正三三两两地闲聊着。

"唉，真无聊，每天上课做题，烦死了。"

"你说读书有什么用？读死书，死读书，读书死——好像没意义啊。"

"就是就是，我又不出国、移民，学英语干吗？我又不研究火箭发射，学天体运动干吗？我又不当数学家，研究那么多三角函数、数列干吗？"

"我跟你说，我隔壁那个大爷，他儿子就是高中毕业出去打拼的，现在开了两个贸易公司,做缅甸和泰国的生意,在全市买了好几套别墅,估计几个亿资产都有了!"

"这么厉害?"

"就是啊,你不知道吗?现在东南亚的贸易很容易做。还学个什么不等式啊,能算清楚账就行了!"

"对对对!我有个表姐,也是学习很差,专科毕业的,但人长得超级漂亮,嫁了个老公,也是做贸易的。好像做非洲还是哪儿的贸易?反正也超有钱。她现在每天可享福了,也不用上班,每天逛逛街、旅旅游,买个包都是一两万的那种。"

……

修远听着这些奇葩言论皱皱眉头,戴上耳塞,翻开一篇阅读理解。

第二十四章

虚荣之道

兰水市最好的风景，多在微湖沿岸附近。青山绿水、蓝天白云，杨柳枝垂下触探水面。正值初夏时节，燥热之气渐起，而微湖沿岸不仅林荫蔽日，更有微风从水面上送来清凉气息。任你多大的焦躁之情，在这湖边长椅上坐一坐，也会心情舒畅。修远就站在岸边感受着美景、凉风，身心愉悦。

更何况，这还是修远期待已久的与林老师见面之时。他已经积累了太多的问题需要咨询林老师了。

"林老师！您终于来了！"

林老师慢慢悠悠从马路对面穿过来，在老旧的木长椅上坐下："嗯，好久不见了啊，修远。近况如何？"

"林老师，我期中考试成绩进步了一大截！尤其是数学和物理，进步超大！不过语文、英语就没怎么变化了，拖了不少后腿。我这次还想问您呢，语文该怎么学呢？我最近一段时间做了很多语文的题，不过感觉没什么效果啊！很需要您指导一下方法呢！"

林老师却一摆手，道："上次给你布置的任务呢？"

"哦，心智损耗那个啊！我可是很认真地研究了好久啊。最后也确实找到了一个，而且还比较严重啊！"

"具体说说吧。"林老师看着湖面远处，一脸轻松。

"嗯，主要是……应该是虚荣的问题吧。我自己注意到，就是那个……好像但凡涉及面子问题的时候，我就会比较紧张，容易分神，静不下心来学习了。比如，我原来成绩比较差，但是现在这个班的同学不知道，有一次我怀疑他们知道了，心里就很紧张；还有一次，就是……有个同学很不给我面子，讽刺了我几句，结果我好几天都很心烦，无法专注学习，效率也很低。大概就是这样了。"

"那么你后面几天，有没有尝试做些什么事情让自己恢复状态呢？"

"这……好像没有吧……关键是我也不知道该做什么啊。就是觉得很烦。哎，不过我发现，这种心烦好像不是很稳定。有时候要持续很长时间，有时候不知怎的，立刻就会消失掉。比如我考试的时候，碰到个题不会做，一开始我觉得肯定要考差了，要被同学看不起了，心情就会很烦躁，但是我突然意识到，这就是虚荣啊，虚荣导致自己产生了烦躁的情绪。当我这么想的时候，好像突然就变得平静了。不知道怎么回事耶？"

"嗯。"林老师点点头，"觉察到情绪及其来源了，就会有一定的抚平情绪的效果。如果情绪及背后的观念都比较浅，可能仅仅觉察和理解就足够了。"

"情绪背后的观念？什么意思啊？"修远一时没反应过来。

"嗯？你不知道吗？上次不是跟你讲过吗？"

"啊？没有吧？上次说过观念导致行为，行为导致结果，不过观念和情绪是什么关系，没有讲过啊！"修远高速回忆起上次谈话的内容。

"嗯，那就给你补充讲讲吧。人的信念、观念能够影响的东西很多。从观念到行为，再到结果，这是一条逻辑线；另外，从观念到环境，再到情绪，最后到行为，这是另一条逻辑线。两条逻辑线有时可以合并。简单来说就是，人的情绪，我们一般理解是受到外界环境影响的，比如，有人批评你，你就容易变得很生气，但其实它代表你更深刻地受到观念的影响了。再比如，如果你认为批评你是促使你进步的机会，那么你面对批评就不会那么容易生气了。"

"哦，这样啊……观念会影响情绪，好像确实如此呢。"

"而情绪又影响行为——这应该更好理解了吧？比如，考试的时候一烦躁，就容易看错题、算错数；被人批评的时候一生气，就容易反骂回去。"

"我明白了！"修远若有所悟，"也就是说，结果受行为影响，而行为有时候受到观念的影响，有时候受到情绪的影响，而情绪又受到观念的影响。或者正过来说，如果观念触发了某种情绪，那么情绪就推动行为；如果这个观念与情绪没有关系，那就观念直接导致行为——所以说，这两条逻辑线有时候可以合并。是这样吗，林老师？"

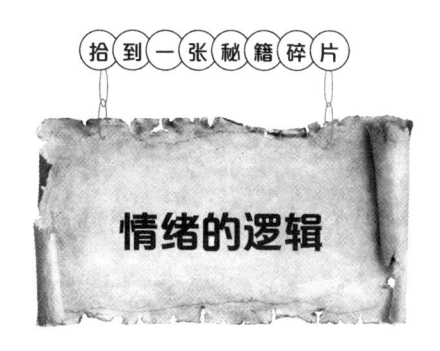

> 拾到一张秘籍碎片
>
> **情绪的逻辑**

"嗯，不错，领悟得还挺快。"林老师笑着点点头。

"那，您刚才说，面对批评的时候，要认为这是促使人进步的机会。您是说，应该用这样的理解来克服我虚荣的问题吗？这样就不怕别人的批评了，也就不会有虚荣了？"

"……"林老师有些无语地看着修远。

"呃，怎么了，不是吗？好像也有点儿道理的样子……"

"唉，真是……这么肤浅的理解，怎么可能治得了虚荣病？这只是给你举个例子说明观点对情绪的影响而已啊。"

"哦，这样啊……"修远挠挠脑袋，"那具体该怎么办呢？"

"还是回到刚才'观念—情绪—行为—结果'的逻辑上吧。如果你的情绪本身比较轻，情绪背后的观念也没有那么牢固，那么仅仅是一些基本的意识和觉察就能缓解情绪并改变行为。在心智损耗的体系里，也就是改变了你的思维能力，因为思维能力，就是大脑的动作、大脑的行为。"

"那如果比较严重又该怎么办啊？"修远急忙问道，"因为我只是少数时候才能很快恢复情绪、进入良好状态，其他时候经常是状态一变差了好几天都恢复不过来！"

"那就要做两方面的处理了。一方面，要对情绪背后的观念进行深挖，并且强力修正；另一方面，要直接从情绪阶段入手，学习一些直接缓解情绪的方法。"

修远掏出纸笔，飞快地记下刚才林老师讲解的内容："太好了，林老师，赶快讲吧！我全记下来了！"

"先按照正规的格式来整理下吧。你的心智损耗是虚荣，那么虚荣到底是什么呢？我们可以转化一下表达形式。虚荣可以表述为一种观点——只有别人认为我很厉害的时候，我才会感到满意，感到自己有成就、有价值。"

哦？原来"虚荣"这个词可以转化为一种观点。

"在这个观点下，如果外界环境中别人认为你没什么了不起，你就会产生情绪——烦躁、愤怒、悲伤，等等。"

"嗯嗯，是这样啊。"

"所以你需要深刻理解，这个观点到底好不好？对不对？想清楚这些问题，对缓解你的情绪和减少心智损耗都有帮助。"

"这个观点当然不对啦！我也知道啊，但就是改不了啊，怎么办呢？"

"呵呵，你以为你知道。"林老师微微一笑，"那么具体说一下，这个观点哪里不对呢？"

"它肯定是不对的啊！你看它……这个……呃，那个……我是说，虚荣嘛，肯定不好啊，人还是要谦虚一点儿好……那个怎么说呢，不是说谦虚使人进步吗……"

林老师不说话，眼睛直勾勾地盯住修远。

修远被盯得额头冒汗，心虚不已，意识到自己的解释毫无逻辑。不过明知道虚荣不好，为什么说不出个所以然来呢？

"……反正就是谦虚比较好吧，骄傲使人落后，谦虚使人进步……"

"虚荣和骄傲是一回事吗？"

"呃，这个……好像有点儿差别。不过虚荣也会使人落后吧，反正也不是很好……"

林老师又不说话了，就这么盯着修远，眼睛如星空一般深邃。

"好吧，这个……我好像也没有特别想清楚……"修远知道，再继续瞎解释下去也没什么意义了，他已经意识到，尽管自己已经虚荣了这么多年，但自己对"虚荣"这个词从来没有认真思考过，并不知道它的本质是什么。他对于虚荣的认知，完全停留在道听途说，背过几句名人名言的层次上。

林老师盯着修远的眼睛许久，见他终于安静且专注下来，于是开口道："要解决虚荣的问题，一定要回到最本质、对自己最有意义的层面上去认知。虚荣的常规意思是，让别人认为自己很了不起。它表现的是一种动机，希望别人认可自己——这有什么不对吗？从动机上看，需要认可与表扬，这是非常合理的动机。你在不理解本质的情况下胡乱套几句名人名言，轻易否定了虚荣，很容易地否定了这个需要认可与表扬的动机。"

"否定了动机？否定了动机……"修远严肃思考着这句话。

"这也是你解决不了虚荣问题的重要原因。你试图否定这个动机，而这个动机对于你当前的人生阶段来说，是非常正当的，是根本不应该被否认掉的。就像你明明很饿，然后强行对自己说，'饿是不好的，我不应该饿'——完全没有意义。"

修远微微点头，若有所悟："那……"

"虚荣之所以不好，是因为其错不在动机，而在于动机之后的追求形式。虚荣的本质是，为了达到目的，采用了欺骗的手段——骗别人、骗自己。简单点儿也可以这样说，'虚荣的本质，就是欺骗'。"

"欺骗？骗别人、骗自己……"修远心里疑惑，"这不是耍赖吗？虚荣和欺骗怎么会是一回事呢？好像……"

"先不要问，自己好好想想。"林老师一摆手，打断了修远的问题。

修远只好低下头思考起来。欺骗和虚荣怎么联系到一起呢？这仿佛一道数学证明题，题目末尾写着"请证明：虚荣＝欺骗"，那么已知条件又有哪些呢？

已知虚荣的定义是，只有别人认为自己很厉害，自己才会感到有价值、有成就，才会满足；又已知，欺骗的定义是，虚假、不真实的信息。如何推导出这两者相等？

修远突然想到，别人认为自己很厉害，是否自己真的就很厉害呢？就像自己上学期在实验二班，最初的两个月里，虽然自己并没有好好学习，实力逐步下滑，但还是经常摆出一副胸有成竹、毫不畏惧的样子，居然也糊弄了不少人，让同学们以为自己是个"没有认真学，一旦认真学就很厉害"的学霸。这就是在用假象欺骗别人吧？

而自己感到自己有价值、有成就时，是否自己就真的很有价值、有成就呢？有时候，骗人骗得久了，连自己都相信了。明明自己并不厉害、并没有特别的价值与成就的时候，却总可以通过歪门邪道让自己心里爽一把。比如，自己当年各方面比卢标差远了——学习能力、思考能力、眼光见识、心理成熟度，全都不如，而自己的反应是，要找机会在篮球场上虐他一把，心里就舒服了，仿佛自己比他更优秀一样。修远回忆起自己当年在球场上虐完卢标后内心舒爽、痛快的感觉，竟然觉得一阵恶心，对自己当初的幼稚生起了鄙视。

修远低沉着声音将这一番感悟说了出来，心中无限惆怅、感慨。他多希望自己当年没有犯下那些低级的错误啊。

林老师点点头，心想：总算还有救。

"没错。所谓虚荣，就是骗别人、骗自己。而骗自己，又可以理解为害自己，让自己活得更痛苦、更惨。所以更粗暴点儿来说——所谓虚荣，就是蠢，就是搞笑。"

修远抬起头，一脸震惊地听林老师说出这句话。

第二十五章

情绪管理法

人对于各类道德品质的理解如此虚幻与肤浅，往往随意用几个标签或者几句所谓名人名言就将一类品质定性，严重忽略了其更深刻的本质。它们的本质是什么？从何而来？对自己、对他人有何影响？在动机、工具维度上各自有怎样的表现？以及又该如何改变？全都被掩盖在了班会课演讲与作文优美文字的"垫布"之下。

当破布被掀开，初次见到令人震惊的真实，往往令人记忆深刻。

当林老师说虚荣即是欺骗的时候，修远已经有所感悟。而当林老师用更重的语气说虚荣即是蠢、即是搞笑的时候，修远更是被惊得说不出话来，仿佛被雷电击中了天灵盖。科幻小说告诉我们，被雷劈之后如果不死，往往会出现些超能力。修远的超能力将是，一举击破虚荣的陷阱。

搞笑吗？真的搞笑啊。修远突然间面红耳赤，羞到耳根子发烫。他回忆起自己当年种种因虚荣而起的行为，难道不可笑吗？在易姗面前故作高深，在卢标面前假装强悍——如果易姗看破了，是否觉得自己如同耍猴？而以卢标的水平一定能看破，也一定把自己当作跳梁小丑了吧？

而与付词、姚实易、刘宇航等人一起瞎胡闹，根本不在意学习这件事情，在老师和其他学生眼里，又何尝不是愚蠢至极呢？

真的就是一场闹剧啊！

念及此，修远不知不觉红了眼睛，居然有一种想哭的感觉。

林老师用余光瞟去，看到修远的情绪变化，于是好一阵子不作声，任由修远静静地停留在那份感悟与情绪里。此刻的情绪与内心的触动、思想的升华相伴而生，已然不需要处理了。

微风拂动杨柳枝，山还绿，水常清。

许久之后，修远回过神来，擦掉眼角湿润的痕迹："林老师，我知道了。不过，现在虽然感悟很深，如果到时候临场碰到问题了，又控制不住犯错误，该怎么办呢？就像老师讲题，听的时候当场听懂了，可是再考试的时候有可能还是不会。你刚才不是说，要从两方面同时着手才行吗？对虚荣本身的理解是一方面，那另一方面呢？"

"直接的情绪管理。

"从习惯来看，虽然你领悟了虚荣的本质，改变了虚荣背后的观点，但并不意味着永远再也不会犯同样的虚荣错误，只不过是降低了犯错的频率而已——可能原来一天犯十次错，现在一天犯一次，毕竟虚荣的习惯还在。因为虚荣带出来的情绪非常强烈，会直接影响你的行为，耽误学习，所以当这种情况出现时，你需要一种能够短期疏散情绪、修正行为的方法。

"从长期来看，情绪虽然由观念与环境激发而联合产生，但已经产生并积累下来的情绪，并不会因为观念的改变而自动疏散。就像生物一样，大狗把小狗生下来了，大狗死了以后，小狗还在。这种累积下来的情绪也需要处理。

"要想彻底断掉虚荣的'根'，你要补充两方面的策略。"

"那赶快讲吧林老师！短期怎么控制，长期怎么控制？"

"别着急。先要建立一个前提，今天你所领悟的东西，虽然感触很强烈，但是不能保证你终生不忘。你依然需要复习，需要常常提醒自己虚荣的本质是什么，需要经常巩固其产生的逻辑。"

"嗯，这我知道，就像上完课要复习一样嘛。而且重要知识点和题型，还要复习好几次。"

"那就先来看短期处理方法吧。最简单、最实用的是呼吸法。"

"呼吸法？"

"呼吸法对于情绪，虽然不治本，但用于控制短期的情绪非常方便、实用，练好了的话，效果是立竿见影的。先问你一个问题，你知道一个成语叫作'方寸大乱'吗？"

"当然知道啦！"

"嗯，这个成语是什么意思？"

"就是说一个人很紧张，乱了手脚，不镇定的意思。"

"不错。那么，'方寸'又是什么意思呢？"

"啊？方寸？"修远愣住，不知如何回答。

林老师继续解释："方寸，其实是人身体上的一个位置，就是你胸口正中间的那个地方。因为那个地方大小差不多一寸见方，所以古人把它叫作方寸。在人的情绪失控的时候，方寸这个地方，会有明显的感觉——气息大乱。这个气息的混乱，不是正常的心跳或者呼吸的感觉，而是一种类似于武侠小说中的所谓'走火入魔，气息不受控制，一团真气在全身乱窜'的感觉。当然，这是打个比方，不是说你真的走火入魔了。

"而控制情绪的方法很简单，就从这团乱窜的气息感觉入手。当你感受到方寸之间混乱的气息后，深吸一口气，用这口吸入的、方向固定笔直向下的气，去冲散那团乱窜的气，把它的方向带过来，变得有序。然后深呼一口气，反方向把这团气吐出去。

"这样反复几次以后，方寸之间那种混乱的气息就会停止，被你正常的呼吸替代，而你会神奇地发现，随着方寸之间气息的平静，你的情绪也就平静了。"

"真的假的？"修远惊呼，"有这么神奇？控制呼吸就能控制情绪？情绪不是心态上的问题吗，怎么从身体呼吸上就能解决？"

"身体与心理的联系，原本就很紧密。这是一种很古老的技巧，已经沿用了几千年了，实操效果明显。暂时不必多问，你试过以后就知道了。而且这种方法的好处是，它不是把情绪强行压下去，而是把情绪疏散掉了，没有累积的副作用。"

"这样啊，好，我现在试下。吸——呼——"修远一个深呼吸，"好像没啥感觉嘛……"

"……"

"啊？怎么了？我做得不对吗？"

林老师无语地看着修远，宛若看一个智障一般："你现在既不愤怒，又不焦虑，什么情绪都没有，当然没感觉啦！我真是服你了……"

"啊啊，知道了知道了，等到真的产生情绪的时候就会有感觉了！林老师您别生气啊……那长期的情绪怎么处理啊？"

"长期情绪处理，最简单、实用的方法是体育锻炼。"

"啊？体育锻炼？又跟心态、心理没关系？"修远继续疑惑。

"你需要先意识到，情绪并不是凭空、抽象产生的，它在身体内部有对应的实体物质。比如，一个人亢奋的时候，体内的甲状腺激素分泌量就很高；特别紧张的时候，肾上腺素就增加。总之，特定的情绪总会与特定的激素相关。这些引发情绪的激素会经历如下过程。

"最初，外界某种情况发生，你在产生某情绪——称为情绪A——的同时，也产生对应的物质A，物质A是情绪A的生理基础。

"如果情绪A很快消散，则物质A也被你通过汗液、大小便排泄出体外，就像普通的吃东西、代谢废物一样。

"如果情绪A长期地、猛烈地发生，则物质A会大量产生，其速度超出了身体对物质A的排泄速度，则物质A在身体内积累起来——就像你偶尔喝瓶饮料，饮料里的有害物质会被自然排出体外，然而喝得太多了，饮料中的防腐剂、色素之类的物质就会在你体内积累起来，使你容易患白血病、肠胃病等。

"接着，由于物质A在你体内有大量的剩余、积累，你变得比原来更容易触发情绪A——因为物质A就是引发情绪A的物质。

"所以修复自己的情绪，有一个极其重要而有效的手段——锻炼身体。一般人只觉得锻炼身体可以促进生理健康，但忽略了，锻炼身体还可以促进心理健康。通过稳定的运动、锻炼，加速自己的身体代谢、修复和排毒，逐渐将物质 A 的积累残余物排出体外后，我们就可以从恶性、累积性的负面情绪中脱离出来。

"对于你来说，这两个方法的结合，足够搞定大部分情绪问题了。"

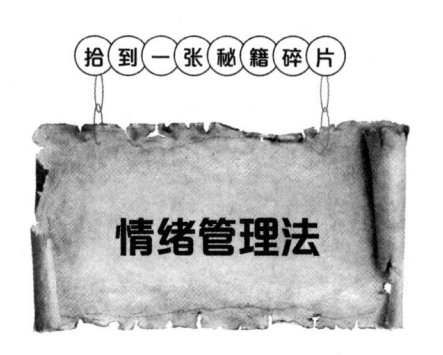

拾到一张秘籍碎片

情绪管理法

用体育运动来管理情绪？修远闻所未闻。但林老师的说法听起来又有点儿道理……

"那具体什么运动才有用呢？"

"不需要特别挑剔，简单的跑步就可以了，只需要坚持即可。对于学生来说最容易实现。"

"哦……"修远一时之间没有太多感悟，只是想到之前提问林老师关于语文学习的问题还未得到回答，于是又追问，"林老师，那我之前问你的关于语文学习的一些问题，你有没有什么比较好的学习方法？我这个星期花了很多时间学语文，想要把漏洞补上。"

这是修远近期最关心的问题了，毕竟投入了那么多时间。

林老师看了修远一眼，道："你自己怎么学的？花了多少时间？"

"花了很多时间啊！我的自由时间，除了做数学和物理的结构化，其他时间基本上全都搭进去了。我语文基础比较弱，什么文言文和诗词背诵、论述阅读、现代文阅读、古诗词赏析、作文……全都要刷很多题啊。我现在是早自习读要背诵的基础知识，论述阅读和现代文阅读每天各做一两篇，作文隔天写一篇——唉，你不知道作文写起来多累，比做数学题累多了……"

修远第一次真正发愤图强，主动加练了这么多语文习题，内心深处正在为自己高兴，故而忍不住一通絮叨，看似在抱怨，听起来却有点儿得意的感觉，沉浸在自己做了很多题、很认真好学的喜悦中。的确，即便暂时不懂语文的学习方法，但这种好学的精神，依然值得自豪啊！

"瞎搞。"林老师冷不丁来上一句。

第二十六章

时间策略

修远一下愣住:"啊?"这是什么意思?林老师说我瞎搞,意思是方法不对吗?

"呃,林老师,我也觉得可能方法不对呢,所以才想找你请教具体该怎么学习语文啦!"

林老师摇摇头道:"今天跟你讲的东西已经很多了,你还要问新的问题,我怕讲完你也吸收不了。"

啊,林老师不会不想传授我秘诀了吧?修远一阵紧张,赶紧道:"啊,没关系的林老师!我全都记下来,回去一定好好复习,好好领悟、体会!而且这个问题真的很重要啊,我现在大部分时间都用在语文学习上了……林老师行行好吧,我对你的景仰之情犹如黄河之水连绵不绝,又如长江之水一发而不可收拾,还有渤海、东海、南海……"

"……行了行了,真是怕了你。听好了!"林老师一摆手道,"你现在面临的根本不是语文的某个题型怎么做的问题,而是学习的策略安排问题。"

"策略安排?啊,好的,我记下来了,您赶快讲!"修远边说边唰唰记录。

"学习的策略安排,最基本的原则是,一段时间内,只能有一个主攻方向。你同时主攻数学、物理、语文几个方向,而且语文又同时主攻多个分支,基本上毫无意义。这种时间分配方式,就是兵家大忌、学生大忌,它会让你永远无法突破。**你要记住,对于力量有限的人来说,均匀发力,基本等于没有发力。**"

修远一脸震惊——这么说,自己好不容易积极进取一回,主动加练语文,反而错了?

"你可以用战争学的类比来理解上述原理。

"你带领五千精兵和敌将带领五千精兵对战。假设敌将把五千精兵分成五队,每队一千人;你把五千精兵分成十队,每队五百人。然后你派一队五百人,去和敌方一千人打,由于人数的劣势,敌方死了一百人,你死了四百人,大亏。

"这就是发力分散,造成每股力量都没什么大的作用。

"但是,如果你把五千精兵分成两队,每队两千五百人,然后用一队两千五百人去攻击对方一千人，你就有优势了，可能结果就成功了，你损失两百人，对方损失八百人，大赚。

"集中的力量，才能叫真正的力量。

"类比到学习当中。假设你每天完整的学习时间是十小时，其中七小时由老师安排占用，没法改变，你就会剩下三小时自由时间。如果你每天都把这三小时平均分配到六科当中，每科半小时，那么一个学期下来，你这六科都不能突破什么，只是维持在一个常规水平上。

"但是，如果你在前两个月，选择把全部三小时都放在数学上，可能两个月后你的数学就提高了一个档次。这时候，你再把自由的三小时全部放到物理学科上，又一个月后，你的物理也上升了一个档次。

"如此反复循环，一个周期过后，你的每个学科都会取得明显的进步。

"当然，这不是说，你可以把一天十个小时全部放在一个科目上。每个科目每天都需要拿出一定的时间来进行日常维持，如果长时间不维持，会造成水平的下降，这样也是不行的。但这个维持，只需要保持住常规水平不下降而已，所以不需要耗费太多时间。剩下的时间，大可以集中精力进行歼灭战，把效率提到最高。

"如此策略上的安排，才是你当前最需要理解的。"

修远怔怔地听着，他从没想过学习还有策略可以研究。可是自己现在数学和物理成绩不是已经提上来了吗？如果说要集中时间攻克一门的话，能否暂时放一放数学、物理，切换到语文上来呢？修远赶紧将心中疑惑问出来。

"我建议你暂时不要切换。你近两次考试虽然成绩有所提升，但是以结构化的方式去梳理知识点和题型，你只做了不到两个月而已，并没有完全养成思维习惯。要知道，思维习惯的养成要比身体习惯更难。现在立刻断掉数学和物理的强化训练，转攻语文，很容易造成习惯中断、名次迅速后退。也许几个月后你会发现，自己的数学、物理又倒退回去了。就像烧水烧到80摄氏度就关火，水依然没有烧开，前面的能源都浪费了。"

修远用手摸了摸下巴，点点头表示理解。

"更何况，即便是专攻语文的时候，也不能像你现在这样胡来，今天练点儿阅读，明天练点儿作文，后天看一看古诗词，同样是分散兵力而效率低下。你依然需要分类强攻。比如连续一个月专练阅读，再连续两周练诗词赏析，接着连续一个月练作文等。总之，原则是不变的。这种时间调配的方式，是时间策略中的脉冲策略。"

"脉冲策略？"修远想了想，问，"因为在某一时间段内突然集聚大量时间强攻，像脉冲凸起一样——是这个意思吗？"

林老师点点头。

修远突然想到去年实验班的卢标，勉强回忆着他所记忆的卢标的学习过程和状态。

不知道卢标是不是这样脉冲式地进行学科学习的呢？他并不清楚卢标的学习规划，可是根据他模糊的印象来看，似乎不是的吧！于是修远忍不住问："可是我看到有些高手好像不是这样学习的啊？似乎每一科都兼顾到了，根本没有偏科、没有弱点啊！"

林老师瞟了一眼修远，道："第一，别人怎么学的，你真的清楚吗？别人自习、回家的时候在做什么，你清楚吗？甚至别人脑子里在思考什么，你知道吗？你如何确定别人每天花了多长时间，学习什么学科、什么章节？"

修远立刻哑口无言。他确实并不精确地了解卢标的学习规划，恐怕也没有谁真的了解。在高中忙碌的环境里，大家各自做事情，怎么可能二十四小时盯梢别人的行动呢？

"第二，即便有人全面铺排，均摊时间，也是有可能的，这只是学习的不同阶段而已。"

"不同阶段？"

"假设有人每一科的基础都足够好，同时又足够聪明，学新知识特别快，那就会出现你说的状态——每天各科时间均匀分配，且每一科都学得很好。从另一个维度上来说，这种人，他的学习能力已经到巅峰了，学习成绩也基本上离满分不远了，几乎已经没法再突破了，这种时候，他就不需要再使用脉冲策略了。"

原来如此。修远心想：卢标就是这种巅峰状态的人了。

"但这种情况极少。除去少数天才，大部分人，哪怕是天赋很好的人，在成长的过程中，也一样需要使用脉冲策略。

"比如，一个数学单元要学习三周，第一周的时候他刚开始学习，哪怕是个优等生也有很多不明白的地方，他需要脉冲式集中攻克，可能每天花费四个小时都不止。等到第三周，他已经学得相当好了，对于本单元的知识题型已经见了九成以上，并且结构清晰，接近巅峰状态了，那么此时他就不需要脉冲式攻克，也许每天只花一个小时不到就能保持手感了。"

"所以说，脉冲策略是一种相对灵活的策略，要根据不同人、不同学习阶段来调整？"修远若有所思地问道。

"当然。还是以数学为例，对于高手来说，他思维能力、学习能力本来就很强，在学习新单元的时候，临时使用脉冲策略对陌生知识和题型进行集中攻克，可能只需要花费几天时间，攻克完毕后迅速结束该学科单元的'脉冲'，进入低消耗的维护状态。而对于普通人来说，当他刚开始强攻某个学科时，脉冲策略的时间则要长得多，可能要连续两三个月都投入一个学科里。因为他不仅需要集中攻克某个单元的具体知识点，更需要在漫长的时间里逐步形成学科思维和学科感觉，甚至还要提高学科之外的能力，比如专注力加强、思考能力提高、学习习惯养成、学习程序完善等。这些比学科知识更复杂的内容，需要更长时间才能定型。

"而你，目前就正处于这个阶段。"林老师说完，又瞥了修远一眼。

哇！这么说来，林老师跟我讲的各种学习策略，还有点儿私人定制的感觉？原来不是随便乱讲的啊，而是看到我的状态需要什么策略就教给我什么策略。修远心里暗自高兴。

"太好了，我明白了！那我回去还是继续先稳固一段时间的数学和物理吧！接下来再去冲击语文、英语等学科！"修远一边兴奋地说着，一边心想：并不多花时间，仅仅是调整了一下各学科时间的花费顺序，就能取得更好的学习效果，实在是太划算了啊！每次与林老师见面后，那种充满希望的感觉就会更加强烈啊。

"别高兴得太早，我还没说完呢！"林老师没好气道。

"啊，还有？好的好的，我认真听着呢！"

"这种脉冲式的时间使用策略，对于大部分正处于突破期的人是管用的，但有两种情况例外。"

"哦？还有例外？"

"第一种例外是针对人的。如果一个人，基础太差，不仅新知识学不懂，甚至还欠了很多旧账，成绩差得离谱，比如 150 分的试卷考个 30~40 分之类的，那么脉冲策略可能就不合适了。那具体管不管用要看情况单独分析，这是我做策略咨询的时候要做到的个体辨认，太复杂了，就不跟你细说了。

"第二种例外是针对知识类型的。脉冲式的攻克难点，主要针对的是理解型的难点，比如数学、物理的难题，政治、历史、地理的原理分析，语文的阅读技巧和作文技巧，英语的语法辨析等。

"但对于记忆型的知识，脉冲策略是不适用的。像英语单词、词组的记忆，语文文言文背诵，语文作文素材的积累，以及化学、生物、政史地当中的零散知识点，更多需要日常积累，用零碎时间每天背诵一部分，记忆的效率反而会偏高一些。这是记忆策略中的分散记忆原则，一定要和脉冲策略区别开来，否则反而效率降低、适得其反。"

适得其反？吓得修远赶紧将这一要点再记录于笔记本上。不知不觉间，笔记本上已经满满当当了，这次收获的内容实在不少啊！

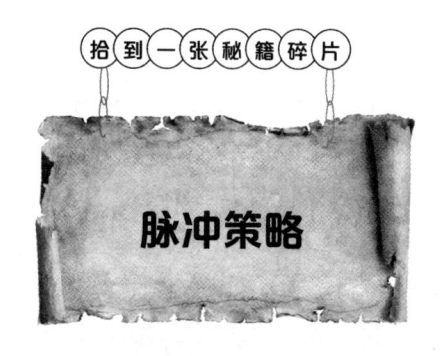

拾到一张秘籍碎片

脉冲策略

看着修远记录得差不多了，林老师伸了个懒腰，道："今天就到这里吧，我去散散步。"说完准备起身了。

"等等，林老师！"修远急得跳起来，道，"林老师行行好，我还有最后一个问题，马上就好！"

"还有问题？"林老师边说边沿着湖岸走动，修远快步跟上。

"谢谢林老师，最后一个问题了！"修远谄媚地笑着，"就是那个……有一种学习方法叫作'费曼技巧'，不知您有没有听说过？我最近就在尝试用这种方法学习……"

"嗯？"

"这个费曼技巧，好像不太管用啊？"

第二十七章

费曼技巧的误区

修远跟在林老师后面，自顾自地提着问题，没有看见林老师脸上细微的表情变化——一丝犹豫，又或许是细微的不耐烦？

"啊，林老师，我先解释一下什么叫作费曼技巧，然后你帮我看看这个方法到底管不管用，费曼技巧就是说……"

林老师一摆手，道："不用解释了，直接说你的问题。"

"啊，您居然知道费曼技巧啊，那我直接说了。"

林老师脸上肌肉一抽搐，差点儿要跌倒。

"我这次期中考试之前，就用了费曼技巧来复习，数学、物理、英语等几科都用了，但是貌似没什么效果，数学、物理虽然都进步了，但由于我同时也在用高阶版本的结构化思维处理数学和物理的题型，所以我怀疑数学、物理的进步都是源自解题思路的结构化，而不是费曼技巧？而且，像英语这种学科，我单用了费曼技巧来学习，就没什么效果了……"

"你用了多长时间，具体怎么用的？"

"时间不长，大概一个多星期的样子……"

林老师微微皱了皱眉头："才一个多星期就能认定一种方法没有效果？太浮躁了。"

"啊？时间确实是有点儿短了，不过怎么说呢，还是有种感觉吧……所以我还是想问一下，这种方法到底有没有用啊，我后面还要不要继续坚持下去？嘿嘿，林老师你就帮人帮到底……"

"唉，你还没说你是怎么用的呢。"

"哦，主要是这样操作的——我们班上有个同学，每天问我各种问题，然后我就回答她的问题，这样就顺便加强了我自己对知识点的印象。如果我答不出来，那就说明我对相关知识点也有欠缺，就去查资料弄清楚了，再给她讲一遍。"

"就这样？"

"啊，差不多就这样吧。"修远挠挠头，"难道用错了？少了什么步骤？"

"那位同学成绩是什么水平，一般问些什么问题？"

"呃，成绩不太好，数学、物理不及格，语文、英语刚及格那种。问的问题就比较杂啦，基础公式类的题有，长文应用题有，大型综合题也有……总之问得很多。"

林老师有些无语道："首先，你这根本不是费曼技巧，你这是单纯给人补课而已。"

"啊？"修远大惊，差点儿一个趔趄，"难道真的用错了？"

"费曼技巧的核心是自己在大脑中模拟讲课，而你是在真实场景中给别人讲，这就已经不一样了。"

"不都是讲课吗？本质上没差别吧？"修远赶紧问。他曾经自己也怀疑过这点儿差别，但最终还是认为，两种方式本质上都是在通过讲课的方式促进自己的学习，本质相同，所以不用太拘泥于表现形式。没想到竟然就是表现形式的区别出了问题？

"理论上差别不大，都是通过信息输出来促进信息输入，但在实际操作的过程中就会有差别。比如，费曼技巧中是大脑模拟讲授，其实就是自己给自己讲，这样讲授的节奏是由你自己把控的。什么地方太基础了，没必要讲；什么地方有点儿模糊，需要通过费曼技巧来检测一下，这是你可以完全自己把握的。

"而在真实场景中给别人讲课，就不一样了。如果你能找一个思维活跃，水平与你差不多或略高一点儿的同伴，相互讲解、练习，那么效果可能比费曼技巧的大脑模拟更好一些。

"然而，你找了一个基础很差、水平比你低了不止一个档次的学生去讲解，那么就会有大量的时间浪费在对你完全没价值的简单题上，实际学习的效率是非常低的。"

居然是这样？大脑模拟讲课和给真人讲课，想不到，虽然看起来是差不多的学习形式，但一点儿细微的差别竟然造成效果的云泥之别！修远顿生懊悔之情，狠狠一拍大腿："咯！我还以为差不多呢！"

林老师瞟了修远一眼："你以为学习策略这么简单？道听途说一点儿方法就能解决问题？有太多的技术细节需要完善了。一不小心，坑死自己。"

修远心里埋怨道：卢标这家伙的方法真是不靠谱儿啊！不过这事到底该不该怪卢标呢？不好说。但是一时之间管不了这么多，修远决定先让卢标把这个锅背起来再说。

"这还只考虑所讲解的知识和题目的难度问题，还没考虑学习的节奏。费曼技巧是完全一个人进行的，什么时候该模拟讲解什么内容才是最好的？还要考虑学习的策略和布局。比如，今天是该主攻数学还是语文？如果是数学，那么该主攻数列还是不等式？费曼技巧这种技术实践应该围绕着学习的整体规划来进行。而给真人讲题又不一样了，别人问什么问题你不可控，很有可能与你的规划无关。

"总之，有太多的细节问题需要考虑了，远不是你想得那么简单！"

修远感叹道："原来如此，还是严格按照费曼技巧来执行吧！给别人讲果然还是不行啊！"

林老师心想：又这么简单下了个结论？然而某些时候，给真人讲解比费曼技巧的大脑模拟效果更好呢。不过太多的细分情况过于复杂了，他已不愿再费唇舌细讲。林老师再摆摆手，示意今天到此结束。修远也终于感到林老师可能有点儿不耐烦了，赶紧道谢结束对话——可不敢得罪这位"神仙"，自己翻身做主人、逆袭成主角，全靠林老师"光环加持"啊！他可是自己的希望所在呢！

况且今天收获的内容已经太多太多了，足够满意了。修远忍不住哼着小调颠着奔向学校，没有留意到林老师略显失望的表情。

"唉，浮躁。教训啊。"林老师拍了拍后脖子，随即又哼哼一笑，"随缘，随缘。"

与市级重点高中的兰水二中不同，作为省级重点示范高中的临湖实验，硬件条件上要好得多。不仅景观绿化更好，譬如校园内移植的百年老树、教学楼前的池塘、假山，而且图书馆更大、图书种类更多、开放时间更长，就连空教室也多出不少。这样，学生在课余时间除了可以待在教室集中学习，还能选择到其他人少的教室去活动。

如果有辩论、话剧、社团、歌舞彩排等活动，空教室就变成了活动室。没有活动的时候就变成自习室。而在星期天下午未上课之前，连自习的人都没有，就成了一个纯粹的开放空间，妖星很喜欢一个人占用一间教室的感觉。

不过这次他与卢标一同走进一间自习室时，自习室后排还坐着另一个男生——叶玄一。

啪！啪！啪！

"藏龙卧虎。千相，怪不得你如此看重这位卢标同学。"叶玄一跷起二郎腿，悠然靠着墙，颇有韵味地鼓着掌，仿佛看京剧的贵族发出腔调老式的强烈叫好，"'一门双封号'，普通班学生抢掉了第六和第八两个位置，实在让人刮目相看。"

卢标和妖星走过去，在旁边两张凳子上坐下。

"哼，他刚来还不习惯环境。再过一阵子，说不定就前五了呢？"妖星盯着叶玄一的眼睛诡谲地笑道，"再过一阵子，说不定就前三了呢？"

叶玄一也不在意，道："随意，能者居之。"言语之中不仅显出大气，更露出雄劲的自信。

倒是卢标保持谦虚，用词客气："哪有这么容易？这次他又是第一，倒也应了叶玄一的名字。另外，数学、物理满分，化学、地理接近满分，总分领先第二名接近 20 分，这样的成绩着实让人震惊。真是一山更比一山高，来到临湖才半个学期，就见识到高手如云了。"

"喊，你也别故作谦虚了。什么高手如云？你都排名第六了，前面就五个人，还如云？怕不是撒哈拉大沙漠上的云吧。"叶玄一直言快语，倒显得江湖豪气。

卢标呵呵一笑："排名随时变化，下次未必保得住。"

"那倒是。每次临场发挥不一样，题型难度不一样，改卷松紧也不一样。我这次领先第二名这么多，跟语文改卷比较松有关。居然给了我作文 52 分？平时只有 44 分左右。运气吧。"

"扣掉这几分还是第一嘛！"妖星道，"行了，闲聊结束，说正事吧！"

叶玄一点点头，看向卢标道："想向你请教一些关于学习策略的问题。妖星说你精通学习方法，并且乐于分享，所以我想看能不能找你请教一下。"

"什么？"卢标一时之间愣住，"你？年级第一，要找我请教学习方法？这算怎么回事？"

"嗯，不行吗？"叶玄一两手一摊，轻松反问道。

"搞反了吧？不该是我请你指教吗？"卢标无语道。说起给人指导学习问题，卢标并不陌生，初中时自己就是班级的学习中心，在兰水二中时也是众人的关注焦点，不论是单独辅导还是登台讲课都不陌生。然而来到更高层次的临湖实验高中，还要给比自己强得多的年级第一学神讲学习方法？太班门弄斧了吧！

"不能这么说。"叶玄一表情平淡，"正所谓'三人行必有我师'嘛，不管我成绩如何，总还是要向他人学习的。你对学习策略研究很深刻，很懂行，我当然要向你学习啦……"

卢标深感意外，没想到看似狂傲不羁的叶玄一，竟然有一颗谦虚的心？

"唉！而我就不行了，什么学习方法都不懂，只是单纯的智商太高了而已。"

"……"卢标差点儿一口老血喷了出来，谦不谦虚什么的，果然是自己想多了啊！

妖星做出关云长抚弄长须的动作，喃喃道："唔，有长进，略得我妖星真传。"

卢标喘匀了气，又问道："可是那也轮不到问我吧？你们实验班还有那么多高手啊，而且听说学校每年都会安排前几届的学神来传授经验，都是清华、北大，甚至全省排名前十的顶尖大神。你找他们问学习方法，不比我更强些吗？"

叶玄一摇摇头："恰恰相反！学习好的人未必就懂学习方法，尤其是顶级大神，学习太过于优秀了，在学习方法问题上，反而经常不靠谱儿。"

第二十八章

这些学神啊，没一个靠谱儿的！

按照一般学生的理解，越优秀的人，越有资格指导别人。对如何高效学习这种事情，那些学神懂得一定比普通学生更多吧？所以学神随口一句话，往往被凡人奉为箴言警句；学神偶尔发表一些学习感想，常常被学渣当作"救世秘籍"。

临湖实验高中的顶级学神叶玄一却说，太过优秀的学神，在学习方法问题上反而经常不靠谱儿。

叶玄一伸懒腰，道："呵，今天时间比较宽裕，我就跟你们讲讲我经历过的一些故事吧。先来说说我和一些清北学长的交流情况，这都是往届考上清北的学生，其中还不乏全省前十或者竞赛一等奖保送的得主。

"第一个人是个数学奥赛一等奖保送北大的家伙。上学期学校组织的一次讲座请来的，好像是两届之前的本校学生。我们请他分享自己的学习方法，他一脸认真地说了这些话——"

"学习要讲究劳逸结合，不要一天到晚做题，该睡觉时睡觉，该放松玩游戏就玩游戏，该散步就散步，搞题海战术是没有意义的。你们也知道，高中的题型太多了，根本就不是题海战术能够应付得来的！"

"好吧，目前这些话好像还没什么太大问题吧？接着他又说——"

"题海战术不行，那么该怎么办呢？解决方法是，要多思考。要用大脑中的勤奋，代替手和笔的勤奋！"

"听起来简直更有道理了！最后他给出自己的方法——"

"我给大家分享一种方法。平时做题的时候，要多思考，与其匆匆忙忙地做一百道题，不如认真细致地做一道题。对这一道题，要思考透彻，不仅把题目表面的信息读懂，还要把题目背后的内涵读懂。用这种方法去深入理解题目，其实学习效率更高！一个单元的知识点，如果用题海战术，可能要做一千道题才行。而深入思考、挖掘题目背后隐藏的内涵，可能一个单元只用做十道题就行了！"

"我当时听得就蒙住了——什么方法这么厉害，一个单元只用做十道题？听起来有点儿道理，但总觉得太模糊了啊！"

卢标点点头："的确讲得很模糊，他所谓'挖掘题目背后隐藏的内涵'又是什么意思呢？这是关键点，没讲清楚。"

妖星道："就算挖掘出了内涵，一个单元也不止十种题型吧？这方法要是真存在，那比卢标的策略更厉害了，简直要上天！"

叶玄一白了妖星一眼，接着说："我当时就是这么想的，所以分享会完了以后追着这人问，问到最后才发现，其实他的真实意思是说，什么简单题都不用做，看完基础公式以后，直接做十道最难的本单元压轴题！他认为，只要把十种不同的最高难度压轴题都想通了，剩下的普通难题那就自然会做了，根本不是个事！所谓多动脑、多思考，就是多想想压轴题！"

卢标一脸无奈："这样太不靠谱儿了吧！缺乏基础直接做压轴题，正常人绝不能这样学啊！"

妖星也不可置信道："这人怕不是在开玩笑？"

叶玄一一拍桌子，嚷嚷道："我后来找好多圈内人打听了，才知道内幕——这货的智商水平测试有 168 分以上！超级天才！据说他很多基础题都不看，竞赛题直接上手，还经常自创公式！所以对普通高考题，才能一个单元只做十道压轴题就行了啊！才能跳过基础直接攻克压轴题啊！

"这种人，真是可恨啊！"

叶玄一拍着大腿，两手一摊，继续冲妖星和卢标两人吼道：

"你说他可恨不可恨？啊？

"什么废物学习方法？啊？

"怎么不考虑一下，他自己是因为智商 168 分才能这么干的？啊？

"你说他可不可恨？啊？

"你让我这种智商只有 150 多分的人怎么活得下去？啊？

"唉！总之把我气得啊，当时就很想打他！"

智商 150 多分……怎么活……

卢标只觉得心里咯噔一下，痛苦地闭上双眼，一巴掌拍在自己脑门儿上，然后徐徐撑开眼皮，扭头向妖星看去。只见妖星也满脸绝望地咽下一口唾沫，肌肉抽搐了一下，缓缓扭头看向卢标。两人相顾无言，各自默默点了点头，都心领神会了——我也很想打他……

不过细细想来，这样的心态何尝不能理解呢？原来在兰水二中实验班时，陈思敏、夏子萱、罗刻、修远等一众凡人，都把卢标当作天才一般看待，罗刻、修远等人甚至还因此心生嫉妒。而卢标看到叶玄一这样更天才的人，虽不至于嫉恨，但至少也是羡慕。而叶玄一遇到那顶峰上的神仙，同样是心中羡慕而又无奈啊！一层一层上去，人的心态总是一样的。

妖星和卢标两人勉强缓了口气，尚未重新找回活下去的勇气，叶玄一又开始讲他的第二个故事了：

"刚讲完了北大的，再跟你们讲一个清华学长的故事——这是我在一个网络论坛上认识的学长。这人呢，自称是个凡人，并没有多高智商，纯粹是靠努力和方法考上的清华。如此看来，他的方法应该是对我们很有参考价值的。

"然后他在论坛上讲述他的学习方法了。那就是——"

叶玄一拖长了尾音，吊足了卢标和妖星的胃口。

"传说中的，刷、题、大、法！"

卢标又愣住了——刷题大法？

叶玄一又解释道："所谓刷题大法，说穿了也就是——刷题。他声称，高中其实没多少题型，就那么点儿内容，只要你勤勤恳恳、心平气和地不断刷题，不要偷懒，每天各学科都做两张试卷，那么到高考的时候，所有可能出现的题型都做过至少三遍了，高考怎么可能考不好呢？

"所以他的结论就是，考不上清华就是因为刷题数量不够！解决方案就是，刷题！"

叶玄一看着卢标和妖星两人瞪大眼睛，诚恳地解释道："看我干吗？真的，我没骗你，他真是这么说的，也确实是清华的。你没听错，考上清华的人真的能说出这种蠢话！而且还很多人信，几千个点赞！"

妖星哼了一声，道："典型的'何不食肉糜'啊。所谓智商不高，仅仅是比顶级天才略逊一点儿，其实还是远超凡人，否则仅凭刷题哪里有用？每天能做几张试卷，这么快的速度，本身已经是天赋的证明了。

"更何况，高中生压力那么大，从来就不乏拼命、勤奋的人。大家都刷题，为什么其他人没有效果，就他有效？必然有其他因素，比如思维能力的强弱、学科知识的理解深度等。

"另外，所刷的题的质量也是关键因素。如何区分高质量的题和低质量的题？什么阶段该做什么样的题？去哪里找那么多高质量的题？都没讲。遇上不会做的、看不懂答案的题怎么办？或者，答案虽然给出来了，但不能理解其中内在规律怎么办？这又涉及师资力量的强弱了。

"恐怕还是因为他智商原本就很高，加上师资力量又好，直接就给了他充足的高质量题，并且要点讲解清晰，才能让他不用关注这诸多因素，只管低头刷题就行了吧！"

卢标也叹口气，道："其实我也有类似感触。之前看过很多清北学霸访谈、状元专访之类的资料，很多状元谈到最好的学习方法是认真听讲、紧跟老师步伐等，可这都是建立在他们师资力量强大、老师讲课的内容值得听的基础上，毕竟状元本就多出于名校、出于名师。但这种个体经验若是推广开就不行了，比如我去年在兰水二中这样的学校读书，老师讲课质量很平庸，认真听课，跟着老师走，是学不到顶尖水平的。可那些清、北学霸和状元，哪里想得到这一层呢？

"又如，很多状元提到专注学习，笼统地说应该要专注，却没考虑到，专注本身就是一种难得的能力，那些原本缺乏专注能力的学生又该怎么办呢？并没有什么切实的修正方法，这话只能沦为一句口号而已。"

妖星又问叶玄一："喂，你说的这几个有点儿极端了吧？不可能所有清北的学生都是这副德行吧？你们实验班每年都有好几拨清北学生返校回访、办讲座，那其他人呢？也没说什么有价值的内容吗？"

叶玄一摇摇头："还真没有！虽然其他人未必如上面两个案例那样奇怪，但也是场面话居多。上台讲半小时，要么讲讲故事，描述下大学的美好生活；要么说点儿心灵鸡汤，鼓励我们不要为难、不要放弃，一切都有可能。总之，基本上没有干货！"

妖星又问："哎，我听说上学期有个传奇案例来你们班做访谈了，有没有这回事？说是高二时成绩还不太好，高三一年涨了 150 分，逆袭进北大的！"

叶玄一冷笑道："有啊。"

"那他有没有说点儿管用的内容？"

卢标也惊道："涨分这么快？不正常啊，莫不是有什么猫儿腻？"

"你猜对了，就是有猫儿腻！"叶玄一愤愤道，"我一开始也很震惊怎么进步这么大，听他讲的内容又是一堆'鸡汤'，不断说自己的心路历程，完全没有实际价值。后来我找了学生会的熟人，向上几届的北大学长打听，才知道其中猫儿腻。

"这家伙原本就是个大神，别人一个小时想不出来的数学压轴题他都是像砍瓜切菜，几分钟随便搞定；英语单词一周就背了一千个，高一花了三个月，词汇量就超过大学六级水平了；至于物理、生物、地理等学科，一样是一周就学完人家一个月才掌握的内容，而且学得还更好！

"结果高二的时候他去搞物理竞赛去了,所有科目都不学了,一整年时间,数学、化学、生物、地理几个学科,连书都没翻开过。后来物理竞赛发挥失误只得了全国二等奖,强基计划没进,没办法就回来搞高考了。

"那时候都已经高二快期末考试了,于是他把所有学科一年没学的内容,半个月之内全部补上了。当然,欠得实在太多了,所以考了540分。但是你想想,人家一年的内容,他只学了半个月啊,就能考540分了!

"后来呢?后来高三随便学学就赶上来了啊!后来高考就考了690多分进了北大喽!再后来就假装自己很励志,什么一年逆袭150分到处吹喽!还假装什么励志导师,声称自己资质平庸,靠着勤奋、努力和正确的方法奇迹般逆袭。呸,纯粹不要脸!"

叶玄一愤愤然道。卢标和妖星继续保持无语状态……

一阵尴尬的沉默之后,卢标又问道:"好吧,那些清北的学长分享,要么掺杂了'何不食肉糜'的无知,要么限于时间无法铺叙,只能讲一些心灵鸡汤。不过,你们班上的其他人呢?这些人都是日常待在身边的、长时间接触的人,不仅知道底细真假,而且有充足的时间慢慢交流有价值的细节,你怎么不找他们问学习策略呢?"

叶玄一迅速又摇了摇头。

"怎么,竞争太激烈,相互保密吗?"妖星问道。

"这个嘛,当然也是其中一部分。不过更主要的是……"

"是什么?"

"唉,怎么说呢?"叶玄一叹口气,"你们觉得我这个人怎么样?是不是觉得我说话又直,口气又冲,还急躁,情绪又容易激动,总之是不太正常的一个人?"

"呃,这个嘛……"卢标有点儿尴尬,"其实也没那么夸张……"

妖星立刻补道:"不过基本上是这个意思……"

叶玄一拍桌子,嚷道:"我告诉你,就我这个样子,在实验班里面已经算是最正常的一个了!"

"啊?"

"当然,不正常的主要是前面十几名,后面三十几个还好,但是前十几名对班级的氛围影响太大了!你们总以为,实验班里面有很多大神是吧?我告诉你,我们这届实验班里最多的不是神,而是——神、经、病!"

第二十九章

实验班的学神（神经病）

神经病有两种：一种是真的神经病；另一种是神，看起来有病，但凡人们不敢指手画脚，反而只能称赞那是天才们不为俗人所理解的怪癖。

毕竟，实力决定一切。

然而，正是由于实力决定一切，所以对凡人们只能惊叹为怪癖天才的人物，身为年级第一大神的叶玄一却能够带着蔑视的口吻评价为"无他，唯神经病耳"。

"比如高方全，曾经对我排名威胁比较大的一个人，最高一次考了年级第二，平时也总在前十。关键是，他学起来很轻松，每天看起来一副心不在焉的样子，上课也不知道有没有认真听讲，作业也不怎么做，发下去的试卷，要么空白不做，要么就只做一道题——一般是压轴题。但成绩就是一直很好。这人千相应该记得吧？"

"啊？好像没啥印象。"

"哎，这么有特色的一个人怎么可能没印象呢？就是那个秃头啊！"

"哦，那个光头啊！记起来了，我第一次见他的时候，还以为他是得病后化疗掉头发了！"

"对，就那个。上学期他考第二那次，班级组织经验分享会，让前三名上台讲。虽然我是第一，但说实话，大家对他的兴趣更大，更想知道他有没有什么隐秘的学习方法。毕竟我每天都在做题大家是看得见的，但他每天浑浑噩噩、目光呆滞，居然就第二名了？连我都很想知道他是怎么学的。"

"真要有秘诀的话，未必肯说出来。"妖星随意插嘴道。

叶玄一瞟了妖星一眼，不屑道："要是这么简单，那就只是个有私心的普通人，不叫神经病了。你分析人的那一套，只对正常人有用，对他根本无效。"

"哦？那他是怎么说的？"妖星来了兴致。毕竟封号妖星，而妖与神不过一墙之隔，神与神经病也是同一大类下的不同细分，所以妖星与神经病可以说是"邻居的邻居"——还是"邻居"了。

（背景音乐：Hero Society）

叶玄一深吸一口气，语气变得深沉起来："那天我讲完学习经验以后，台下象征性地鼓了会儿掌，所有目光都集中到他身上了。他先是一脸呆滞地讲了些学习动机之类的问题，说什么学习并没有太多功利的目的，自己是兴趣使然学习着……"

"哦？"卢标轻声道，"在学习的动机分类中，由于对知识本身的热爱而学习，倒是很优秀的一类学习动机，历史上的大科学家们多是此类型……"

"……后来班里同学都表示没兴趣，学习兴趣之类的东西太虚了。主持学习经验交流会的班长也提出来想要他讲一点儿具体的内容，比如如何学习数学、如何高效背英语之类的。然而他一点儿面子都不给，像完全没听到一样，继续说什么学习是自己的兴趣之类的。"

"后来，我实在忍不下去了，打断他，说你平时一副呆滞、懒散的模样，到底哪来的这么好的成绩？到底有什么真正的秘诀？"

"他忽然安静下来，瞟了我一眼，呆滞的神情突然转变了，目光炯炯有神，就连声音都变得深沉而大气起来，透露出神秘的霸气！"

答案将要揭晓了！叶玄一口中所谓的神经病，实际是隐藏大神的高方全，真正使其强大的秘诀，要在这里说出来了吗？妖星和卢标暗自握紧拳头，屏息静听。

叶玄一边说边回忆起当时的场景。

那时高方全身着长款风衣，微微皱着眉，斜眼瞟向叶玄一，看看班长，又看看全班其他同学，嘴角突然扬起一丝微笑。那微笑里蕴藏着强烈的自信，又升华为强者所特有的傲气。

"哼，叶玄一，连你也想知道吗？其他人也都给我听好了，我之所以强大，是因为实力不是凭空而来的，秘诀关键在于坚持执行艰苦的做题计划！"

做题？全场震惊！不是精妙的思维方式，也不是高深的学习方法，而是通过最朴素的做题得来顶尖成绩？那么看似朴素的做题之中必有玄机！那到底是怎样的做题方法？！

"听好了，叶玄一，还有其他人！贵在坚持！不管有多少艰苦！我从初一开始进行做题训练，花了三年才练到这个境界。"

"每天做数学压轴题一道！抄写本单元物理公式一遍！背英语课文一篇！再就是历史大事年表，每天坚持默写一次！"

"当然，午睡也不能少，早上大声朗读文言文，重点在于磨炼记忆力。夏天、冬天都不能赖床是首要之法。"

"刚开始痛苦得要死，恨不得想休息一天，但是想要成为强大的学神，不管多么痛苦、难受，都要坚持每天做题，做到极致！就算单词总是忘记也要把英语课文全文背下来；就算熬夜到凌晨 2 点、熬到掉头发也要继续做题！

"一年半之后，我注意到了大脑的变化——

"我变秃了，也变强了。

"也就是说，要以不惜秃顶的气势拼死做题、锻炼自己，这就是提高成绩的唯一方法！不用说什么学习方法、秘诀，在那里瞎胡闹的你们，绝对无法达到我的境界！靠做题变强，这才是学神的强大之处！"

全班同学："……"

叶玄一："……"

班长："……"

班长垂下的头逐渐昂起，声音也由隐忍而变得愤怒，乃至嘶哑起来："高方全……你真是……不要开玩笑了！那只是很普通的学习方式！而且题量也不大，属于正常水平！我们可都是很想提高成绩，不是来听你说笑话的！你的成绩水平，绝对不是靠这种做题方式就能达到的！"

高方全一脸诧异："啊？是吗？不过其他的好像也没有什么了吧？"

卢标："……"

妖星："……"

果然是……神经病啊……

妖星和卢标听完叶玄一的讲述，各自无语了好一阵子。

叶玄一叹口气，道："这人强大的秘密，至今没人知道，可能就是天赋吧。不过似乎也不太稳定，后来几次考试波动比较大，再没有进过前五名了，一般在六到十名徘徊。由于没能稳定在前五，所以至今也没有封号。后来又有一次，我偶然听到他跟人闲聊时，说自己并不是顶级学神，他初中曾经去文兴市竞赛集训的时候，遇到过一个真正的学神，他的很多学习行为，就是在模仿那个人而已。

"那个人是跨级参加竞赛培训的，初一就参加初三的竞赛！而且同时参加数学、物理、化学、英语和作文竞赛，全部一等奖，是史无前例的学神！那人从小学四年级开始就有封号了，据说是由于不管是多难学的新知识、新题型，乃至竞赛内容，都只要看一道例题就会做了，所以，封号是'一题学神'！"

"……"妖星无语地看着叶玄一，总感觉哪里有点儿不对劲。

"道听途说来的东西就不多说了。总之，班里面其他高手也没有什么正经的方法能够分享，前十五名更是分为几个小团体，相互盯防、保密，所以想跟你聊一聊。卢标，不知道我能不能从你那里学到点儿什么？据妖星说，你比较大气，乐于分享。"叶玄一直视卢标。

卢标向来心胸宽广，没有藏私的习惯，与人交流些学习心得、体会不在话下："可以是可以，不过你各学科都逼近巅峰，普通学习策略对你可能没有太大意义吧？既然你唯一的弱点就是语文，今天可以先给你讲一讲提高作文能力的基本模型吧。"

"哦？可以。作文的确是我最明显的弱点了。不知你有什么方法？"

论语文作文水平，其实妖星也不差，偶尔能拿到55分以上的高分。不过妖星的作文水平并不稳定，大约是风格太过"妖艳"，立意的时候经常剑走偏锋，所以受到改卷老师的主观判断影响较大，分数时高时低。比如，有一次考试，作文的主题为"如何面对两难选择"，一般人都是写"面对两难坚守本心""勇敢面对两难"等常规立意，而妖星的立意却是"宽容"——号召作为旁观者的人不要对面临两难的人指手画脚，更不要给他人制造两难局面。这种特殊的立意引起了老师的争执，一位老师认为略显偏题，给了46分，另一位老师却认为独出心裁、观念新颖，给了54分——最终折中一下给了52分。虽然这次考试分数挺高，但毕竟在改卷上还是有风险的，下一次就没那么好运，变成低分了。

而卢标就不一样了，每一次都稳定在50分以上，从没失误过，甚至有一半的考试作文都是55分以上的高分！叶玄一最弱的作文，反而正是卢标的最强项。卢标的作文妖星曾看过几篇，虽然也觉得写得好，但也只是看到了写完之后的结果，至于卢标具体怎么构思，应用了什么作文方法，妖星并不清楚。

而语文作文，按常规理解，又是个最靠积累、靠素养的考试项目，理论上是不可能速成的吧？没有积累过很多的诗词、文言，怎么会有优美的文笔？没有对天下大事的长期关注和深入思考，怎么会有高明的立意？没有长期背诵各种名人大事、经典案例，哪里来的写作素材？卢标真的能够教会叶玄一某种奇特的写作方法，让他立刻有所提升吗？还是只能抽象地提一些"多积累、多看范文"之类的空洞劝告？

所以，妖星对卢标的作文方法也十分感兴趣，不由得盯住卢标。

卢标调整了一下坐姿，道："影响作文得分的要素有很多，一时之间无法讲全，很多也不太好操作。如果你平时44分左右的话，我觉得有两个技巧值得你重点关注一下。第一个是立意，第二个是标题。

"通过作文立意的一种简单、易用的思维模型，让你的立意在常规立意上提升一点儿高度，提到一类卷的起点上。然后再加上一些特殊的取标题技巧，给老师留下比较好的开篇印象，争取一些额外分。这两点若做好了，说不定能够长期稳定在50分以上。"

"哦？平均提升6~7分？对于他这个分数段来说，6~7分的提升空间可是相当宝贵的呢。"妖星插嘴道，"洗耳恭听了！"

"那就先来讲一讲，最简单的作文立意模型吧！"

第三十章

最简作文模型

作文教学，是高中语文教学的重点，也是难点。在很多重点高中里，数学、英语、物理、地理等科目的名师，往往能够把课程教到相当精细而高水平的境界，但作文教学却比较难。很多老师要么讲不清楚，要么光是听着精彩，但学生受益并不多，实际作文分数上不去。

第一个原因在于，从初中作文的记叙文到高中作文的议论文，跨度太大，而学生的积累又非常欠缺。初中写记叙文，学校训练也全部围绕着记叙文进行，学生平时的阅读中也没有特别留意议论文相关的内容。没有积累像样的素材、像样的观点和对世界的理解，更别提高端的写作思路。什么积累都没有的情况下，光是老师讲解又有什么用呢？

第二个原因在于，部分老师自己对于议论文写作的把握也是不到位的。这又有两个来源：第一是老师本身功力的问题；第二则是习惯的问题。中国高考作文经历过非常大的改革，改革前后，出题风格、判卷标准的差别有如天上地下，这当然也会影响到老师自身对作文的理解，以及老师的讲课方式。

作文改革之前，高考作文看重学生的文采，遣词造句能力强的学生占绝对优势。如果能频繁引用古诗词、文言文，名人名言张口就来，那就一定得高分。再进一步，如果能够添加对仗、对偶的手法，通篇的排比句看起来文辞优美、气势如虹，宛如骈体文，那简直就要往满分靠近了。实际上，历年来的高考满分作文中，大部分就是这种通篇对仗，从第一句排比到最后一句的文章，人们称为超越了记叙、说明、议论的新世纪创新文体——"排山倒海体"。

这种"排山倒海体"的文章流行了长达十几年之久，影响面极广，不仅影响学生，更影响老师。毕竟学生学这样的文体只学三年，而老师却被浸沉十几年之久，早已形成深刻的思维习惯，乃至价值判断了。从自身理解到日常作文训练模式，都围绕这类"排山倒海体"文章进行。

然而这类文体，本就是应试教育下的畸形产物，本身没有任何应用价值。因为追求文辞优美和诗词引用，追求排比、对仗的修辞手法，导致学生完全忽视了作文当中应当包含的思想和价值观，写出来的文章除了文辞优美，几乎一无是处、逻辑不通、思想肤浅，被社会媒体广泛批评为"废物文章"。

批评得久了，教育界自然要改。2014—2016年，各省市和全国卷的作文陆续改革，判卷标准开始大幅削弱文采的重要性，提升思想深度对文章的影响力，并兼顾学生对社会热点的理解。出题方向也随之大改，从只给主题词，让学生随意联想发挥的形式，转变为根据思辨性，引导学生讨论哲学、心理、世界观、价值观或者社会时事热点——往往是国家趋势变化——的题目。这样的作文改革，普遍被认为是成功的、早就该进行的。

然而作文出题风向和判卷标准可以在一两年之内快速改变，沉淀了十几年的教师理解、教学风格和教学体系却不能快速扭转。现在老师们都知道写作文不能空洞地堆积辞藻了，要有思想深度。可是如何达成思想深度呢？很多老师并不知道，也没有对应的教学训练体系，只能凭空要求学生"要有思维深度"。

更何况，思维能力的训练和培养，也并不应该完全堆积在高中进行。从教育学逻辑上看，小学和初中是比高中更宝贵的教育时间，故思维能力的培养，最高效的时间也是在小学、初中。然而小学、初中并没有着重培养学生的思维能力——既没有泛思维能力培养，也没有在作文上进行专项思维能力培养——到了高中以后就突然要求学生在作文上表现出很好的思维能力。天方夜谭。

至于为什么小学、初中的老师们不给学生做思维训练？高中老师做不好的事情，中小学老师一样不知道怎么做。

这也是叶玄一在全方位优秀之时仍留下了作文漏洞的重要原因。他初中老师并不懂得如何训练作文思维，也从来不知道如何把作文写得深刻。等到了高中，恰好实验班的各科老师里，语文老师偏偏是实力最弱的——一名50多岁，自己尚未走出"排山倒海体"阴影的妇女。老教师在年轻时被浸沉了将近二十年的"排山倒海体"，要她改过来，实在太难了。如今作文进入了思维至上的时代，她能做的就是劝学生"多想想""思想要深刻"，却并不知道如何进行配套训练。

现在，老师们尚不能完成的重要任务，居然要落到卢标身上了。

叶玄一返回班级拿来纸笔和几次考试的语文试卷，卢标也做好了开讲的准备。

"今天时间有限，而作文又是个太过复杂的内容，所以我今天要讲的这个作文模型，是一个最简单、最基础的模型，你应该能够快速学会、学完即用。后续更复杂的模型，你要有兴趣的话以后慢慢探索吧。这个模型叫作——WPS模型。"

"WPS？"妖星插道，"我平时还是用传统的Office比较多吧。"

"……不是 WPS 文字处理软件。"卢标无语道,"是指 What-Problem-Solution 模型。意思是写作文的时候,先写 What——你的基本观点是什么;再写 Problem——在基本观点中有什么隐藏的问题;最后写 Solution——你对这个问题的思考和解决方案。

"通过这三个写作维度,能够让你的立意看起来比常人深刻一点儿!"

"有点儿抽象,没看出来怎么深刻了。来几道真题试试吧。"叶玄一抽出一张试卷,翻到作文要求页:

阅读下面的文字,根据要求作文。

"斜杠青年"的定义是:他们不满单一职业和身份的束缚,而是选择一种能够拥有多重职业和多重身份的多元生活。

对此,有人说,这无疑是现代社会发展的必然趋势:一是现在年轻人兴趣广泛,有从事多种职业的技能;二是他们有生活压力,多一份职业就多一份收入。有人反对,称现在不少企事业单位不愿意员工从事本职外的职业,如果让领导知道,被炒鱿鱼都不无可能。用人单位认为,只要不影响本职工作,单位是不会干涉的;专家认为,选择从事多种职业能不断激发人的创造性和学习性,同时,还能扩大社交圈。

请根据材料,从你自己的认识角度,选择其中的一个方面,阐述你的看法和理由。要求:选好角度,确定立意,明确文体,自拟标题,不要套取他人成果,不得抄袭,不得泄露个人信息。

卢标看了一眼题目,问道:"你是怎么立意的?"

叶玄一撇撇嘴:"这种题目,立意分两边,随意选一边就好了。当时想不出来什么好的立意,就随便选了支持'斜杠青年'的一边。因为我记得曾经看过一点儿资料,说多元文化比较容易促进创新之类的。考场上想到了这一点,感觉可以用来当论据,就选了支持'斜杠青年'一边。"

卢标听罢一笑:"哈哈,结果怎样?"

"怎样? 45 分喽。"

"你是典型地搞反了写作流程,立意没想好的情况下,被零散的素材、论据'绑架'了论点。实际上应该是先有论点,再考虑论据的。当然,有不少同学平时积累的素材太少了,想不出什么好的案例素材和论据,就很容易出现素材'绑架'论点的情况。"

叶玄一耸耸肩,表示确实没积累过什么作文素材。

"素材积累的问题我们今天先不说,今天先说的是,如何在积累有限的情况下,强行用思维模型打开思路,强行找到更深刻的立意。这里只有考卷,没有答题卡、作文纸，你说下你的具体立意吧。"

叶玄一回忆道："立意很简略啊，中心论点是支持'斜杠青年'的生活方式，原因写成三个分论点。第一，多种工作和身份会让人生活更有趣味性、更快乐和幸福；第二，接触到的多元环境能够激发人的创造力；第三，这是时代发展的趋势，存在即是合理……"

"第三个分论点弱了。"妖星插嘴道。

叶玄一又耸耸肩，道："写完前两个论点只有600字，立刻结尾的话字数不够，只能临时再凑一个……"

卢标有点儿哭笑不得了，想不到总分年级第一的巅峰学神，居然在作文上还停留在字数不够的初级阶段。

"你应该是用典型的数理思维在写作文，只考虑最简逻辑，而没有想到如何衍生。感觉题目在问什么，就直接答什么，就像数学题一样，只要把题目解出来了，思路越简略越好。不过语文作文也这样的话，会出问题的……"

叶玄一微微一愣，道："是啊，好像之前没有意识到这个问题。我这是完全用数学的习惯在写作文，一切追求最简啊！怪不得经常不够字数。嗯，先不说这些了，用你的WPS模型怎么办？"

"可以直接在你的原始立意上改进。开头先不说，你的三个分论点，去掉第三个，把前两个合起来作为第一部分——这是模型当中的'What'部分。'What'的内涵比较宽泛，指你针对题目想要表达的基本观点。在这种论点需要你站队的二选一题目中，经常就是其中某一边的观点。"

"嗯，然后呢？"

"然后就是'P'的部分，Problem——提出一个问题。你觉得做一个'斜杠青年'是完美的吗？没有任何缺点吗？"

"当然不是啦！"

"比如说有什么不好的？说几个出来。"

"很多啊！"叶玄一随口道，"比如题目当中就说了啊，有些公司严禁这种做法啊。再如同时做几件事情，很有可能每一种都做不好啊！"

"很好。这两个问题，你觉得哪一个更深刻、更有意义一些，值得被写在作文当中？"

"当然是第二个问题，第一个是规章制度没什么好讨论的。"

"好的，这就是模型当中的'Problem'部分，一般作为一个过渡段写出来，明确提出矛盾和问题。"

"嗯？好像有点儿明白了……"妖星喃喃道。妖星作文基础原本不弱，听到这里，他已经明白这个模型的奥妙之处了。

"哦，最后再提出'Solution'，单独构成一个大段对吧？"叶玄一道。

"没错。现在你想一想，对于刚才提出的问题——'斜杠青年'多方面分散精力，导致各个职业内容都不精通——有没有什么解决方案？"

叶玄一略作思考，道："我觉得不难解决。第一，选兼职的时候，尽量选自己感兴趣的工作，感兴趣的内容就比较容易做好；第二，可以找一些跟主职有关系的兼职，这样不仅不会太分散精力，反而可能对主职有所提高。比如，主业是平面设计，兼职做个插画师；主业是语文老师，兼职可以做个自媒体写手。"

"嗯，这几个解决方案不错，举例也合理。总的来说就是，要想不出现分散精力、技能不精通的问题，找兼职就不要乱找，而要——怎么样？"卢标循循善诱。

"要做好职业规划喽！"叶玄一快速应道。

"好的！所以综合一下，根据WPS模型，改进版的作文立意如下——

"总论点，支持'斜杠青年'的生活方式。

"第一部分，支持斜杠生活方式的原因。原因一，使人生活丰富、快乐；原因二，多元环境激发活力、促进创造性思维。这是基础的'W'部分。

"第二部分是过渡部分，明确提出问题，斜杠生活方式可能造成业务不精的困扰。这是'P'部分。

"第三部分，给出问题的解决方案。不是随便找兼职，而是在有明确、合理的职业规划的前提下找兼职。具体来说，第一，尽量选感兴趣的工作，更容易做好；第二，主业和副业联动，相互促进。

"最后结尾，再次表明支持斜杠生活方式，强调要建立在合理的职业规划与自我规划的基础上。

"你对着这个作文框架看一看，有没有觉得比之前'因为生活快乐和促进创造性思维，所以要支持"斜杠青年"'的简陋立意，明显更深刻了一层？"

"卢标，你可真有两下子啊！"妖星立刻回忆起，卢标有几次作文就是按照这个模板写的。

叶玄一看着卢标在纸上画的结构图，喃喃道："明白了。WPS模型的写法，明显更深刻了。如果真是这么写，肯定就上50分了，甚至54分都有可能。

"这种模型的妙处，首先是加强了思想深度。同样是论证一个论点，简单提出支持就显得浅显而单薄了，但提出一个不利于论点的问题后，再去解决这个问题，就更加突出了论点的可靠性，也显得你的思考更加深刻和细致了。

"同时按照这个明确的模型走，也大幅节省了思考的时间，降低了很多思考难度，就像是记住了数学题的一个解题套路一样，碰到类似的题就可以秒解了。如此看来，语文作文的WPS模型，基本可以秒杀所有作文题目了啊！"

叶玄一抬起头看向卢标，嘴角露出一丝微笑："卢标，你帮我解决了一个大问题呢。"

拾到一张秘籍碎片

作文立意法之 WPS 模板

卢标笑道："要不要再找几道真题练习下？"

"不用了吧？我已经完全理解了。"叶玄一顿了顿，又道，"不过练习下也没什么害处。"随即又从试卷之中抽出一张。只见作文要求是：

阅读下面的材料，根据要求写一篇不少于 800 字的文章。（60 分）

"卡地亚""赛纳维""罗托鲁拉小镇""卡布奇诺""普罗旺斯""地中海""亚特兰蒂斯"，这样的地名并非位于大洋彼岸，而就在我们身边。当前我国城市的新街道和新建筑，特别偏爱"洋名称"，导致了古老、传统地名的消亡和具有民族特色地名的弱化。为此，央视《焦点访谈》和《人民日报》等多家媒体对"地名洋化"现象层出不穷给予了批评。网友们也议论纷纷，有人说："老地名承载着古老文化，记载着古代的地理人文，是祖先留给我们的宝贵财富，是我们的根，绝不能被洋化。"也有人说："放着本国、本民族的名称不用，乱用一些外国的名字，这是崇洋媚外。"还有人说："这不算什么，与时俱进，与国际接轨，何必抱残守缺呢。"……

对于地名洋化，你有怎样的思考？请综合材料内容及含义作文，表明你的态度，阐述你的看法。

要求：选好角度，确定立意，明确文体，自拟题目，不要脱离材料内容和含义作文，不得套取他人成果，不得抄袭。

叶玄一几乎是脱口而出："原来我的立意是二选一了，选择了反对洋名称，分论点首先表明这种现象是对民族文化的不尊重，是崇洋媚外的心理；其次用中国传统文化和民族特色来命名也可以很优美、很有韵味；最后呼吁复兴传统文化。

"这样写立意平庸，当时考场上我就知道大家都会这么写，肯定得不了高分。后来分数出来是 46 分，也确实不高。

"如果用 WPS 模型加工一下，可以提出后续问题——对旧文化抱残守缺是不好的，而坚持民族特色又是有必要的，如何对两者做区分呢？

"接着可以解答——对于表明自我身份的民族特色和文化传统，应该进行坚持；对于有益的先进科技与文化则应保持开放。举例也很容易，比如民主与法治、尊重与平等应当开放和学习，而洋名字、洋节日则没有引进的必要。

"这样的框架写下来，至少比原来多个 5~6 分吧！"

卢标点点头："不愧是年级第一的学神，理解得很快。立意有了提升，如果再加上一点儿标题技巧，还可以额外再加几分呢，有没有兴趣了解下？"

第三十一章

作文标题的技巧

　　议论文的标题，一般都是直接表明自己的论点。如果论点很平凡，那么表明论点的标题也往往平凡；如果论点不平凡，则表明论点的标题基本上——

　　还是很平凡。

　　为了让标题不平凡，往往需要用到化用诗词、对偶等方式，但这需要很多的创意或者积累。从某种角度来说，两者其实是一回事，没有平日的积累，考场上怎能突然灵感爆发想到一个好标题呢？

　　而叶玄一缺的，正是积累。

　　让他回去慢慢积累是最常见的方法，也是老师们的一贯态度。然而妖星很想看看，卢标到底有没有什么方法，能够跳过积累这一步，直接起到化腐朽为神奇的效果。

　　"我将要讲的这种标题方法，根据我的测试，平均能增加 3~4 分。不过只对中上分数段有用。太差的文章，改卷老师可能因为文章质量低下而直接忽略掉标题那点儿锦上添花的作用。44 分以上的文章，大部分有效果。

　　"这种方法操作起来也很简单，以你的能力，应该今天就能学会了。"卢标一边说一边整理桌上的纸笔，准备动手演示了。

　　叶玄一忽然问道："你说作文标题的影响能有几分呢？真的有 3~4 分吗？夸张了吧？"

　　看得出来，他是在疑惑标题技巧的意义。于是卢标反问："你觉得影响几分？"

　　"顶多 1~2 分吧。"叶玄一道。

　　卢标摇摇头，道："比你想象的要多得多。理论上标题只值 2 分左右，但实际操作中，由于高考改卷人工操作的特性，标题的作用会在很多时候被急剧放大，好标题给文章提高 3~4 分并不罕见，甚至更多都有可能。

　　"你换位思考一下改卷老师的状态。

　　"一名改卷老师每天改几百张试卷。类似的标题他一天能够重复看五百次，你觉得他在这一天末尾的心情如何？会不会很崩溃？

"高考阅卷老师,总共需要阅卷好几千份,其中 90% 的标题是类似的,你觉得他看过几千个类似的标题之后,心情如何?会不会已经崩溃了十八次了?

"比如,作文主题是'奋斗',老师连续看五百个题目全是《奋斗的意义》《人生需要奋斗》《奋斗成就人生》《奋斗成就未来》……

"这个时候,他看到你的作文。原本你的作文正常分数应该是 48 分,如果你再来一个标题《不断奋斗,成就人生》,也许就成为压死骆驼的最后一根稻草了——老师终于崩溃了,内心深处一顿怒吼:'你们这帮浑蛋就不能换个标题吗!'然后心一狠,多扣 4 分,给了个 44 分。

"然而,假设你学过我的标题技巧,灵机一动,标题改成《不灭的火焰》。老师会怎么想?肯定是眼前一亮,内心无比激动:'将奋斗不息的人生态度,比喻成不灭的火焰,太好了!终于看见一个不一样的标题了!'然后一高兴,多给 4 分,打个 52 分。完全有这种可能吧。

"44 分到 52 分,8 分差距出来了。

"哪怕没有这么碰巧、运气好,一般来说,标题好不好,至少要有 3~4 分的差别。关键是,这 3~4 分,你只需要听我讲 10 分钟立刻就能掌握了,性价比极高。"

原来如此!于是叶玄一和妖星两人凝神静听,不敢错过。

"我要讲的这种作文标题优化方法叫作——象征法。

"先说明一下,这里的象征,泛指比喻和象征两种手法。在修辞手法当中,比喻和象征是两种不同的东西。但是在我这里,它们合起来作为同一种取标题的方法。我们要把比喻和象征,提取出一种共性出来。它们的本质都是用一个东西来代表另一个东西。我会有时候说比喻,有时候说象征,但你要知道,在我这里它们是同一个意思。

"具体的方法就是,把你标题中想要表达出来的意思,使用象征的手法进行加工修饰,再表达出来并作为标题。"

标题中使用象征?叶玄一反应稍慢,妖星语文基础不弱,立刻有所觉悟。

"来看这张试卷的作文。"卢标从叶玄一的一堆试卷中抽出一张。

作文:(60 分)

随着现代社会的发展,人们的生活内容更容易进入大众视野,评价他人生活变得越来越常见,这些评价对个人和社会的影响也越来越大。人们对"评价他人的生活"这种现象的看法不尽相同。请写一篇文章,谈谈你对这种现象的思考。

要求:(1)自拟题目;(2)不少于 800 字。

"你的标题是《不要被别人的评价左右》……"

叶玄一耸耸肩:"最俗的立意,最俗的标题。"

"好,我们就在这个原始标题的基础上进行加工、升级。思考下,别人的评价,这个东西,我能不能给它找一个比喻呢?它像什么事物?或者是,我用什么东西来象征它?"

妖星低头思索,叶玄一随意道:"如果是别人评价我嘛,叽叽喳喳的,听着很烦,感觉像鸟叫。"

卢标于是道:"很好!如果用鸟鸣来象征别人的评价,那么用什么来象征'你的内心安宁、不为所动'的状态呢?"

这个状态比较抽象,叶玄一不精通语文之道,一时愣住了,倒是妖星突然看向叶玄一,愣愣道:"安谷……"

"安谷?"叶玄一也愣住了,盯着妖星。

"呃,我是说,用安静的山谷来象征这种内心安宁的状态……"妖星赶紧解释道。

"很好!这样,题目中的两个事物都有象征了,把这两个象征用某种方式组合起来就好了。一个鸟叫声,另一个山谷,组合在一起可以是——"卢标拖长了声音,等待叶玄一和妖星给出答案,两个人却愣在那里,仿佛心不在焉一般。

卢标见两个人没有反应,以为都未想出优秀的标题,于是自己答道:"标题可以是——《鸟鸣山更幽》!"

"《鸟鸣山更幽》……"妖星忽然回过神来,"《鸟鸣山更幽》!妙啊!这个题目,绝了!"

叶玄一也回过神来,瞪大眼睛:"鸟鸣象征评价,山幽象征内心安宁,又引用一句古诗表明论点。真是高手啊!从没想过作文标题居然还可以这样起,今天真是长见识了!"

妖星又道:"其实我刚才想到了另一个象征。那一次考试作文我的立意是,他人的评价会干扰自己的心智,妨碍自己的思考,让自己陷入混乱、迷茫,此时要有独立思考的精神,更清晰地看待世界。我原来的标题是《独立思考的人》。

"这个立意用象征来处理的话,他人的评价让自己陷入混乱、迷茫,可以用迷雾、浮云遮眼来象征。而自己要有独立思考的精神,则是不要没入云雾之中,而是站在比云雾更高的山峰处看清楚。综合起来题目可以是——《穿越迷雾的山巅》!

"这样的标题明显好多了,估计能拿到55分以上!"

卢标点点头:"这个象征也不错。顺便说一句,象征法有一个必要条件,就是作文基础不能太弱,尤其是绝对不能有偏题嫌疑。象征法与直接表意相比,本来就略为隐晦、含蓄,如果原本的立意有离题的嫌疑,那么象征过后的标题就会显得更加离题了。

所以文章不能离题是必要条件。不过对于你来说应该不难，我只是随口一提。"

叶玄一点点头，然后主动拈起一张试卷："来看看这篇作文！"看着妖星瞬间掌握新技能，叶玄一自然按捺不住，主动加练。

阅读下面文字，根据要求作文。

有位作家说，人要读三本大书：一本是"有字之书"，一本是"无字之书"，还有一本是"心灵之书"。对此你有什么思考？写一篇文章，对作家的看法加以评说。

注意：①题目自拟；②不得少于800字；③不得抄袭、套取他人成果。

"这篇作文我原来的标题是《阅读成就人生》……嗯，真是俗啊。这个叫什么？'曾经沧海难为水，除却巫山不是云'吧？见识到高级的标题方法后，原来的差标题自己都看不下去了！我想想怎么改……

"题目中的书的意思大概是人生境界吧，拿什么象征人生境界？山？所以标题是《三座山峰》？好！就这么取标题，比原来那个好多了！"

看来叶玄一也在快速掌握技能了。

叶玄一不断翻阅着一摞语文试卷，不再理睬卢标和妖星，自顾自地练习，应用象征手法优化原来的作文标题，完全沉浸在自己的世界里。卢标在一旁看着，心中感慨：好强的专注力！突然就进入状态了，完全无视他人。

"这篇作文的主题是信念，天哪，《信念铸就人生》，好俗，当初水平真差。象征……不动摇……石头？磐石？对了！题目就叫《坚若磐石的力量》。

"不动摇……或者是'锚'？标题改成《大浪滔天，信念为锚》！这个肯定高分……

"天哪，取标题这么容易？"

一瞬间，叶玄一就从凡俗标题的境界跨越到优秀标题随便取——还不止一个——的境界了。

妖星插嘴道："这篇作文我想到的标题是《竹韧风狂》！'竹韧'象征信念的力量，'风狂'象征人生的挑战。这个象征标题应该也很容易拿高分。"

叶玄一听罢瞟了妖星一眼，快速在作文题目旁边写下《坚若磐石的力量》《大浪滔天，信念为锚》《竹韧风狂》三个标题，并不说话，快速再去翻阅其他试卷。卢标又想：叶玄一一边自己快速思考，一边还能兼顾着吸纳其他人的想法，并且完成后瞬间再返回自己的思考中，切换速度之快真是让人震惊。好强的脑力！

生活中，人们不仅关注自身的需要，还时常渴望被他人需要，以体现自己的价值。这种"被需要"的心态普遍存在,对此你有怎样的认识?请写一篇文章,谈谈你的思考。

要求:(1)自拟题目;(2)不少于800字。

一阵疯狂翻阅后,叶玄一手上只剩最后一张试卷的最后一篇作文:"这么抽象的东西,怎么象征呢?"叶玄一终于慢了下来,边上的卢标和千相也跟着一起思考。

叶玄一的原始标题是《被需要的意义》——一个平淡无奇的标题。妖星还记得自己那次考试的作文标题是《彼此需要》,也不算太好。

这个题目本身难度较高,标题自然也难取。叶玄一停了两分钟之久,终于喃喃道:"被需要……关爱、温暖……阳光……阳光?唔,有了!《冬季里等待阳光》!"

"很有诗意。"卢标赞道。

妖星道:"我想到的题目是《金字塔的顶端》。嗯,这个题目又是个涨分题目了。"

"立意引用的是马斯洛的需求层次理论?"卢标问道,"这个联想很不错。"

一摞作文试卷的十几篇作文全部处理完毕,新学的技能立刻练习、立刻掌握,果然是学神风范!

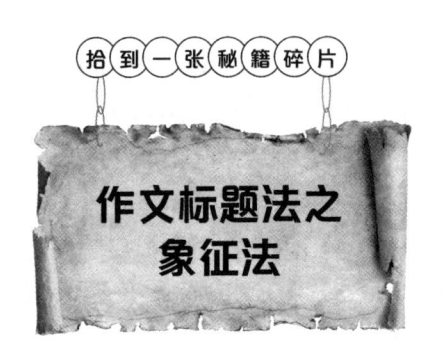

拾到一张秘籍碎片

作文标题法之象征法

叶玄一伸个懒腰,深吸一口气道:"不错,今天收获不少。多谢你了,卢标。改天请你吃饭吧!"

卢标刚准备说"好啊",不料一旁妖星却抢道:"不用!吃饭算什么?没兴趣。拿点儿其他东西来换吧。"

"哦?你想要什么?"叶玄一瞟了妖星一眼,卢标也好奇地看着妖星。显然,之前妖星并没有与他商量什么。

妖星斜靠在桌子上,看着叶玄一道:"教你作文立意,又教你优化标题,今天一天之内你起码要涨10分吧!对于你这个分数段来说,10分的价值岂是几顿饭能比的?拿点儿有价值的内容来换吧!"

妖星的嘴角露出不怀好意的笑容。

第三十二章

机密交易

当妖星露出诡异笑容的时候，大多数情况下不会是好事。

叶玄一与妖星交好时间不短，自然知道这一点。不过今天他新掌握了作文立意的关键技巧，又学会了优化作文标题的方法，眼看着语文这一短板即将得到大幅补缺，总分第一的优势将要得到巩固了，心情实在太好，故而对妖星将要要的那点儿小心眼儿也不以为意，轻松道："别磨叽了，直接说！"

妖星看了卢标一眼，对叶玄一道："听着啊，我要的东西包括——

"一、你们班的数学单元题型汇总和二级衍生公式总结资料。

"二、物理单元题型汇总、综合题专题训练资料。

"三、英语常见词组汇总及例句表。

"四、化学实验讲解资料、单元要点汇总。

"注意啊，这都是从现在开始一直要到高三毕业的啊！

"对了，卢标，你还有没有什么要补充的？你以后选科选什么？生物还是地理？他们班生物资料也挺好的，跟我们用的不是一个版本，你要是选科选生物的话也可以找他要。"

叶玄一差点儿从座位上掉下来，叫道："天哪！太黑了吧？这么多？还这么长时间？你比和珅还贪啊！知不知道我们实验的所有资料都是要保密的？班主任还特别强调过！"

一旁的卢标也大吃一惊，原来妖星让自己教授叶玄一学习方法，是打的这个算盘！实验班的资料！

卢标记得之前妖星给他看过一份复印版的数学资料，是数列章节的题型总结资料，上面几乎列出了数列这一单元的所有题型，从最简单的公式应用到最复杂的不动点定理，一应俱全。卢标当时就感叹，有了这么一份高质量的资料，自己做结构化和模式识别可就轻松多了。当时还问妖星这是什么资料，从哪儿弄来的？妖星却奸笑着说要保密，还让自己不要声张，不要让其他人知道，否则有麻烦。

卢标自然知道这种高质量资料不是在外面的教辅书里买得到的,很可能是哪里的内部资料。今天才意识到,当时的那份宝贵资料,估计就是妖星找叶玄一要的。

而看妖星今日提出的要求,估计叶玄一也没有把所有资料给妖星,所以妖星想了办法让自己把同样难得的学习策略教授给叶玄一,然后以此为筹码要求叶玄一提供更多资料。不仅有数学,还有英语、物理、化学等科目。而且一要就是三年!

卢标感叹,这个妖星啊,实在是太奸诈了啊!

不过我喜欢……

作为一名对学习策略有过深入研究的学神,卢标太知道高质量学习资料的重要性了。很多学霸,哪怕不懂什么思维方法、学习策略,仅凭着老师给出高质量的学习资料,只需要一味地刷题就能取得不凡的成绩,这种情况在名师会聚的重点高中比比皆是。而即便是深研学习策略的卢标,要想将方法落地,学习资料是必不可少的一环。资料的质量越高,学习策略的应用也就越高效。

比如,做数学的解题思路结构化,卢标常常感叹没有哪本辅导书能够将所有典型的核心题型全部汇聚在一起,都是只有一部分。自己想要做一份完整的结构化资料,常常需要用到至少四五本辅导书,综合汇总起来才行。此间还会碰到无数重复的题目,低质量的题目,不典型的偏题、怪题,浪费大量时间。尽管卢标会用分层处理的方法去提高效率,但毕竟只是治标而不治本。

而妖星提出让叶玄一将实验班的数学题型汇总资料拿出来,正好可以解决卢标的问题,大幅提高效率啊!而二级公式更是解决中高难度题目的神器,普通班老师根本不讲,只能是前几名有心又有力的学生自行收集研究,效率自然低下。如果这也能直接从实验班拿来,岂不妙哉?

"其实实验班师资力量比我们普通班要强很多,尤其数学、物理这种传统必考科目。"妖星对卢标说,"你曾经说过,临湖实验的师资比兰水二中强多了,我们班的数学老师就不错,能给你节约不少时间。呵呵,你是不知道他们数学老师厉害到什么程度,单是老师准备的资料水准就有巨大差别。"

"别着急高兴!我还没答应呢!"

"为什么不答应?"

"我晕,这是保密的好不好?班主任特地强调过的,严禁泄露出去,否则记大过!实验班的保密条约你又不是不知道!"

"喊,那又怎么样?你之前不是给我看过吗?你不说我不说,谁知道?再说了,卢标这么高明的学习方法难道不是保密的吗?你知不知道,当年卢标拿了作文竞赛一等奖,文兴市国家级重点高中的语文老师想要学卢标的方法,跟着他要了三天,卢标一个字都没给!今天一次性教给你这么多,此等大恩你不觉得无以为报吗?本来是准备让你'以身相许'才能值回票价的，现在只用给点儿资料就行，算是便宜你了！"妖星大义凛然道。

卢标一脸无奈。以身相许是什么情况？国家级重点高中语文老师找自己要学习策略又是怎么回事？我自己都不知道有这么回事啊！这个妖星，撒起谎来真是没边啊！

不过卢标一脸镇定，表情上没有丝毫破绽……

叶玄一看了看卢标，又瞪着妖星："每周给你们看一次，自己来拍照！"

"啊，这就对了嘛！其实资料拿来，我们手机拍完照就走，前后不到1分钟就搞定了，找个没人的地方操作，谁会知道呢？"妖星奸笑道，又对卢标说："我们两个一人打印一份，绝对不会外传，对吧，卢标？"

"嗯嗯，当然。"卢标依旧不动声色。

叶玄一叹口气，道："又想要我们班的资料，又故意不到我们班来，你真是个妖啊。"

妖星耸耸肩，道："两边好处各取一点儿，普通班的宽松，实验班的资料，多好！"

"唉，其实，你不搞这么一回，资料的事情我也可以帮你的嘛，我们什么交情，何必呢？"

"那不一样，交情是交情，交易是交易。长期稳定地供应资料，已经超出普通交情的程度了，需要有其他补偿嘛。"妖星道。

卢标倒是好奇："话说你们两个什么交情？初中同学？"

叶玄一随口道："曾经暗恋过同一个女生的交情……"

"别瞎说！"

卢标："这也行？"

……

兰水二中高一十四班里，修远低头沉思着。

这周从林老师那里学到的内容太多，既有心智损耗、情绪管理的内容，又有对费曼技巧的修正，还有脉冲策略的内容。先得把当时的笔记整理一下，不要遗漏重点。

整理完以后，第一节晚自习已经结束了，第二节晚自习时修远开始思考，后面一周要应用哪些策略呢？

首先，按照林老师的建议，肯定要把语文暂时放下，继续巩固数学和物理。虽然修远有点儿不情愿——毕竟语文分数太低会影响总分，但林老师既然这么说了，自己还是要听从建议为好。

另外，心智损耗的问题影响很大，应该要先解决！这一次主要是讲如何处理虚荣的问题，后面一段时间要好好修正，一定要把虚荣的毛病改掉！之前都是把虚荣当作一种抽象的精神品质问题来认知，如今却发现它会实打实地拖累学习成绩，这还能忍?

而虚荣的心智损耗,又常常和情绪问题联系在一起。根据林老师的说法,要想解决长期情绪问题,需要通过身体锻炼来促进。这个好办,每天坚持慢跑3000米,立刻就可以开始了嘛!

哈哈哈!一想到慢跑居然可以通过某种奇妙的逻辑和学习成绩联系起来,修远就觉得充满了动力。

第二节晚自习结束后,大约晚上10点,修远来到漆黑的操场。

修远的耐力一直很普通,之前的体育活动以篮球为主,但是篮球打打停停,对耐力的消耗和跑步还是有区别的,并且最近几个月,连篮球都打得少了。在之前的观念里,修远从没想过锻炼自己的耐力,所以从来不喜欢长时间地跑步,然而这一次,跑步的意义变了。

"为了缓解各种心智损耗,为了调节情绪,长期坚持慢跑锻炼,今天正式开始!3000米,七圈半就好了!"修远开始在操场上飞奔起来。

一圈又一圈,一圈又一圈,修远已经数不清楚这是第几圈了,只是感到身体逐渐疲惫起来,喘气逐渐粗重。如果估算一下的话,大概是⋯⋯第二圈⋯⋯

"果然太久没锻炼⋯⋯完全不行啊⋯⋯"修远边跑边喘着大气,"第二圈就跑不下去了,幸亏没人在旁边看着⋯⋯太丢脸了⋯⋯"

两圈共800米后,修远开始大口喘气,心想明天可能要减点儿量,比如只跑2000米,否则连续这么跑恐怕吃不消⋯⋯

三圈过后,修远感觉背开始发僵、呼吸刺痛,心想可能今天就要减量,比如只跑2000米,否则今天就吃不消⋯⋯

四圈过后,修远感觉自己要崩溃了——原来我体力这么差⋯⋯才1600米就不行了⋯⋯

于是第一天的慢跑练习停在了1600米。

跑完以后,一身臭汗,却没地方洗澡。澡堂肯定是关了,而学校寝室又没有热水器。5月的温度虽然已经比较高,但也还没到能够洗冷水澡的地步。修远也管不了那么多,直接躺倒在床上就睡。

虽然累得半死,不过倒是让睡眠更好了⋯⋯

睡前修远心想:明天开始要减量,每天就跑四圈好了。另外还要换一下时间,最好不要下了晚自习再跑,连洗澡的时间都没有了。不如换到晚饭之前?

第二天下午课程结束后,修远快速吃完晚饭,休息了半小时,趁着离晚自习还有半小时的工夫,又绕着操场跑了起来。

"你看操场，那个是不是巨人？"叶歌海在窗户边上站着。

"都来学校了，不进教室老老实实做题，却去跑步浪费时间。没前途。"樊龙评论道。

"人家成绩比你好多了吧……"鲁阿明无语道。

"喊，他要是多做点儿题，成绩肯定更好。"樊龙反驳道。

"没必要，人家智商摆在那儿，做不做题无所谓的。"杨乾智道。

梅羽纱在窗边看着，不说话。

修远跑一跑、走一走，半个小时过去了。等他回到教室里上课的时候，已经迟到了6分钟。班主任袁野正在教室里守自习，说："修远，迟到了6分钟，你在操场上干吗呢？"

这是修远执行跑步计划的第二天，体力依然稀差，1600米下来基本处于半死不活的状态，走进教室的时候气还没喘匀，但是又不愿意显露出来，于是强行控制好呼吸，简短地回复："跑步。"毕竟，话说多了，气就喘不过来了……

"锻炼身体虽然好，不过也要注意，不要影响学习哦！"袁野随口说道。

"越锻炼，越促进。"修远边说边回到自己的座位上，语句依然简短。

底下议论纷纷："好高冷啊，跟班主任说话都这么高冷！"

"是啊，他说话总是有一种高冷的感觉啊！不知道为什么会这样啊？"

"我觉得主要是用词，你们看，修远说话都是简单的几个词，没有废话！"

"但是这样总觉得有点儿不礼貌啊！"

"嗐，人家是大神，老师都不管他！"

修远听见了上述议论，心里一阵无语：早知道就把气喘匀了再进教室……免得你们瞎猜……

袁野倒是对这话产生了兴趣，顺口追问："哦？锻炼身体是怎么和学习联系起来的？"

修远心想：我自己还没有想明白呢！但是总不能说"那个，湖边有个奇怪的姓林的老师，他说跑步能够减少心智损耗，但是'心智损耗'这个词你们估计也听不懂"吧。于是修远简短地回答："跑步，可以净化心灵。"修远觉得，这样大致可以把减少心智损耗的意思表达出来了吧。

"啥玩意儿？净化心灵？太装了吧！"有人大喊。

"喂，说不定是真的呢？"

"这话别人说我不信，但是巨型学霸说出来，不敢不信啊！"

袁野听了这话越发有兴趣了，跟着问道："哦？净化心灵？为什么跑步能够净化心灵呢？"

修远很想说："我也不知道啊！不如我把那个怪蜀黍叫来，你们两个聊一会儿吧！"可是不行啊。修远只能回忆了一下怪蜀黍的话语，然后提炼了一个自认为差不多的意思，简短地说："跑步是一种灵魂的震动。"

　　这话说出去修远自己简直都要笑了……这明明是林老师开玩笑的、外带戏谑性和讽刺性的一句话，现在自己居然能够这么一本正经、一脸严肃地说出来……忍住！忍住！这种时候，绝对不能笑场！

　　修远强忍着不笑，眼神和面部表情都产生了微小的变化，这是忍住不要笑的结果，不过在袁野和多位同学的视角中看到的却是——

　　修远的眼中闪烁着耀眼而坚定的光芒！

　　"哦，那么，这个净化心灵，又是怎么促进学习的呢？"袁野继续问，他觉得这个修远越来越有意思了。

　　唉，哪来的这么多问题？袁老师，你不知道我现在装得很辛苦吗？非要把我问得答不上来了才行吗？修远一脸无奈，能撑多久是多久吧……于是说：

　　"大脑的思维，会跟着灵魂一起净化。"

　　这样大概能够表述出减少心智损耗、提升思维能力的意思了吧？修远心里暗想。

　　袁野心想：这个修远，神神秘秘的啊，说的话也奇奇怪怪，但是又好像有点儿道理……净化灵魂、净化思维……唔，继续问问。

　　"但是，我看实验班的大部分同学都没有跑步的习惯，可他们的学习都很好啊？"

　　修远心里无数羊驼飞奔而过：这下真的答不上来了。前几个问题林老师大致还讲过，这个问题没讲过……怎么办……

　　时间就这么一秒一秒地流逝，修远与袁野四目相望。

　　不行了，不行了！不能再这么干瞪眼下去了！随便乱说一个吧……既然林老师说了有用，那么……修远心里乱成一团，于是慌慌张张地说了一句自己都有点儿听不下去的话：

　　"他们，到不了顶尖水平。"

　　有心栽花花不开，无形装酷最致命。

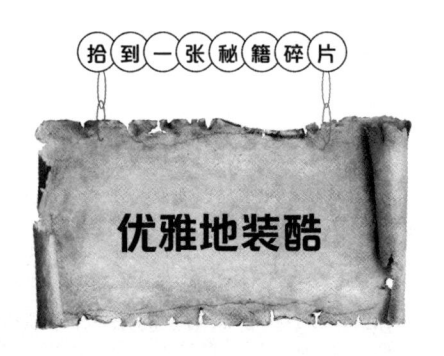

拾 到 一 张 秘 籍 碎 片

优雅地装酷

"天——哪！"全班又炸开了，几十个人一齐大喊。

"居然说实验班的人水平不行！真的假的？"

"太装了吧？他不是从实验班出来的吗？"

"笨蛋，他是不喜欢实验班才出来的啊！又不是水平不行！"

"是啊是啊，你看他上次数学142分，比实验班的人分数还高啊！"

……

袁野盯着修远的眼睛，有点儿分不清真假了。这家伙，有点儿狂啊……但是水平又确实很高……难道他的话里面，还有什么深意，是我暂时没想通的？

舒田静静地看着修远，暗想：跑步……净化心灵……可以提高成绩吗？一定可以的，修远说可以，一定可以的……

第三十三章

操场上的萤火虫

一周以后，修远逐渐意识到慢跑并不是一件容易坚持的事情。

首先跑步时间不好解决。中午跑太热，而且下午容易犯困；晚饭后跑有时候会胃痛，毕竟吃完饭不宜剧烈运动；原本晚自习结束后是最好的运动时间，然而跑出一身汗后没地方洗澡又很麻烦。

多番权衡、调整以后，修远最终将锻炼时间稳定在晚自习结束后。一方面，运动完后犯困，刚好回寝室快速睡觉；另一方面，随着天气变热，洗澡的问题更好解决了——打盆水到厕所去用毛巾抹一下就行了。

只剩下一个问题。跑步实在是又累又无聊，真的是很难坚持下去啊……

话说准备长期锻炼身体这种事情，修远不是没有尝试，初中时候就有过几次尝试。记得有一次是在篮球场上被人虐了，速度、力量都跟不上，于是一发狠，坚持锻炼了一个月，然后中断了。再就是体育中考，被迫练习了两个月，体育中考结束的那一天后也中断了。如今的锻炼不像当年体育中考那样有老师强迫和监督，自然更不容易坚持下来。

修远总有一种预感，不知道哪一天自己又会嫌累、嫌无聊放弃了。不过管他呢，先练着再说吧！

这天晚自习结束后，修远扔下笔正准备去操场跑步，却在走廊上看到舒田，似乎是在等他。舒田问："那个……修远，我想向你请教一下……"

自期中考试结束以后，修远对舒田的补习告一段落，请客吃饭也停止了，两人接触又少了。这次舒田来找自己，不知有什么事情？

"上次你说，跑步可以净化心灵和思维……是真的吗？"

时隔一周，修远都快忘记上次的事情了："啊，怎么了？"

"我、我想和你一起跑步，行吗？"舒田的声音越来越小，几乎听不见了。

"啊？"修远没想到舒田会提出这个请求，两个人一起跑步？怪怪的。不过修远心里又有其他的想法。

自上次见面，林老师让修远通过跑步来舒缓情绪、降低心智损耗以后，修远坚持了一周，基本上没什么明显的效果。修远心中怀疑，这个方法真的靠谱儿吗？为什么自己感觉不到呢？他怀疑，会不会是自己的心智损耗其实没有那么严重，所以体现不出来效果？如果换一个比较严重的人来尝试，会不会就有效果了呢？修远很好奇，如果让舒田来执行林老师的计划，会有怎样的结果？

另外，跑步这样枯燥的事情，一个人真的很难坚持，如果有人一起做个伴儿说不定会好一些呢？

这么想着，修远答应了舒田的请求，两人一起去了操场。

后面一群人围观议论："本班的超大型学霸和一个美女同学，在月黑风高的夜晚，一起走向了操场……嗯，恐怕有些不可描述的情节……"

此时正是夏季清凉夜，操场上空旷、开阔，微微凉风吹散一天学习后的疲惫。修远假装轻车熟路地做些转脚踝、拍膝盖之类的准备运动。其实平时是什么都不做直接开跑的。

"修远同学，跑步真的能够让学习变得更好吗？"舒田还是有些疑惑。

这问题让修远有些难回答，因为自己正在疑惑此事。当然，面子上是绝对不能厌的，于是修远强行坚定了一下：

"当然。你不相信我吗？"

这一反问吓得舒田心神慌乱："没、没有！我相信你说的！"说完赶紧跑起来。

嘻，还好她心虚了……再不心虚我就要心虚了……修远心里松了一口气，然而还是有点儿疑惑：这样拿同学做实验，真的没问题吗？

林大叔，你可一定要靠谱儿啊，不然我就坑了同学了。

当天晚上舒田回到寝室，累得骨架都要散了，胸口也呛得疼。

"哎，舒田，你跟修远是怎么回事啊？是你在追他还是他在追你啊？"室友黄道文八卦起来。

其他几个女生跟着起哄：

"你们两个人摸黑儿跑到操场上去干什么了？"

"要开始撒狗粮了！我们在她眼里都是可怜的单身狗！"

"傍上一个巨型学霸，这下赚了！"

……

舒田脸红得说不出话来，支支吾吾："没、没有……我们就是去跑步了……"

"啊？你们在锻炼身体？"

"天啊，他们在锻炼身体！"

"天啊，他们已经发展到锻炼身体的程度了！"

……

一个巨型学霸和一个女同学晚上去操场跑步，必然是一件惹人非议的事情。幸亏这段时间，另一件更重要的事情抢占了全班同学的注意力。高一学生，要准备选科预报了。课间、午休时，到处都在讨论选科的事情。

根据高考政策，物理和历史需要二选一，化学、生物、地理、政治四选二，再加上传统的语、数、英构成六门高考科目。一共十二种选科方法，比传统的文理分科要复杂得多。从好处上来讲，给了学生更多的选择空间，有利于发展自己的兴趣和学习特长科目。不过在执行层面上，又会有诸多问题。

比如，十二种科目组合，学校是否会开设齐全？开不齐全、没有自己想选的组合怎么办？

又如，自己对哪些学科真正感兴趣？对于很多学渣来说，任何学科他们都不感兴趣……

再如，如果自己感兴趣的科目和擅长的科目不一样怎么办？

诸如此类的问题让学生们一通忙活。

"喂，据说学校没有历史＋化学＋地理的组合啊！可我就是想选化学怎么办啊？"

"你选物理＋化学，再选生物或者地理不就完了吗？"

"我说你们怎么那么想不开，非要选化学？临湖实验的那群大神才会选化学啊！你这种渣渣还敢选化学，给人当分母啊！赋分制就问你怕不怕？"

"就是就是，神经病才选化学。肯定是历史＋政治＋生物组合啊，最简单的，而且学渣聚堆，基数巨大，赋分制我们也不怕！"

"喂，很多专业需要物理或者化学，你们知道不？历史＋政治＋生物报专业都不好报呢！"

"那倒也是……真麻烦。"

……

学生在5月底之前先填一份预选科单，交给学校。然后学校统计学生预选方案，给出最终的组合门类等具体分科方案。等到期末考试结束后，正式执行分科、分班。所以，还有近两个月的时间给学生们思考如何选科。

但总体趋势很明显，理科中的化学基本被人遗弃，大量市重点、非重点高中的学生统一放弃化学，避免在赋分制下被省重点以上的高中学霸们踩在脚下当作赋分的分母。文科里，难度更高的政治也遭遇"大甩卖"，人见人弃，甚至有比化学更惨的倾向。毕竟化学只是难而已，而政治在大多数学生眼里，是又难又无聊。

生物和地理两门科目遭遇爆抢。这两门难度更低，多是些背记内容，需要复杂逻辑推论的知识点更少，所以从一开始就引起大部分学渣的青睐——这是第一层逻辑。接着产生了第二层逻辑：部分学霸，甚至是原本不太喜欢生物和地理的学霸，由于算到会有数量庞大的学渣聚集在生物、地理，而自己在化学科目中与其他学霸进行赋分制竞争毫无优势，反倒是钻入学渣群里去，会有鹤立鸡群的效果，于是赋分结果反而比选化学的学霸明显高出不少。基于这样的博弈逻辑，于是一部分学霸也选择拥入生物与化学，导致这两门科目人数更多了……

但博弈并不仅止于此。后面又有人想到，由于很多热门专业要求必须有化学，所以无脑扎堆儿生物、地理并不理性，有可能出现分数高但报不了专业的情况。于是少数人思考第三层逻辑：选化学是个赌博的机会，哪怕选化学注定分低，但在报志愿、选专业的时候，反而有缝可钻，能够以低分进入相当不错的专业……

总之，选科成为一锅大乱炖，而乱炖的核心逻辑则是赋分制下的博弈，以及专业科目要求的两者均衡。

其中，专业的科目要求是学生们的视野盲区，也是最让学生担心的一点。传统的文理分科情况下，一般都是高考完以后再慢慢考虑专业、职业发展的问题，而新高考制度下，学生需要从高一开始就进行思考了。

我该怎么选科呢？我以后要干什么职业呢？修远心想。他并没有想出什么好的答案，倒是明显察觉，当怀着心事去跑步的时候，会明显比平时更累。

这是修远和舒田共同慢跑的第四天。夜色宁静，微风惬意。修远的感觉是，当有人做伴练习慢跑的时候，会没那么无聊。而他不会猜到，晚自习后与他一起锻炼，已经成了舒田每天最期待的一件事——虽然这才仅仅四天而已。但这甚至比之前请修远吃饭更加令她愉悦，她看着修远流汗，手撑着膝盖，或者靠在操场边的双杠上喘气，与平日里众人眼中的高冷学霸形象相比，看到修远疲惫的样子让她感觉自己距离修远更近了。

"修远，你准备怎么选科啊？"

锻炼过后回寝室前，两人一般会闲聊几句。这几天闲聊的主题，自然离不开正在进行的选科了。

修远耸耸肩，道："从博弈的角度考虑，当然是物理、生物、地理了。不过选科又涉及以后的专业和就业倾向，需要考虑是不是需要搭上化学或者政治。现在问题是，我好像不知道自己以后想干吗啊……所以暂时还没选定。唉，职业规划问题很愁人啊。"

舒田第一次看见修远展现出踌躇的样子。她眼睛里尽是小星星，高兴道："像你这样优秀的人，以后做什么都很厉害的！我觉得你随便怎么选都可以呢！"

"是吗？"修远深吸一口气，依然困惑着。不论舒田怎么赞美或安慰，都改变不了自己对未来职业的迷茫啊。不如下次问问林老师？不知道他懂不懂这方面的东西，他这么厉害，应该也懂吧。说不定我半天想不通的内容，他几句话就解决了呢？

一想到还有林老师这张底牌，修远的心情突然放松起来，双手用力一撑，坐在双杠上："啊啊啊，先不想了，累死了。一身臭汗，等下回寝室冲个凉吧。今天怎么没有风呢？"

［背景音乐：夜、萤火虫和你（Aniface）］

舒田见状也跟着爬上双杠。虽然不似修远那么灵活，好在舒田个头儿不矮，1米高的双杠不过需要一个小跳而已。两人并排坐在双杠上，手向后撑住另一根杠保持平衡，前方是静谧的黑夜，头顶上偶尔一两颗星星闪亮。

"对了，你选什么？"修远看向舒田。

"我很好选啊，选历史、地理、生物呢。"舒田不好意思笑道，"我成绩不好，要是选化学的话，赋分肯定要垫底了。"

"哦？那专业问题呢？你不担心自己想选的专业需要化学之类的吗？"

"嗯，不会吧？我不想选科学和工业方面的专业，应该用不到化学吧。"舒田的口气轻松起来。

"哦？那你有什么职业规划吗？"修远好奇。

"啊，这个……"

"怎么？秘密？"

"没有啦！你问的话，我当然愿意说呀。不过我没什么远大的理想，也没有很复杂的规划……可能想法不是很成熟吧……"

"啊？那到底是想干吗？"修远觉得有点儿好笑，绕了半天还是没说啊。

"我想、我想——当个老师吧！"

"老师？"

"对呀。就当老师吧，小学老师，或者幼儿园老师。"舒田脸上露出孩子般的笑容。

"哦？"修远也跟着乐起来，"你想当老师？"

"嗯！"

"怎么不当初高中老师？"修远笑道。

"我喜欢小朋友。"说话时，舒田坐在双杠上，小腿也在空中荡起来，仿佛自己也变成了一个快乐的小朋友。

修远感到一丝异样。舒田此刻的状态、气质，仿佛与平日有所不同了，他扭头看向舒田，在微弱的路灯光辉之下瞥见舒田的侧影。那眉目似乎比平日更舒展，身姿也轻盈而灵动起来。这是怎么回事呢？为何一个人的状态突然就变化了？修远不明所以。

忽然微风袭来，从舒田的小腿间拂过。修远心想：她要是穿上白色或者淡蓝色的长裙坐在那里，双腿这样轻盈地摆动着，倒也是幅梦幻的画面了。不过此时她只是穿着普通的运动七分裤而已。

"那边有萤火虫。"舒田伸出手，指向操场对面一侧的矮树。她的声音也轻快起来。

"啊？哪里？"修远赶紧顺着她手指方向看去。

"那边！平时都有，不过要熄灯了以后才看得见。我喜欢萤火虫。"舒田自顾自地说。远远看去，似乎确实有星星点点的亮光在树丛里时隐时现。

"哦？"

"很小的时候会去外婆老家过暑假，捉一些萤火虫，放在透明塑料袋里。外婆家在很偏远的农村，萤火虫很多，城市里就很少见到了。萤火虫被捉住后过几天会死掉，所以一般我睡觉之前就放了，第二天再去捉新的。"

"哦。"

"后来上初中就没去过了。我妈妈忙着做生意，也没空带我回去了，外婆家太远了。"舒田轻声说，仿佛在回忆遥远的梦境。

"是吗？"修远忽然被舒田的状态感染，道，"你现在要去那边捉几只吗？"

"哈哈！不用了，很难捉的。要萤火虫很多的时候才能捉到，那里很少，捉不到的。"

捉萤火虫！听起来多么浪漫而有童趣的事情，修远却没有经历过。他的童年是由漫画、奥数题和电子游戏拼接起来的。

清凉的风就这么吹着，修远身心愉悦，白天的焦躁和疲惫仿佛都被微风吹散了。这就是夏日清凉的感觉啊。修远忽然心想：有这么一位小美女陪着自己跑跑步、聊聊天，其实也挺有意思嘛。

一瞬间，厚重的教辅资料、庞杂的试卷都被抛在脑后，只剩纯粹的美好和安静的夏夜时光而已。

第三十四章

冥想法

"那个……林老师,好像跑步对情绪啊、心智损耗啊什么的,帮助不是很明显啊!"

夏天已至,整个兰水市弥漫着燥热的气息,头顶烈日,脚下水泥,如同烤箱里的上下火模式。越是这样的时刻,微湖沿岸的景观带就越是充满了诱人的气息。高大的杨柳遮蔽阳光,湖面又送来阵阵清凉,空气里还混合着青草的味道与湖水的湿润感。那些在高大杨柳下面的、微湖的座位,便是休息与观赏湖景的绝佳地点。林老师与修远就在其中一排座椅上。

两周锻炼下来,修远并未感觉自己的情绪和心理有什么变化,仅仅是肺活量大了些,身体更强健了那么一点点而已。每天这么练下去到底值不值呢?这是他本次与林老师的会面首先要解决的问题。

"嗯,正常。"

"啊?正常?什么意思啊?没效果很正常?"

"这种方法见效很慢,先练几个月再说吧。当然,练完几个月也不能保证就有明显效果,要看情况。"

"不是吧?那我练着有什么劲啊?"修远一听要花这么长时间,还不一定有效果,立刻就着急了,"有没有什么更好的方法,能解决情绪和心智损耗问题啊?最好能够保证肯定有效果的那种!"

"上次跟你说过了,情绪问题先从信念角度解决,身体只是一个辅助维度而已。有些有很严重心结解不开的人,身体锻炼效果就不大。不过对于程度比较浅的情绪问题,身体锻炼的效果还是比较明显的。另外还有预防的效果,正常状态下坚持锻炼的话,就不容易产生情绪问题。所以身体锻炼我建议你还是先练着吧,总有些效果的,比不练好。"

"哦,这样啊……"修远点点头,但还不满意,又问,"那总归是效果比较弱嘛……嘿嘿,林老师,有没有什么更好的办法,能够快速解决所有心智损耗问题的呢？上次你主要讲的是虚荣的问题，那还有其他的心智损耗呢？有没有能够通杀所有问题的方法？"

林老师瞟了修远一眼，道："同学，你要搞清楚一个原理。如果是通杀一切问题的普适性方法，那么它的作用一定就弱，效果一定就慢；如果是能够快速、强劲地解决问题的方法，那它就一定没有广泛的效果，只对少数情况、少数人管用。这是世界运转的基本规律，绝大部分情况下是不可能违背的。

"更何况，心智损耗是个多么庞大的话题，有无数种细分种类，怎么可能会有强力的方法通杀呢？要想针对性地解决，就要一个个地细致分析，对症下药；要想有普适性效果，就一定慢。

"更好的普适性方法当然有，但是一样慢。"

"呃，这个……"修远被训了一通，有些不好意思，然而还是不死心道，"我明白了，林老师，嘿嘿，心急吃不了热豆腐嘛，我一定踏踏实实练习。不过，你刚才说的更好的方法，是什么啊？教教我嘛，嘿嘿，你可是一代名师、万人敬仰，我对你的敬仰之情如滔滔江水连绵不绝，又如黄河之水一发而不可收拾……"

"又来了又来了，我真是怕了你。"林老师一脸嫌弃，"说什么敬仰、佩服，我看你连我叫什么名字都不知道吧！"

"呃，这个……好像……主要是你神龙见首不见尾、高深莫测、大隐隐于世……要不你给我点儿基础信息，我回去上网查一下？"修远再次发挥自己死皮赖脸的功夫。脸面这个东西，该要的时候要，不该要的时候坚决扔掉！

"算了算了……"林老师一摆手，"你呢，上次我布置寻找你自己心智损耗的作业，你只找到了一个虚荣，其他的呢，就没有了吗？所以专门的、针对性的方法，没法给你，毕竟不同的损耗处理起来也不一样。只能给你介绍些通用方法，你还嫌弃不好用。听好了，再给你介绍一种通用方法，比简单的体育锻炼效果更好一些，同时也更难一点儿！你要是这个方法也练不下去，那就别找我了！"

显然，绝招儿要来了！修远立刻意识到了这一点，无比兴奋地点头："好好好！谢谢林老师！我一定认真学习，认真练习！"

"冥想，有没有听说过？"

"呃，冥想？好像什么和尚、道士，或者是练瑜伽的会练冥想？盘腿坐着……可以增加内功？"

"……"林老师有些无语，"看来你对冥想的了解基本上是从武侠小说里来的。"

"啊，还有健身房的广告传单，有瑜伽课……"

"行了，也就是说，你对冥想的了解基本为零。先把你从武侠小说里和广告传单上看到的东西忘掉，然后我再来教你新的东西。"

修远点点头，专注力瞬间提升。

"先从作用说起。冥想是一个用处非常广泛的项目，虽然今天向你提起它是因为它有减缓心智损耗的功能，但它的作用不只如此。

"它会让你睡眠质量更好，精神充足，白天不瞌睡。别人睡七个小时白天精力不够，而你睡七个小时就休息够了，不打瞌睡，精力旺盛。

"它会让你头脑清醒，专注力更强，原来学习容易走神儿、发呆，现在更容易聚精会神了，甚至连计算错误、看错题目之类的低级错误都会减少些。

"它会让你思维更清晰、更灵活，反应速度更快，感觉人都变聪明了一些。

"它还能帮助你舒缓情绪，让你不那么紧张、焦虑、恐惧、烦躁等，正好适合高压应试环境下的学生。

"这还只是冥想的各种利益的一小部分，好处太多了。总之，对于高中生来说，它能改善你的学习状态，能让你提分。"

修远眼里冒光！

"冥想是一个有几千年历史的传统项目。漫长的时间里，有各种流派添加了独特的操作方式，但这些细节翻新对你并不重要。你最先需要了解的，是冥想的本质。"

本质！每次提到什么问题，林老师总会先从本质开始强调，这一次也不例外。那么冥想的本质又是什么呢？

"冥想的本质，就是思维（念头）控制。你要记住，一切冥想的本质都是这个，其他的要点都是为了这辅助的。"

思维控制？这是修远不曾想到的点。他先前所了解的，是武侠中的修炼内功和瑜伽馆的养生广告。思维控制又是什么意思呢？

"今天一开始要让你明白，我们的大脑是不完全受控制的，它没有那么听话。你以为你可以命令你的大脑去思考什么事情，但总有念头是不受控制的。而要明白这一点，最简单直接的方法就是亲自体验一下了。我们来做个试验，你就坐在这里，闭上眼睛静静地坐着，而又不睡着，保持大脑中什么都不想的状态，1分钟，看看能不能做到？"

"1分钟？只要1分钟？"修远疑惑道，"好像不难吧？上课时候专注认真听讲几十分钟都可以啊。我是说有时候可以。那就试下吧！"

林老师往座椅的一侧挪了挪，示意修远在身旁坐下："准备吧，我给你计时。三、二、一，开始！"

修远坐在长椅上，赶紧闭上眼睛。

有多少人曾试过，静静地闭上眼睛，什么也不想，只让自己保持大脑空白，但又不睡着的状态？这样的状态如何简单明了，却又如此陌生。仿佛瞬间进入一个陌生的空间、一个平行世界。新奇、怪异，又或许有些慌张？那是一扇门，向内打开，站在门口，你将看到内心更深处的地方。

修远闭着眼，时而眼皮抖动一下，时而眉头稍皱。这1分钟，如此漫长。

"时间到。"林老师看着手机的计时器道。

修远缓缓睁开眼睛，表情木讷："感觉怪怪的……"

"如何？能做到1分钟大脑静止而不乱想其他事情吗？"

"呃，好像差很远……第一次发现，原来我这么容易走神儿啊！一开始是闭眼几秒钟时，感觉有阵风吹过来了，然后不自觉地想：真凉快，要是下雨就更凉快了，不过最近都是大太阳，好像不会下雨。然后突然意识到自己走神儿了，就不想了。接着没过几秒，感觉怪怪的，又忍不住想：好奇怪的感觉，不知道我认识的人里面有没有练过冥想的？然后就开始想到我的一些初中、高中同学，想了几个人之后，突然又意识到自己走神儿了，就又没想了。

"又过了一小会儿，突然莫名其妙地开始想：现在几点了？又过了几秒钟，开始怀疑：怎么1分钟时间这么长？林老师怎么还没叫我？难道他忘记了？或者是刚才我走神儿了，所以林老师叫我我没听到？

"总之，一系列杂七杂八的想法，好乱啊！"

说到最后，修远已经有些沮丧了。

"正常，绝大多数人刚开始的时候都是这样。这个体验就是让你知道，正常状态下，我们的思维有多么不受控制、多么杂乱。我们严重缺乏对自己大脑的控制力，而冥想，就是要练习这个控制力。"

修远若有所悟，点点头。当他试图保持大脑绝对静止的时候，才意识到自己的大脑走神儿有多严重，只是因为这些情况很隐蔽，所以平时没有意识到。而平时没有意识到的时候，不也是一样走神儿吗？比如平时做数学题，有时候抄数字、做简单的乘法都会做错，应该也跟这种隐蔽地走神儿有关系吧？所以刚才林老师说，练好了冥想，连粗心大意的低级失误也会减少啊！

"而要练习控制力，一定要从最基础的开始练习，那就是，把思维量控制到最少，不要念头乱动地想各种各样的东西，你就关注一个东西，怎么保持空的状态，具体怎么弄后面细说。就好比小学一年级小朋友练习打篮球的时候，不要做各种花哨动作，先练习双手把球抱稳了再说。有些冥想方法很复杂，让你在脑子里构想很多的图像，比如太阳、光团、带有某些颜色的各种形状等——不少偏宗教属性的冥想练习里就有这些内容，我建议高中生不要碰这些东西。你只练习最基础的内容就好了，刚才说的各种好处，你只用练习最基础的内容就能得到了。

"你一开始要练习的是，把大脑的注意力全部放到一个最简单的东西上面，而不去想其他事物。一般我们会选择把注意力放到自己的呼吸上面。"

"注意力放到自己的呼吸上？什么意思？"

"你自然地呼吸，一般情况下是不会去注意呼吸这件事情本身的。现在你要把注意力放上去，像一个旁观者一样'观察'自己的呼吸。这里的'观察'不是说用眼睛去看，而是一种感知，你觉察到自己正在呼吸，感受气流从自己的鼻孔出入。"

"然后呢？空气进入了又怎么样？把气呼出来了又怎么样？然后又怎么样？"修远急切问道。

"然后就没了。不怎么样。就这么多，你就感受自己的呼吸就好了，没有目的，没有期待，脑子里保持寂静，这样就完美了。

"你以为这样简单吗？其实这已经不简单了，因为你的大脑会控制不住地迸发出各种杂七杂八的念头——昨天食堂的饭真难吃；今天数学课睡着了，不知道漏掉了哪个重点；英语老师今天两只袜子的颜色不一样……

"你想要保持那种大脑一片寂静、专注感受自己呼吸的状态？不好意思，这些杂念会不断地干扰你。能做到专注于自己的呼吸不分心，已经很不错了。"

"那万一不小心走神儿了，又该怎么办呢？"

"如果走神儿了，就掐掉那个走神儿的杂念，然后把注意力拉回来，重新专注于呼吸。接着你会再次走神儿，再次拉回来。如此循环，反复拉锯。刚开始练习的时候，就会处于这种状态。

"对于某些初学者来说，这种大脑中的拉锯战是很令人疲惫的，所以会感到很困，有时候会练着练着就睡着了。对于这些人来说，一般挑选睡觉之前的时间在床上练习，困了就睡，明天继续练就好了。不过也有另一种类型的人，一开始专注力就比较好，不会觉得困，反而练着练着就感觉大脑越来越清醒，变得特别有精神。这种人，一般清晨练习，或者午睡醒来后练习比较好。"

"明白了。不过我就这么坐着练就行了吗？电视上不都是盘腿冥想的吗？好像还是交叉着盘的，看着就痛，我腿跷不了那么高……"

"那个叫双盘。正统的冥想练习确实有这些要求，但是正如我从一开始就强调的，冥想练的是大脑控制，而不是练习腿部的柔韧性。所以这些盘腿的讲究，大可不必在意。盘不上去就散坐着，没什么影响。

"真正重要的，是你的脊柱必须保持挺直。但也要注意，保持大致的直就好了，不要特别夸张地特意去挺。尤其腰部，既不要弯腰驼背，也不要刻意地挺腰，搞成女性减肥广告上的S形曲线，那样会有反作用。在保证脊柱挺直的基础上，你可以有两种姿势选择。一种是坐姿，另一种是卧姿。两种姿势都可以用来冥想。"

"啥？睡觉也能练习冥想？"

"不是睡觉，而是卧着冥想。记住冥想的要求，是保持大脑专注而不睡着。其实这也是卧姿冥想的一个问题。对于初学者来说，一旦卧下来就想睡觉，根本无法控制大脑状态，所以卧姿冥想在实践中效果稍微弱一些，主要原因就在这里。只是说到这里顺便给你介绍一下，你要是练的话，肯定还是以练习坐姿冥想为主。"

"哦，这样啊。对了，冥想的时候是不是要求环境的风水很好？我看电视里和尚、道士冥想都是在什么风水宝地、名山大川之类的，不过我住学校寝室里……"

"……"林老师又无语了，"同学，我现在讲的是促进高中生学习的冥想攻略，不是修仙攻略！不需要什么风水宝地，环境安静就行了。学校寝室里可能有噪声的话，去买耳塞吧。"

"哦。"

"今天就讲这么多吧。冥想作用很多，你练习久了自然会慢慢感受到，对心智损耗的缓解也会逐步体现出来。另外，常规锻炼跑步之类的，建议跟冥想一起练习吧，相互补充和促进。"

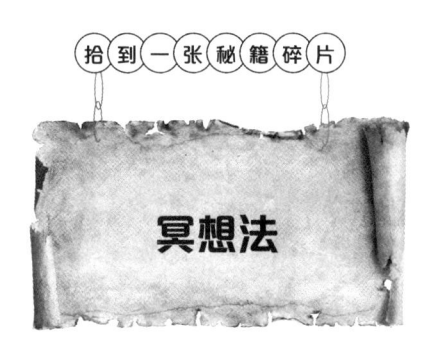

拾 到 一 张 秘 籍 碎 片

冥想法

这周与林老师的会面就这样了，学了一个怪怪的冥想，也不知道有没有作用。不过如果冥想的作用比慢跑好的话，还要不要坚持慢跑呢？

第三十五章

邀约夏子萱

当天晚上晚自习结束，修远回到寝室，休息洗漱好以后，大约11点要熄灯前，就开始准备第一次冥想练习了。根据林老师的指示，练习10~15分钟就好了。简单。

修远爬上床位，回顾了一下林老师所提的冥想要点，然后盘起腿、闭上眼，开始专注于呼吸了。一开始，依然如白天体验时那般，杂念纷飞，脑子里很乱，但是几分钟之后，情况就发生了转变——

他的心更乱了……

因为他开始听到了寝室里其他几个同学在窃窃私语：

"喂，你看大神在干吗？"

"不知道啊，可能是练内功呢？"

"厉害啊，你说他这么牛，是不是因为练了内功、开了天眼之类的？"

"前一段时间怎么没见他练过啊？"

"不知道啊。可能也在练，不过是在我们睡着了以后才练的？"

"有可能，据说修炼的人都是练子午功，晚上12点05分练功！"

"什么晚上12点05分？你以为是吸血鬼啊！"

"不对不对！晚上12点05分是中国鬼的活动时间，吸血鬼不讲究这个的，太阳下山就可以出来了。"

"行了，别扯了，那大神之前怎么都是半夜练功，偏偏今天提前了？"

"可能今天冲关吧？"

……

修远越听越崩溃：我对冥想的想象还仅限于武侠，你们连修仙都聊出来了。话说吸血鬼又是什么玩意儿啊？跟这完全没关系吧！他不禁内心剧烈波动，脑子仿佛要爆炸一般，比没有练习时更乱了。

修远赶紧停止冥想练习，卧倒下去。算了，今天真失败啊，还是先睡觉吧。

第二天，原本修远已经不想练习冥想了，不过由于下了大雨，还打雷，无法去操场慢跑——总不能慢跑、冥想全部不练了吧？但在寝室里又怕被同学看见后瞎联想，于是稍微延后一点儿，等到熄灯后，估摸着其他几人都睡着了再开始练习。大约晚上11点30分，他们应该都睡了吧？修远想着便坐起身，开始专注于呼吸。

没过几分钟，一道闪电在空中划过，漆黑的寝室里暂时明亮起来，隔壁床铺的同学睁大眼睛看着盘腿坐在床上的修远，又扭头看看窗外的闪电，喃喃道："看，他要度劫了……"

修远听罢瞬时崩溃，简直想哭出来，可是又不能真的哭。想哭不能哭才最寂寞啊！只好向后一倒，匆忙结束了今天的冥想练习。然后又听到对面传来微弱的声音：

"啊，好像度劫失败了……"

……

一万只羊驼从修远头上呼啸而过。今天又失败了！

第三天，修远已经打定主意，还是换成卧姿冥想吧……至少不会被室友的闲话打扰了。晚上11点前将要熄灯，修远正准备卧下，却见其他五名同学直勾勾地看着他，仿佛在期待着什么。修远卧下的瞬间，私语声立刻传来：

"怎么直接睡下了？"

"可能要等到12点再修炼吧？"

"我觉得是昨天度劫失败了，有内伤，暂时不能练了。"

"不知道下次度劫是什么时候啊，记得叫我观看啊，我昨天没看到！"

……

修远再次崩溃。

等到第四天终于没人叨叨了，修远开始卧姿冥想。然而寝室毕竟是寝室，总有各种杂乱声响，比如有人起床上厕所，有人咳嗽几声，又有人发出轻微的鼾声。不间断的噪声让修远始终无法专注起来，总是不断分神，感觉冥想练习毫无效果。

真麻烦啊！

在修远尝试冥想期间，舒田也跟着受到影响，因为修远一开始是准备放弃慢跑转练冥想的，再加上中途下雨，所以已经好几天没有与舒田一起去操场慢跑了。第四天下午，舒田终于忍不住在食堂找到修远。修远点了一盘青椒肉丝盖饭慢慢嚼着，心里还在想冥想的事情该怎么办？周末回去买一副耳塞不知道效果如何？没想到练一个冥想会有这么多麻烦啊……

"修、修远同学！"舒田端着自己的饭走过去，"好几天没看见你了呀……"

这几天冥想尝试的失败让修远脑子里杂念更多了，而舒田心事也不少——为什么修远突然不跟我一起慢跑了啊？有一天是因为下雨，可是另外几天呢？怎么突然不理我了啊？我是不是哪里得罪他了？会不会他有些厌烦我了？还是我跑步太慢拖累他了？

巨大的失落感缠绕着她。

她原本在班级里就没什么存在感，坐在一个偏远的角落，成绩很一般，人缘更平庸，除去寝室里几个室友偶尔聊一些无关痛痒的话时会带上她，几乎没什么人会跟她交流。她就那么静静地缩在角落里。

可是自从修远到来，一次偶然鼓起勇气找修远请教问题后，却有不断的机缘巧合让他们的联系越来越紧密。不论是请他吃饭，他给自己补习功课，还是与他相约一起夜跑，都是超出她预想的幸福。一个万人瞩目的学霸，如此优秀而帅气的修远，却能够频繁地出现在自己身边，她仿佛忽然从阴暗的角落里进入光明的世界，有明亮的阳光从皮肤上"抚摸"过去。而当这一切突然消失的时候，痛苦的程度当然也一如那突然的幸福，乃至更甚。她终于鼓起勇气找到修远，问道："这几天怎么没见到你夜跑了啊？"

"哦……"于是修远将冥想的事情大致讲了一遍。当然，修远没有提林老师，没有提自己被人当作修仙度劫的糗事，只说冥想有利于减轻心智损耗，以及寝室里噪声太多，不利于冥想。

"原来是这样啊……"舒田不知道什么是冥想，只是听说修远既然想要练习，那自然是一个很好的方法了，"那……那你以后还要夜跑吗？"她小心翼翼地打探，无比谨慎，仿佛古玩狂热爱好者手捧着高价买来的唐彩，生怕一个不经意摔烂了宝贝。

修远心想：既然这冥想暂时还练不好，那么慢跑还是继续下去吧，虽然也不知道是否真的能够缓解心智损耗，但至少有点儿锻炼身体的作用。

听到修远的那声"继续跑"，一块大石头终于在舒田心中落地。

近段时间来，修远总体的近况可以说是喜忧参半，好的方面可能略多一点儿。修远的数学通过解题思路结构化的方式稳定在了高分段，基本不会低于 135 分；物理逐渐赶上来，100 分的试卷，近两次也稳定到 90 分左右了，并且最近所学的章节"机械能守恒"，是高中物理中较难的一章。

但坏的方面也不容忽视。除了冥想遇到的障碍，化学学科的学习依然没有找到感觉。数学基本稳定，物理也自我感觉差不多了，根据脉冲策略，下一门主攻学科应该是什么呢？应该在语文、英语、化学中选一科吧。修远比较倾向于化学。一方面，上次修远尝试突击语文，结果并不美好；另一方面，修远觉得在学科性质上，化学与已经搞定的数学、物理更加接近一点儿，下一门主攻化学，或许可以借鉴一下数学、物理成功的经验。可是化学学科特色依然与数学、物理有所不同，具体不同在哪儿倒也说不出来，但肯定有区别。比如，下一步的学习计划如何制订，修远并没有明确的头绪，似乎把手头的化学资料直接套用上数学和物理的解题思路结构化，并不像数学和物理那样清晰。

到底问题出在哪里呢？

不知道问题出在哪里的时候，第一反应是问老师。不过在兰水二中的普通班十四班，老师的水平并不如修远的意，起码比原来实验班的化学老师水平就差了些，更别提临湖实验高中的名师了。而要去再找实验二班的化学老师咨询问题，修远是万万丢不下这个脸的，更何况就算去问了，人家也没有义务搭理你。而且就算搭理你了这一次，下一次又如何？毕竟不是自己的老师，无法长期仰仗。

至于林老师，按照上次的约定，还要再过一周才能见面，中间空出的接近两周时间又该怎么办呢？既然老师指望不上，那就只能退而求其次，想到去问一些学得还不错的同学。实验二班的同学里，修远有脸去联系的，只有夏子萱了。

首先，问学习相关问题，自己原来那些垫底的兄弟就不管用了。何况他与付词已经闹翻，其他人与付词还是亲密的同学，与他的关系就比较尴尬了。而排名靠前的学生中，卢标已经消失；李天许性格乖戾不可靠近；陈思敏、赵雨荷几个女生自己不熟；罗刻与自己也不熟，且性格比较闷，又从不管闲杂事情；自己与诸葛百象也并无什么交情。

算来算去，就剩下个夏子萱还能说上话了。并且这两个月里，自从自己在实验二班的群里被群嘲以后，只有夏子萱还愿意帮助自己，至少每周会把实验班数学老师发下来的资料、试卷拍照发给自己，已经持续近两个月了。算起来，自己当年在实验班的时候，与夏子萱又有什么交情呢？她能帮自己到这个程度，实属难得了。想到这里，修远心里不禁生起感激之情。

至少在食堂请她吃顿饭吧？修远心想。另外，都说最有可能帮助你的，就是那些曾经帮过你的人。约她吃顿饭表达下感谢，再顺道找她问问化学学习的事情，至少要点儿资料，看看与普通班的资料有什么区别。之前由于只提到数学，所以夏子萱供给的资料也只有数学。

约夏子萱出来吃饭并不简单，实验班的学习抓得比上学期更紧了。首先假期从一周两天变成了一天。普通班要下学期开始才缩短成一天，而实验班提前了。作业据说每一科都更多了，空闲对应也就更少了。且修远怀疑，夏子萱究竟方便赴自己的约吗？如果碰到其他实验班的同学，他们会怎么想？住宿生除了每周一次的放假，不能出学校，所以很难避开其他同学。

不过邀约是修远的事，来不来就看夏子萱了。两次在手机上邀约发现时间不妥之后——都是因为李双关占用吃饭时间进行抽查或者讲试卷——第三次邀约夏子萱终于同意了，时间定在周三晚饭，这天李双关没有课，时间较为宽松。另外，大约是为了避嫌，夏子萱也提到会带一个同学过来。

周三下午，修远第一时间赶到食堂，来到点餐区提前预订的小包间，然后点了几个菜，准备好果汁等饮料。大约10分钟后，小包间的门被推开了，一名身着薄款白色连衣裙的女生面带微笑地轻轻走进来。

"修远，好久不见啊！"这人正是夏子萱。

"哈哈！是啊，好久不见，今天请你吃顿饭表示下感谢啊！"修远笑道，"咦？诸葛百象？"跟在夏子萱后面进来的，不是别人，正是实验二班去年排名第三的诸葛百象。

"啊，修远啊，好久不见！听夏子萱说有人请客吃饭，我就跟着过来混顿好吃的。怎么，不欢迎吗？"

"哪里哪里！当然欢迎啊，只是有点儿出乎意料而已！我还以为夏子萱可能会带陈思敏或者赵雨荷过来呢，没想到是你！"修远快人快语。

夏子萱脸微微一红，诸葛百象道："啊，那几位脸皮薄，不好意思来蹭饭吃。我就不要紧了，一听有好吃的立刻主动贴上来，只要你不明确表示赶人，我就能赖着脸吃光你。不知道你菜点够没有？"

"哈哈哈！菜马上就上了，当然管饱！这次主要是为了感谢夏子萱这段时间一直帮我忙，给了我很多有用的数学资料，这种感谢宴哪里敢少菜嘛！"修远慷慨大笑，仿佛笑得豪迈些，心就不会滴血了。

"哦哦，那我们就不客气了！"夏子萱与诸葛百象笑道。

"上菜之前先聊一聊吧，实验班里最近情况怎么样了？有什么新鲜事？"修远轻松问道。不想夏子萱和诸葛百象对视一眼，面色突然凝重起来。

第三十六章

实验班之乱

兰水二中，是兰水市实力排名第二的高中，仅次于临湖实验高中。兰水二中，现高一这一届的学生，是历年来生源最好的一届。而高一的学生中，几乎所有精英都集中在两个实验班。实验班兴，兰水二中则兴；实验班乱，兰水二中则乱。

所以实验班，绝不能乱。

可惜天不遂人意，自从卢标走后，实验二班突然陷入混乱。

"怎么了？"修远看着夏子萱和诸葛百象暗淡的眼神，疑惑道。卢标离开之时，修远也跟着离开了，他并没有亲见实验二班后续的变化。

"唉，这学期以来，班里的氛围变得怪怪的，感觉很乱，同学们状态也不好，大不如从前了啊。"诸葛百象叹息。

"怎么回事？"修远追问。

夏子萱解释："去年卢标离开，虽然大家都很难过，可是谁能想到，卢标一走居然造成了这么大影响。

"首先是李天许越来越狂了。卢标在的时候还能镇住他，卢标一走，他就更加放肆了，每天一副唯我独尊的样子，可讨厌了！他和罗刻的矛盾也不断激化，可气的是他现在稳居全班第一，罗刻一直被他压住，几次翻不了身。每次他赢了以后就说一些很过分的话，罗刻就会心态波动很大，最近状态越来越差了，不断积累学习时间，效率却很低。上学期他还是仅次于卢标和李天许的稳定第三名，这学期上下起伏，最差的时候已经退到了第六名。

"柳云飘成绩下滑更严重，去年还是七八名的样子，今年掉到将近第二十名了。退步的原因可能有很多，但我感觉卢标的事情肯定占了大头。她现在一时心浮气躁，一时颓丧不振，与上学期一开始时积极向上的样子反差很大。

"百里思还是偏科严重，而且原来一直稳定的数学也开始波动，似乎是有段时间想花精力把语文和英语补起来，数学就没怎么学了。可结果英语、语文没有分毫长进，数学成绩还有所下滑。好几次听她感慨，后悔当初没有好好跟卢标学下怎么提高自己的思维掌控力之类的。我也不知道这具体是什么意思，但总之和卢标有关就对了。

"赵雨荷跟陈思敏两人，名次上没有什么变化，但状态也不好，学得很累，也很迷茫。名次保持不变，更多是大家同时退步造成的吧。我前几天还跟她们聊过，她们还开玩笑说自己状态这么差，考试排名居然不变，有些怀疑世界的真实性了。"

修远听得一脸震惊，怎么班里面发生了这么多事情："你怎么知道大家在同时退步呢？有可能只是这学期知识难度增加了呢？数学和物理都明显更难了嘛！化学也不容易！"

诸葛百象摇摇头："很简单，和隔壁实验一班对比一下就知道了。上学期，年级前十名我们班有四五个，这学期平均只剩两个了。像陈思敏，同样是班里面第四名左右，上学期年级大概第十名的样子，这学期只有第十五名到第二十名了。其他人也类似。总的来说，以实验一班为参照，我们班是在明显倒退的。"

天啊，因为一个卢标的离开，居然造成了班级的整体倒退？这到底是为什么啊？修远简直不敢相信："怎么会这样？"

"具体的原因不好说，我们也不能准确表述其中逻辑。"诸葛百象道，"但其中李双关的原因很大。卢标离开似乎对李双关造成很大打击，让他很愤怒，有一段时间在班级管理上几乎严苛到变态的程度了。早读原来是 7 点开始，提前到 6 点 40 分；午休原来是 1 点 30 分结束，他提前到 1 点了；抽背文章原来一周检查一两次，后来最极端的时候，几乎天天找人检查！再加上作业量也增大了，放假时间也少了，我觉得大家都有点儿缓不过来了。"

上学期已经作业太多、管理太严了，这学期居然还能加重？修远简直不敢想象。

夏子萱又补充道："还有一点，我觉得原来卢标在的时候，大家有一个榜样，有一个可以学习、效仿的对象，有一个参照物，知道优秀的人是怎样的。甚至很多时候，大家都把他当作一种精神支撑和信仰了。他走了以后，感觉很多同学都没什么斗志了。再加上李老师过于严苛，大家都更疲惫、更泄气了。"

"天啊！好可怕！说得我都不想回实验班了！"修远惊呼。

夏子萱听罢莞尔一笑："不过也还是有好的变化。期中考试班级成绩大幅下滑之后，李老师似乎也意识到过于严厉并没有好处，有些收手了。"

"有吗？"诸葛百象打岔道。

"有啊，你不觉得最近松一些了吗？抽查次数啊，作业量啊，都有缓解。"

"呃，不太明显吧。好比一个暴君，原来喜欢把人打死，现在改成了打残，然后你就觉得他仁慈了？"

"没那么夸张啦！"夏子萱"扑哧"一声笑出来，又转头对修远道："另外，也是期中考试之后，我们的生物、历史、地理三门课的老师都换了，换成了水平更高的老师。其中一个是生二胎假期结束的女老师，原来是教上一届重点班的；一个是从七中挖来的名师；还有一个是211大学毕业的研究生，虽然是新老师，但是讲课讲得很好，我们学习效率变高了呢！所以你要是想回来的话，其实也不是不可以。"

"啊，那也得期末考试考好了才有资格回来吧。"

诸葛百象笑道："你回来应该没问题吧？上次数学考试我们可听说了，数列章节，一套难得要死的卷子，你居然得了142分。我可看过那套试卷了，感觉自己连130分都拿不到，我们班除了李天许，恐怕也没人能上140分。修远，看来你在普通班过得不错啊，突然进步这么大？真是一方水土养一方人啊，离开了李双关的魔爪，你就像是封印被解除了一样啊！"

修远不好意思地笑道："哪里哪里，运气好罢了！对了，其他人都不适应，你们两个状态如何呢？"

夏子萱耸耸肩道："我就这样吧，在班里面看起来是进步了一点儿，年级排名不进不退。不过诸葛百象进步了一些呢，有几次已经超过了罗刻，逼近李天许的成绩了！"

"啊？这么厉害？你怎么不受李双关影响呢？"

诸葛百象撇撇嘴："我现在学无赖了，作业多了就不做。另外表面上假装听话一点儿，李双关基本不找我麻烦。"

"他心态好，情绪调节能力更强一些吧。"夏子萱补充，"而且我觉得他的学习方式也挺好的，直接放弃高难度的题，把中低难度题目全部吃透，这样效率更高。现在学科难度提升了，难题更难，花时间去钻研的性价比越来越低，诸葛百象这样的学习方式反而更有优势了呢。"

"啊，还有这种操作？厉害！"修远不明所以地赞叹道。

"一般般吧。"诸葛百象搪塞过去，嘴角露出一丝不易察觉的苦笑，"总之呢，修远，实验班的情况有优有劣，你要不要回来，可以好好考虑权衡一下。"

修远点点头。

菜上来了，无非是几个学生常吃的家常菜——更贵的修远也请不起了。学校食堂的好处是，菜量是有保证的，三个人四道菜已经显得绰绰有余。一盘回锅肉、一盘糖醋里脊、一盘干锅花菜、一盘油淋茄子，修远再倒上廉价果汁，三个人便开动了。

"果汁代酒，感谢夏子萱这段时间提供的数学资料！干杯！"

"干杯！"

三个人边吃边聊，修远问道："选科的事情你们定没有？不知道实验班后面会怎么安排科目？据说是期末考试之后再明确选科，不过我觉得你们应该提前有些消息吧？"

"嗯，两个实验班应该会重新分配，一班应该是'历史+2'的组合，我们班应该是'物理+2'的组合。不过未必能够把组合的课开全,学校历年都会做些限制引导。"夏子萱道,"这是我跟上一届学生会的学姐打听到的,似乎是教室不够用,没有那么多选科走班的空间。"

"哦?"

"上几届的时候,学生选'物理+化学+地理'的多,结果化学赋分偏低,竞争不过临湖实验之类的省重点,后来就要求学生尽量不选这个组合了,改成'物理+生物+地理'。文科那边对应放弃政治,也是'历史+地理+生物'。"

诸葛百象又补充:"我觉得学校不仅是在选科上做出了限制,在师资配备上也有对应安排。你看,这次我们班换老师,就是生物和地理换了更好的老师,都是学校新招进的,而化学、政治没动。李双关在学校里教育经验比较足,最好的生物、地理老师优先考虑我们班了。"

"难道化学和政治就被学校强制性放弃了?我还准备选化学呢!"修远埋怨,"唉,怎么这样呢?不过我化学也学得不好,实在选不上就算了吧。"

"那也不至于,只是会劝学生尽量少选化学。另外,我们班化学老师水平还行,所以实验班学生如果想选化学是可以保证的。但普通班好像化学老师实力偏弱,再加上赋分的问题,可能名额就会有限制了。对了,修远,你数学都这么厉害了,化学还学不好?难度明显比数学更低吧?"

修远叹口气:"这两门学科不是一回事吧?用学数学的方法去学化学,行不通啊!"

"哦?怎么会呢?你化学哪里不懂吗?"夏子萱诧异道。

"比如最近学的有机化学,什么乙醇、乙烷、乙醛、乙烯,各自特性已经够麻烦了,再来乙酸、乙酯之类的,完全不知道是什么玩意儿。课本上根本就没定义过什么叫酯类嘛!还有,你说这个反应莫名其妙地就要个浓硫酸做催化剂,为什么?毫无道理啊!全都只能死记硬背。再如,化学实验里面要求检测各种有机杂质,就涉及那一大堆乙什么的东西能不能溶于水的问题。有些能溶,有些不能溶,又是一堆要记忆的。甚至有时候还会出现课本上没见过的有机物,要求判断能不能溶。

"总之,一堆乱七八糟的玩意儿,不仅要死记硬背,而且有些连背都不知道怎么背!"

"等下!"夏子萱道,"怎么会没有规律呢?你最后说的那个能否溶于水的问题,有明显的规律啊!水是极性溶剂,所以极性越强的越容易溶于水啊。像乙醇、乙醛、乙酸都是极性比较强的,就溶于水;乙烷、乙烯都是极性很弱的,所以不溶于水啊。这是应用了第一章的化学键知识啊。"

修远听得愣住了,道:"可是化学键那里并没有讲相似相溶原理啊!"

"哦,那是老师在讲有机物的溶解问题时临时补充的,不过基础原理就是化学键那一节的内容。"诸葛百象补充。修远一时说不出话来。

"还有那个,浓硫酸做催化剂也有规律的呀。乙酸和乙醇反应生成乙酸、乙酯和水,这是可逆反应,而浓硫酸吸水且放热,能够让反应的平衡向右移动,所以用它做催化剂呀!"

修远又愣住了:"什么平衡?向右?什么意思啊?"

诸葛百象道:"是不是你们没学化学平衡?我们讲必修二第二章化学反应速率和限度的时候,顺便讲了一点儿化学平衡的内容,因为老师说有机反应里面很多是可逆反应,提前了解一点儿化学平衡会有帮助。化学平衡是选修四的内容,不过老师提前抽了部分重点出来,做了资料给我们。"

"没、没有讲!我们根本就没有提这些!"修远心中一片凄凉。

"唔……"诸葛百象耸耸肩,"这样的话,有机化学中的官能团你们是不是也没讲?就是烷、烯、醇、醛、酮、酯等的分类依据那些。这个学了的话,很多衍生题目都好做了。"

"也没学!"

诸葛百象一摊手:"你们老师还真是什么都没讲啊,怪不得你学不会。"

修远一脸失落,目光呆滞。何止是遗漏了很多重要的知识点?其实那些没有遗漏、已经讲出来的内容,也有不少没有讲清楚啊!如此算起来,其实物理老师又讲得多好呢?很多自己已经弄明白的题目,听老师讲的时候也觉得有些不对劲,似乎没有讲到点上。只不过修远对物理有自己的学习心得和经验,所以老师讲得不好并没有太大影响。化学科目上,老师的水准差异让自己的学习阻力颇大,而生物、地理这些科目又如何呢?

"不如我把之前老师讲的这些补充重点拍照发给你吧?老师有发资料,加上我整理的笔记,像数学资料那样发给你。你对这些重点重新研究下,说不定之前想不通的问题很多就能想通了呢?"

想要找夏子萱要点儿化学资料原本就是修远此行的目的之一,没想到此时夏子萱主动提了出来。修远心中不禁一阵感动。

"太感谢你了,夏子萱!"修远激动得简直想要跳起来,"我就说化学的必修二总感觉学得不太对劲呢,以后有了你给的资料,我得抽时间把整个必修二的内容好好复习一遍了。"

"整个必修二的补充资料?"诸葛百象听到此话,不禁看向夏子萱,"这得花多少时间整理?你原本时间就不够用的。"

修远一愣,心想:是啊,光顾着自己高兴,却没想到让人家专门给自己整理资料,得花多少时间和精力?还一要就是一整本书的。自己实在是要求太多了啊!

然而夏子萱倒不介意,微微一笑道:"没关系的,帮帮修远嘛。花不了很多时间,一边整理一边也当作自己复习了。"

"唔，这样。不如我来整理有机物这章的内容吧，反正这周末也准备自己复习的。你看看第二章化学反应的补充重点，应该没多少了，其实就是把选修四的内容提前了一点儿，老师是发过相应资料的。另外，修远自己也可以抽空去看看嘛。至于第一章，内容很少，应该不需要补充了。这样任务分散，对谁也没有太大的负担。"诸葛百象略一沉思，做出上述安排。

"对对对！"修远赶紧道，"免得让你一个人做太辛苦了！总之，感谢夏子萱，感谢诸葛百象，没有你们两个帮忙，我真不知道怎么办才好了！"

修远举起果汁："来，干杯！感谢二位帮助，谢谢你们！"

第三十七章

欠债当还

如果返回实验班，那么就将再次面临李双关的严苛管理，但同时也距离更高水平的老师和资料更近了，到底该如何抉择呢？修远请夏子萱和诸葛百象吃完饭后，在回教室的一路上都在思考着。化学、生物、地理，自己在此三科中必选两科，但目前十四班的师资力量配备上，这三科教师都比较弱。另外，历史老师也不怎么样，不过反正自己不选，与自己无关了。

返回教室以后，修远趁着第一节晚自习还没开始的时间，简单列了一份化学学习的规划表，准备周末回去一拿到资料后，立刻开始主攻化学。因为英语、语文的突击需要安排在后面，那么期末总分能不能再往上冲刺一下，基本就看化学学科的表现了。虽然自己并没有明确一定要上实验班，但至少得拥有选择的权利吧。

先浏览夏子萱给的补充资料，看有多少实验二班讲过而我们班没讲的重点。然后把自己的各种试卷和练习册的错题全部挑出来，重新做一遍，看看有多少是立刻就会做了的，这部分就是由老师没讲清楚导致的。后面的话，还有些基础知识点是上学期没学好的，比如化学实验的一些操作步骤、器材，以及比较难的计算题……

正想着，英语老师何思走进来了——今天是英语晚自习。不过好像还没打铃，老师怎么提前到了？只见何老师走过讲台，直接向修远走过来。

"修远，你的英语作业怎么没交？"

"咦？试卷不是交了吗？"

"我是说抄写单词的作业！"

"哦，那个，没……带。"

"没带？到底是没带还是没写？没带你就回去拿！真是的，撒谎也不动动脑子，人家走读生撒谎说没带还勉强有点儿意义，你一住寝室的说没带有意思吗？"何老师鄙视道。

"呃，好吧，没写……"修远不得不承认了。其实抄写单词的作业修远不是第一次没做了，一个单元上百个单词，每个词抄写十遍，看起来很有小学生作业的风格，修远一贯不太喜欢这种作业。当然，单词还是要背的，但抄写单词这种方式太机械、太原始了，又浪费时间，修远本能地反感。再加上前两个月主攻数学和物理两门课耗费了大量时间，英语单词抄写这种低效的作业方式，自然被修远淘汰掉了。

"赶快补起来，明天一早交给我！"何思下完"命令"，返回讲台开始准备晚上的课程内容。

得了，修远的化学计划暂时搁置，今晚得补英语了。不过问题不大，反正正式地主攻化学要从周末才开始。

第二节晚自习，修远花了大半节课的时间补完了英语的抄写作业。于是用来做化学、数学题的时间就少了，更别提英语还有五篇阅读理解与一篇作文没做。修远面临抉择：化学的学习计划还没有做完，没有具体到章节知识点的复习，修远现在有一股强烈的冲动想把这个计划完成；而如果晚自习剩下的时间用来做化学的规划，那么英语的阅读理解和作文就没空写了，因为回寝室后剩下的那点儿时间要用来整理数学的部分题型。反过来，如果去做英语的阅读与写作，那么化学和数学学习就必须去掉其一。

该怎么办？

犹豫过后，修远决定依然放弃英语的阅读和写作。不过要是像之前一样直接不交或者交空白作业恐怕不行了，毕竟英语老师何思今天才批评过自己。那就给她点儿面子，抄一份交上去吧。于是剩下的晚自习，修远继续做化学学习的计划，直到晚自习结束前的5分钟，才找同桌抄了英语阅读和作文的答案。

做学习计划是一件很奇妙的事情。明明是有一大堆知识点还没学会，题型还没掌握，然而当你做出详细的计划准备攻克这些难关时，却能体会到一种已经攻克了难关的满足感。学习计划常常被列成一张表格，上面写着每天的每个时刻该学习什么。学习内容密密麻麻地排列着，仿佛任由你掌控的军队，而你则是指令它们的君王，那奇妙的满足感大约就从这规整的军队中而来。

第二天上午的大课间休息时，修远还沉浸在化学学习计划已经做出，化学成绩即将暴涨的喜悦中，忽然英语老师何思又气冲冲地推门而入，径直走到修远面前，将修远昨天的阅读和写作作业摔在桌上。

啪！

完了！修远心想：流年不利啊！难道今天不宜上课？

"昨天才批评你不做单词抄写作业，今天立刻又不做阅读理解了！你什么学习态度？！"何思怒吼。

"呃，这个，不是写了吗……"修远尚且抱着侥幸的心理。

"还抵赖！明明是抄同桌的！五篇阅读二十五个题，他错八个，你也错八个！错的还一模一样！不是抄的是什么！"

这下真完了……修远在心里叹气：一个普通的日常作业，一般来说，老师根本不会细细地去看，顶多写个"阅"字了事，所以修远才会放心大胆地去抄。可谁能想到，这一次的作业何老师居然一份份地批改了？或许仅仅是批改了自己的，因为现在自己是她的重点"盯防"对象？

"最可恨的是，你连作文都和同桌写得一模一样。傻子也能看出来这是抄的吧！"

修远愣了几秒钟，抬起头看向英语老师，想回应些什么，嘴巴微微张开，最终却停在那里说不出话，因为实在是找不到任何借口了。

大眼瞪小眼，小眼不要脸。

旁边的吃瓜群众又开始窃窃私语起来："哇，你看他好有个性啊，就是不做作业，老师都拿他没有办法！"

"就是就是，太牛气了！哪像我们，每天做作业这么累啊！"

"不如我们也不做？"

"人家牛是有底气的好不好？你敢不做作业，信不信老师罚你？"

……

这私语声或许是被何思老师听到了，一股怒火立刻蹿起来，更加愤怒地吼道："你仗着自己成绩好，简直目无尊长了啊！成绩好了不起啊！啊！敢直接不做作业了！这都第几次了。啊！前面几个月我都忍了，给足你面子了吧？结果你一而再，再而三，还得寸进尺了！昨天刚刚批评过你不做作业的问题，今天又犯！你眼里还有我这个老师吗？！好啊你，行啊你！我管不了你，叫你们班主任来收拾你吧！看看到底还有没有校纪、校规了！"

这些语句如同愤怒的燃烧弹一样向修远身上投射过去，而修远只能默默地承受着，无法给出任何回应。何思摔门而去，修远脑子里一片空白，不知如何是好，只是呆呆地抓起一本化学书……

于是周围叫好声又起："神一样的淡定啊！"

"泰山崩于前而色不改！不愧是超级学神啊！"

……

修远一阵无语，但也没太多心思理会那些同学，只是暗自揣测班主任袁野会怎么处理他。这要是在实验二班李双关的魔爪之下，小则记大过，重则要停课回家了。袁野或许不会那么残暴吧？

然而下午语文课连堂，语文老师章郦让修远充分体会到了什么叫作祸不单行。

"同学们，上学期期中考试我们班的语文平均分，在年级里是排在后半段的。为什么？之前也分析过了，主要是小说赏析和作文两个板块分数太低了！尤其是作文，普通班的作文平均分有42.5分，而我们班呢？只有40分！这一个多月，虽然我们抓紧练习了几次，但是效果并不理想，可以说，很多同学都没有把作文训练放在心上！

"你们扪心自问，每周一篇作文，这个训练量很大吗？如果连这个功夫都不愿意下，难道准备期末考试的时候再吃一次作文的亏吗？准备高考的时候再吃作文的亏吗？

"对于如何学习语文、学习作文，现在班里面的风气需要纠正！你们某些同学真的太不重视作文了！甚至某些成绩很拔尖的同学也有这种习惯！比如修远同学，虽然总分很高，但是你语文分数并不高啊，尤其作文分数更低！为什么就不想着好好把作文提高上去，让总分也再进一步呢？

"更不要说，你应该成为我们十四班同学的表率啊！大家一看，成绩最好的修远也不认真写作文，那干脆大家都不要认真好了。你一个人带坏了一个班的风气，你知道吗？"

修远听得一愣一愣的。他怎么莫名其妙背了这么大一个锅？带坏全班风气？不至于吧！于是强行答道："不会吧，我的作文训练不是写了吗？"

章邯生气道："写了？写了？你也好意思说写了！你认真了吗？你作文训练的那个质量，连42分的平均分都达不到！甚至还有两次，连800字都不够！最夸张的一次，连600字都不到吧？这也叫认真写作文？！"

原本只是点拨一下修远，但经过修远的作死式反驳，章邯直接发火了。修远暗自叹气，还不如不狡辩算了。

其实修远自己也明白，这段时间以来，自己在英语、语文等科目上确实是"偷工减料"，欠了不少作业的债。可是这有什么办法？按照林老师所说的脉冲式突击策略，必须要像集中优势兵力打歼灭战，在一段时间内把大量的精力放在数学和物理上，快速形成优势学科才行啊！而且修远按照这种方法学习，也确实看到了效果。数学和物理成绩现在不都上去了吗？

如果按这样的节奏继续下去，用不了多久，顶多一年吧。或许所有学科都会依次突破，语文、英语也不例外。可是看各科老师的态度，似乎根本不可能给自己这么多悠闲的自主掌控时间啊！难道自己的脉冲策略要被迫终止了吗？修远不甘心啊！

这一关，自己到底能不能过去？

果然，到了晚自习之前，袁野找上门来了。袁野身穿宽松格子衬衫加七分裤的组合，看上去十分休闲，修远的心情却一点儿不轻松，他很清楚袁野是来干吗的。记大过？应该不至于。叫家长？要是再让自己的父亲掺和进来那就不好办了……

"修远，来，出来谈谈。"袁野用手指点了点修远的课桌，转身走向教室外的走廊。

修远耷拉着脑袋，心乱如麻。

第三十八章

意外之喜

自修远转到十四班以来，袁野对修远一贯宽容，从未严厉管束，更没有批评教育过。当然，这也由于修远并无大过。然而这次多门科目的老师集体向班主任责备修远，袁野如果再不有所反应，那就说不过去了。

"说说吧，修远，怎么回事？好几科老师责备你了。"袁野露出疑惑的表情。他以为，修远这样的学生，原本不该成为老师投诉的对象。说起来，修远倒是从没差过数学作业。

修远犹豫着，不知该怎么说。如果照实交代，自己是由于使用脉冲策略，选择性地故意不做英语、语文等作业，那也太不给英语和语文两位老师面子了。按照原来在实验二班的经验，这是妥妥的记过的节奏。然而，如果不照实交代，又该找些什么理由呢？

不会做？不可能啊，哪有英语单词、作文不会写的？

身体不舒服没法做？自己每天生龙活虎，没有半点儿病恹恹的样子，怎么装病？

心情不好抑郁了？看着也不像啊……

"修远？怎么不说话啊？"袁野催促。

修远抬起头看袁野，略显怯意，问道："那个……何老师和章老师是怎么说的？"

"说你英语和语文作业没有做，很多次了，屡教不改喽。"

"呃，那他们有没有说，要怎么处理我？"

"嗯，章老师没说，何老师对你意见比较大，说要记过。但是我想修远啊，你也不像是那种完全不学习的人，可能有自己的原因呢？所以还是先找你了解下。毕竟……毕竟不能只听老师的说辞，不理学生的心声啊，老师和学生在发言权上应该是平等嘛。"

修远心里微微一动。袁老师倒是挺通情达理啊！如果照实说了，也许袁老师能够理解呢？一阵低头犹豫后，修远下定决心。

"袁老师，我的英语和语文作业确实有很多次没有做，这点我承认……"

"是忘记了，还是觉得其他科目作业太多了，没时间做英语和语文？"

修远摇头："都不是。我选择这段时间不做英语和语文，这是我目前所使用的学习方法。"

"哦？"袁野略感意外，"不做作业是种学习方法？"一般老师听到这里可能已经跳起来骂人了，不过袁野依然耐心听下去。

"没错。这是一种时间分配策略，讲究的是'集中优势兵力打歼灭战'，在一段时间内，不把精力均匀地分布在各个学科上，而是要有所偏重。先集中学好某一个学科，建立学科优势，等到这个学科的优势稳定以后，再转到其他学科上去。

"目前各科的作业量，如果我平均地做，倒是也能够做完，但是就会造成各个学科平均发力的结果。我自己安排的顺序是，先集中精力把数学和物理突击了，再集中精力搞定化学，接下来再去突击语文和英语。这个顺序，就造成了我之前的一段时间，没有花太多时间在语文和英语上，部分作业没有完成。而且……而且可能未来一段时间也会如此。"

"这种做法真的有用吗？"袁野的疑惑更深了，"这么长时间不好好学语文和英语，不会造成偏科吗？"

"您问的这些问题我也思考过。首先，这种做法确实有用。我现在的状态比较特殊，我最近在用一些新的方法学习数学和物理，效率很高。在效率很高的情况下集中精力突击数学、物理，所以成效也很显著。我最近的数学、物理成绩您也看到了，都还可以的。而且……"修远顿了顿，咽了口唾沫道，"其他同学对我不了解，但是您是看得到我上学期的成绩单，其实我上学期成绩一般，数学和物理的成绩，是最近几个月才涨起来的。"

"嗯。"袁野点点头。尽管学生们都把修远当成神一样看，但袁野在最初的惊讶过后，已经找实验二班的班主任李双关了解过，得知了修远的真实水平。不过他认为自信是一件好事，班上的同学如此崇拜修远，或许能够提高修远的学习积极性呢？故而从来没有提及修远在实验班的惨淡历史。

"那么，为什么你会选择先突击数学和物理呢？语文和英语又准备怎么处理？"

"先选择数学和物理，是因为我上学期已经在这两科上面投入了不少时间，只是由于方法不对而没有起到成效。所以这学期我换了方法以后，选择趁热打铁，继续攻克数学和物理。

"至于语文和英语，说老实话，我暂时还没有掌握这两科的具体学习方法，还在……还在摸索和学习当中。语文我之前曾经尝试过突击一下，但是失败了，所以后来做了调整，决定把语文放一放，先突击化学。"

"大致了解了。不过，语文和英语两个学科，你在不懂得方法的情况下，又不投入时间去苦学，岂不是越来越退步了吗？"袁野又问。

这问题问得修远有点儿尴尬。修远的想法是，过段时间，再找林老师请教一下，应该能够掌握语文和英语的具体学习方法。不过如果把计划说出来，岂不是显得修远十分信任校外的林老师，而鄙视本校的语文和英语老师吗？他只好含糊道："这……希望袁老师能够相信我，语文和英语，我是一定有办法的。过段时间，我一定能够找到对应的高效学习方法，一定能够把语文和英语补回来！我真的有计划！"

一个不可言明、莫须有的计划，就想让袁野相信他？甚至允许他继续按照他自己的计划行事？修远对此几乎不抱希望。

不想袁野略一沉吟之后，点头道："修远同学啊，你是个很有主见的学生，你在数学和物理上的飞速进步，也证实了你的能力。虽然我不了解你的计划是什么，也不知道你怎么能把落后的英语和语文补回来，但是既然你有这份自信，我还是愿意相信你的……"

修远吃惊地抬起头，瞪大眼睛。

"何老师与章老师那里，我会去沟通一下，争取给你一定的空间，让你能够更加自主地学习。当然，也需要你注意自己的态度，多少还是要给两位老师留点儿面子嘛。我想两位老师还是考虑到了你在班级内的影响力，万一其他人都跟风，学你不做作业了怎么办？所以这事情，不要公开，私下平和处理比较好。该交作业的时候，哪怕空本子也要交上去，不要让其他同学注意到了。剩下的问题，就让我跟两位老师沟通吧！"

看袁老师的意思，不仅之前的作业问题既往不咎，而且未来一段时间可以继续执行计划。之前所有的担心，什么叫家长、记大过、猛烈训斥，全都不存在了，反而是充分的理解和宽容！修远喜出望外，简直要喜极而泣了！

"袁老师，太谢谢您了！"修远声音都激动地颤抖起来。

再次与林老师相见时，天气已经相当炎热了。微湖沿岸高大茂密树木的浓郁的林荫，几乎也要抵挡不住太阳的炙烤。树上的蝉躁动，鸣叫不已，声音在树梢间环绕一阵，然后消散在广阔的湖面上。湖面上时而有风吹来，时而又停了，让人眼巴巴地望着平静的湖面，盼下一阵风吹来。

"林老师，好几周不见，我真是太想您了！"修远见林老师坐在浓密树荫下的长椅上，一个加速冲了过去。

"嗯，好久不见了。近况如何？"林老师声音平静。

"最近嘛，数学和物理是越学越好了，不过有一个新的问题需要解决了！林老师，我们马上就要期末考试了，考完就按照成绩分班，前八十名进两个实验班。我现在很犹豫，到底是该留在现在的普通班呢，还是冲进实验班去？"

林老师笑笑："一般学生想都不想就愿意进实验班了吧？你为什么犹豫起来了？"

"我想过了，发现情况很复杂，定不下来啊！如果说老师水平，那肯定是实验班的更高一些，现在的普通班，有部分老师讲课都讲不清楚。但是实验班的压力大，老师管理得特别严，作业特别多，基本上没有时间做自己的事情，如果我去了实验班，可能就没时间按照自己的计划学习了。反而普通班管理相对宽松一点儿，我可以慢慢地做结构化，用您教的各种思维方法和学习策略……

"总之，两边各有优缺点，真不好判断！"

林老师没有立刻回答，反而打量了修远一番，略作思考，然后问道："虽然不好判断，但你心里有没有什么倾向呢？略微偏向哪一边？"

修远被问得一愣，顿了顿，道："好像……没有吧。各自都有优缺点，就是让人没法决定啊！"

林老师又想了想，道："这样的重要选择，最终还是要你自己选。我能告诉你的是，不论是哪种选择，都需要有对应的方法弥补其缺点。"

修远一下提起神来，心想：林老师的意思似乎是说，不论怎么选他都有方法能够解决问题？这可让我压力大减了啊！赶紧追问："那具体该怎么弥补呢？比如，如果我选择留在普通班，就会面临师资力量弱、部分老师讲课不清楚的问题，那我该怎么办呢？如果到实验班去，老师作业太多了，我没时间做自己的结构化了，那又该怎么办呢？"

"这涉及关于学习的认知。我先问你一个问题，你认为，学习的中心在哪里？"林老师没有直接回答修远的疑问，而是问了一个问题。

"学习的中心？"修远一时不知如何回答，沉默半晌才道，"是学习方法吧？或者思维能力？思维能力好的话学习就轻松了。"

林老师盯着修远的眼睛，不说话。修远心里一慌，又答道："中心……难道是课程的内容？课本？学习是以知识点为中心的，而知识点最终都落实到课本上？"

说完后再看向林老师，然而林老师依然不作声。修远心里没底，只能再猜道："那就是高考的导向？各种知识点、学习方法等，都是为高考服务的？"

这一次，林老师终于有所反应了，他轻轻摇了摇头，道："学习的中心，不是知识点，不是方法，也不是高考，而是人！"

"人？"

"对了。学习的中心只有一个，那就是学习者本身。其他一切要素，包括课本、试卷、教辅、学习策略、思维方法、教师、硬件设备、课程体系等，全部都是围绕着学习者而发挥作用的。只有学习者本身，才是一切学习的中心！"

修远愣愣地听着林老师的话，感觉好有道理，但依然想不通，这和他目前所面临的分班选择困难，有什么关系呢？

第三十九章

学习中心论

世界的中心是哪里？

不是地球，不是太阳，也不是宇宙深处黑暗中某个神秘的几何点，而是你自己。

如果整个巨大的宇宙都是围绕着你自己而转的，那么学习这件事情的中心，又如何不是你自己呢？

然而矛盾便在这里。在很多教师和学校负责人的视角里，宇宙的中心当然是他们自己，于是教学的主动权必须要抓在他们手里。学生每天作息如何、作业量如何、学习节奏如何，也要紧跟着学校安排才是合理的。至于传统教育学所提倡的"学习以学生为中心"，则迟迟不能被实际执行，毕竟，如果学生自我规划能力太弱怎么办？如果学生太懒散怎么办？如果学生自己找不到正确的学习节奏怎么办？太多的不确定因素让教学的风险升高，学校的声誉、教师的褒贬与奖金、领导的升迁，诸多利害皆系于此，岂能任由学生妄为？

而在学生那里则又更模糊了一层。

很多学生连"教育应以学生为中心"的口号都未曾熟悉，从小在家长"好好听老师的话"的教育下长大，似乎本能地以为，学习就是应该以老师、以学校为中心的，毕竟他们也不知道该怎么学，所以觉得确实该听学校的安排啊！他们所求的，是在被学校牢牢管控之余，能稍作歇息，不致太疲惫。

多年的浸染之后，那未曾得到培养的自我规划、自我认知、自我调控等能力，如同冻土之中未发芽的种子，只存一线生机，更不知何年能见天日。

"如果我是学习的中心，那又怎么样呢？"修远木讷问道，"这跟我去不去实验班有什么关系呢？"

林老师看着修远不作答，似乎在等什么。修远只好喃喃道："难道是说，实验班老师管得严一些，所以到实验班去就成了以老师为中心的学习？所以您是在建议我留在普通班吗？林老师，是这个意思吧？"

林老师又盯着修远看了一会儿，以不易察觉的幅度微微摇了摇头，忍不住笑道："当然不是这个意思。我是说，在明确了学习是以自己为中心的前提下，每一种选择，你都知道该怎么补充其漏洞，发挥其优势。"

"比如，你去了实验班，你得到的好处就是师资力量更强一点儿，而弊端就是老师管理太严，作业极多，挤压时间太严重。如果缺乏'学习以自己为中心'的理念，那么一般学生的心态就是接受与忍耐。他们会觉得，是自己选择了这样的环境，所以应该去习惯它。

"然而，如果一名学生的理念是'学习应以自己为中心'的，他就会想，师资、作业、课程等，全都是围绕着自己转的，它们都是自己学习的辅助条件。既然部分条件不理想，那显然就应该去想办法改善条件。比如，老师布置了太多无意义的作业挤压了时间，那当然要想办法解决这个问题，而不是直接放弃挣扎、完全接受。"

"啊？这怎么解决？"

"顺便介绍一个最基本的方法来解决这个问题吧。"

"在比较粗浅的层面上说，无意义作业太多的情况分为两种。第一种，对基础薄弱的人，布置了太多高难度的题目；第二种，对已经熟练掌握基础知识、只需要拔高的人，布置了太多简单题。当然，实际问题中也有可能是两种的混合，一堆作业，简单题、中档题、难题都太多。

"面对这些问题，可以采用分层处理的策略。"

"分层处理？"修远感觉脑子一恍惚，极为模糊地回忆起似乎曾经从哪里听说过这几个字？然而印象又非常微弱，并不知道这几个字是什么意思。

"分层处理的核心理念，是只在适当的时刻做适当的作业练习。各种试卷、教辅、作业，不是一次性按顺序做完，而是分层、分批次完成。在掌握基础的阶段，只完成基础题；在冲刺阶段，就专注于中高难度题型。"

修远插道："学习基础的阶段当然要多做基础题了，不过实验班面临的问题是，即便到了单元的总复习阶段、冲刺阶段，老师还是会布置很多的中低档题目，而且强制检查，要求必须做，这又该怎么办呢？"

林老师不急不缓道："训练一种能力即可解决。分层处理强调，在特定的学习阶段，要学会看题而不做题。"

"看而不做？"

"没错。面对发下来的作业，快速看题，快速分析思路。如果一眼就能看出答案或者全部解题思路的，就不需要具体地做了。比如，基本的定义、概念考查，以及曾经做过多次的固定解题思路。而那些模糊、看不出思路、看不出典型模式的题，才需要详尽地动手练习。这就是分层处理的具体执行技巧。"

"可是老师还是会要求那些简单题必须交上去检查啊。"修远依然不解。

林老师叹口气，笑道："解决方法很多，有些学生能和老师协商好，就不用做这些作业；有些学生协商不了，让家长去找老师协商；甚至还有直接抄了别人的作业或者装病不做作业的。具体执行的手段五花八门，需要你自己去权衡了。

"这些事情都是不能在台面上大范围宣传的，不能公开鼓励学生抄作业、装病不做作业。因为那些抄作业的人，你没法一个个区分他到底是在使用分层处理的方法，还是在以此为借口故意偷懒。所以在老师的视角里，这种方法是绝不可取的，害怕纵容学生犯错，影响班级风气。可是如果以学生为中心，那就未尝不可了，因为学生自己可以知道，自己究竟是在高效学习，还是在浑水摸鱼。"

修远心想：这林老师真是不拘一格，自己还是第一次听到老师说学生是可以抄作业的。

"我要是留在普通班里就方便了，不用抄作业了，也不用分层处理，直接不做就行了，老师允许的。"修远道。

"谁说不用分层处理了？"林老师反问道，"难道你只理解到了老师布置作业太多的情况？没有联想到其他情况也会用到吗？"

"啊？"修远一愣。

"比如，你自己练完了中等难度的题，需要加练高档题目。可是你去哪儿找那些最适合自己的高难度题呢？不可能存在现成的全套题目都适合你，只能是在大量资料当中一点点挑选。怎么挑？难道每一个题都做一遍？还得靠分层处理才能提高效率啊。"

"原来如此！"修远恍然大悟。

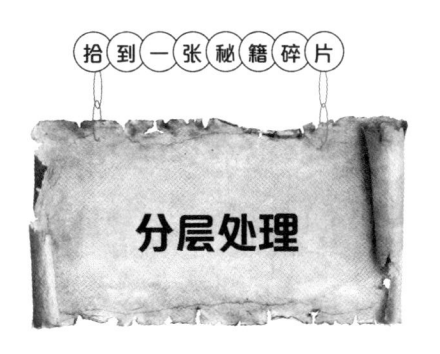

拾到一张秘籍碎片

分层处理

"林老师，那如果我在普通班呢？又该怎么办？"

"一样，思考的出发点还是'学习以自我为中心'。普通班面临的问题是部分师资力量偏弱，以及同学所营造的学习氛围弱。对于部分师资弱的问题，需要思考的是如何找到师资的替代品，比如高质量的教辅、高质量的网课，以及如何制订学习计划，自己掌控学习节奏。对于同学学习氛围弱的问题，则需要较高的自制力，以及明确的学习动机和目标。"

"唔，有道理，看来不论选哪条路，都可以走下去啊……"修远喃喃道。

"没错，只要把握了学习的中心问题，不论哪种情况，从学习策略上来说都有应对之道，但具体的选择还得看你心之所属了。"林老师意味深长地看向修远。

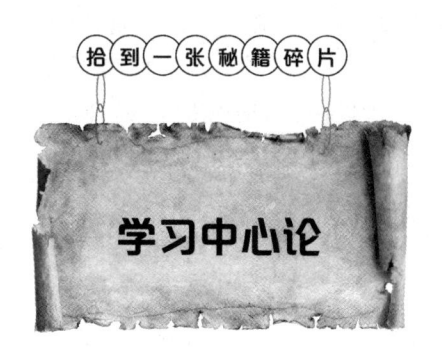

拾到一张秘籍碎片

学习中心论

后面半个小时，修远又问了些化学学习的问题，林老师这次倒是没有讲太多，因为修远提出的问题太过具体，很多是具体知识点的辨析、基础原理理解不到位而已。说到底，还是由于师资薄弱而引起的基础不扎实。

这一次见面，修远得到了即将面临的分班问题的解决方案，心中大石头稍稍放下，欢天喜地地离开。走出约莫百米远后，在距离林老师几米远的另一个座椅上，一位身着休闲麻布衣服的中年男人站了起来，走到林老师身边坐下。这人姿态悠闲，乃至懒散，但目光如炬，眼中有很明显的慧气，流露出一种捉摸不透的气质。

"林雨，那是你新收的徒弟吗？感觉资质很一般啊。"男人道。

"啊，资质一般。也不算徒弟，机缘巧合遇到的，随缘教点儿东西。"林老师看着湖面并不抬头，道，"要不要换个茶座？这里的环境我很适应，不知道你喜不喜欢。"

"不用，水绿花红，已经是个好地方了。对了，他那个选班问题，确实是觉得随便选都可以吗？我怎么感觉还是进实验班好些呢？不过这些问题我不是行家，只能做些猜想。以总的社会规律来讲，成长阶段，似乎是'宁做凤尾，不做鸡头'好些吧？"

"大部分情况下确实是实验班好些，但这个决定只能由他自己做，而不能由我提出。这个小孩心性并不成熟，气息躁动，需要不少磨炼。"

"嗯。年轻人啊，需要教，也需要磨，要紧关口更要自己悟。可是教几分，磨几分，悟几分，其中度量如何把握？教得多了容易丢体悟深度，磨得狠了又怕失锐气。我家的小孩要怎么成长，到今天这个境地，总有点儿进退维谷的意思啊。林雨兄有没有什么指教？"

林老师笑道："客气了，你哪里需要指教？兰水市著名的心理咨询师，怎会搞不定自己孩子的问题？"

"毕竟还是没有你家的孩子长得好嘛。"

"道一兄，是你要求太高了吧。"

两人相视一笑，道一又道："好了，就不相互吹捧了，说正事吧。这次主要找你请教一下最近接的一单业务的相关问题。有个区的教育局请我去做几个高中的学生心理咨询工作，包括特殊个案的单独辅导、面向学生的集体课程、区一级的教师培训等。教育局的几位领导和几名高中校长、教务主任、德育主任等，都提到了希望这些心理服务具有在高考改革情境下的适应性。不过高考改革的重点是什么？学生心理会因此有什么特点呢？这些教育情境下的问题我怕把握不好。"

"你怎么接了这种活？教师培训什么的，一听就不是省心的业务，不是你的风格嘛。"

"嘿嘿，穷得揭不开锅了，多少做点儿事情。"

"嗯，你这懒散性，穷点儿不奇怪。"

道一没好气道："说得跟你不懒似的。"

"年轻时比你勤快。"

"行了，别挖苦我了，说说吧，这个业务有什么讲究？"

"没太多讲究，核心不过是一个自我管理的问题。新高考选科，不少学校还要分楼层走班，带来的问题是行政班级的氛围弱化、传统班主任管理变弱、学生找不到归属感。此情境中需要补充的，是学生的自我管理能力、自我规划能力。

"由于学生长期缺乏这些能力的训练，难以成长，所以会有对外力的依赖，失去依赖后会有情绪上的恐慌和迷茫。你做课程顺着这个方向去做些调整，基本就没有问题了。"

"嗯，这倒是不难处理。"道一点点头，"那么，教师端呢？"

"教师端的课程，源头是一样的，只是技术处理不同。原来的老师做学生管理习惯于硬抓，高强度管控，但是在学生已经有恐慌、迷茫情绪的情况下，这种风格可能效率偏低，你可以根据学校的情况向老师适当建议调整风格。"

"适当？"

"比如有些学校以严抓狠管为基础文化的，你想要它全然转变是不可能的，也是不合理的，所以要求适当建议。"

"嗯，了解了。还有呢？"

"在执行层面上，老师在面向学生时，要想能够处理学生的恐慌和迷茫，还需要具体的情绪处理技术和引导技术，比如专门的引导性班会流程、个体对话语言模式等。

"建议你做细致点儿，课程规范、流程、物料准备等都要详尽，不要所有内容都做成一个PPT，口头内容、文字资料分开，最好自己印成有体系的小册子，理论指导课和示范课都要有。总之，要把老师当学生一样细致地教，不仅效果好点儿，而且服务售价更高。"

"你倒是懂套路。"

"你隐世太早,没有充分经受商业社会的洗礼,不懂基本运作模式。咨询性的服务单价低,系统的、带物料的多主线课承包价格高点儿,大型智库都是这么搞的。"

"不早说!价格都谈定了。"

"这次做好了,下次提价嘛。我看你这穷样儿,少不了还要做类似业务。"

"浑蛋!你有钱,晚上你请客!"

夏季来临,天黑得越来越慢。第一节晚自习已经结束,兰水二中的校园尚未完全暗下去。十四班的教室里,修远趴在桌上暗自思考着下午林老师的话。

如果两种选择都可以,那我究竟要选哪一种呢?虽然知道两条路都走得通以后,没有那么担心了,可是具体的选择还是没有做出来。林老师意味深长地看了我一眼,说要选心之所向,那我的心里,究竟有些什么呢?

▶ 第四十章 ◀

心之所向

周六时，修远已经收到了夏子萱和诸葛百象发来的化学资料，大致浏览过后，发现确实补充了很多重要的知识点。周六晚上修远又和自己在临湖实验高中的老同学袁培基联系，其间提到了自己的化学老师讲课一般，遗漏重要知识点时，袁培基顺手就拍照发来了十几章临湖的化学资料。

再把临湖实验的化学资料和兰水二中实验班的对比，又发现临湖实验的化学资料比二中实验班的更加细致。比如，同样是讲相似相溶原理，实验班只提到了乙烷、乙烯是弱极性，但没说为什么弱，而临湖实验的化学资料里则比较细致地讲到了乙烷、乙烯的空间结构，还有配图，一看就知道为什么是弱极性了；再如，实验二班的化学资料讲了乙醇、乙醛、乙酸等是强极性，而临湖实验的化学资料却又进一步交代，当碳原子越来越多时分子极性会逐步减弱，最终各种醛类、有机酸和醇类的极性都会变得难溶于水，并同样给出了详尽的解释。

所以修远趴在教室的桌子上想：一方面，更高水平的老师和资料，肯定是自己的心之所向。实验班的师资就算比不了临湖实验高中，但至少还是比普通班好多了。转回实验班，就不用麻烦夏子萱和诸葛百象给自己发化学资料了，而且其他科目的更好资料也都跟着有了。如此看来，还是选实验班？

可是另一方面，更宽松自由的环境，不也是自己心之所向吗？修远忽然想到了初中学过的一篇课文，讲的是鱼与熊掌不可兼得。鱼和熊掌还有个大小可比，环境宽松和教师水平如何比呢？如何才能确定自己的心之所向呢？

修远就这样趴在桌子上联想着，迷迷糊糊都快睡着了。恍惚间，他似乎梦到了当年自己在实验班的场景。他梦到了自己中考失败跌入兰水二中的失落，发誓要奋起直追的决心，初入实验班名列前茅的春风得意，以及成绩不断跌落的迷茫与绝望。他梦到了李双关的羞辱，梦到某些同学对自己的鄙夷，甚至梦到了卢标，梦到了易姗……

迷糊之间，修远感到同桌推了他一把："大神，班主任叫你出去呢！"修远一抬头，睡眼蒙眬从班级门看出去，正瞥见袁野在门口等自己的身影。

修远振了振精神，驱散了睡意，走了出去。

"修远，周末的时候我跟几个老师联系过了，后面一段时间对你会放宽些，有些作业你要是实在不愿意做的话，也不会勉强你了。"袁野微笑着告诉修远这个好消息。

"真的？"修远被这好消息彻底激醒，兴奋起来，"太感谢袁老师了！当然，也谢谢何老师、章老师的理解。"

就在修远与袁野在走廊上交谈时，教室里也在窃窃私语。

"喂，你猜袁老师在跟大神说什么？这几天已经连续找他好几次了，异常啊！"鲁阿明小声道。

"还能说什么？肯定是分班的事情呗。"叶歌海嘀咕着，"袁野当然想要修远留在我们班里了，既能提高平均分，又长脸面。"

梅羽纱道："你有什么想法呢？"

叶歌海嘀咕着："他如果继续留在十四班，我们是永无出头之日了。"

"你不是对他的学习方法有兴趣吗？他留在这里或许有些好处？"鲁阿明试探着问。

"喊，谁稀罕。"叶歌海道，"不过我估计他会留下来吧，看他平时那个懒懒散散的性子，肯定受不了实验班的苦。"

梅羽纱不说话，静静地看着叶歌海。

其他人也对修远议论纷纷，直到修远和袁野同时返回教室里，议论声戛然而止。

舒田坐在教室后方，远远地看着修远，焦虑地搓着手。修远，你到底会不会留下来呢？

修远显然注意到了班里同学的议论，比如他从门口进来时，就听到了叶歌海、鲁阿明对自己的议论。他想：自己和班主任袁野随口交流几句，有什么好议论的呢？各位八卦成这样，有必要吗？

然而他对这些同学的八卦并不太在意，只感觉自己的选择更加纠结了。周末看到更高质量老师给出的更高质量资料时，他心中偏向于选择实验班。而此刻和班主任袁野交流完，感受着袁野的通情达理和对自己的照顾，他又难免有点儿偏向于留在十四班了。原以为在见完林老师之后选择会变得更简单，没想到依然如此复杂和纠结啊！

（背景音乐：*Illusionary Daytime*）

第二节晚自习后，气温稍稍下降，夏夜里特有的清凉逐渐平息白天烈日的浮躁。由于在寝室里冥想进行得不顺利，没有雨的日子里，修远恢复了夜跑的习惯。舒田当然也跟着他一起锻炼。

这一天的夜跑，两人在操场上安静地绕着圈，并无太多交谈。两人各自怀着心事，都懒得去打破那略显尴尬的宁静。夜跑结束后，两人又来到操场角落的健身器材处略作歇息。修远靠着双杠喘气，舒田则坐在铁质的仰卧板上，手心里尽是汗。

许久，舒田终于鼓起勇气抬头看向修远，小心翼翼地问道："修远同学，我想问你一件事情。"

"什么事？"

"那、那个……这几天大家都在讨论，期末考试过后你会去哪里的问题。因为你的成绩那么优秀，我想：修远同学最开始到我们班里，肯定不是因为成绩不好淘汰出来的，而是因为不喜欢实验班的氛围而离开的。既然这样，那你应该还会留在我们班的吧？"

"哦？"修远没想到舒田问的恰恰是自己正在纠结的问题。他没有直接回答，而是问道，"'3+1+2'的选择下，不知道十四班会变成物理班还是历史班呢？据往届的学长说物理和历史班的分配是按照奇数、偶数排列，如果十三班是物理班，我们班就应该是历史班了。反过来也一样。"

舒田突然沉默，修远心里还以为舒田也不知道十四班的分配情况，故而没有回答，于是重新陷入自己的思索之中。到底去哪里？什么才是自己的心之所向呢？他没有察觉在夜色之下，舒田忽然涨红了脸，几次欲言又止。

舒田终于又低声说道："我、我也不知道十四班会怎么分，但是我想，其实我物理和历史水平差不多，尤其是之前修远同学帮我补习过物理之后，已经好了很多呢。我想……我想，如果修远同学选了物理，我也就跟着选物理；如果修远同学选历史，我也就选历史。这样……这样，我们都留在十四班，或者都去十三班……"

天知道舒田说出这样的话，需要鼓起多大的勇气！

修远并不是傻子，他立刻就明白了舒田话里的意思。这个女生，在自己进班不久后就过来找自己问问题，然后主动请自己吃饭，请自己给她补习。接着又跟着自己一起夜跑锻炼身体，问自己的生日，说话时忽然就红脸，忍不住地低头扭捏。今天又说想要跟着自己选班，意思是，除了实验班她去不了，剩下的随便哪个班，她都会跟着自己走了。

几个月以来，修远一直沉浸在自己的世界里，舒田对他的态度，也许他早就意识到了一点儿，可他并没有太过在意这个问题，没想过这是一个需要他回复的问题。如今，舒田终于鼓足勇气把话挑明了，轮到他表态了。

此刻修远心里想到的却是另外的事情。人啊，真的很奇妙，当你想要做出选择时，常常一片迷茫，在多个选项的长短优劣之间犹豫、彷徨，不知道自己心之所向。但如果从相反的方向去考量，不去想自己要选择什么，而想自己需要放弃什么的时候，或许就有了强烈的感触。

这段时间里修远一直想，我是该要实验班的优质师资，还是该要普通班的宽松环境？而此刻舒田的话却直接将他引入一个情景——如果他留在了普通班会怎样？他内心深处突然生起一股强烈的不甘、不平，胸口剧烈地起伏，气息凌乱，连呼吸都跟着急促起来。他再次想起了在实验班的日子。

他想起了自己一路上的决心与迷茫、失落与张狂、傲慢与绝望。他想起了自己第一天进入实验班时，在阶梯教室里边上那个叫作易姗的漂亮女生露出可爱的笑容，对自己露出一脸崇拜的表情；想起了自己对卢标的不屑，暗自决心要超过卢标；想起了自己一心想在实验二班好好表现，一雪前耻——当时中考失败、没有考上临湖实验高中；想起了自己的愚蠢，在新的环境里没能快速适应，而是不断欺骗自己，不断、快速地堕落；想起了在白天与同伴们一起嬉笑过后，多少个夜里怀疑自己的迷茫和焦虑；想起了自己把所有希望寄托在一个错误的思维导图学习法上，逼迫自己不去怀疑这方法的可靠性；想起了自己终于在期末考试里狠狠摔落，所有希望破灭，在大雪中拖着绝望的步伐离开二中的大门。

他原以为，那些场景已经离自己远去，以为自己重新振作后早已忘记那些不快。可是舒田的话，硬生生把这些画面从记忆的深海里打捞起来。修远感受到自己的身体在颤动，如此明晰地感受到那些记忆从来不曾远去，只是被小心地压在"海底"最深处，在某艘老旧沉船的货舱里慢慢发酵。

修远沉默着，舒田的手心里汗更多了，她把汗擦在灰色的运动裤上，反复搓着，心怦怦乱跳，感到身体的力气在随着修远的沉默而缓慢流逝。她终于将手握成拳头，狠狠抿着嘴唇，咬了咬牙，用力说道：

"如果……如果修远同学能留下来，我想每天请你吃饭，点好多菜，都点你最喜欢的。每天都陪着你一起在操场上跑步锻炼，夏天有蚊子，我带花露水给你擦上。如果你有空，就请你教我做物理题，但是也不勉强，根据你的时间来。你的生日在9月，不远了，我老是想：要给你买些什么礼物才好。我选了好几个，也不知道你喜不喜欢……"

她艰难地抬起头，含情脉脉地看着修远，盯着他的眼睛、他的脸、他的嘴角。那嘴角的微微一动让她紧张，生怕唇舌里冒出一句"对不起"或者"不喜欢"，可又让她急切地期盼着，生怕漏掉一句"我喜欢你"，或者漏掉一丝微微的笑意。

她那样渴望地盯着他的脸，连快要窒息的心跳也全然不在意了。

修远看着舒田甜美的面庞，看着她的眼睛，不可抗拒地陷入回忆。

▶ 第四十一章 ◀

人物传——修远

（背景音乐：*Pilgrimage*）

幼小的身体，幼小的脑袋，目光穿过护栏。他迷茫地看着父母，爸爸、妈妈声音好大，说话速度好快，妈妈在哭。过了一会儿妈妈来抱他，爸爸看电视。他睡着了，妈妈去做饭。

天空有时候亮，有时候暗。打开门，空气就好；关上门，呼吸就难受。

方形的"小砖块"叫作麻将，方形的"大砖块"叫作电视。电视有意思，爸爸喜欢"小砖块"，妈妈不喜欢。

爸爸去上班，妈妈有时候上班，有时候留在家里。他去楼下小区操场，操场上有时候有小朋友一起玩，有时候没有。

他去幼儿园。有的幼儿园很漂亮，但是爸爸说不能去。后来去了另一个幼儿园，不漂亮，他走进去，回头，妈妈走了，他想跟着跑，一个高大的女人拉住他，他就大哭。哭了好久，女人给他一块糖，甜的。他吃糖，不哭了。吃完了又哭了一会儿，小朋友们和他一起玩，他就不哭了。

他换了一个更大的"幼儿园"，叫作小学。他每天有两元零花钱，有的小朋友有五元，也有十元，还有五十元。有五十元零花钱的小朋友身边总是围着很多人。有的小朋友说自己去过新西兰，还去过瑞士玩，瑞士很冷，叫大家不要去玩。

妈妈在家里看书，书上有很多数字，听说也要考试。后来妈妈总是拿回来一摞纸，叫收据，纸的质量很差，自己一不小心就弄破了一张。

爸爸换了工作，每个月多挣一千八百元，自己每天有三元零花钱了。妈妈经常笑，爸爸会带他去游乐园玩。

6+7=13，有的小朋友算不清楚，写成 19 了。15+7=22，有小朋友写成 18，他立刻就算出来了，没有错。爸爸很高兴，抱了他。他也很高兴。

小商店里有篮球，有的九十九元，有的七十九元，有的五十九元。他犹豫了一下，要了五十九元的，爸爸说他懂事，故意给他买了九十九元的，还跟老板还价，最后八十九元买下来了。八十九元的球弹性很好，弹得很高。班里面有小朋友的篮球花了三百九十九元，却弹得没有自己的球高，可能别人的爸爸不会还价，还被骗了。

他打完球回家，很累，瘫在沙发上，就像爸爸每天下班后回来一样。妈妈下班早，所以不累，不会瘫在沙发上，还给他做晚饭。晚上妈妈会过来抱抱他，亲他一下再睡觉。爸爸有时候也会来。

班上有个同学过生日了，那是他很好的朋友，他想送个礼物。爸爸说只能买个五十元以内的礼物。但是他有次听到爸爸和妈妈商量，要给爸爸公司的部门经理送很贵的礼物。大人真不公平。

学校里有时候有人打架，个子长得高的男生会欺负别人。有一次他被别人打了，倒在地上，膝盖磨破皮。老师没有管，说小朋友们要相互谅解。爸爸躺在沙发上，一脸的不愉快，和妈妈商量着什么，看了他一眼，叫他不要打架。

一转眼四年级了。他变得沉默。

冬天天空灰蒙蒙的，经常没有太阳。没有太阳的时候他就很闷，其他人吵闹的时候，他会疑惑为什么别人这么闹腾，甚至羡慕别人的吵闹，他没有力气吵闹。

数学老师换了，变成了一个年轻的女老师。老师喜欢搞学习比赛，比如口算比赛、简便方法比赛等。但是老师说这不是比赛，是游戏。不过不用管，反正前五名赢了就有小奖品，而且第一名还会在全班公开表扬。有个戴眼镜的小女孩总是得第一。他得过第十，得过第七，还得过第二，但只有一次。

有一天戴眼镜的小女孩没有来，老师又做小游戏了。他忽然来了手感，得了第一名。所有人同时看向他，他呆住了。老师的声音仿佛变得比平时更大，同学的眼神仿佛变得更友善。他留意到旁边有几个可爱的小女生在用力鼓掌，大叫"好厉害"，声音清脆。他后背上全是汗，似乎有隐隐的热气在后腰处蕴蓄，激得身体微微颤动。他的手在发抖。他领了一个精美的笔记本，比自己平时用的好看多了。这样美的笔记本可不能乱用。

戴眼镜的小女孩回来了，他再也没得过第一。

他的作文没写，但是明天就是星期一了，一定要交。他偷偷翻作文书，把三篇记事的作文抄在一起，开头、中间、结尾各拼了一段。老师应该看不出来吧？老师果然没有看出来，给了他"优+"，还当众读了他的作文。小女生们又看着他，鼓掌，老师表扬他了。热流又涌了上来，他感觉自己的身体在长大，眼睛变得明亮，看到了窗外更远的天空。

但是考试的作文没得抄。

后来爸爸晚上8点多才能回家，总是脾气不好，妈妈说他还没有长个子，不用换新衣服，但后来还是给他买了一件。

英语考试他偶然考了 97 分，第三名。老师主要表扬了第一名，但也表扬了他，他心情也不错。有同学插嘴，说他是蒙对的！同学们哄堂大笑。他知道自己蒙对了两道题，否则就是 93 分，排不进前五名了。但是他涨红了脸，大叫："你才是蒙的，你蒙对了十道题才 92 分！"大笑的同学们愣住了，又开始指着另一个人笑。老师叫他们不要吵。

爸爸很晚回来，9 点了，脸色很差。修远把 97 分的试卷给爸爸看了，爸爸就高兴了一点儿。妈妈也高兴。他有一种奇妙的预感——父母原本可能会吵架，但是没有吵。

长隆实验初中是什么？在哪里？他知道八中就在小学不远处，坐公交车的时候会路过。

同学家里的电脑没有密码，同学叫他过去打游戏。两个游戏人物跳来跳去，发激光，躲子弹，打小怪物，真紧张。后来同学妈妈回来了，本来要骂同学，但是看到他来了，就没有骂，还请他吃好吃的。他想：怪不得同学经常叫我去玩。

他个子不高，不知道为什么没长。

爸爸跟别人吃饭，他有时候会跟着去。爸爸先是不高兴，好像是因为有人提到了钱的问题。后来又提到了子女的学习，爸爸脸上露出骄傲的神情，说："我孩子不错，班里面前五名。"他有点儿慌，因为自己并不总是前几名，考好了才是，平均起来十到十五名。有个叔叔问他，上一次期末考试考了多少名。他看着爸爸的脸，想到自己是第九名，后背出汗了。他脑子飞速运转，想到那个叔叔年纪比爸爸小，他的孩子应该不是五年级的，甚至不是跟自己一个学校的。于是他撒谎了，说上一次总分第四。爸爸一愣，说："你不是说第五名吗，怎么变成第四了？"他说："老师改错了，少给了 2 分。"

叔叔说："了不起，应该能上八中。"爸爸大笑，说："那肯定的！八中还有问题？本来还想去长隆实验初中的，离家太远了，懒得去了。八中的话，还得是实验班才行。"

实验班又是什么？

他问数学老师，八中实验班是什么？老师说，要成绩很好的才能上，要学一点儿奥数内容，因为初中的分班考试会考。但是小学学校里不教奥数，他着急了——怎么不教的东西也要考？老师叫他自己买一本小学奥数书，他就自己买了，没找爸爸要钱。

他很想去同学家玩游戏，但是冥冥中又觉得还是要先看看这本奥数书。题目好难，他想哭。他只看懂了其中最简单几道题的答案。数学考试的附加题，刚好考了一道奥数题。他做对了，拿了附加题 10 分，加上普通题 94 分，变成了满分 100 分。

他已经很久没得过最高分了。老师又表扬了他，同学说他好聪明，这么难的题也会，男同学说，女同学也说。他先想，自己是偶然考了第一名，下一次估计就不行了。

但他忽然意识到，如果用了奥数书上的高级技巧，那么普通的题目就很简单了，附加题也很简单。他开始疯狂地做奥数题，那是他第一次晚上11点才睡觉。他先熄了灯，假装睡觉，然后又起床开灯做奥数题。

他又得了第一名。

原来，只要多做一点儿奥数题，就能得第一名，就变成了"天才"。如果你是"天才"，那么老师就会对你格外耐心，同学就会对你很客气，还会主动跟你做朋友，找你玩，甚至请你吃饭。女同学也会变得很温柔，连那些长得很高的暴力女也不追着打你了。

那是怎样一种奇妙的感觉？热气逐渐扩散，顺着尾椎骨一路爬上去，至肩膀处向两手分流。一路往上，过头顶，然后降温进入眼睛。同时又有两路向下，直至脚心。他感到眼睛变得明亮，看得很远，眼神变得不似寻常，更有神了。房间里的光线变亮，教室里的光线变亮，夏天、冬天的温度都升高了。

卧室这么小，要教室的大小才能容得下他。

他开始长个子。

小腿的肌肉开始长，打篮球的时候用力一蹬，一步就突破了别人的防守。手用力握着，力量的感觉从手掌心里蔓延出去，经过小臂、大臂。他喜欢这样的感觉。

他的手变长了，腿变长了，世界变小了。

他用力，用力做题，用力背作文范文，用力握紧拳头。他进了八中，进了实验班。

他感到身上浮现出一层亮光，环绕着他。他的脊椎挺得笔直，微微昂起头，眼睛眺望远方。他逐渐看到了整个校园。

父亲很高兴，八中实验班意味着有很大概率能进临湖实验高中。

临湖实验高中是什么？他疑惑，但不再迷茫。不管那是什么厉害的学校，我能进，只要我想进。他看着父亲的身躯，似乎不再那样高大。

他也感到，当父亲在发脾气时，他不再跟随着父亲的情绪剧烈摇晃，乃至精神崩塌，他能略微定住了。一丝不明来源的光芒环绕着他，从脊椎到脚心，一线力量连通成"管道"，"管道"里力量在流动。

当别人的目光聚焦在他身上，他就变得更加强大。他说话的声音很大，气息在胸腔里震动。他长高了，比大部分同学更高。男生、女生看他的时候略微仰着头。

初中的数学题更难了，有更多的同学不会做，不像小学时候个个都是接近满分。做不出来题目的同学会看向修远，他感受到那些目光，用力思考，多数时候会突然爆出灵感，一个巧妙的变形，解出难题。然后转一转脖子，转一转笔，露出一丝微笑，同学们开始赞美。

这就是生活吗？

偶尔有同学会问奇怪的问题，诸如，人为什么活着？为什么要学习？他笑笑，难道上学有什么不好吗？他浑身充满力量。

但是如果出现不会做的题，他的力量感就会快速衰弱，如同潮落。三角形在旋转，平行线在穿插，后背会出汗，手略微发抖。他赶紧多买几本辅导书，多做几道题。然后他掌握了那些较为复杂的题型后，又是前几名了。

篮球比赛让他更强大。在球场上他飞速奔跑着，有如同风一样的力量。他聚集自己的力量，发力，然后观众开始欢呼。在漫长的时间里，体表的力量开始向身体里渗透。

他极为模糊地感到，身体里还有虚弱的地方，还有懦弱的地方，还有滞缓而阴冷的地方。

于是他春风得意，呼朋唤友，招摇过市。他必须这样，觉得这样可以驱散他的虚弱。

这是生命吗？他不知道。

他的中考考崩了，意想不到的崩塌。他没有考上临湖实验高中。老师很意外，同学很意外，父亲很愤怒。

他手脚发凉，脊椎的热流"管道"被冲散，力气去了大半。他的后背开始发虚汗，眼神略显黯淡，视线又回到教室里。他再次凝聚力量，环顾四周，他看见了卢标，看见了易姗，看见了李双关。

教室很暗，阴冷。他不甘，要挣扎，他不能接受那虚弱与阴冷的感觉，身体里一个个的空洞慢慢扩大。

那一个教室"停"在他面前，如同卡住的影片不断地播放重复的画面。

他慌乱地挣扎。

啊，一片黑暗。

啊，一线光明。

他再次回到这操场上。他看见舒田娇羞的脸，看见她期盼的眼神，在黑夜里闪闪发亮。

"修远同学。"舒田憋红了脸，轻声问，"你能……你能……留下来吗？"

这细微的声音从他身体里穿透过去，背后是一整个世界。起点与终点、强大与弱小、希望与绝望、意义与虚无，都被浓缩在这世界里。修远缓缓抬起头，看向点缀着星光的夜幕。

"不能。"

▶ 第四十二章 ◀

复习的策略

期末将近，学生们逐步进入复习状态。

复习状态又包含两层。第一层是紧张，期末是一次审核乃至"审判"，"有罪"与"无罪"，部分就取决于复习的好坏。其实最主要的部分还是由平时是否认真高效学习决定的，但是那些学得并不扎实的学生总会产生一些幻觉，似乎只要做好了复习，就能一举扭转平日的颓势。当然，临时抱佛脚也有一定的意义，但它需要你懂得抱佛脚的方法——如何复习也是门技术活。

不过大部分同学的复习并不能做到思路清晰，所以对于他们来说，第二层状态就是迷茫。复习的时候该干吗呢？除了听老师的讲课，还有不少时间是要自行复习的。复习的时候要查漏补缺，这大家都知道，不过，具体该怎么补呢？不少人在复习的那一两周里，其实并不知道自己干了什么，总感觉要干的事情有很多，但最终什么也没干，学得很迷糊。

"不知道复习有没有什么专门的策略？"修远疑惑道。他很后悔，上一次见林老师的时候没有问这个问题，因为那时距离期末复习尚远。最近林老师似乎更忙了，见面时间从最初的每周末见面，逐渐变成了两到三周见一次。下一次见面是这周末，而今天才周一，如果等到周末再问，那这一周的复习该怎么办？更何况下周三就考试了，周末问了也来不及啊！

他一边疑惑，一边忍不住向四周打量起来。

同桌冯远辉在复习数学，他复习的方式是看错题本，曾经做错的题，现在拿出来看一看，是一种常见的复习方式。修远心想：这种复习方式好不好呢？他斜眼看了看冯远辉的错题本，心想：冯远辉的错题本没有按照结构化的方式做，错题东一题西一题的，一会儿是三角变换，一会儿是数列，一会儿是余弦定理，一会儿又是数列，非常凌乱。修远立刻就确定了，冯远辉的复习效率是比较低的。

不过，如果冯远辉的错题本是按照结构化方式做的，是否就形成了一种良好的复习方式了呢？修远忍不住思索起来。

唔，好像也不对。复习在很大程度上是为了防止遗忘，当初学的时候会做的题，过一段时间没看了，也许就不会做了。在这种情况下，单看错题本就没什么意义了。对了！修远突然一个激灵，想到，如果对照着自己当初做的解题思路结构化来复习，问题不就解决了吗？章节的重点解题思路都在上面，直接看那种结构图，比一道道地翻错题效率更高了。

不过这种方式仅能解决数学和物理的问题，其他科目的复习又该怎么办呢？比如，生物、地理这种学科，又该怎么复习？他发现隔壁组的杨乾智在复习生物，复习方式是一种最原始的模式——看书。杨乾智一页一页地翻着书，眼睛扫过书中的重点，偶尔会朗读几句，比如"RNA 的合成过程是解旋—配对—连接—释放"之类的。一页看完、读完，就翻到下一页，然后重复上述动作。

修远心想：这方法肯定不行，自己之前就这么做过，看过立刻忘记，也不知道自己哪些掌握了，哪些没掌握。修远边想着边环顾四周，又发现不少同学在用类似的模式复习。比如，前座的王艺涵也是如此。修远顺口问了句："你这么读完一次以后，能记住吗？复习效果好吗？"

王艺涵胸有成竹道："当然记不住啦！读过就忘，再读再忘，复习到最后也不知道自己掌握没有，这是复习的常态。"

"……"修远有点儿无语，这人还真是直接啊，"那你为什么不换种方法复习？"

王艺涵耸耸肩："因为不知道还能怎么复习啊！对了，大神，你有什么特殊的复习方法吗？"

这一问立刻让修远开始后悔跟她搭话了，自己就是因为不知道怎么复习好才四处张望的啊！可是人家诚心诚意地问了，总不能完全不理她吧？修远勉强边思考边答道："这个嘛……这个……你这种复习方法的主要问题是，复习完了以后也不知道自己掌握了没有，所以……所以需要找一种能够加强自我检测的方法，让自己明确知道自己是否掌握到位了……"

修远脑子里快速思考，什么方法能够加强自我检测呢？

啊！想到了。修远忽然来了灵感，道："比如，你看完一章以后，可以跟同桌相互抽测，这样就可以知道自己的掌握情况了。对了，还可以做一些模拟题，带着不会做的题去看书，这样效率应该更高吧！"

"有道理！学神厉害啊！"王艺涵谢道。

啊，想不到被人临时逼了一下，居然找到灵感了。这方法应该对地理、化学等科目也通用吧？回头可以找林老师确认下，这周就先这么复习了。

至于语文和英语两个学科，修远暂时还想不到什么特别好的复习方法，只能看一看课本，翻一翻原来做过的试卷，另外背一背英语的单词表。修远倒觉得，这两个学科平时学的时候就没怎么学好，想要临时通过复习来提升一截，可能性太低，倒也没太在意。

中午吃饭的时候，修远还想着抓紧背几个单词，一边嚼着菜一边在心里念叨着"remove something from"，一抬头，忽然看见十几米外的一张桌子旁坐着舒田，心里不由得咯噔一下。

自那天晚上修远拒绝了舒田以后，每一次的见面都显得无比尴尬，两人都开始刻意躲避对方。只不过修远在避开之后内心就不再波动，该干吗还干吗，平日学习倒也没受什么影响。而舒田却是时常情绪翻滚，神情黯淡，同寝室的女生还偶尔会注意到她脸上挂着泪痕。

"好惨，估计是被大神甩了。"室友不疼不痒的一句评论，却如伤口上的盐一样让人更疼。

于是最需要集中精神复习的期末时刻，舒田却偏偏无法集中精力复习，心神全放在与修远的关系上。修远瞧见她那副失落的样子，心里也不由得叹息一下，五味杂陈。

"喂，你们班开始复习了吗？"妖星问道。

临湖实验高中的食堂较兰水二中更加豪华，面积更大，采光通风等设计也更合理。最重要的是，由于省重点高中的教育补贴更多，所以食堂的菜价更便宜，味道还更好。妖星、叶玄一、卢标三人坐在同一桌上，妖星对叶玄一问道。

"问这干吗？"叶玄一头也不抬，快速扒着面前的青椒肉丝盖饭。

"当然是要资料啦！你们要是开始总复习了，有没有专门的总复习资料？"

"又想要资料，怎么你每次见了我都是要东西，跟个乞丐似的。"

"哎，近水楼台先得月，不要白不要啦！"妖星嬉笑道。

"开始复习了，没什么资料，就平时上课发下来的那些学案，够齐全了吧？你还想要什么？"

妖星耸耸肩："问问喽！"

卢标道："我也觉得平时那些资料已经够用了，各科质量都很不错。其实复习质量如何，更多是看复习方式的问题，而不是再多补充些资料的问题。"

"哦，卢标有什么特殊的复习方法吗？"叶玄一问道。自从上次学习了卢标的作文模型，叶玄一的作文分数快速上升，大部分时候都能达到 50 分左右，他也对卢标更多了几分佩服。这次卢标提到复习方式的问题，他立刻追问下去，希望得到更多学习策略上的启发。

卢标笑道:"没什么特殊的方法,无非是看资料、做题、复习错题本,加了一些小技巧而已。"

"嗯,重点就在你所谓的小技巧上。快说说,有什么小技巧?"叶玄一继续追问。妖星对此也饶有兴致,平日里虽然与卢标交流甚多,但复习的技巧倒是从未听过。

卢标于是放下筷子,道:"不同学科复习方式不一样,不同的人复习方式也会有区别。我先说下我的复习方式,算是抛砖引玉吧。

"数学、物理两科,我平时做的解题思路结构化和模式识别、拆解定位等比较齐全,基本没有漏洞,所以复习起来就比较简单,把平日积累的内容快速过一遍就好了,最后再做三到五套模拟题就行了。模拟题也不是全做,基本上是分层处理的,所以速度很快。整个数学复习,我上周末基本就已经进行完毕了。物理今天之内应该也能搞定。"

"这么快?!"妖星惊道,"我还没开始呢!"

叶玄一问:"你数学花了多长时间复习?按小时算。"

"五六个小时吧。"

叶玄一也吃惊:"厉害,数学这种学科,好像是一般人花时间最多的吧?你居然五六个小时就搞定了!看来你的这种模式识别策略很厉害啊!"

妖星好奇地问叶玄一道:"那你准备花多长时间复习数学?"

叶玄一淡然道:"哦,数学这么简单的学科我一般不复习。"

"……"

"……"

叶玄一又催促道:"唉,别停啊,接着说,其他学科怎么复习?"

卢标强行打起精神,接着道:"生物、地理和化学的特点是知识点比较琐碎,容易出现错漏,想要拿高分、满分比较困难,需要花较多时间进行复习。我一般先默写学科框架,然后在大脑内提取框架中的知识细节,如果能成功复述出来就过,复述不出来就标记然后看书,接着再复述一遍。最后再各自做两到三张模拟试卷作为检测,以出现的问题导向进行定向复习,避免有些课本之外的知识点出现遗漏。"

"哦,这方法听起来不错,我也要试试!化学和生物是我的相对弱项,看看能不能通过这样的方式加强一点儿。"

"弱项……你化学、生物多少分来着?"

叶玄一皱着眉头、忧心忡忡道:"比较差,满分 100 分,平均只有 95 分的样子。"

"……"

"……"

叶玄一又道:"那语文和英语该怎么办?这两科我最差了,平均都不到 130 分,一直不知道怎么复习好。"

"……"

"……"

卢标深呼吸一口气，强行说道："英语的复习最复杂，这一科知识点非常琐碎，也没有逻辑主线，基本上不是靠复习来提分的，而是需要平时的长期积累。复习的时候，也只能是看看错题本之类的，然后集中背诵下不熟悉的单词和词组。"

"你还有不熟悉的单词和词组？"妖星反问，"你单词量都过一万了吧？"

"没有没有！"卢标连连摆手，"哪有那么厉害，八九千而已啦！"

"……"

"……"叶玄一也终于无语了一次，挣扎道，"语文呢？"

"语文对于我来说不太需要复习，论述阅读和赏析阅读都是典型的模式识别，而且种类很少，一旦做完了以后基本上不需要复习就能一直掌握了。作文我有不少固定的立意模型，所以立意很稳定，复习的时候偶尔积累些素材就行了，也花不了多长时间。至于背诵的内容，我最初背诵的时候用了图像记忆法，基本不会忘记，复习的时候花一个小时快速过一遍就好了。"

妖星叹气道："你们两个家伙都是妖怪啊，紧张的期末复习对于你们来说居然就这么轻松？我妖星原本也算是一号人物，放你们面前一比，简直成了个弱鸡了，郁闷啊！啊，据说清华、北大里面每年都有不少抑郁症，估计就是跟我类似的情况，被顶级大神虐出阴影了。算了，算了，我还是不要考清北了！"

叶玄一忽然道："郁闷？我告诉你个好消息冲冲喜吧！"

"什么消息？"妖星来了兴致。

"据可靠消息，今年暑假会比往年多两个星期！原来只有8月的后三个星期放假，今年会加一段假期，7月初考试结束后要放两个星期的假，总共有五个星期！"

"这么好？你确定？"

"确定。"

"那不错，先放松一下，多出来时间，可以好好练练你说的图像记忆法了。"妖星对卢标道，"你背东西的速度太快了，观察了你这么长时间，发现这个神奇技能与我的普通背诵方法相比优势太大了。卢标，到时候可免不了要麻烦你啦！"

第四十三章

第二次机会

人生的路,很容易一步错,步步错,不给你后悔的机会。年轻的男男女女,能否意识到拥有第二次机会是多么幸福,多么难能可贵?

那些曾经错过一次的人,受过惩罚的人,往往会更为珍惜再次出现的机会。修远从实验班调出来,饱经折磨,索性按照学校的规定争取机会。这次期末考试后可以根据成绩再分一次班,这一次,就是他的第二次机会了。

岂能错过?

"林老师,快要考试了,有没有什么要叮嘱我的?"

这周日下午是修远本学期最后一次与林老师会面了。下周三就要期末考试了,还有两天时间,虽然两天时间改变不了太多事情,不过林老师神通广大,说不定有什么方法在这短短两天时间里,再进一步改善自己的状态呢?

"都要考试了,还有什么好叮嘱的?一句话,不要紧张,好好考。"林老师笑道。

"啊?就这个?那万一紧张了怎么办?根本控制不住啊!有没有什么控制紧张的方法?"

"嗯?我记得之前教过你相关的方法吧?"

"哦,那个呼吸法?"修远回忆道,"之前试过几次,好像是有点儿用……不过林老师,有没有什么新内容啊?"

"又要新内容?你还真是贪得无厌啊!"林老师白了他一眼道,"算了,给你讲一个小小的心理学原理吧,跟考场状态也有关系。"

修远来了精神,掏出笔记本:"谢谢林老师!我洗耳恭听呢!"

"我们提到考场上不要紧张,一般是指过度紧张,紧张到手心出汗、大脑一片空白,这才叫作过度紧张。但实际上,程度较轻的紧张是经常存在的,是一种心理上紧绷着的感觉,而且这个紧绷程度是我们可以控制的。通过对压力的控制,我们可以调节大脑的转动状态,以适应不同的题目特点。"

"啥？什么意思？"修远一脸蒙。

"别着急，听我讲完。给我纸和笔，我给你演示一下。"

修远递过纸笔，林老师边说边画图。

"对于不同的任务，人要想达到最高的思考效率，就得有不同的放松程度。比如，完成一个任务，如果放松到极端了，变懒散了，思维效率肯定低；如果完全不放松，特别紧绷着，思维效率也肯定低。最好的状态是中间的某一个比较放松的状态，在这个时候思维效率最高。不过'比较放松'到底是一种怎样的状态呢？你可以理解成，这是一个关于思维效率——放松程度的函数，我们在找这个函数的最大值。

"根据心理学的实验和我们日常的经验，有一个很重要的规律是：对于低难度的任务，你要想取得最高的效率的话，不需要很放松，尽量偏紧绷一点儿比较好。但是对于高难度的任务，就要很放松，在几乎没有压力的情况下才会让思考效率很高。如果用函数语言来说就是，对于高难度任务，压力较小时能够取得思维效率的最大值。

"这个规律就叫作耶基斯-多德森定律。"

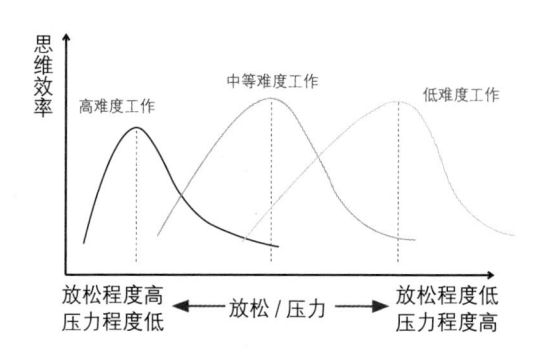

修远看着林老师画的图，若有所思："嗯……这么说，像数学压轴题、物理综合题这种的，都是需要放松一点儿去考的，而前面比较简单的选择、填空题，倒是可以紧绷一点儿，效率更高了。"

修远盯着这幅图，突然又大叫道："哎呀！我平时不是刚好反过来吗？考试一开始的时候比较放松，等到后面做难题、压轴题的时候，时间不太够了，反而紧张起来。这样岂不是从开头到结尾，全部都没有达到最高效率？"

"正是如此。"林老师点头，"具体放松到什么程度，就要看个人的体验了，不同的人不一样。不过总的来讲，那些比较努力认真的学生，都是偏向于过度压力和紧张的，他们需要往放松的方向靠近。由于一般人的本能恰恰是越面对难题越紧张，所以放松感觉是需要不少练习的。建议你这几天就练习一下，找一找那种面对难题时还可以自由调控的放松感觉。"

"好的！太谢谢您啦林老师！"

拾到一张秘籍碎片

耶基斯-多德森定律

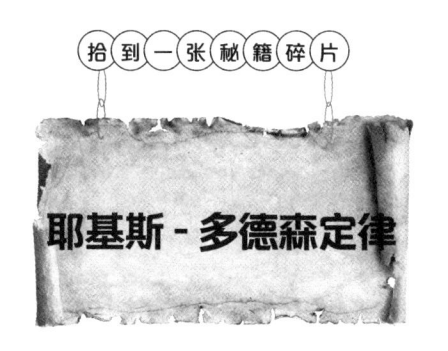

后续的几天时间里,修远开始尝试寻找那种可以自由调控的放松感觉。这对于他来说并不那么容易,因为他对这次考试抱有很大的期待,指望着通过这次考试重新回到实验班。自从舒田在操场上向他表白之后,他突然意识到,重回实验班对于他来说是一件多么重要的事情。这是他人生中的一个关口,是不可回避的重要节点。

尽管以他目前的成绩,如果选择相对比较擅长的纯理科组合,大致能够排进前三十名,进实验班并没有问题,然而也并不保险。万一发挥失误了退步十几名呢?越想到这里,就越难以放松下来。

万一考场上也像现在这样紧张了怎么办?修远心想。

于是他开始练习呼吸法,用一次次深呼吸将紧张的情绪驱逐出体外,刻意寻找着可控制的放松感觉。练习了好久才有一点儿体会。

在众人的眼里却是另一幅景象了。只见修远一时轻轻松松地坐着,悠闲闭眼;一时走出教室在走廊上晃荡,全不在意期末复习的事。总之是气定神闲、悠然自得,在紧张复习的班级里凸显而出,与众人形成鲜明对比。

"这家伙还真是悠闲……"叶歌海盯着走廊上修远踱步的身影喃喃道。

"嗯?都这时候了你还有心思盯着他看?难道不应该多背点儿书吗?"鲁阿明疑惑道。

"大概是忍不住关注他吧。"梅羽纱轻声道。

叶歌海不说话。

梅羽纱又说:"从他一进班开始,你就特别关注他,潜意识里把他当成你的竞争对手,当成敌人,到现在已经一学期了。这种状态对你又有什么好处呢?"

叶歌海刚想说什么,忽然修远迈进教室,看了三人一眼,叶歌海赶紧低下头,一阵尴尬。鲁阿明和梅羽纱也沉默了一阵子,各自回过神看书去了。

三天时间很快过去,数千学生怀着不同的情绪进入考场。期末考试的难度往往比平时单元测试高很多,因为临湖实验高中加入后,需要有更高难度的题让更优秀的学生体现出差异。

这次期末考试，语文难度略有增加；数学难度显著增加，不仅大题的压轴题难得变态，倒数第二题也不简单，甚至选择、填空中的高难题也不止一道；物理试卷上几道运动学、力学、机械能章节的综合题，更是让不少学生头晕眼花、找不着北；英语出现了不少生词，完形填空和阅读都出得诡异；而政治、历史等学科，阅读材料更复杂了，问题也更模糊了。

叶歌海垂头丧气地过完三天，少言寡语。

期末考试结束了，学生们散去，只等着两天后返校领取成绩。人去楼空，校园里逐渐冷清下来，叶歌海、鲁阿明、梅羽纱三人聚集在学校行政楼边的小花园处。

"考得怎么样？"鲁阿明问。

梅羽纱耸耸肩，看向叶歌海："正常吧，难度有提升，分数估计会降一点儿，不过排名应该没什么变化。你呢，有没有希望追上那个修远？"

叶歌海摇头，叹口气，缓缓道："这几天考试很不顺利，很多题不会做……"

鲁阿明安慰："没关系，难度上升了，很多人都有不会做的题。"

"这不是关键点。每次遇到不会做的题，我总会想到那个修远，总会想怎么能够超越他，怎么才能比他更强？这些问题我已经想了一个学期了，根本就没有答案，他的实力本来就比我高出一个档次，他懂很多我听都没听说过的学习方法，我哪有这么容易就超越他呢？

"可是我后来终于想通了，就在考最后一门生物的时候想通了。我为什么一定要把他当作竞争对手呢？我为什么一定要和他比？我为什么不能把他当作学习对象、请教的对象？我真糊涂。大家同学一场，比来比去有什么意义？最终只是害了自己而已。倒不如放下这种竞争的心态，好好向他学习！与其在一旁暗自揣摩他是怎么学的，不如大大方方地去请教他，去向他学习！"

鲁阿明高兴道："哎！你终于想通了啊！我就说嘛，没必要跟那种大神比来比去的！"

"不过就怕他不答应呢，之前我们跟他也不是很熟。"叶歌海担心道。

"没关系，请他吃顿饭改善下关系嘛！"鲁阿明乐观地笑道，"实在不行就由梅羽纱出马请客吧，大美女出面，修远肯定不会拒绝的。"

"一边去。"梅羽纱踢了鲁阿明一脚，看向叶歌海。不过如果这是叶歌海的想法，由她出面请修远吃顿饭拉近关系，倒也没什么。

只是不知，修远到底会不会答应呢？叶歌海，一定不想再错过向修远学习的机会了吧。

► 第四十四章 ◄

选科分班

两天后，期末试卷批改完毕，二中的学生们返校查成绩。当然，对高一的学生来说还有更重要的事情——选科分班。

这一年的选科，兰水二中照例没给出全组合，毕竟这所位于市区的老学校，就连走班的教室都不够，更别提师资储备。实际上，整个兰水市只有临湖实验高中有能力给出选科全组合，但据说实践的时候也会把一些人数极少的组合给删掉，劝学生改选。

二中此次给出的组合为"物理＋化学＋生物""物理＋生物＋政治""物理＋化学＋政治""历史＋化学＋地理""历史＋生物＋地理""历史＋政治＋生物"。生物和政治两门学科供应量大，因为这两门难度较低，选科的人数多，尤其一些能力较弱的学生喜欢选这两科，所以这两科在赋分的时候基数大，容易踩着弱者赋出高分。兰水二中近年来不断地加大生物和政治两科的教师储备，正是为了选科准备的。

组合少了，就可以尽可能保持原始的行政班，避免走班，节约了学校的教室。这对于学校来说管理压力就小了不少，据说临湖实验高中就因为全组合导致必须采取走班制，即便学校大、教室多、老师充足，也总显得比较混乱。

二中空出来的班级，则是优先给了每个年级的两个实验班进行走班。同时，最好的学科教师也是优先配备给实验班，尤其生物和政治两门，这让普通班学生多少有些羡慕。可是羡慕又有什么用呢？反正大部分人是进不去的。

期末考试过后，每个实验班大约会空出五个名额，共十个名额，换普通班中成绩最优秀的顶进去。一千多个普通班的学生，去争这十个名额，谈何容易？大部分人根本没有想法。然而修远的手里，却攥着这样的一个机会。

期末考试当中，修远就已经有预感了。数学、物理两门强势科目发挥正常，即便难度比平时更高也没有让他考场紧张失误。而语文、英语、生物等弱势科目则保持稳定，也没有大的滑坡，不会拉下去太多分。论临场发挥，他感觉比期中考试时更好一点儿，如果期中考试的成绩就已经能够进入实验班了，那么期末考试也没有问题。

十四班同学齐聚教室，袁野还没有来，大约是学校的分班会议还没有开完，各班班主任都在忙碌中。各科老师和课代表一起轮番抱来期末试卷，众人查看着自己的试卷，或摇头叹息，或叫苦连天。

"完了完了，就这鬼成绩，暑假要倒霉了！"

"怎么比平时低了20多分？不至于这么难吧？"

"别班考得怎么样啊？难度提高了应该是大家分数都降低了吧？"

"说不定就只有你太渣了呢？"

"滚！"

吵嚷之中，班长樊龙走进教室，将分数条分发下来，学生们聚在一起热烈讨论，好事者围着樊龙看同学的成绩。

这场景何其相似。半年前，修远躲在后排，看着其他同学热烈地讨论成绩，他则畏畏缩缩不敢想象自己的排名，心中忐忑。如今，他一脸淡定地坐在座位上，内心毫无波澜，不一会儿就听到嘈杂的人群中传出叫嚷声。

"哇，修远又是第一，牛啊！"

"喊，大神嘛，每次都是第一，你很意外吗？"

"啊，差距好大的，他少考一科都比我高……"

等到分数条终于发到自己手上，修远细细看了自己各科的分数和排名。

"选物理班的话，年级排名第二十一名，足够进实验班了。"修远嘀咕着，"咦？选历史班，排名第三十八名，也能进实验班？真有意思……"

"什么时候放假啊？袁野怎么还不来啊？"许多人叫嚷着。

班长樊龙让众人安静下来，大声道："班主任会议10点30分结束，还有20分钟袁老师就来了。大家安静下，先把各科作业领完，然后把选科申请表准备好，来了以后立刻交上去，第一时间放学！"

人群中忽然有人喊道："咦，英语作业用不用做啊？记得何老师之前说，只要平均分排进了年级普通班前五名就可以不用做呢！我们这次到底多少名啊？"

"对啊，差点儿把这事忘记了！就是啊，快去找何老师问下！"

"我晕，她哄你的，你也信？马上就分班了，新班的英语老师照样要收，你敢不做？"

"没事！我们班估计有一半同学是留在本班的嘛，至少这部分同学不用做的啊！"

"那也没戏，我们班英语这么差，何老师就是算准了我们均分进不了前五才故意这么说的。"

"好歹问问嘛！"

于是英语课代表被催促着去英语老师办公室询问详细的班级均分和排名，其他人则闹哄哄地在班级里无所事事。

班级里太吵闹，修远来到教室外的走廊上一个人安静会儿。他靠着走廊的栏杆向远处眺望，面前是学校的操场，一眼望去是几百米的开阔视野。从背后几米远处传来班级的喧闹声，各种叫嚷与大笑在他耳边被自动屏蔽，那些声音显得无比遥远。

这半年，真是跌宕起伏而令人感叹啊。

"修远同学，中午有空吗？我们想请你吃饭呢！"背后响起女生的声音，但不是舒田，略显陌生。

梅羽纱？旁边还有鲁阿明和叶歌海。修远略感惊讶。这三人与自己向来不熟，在他模糊的印象中，这几人似乎还将他作为竞争对手，有刻意远离的倾向，关系略显尴尬，怎么突然就想请他吃饭呢？

梅羽纱露出可爱的微笑，鲁阿明眼光诚挚，叶歌海立于两人背后闷闷地低着头。

"吃饭？有什么事吗？"修远不明所以。

鲁阿明道："因为我们想向你学习呢！你的成绩这么优秀，而且学习方法很独特，学得很轻松，我们想要向你请教很多学习上的事情，希望你不吝赐教呢。"

"向我学习？"修远愣住，"怎么学？"

梅羽纱的微笑更加迷人与可爱了，连声音也跟着变化起来："啊，就是想向你了解一些学习方法上的问题呢，你可别不愿意教呀。今天时间比较宽松，所以我们想一起请你吃顿饭，明天就要开始补课了，平时我们可能会时不时地提出一些问题，请你一定要多多指教哟。"

修远对着迷人而可爱的微笑没有丝毫反应，反而直愣愣道："不是不愿意教，是我要返回实验班了……"

梅羽纱迷人的笑容顿时僵住，鲁阿明忍不住惊呼了一声"啊"，叶歌海的头也猛然抬起来，一脸震惊。修远不知如何面对原本就不熟悉的三人，只好返回教室里避免尴尬。

他忽然想起来，半年前的期末考试结束后，班级里很多人下定决心要把握机会，进一步向卢标学习，却突然听到卢标转学离开的消息，无数人沉默，乃至落泪。今天如此相似的一幕居然在自己身上重演了！修远忍不住在进教室的一瞬间回头看向三人落寞的背影，心中无比感叹：真是造化弄人啊！难道他们之前不知道我要回实验班吗？是啊，他们不知道，因为我一直说的是自己不喜欢实验班才主动离开，他们又怎会想到我是吊车尾被赶出来的呢？又怎么会想到我如今要返回去呢？

修远走进教室，班级门合上，三人留在门外——或许就此不会再相见了吧。

教室里还在吵嚷着，英语课代表推门而入，大声道："没戏！没进前五，作业照常做！不过我们班考得不错啊，居然在第六名！要知道平时均分都是十名以后的。而且这次离第五名差得不远，第五名是七班，均分94.2分，我们班93.5分！"

"天哪！就差这么点儿？可惜啊！"

"就是，可恨啊！再发挥好一点儿就不用写暑假作业了！"

"每个人多考1分就行了啊！越想越气！"

如此说着，很多人都开始翻阅起自己的英语试卷。这个单选不该错，那个完形填空能多得1分，还有人发动大家都去检查自己的试卷，万一有改错了的呢？万一每人都少算了1分呢？当然，这只是妄想而已。

门又被推开，这次是舒田进来了。她中途去了一次洗手间，还没有看自己的成绩，回座位上还没来得及坐下，随手拿起分数条看了看自己的成绩，忽然脸色一沉。

"脸色这么差？考多少名啊？"周围的好事者嬉笑着，伸长了脖子去看分数条，"舒田……舒田……怎么总分倒数第六？这么差？"

旁边有人道："平时成绩就很一般吧？没什么好奇怪的。"

"不对不对，我记得她平时是中下等的，怎么这次倒数了啊？"

还等不到舒田藏起自己的分数条，那人眼疾手快已经看清楚了："我看看……语文104分，数学92分，英语、英语0分？怎么回事？0分！"那人忍不住大叫起来。

英语课代表忽然道："我们班少了张英语答题卡，应该是有人答题卡没写名字，该不会就是她吧？"

人群中先是发出幸灾乐祸的讪笑，直到有人一声大叫让喧闹的班级里猛然安静下来："舒田平时英语大概90分吧！如果不是她答题卡没写名字，我们班平均分就第五名了！多做那么多英语暑假作业，都怪她！"

舒田刚刚返回最后一排的座位，正准备坐下，随着那一声指名道姓的指责，全班同学的目光都投向她，大家眼里带着愤怒，又混合着鄙视与不屑。几十道目光如同几十支箭，让舒田感到心口一阵刺痛，身体僵住，仿佛连心跳都要停止了。她的后背快速涌上来一股寒意，手脚变得冰凉，连嘴唇都泛白了，开始剧烈地打战，一脸惊恐之色。

舒田看着那一道道目光，连坐都坐不下去了，忍不住直往后退，一直退到后背顶到教室最后的墙上，退无可退了，一不小心就碰到了后面打扫卫生的扫帚，踩翻了装拖把的铁桶，被绊得踉踉跄跄。铁桶里的污水冲湿了她的鞋袜，甚至溅起来沾到她的衣服和脸上。

她惊恐地看着众人的目光，想要尖叫，想要哀求，心里的话却由于打战的嘴唇而开不了口——

不要看我，不要看我！求求你们，不要再看我了！

▶ 第四十五章 ◀

人物传——舒田

今天，我14岁了。

他们说，14岁是一条分界线，是成熟的开始。

我今天穿上了一条可爱的粉红裙子，上面有白色的碎花点缀。

这条裙子有些显眼，我有些犹豫，是否要穿它去学校。

可是今天我过生日，我14岁了。

我决定在这个日子里，做出一些改变。

我要变得更好。

我内向、自卑、胆怯。

我在同学眼里就像是个透明人，没有人注意到我。

班级排话剧，我永远是配角，或者没有角色。

班级准备晚会，我永远是观众。

我一个人上学和回家，他们见到我，有些人会打一声招呼，然后就走了。

周五的时候，我听见他们周末相约好出去玩，从他们身边路过。

周一的时候，我听见他们谈论周末的趣事，一个人坐着。

我的座位在后排的角落，因为我的个子比一般女生高。

每个人都向前看，没有人回头看我。

偶尔有些男生回头瞟我几眼，但他们不会走过来跟我说话。

偶尔有些女生回头瞟我几眼，但她们窃窃私语，我不知道她们在说什么。

今天，我想要你们都看见我。

我人很好，从不对别人发脾气。

我成绩也不错呀，一直在中上游水平。

我还可以请你们到我家里玩。

我有很多娃娃，还有漫画书。

如果你们邀请我一起出去玩，我可以送给你们很多巧克力糖果呢。
今天，请你们看见我吧！

哟，你们看，你们看！舒田今天穿得好暴露啊！
啧啧啧，准备勾引谁呢？
还粉红色的长裙，装纯吧。
呵呵，搞笑。
越骚越丑，不要脸。
恶心，看她那个样！
……

男生们欲言又止，舒田的装扮其实很漂亮，很可爱。
男生们突然发现，舒田的五官其实很秀气，很甜美。
如果不是在公开场合，他们一定忍不住会偷偷多看她几眼。
如果能够鼓起勇气，他们一定要红着脸故意找舒田搭讪几句话。
这样一个可爱的女生，简直就像凭空冒出来一样。
他们怎么居然从来没发现舒田是这个样子的呢？

可是大片大片的女生突然起哄，说她骚，装纯，丑，搞笑，搭配奇葩，恶心。
喧闹声淹没教室。
男生们没人吭声了。
就像兵临城下、大军压境之时，村民都藏身地下室，不敢妄动。

搭配丑吗？粉红色的长裙从上到下，和舒田粉嫩的皮肤相互映衬。
衣服骚气吗？长裙遮体，没有露肩，小圆领开得也不低。
装纯吗？不用装，一个善良、单纯的小姑娘，原本就很纯。
但没有男生吭声。
也没有女生闭嘴。

舒田不知所措地站在教室门口，手心里尽是汗，后背也是。
她万万没想到是这幅场景，原想，可能他们还是不会注意到我吧。
现在她全身发冷了，后背的汗水就像冬天的冰雨渗进衣服里。
她的大腿开始颤抖，小腿变得虚弱无力，感觉不到肌肉的存在，快要瘫软下去了。

她轻轻咬着牙齿,眼泪流下来。

她不知道该往哪里走。

进教室吗?可是那么多人都在辱骂我,冷冷的、充满敌意的眼光直射向我。

逃走吗?可是马上就要上课了啊,老师会怪我的。

她只能哭,被所有人盯着,一个人哭。

不敢出声,不敢逃走。

直到将近10分钟后,第一节课的老师走进教室。

我再也不要别人关注我了……

你们都不要看我!

求求你们,不要看见我……

我要一个人坐在角落……

你们……

都不要看见我。

……

在十四班的教室里,一名女生满脸惊恐,靠着后排墙壁缓缓滑落下去,坐到地上,裤子被装拖把的铁桶里流出的污水浸湿,脸上有泪水在滑落,还有铁桶打翻时溅起的污渍。众人愤怒而鄙夷地瞪着她,因为她忘记了在自己的英语答题卡上写名字,拖低了班级的平均分。她孤零零地坐在地上流泪,无人怜爱,一个女生最狼狈的样子莫过于此了吧。

修远一脸震惊地看着舒田,又看了看其他人。他有些疑惑,舒田不过是忘记写名字了而已,何以其他人忽然就集体排斥她?他也想不明白,别人不过是瞪了她几眼,抱怨了几句,何以舒田突然就如此惊恐而绝望,以至于这样狼狈地坐在一摊污水之上?

他疑惑,如果普通人不小心跌倒,跌在污水上了,本能反应应该是立刻站起来啊,为何舒田就那样呆呆地坐在那里?如此无助而悲痛的表情在舒田的脸上显露着,让修远心里不是滋味。

在同样的世界里,每个人看到的东西就是一样的吗?在同一个场景中,每个人脑海里是否就想着相同的事情?修远不可能知道,舒田陷入了当年悲惨的回忆里,久久不能自拔。而他看着舒田茫然无助的样子,却突然回忆起自己最落魄的时候。

[背景音乐:*Nothing to Fear*(创作者:Dexter Britain)]

半年前,他发现自己无论怎样努力都没有用,被赶出实验班,他被原来的同学瞧不起,绝望得不知如何是好,人生一片黑暗。可是,林老师突然出现在他的生命里,给予了他莫大的帮助；老同学夏子萱，还有诸葛百象，并没有放弃他，给他带来实验班的高质量资料；初中时的好友袁培基，传递给他临湖实验高中的各种信息；班主任袁老师，对他充满信任，放手让他按照自己的方式去学习，甚至帮他搞定了其他不理解他的学科老师。

无数人的帮助汇聚到一起，最终让他重新站了起来。

他看着眼前的舒田，仿佛又看到几个月前的自己，那些迷茫、挣扎、痛苦，历历在目。如果没有林老师、夏子萱等人不断地帮助自己，自己能够突破那些黑暗和绝望吗？

眼前的这个女生如此可怜，为什么某些人会突然合起来围攻她？为什么其他人不扶她一把？为什么不递上一张纸巾？

而她又为什么会跌坐在这里，眼神中尽是痛苦与哀伤，仿佛陷入沼泽一样无法自拔？她为什么不站起来？

他忍不住走了过去，起身走到她的面前。

不是因为她曾经请他吃了一个多星期的饭，不是因为他不久前拒绝了她因而感到亏欠，而是他从那绝望的神情里，看到了当年自己的幻影。

他伸出一只手，四指并拢，掌心向上摊开。

舒田回过神来，看着修远向她伸出手，心里百感交集，说不出什么滋味。她心里浮现出一些幻想——他是要接受我了吗？他是在可怜我吗？

那只手在她的眼前，不近不远，若即若离。舒田微微动了一下，缓缓伸出手，搭在修远的手上。她神情恍惚地看着这只手。

他要扶我起来吗？可是那只手并没有动，只是静静地悬在那里。

他要走了吗？可是那只手并没有动，只是静静地悬在那里。

舒田的眼泪还在不住地滴落，悲伤中夹杂着一丝困惑。

班级里的众人不再喧哗，静静地看着修远和舒田。这似乎是一出传统的英雄救美经典戏——美女受伤地瘫坐在地上，英雄扶她起来，甚至拦腰将她抱起。

他要拉她起来了，众人心想。

可是修远没有动，没有做出用力拉舒田起来的动作，他就这么直直地站在她的面前，伸出一只手，似近似远，将进将退。他面无表情，却又眼神炙热。

"他到底在干吗啊？还要不要扶她起来啊？"有人小声议论。

舒田在疑惑，她搞不清修远对自己的态度。

众人在疑惑，这不是他们所熟知的英雄救美的戏码。

他伸出了手，等她将手放在自己的手上，却又不发力拉她起来。两人的手就这样悬在空中，形态诡异。修远啊，你到底在干吗？

他就这样直直地看着舒田。

舒田，起来啊。
修远直视着舒田的眼睛，眼神中充满期待。
站起来啊，不要倒在这里。他的唇舌未动，但眼神中分明这么诉说着。
有时候，我们就是会怀疑、会困惑啊，可是我们不能这么倒下。
有时候，我们就是会恐惧、会绝望啊，可是我们不能这么倒下。
舒田，起来啊！

在那股剧烈的悲伤和绝望中稍稍缓过劲来，但依然有强烈的疼痛残留。舒田从往事中回过神来，抬起头看着修远，悲伤与疑惑混杂。她看不懂修远眼神里的意思。

站起来，你给我站起来！
一时过不去的坎儿，要就地躺下了吗？我说，你不可以！
我不管你现在遇到了怎样的打击，过去经历过什么挫折，你若想这么放弃自己，陷入无尽的悲伤和绝望中，我就说，不可以啊！
因为这一刻，我分明从你的眼眸中看见了自己的影子啊！
舒田，你给我站起来啊！

她的疑惑更加浓烈，她在等待他一把拉她起来。谢谢你的好意，谢谢你结束我的尴尬。可是你平静的眼神中，暗含的是什么呢？
那只手却没有发力。她的手就这么软软地搭在他的手上，他手指并拢，就这么握着她的手，却没有把她拉起来。

站起来！站起来！站起来！
我给你一只手，要你站起来。
但我不去拉你，就这么注视着你的眼睛。你看到我的眼神了吗？
你要多久才能看懂呢？

那些黑暗，要过多久才有光明？
那些冰雪，要过多久才会消融？
也许那黑夜很漫长，也许那寒冰很坚硬。

可是在漫漫寒夜里，我们自己不能放弃希望啊！

要带着希望去努力，去自救，去寻找一切可能的生机啊！

不借助言语，信念如何在人与人之间传递？谁也摸不透其中玄机。可是在某些微妙的氛围里，仿佛一个坚定而热烈的眼神，就能传递出超越言语的信息，给人莫大的启迪。舒田久久地凝视着修远的眼睛，忽然感觉身体里慌乱而恐惧的气息逐渐平缓，涌现出一丝力量，试探着用力拉了一下，身体重心微微远离地面。

然后她感到，修远握住她手的力量就此加大。

她仿佛受到鼓舞，于是又更用力一点儿，几乎自己挣扎着站了起来。

她又感到，修远拉她的力量更大了。

她手用力拉着，将自己拽起来。

她脚用力蹬地，将自己支撑起来。

她仿佛使出了这辈子最大的力气。

她模糊感到自己生出了从未有过的力气。

她终于站了起来，远离了一地的污水。

她瞪大眼睛看着他，心里有种异样的感觉，仿佛一间漆黑的房子里，从窗户里透出一线耀眼的光芒。

那是震撼，是惊醒，

她忽然想大口呼吸；

那是光明，是新生，

她忽然想大声呼喊。

她说不出话来，眼睛直愣愣地看着修远，而众人则直愣愣地看着两人，直到这画面被走进教室的班主任袁野打破。

"你们干吗呢？"袁野疑惑地环视教室，"班长把分科申请表收上来。修远，你单独出来一下。"

第四十六章

王者回归

修远又看了一眼舒田,松开握住她手掌的手,转身跟袁野走出教室。

"怎么样,修远,考虑好了吗,是选择进实验班还是留在我们班?你的成绩可以进物理实验班,也可以进历史实验班。当然,我还是希望你留在十四班的,你看你来我们班半个学期,成绩就有明显进步,说明我们班的环境很适合你嘛!这一点我们之前也谈过的,今天年级要收调班表了,我再找你来确认一下。"

袁野几句话说得云淡风轻,修远却不由得有些尴尬。之前袁野对他多番帮助,他也一度表露出愿意留在十四班的意向,如今却要改口了。

"呃,袁老师,我想……我想还是去实验二班,也就是物理实验班吧。"

"哦?怎么突然改主意了?"袁野虽然这么问着,但脸上并没有太多惊讶的神色。虽然反复劝导修远,说着十四班更适合他的话,但袁野也知道,实验班毕竟是实验班,不仅师资力量更好、学习氛围更强,而且那个实验班的名号也足够对人产生强烈的影响。

"唔,这个怎么说呢……就是一种感觉吧,还是去实验班比较好……"

"嗯……"袁野叹口气,"还是尊重你的选择吧。今天分班之后,就可以搬东西去实验班了,暑假的补课就在实验班上了。以后要是不喜欢实验班了,还可以选择转回来呢!十四班的大门永远对你敞开!"

修远点点头,没有回话,心想:选的科目都不一样,还怎么转?但他看着袁野递过来的调班申请表,心里忽然觉得很放松。这一瞬间,他又回想起当年离开实验二班的场景:李双关鄙夷的语气、易姗迷离的目光,以及付词等人的喧闹……

"好的。袁老师,谢谢您了,我还是要去实验班了。选科表马上就可以给您了。"修远心绪起伏——终于迎来了这一刻。

这一刻于修远意义重大。人生中总有那么几个关口,它们的成败不仅是一时的具体利益得失,更是人的几口气。那几口气,是好多个夜晚念念不忘的牵挂,也是凝神握拳不甘落寞的斗志。闯过去了,斗志昂扬,无限的能量涌出让你继续奋斗;若闯过不去，则有可能一时迷惘泄气，就此郁郁不振了。

这一关，闯过了。

修远进教室填好调班申请表，交给袁野，又提交了选科表，他在十四班的一切事项都结束了。这一天上午没有太多事，下午休息半天，第二天开始补课。其他人听袁野通知完了各项事务安排后，教室里再度吵嚷起来，陆陆续续开始收拾东西，准备回寝室休息了。在轻快的背景杂音里，修远开始收拾行李，大多数学生都没有注意到他的动作，却有几双眼睛跟随着他的身影移动。樊龙叹息再没机会搞清楚修远究竟刷了多少道题；杨乾智心中暗想这家伙又进入实验班了，果然是个天才；鲁阿明、梅羽纱与叶歌海一言不发，三人各有心思。

舒田刚刚从那一摊污水中站立起来，心中激荡着，仿佛打开了新世界的大门。然而给她带来启发与光明的那个人——修远——却已然在收拾行囊，准备离开。舒田一时间五味杂陈，那一道复杂的目光投向修远，说不出什么滋味。这目光里有尚未散尽的哀伤余韵，有对两人过往点点滴滴的留念，还隐藏有一丝醒悟后坚定的光芒。

然而这些目光无法让修远的身影半点儿滞留，他背着书包，抱着十几本书，踏着轻快的步伐走出教室，来到楼梯口处。半年前，他就从楼上的实验班顺着这楼梯落寞地走下来。今天，他又将顺着楼梯返回去了。

（背景音乐：*Battle Without Hournor*）

谁将从实验班出来？他不知道。谁将进入实验班？他不知道。原来实验班的同学们还好吗？他不知道。新进入实验班的同学又将会有怎样的结局？他更不知道。可是他看着眼前的楼梯，知道自己又有了一次攀登的机会。这样的机会，他已经错过了一次；这样的机会，他绝不会再错过第二次。

绝不会。

啊，这命运的阶梯！
回去啦！消灭耻辱的记忆。
云散了，大风也要吹起。
这是多少个日夜费尽心血的意义！

路过了，那都是普通的班级，
再往上走，是舞台的中心之地。
再不恐惧，那些繁杂的难题，
也不忽视背诵英语单词的意义！

喂——少年们，睁开眼吧！
跟我一起奋斗吧，为了梦想而努力！
啊——少女们，清醒啊！
我可不是天才，只是掌握了学习策略而已。

这鸟鸣如琴瑟，
风吹似羌笛，
是我战斗的音乐，
给命运迎头痛击！
倒下的人啊，
在低声的哭泣；
那倔强的灵魂，
踏上前进的阶梯！

迎面走来的人啊，
表情沮丧地抱着书。
被扫地出门了，
在实验班里水土不服。
感叹吧，那些命运的沉浮；
战斗啊，不灭意志的归宿！

三角，数列，天体，落体，
作文，阅读，单词，听力。
汇聚成题海啊！淹没我吧！
等待你的，是策略师的致意！

师资，同学，教材，教辅，
新课，错题，技巧，套路。
以我为中心啊，环绕旋转吧！
所有力量汇聚，只为我的进步！

看我搭框架，
做好结构化，

眼里没有复杂，
总有一天全部都、拿、下！
哈哈哈哈哈！

等我回舞台，
把耻辱洗白，
对自己交代，
所有梦想荣辱从头再来！
哈哈哈哈哈！

我，修远，又回来了。

修远站在走廊上，透过窗户往里望去，夏子萱、诸葛百象、罗刻、易姗、陈思敏、齐晓峰、李天许、百里思等熟悉的身影还在，而赵雨荷、梅子、付词、刘宇航、马一鸣、姚实易等一大批人都不见了踪影，又新增了一些陌生的面孔。

看来实验二班人员重组很厉害。不过根据模糊的印象，似乎多是和实验一班的学生在相互流动，普通班上来的依然是少数，其中就包括了原实验一班的王牌、二中唯一的清北种子选手——杀神占武。

李双关站在门口，正在和其他新入实验班的学生交流着，一抬头，恰好与修远对视。高一上学期在实验二班时，修远最怕与李双关眼神接触，其中原因既有厌恶，也有恐惧。这一次却似乎反转过来了，修远底气十足、眼神坚定，两眼直视李双关。李双关却眼神闪烁，犹豫不定，似乎欲言又止。

"李老师，请问，我，坐哪里？"

第四十七章

短暂的宁静

"哦,修远啊,好久不见了。"李双关回道,"你们新来的同学先等一下,有一部分同学要往外搬东西,等他们搬完了以后空出来的座位就是你们的。你的成绩我看了,总体来说是不错的,不过英语还要加强哦。"

李双关不知不觉就把修远的弱项英语提了出来,缓解一下内心的不安。修远却并不因此惊慌,他心中隐隐有种感觉,一切只是时间问题。此刻他又想起了林老师——十五天补课结束后就是见面的日子了。

语文老师董涛露正抱着一摞作业走过来:"李老师,座位问题还没弄完啊?我还特意先去三班把作业布置完了再过来……欸,修远?欢迎回来啊!"董涛露面露笑容,"我可看了你的试卷,作文偏题了哦,阅读理解丢分也多。你几科的成绩就语文最低了,好好加油把语文赶上去,估计能上个211或者985大学!"

"谢谢老师关心。"修远心想,从下学期开始,就轮到语文和英语了。

又半个多小时过去,人们终于安定了。修远坐在靠右的第二大组第四排。位子倒是还不错,修远心想。这个位子不算靠后,要听课很方便;又不算太靠前,不至于被老师的气场压迫,干扰自己的节奏。

修远环顾全班,占武就在隔壁组的同一排,与自己2米不到的距离;付词、姚实易、马一鸣等人不见了踪影,不知是去了文科实验班还是直接被淘汰了;易姗在教室最左边一组的第二排,与修远对视了一眼,面带微笑。

"欢迎各位新同学来到理科实验班!"李双关开口了,"这次的人员变动有两个原因:一是选科造成的班次变化;二是个人实力变化造成实验班人员的进出。在过去的一学期里,有些同学没有刻苦努力,没有维持住实验班的水平,最终离开实验班,惨淡收场。这几个离开的失败案例,新来的同学可能不知道,但是原实验班的同学希望能够引以为戒。也有一部分同学,因为自己的拼搏奋斗,成绩大幅提升,有幸从普通班升到了实验班!对于这部分同学,我表示热烈的欢迎,也鼓励大家学习这样奋勇向前的精神！

"当然，还有一部分同学是从隔壁实验一班过来的。实验一班也是非常优秀的班级，希望这部分同学继续保持原来的优良作风，并尽快融入新的班级！

"我们之间的补课，将从 7 月 15 日开始，到时候大家就开始新班级的学习生活，相互也会熟识起来。不过今天，我还是对班里的个别同学进行一些介绍，让大家了解一下。

"占武同学，这次期末考试的理科总分年级第一名！来，跟大家打个招呼！"

占武起身与大家打了个招呼。

"李天许，理科总分第二名。陈思敏，理科总分第三名！"

两人依次起立。

"这几位同学都是非常优秀和善于学习的同学，大家一方面认识一下他们，另一方面也可以向他们学习，平时有问题也可以向他们请教。"李双关说着顿了顿，看了一眼修远，突然又补充说道，"另外再介绍一位特殊的同学给大家认识一下！

"这位同学，在高一开学时，是我们实验班的一员，上学期期末因为成绩下滑而暂时离开了，可是这一次，他凭借自己的努力，凭借优异的成绩重新返回实验班！我们在这位同学的身上，可以看到一种不屈不挠的精神，一种面对挫折绝不放弃的勇气。他目前虽然并不是成绩最优秀的，但是这样的精神值得我们每一个人学习！

"欢迎修远同学回家！"

所有人的目光向修远汇聚过来——易姗、占武、李天许、夏子萱……

半年多前，李双关也曾用一些语言让全班同学的目光汇聚在修远身上——讽刺、批评、数落。真是三十年河东，三十年河西。修远面无喜怒，平静如常。

"好了，新同学先认识到这里。现在我们把作业再强调一次，尤其从普通班进来的同学要注意。原来普通班的作业不用做了，一切以实验班的作业为准。各位同学放学之前，一定要按照旁边墙上的作业单准确核对。放学！"

下午难得的空闲，修远还要从普通班的寝室里搬出来，再进入实验班寝室。自然，实验班的四人间条件更好，还有空调，在这盛夏季节里倒也是件好事。收拾完行李吃完饭，已经是晚上了。

修远放松地以"大"字形躺在床上向窗外望出去，可惜既没有月光也没有星光，城市灯光照射得夜空一片灰亮。修远脑子里什么都不想，就这样静静地享受流逝的时光。房间里只有空调运作的声音，此刻替代了"鸟鸣山更幽"一句中的小鸟。房间宁静而惬意，可见机器与动物的差别没有那么大。

手机的信息提示音打破了宁静，修远拿过手机，居然是临湖实验高中的老同学衰培基发过来的一条信息。

"有个叫卢标的人,是从你们学校转过来的,你应该认识吧?"

修远拿着手机心里一愣——卢标?袁培基怎么提到卢标了?

"认识,原来跟我一个班的。怎么了?"

"太猛了,我们隔壁班的,期末考了年级第四!要知道年级前十里面,九个都是实验班的!就他一个前十,还是高位的第四名!"

修远心里一惊,临湖实验高中的第四名!好厉害!

"你考得怎么样?"修远问。

"我还是那样,不上不下的,全班第十九名。"

修远心里生起另外一个疑问:临湖实验高中的学生,究竟是什么水平?

修远突然想到了这个问题,这是他之前一年不曾想到的。或许是那一年有太多堕落的时间,在兰水二中不断"下坠",巨大的差距让他潜意识中觉得这个问题根本没有意义。这个问题,占武、李天许、陈思敏等人应该经常会问,而他修远却不会问。

可是现在,他重新回到了兰水二中的一流水平,并且还在不断进步当中,他感觉,已经到了可以考虑这个问题的时候了——

临湖实验高中的学生,究竟是什么水平?

"我们年级很多人都说,再也不敢小看你们兰水二中的学生了。"袁培基又道。

"哪里,大部分都很一般,偶尔出来一个厉害的卢标,结果还不是到你们学校去了。"

"他原来在你们学校时候多少名?"

"第二吧,有一个叫占武的比他更强一些。"

"不知道你们兰水二中实验班的学生和临湖实验的普通班相比怎么样?要是都像卢标那样强,我们就压力山大了。"

"差很多吧……"修远一边打字一边叹气,"卢标是个例,非正常人类。其余实验班的人,也就是在本校风光一些,跟你们还是不能比。"

"哪里,你初中的时候比我强多了,中考失误了而已。"

这事情曾经让修远唏嘘不已,羞于提及。一年后的今天,修远逐渐放下,可以淡然面对了,如他今天可以坦然面对李双关,敢于正眼对视了一样。他说:"差不多吧。以成败论英雄,最终还是你厉害些。环境影响人,你在临湖实验一年多,肯定已经超过我了。卢标估计也是为了更好的环境而转学去你们学校的。"

"你有没有想过转学到临湖实验来?"

"这?可以这样操作吗?"

"卢标不就过来了吗?"

"我不知道他怎么回事。"

"告诉你一个秘密!"袁培基突然说道。

"什么秘密？"

"我们学校领导好像又要去你们学校挖人了！就像挖卢标一样！"

"……你怎么知道？"

"听说的！"

"搞反了吧？不应该是兰水二中去临湖实验挖人吗？你们学校这么强，我们学校没几个人是你们领导看得上的吧？"

"那就不知道了，反正年级里都这么传。尤其是这次卢标成绩出来以后，传得厉害。你们那边要是有什么风吹草动，通知我一声！我准备看大戏了！"

修远心里一阵疑惑，从来都是弱校挖强校的墙脚，怎么兰水二中和临湖实验反过来了？

又闲扯了一阵子后。

"不说了，明天还要补课。我们是先补课后放假，你们呢？"

"先补课半个月，再放假，再补课！"

"那回头聊吧！"

修远放下手机，少了手机的信息提示音，"空调牌小鸟"再次让房间重归宁静。修远放下卢标、临湖实验等念头，再次开始享受夏夜空调房里的宁静惬意。

盛夏的夜幕笼罩着临湖实验高中的校园，山水透出清凉之意，草木散发出清香的气息。论自然环境，临湖实验总归比兰水二中高出了几个档次。临湖实验高中已经放假，到夜幕时分，校园几乎空荡荡了，只剩下自习室里还有少数几个第二天再回家的远途学生。

自习室外，妖星与卢标在走廊上闲聊着。

"你是越来越猛了，已经进步到第四名了！"妖星感叹。

"你语文和物理两门失误，退到第十二名，倒也不是什么大问题，下次少算错几个题就行了。不过反正你也不是那么在乎成绩嘛，这点儿名次变动对你没什么影响吧。"

"嘿，影响比较小，不如放假的影响大。明天先出去玩玩放松下？"妖星提议。

"玩什么？你不是要我教你记忆技巧吗？不去你家？"

"不着急，假期这么长，你不是说记忆技巧并没有多复杂吗？大不了你在我家住几天，没什么搞不定的。刚放假可以轻松下，去体育馆打打乒乓球吧？我请客。"

"行。不过要晚点儿，明天早上10点洪校长要找我，估计要11点以后才有空。"

"校长找你？？你做了什么事情惊动校长了？"

卢标耸耸肩："不知道，白天班主任通知我的。"

"好吧，那我今天晚上也住学校算了。等你结束后，我们中午先去体育馆附近吃饭，下午再打球吧。"

第四十八章

校长的悲叹

放假的第二天，临湖实验高中的学生几乎走光了，哪怕第一天来不及离校的学生也陆续离开。寝室楼里只剩妖星、卢标等少数几人。卢标早早起床出门去了图书馆，妖星则懒懒散散睡到 9 点。

食堂已经关门，妖星去学校商店买了点儿面包，在图书馆找到卢标。图书馆里也只有他们两人了，仿佛包场一般的舒适。

卢标正在读一本英文小说，妖星随手抓起一本作文素材书看了起来。

妖星一页一页地翻着作文素材书，翻书声在寂静的图书馆里回响。过了一会儿，卢标问道："看作文素材？"

"是啊！期末作文 49 分，老师点评——超一流立意，一流的文笔，加上下三流的素材，所以只有 49 分！"

"你这样的看法，能记住吗？"卢标又问。

"哦？记不记得住？貌似第二天就要忘记 90% 了。不过总比不看强吧，能记 10% 也算有所收获了嘛！"

"你还真是豁达……"

"所以才说要向你学习记忆法啊！"

"其实作文素材关键点不是背不背得下来的问题，而是到了要用的时候，能不能想起来该用这个素材。如果问你某某名人说过什么话、做过什么事，你可能背得出来，然而面对某个作文题目，你能够立刻意识到，这个名人可以用来作为题目下某个分论点的案例吗？"

经卢标提醒，妖星意识到问题的要点所在了，道："确实有此问题啊，记住了 10%，未必用得出来。那你建议怎么办？"

"其实作文素材的要点，不在于死记硬背，而在于要在大脑中激活这个素材，让它与众多的作文题目产生联系，只有这样，才能在要用的时候反应过来。"

"具体的操作方法呢？"

"很简单，每看到一个素材，就想一想，这个素材在哪个作文题目中可以使用？可以把最近五年的全国各地方的高考作文真题和高质量模拟题全部搜集起来，然后想一想这些作文该怎么立意。立意想好以后，每篇作文该怎么写就有了框架，随时可以填充内容进去。于是你阅读素材的时候就想着，能不能填充进第一个题目里作为案例？能不能作为第二个题目的案例？能不能作为第三个题目的案例？一个个思考下去。这样积累的素材，才是灵活的素材。"

"这样操作岂不是很慢？一个素材要研究思考 20 分钟？"妖星疑惑。

"是比较慢。但怎么说呢？慢即是快，这个道理对于你来说应该不难。"

"唔，有道理，看起来慢，其实积累一个活用一个，效率反而更高。这么好的方法，你小子怎么不早说啊！"

"你又没早问！算了，不跟你贫嘴了，我去校长办公室了。"

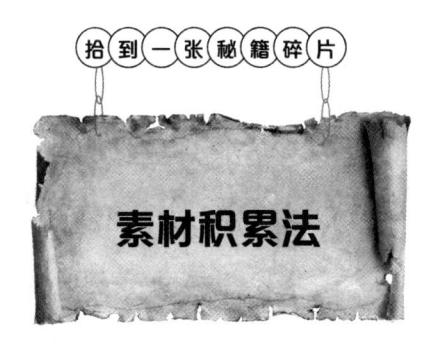

拾到一张秘籍碎片

素材积累法

校长办公室在学校中心的行政楼二层。卢标敲门进入，只见一位"国"字脸、肩宽体胖的中年男人坐在书桌后面，正是临湖实验高中校长洪流。

"洪校长好。"

"哦，你是？"

"我是高二九班的卢标，我们班主任说您找我。"

"哦，卢标啊，来来，坐。"洪校长显得很随和，卢标也就顺势坐下。

"几年没见到你了，都认不出来了。好小伙子，长大了！"

"哦？您见过我吗？"

"哈哈，见过，见过！当时是跟李校长一起去找你爸谈事情，我没说什么话，主要是李校长在聊。你可能对我没印象了，有几年了，当时你好像才上小学呢！不过你还记得李润乡校长吗？他好像跟你家联系得比较多。"

"有一点儿印象吧，前几年见过李校长，后来没见过了。"

"哦，没事。今天找你过来也没什么要紧事，简单聊聊。你到我们临湖实验高中来，还习惯吗？"

"挺好的。"

"听说你期末考试成绩还不错？"

"还可以，有些进步。"

"嗯嗯，好。在临湖实验还习惯吗？老师、同学关系如何？"

"老师和同学都挺好的。说实话，我很后悔当初去了兰水二中，转学过来算是对错误的修正吧。"

洪校长点点头："是啊，你们这些孩子啊，没有社会经验，禁不住诱惑，人家随便耍点儿花招儿你们就信了。这几年啊，兰水二中、九中、十五中，好几个高中，花样百出，给各个初中送了不少钱，专门挖你们这种优秀生源。学校教学质量又跟不上，把你们这些好苗子挖去了以后，真是浪费了。"

卢标沉默不语。

"像你这种呢，也算是运气好，我们学校出面组织、策划把你弄过来了。今年兰水二中管得很严，就你一个人过来了。其他孩子和家长，估计被洗脑了……算了，不说了。"

"洪校长，听说去年暑假有一大批学生从兰水二中转过来，是跟我类似的情况吗？"

"是。"洪校长笑着点点头，"据说你们兰水二中的老师把它称为'709惨案'，真有意思，搞得跟战争片似的。其实都是跟你一样的孩子，中考成绩很好，被他们用钱'买'过去了。承诺到兰水二中去就发多少奖学金，结果又拖欠了不少。我们派几个老师去跟家长沟通了一下，很容易就把家长说动了。也是顺应民心嘛！谁不想自己的孩子在更好的学校里读书？何况他们还出尔反尔，拖欠奖学金不发。"

"今年的好像都发了，没有拖欠。我去年入学的时候确实收到了二十万。"

"嗯，他们倒是吃一堑长一智。所以你们这一批学生啊，就为了这区区几十万元钱，断送了一生，真不知道你们父母是怎么想的！不过你好像是主动要求去兰水二中的？"

"是的。"卢标停顿了一下，"当时没想通，有点儿情绪化了。"

"嗯，知错就改，回头不晚。对了，二十万元奖学金你们家退回去没？"

"早就退回去了。"

"家里经济还支撑得住吗？"

"应该问题不大。好像有几笔尾款要回来了。"

"你们家的情况我不是很熟，偶尔跟李校长交流几句的时候略有所闻。没事就好。对了，林……"

"洪校长，差不多该出发了。"一个瘦削而精干的中年男人走了进来。

"哦？这么快？"

"这都10点30分了,我们准备一下出发,过去要一个小时,12点之前需要赶到。"

"要不了一个小时,30分钟够了,不着急。哦,卢标啊,没什么事,你先回去吧,假期愉快!"

"洪校长再见。"卢标起身离开。

"嗯,30分钟应该够了。我有点儿紧张,今天不知道他们要耍什么招数。"

"左校长啊,你怕什么?我们不理亏。放心,我准备周全了。"

"那好,洪校长啊,就靠你撑住场面了。"这个瘦削而精干的男人叫作左盛,是临湖实验高中的副校长,他问,"那个学生是谁?"

"李润乡当年带我们去看的那个,还记得不?"

"记得,记得。"左校长连连点头,"唉,说起李校长啊,又出名了!"

"他不是去年就出名了吗?"

"最近更厉害了!前几个月我还跟你说他们的'省级示范学校'评下来了,这都不算厉害。上周,文兴市教育局局长带二十五所小学的校长去参访学习,文兴电视台、《文兴晚报》《文兴教育圈》全程跟踪采访,深度报道!新世纪教育研究院也派了几个研究员去学习,研究院的主任当场邀请李润乡去今年的新核心素养教育年会演讲!"

"哦?这么厉害?"

"是啊!省会的教育局组团来我们这小城市学习,简直惊天动地!参访第一天兰水市书记和市长都到了!"

"嗯……"

"新核心素养教育年会,更是全国级别的大会,据说教育局牟局长主动说要陪同他去。听听,教育局局长陪同他去!我看啊,再过几年,李校长要上央视,要成全国教改标兵了!"

洪校长抬起头:"哎,附小你去现场看过吗?这两年我都没腾出时间来仔细研究。三年多前去了几次,感觉课程构架还不成熟,教师培训问题也没解决。现在做得怎么样了,真有这么好吗?"

"去年、今年各去了两次。洪校长啊,真不是吹牛啊。课程系统不断完善,如今项目式学习、课堂思维含量的问题都解决了。至于你说的教师培训,我看他们的教师水平,已经超过大部分文兴市重点小学的了。重点是,还是原来的那些人,不是从外面引进了名师,是把原来的普通老师集体培养成名师了!就凭这一点,够让人佩服了!

"另外,家长社群做起来了,开始进入实际运营,家长资源充分进入校本课程建设当中;西山那边搞了个农耕基地,生命教育、自然教育、劳动教育体系都有了依托;课程向上延展,和附属幼儿园形成联动了,很多教育理念从幼儿园就开始贯穿;考试成绩,从去年开始也是兰水全市第一。"

洪校长抿了一口茶，道："说说他们那个思维课堂怎么搞的？还有项目式学习，前几年我去看的时候还没成形呢。"

左校长接着说："去年其他方面做出来成绩以后，教委就放权了，特批让他们放手尝试新课程形式。他们现在在语文课堂里穿插了部分批判性思维的教学，和拓展阅读、写作做了深度联动，并且延伸到班会课，甚至品德课堂上。科学课和社会实践校本课程做了融合，在实践设计、实践实施和实践报告等领域加大了学生的自主程度，由此提高思维含量。

"项目式学习在高年级的数学和科学课里都有涉及，虽然目前还没有清晰的评价标准与衡量手段，但从课程设计、课堂氛围来看，确实有可取之处。而且刚才的科学课与社会实践融合课程里，已经体现出了项目式学习的特性了，效果挺好。更何况现在他们应试成绩也名列前茅了，实在没什么可挑剔的了。

"洪校长我真建议你去好好看看，这才叫教育啊！你猜上次李润乡跟我说什么来着？他说，做到现在这个份儿上，死也能够瞑目了，再多有任何一点儿进步都是赚的！"

洪校长吹了吹茶的热气，突然笑了起来："老李才四年时间，把个实验附小搞得风生水起，俨然一代教育家了。我们呢？十几年了，半点儿成果都没有！左盛啊，你说我们两个都在混的什么劲？"

左校长叹了口气，低下头："唉，是挺快的。我也佩服老李。"

洪校长苦笑不已："你说，我比李润乡差在哪里了？我真不觉得自己哪里不如他。论思想境界，论教育理解，论管理能力，论社会资源，我哪里不如他？可是、可是……唉！"

"唉，老洪，别激动，喝点儿茶。"

"啊——唯独教育热情这一点啊，我是真佩服老李啊，敢闯啊！你说他四年前刚开始干的时候有什么？什么资源都没有，一片空白，怎么实现教育理想？可是四年下来，居然让他搞成了！

"临湖实验附小，离着我们才几公里路？第一年我是不屑于去看，第二年是没时间看，这两年啊，不敢去看了！唉！"

"情况不一样嘛。高中和小学的教育生态差别很大，老李在新开设的临湖实验附小没有负担，你在高中这边，顾虑本来就更多。"左盛安慰道。

洪校长又说："老李做到这个程度，应该要写书了。立身、立言，快了。"

"暂时没听他说过。不过水到渠成，他不写，上面也会催着他写。"

洪校长窝在软座上，一根接一根地抽烟。

"左盛，你说到底什么是教育？什么是教育人？"洪校长抛出一个问题，陷入沉默。

左校长也沉默了几分钟，看了看手机上的时间说："洪校长，别想太多了，调整下状态，等下还要去'打仗'呢！"

"老李都已经功成名就了，我们还要去处理这个鬼事！"洪校长看了看手机时间，按熄了烟，猛地从座椅上站起来，"我调整个啥！出发！"

第四十九章

暗流涌动

兰水岸大酒店，606 包间。

兰水岸大酒店，兰水市最奢华、最高档、最有格调的酒店，兰水的各种重大会议、会谈大半就在这里举行了。市教育局局长牟勇文自掏腰包在 606 豪华包间摆了一桌，足以显示他对此次会谈的重视。桌上尽是名贵菜——甲鱼滋补汤、蓝莓山药、桂花蜜汁藕、剁椒鱼唇、十香黄金虾、宫保野兔、荷叶牛柳卷……

菜香四溢。

无人动筷。

桌上十个人，主座自然是局长牟勇文，左边是临湖实验高中校长洪流与副校长左盛；右侧半圈依次是兰水二中校长马泰、副校长肖英，然后是三中校长胡艳芳，七中校长吕才博，九中校长沈舒航，十五中校长邓子元，兰水外国语高中校长罗金海。

兰水市的民办学校领导，大半都在这里了。

"各位校长，饿了吗？饿了我们就先吃，没饿，就先谈谈事情。"牟勇文说。

"不饿，先把事情解决了吧。"洪流底气十足地说。

"不错，先把问题解决了。有些人违规办事，扰乱教学秩序，还是要清算一下。"兰水二中校长马泰喝了一口茶水，也不看其他人。这话是针对洪流说的，在马泰看来，临湖实验高中制造的"709惨案"，是两家学校不共戴天之仇。

"当然要清算，而且清算就要算到源头上去。"洪流也不看他，硬生生地回了一句。

其他几个校长不说话，唯有三中校长胡艳芳帮了一句："马校长说得对，咱们搞教育的要规规矩矩办事情，安安心心搞教育，动不动策划些地下活动，对我们兰水市的教育事业发展可不好。"

洪流又硬顶回去一句："说得对！尤其要严惩那些贼喊捉贼的！"

宴席还没开始，火药味已经炸开了。牟勇文做东办宴席，本是要各位校长给些面子，和和气气协商问题，没想到自己并没有太多面子，几位校长直接就正面"开战"了。他劝道："行了！别吵了！我看各位饿着肚子心情不好，还是先吃菜，边吃边聊吧！"

几个校长按兵不动，倒是洪流大大方方提起筷子就开始夹菜。精致的桂花蜜汁藕一口就是一个。十香黄金虾本就量少，一人摊不上一只，洪流顺手一只大虾就抓到碗里，薄膜手套也不戴了。洪流这饭吃得霸气十足，举手投足之间杀气四溢。

洪流大大方方地吃了1分钟，其他人动也不动，就这么看着。

牟勇文叹了一口气，心想自己这局做得真是失败。

"各位校长，咱们还是边吃边说吧，来，动筷子！"

没人动……

"唉，动筷子啊！"牟勇文一边喊一边自己夹了一片牛柳卷。其他人跟着象征性夹些菜。场面终于没那么难看了。

"马校长，这黄金虾很有味道，你尝一尝。胡校长，桂花蜜汁藕，美容养颜的，你吃一个试试……"牟勇文化身服务员，四处夹菜。

忙活了几分钟，众人都吃了些，牟勇文觉得可以开始谈事情了。

"咱们兰水市的教育界，各位都是标志性的人物，兰水教育的发展，还需要各位团结一心，共同出力。这两年各位之间有些误会，闹了些不愉快，不仅各位难受，对兰水市的教育发展也是很大的损失，今天，我们就要把这些误会澄清，把问题解决掉！各位，有什么想法的，谁先说吧。"

众人一起看向洪流和马泰。这两人是今天主角，他们不开口，其他人也自然沉默不言。局面上，洪流一方更紧张，因为洪流的临湖实验高中作为兰水市的"高地"，是其他学校的众矢之的。今天的局，实际上洪流独坐一方，二中、三中、七中、九中、十五中、外国语实验高中则"合兵一处"。

"我来说吧。"临湖实验副校长左盛开口了，"今天的过节儿大概可以说是从四年前开始的吧。兰水的民办高中里，临湖实验最强，这是没话说的，最优等的生源一直都是去临湖实验。从四年前开始，兰水二中和三中到各个初中去私下联络，进行优等生源截留，花样百出。一开始，兰水二中提出提供高额奖学金，三中给部分家庭困难的优等生家长安排工作。后来又宣传说什么兰水二中的实力很强，造谣说临湖实验高中的一本率有水分，把一类大学下面的附属三类学院偷偷换成一类。它们通过这些不正当手段来进行生源竞争，严重影响了临湖实验高中的招生工作！"

"有趣，谁规定了优秀学生就必须去临湖实验高中？我们提出优异的条件招收学生有问题吗？这完全符合民办学校的招生机制嘛！"胡艳芳反驳道。

"胡校长，这都什么年代了，还要靠给贫困生的家长找工作来招生？太老土了吧？"左盛说。

"老不老土不用您操心，反正不违法！"

"那你们造谣我临湖实验的一本率有水分，也不违法？"

"造谣？你这才是造谣呢！你们一本率有没有水分，我不关心，也没提过这事情。"

"不是你，又是谁？"左盛补道。

"这就要你自己去查了，反正不是我的事。"胡艳芳一眼瞟过去，一副有恃无恐的样子。胡艳芳是三中校长，做事风格比较激进一点儿，各种手段层出不穷。

不过，这种事情如何查得出来？一开局，临湖实验就落了下风。所谓"痛打落水狗"，兰水二中肖英赶紧接话。

"说到扰乱招生工作，去年夏天的'709惨案'，我相信牟局长和各位校长都清楚，这就是洪校长一手策划的事情，典型的扰乱教学秩序，扰乱我们兰水市教育的和平安定！"

"没错！"胡艳芳补充说，"在兰水二中挖了十几名学生，在我们这里挖了四名学生，都是年级的前几名。我们在初中毕业阶段的招生，是正常合法的招生行为。而你们在学生入学以后还去骚扰学生，诱导学生转学，这才是不正当行为！我建议牟局长好好处理一下这个事情。"

其他几个校长也跟风起哄，显然是巴不得临湖实验多吃点儿亏。

二中、三中、七中、九中、十五中、兰水外国语高中六个学校围攻临湖实验，几个校长面露得意，局面对临湖实验相当不利。左盛一边焦头烂额，一边用脚底蹭了洪流一下，示意他赶紧说点儿什么。老洪你出门时可说是准备周全了的，赶快说话啊，左盛心想。

洪流不慌不忙，一口甲鱼汤咽下，说："关于临湖实验高中一本率造假的那个谣言，是四年前开始流传的，两年前到达高峰。你说为什么两年前到达高峰了？"

这话问得奇怪，没人接话。

"临湖实验是兰水的老牌强校，这种谣言呢，一直是没人信的。不过两年前，本地论坛上开始大面积地传这方面的帖子，尤其是家长论坛，导致风向变了。"

"这是市民的自发行为，你怪谁呢？"胡艳芳没好气地说。

"是吗？论坛上是谁发的帖子，不好查，但是当时《兰水晚报》上也有，这就好查了。"

胡艳芳心里咯噔一下，忍住，说："人家编辑记者发个新闻，你有什么好查的？"

"这个新闻呢，在两年前5月底，正是初中毕业的前夕，突然发了这么个新闻，太凑巧了吧？事实上，正是这个新闻带动了后面论坛上的一系列转发。"

"那又怎么样？还是人家记者的自发行为嘛！你到底想说什么？"

"这到底是某个记者的自发行为，还是其他人花钱买的版面？其实是可以弄清楚的。"

话到此处已经有点儿敏感了，胡艳芳不吭声，死死盯住洪流。

"这个记者姓胡,很凑巧,跟胡校长一个姓,我一开始还以为是胡校长亲戚呢!当然,如果是收了钱办事,自然是不能把出钱人透露出来的,职业道德嘛!何况我不是公安局的,又不能审讯他。"

"可是事情就是这么凑巧。这胡记者的儿子,上初中的时候原本成绩比较差,可能连兰水二中都考不上,只能去三中、九中。但是到了初三,真是搞笑啊,喜欢上了他们班一个女生,这个女生成绩很好,肯定是要进我们临湖实验的。结果这男孩儿拼命学习了一年,成绩大涨,去年夏天刚好考进我们临湖实验高中了。"洪流说着瞟了胡艳芳一眼,"你说这时候我问他几句话,他会不会老实回答呢?"

胡艳芳瞪大眼睛,后背开始出汗。

"当然,肯定不是你胡校长。但查一查,说不定哪个主任或者老师就出来了?至于兰水二中,传说是拿高额奖学金来吸引学生的。但是后来又赖着不发下去,出尔反尔,你说这个算不算违规呢?"

"没有这回事!"马泰斩钉截铁地说。

"难道都发下去了?没有拖欠?"

"当然。我们承诺给学生的东西,自然是会做到的。"马泰面不改色。

"好,马校长说到做到,我相信你。不过,你是以什么名义发的奖学金?金额如此之高?就算是民办学校,你这样的做法也过分了吧?"

"学校有一部分的自有资金,是社会捐助的,这些资金的使用,本来就是由学校自由支配的。"马泰自信地回答,"洪校长不必关心了,合理合法的手段,没有过分一说。"

"兰水二中这种不正常大额发放奖学金的做法,本质上就是在把奖学金当营销资金使用,一个把招生当营销商品的学校,能有心思做好教育?不断提高奖学金金额,这是在搞'军备竞赛'了!这明显是要带坏我们兰水市民办高中的风气嘛!"洪流语调高昂道。

马泰脸色一沉——这帽子扣得有点儿大了,刚想辩驳一下,洪流又接着说道:

"兰水二中和三中的行为,不仅自身有问题,而且更大的问题是,带坏了风气。第一年的时候,造谣也好,不正当的奖学金也罢,只有这两个学校在做,到了去年的时候,有几所其他的学校已经开始跟随了。牟局长,这难道不是你最该关心的吗?他们不去想办法搞好教学,老在这些歪心思上下功夫,这种风气扩散开了,兰水的民办教育界还有希望吗?

"更何况,罗校长、吕校长、沈校长,你们忙活了两年,找到了几个优秀生源啊?好像也没有吧?那些被误导的优等生,都去兰水二中和三中了。你们有什么收获啊?

"至于去年兰水二中的学生转校事件呢,当然,我们有些老师对这些学生进行了劝说工作。那又怎么样?违规了吗?学生想要转校难道不是学生的自由吗?尤其马校长你仔细看看，转过来的都是哪些学生？都是当初中考后志愿本来填了临湖实验，最后被你想办法截去的学生！所谓'709惨案'，无非'物归原主'而已。当然，这里只是个比喻，学生不是物品，主要还是他们的自由选择。

"你们折腾了四年，我去年才开始还击，够给面子了吧？因为看你们这个态势根本不准备停下来，我才不得不反击了。"

一番话下来，胡艳芳被抓住了把柄，不敢多言；其他学校本来就是凑热闹来的，在生源大战中也确实没捞到好处，这会儿都不吭声；剩下兰水二中两位校长，如果此时不出头，就要树倒猢狲散了。

"兰水二中的行为肯定一直都是合法合规的。"马泰说，"至于奖学金的政策，是我们学校的一贯传统，还是要坚持下来……"

眼看着马泰又要把场面弄混乱，牟勇文有点儿看不下去了，打断道："行了行了！看看你们，一个个相互刁难，这要是让其他地方的同行看到，真是我们兰水市民办教育界的笑话！

"你们各自都有理由，都是准备充分的，一时半会儿也分不出个输赢，可是在我看来啊，都是输家！现在民办教育改革的势头这么猛烈，你们不思考如何进行教育改革，却在这儿打什么招生大战，有意思吗？

"我就问你们，新高考的选科问题解决了吗？洪校长，全组合分层走班实现了吗？马校长、胡校长、罗校长，你们给学生提供了几个组合？给你们五年过渡期必须实现全组合分层走班选科，今年第三年了，你们实现多少了？

"还有，过几年'综合素养评价'可能就要实施了，你们做好准备了吗？课程体系有相应改进吗？

"这些重要的教育改革问题不做好准备，一门心思打什么招生战！你们这个样子，兰水市的民办教育教育事业希望在哪里？"

三中、七中、九中、十五中、兰水外国语高中的五位校长不说话了，马泰与肖英互通眼色还在想些什么，洪流自觉占理，天不怕地不怕。

"还有你！洪流，你是占了理，但是有什么骄傲的？你看看李润乡现在怎么样了？人家在小学的教育改革做得精彩纷呈，你在高中的教育改革上花了多少心思？倒是抢人家的学生规划得严密！"

洪流本来占理不惧，但是牟勇文一提到李润乡，洪流心底就泄了气。

"今天，我们把问题摊开了讲，很好，但是还不够，还要有一个解决方案。你们做这些事情，布置得很细致，谁想绊倒谁都不容易，但是大家心里都清楚，都在相互使绊子。我提议，各位校长，不要玩这些小聪明了吧。马校长，你利用奖学金招生不算违规，但是不要搞那么高的额度，一到中考时期，媒体上都是你们学校的奖学金报道，逼得其他学校跟风，奖学金太高，真搞成'军备竞赛'了，像什么话？另外，招生要在正常渠道上做宣传，不要去和初中老师合谋截人家学生的志愿表！

"至于洪校长，一次性把人家前十名学生挖干净了，动静太大了！人家怎么能不生气？这种事情以后大家好好商量，不要私底下去策划这些活动。

"其他校长也不要跟风起哄了，回去安安心心搞教学吧！多向优秀学校学习学习！它们比你们先进太多了，早就实现了素质教育，学生学得轻松，老师教得轻松，师生关系完全和睦，里面的老师基本上个个认真负责，都是教学严谨、品行端正、专业精通的灵魂工程师！再看看你们弄得，学生压力大，作业多，经常熬夜做题，有时候还会爆出老师教学水平低、师生有冲突、老师严苛对待学生的问题，学生焦虑、紧张、自卑，睡不好觉，身体亚健康。

"就讲这么多了，大家吃饭吧！"牟勇文一挥手，叹了口气，希望这些民办教育届的同行能消停消停，让自己这番话也显现出点儿效果吧……

半小时后，宴席散场了，校长们各自怀着心思，在牟勇文的叹息声中离开。左盛开车往临湖实验的方向开去，洪流一路上沉默不语。到了离学校三四公里的地方，左盛突然开口说："前面就是临湖实验附小了。"

洪流一抬头，右边正是实验附小的大门，牌匾上墨色龙飞凤舞，据说是李校长找当地书法家写的模本。左边是微湖，岸边杨柳飘飘，清风徐来，湖面上细纹波动。实验附小与临湖实验高中一样，在一块风水宝地上，人杰地灵。

洪流不搭左盛的话，却问道："学校的老师中，有干劲、有才华、有创新意识的人，有没有？"

"才华嘛，咱们学校名师还是有一些，各有特点；干劲，这些名师也都是尽职尽责的；但是创新意识，这就不好说了。名师一般都有些年龄了，但是年龄越大，就越不容易创新，越喜欢固守一套。"

洪流沉吟道："能力和意识，目前的状态，可能要先找意识。"

"洪校长，我不知道您要做什么，但如果这事情很要创新精神和意识的话，现有的名师恐怕都不合适了。五年前我们做的尝试失败后，后续的负面影响一直都在，那一次改革咱们强行推动，很多名师都半推半就、半信半疑地参与进去了，但结果不顺利，这批名师也产生了一定的心理阴影。这一次你要再想做什么创新，这批有阴影的人就不合适了。"

"有道理。这三年有没有进什么有潜力的新老师？"

"新老师有不少，不过你是想做什么尝试呢？有了方向我再给你推荐人。"

"我想过了，需要适当借下外力。"洪流说，"李润乡做到今天的成就，光靠教育热情是不够的，关键点上借的外力有重大意义……"

左盛放慢车速，已经准备进入校门了。

"对了，我曾经听谁说的，好像高一有个宋老师在哪个班当班主任？"

左盛点点头："对，九班的宋老师，去年年初入职的老师。巧了，这个宋老师最近还找过我，提了些要求，咱们可以详细说说……"

临湖实验高中的大门打开了，两位校长平稳回校。

第五十章

初回二中

卢标从校长办公室出来后,叫了辆车,与妖星一道离开临湖实验高中。

"校长找你干吗?"

"没什么,问了问我习不习惯、适不适应之类的。"卢标淡然道。

"就这个?唔……你跟校长肯定有不寻常的关系啊,捉摸不透……"

卢标略显无奈:"真没什么关系,我也不知道他找我干吗,只聊了些不痛不痒的话题,谈话谈到一半被另一个老师打断了,校长急着出去了,可能重要内容还来不及说就走了吧。"

"好吧,不挖你的秘密了。"妖星道,"先回我家把行李放下,然后去体育馆附近吃饭,吃完了估计也就12点的样子,下午打大概三个小时球,然后干吗?直接回我家还是再去哪儿转转?"

"直接回你家吧,打三个小时球,够累了。"

两人按计划行事,只是吃完饭来到乒乓球馆后,却发现大门紧闭,上面贴着一张A4纸:夏季开馆时间为14点30分到21点。

"天哪!原来不是全天开馆的吗?怎么改成14点30分才开了?"妖星愤愤道。

卢标无奈道:"现在怎么办?"现在才12点不到,两个多小时不可能这么干等下去,现在又是烈日炙烤的天气,卢标思考,是去哪个书店或者咖啡厅坐会儿,还是直接返回妖星家里明天再来玩。正想着,妖星忽然道:"咦,我突然想起二中是不是就在这附近?"

"啊?"卢标一愣,"好像是吧,怎么了?"

"剩这么多时间,不如去二中看看吧。"

"看二中?这有什么好看的?"卢标有点儿无语,对于二中,他的记忆并不愉快。

"好奇嘛!我还没去过二中呢。二中今天还在补课,刚好趁中午吃饭的时候可以混进去看看。走吧,陪我去看看,刚好你路熟,给我当导游吧!"

"你真是好雅兴,看二中……我说,二中真没什么好看的,面积也小,绿化也不行,比临湖实验差多了。不如找个书店去坐会儿吧……啊!"卢标还想发表意见,却被妖星一把拖着,不由分说就往二中方向走去,他只好同意,"算了,真拿你没办法,带你去看看吧。"

妖星一边拖着卢标走,一边问道:"二中好像管理特别严格?是不是学的衡山中学那一套?导游同志,介绍一下吧,这种管理是什么样子?"

"我晕,你怎么对这个感兴趣?是不是去衡山中学考察、学习过,我不知道,但管理肯定是很严的,尤其是作业非常多,多到变态,一般学生做到半夜2点左右都做不完,我速度已经非常快了,也要到11点以后才能全部完成,根本没有自由时间。"卢标回忆起和李双关的争执,叹口气道,"其实衡山中学根本就不是这种模式啊。模仿学习,本应该取其精华,去其糟粕,可很多学校对衡山模式的学习——包括兰水二中在内——恰恰是取其糟粕,去其精华了!"

"哦?怎么讲?"妖星一下子来了兴致。

"一般人以为,衡山中学最大的特点是学生学得极其认真而辛苦,于是跟着联想,他们应该是作业量巨大、睡得很晚,以'书山有路勤为径,学海无涯苦作舟'为基本风格的。那些模仿衡山中学的学校,想当然地继承了这无端的风格,把作业量加到学生难以承受的程度,并导致了学生自由时间少、睡眠时间短,这是一般学校模仿衡山中学的第一层误解。"

"哦?你的意思是,衡山中学学生的作业其实并不多?睡眠并不少?"

"没错,你猜猜衡山中学每天晚上标准睡眠时间是几点?"

"照你这么说的话,肯定不是大众以为的半夜2点左右,我猜12点之前就睡了,甚至11点30分都不到?"

"呵呵,已经往早的猜了,可是还不对。他们的标准睡眠时间是——晚上10点!"

"啊?不会吧!10点?初中生也没那么早睡觉的啊!"妖星一惊,没想到以严苛管理著称的衡山中学,学生睡得如此早!想想觉得不对劲,又问道,"那他们几点起床呢?4点?"

"起床比较早,大概早上5点30分。"

"那也不算太早啊!"妖星快速计算一下,道,"晚上睡眠七个半小时,还是比一般学校多啊!中午是不是就不午睡了?"

"不,中午还有一小时午睡!"

"不可能吧?加起来八个半小时了!"这个事实大大超出妖星的想象,"我震惊了,衡山中学的学生居然睡得这么舒服?"

"其实反而不用感到意外,这说明衡山中学的管理者还是懂得人的基本生理规律的。高效学习的基础是高强度用脑，而能够高强度用脑的基础一定是充足的睡眠。这笔效率低的账很好算：每天正常的学习时间已经超过十二小时，即便牺牲睡眠，熬夜多学两个小时，也不过增加了 16% 的学习时间而已。也就是说，只要你的平均效率降低 15% 以上，你所增加的学习时间就白费了。

"而实际上，减少睡眠所导致的效率降低，仅仅 15% 吗？哪怕是没有明显的犯困打瞌睡，大脑由于睡眠不足而导致的思维速度变慢，其效率的降低就远远不止 15% 了。以我个人的经验，大概要降低 30%~50% 的效率。如果熬夜太严重，导致上课打瞌睡，效率直接就是 0 了。

"所以总的来讲，熬夜多学一两小时，毫无意义。而多睡点儿安稳觉，反而才是高效学习的必要条件。"

"道理是这样说的，不过衡山中学的作业这么少吗？"

"作业问题是大众对衡山中学的第二层误解。一般人以为衡山中学的作业特点是数量多，其实应该是质量高。数量只能算是中等罢了。当作业质量高了以后，对数量的要求就会降低。

"作业高质量的来源自然是较高质量的师资，以及专门的教研组。衡山中学的师资比一般学校强得多，而且师生配比更高……"

"小班制？"妖星插嘴道。

"不是，就是五十多人的普通班名额，多出来的教师，就是负责各学科内部作业、试卷等资料编写的专门教研组。

"而且他们的师资力量强，不同于人民中学、上陆中学等国家级重点中学那样。人民中学等校的师资强，原因在于聚集了一帮清华、北大、哈佛、耶鲁的本、硕、博毕业生，老师的视野开阔，思想深刻，学术范十足，不同的老师又各有特点与个人魅力；而衡山中学的师资强，则在于他们对应试体系研究得十分透彻，每个章节的知识点、题型分析得极为清楚，对于应试的熟悉，已经到达了庖丁解牛的程度。

"据说，衡山中学给到学生手上的资料、作业等，不仅知识点罗列清晰，就连题型也已经默认做好了结构化，甚至还有部分是按照模式识别方式做的结构。虽然不是全部，但也足够好了。

"在这样的高质量师资和题库辅助下，衡山中学的学生，哪怕不懂结构化、不懂模式识别，只需要跟着老师走就已经能高效学习了。

"作为对比，我在兰水二中的时候，由于缺乏现成的高质量资料，需要自己搜集、查阅多种辅导书做知识点和题型的结构化，然后再做模式识别，集齐解题思路的遗漏域。另外，还被老师布置大量低质量的作业，占据了自己的时间，哪怕用上了分层处理来大幅提速，依然无法彻底解决问题……其间的效率差距不言而喻。"

"这么好的资料，想办法搞一套？"

"想得美……无数外部师生都想得到那份资料，但是基本无法成功，那是衡山中学的绝对机密，严防死守，绝不对外泄露和出售。"

"可惜了……不过听起来你居然很认可衡山中学的样子？"

"算不上认可，但素质与应试两大教育目标里，它至少彻底地抓住了应试目标。比那些应试都搞不定，还东施效颦给学生造成剧烈负担和痛苦的三流学校要好多了。"

"这样啊……"妖星皱皱眉头，显出一丝忧虑，随即又道，"那么，你刚才说一般学校的模仿是取其糟粕，去其精华，去掉的精华是指高质量的题库资料，取到的糟粕又是指什么呢？"

"取到的糟粕，指的是模仿了衡山中学的高强度军事化管理。"

"高强度军事化管理……唔，这玩意儿听着就让人心烦。"妖星喃喃道。

"不仅仅是令人心烦而已，实际上，它对很多学生根本就是有害的、降低了学习效率的。"

"哦？我一直只觉得烦它而已，说说，有什么害处？"妖星又来了兴致，"一般人都认为，军事化管理恰恰是衡山中学成功的源头，所以优先模仿的就是这一点呢。"

"一般学校喜欢模仿衡山中学的军事化管理，并不是由于军事化管理最有效，而是由于这一点最简单、最容易模仿。你想想，模仿高质量题库、教学体系、教师质量有多麻烦？而军事化管理却可以轻松照搬——只要拼命地虐学生就好了！

"于是很多学校对学生进行严格的军事化管理。学生什么时候该做什么事情，完全由老师掌控。比如，这节早读你想背一下昨天学的英语单词，免得进入遗忘曲线的快速遗忘阶段（根据遗忘规律，单词这种东西刚学过以后很容易遗忘，必须短期内就要复习，不能拖久了，否则效率降低），但如果老师规定你得读语文，你就没得选；再如，有的学生学完了一个数学单元，已经做了很多题，来不及整理，晚自习想要把那些题目好好思考、整理一下，做个结构化之类的，但老师又发了几张新的试卷，你要想完成就必须做到晚上 12 点——搞军事化管理的学校一般作业都特别多——于是就没时间做旧题整理了。显然这个时候，继续做新题是没有意义的，然而学校的严格军事化规定导致你必须跟着老师的意图走，不允许有自己的想法，于是你被迫降低了效率。

"高水平的学习者，必然要把学习节奏掌控在自己的手中，那些围绕着老师转的学生，不可能达到顶尖水平。严格管控学生，顶多对那些基础很差的、不怎么愿意学习的学生有点儿用处——他们自己也不知道怎么学，甚至根本就不愿意学，你逼迫他们去学，好歹他们还是学了那么一点儿。然而对于想要达到高水平的学生来说，老师管理得越死板，自我灵活调控的空间就越小，越容易被老师拖着走。

"由于高强度、严苛的军事化管理，导致学习的中心转移到了老师身上，学生丧失了自我规划与节奏调整的空间，导致效率下降，这正是衡山最大的弱点。只不过由于它自身的生源足够好，教师和题库资料质量太高，就把这个弱点给掩盖下去了。"

"也许老师安排的节奏更适合学生呢？"妖星狡黠一笑。显然，他并不认可这个观点，但就是要提出来刁难一下卢标才好，这是妖星的本性。

"这是不可能的。每个人思维能力、思维方式、知识基础、心智损耗、身体健康状况等都不同，必然导致学习节奏不同。老师连一个学生的学习节奏都不可能彻底摸清，想要用一种模式统管所有学生的节奏，更是无稽之谈。

"实际上，所有顶级学校都一定是建立在松散管理，让学生有大量自主学习空间的基础上的，比如人民中学、上陆中学等。在那些顶级学校里，你觉得老师讲课的节奏跟你不匹配，想不听课自己学，OK，老师大部分情况下都会同意；你想集中学习一段时间数学，暂时不做语文、英语作业，OK，也没什么大问题。只要老师知道你是真的在学习，而不是故意偷懒，基本不会为难你。"

"不过松散管理得建立在学生有较好的学习功底和自律能力的基础上，否则容易出乱子吧？这种松散管理的模式，也不能随意推广，不然一样是东施效颦。"妖星道。

"是啊，军事化管理和松散管理，都不是能够大面积铺排而广泛起作用的模式。但是对于我来说，更需要的就是松散管理的模式啊！"卢标叹口气道。

"嘿嘿，所以你转学到临湖实验来了。"妖星笑道，"不过话说回来，你怎么对衡山中学了解那么多？真是奇怪了……"

"这个嘛，当然不是我自己研究的，也是听一个老师分析的……哎，到了，二中。"

一抬头，两人已经走到兰水二中门口了。

妖星从铁栏杆的缝隙往里看去，几栋并不气派的教学楼矗立在土地上，校园面积显然比临湖实验小不少。同时，由于二中在靠近市中心的地方，周遭环境嘈杂不说，校园里的绿化也比有山有水的临湖实验差了很多，一排细小的树仿佛营养不良般种在校园道路两旁，让人担忧它们是否能担起净化空气的大任。

"二中长这样啊？"妖星一脸嫌弃，"混进去看看吧，刚好中午休息时间，门卫查得貌似不严。"

两人顺着进进出出的人流混进学校，并没有多大难度。"跟你说过了，二中没什么好看的。现在要去哪儿呢？"卢标一边扫视着已经陌生的学校，一边问道，"想不通你对这学校有什么感兴趣的。"

"光一所破学校当然没什么感兴趣的，主要是里面的人……"妖星道，"高一教学楼是哪一个？进去看看。"

"哦？你认得二中的人？初中有要好的同学在二中吗？"卢标边带路边问，"或者是某个女生？"

"想哪儿去了……"妖星道,"不过也确实是让我心心念念、难以放下的一个人……"

"嗯?"卢标微微一笑,"前面就是高一教学楼了,你那个心心念念的人在几班?我……咦?"

卢标正说着,眼见从教学楼里走出一男一女两个人,身影熟悉。

"卢标?"女生小声叫道。

"夏子萱?"卢标回道,"好久……不见。"他想起曾经发生过的事情,夏子萱、易姗、百里思几个女生似乎和自己有些八卦传闻,不辨真假,但总莫名觉得有些尴尬。

夏子萱旁边的男生是诸葛百象,也算是当初与卢标关系尚可的同学,卢标抬手准备打声招呼,却见诸葛百象皱着眉头,一脸不悦,目光直掠过自己看向身后。卢标不由得心中诧异,向身后的妖星看去。

"啧啧啧,怎么这么巧?一来就看见你身边跟着个小美女,不由得让人联想到你那个拿不出手的成绩,你说跟这个有没有什么关系呢?嗯,诸葛百象?"妖星忽然露出诡异的笑容,戏谑道。

"妖星,你认得诸葛百象?"卢标疑惑。

"妖星?!"夏子萱忽然想起诸葛百象曾经提到他堪称心理阴影的悲惨经历,看着眼前被称为妖星的男生,失声尖叫起来。

诸葛百象沉着脸,压低声音道:

"不关你的事!倒是你,跑到二中来干什么,诸葛千相?"

第五十一章

谁的生日？

四个人站在兰水二中高二教学楼楼底下，女生一脸震惊地看着三名男生。

"诸葛千相？妖星？你们……你们这是？"夏子萱一时反应不过来了。诸葛百象、诸葛千相，光听名字就知道这两人是亲兄弟啊！可是之前诸葛百象讲述自己的经历时，分明是说妖星给他留下了深刻的心理阴影，至今无法释怀，让人以为这两人有不共戴天之仇，怎么忽然间就变成亲兄弟了？

卢标也颇感意外："真是无语啊……你这个奇葩，小半年了都不肯告诉我你的真实姓名，我一度以为'千'是个少见的姓氏了……怎么学校的成绩单上你的名字也叫千相，没有姓氏呢？"

"这个嘛，其实电子系统里面是我的全名，只不过你没看过我的电子系统而已。老师们叫我'千相'叫惯了，我试卷上只写个'千相'，他们也知道是我，所以……"

"那么你刚才所说的'心心念念的人'，是指的诸葛百象吧？"卢标恍然大悟。

"是啊，要不是有个不成器的弟弟在这里，我怎么会对二中感兴趣？来看看他生活学习的环境罢了。"

卢标忽然联想起许多事情来。刚到临湖实验高中时，诸葛千相立刻就把自己的底细摸得一清二楚，而他对自己在二中的经历、二中的教学风格及其优缺点也额外关心，听到自己批评二中的教学风格时眉头微蹙。原来一切都是通过诸葛百象这个弟弟联系起来的。

那头的夏子萱也是无数念头一起涌了上来：原来这来自临湖实验高中的妖星居然是诸葛百象的哥哥，怪不得诸葛百象总有临湖实验的题目、试卷和资料，对临湖实验的事情消息灵通。可是既然是亲兄弟，为什么两人关系会如此怪异，仿佛结了仇一般。还有，妖星说诸葛百象是他不成器的弟弟又是什么意思呢？诸葛百象不是成绩非常优秀的吗？难道这样的成绩都入不了他的眼？临湖实验的学生有这么强吗？

"你来干吗？"诸葛百象没好气地再次问道，"没事我们走了，还没吃饭呢。"

妖星笑盈盈地打量着夏子萱，对诸葛百象道："哟，骗了个小美女一起吃饭'促进感情'啊？你请客？"

夏子萱一阵脸红，感觉有些慌乱，不知道如何辩解，只道："没有……我们AA制的……"可是这么说，就相当于承认了是在"促进感情"了。

"嗯？饭都不用请，这么节约成本？诸葛百象不要太抠门了吧。"妖星摇摇头，一掌拍在诸葛百象肩膀上，"不过经常请客的话反而太明显，容易产生距离，AA制或者轮流请倒是能构建平衡关系，也算长久之计，还能降低一下成本……"

"别废话。"诸葛百象瞪了妖星一眼。

"不是这样的……"夏子萱有点儿无奈，妖星这痞兮兮的风格她实在不知如何应付。

"而且还不着痕迹，你看这小姑娘就没反应过来，还帮你辩解。唉，所以说你们这些小姑娘啊，还是太年轻……"

诸葛百象瞟了妖星一眼，插嘴道："她比你大两个月。"

妖星一愣，改口道："哦，好吧。所以说你们这些小姐姐啊，还是太年轻……"

夏子萱被这句"小姐姐"逗得扑哧一笑，气氛缓和不少。妖星又对诸葛百象道："没什么特殊的事，过来看看你罢了，当然，也顺便看看这位美丽的小姐姐。走吧，一起吃饭吧？"

"我们不是才吃过吗？"卢标道。

"闭嘴，我没吃饱。"妖星没好气道，瞪了卢标一眼。卢标这才心领神会，微微一笑，不再多话。

夏子萱看向诸葛百象，征询他的意见。诸葛百象看看卢标，看看夏子萱，再瞪了一眼妖星，叹口气道："行吧，一起吃顿饭。好久没见卢标了，一起聊聊吧。"

夏子萱接道："那去食堂吧，我们有饭卡，可以帮你们刷。"说着就与诸葛百象一道转身准备向食堂走去，却被妖星一把拉住。妖星说："哎哎哎，去什么食堂啊，出去吃吧！诸葛百象，你不是说学校门口有家餐厅还不错吗，是哪一家？带我们去吧！吃饭不要那么寒酸嘛，大哥我请客了！"

"不用那么破费，在食堂吃顿便饭就好了。"夏子萱笑道。然而诸葛百象却拉她一把，恨恨道："走，去高汤宝庄吃！随便点儿，不用跟他客气，什么贵就点什么！"夏子萱有点儿哭笑不得，这兄弟俩的关系真是诡异啊！妖星倒是毫不介怀："啊，这就对了嘛，好不容易一起吃顿饭，开心就好了，还管什么价钱？你们下午几点上课？有多少时间吃饭？午自习必须去吗……"

四人一起向校门口走去，各自心情不同。卢标今日不是主角，身心放松，跟着混饭旁听就好。夏子萱知悉妖星居然是诸葛百象的哥哥，虽然妖星一副插科打诨痞兮兮的态度，但是显然对弟弟诸葛百象并没有恶意，只不过兄弟间调笑罢了，并不是原先想象中心机险恶的死敌，心情也跟着轻松起来，仿佛替诸葛百象高兴一般。诸葛百象对哥哥没什么好脸色，也不主动找他搭话，倒是妖星一脸诡异的微笑，忽然凑到诸葛百象耳边道："别担心，不跟你抢……"

"滚！"

几人走到校门口，妖星忽然道："这人怕不是个傻子吧？真是丢了临湖实验高中的脸……"

众人一愣，顺着妖星的眼光向校门口看去，只见一名穿着临湖实验高中校服的男生手提着一个包装精致的礼品盒子，被门卫拦住不让他往里面走。

"不准进不准进！外校学生不要进来！"门卫高喊着。

"想要混进来，起码先换身衣服吧？居然穿着临湖实验的校服，就大摇大摆地想要进二中的门？亏他还是来送礼的，说明早有准备，居然连怎么进门都没考虑到。这智商是怎么考进临湖实验的？"妖星喃喃道。

其他几人不说话，这事毕竟与他们没关系。一行人继续往门口走去，只见那男生一脸无奈地不断拦下从门口出去的学生，问些什么话。"大概是要托人把礼物送进去吧。"妖星又道，"哪个美女倾国倾城，过个生日让他这么费心思？"

"……请问你们是高二的学生吗？"

等到妖星四人从门口出去时，这男生也拦下妖星问道。

"啊……是吧。"妖星耸耸肩，心想：虽然我是临湖实验的，但你问我是不是高二的，我自然说是了。

"啊，那你们认识一个叫占武的人吗？能不能麻烦你们帮我把这个礼物送到他们班教室里去？"

妖星刚准备说"不认识"，身后的卢标、诸葛百象、夏子萱却一齐惊叫起来："占武？"

"啊？你们认识占武？"妖星转身问道。

"占武就是我们班的同学。"诸葛百象说，又看了一眼妖星，补充道，"男的。"

"啊？现在流行这个？"妖星故意戏谑道，"唉，其实古罗马帝国后期和宋朝后期都曾经广泛流行过，这是社会雄性文化衰退、社会力量减弱的一个先行指标……"

"别瞎扯！"卢标赶紧打断妖星准备开的那个不雅的玩笑。妖星不认识占武，但剩下三个人却认识，卢标对占武的认识尤其深刻。虽然两人算不上什么关系良好的朋友，在很长时间里甚至还是竞争关系，但卢标与占武并不是相互诋毁、仇视的竞争，反而更多的是敬佩。在漫长的初中三年和高一上学期时间里，占武始终是卢标一直追赶而又无法超越的目标，甚至仿佛天空中高悬的一颗启明星，很多时候起到了引导方向的作用。"占武是中考全市第七名，这还是因为他发挥有点儿失误，以及中考试题太简单无法体现实力。他的实力在我之上，我在二中的时候他也一直把我压在第二名的位置上。不论是在长隆实验初中，还是在二中，他都是毫无疑问的天字第一号学神，封号'杀神'！"

"这么厉害？杀神，好像在哪儿听过这个封号……"妖星喃喃道。

校服男生不知道妖星在开什么玩笑，只听到这几人是占武的同学，不由得高兴道："太好了！今天是占武生日，麻烦你们帮我把礼物转送给他吧！"

"哦，好的。你是占武的朋友吧？初中同学？"诸葛百象接过礼物问道。

校服男生挠挠头，道："朋友算不上，是初中和小学的同学。"

"哦？"诸葛百象和卢标相互对视一眼：不是朋友，却又如此费心地准备了生日礼物，再大老远地送过来？

卢标忽然眼睛一亮，道："你急匆匆赶过来，应该没吃饭吧？我们正准备出去吃饭，你一起来吃吧！"

"啊？"校服男没料到这一手，微微愣住。

"他请客！"卢标手指妖星笑道，"你也不用客气，既然是占武的朋友，那也是我们的朋友，一起吃顿饭聊一聊嘛！"

多一个外人一起吃饭，这与妖星的原计划不一致。但妖星看懂了卢标的眼神，显然是有所想法的，于是也默默点头同意了。

"没错没错，远来是客，一起吃顿饭当交个朋友吧！"诸葛百象也提高声音附和道，且一把拉住校服男，直接往餐厅方向走去。

校服男不明所以，也盛情难却，只好跟着几人一起走了："啊，谢谢，那我就不客气了。"校服男心里还在疑惑：奇怪了，占武在学校人缘这么好吗？不是他的风格啊……

诸葛百象又与卢标对视一眼，微微点点头。夏子萱看在眼里，大致也明白了怎么回事。

占武，一个无比强大的男人，保持高冷的气质，与外界几乎完全隔绝，整个人如同谜一样。卢标与占武相识多年也对他没有太多了解，心里早已疑惑重重。诸葛百象与夏子萱不仅对占武早有耳闻，重新分班以后，占武也进入实验二班成为他们的同学，两人对占武一样有诸多好奇。可是好奇归好奇，所有人都不知道该如何去了解占武，因为占武从不与任何人交流。现在突然出现了这么一位在占武生日当天给占武送礼物的男生，正好能够从他身上挖掘一点儿占武的信息出来，因为他对占武的了解肯定比卢标、诸葛百象等人更深，至少，他知道占武的生日。

卢标回忆着那个男生提到占武时眼里崇敬的光，暗暗想：这人对占武的了解，必定远不只是一个生日这么简单。

▶ 第五十二章 ◀

不辨真伪的故事

卢标、妖星等一行人来到高汤宝庄餐厅，找了个小包间坐下。诸葛百象随意点了几个菜，都来不及看价格狠宰妖星，因为这个饭局的重点已经变了，不再是诡异的兄弟聚会，而是要从校服男的身上挖出点儿关于占武的消息。夏子萱、妖星对诸葛百象点的菜没有异议，招呼服务员收单上菜。卢标率先问道："这位同学怎么称呼？"

"张星望。"校服男答道。

"我叫卢标，你好。"

"卢标？好像有点儿耳熟……卢标！等等，你也是长隆实验初中的吧？那个叫啥来着？好像封号是'命运之神'的就是你吧！"张星望听到卢标的名字，忽然惊呼着回忆道，"久仰久仰，长隆实验初中，你也是个厉害角色啊！"

"客气。"卢标笑道，"对了，你是占武的初中同学吧，看来你们关系不错，他过生日你还特地来给他送个礼物。没想到占武这么高冷的家伙也有关系密切的朋友呢。"

张星望挠挠头："算不上朋友，就是同学而已。不过我这个同学比较特殊，我小学和他就是同班同学，初中也是同校，不过不同班了。"

是同学而不算朋友，但又要特地费心给占武送礼物，这作何解释？诸葛百象、夏子萱、妖星三人在一旁静静围观，等待卢标继续追问。场上的主导权无形中交给卢标了，虽然是妖星出钱请客，但由于张星望的加入，这就算卢标组的局了——张星望是卢标拉进来的。

"哦，张星望同学，你强调了两次你们不算朋友，但为什么又特地来给他送生日礼物呢？"

"这个怎么说呢，更多的是我的一厢情愿吧……送个生日礼物，表达一下我对这个顶级学神的敬佩和感谢。"

诸葛百象插问道："敬佩可以理解，毕竟是碾压众生的顶级学神；感谢，他帮过你什么大忙吗？这么高冷的占武，很难想象他还是个热心助人的家伙呢。"

诸葛百象问得轻松、自然，不想张星望神色却突然变得严肃起来，轻轻哼了一声，反问道："敬佩可以理解？你理解什么？你以为他只是个普通的学神吗？如果说学神，每年各种清华、北大、奥赛金牌，以及高考省市状元，数不胜数，但是占武只有一个。比如，这位卢标同学，也是能上清北的学神，封号'命运之神'，学习的能力和成绩并不在占武之下，但是恕我直言，在我心里，你们这类学神跟占武根本不是一个级别的。"张星望一番话说得诸葛百象等四人面面相觑，场面一度陷入尴尬。然而张星望突然又想起，这还是人家在请客吃饭，自己这番话似乎过于不客气了，于是又缓口气道："当然，我不是故意针对卢标，你别生气，我只是强调一下占武的特殊性。卢标自然也是非常优秀的人，反正比我强多了。"

妖星赶紧补问："成绩上占武和卢标既然差不多，你却认为占武比卢标要强很多，那又是为什么呢？"妖星对占武并不了解，他请客吃饭原本是为了和诸葛百象与夏子萱聊一会儿，尤其是准备了解下夏子萱，这位和诸葛百象走得很近的女生，也可以通过她来了解下自己的弟弟。不过既然卢标因为占武而临时改组了这个局，那么占武必然也是个很有意思的人物了。

张星望看了一眼妖星，并不认识，对他的提问有所犹豫，遮掩道："算了，说起来太复杂。对了，不是据说卢标你转学去了临湖实验吗，怎么又在二中碰到了？"

"暑假返回二中看看。"卢标轻松道，说完一指妖星，"这位也是临湖实验的学生，同样也是年级里大名鼎鼎、叱咤风云的学神，你可能听过他的封号——妖星。"卢标见张星望对妖星的提问并不理睬，有意抬高一下妖星的身份。

"没听过。"

"……"

场面再次陷入尴尬。

张星望又补充道："哦，我在自己班里面都是排名中游，所以年级前几名的学神我并没有留意。妖星，实验班的？"

"普通班九班。"妖星道。

"普通班的还有封号？厉害。"

张星望随口赞美了一句后，众人又陷入沉默，场面继续尴尬。

卢标再次打破沉默："上菜估计还有10多分钟，我们再闲聊会儿嘛。对了，你刚才说对占武有感谢的意思，他帮过你什么吗？"这是诸葛百象刚才提出的问题的后半句，卢标重提了起来。

卢标开口倒是比其他人更管用，毕竟卢标的名字对于同是长隆实验初中毕业的张星望来说更有威信，也更熟悉亲切一点儿。"你如果是问有什么具体的事情，那倒没有……"张星望深吸一口气，抬头看天花板，道，"占武这种人啊，他活在这个世界上，让我看到他，就算是对我的帮助了吧。"

这是什么话？活着，让他看见，就算是帮助他了？哪有这种帮助法子！诸葛百象和夏子萱一时都没有想明白这是什么逻辑，还在思考——占武这种高冷、孤傲且凶巴巴的人，让人不敢靠近，不说他在传播负能量都算客气了，怎么还会有张星望所说的那种正面效果呢？

而卢标和妖星却对视一眼，暗自吃惊：这人对占武果然不是普通的崇拜学神那么简单，简直已经到了一种信仰的程度。

"为什么看到他就算是帮助你了呢？"妖星忍不住又追问道。

张星望看了一眼妖星，又摇摇头道："算了，太复杂了，都是私人问题，不说了吧。"

卢标一开口张星望就接两句，换成妖星提问了张星望就直接闭嘴，赤裸裸的区别对待，让妖星无比难受而着急。妖星无奈地看了卢标一眼，卢标于是缓缓道："其实我跟占武也算是比较熟了吧，虽然没有你认识他那么长时间，但是初中三年，打交道也不少，再加上高一上学期也有过交流。他啊，真是个谜一样的人呢……

"占武最典型的特征，也就是外人最容易关注到的，自然是他的优秀成绩。不仅在初中成绩好，基本每次都是年级第一，而且中考还是全市第七名。上了高中以后他也独领风骚，有他在，二中的所有人都只能争第二名了……"

夏子萱补充道："之前再加上有你卢标在，所有人都只能争第三名了……"

张星望突然问道："卢标你不是全市第九吗？我看长隆实验初中的中考红榜上面贴出来的。怎么你没一开始就去临湖实验，反而去了二中？"

这一下问到了卢标的痛处。他因为家道中落，为了拿二中的二十万奖学金而去了二中，其中涉及太多隐私问题，卢标实在不愿提及，于是敷衍道："没什么奇怪的，占武全市第七不也去了二中嘛。"

张星望不屑道："他是被父母逼去的，为了拿二中给的三十万奖学金。中考全市前十保送临湖实验尖子班，二中开价三十万'买'一个尖子班的学生。"卢标不好意思说，自己只值二十万，比占武还少了十万。

妖星盯着张星望的眼睛，发现他的眼睛里充满了厌恶的情绪。通常谈论起别人家的这种事情，多抱着的是八卦的心态，这人何以却对占武贪财的父母有如此深的厌恶呢？仿佛不是在八卦别人，而是在说自己的事一样。

"嘁，为了三十万而牺牲了占武的前程，这样的父母倒是不多见。"妖星随口道。言语之间不经意就显出了对二中的蔑视，仿佛去了二中就不会再有前途一样。夏子萱和诸葛百象皱皱眉头，但也没说什么。不论是师资、硬件、课程设计还是同学环境，二中与临湖实验差距颇大，这是不可否认的事实，即便夏子萱和诸葛百象这两位是二中的学生，心里也觉得为了三十万奖学金而舍弃临湖实验的入学资格，并不划算。

反过来，要是能够多花三十万买一个临湖实验班的名额，倒是有不少家长会愿意这么干。

"从临湖实验高中换到二中，这要是别的学生，多半就一蹶不振了，至少达不到原有的高度了。"张星望眯着眼睛道，"不过占武不一样，他一定能够挺过来，再大的困难他都能挺过来。不对，不是挺过来，他是杀神，是一路杀过来的！神挡杀神，佛挡杀佛！"

原本闭口不肯多言的张星望，被卢标稍作引导以后就多说了不少话，妖星继续看向卢标，示意他赶紧继续引导下去。

卢标会意，又道："嗯，占武确实是一个很特殊的人，有一种很坚毅的气质，好像什么困难都打不倒他一样，不知道这种气质是怎么来的呢？是天生的呢，还是父母培养的？"

"就他那个父母，还培养呢，简直搞笑！"张星望果然又上钩，愤愤道，"我估计就是天生的，但是也不能这么说，一般说天生的，还是指父母的基因，但是占武吧，不能说是父母的基因遗传，真的是'天'所生的，大约是基因突变吧……"

"怎么，你这么藐视他的父母？子女的优点，或显或隐，多从父母那里来的，也许他的父母有些什么隐藏优点也说不定呢？"卢标继续诱导。

"隐藏优点？就我所知是没有的。两个没受过教育、品性堪忧的人……能有什么优点？"

"哦？你对他们家很了解吗？看不到优点，也许只是你了解得不够多呢？"

"我跟他小学做了六年同学，对他了解还是比较多的吧，我家住在他家不远处，小时候还去他家玩过。"张星望彻底掉进卢标的套里，打开话匣子，"他们家那个小区就是典型的老破房子，环境很差，那附近街上经常有小混混出没，我们路过那边都是躲着走的，父母都经常告诫我离那块儿远一点儿。"

"这么严重？哪来的小混混？"

"就是当地住的人喽！那里部分青少年是没考上高中的，或者考上职校不去读的，17岁左右的年纪，又不想出去打工，就在街上混着喽。"

"周边环境也差，有不少地下赌博聚点就在他家附近，麻将、扑克之类的。警察来了把钱一藏，就说是打着玩的，其实就是在赌钱，金额还不小，而且还有放高利贷的，你赌输了他就借钱给你继续赌，越输越多。"

"对了，据说占武他爸就被人家骗过，输了好几万进去，不知占武没去临湖实验跟这个有没有关系……"

还有这种事？众人皆诧异，而卢标最为惊讶。赌博、高利贷，这不是最基本、最低劣的骗术吗？居然还有人上这些当？卢标生于富人之家，从小接触的环境也颇为纯净，家族人员往来，要么是富商，要么是学者，最次也是教育良好的中产阶级。在他的印象里，赌博、高利贷等低劣的骗局，是只在电视新闻里见过的遥远故事，而这种故事就发生在占武父母身上？

卢标心里虽惊，表面却不动声色："据说嘛，也就是不能肯定吧？他家里面也许是其他原因急着用钱呢？未必就是赌债的问题吧。"

"虽然是传闻，但是可能性很大！"张星望激动道，"我去他家玩过几次，每次他父母都在家里打麻将！他自己也跟我说过，他父母基本上天天打麻将！如果是跟自己熟的人打，那就是有赢有输；如果是被带出去跟陌生人打，那就经常输，而且输得很多，一晚上几千块很常见。对于他们家来说，几千块钱可不少了，他爸爸一个月工资也就几千块钱而已！他妈好像还没正经工作，打零工的。"

"可能太老实了，被人骗了吧……"夏子萱喃喃道。

张星望瞟了夏子萱一眼道："也不算吧，我看他父母也不是那种纯朴的老实人，起码对人态度就不太好。我有几次去找占武玩的时候，就见着他父母在骂他，有一次还看见动手打了，说话也很难听，都不像是一般父母说的话，简直就占武不像是他们儿子一样。"

"怎么叫占武不像是他们儿子？到底说什么了？"

"反正……反正很难听的话。而且关键是那种语气，那种感觉……不好说，我也说不清楚，就是感觉很凶，不对劲。"

张星望语焉不详，卢标又道："可能只是你碰巧遇见他们批评占武呢？也许平时不是那样的呢？"

"不好说，我看他们就是很凶的感觉，估计他们平时就经常吵架吧……"

"估计？"

"就是一种感觉吧……后来我去占武他家也很少了，有一次他爸发飙，连我也一起骂了，然后小学期间我就基本没去过了，初中有几次去找过他，也没进去他家里。"

妖星心想：这人倒是喜欢凭感觉判断，一半事实一半猜，没个准头，逻辑能力堪忧，怪不得只是中下游成绩。

卢标总结道："总之就是，占武成长的环境不太好吧！能从这样的环境里成长起来，确实很不容易啊！怪不得你这么佩服他。"

张星望顿了顿，又道："有时候我都想不通，一个人怎么能从这么混乱的环境里成长起来，居然还成了学神？"

"不知道为什么，我总记得关于占武的几个画面。有一次周五下午放学——好像是五年级吧——跟同学打完乒乓球后，我去学校操场边上的一个厕所方便一下，然后准备回家，偶然看见占武在学校围墙旁，一个人默默地坐着。我刚准备过去跟他打个招呼，他突然站起来，对着墙壁开始用拳头砸，很用力地砸，老远就听到砰砰的闷响。我愣住了，他干吗这样砸？难道不痛吗？砸了好一阵子，估计有10分钟，然后他转身走了。他走之后我去墙边上一看，一片血！"

"……然后，这说明了什么呢？"妖星有点儿无语地问道。

张星望看了妖星一眼，叹道："说明了什么……我也不知道说明了什么，就是总记得这么一件事情，总觉得它是占武这个人的一个典型标记，一个特点……"

众人面面相觑，不知道说什么。

"那么这对你有什么帮助呢？"隔了一会儿，卢标又问道。

"帮助……看到他的存在，就让我很感慨啊，在这样的环境下都能不断地拼搏、抗争，不会放弃……比较类似于一种精神图腾的激励吧！

"我们两个上的同一所小学，说老实话，是一个水平比较差的民办小学，在一个城中村里面。学校师资力量弱，同学、环境也不好，整个学校里都是一种混乱、堕落的氛围。我们班的老师，大部分讲课讲得平庸，在基础知识点上磨磨蹭蹭、啰里啰唆，稍微难一点儿的题老师自己都未必想得明白。上课方式枯燥无趣，而且心不在焉，基本不备课，一套教案用了十几年了也不换，属于还差几年退休、上课不太用心的老教师。我们班的学生，大部分小小年纪就懒散成性，基本自甘堕落，从不学习，上课不听，作业不做，每天玩游戏、看漫画不说，甚至以当社会人为荣。

"我有一点儿想要学好的意识，但意志不坚定，经常被周围的环境影响。一边自己贪玩，想去跟他们玩游戏等，一边被班里面无人学习、老师教不好的状态困扰，有一种被环境裹挟的无力感。如果没有占武的出现，没有他那么决绝地与环境做斗争的姿态展现在我眼前，让我受到激励，我恐怕就跟那些同学一样堕落下去了。

"在这样的班级里，我能不为环境所惑，最终考上长隆实验初中，哪怕只是普通班，也算是个奇迹了吧。"张星望叹道，摆出一副众人皆醉我独醒的表情。

众人不知说什么好，又一阵沉默。

正在众人沉默之时，服务员端上几盘菜，于是开吃。张星望草草扒了几口饭菜，向请客的妖星道过谢，又嘱咐诸葛百象和夏子萱将礼物送给占武，然后匆匆离去。

诸葛百象、夏子萱、妖星和卢标继续用餐，夏子萱感叹道："想不到占武这么不容易啊！"诸葛百象道："怪不得那人这么佩服他。"卢标微微点头。

妖星呵呵一笑，冷眼道："这人说的话你也信？连卢标也信了？就没觉得有什么问题吗？"

问题？诸葛百象和夏子萱略显错愕，卢标也不明所以："什么问题？"

"且不说这人说话模棱两可、含混不清，经常在缺乏事实的情况下凭感觉判断，原本就不太可信。只单纯从人的逻辑上来看，他所描述的那些状态就已经自相矛盾、于理不通了。"

"人的逻辑？"三人齐问。

"没错，所有人都必须遵守的、不可违背的、人的成长逻辑。"

▶ 第五十三章 ◀

人的逻辑

世界多样而复杂，世上的人更是千变万化。在完全一样的场景下，每个人会想什么、说什么、做什么，各不同。而场景一旦出现细微变化，乃至大相径庭，人们的言行举止更是不可预测。

然而这只是凡人眼花缭乱，智者的眼却能看到隐藏的逻辑。那最核心的逻辑决定了人的思想、言行，以及人生轨迹，每个人都依着特定的逻辑走在看不见的轨道里。世人的命运变化无穷，而核心逻辑的数量却并不太多，或许是一个智者穷尽自己的智慧便能够学习、掌握的量级。于是，这样的智者便能在阅尽世间千相之后，领悟某种"道"，达到拨云开雾、破水月镜花的境界。

"矛盾在哪里？"夏子萱疑惑道。在她看来，不幸的家庭经历，正好解释了占武的高冷与孤僻，不是很合理吗？

"论学习策略，我不如你，但如果论看人辨事，卢标，你不如我了。"妖星自信道，"我们先来核对一下基本信息。这个占武，实力在卢标之上，中考全市第七，还是因为题目太简单发挥不出优势造成的。也就是说，他的思考能力特别强，擅长攻克难题，对吧？同时，既然他已经全市前十了，也就说明他不仅数学、物理等优势学科极强，就连语文、英语也学到了顶尖水平，没错吧？"

"没错。"卢标道，"而且高中以后依然保持着顶尖水平，如果不出大的意外，清华、北大没有问题。并且他这种人，很难出意外。"

"好，不仅初中实力强劲，而且并非昙花一现，高中也稳定在巅峰。这是占武的基本状态。那么，卢标，根据你的认知，一个人该如何成长，才能发展到他的地步呢？"

卢标叹口气道："人的成长虽然有特定的逻辑，但是到了占武这个水平，可能更多的是依靠天赋了吧，常规的成长逻辑已经没法解释了。我的所有能力——各种思维方法、学习策略，都是从外界学来的，而他没有学过任何的思维方法，却拥有超强的思维能力。他没有上过各种素质培训班或游学,也没有名师指导,仅凭偶尔看一点儿哲学书籍加上大量的自我领悟,就对世界有了相当深的认知。他没请过任何家教,纯靠自己学习、摸索,就把各个学科都学到顶尖水平。

"这样的智商,真的不是常人可及的。"

诸葛百象又说:"其实天才在人群中本来就占有一定比例,可能恰好占武就是那个智力超群的天才吧。"

"一个天才,仅此而已?"妖星摇头道,"天才绝不是这种情况下可以长成的。智力卓越的天才,比例虽然很低,但乘以巨大的人口基数,绝对数量并不少。看一看历史上各个天才科学家的传记,你见过哪个天才的童年是与张星望所描述的占武类似?卢标,这些人物传记你应该看过不少吧?"

卢标点点头:"人物传记我倒是读过一些,天才科学家嘛……好像没见过谁的童年和占武类似吧,但是……"

"不用'但是'了,我恰好读过不少人物传记,给大家分享一点儿最基本的常识吧。天才科学家,除去自身先天智力超群,对家庭、经历也有极高的要求。

"家庭上,一般是家庭和睦,家庭成员相互关爱和尊重,父母中至少有一方是知识分子,且对学习——不仅是学校考试成绩——非常重视。其中的教养方式,一般不是打压式,而是对孩子循循善诱,善用奖惩,给孩子非常大的自由成长、发展空间。同时,父母最好还有广泛的社会资源,能给孩子提供兴趣特长等发展上的及时辅助。

"在学习经历上,一般需要遇到高水平的启蒙老师。也许是家长做的启蒙,也许是外聘的优秀家庭教师,或者运气好,在学校里遇到了高水平的老师。启蒙老师需要宽容,擅长鼓励和启发潜能,对儿童心理有深入的了解。在启蒙阶段过后,又需要不断切换学术水平更强的、有人格魅力的专业老师,从初中、高中到大学,一步步带领他走向学术道路。

"对于顶级的科学家来说,上面这些条件,基本上是需要同时满足的,或者顶多有一两点小的细节例外。从久远时代的牛顿、爱因斯坦、卡文迪许、高斯、欧拉、麦克斯韦,到当代的陶哲轩之流,莫不如此。稍微有一点条件不具备的,就很难取得顶级成就了,哪怕是先天智商很高的人,也会轻易地被埋没。你觉得就张星望所描述的占武,具备了其中哪一点条件?合理吗?"

夏子萱疑惑道:"前面几个都是数学、物理课本上出现过的人,不过陶哲轩是谁啊?"

妖星解释道:"一个较年轻的数学家,菲尔兹奖获得者,智商超常的天才。既然你问到陶哲轩,刚好可以详细讲一讲他的案例。这个人现在还活着,信息了解比较方便。

"陶哲轩的父母都是早年毕业于香港大学的高才生,父亲是儿科医生,母亲是数学和物理专业的双学位人才,做过中学数学老师。标准的高知家庭。

"他 2 岁就展现出数学天赋，3 岁就开始读小学，但除去数学优秀，他在生活和社交上不适应小学，于是他父母立刻选择让他重回幼儿园，丝毫没有拔苗助长的强迫。你看，循循善诱、宽松发展的条件满足了。

"在幼儿园阶段，他母亲亲自指导他学习小学数学全部课程。重视学习培养条件满足了。

"小学以后，父母不断运用社会关系，让他一方面正常上小学，另一方面又在数学课程上单独跳级，直接上五年级课程。两年后，他 7 岁就开始自学微积分，为了帮助他的成长，小学学校的校长向一所优秀中学的校长打了招呼，让他去中学旁听数学课。父母社会资源广泛、优秀启蒙教师条件都满足了。

"你看，这就是个典型的案例，不论什么样的天才，都逃不出这些成长条件……"

诸葛百象不服，打断道："可是你说的是顶级科学家的成长路径，不是普通人的。要成为那样顶级的科学家等伟人，或许需要满足苛刻的条件，可是占武又不是什么伟大的天才科学家，他只是在普通人中显得特别聪明而已，和那些历史留名的人物还是有相当大的距离吧！也许出一个占武这种普通优秀的人，并不需要那么严苛的条件呢？"

"即便普通优秀的人不需要完全满足所有条件，但顶多稍微漏掉一两个而已，但绝不可能所有条件全部缺失。甚至张星望所描述的占武的状态，已经走到了另一个极端——所有条件全部严重违背。

"这样对个人成长规律的全方位打乱和违背，是绝不可能发生的。

"我可以告诉你们，上面的这些条件，不是你们模模糊糊感觉到好像听起来还不错的抽象故事，而是每一个都有其独特的作用，都是个人成长发展不可或缺的强硬逻辑点。

"'家庭和睦，家庭成员相互关爱和尊重'，是一个人自我价值充分的基本构成条件，它决定了这个人是否尊重自己，是否觉得自己有价值，进而决定了这个人是否认为自己值得变得优秀，值得被人赞美，值得获取更好的东西。爱和尊重缺得严重的人，会不受控制地主动放弃有价值的事物、对自己有帮助的机会，会不由自主地缩在一个小角落里旁观别人，一次次错过人生中的重要机会。同时，缺乏关爱的人，更大概率不会对学习成长有多大的兴趣，而是更可能活在爱而不得的世界里，乃至持续一生。"

"内在不饱满的人，的确很难把专注力投到外部的知识学习上去。"卢标补充道。

"'父母中至少一方是知识分子'，强调的是父母的教育视野，对教育本身的重视程度，以及基础的教育理念、教育辅导。父母如果没有接受过良好的教育，就更有可能不知道教育的重要性，更容易放纵孩子去沉迷手机和电脑游戏，或者各种其他低级兴趣爱好。同时，父母如果本身没受过良好的教育，那么他们自己的日常生活中也容易充斥着各类低级娱乐，并伴有不良习惯。

"在这样的家庭氛围里,连基础的知识点想要踏实学好,已经不容易了,而想要培养出高深的思维能力,更是绝无可能。因为思维能力的培养,其难度可比学知识点要大得多了。卢标,思维能力方面你是专家,我所说的,有错漏吗?"

卢标只得道:"没有问题。培养思维能力比学知识点难上10倍不止,需要人的专注力高,同时学习意愿强,要习惯于那种费力用大脑思考的状态。这比让从来不锻炼的懒人去坚持长跑训练更难、更让人难受。而习惯于沉迷意淫小说、手机游戏和其他低级娱乐的人,大脑几乎没有思考能力,甚至连费力去思考的意愿都没有。

"更何况,思维能力这种东西,本身技术难度很大,学校里又不教,只能从其他途径学习得到,就像我这样。偶尔有人能够自发地领悟一些思维方法,但是真的很难、很少见。像占武那样高深的思维能力,我自己也会疑惑,究竟是怎么得出来的?真的没有外力帮助吗?"

"没错,这也是我的怀疑所在。"妖星继续说,"这就又说到父母的社会资源问题。如果父母本身受教育程度不高,但视野开阔、家庭富裕、有较好的社会资源的话,倒是可以从外界购买教育服务,弥补家庭内部教育水平的不足。而根据张星望的描述,占武家庭贫穷,完全不具备这一条件,甚至以他父母的德行,连这种意识都缺乏,不具备对世界的基础了解。

"接下来再看教养方式。以张星望所描述的,占武的父母对他时常打骂,态度恶劣,连基本的情绪控制能力都没有,更不要说什么善用奖惩、循循善诱,给他宽松的空间去自由探索、发展更是绝无可能。在这种教养模式下,儿童的常规发展结果是性格自卑,也缺乏自我价值,对应的日常行为表现应该是畏畏缩缩地躲在角落里,一个人在心里七思八想,常会情绪低落,不愿、不敢被别人关注,公开场合紧张,不敢说话,同时对学习也不会有兴趣。可是占武呢?顶级学神,被你们封号'杀神',气场强烈,与自卑毫不沾边——又一个逻辑矛盾的地方。

"最后看学校培养。在极少数情况下也有这样的案例:家庭状况不太好的学生,在学校里遇到了极好的老师,经过老师的充分关爱、鼓励、引导,以及被非常宽松的环境和积极、友善的同学影响,最终走出家庭的阴影,比较健康地成长。但也仅仅是比较健康地成长而已,绝对无法因此而成为顶级学神,甚至连优秀的层次都达不到。而且还有前提条件,家庭只能有一定的问题,而不能如张星望所描述的占武家庭那样,全方位崩塌、完全无可取之处。如果那样,再好的老师和同学也没用。

"更何况,如张星望所描述的,占武的同学、老师、环境又非常差:老师水平低、态度恶劣,教学不负责任而无趣;同学堕落,环境混乱,不仅不学习,而且各种恶习充斥其间。于是,一个家庭有问题的人,最后一丝丝健康成长的希望也就此破灭了。

"综合来说,如果占武的家庭环境和学校环境真的如张星望所描述的那样,占武不仅不可能成为顶级学神，而且连正常普通人都当不了，必然会成为一个一身缺点、百无一用的废人，一个智力平庸、思维混乱、性格恶劣、道德败坏的废人！"

妖星掷地有声，夏子萱目瞪口呆，诸葛百象眉头紧皱，卢标沉默不语。

诸葛百象还不甘心："那也只是你的逻辑推测，不能这么确定吧？也许占武就是天纵奇才，就能从这么恶劣的环境里脱颖而出呢？"

"哈哈哈！不可能！"妖星放声大笑，吓了夏子萱一跳，"人的成长逻辑，是不可能被违背的！说穿了，每个人都不过是一个自以为自由的提线木偶，关节上锁着一根根隐形的细线，被命运的力量来回拉扯，被操纵到你注定要去的地方。想要脱离这样逻辑的力量？不可能。虽然我很愿意看到这一点，真的太想看到一个强大的人能够挣脱这些枷锁，可是这么多年了，我从来没有看到过。那些疑似自由的案例，也不过是因为背后隐藏着其他积极的力量，被另外的线绳牵引着。

"你们与其去怀疑这些人成长逻辑的力量，倒不如去想一想，张星望的描述是否有可能存在误差？会不会以偏概全、管中窥豹了？这倒是一个极大的可能。"

"以偏概全？"

"管中窥豹？"

"没错。比如，有些家庭中，父母虽然教养方式落后、原始，多有打骂，但这仅仅是父母不懂教育，认为打骂是对孩子好，其内心本身对孩子具有深刻的爱。在这样的家庭里，孩子虽然会受到打骂的损伤，也容易产生负面的情绪，但他一样能感受到父母平日的关爱，其内心的建构并不会被摧毁，依然能够受到家庭中爱的滋润，成长为一个有正常自我价值的人。如果这样的人再碰巧很聪明，那么成为学神就有可能。

"但在外人看来，这个家庭的父母经常打骂孩子，简直是虐待，家庭里根本没有爱，这个孩子能成为学神真是奇迹！其实，根本就没有违背那些基础的逻辑。"

"这样……"夏子萱喃喃道，"也可以？"

"再如，父母经常沉迷麻将、扑克等娱乐，理论上对子女的学习有巨大负面影响。但也有少数案例中会出现这样的场景：父母一面自己从事这些活动，另一面也意识到这是对儿童不好的环境，只是他们自己无法自律而已。于是，他们会选择在进行这些活动的时候，把儿童隔离出去，不让他们受到影响。如果儿童对学习有一些初始的兴趣，比如喜欢阅读科普书等，反而恰好就有了一个非常宽松、自由的发展空间了。

"我曾经见过一个案例，父母就是受教育程度较低，一天到晚打牌搓麻将，但每次玩的时候都把儿子赶到图书馆去，不让儿子看到。于是这男孩在市图书馆里常常一待就是一整天，经年累月如此，几年下来，居然看了几千本书！先是看漫画，看无聊了就去看科普书，又看无聊了就去看小说名著，再看厌了就去看社科著作……一步步自由发展，最后居然成了一个博学多识、热爱学习的学生。"

"还有这种案例？"卢标笑笑，"看来培养个好学生还蛮简单的嘛。"

"不用笑。"妖星瞥了卢标一眼，"看起来很可笑，但这世界就是会有各种偶然事件的发生，促成看似不合理的结果。然而这些偶然事件也并不违背人的成长基本逻辑，反而是基本逻辑的促进因素，是顺着逻辑而行的推进力量。在上面这个案例中，看起来这男孩是身处于一个乌烟瘴气的家庭里，但其实他阴差阳错，进入了'宽松教养、自由探索'的逻辑，于是能够成长得还不错。"

"你从哪儿听的这种案例？怕不是自己瞎编的吧？"诸葛百象质疑。

"编个啥，老爸讲的一个案例，你没注意听罢了。这家人最后出了一个问题，由于常年缺乏陪伴，父母和男孩有疏离感，男孩不愿意与父母沟通，所以找到老爸了。"

夏子萱嘟嘟嘴："那看来也不是什么好的教养模式。"

"当然不是好的教养模式，但它只要符合了成长逻辑中的某些要素，就会有相应的结果。一方面家庭氛围松散而隔阂，另一方面又让男孩成为学霸，完全可以。"妖星又接着说道，"比如学校环境。同学、环境方面，有些班级里学风懒散，学生普遍不学习，但班级和睦、环境友好，比如一起友好地玩游戏、逃课、看漫画等。在这样的班级环境里，虽然很难成为成绩优秀的好学生，却有可能因为环境的友好而弥补家庭关爱和关注的缺失。也许占武就是这种情况呢？或者是其他可能性，但总的来说，一定符合某些人的成长逻辑。

"老师教学能力上，张星望强调的是老师都是临退休的老教师，古板无趣、上课无聊，自身能力也不行，听起来一无是处，对吧？可是据我所知，这类老教师常常顺便还有另外一个特点——教学古板严格，条条框框很多，对学生管理得特别严。这样的老师虽然培养不出来积极活泼、思维清晰、热爱学习的学生，却可能让学生变得很守规矩、有良好的学习习惯，并且擅长忍受无聊、枯燥的学习——因为被虐惯了！卢标，这方面你是专家，我说的可能性，是否存在？"

卢标点点头："这样教出来的学生，或许成不了综合素养突出的人，但让他成为考试成绩优秀的学霸，倒是确有可能。"

妖星扫视诸葛百象、夏子萱和卢标三人，道："我们不了解占武的全部信息，也没有上帝视角，不知道占武的成长中究竟隐藏着哪些有利因素，但可以肯定的是，人的成长逻辑不可能被打破，人不可能在完全负面、一片黑暗的环境下如此成长起来。彻底残酷而绝望的环境里，人的内心一定会崩塌、溃乱，会缺乏生存发展的心理能量，再强的意志力和天赋也没用！没有天才，没有英雄，没有奇迹，这是卑微的命运！

"所以，张星望的描述中一定有虚假、遗漏和片面的地方，而占武能成为这样顶级的学神，他的人生里，必然隐藏着巨大的积极促进力量！"

"说得这么绝对？"诸葛百象强行不死心，"凡事总有万一……"

"看人的事情,你什么时候见我错过?"妖星斜眼瞟去,冷冷说道。

诸葛百象沉默不语。

夏子萱沉默不语。

卢标沉默不语。

人生百态,世间千相,各自喧嚣。在人类命运的逻辑之下,谁都沉默不语。

第五十四章

诡异的图像记忆法

这一顿饭吃得众人心事重重。谈完占武的问题后，妖星又与夏子萱和诸葛百象聊了聊，并无特别的信息。夏子萱和诸葛百象吃完饭匆忙回去上课，妖星和卢标则到乒乓球馆挥洒了几小时汗水。

晚饭过后，两人回到妖星家中，洗过澡休息一会儿，闲了下来。卢标问道："现在也没什么事，开始教你记忆方法吗？"

"好。要用什么材料吗？"

"随便拿几本书就好了。语文来一本吧，你选了哪些科目？需要背的内容比较多？"

"选的物理、化学、生物，生物要背的内容最多，化学也有部分。另外，历史、政治、地理也要会考嘛，你也可以举例说明下。"

"行。其实原理上都是一样的，操作起来大同小异。你随便拿几本书来吧。"

妖星于是拿来语文、化学和地理书各一本，又准备了几张各科目试卷，道："开始吧，学习一下你的特殊记忆方法。我的天生记忆力原本不弱，不过平时的记忆效率与你比还是颇有不及，今天就来见识一下你有什么秘诀。"

卢标笑道："其实没什么机密，很简单的一个东西，一会儿就教完了。记忆方法有很多，很杂乱，但最核心的，还是图像记忆法。"

"图像记忆法？"

"没错。我们日常的记忆方式，是直接记忆抽象的文本信息，比如语文的文言文、政治、历史或者生物的抽象知识点。最常规的操作是，对一段文本反复快速朗读十遍、二十遍，然后大脑里就有一定的残留印象。一篇短课文，天生记忆力比较好的人，朗读十遍左右就有个大概的记忆了，后面再不断复习、巩固，加大回忆正确率。若是天生记忆力比较弱的人，朗读二三十遍、五十遍都无法记忆下来，就算短期大量重复，强行记下来了，后面也会反复忘，效率很低。"

"一般来说，按照遗忘规律复习几遍就好了吧。"妖星道。

"那是你天生记忆力好，没经历过那种一段材料每天记每天忘的痛苦。"

"也是。不过偶尔也会遇到一些知识点，反复忘记七八次，但比较少。"

"不管是天生记忆力好的还是不好的，总之，只要你是在强行记忆抽象信息，你的效率就一定不会太高，一定比图像记忆的效果差。来做个测试吧。"卢标掏出手机，一阵搜索，递到妖星面前，"这是圆周率前一百位，你要多久能背下来？"

"圆周率？纯随机数字啊，没试过背这东西呢……可能三个小时左右？"妖星猜道。

"三个小时左右能背下来？你太高估自己了。今天背三个小时你可能短期能背下来，但明天一定会忘记，而且不是忘记一点点，比如10%这种，是大面积遗忘，可能直接80%都忘记了。"

妖星一耸肩："有可能。这种无逻辑的纯随机信息最难背诵。按照艾宾浩斯遗忘曲线的测试结果，这种无逻辑的内容，二十四小时之后忘记90%是正常状态。那么你呢，要多长时间能够背下来？"

"我以前背过。第一次背的时候，花了一个小时，后面又复习了两三次，总共一个半小时背完了。"

"完全掌握？不遗忘了？"

"不会遗忘。"

"这么强？你现场背我听下！"妖星要求。

"简单。3.1415926535897932384626433832795028……"

妖星死死盯着手机屏幕，想要找到一个背错、背漏的地方，然而卢标完整背下一百位圆周率，连一个小错误都没有！

"……3421170679。一百位背完了。没有错吧？"

妖星点点头："这种东西非常容易遗忘，如果你真的前后只花了一个半小时就能保证不遗忘的话，效率确实很高。"

卢标微微一笑，道："其实花了一个半小时背完，是因为那是我刚开始学习图像记忆法的第一个练习，很不熟练。熟练后速度会更快。"

"更快？有多快？"

"同样是圆周率，一百到两百位，我花了不到一个小时；两百到三百位，40分钟。在我练习的频率最高峰、掌握最熟练的时候，一百位随机数字，大概5分钟背完。"

"5分钟？"妖星惊讶，"假的吧！"

"看起来很夸张是不是？其实并不难。只要你运用了一些特殊的记忆技巧，加以练习，每个人都能做到。我练习得并不频繁，所以到5分钟记忆一百个随机数字的水平后就没怎么练了。如果继续练下去，完全可以压缩到1分钟记忆一百个随机数字，这大概是国际记忆比赛的入门水平。只不过我不参加那种比赛，所以没继续花时间练习。

当年指导我的那个老师认为，记忆术只是学习策略中的偏门小支，了解、掌握就行了，不需要太熟练。越到后面，提高速度所需要投入的时间就越多，性价比反而降低了，所以最终我就停止练习，保持在那个速度上了。最近几年没练了，大概退步到7~8分钟了吧。"

"圆周率你一共背了多少位？"

"一千位吧。"

"一千位圆周率……"妖星想象那密密麻麻的一千个随机数字，居然都能不错、不漏地背下来，忽然觉得自己天生记忆的那点儿优势，完全不值一提，"等等，背随机数字的方法，和我们背诵正常学科知识点的方法一样吗？能通用吗？"

"当然能。只不过一般人最怕随机数字，连十一位的手机号码都背不下来，所以我拿背诵数字来举个例子，说明一下记忆术的效果而已。"

妖星又问："在随机数字的背诵效果上，记忆术比一般方法加强了100倍都不止。如果换成知识点的背诵，能有这么大加强吗？"

"会有差别。记忆术用来进行数字背诵的效果看起来最夸张，100倍都不止。对普通知识点的话，记忆术的背诵优势就没有那么夸张了，但经过一定的练习，达到普通人3~5倍的背诵效率，并不难。"

妖星点点头："那也不错了。3~5倍，唔，我的天生记忆力好，背东西比一般人快了1倍不止。而根据日常经验，你又比我快了1倍不止。叠加算起来，确实几乎是普通人的5倍了。好吧，具体怎么做？"

"先说基本原理。根据几千年来的实践经验，我们发现人类大脑对图像的记忆效果天然地优于对抽象文字信息的记忆。这种优势主要体现在两个方面。

"第一，短期记忆速度很快。背诵一篇文章，如果常规方法需要一小时，那么用图像记忆法20分钟以内能够背下来。

"第二，长期记忆更稳定。用常规方法背诵知识，后面的遗忘率是很高的，尤其对于无逻辑的内容遗忘率特别高。如你刚才所言，随机字符之类的内容，第一天背熟了以后，第二天忘记90%是正常现象。而使用图像记忆法则能够大幅降低遗忘率，让遗忘曲线变得非常平缓，哪怕是随机数字也能避免快速遗忘、反复遗忘。所以使用图像记忆来背诵知识点，后期复习的频率可以大幅降低，进一步提高效率。"

"嗯，这个很好理解。大脑进化百万年时间，文字出现才多久？人类大脑必然是更适应图像而非文字等抽象信息。"

"没错。所以就有了一个基本的逻辑——如果我们能把抽象文字信息转化成图像，那么我们记忆的效率就会大幅提高。"

"嗯，但这应该就是最难的地方吧？抽象信息怎么转化成图像呢？比如一个数学公式，怎么转化成图像？"

"别着急乱转化，不是所有学科和知识都适合用图像记忆法的。一般来说，我们只能对逻辑性比较低的内容进行图像记忆，数学、物理这种内容是不推荐用的。换一个例子吧。"卢标随手拿起一本生物书，道，"很多生物实验中要用到酒精，那么脂肪鉴定实验、植物细胞有丝分裂实验、微生物培养实验，各用的是浓度多少的酒精？"

"这……"

"给你三个数据——50%、70%、95%，你去匹配吧。"

妖星一摊手："不知道。这种琐碎的知识点最难记了，我每次生物扣分就是因为这些内容。"

"好，你现在是不知道的，那么我告诉你答案。脂肪鉴定用的是50%浓度的酒精，微生物培养用的是70%浓度的酒精，有丝分裂用的是95%浓度的酒精。

"问题是，这三个实验和三个酒精浓度数据，你能匹配得上吗？这种知识点就是典型没什么逻辑的知识点，需要纯粹记忆的。今天我告诉你，脂肪鉴定用的是50%浓度的酒精，可是考试的时候出一道选择题，让你判断选项正误，说脂肪鉴定用的是70%浓度的酒精，你就会开始疯狂地犹豫——酒精浓度到底是50%、70%、还是95%？你知道一定是50%、70%、95%这三个数中的一个，但就是想不起来是哪一个！会不会出现这种情况？"

"会！"卢标的问题一下子击中了妖星的痛点，"刚才说过，我大部分情况下记忆力是比较好的，极少会出现反复记、反复错的问题。但你所举的这个例子，恰好就是我会反复错的情况。今天记得50%浓度的酒精匹配的是脂肪鉴定，过两天就忘了，还是在50%、70%、95%三个数犹豫不定。"

"没错，这不光是你的痛点，也是绝大部分人的痛点。哪怕有的人这几个知识点记得住，但是换一个类似的易混淆点，他又记不住了。总之，用常规的记忆方法去记忆这些内容，总是很困难的。

"而用图像记忆法就很简单了，一次记完之后，永远不会遗忘，绝不会错第二次。"

妖星兴致大增，问："别吊胃口了，快说吧！"

"首先，既然是图像记忆法，我们就先要找图像出来……"

"你的意思是，脑子里出现做实验的场景图像？"

"错！"卢标干脆地否定掉，"是把知识点信息编码成图像！"

"怎么编码？"

"运用联想、谐音等方法，把知识点编码成图像。比如，对脂肪鉴定这个实验，我们要做的事情，本质上就是把'脂肪鉴定'这个信息，和'50%浓度的酒精'这个信息匹配上。这样，我们先把'脂肪鉴定'这个抽象信息编码为一个图像——用一块肥肉来代表它；再把'50%浓度的酒精'这个抽象信息编码为一个图像——用一个日本武士的图像来代表它。

"然后再想想一个场景：一个武士，正在举着刀砍一块肥肉。这样，我们就再也不会忘记了——脂肪鉴定实验用的酒精是50%浓度的。"

"啊？什么意思？等我捋一捋。脂肪鉴定，把脂肪联想为肥肉，可以理解，但武士是什么意思？"

"这是用的谐音法，50，谐音，武士。"

"这样也可以？"

"当然可以。后面微生物培养实验对应酒精浓度为70%，你知道其中原理吗？那是因为酒精浓度在70%左右时，消毒杀菌能力最强。所以我们要做的信息匹配是，把'70'这个数与'杀菌能力强'进行匹配。

"杀菌能力，用一个什么图片来代表它呢？我们可以联想，用一灌杀虫喷雾剂的图片来代表它；而70，我们念成七零，谐音，麒麟，用一个麒麟的图片来代表它。

"最后把两个图片一结合，想象一个场景：一只麒麟神兽，嘴里正叼着一罐杀虫喷雾剂……"

"这场景真是诡异……"妖星无语道。

"没错，很诡异，但那又如何呢？借助这样的方式，我们的记忆效率能够大幅提高。你只要记得这幅诡异的图片，就能正确记住这个知识点。最后有丝分裂实验对应95%浓度的酒精，你自己联系一下吧。"

"好吧，我试试。有丝分裂、有丝分裂……联想个什么图片呢？蜘蛛行不行？我一看到'丝'字就想到蜘蛛丝。"

"当然可以。"

"好。95%，95，九五……九五至尊？皇帝？用一张皇帝的图片来代表吧。再把两个图片组合一下——一只巨型蜘蛛怪，正在咬穿着龙袍的皇帝？这场景真诡异……"

"不错，活学活用。"卢标笑道，"现在你只用记住三幅图，武士砍肥肉、麒麟神兽叼毒药、巨型蜘蛛咬皇帝，就能记住不同浓度的酒精用于哪个实验了。"

"原来如此……"妖星喃喃道，"这样记的话，倒是真的不会再忘记了。越诡异、不正常的图片，反而越容易留下深刻的印象啊！"

卢标点点头。

"好，生物的问题搞定了。那么政治、历史、地理之类的又该怎么记呢？"

"举个例子吧。"卢标又顺手拿起一本地理书，"来看看这个知识点吧：1933年以后，美国田纳西河流管理局对田纳西河进行的统一开发和管理，包括哪些方面的措施？"

妖星一愣："好琐碎的知识点，模糊记得有航运、水力发电，好像还有个旅游开发？剩下的不记得了。"

"答案是有六个方面：防洪、航运、发电、提高水质、旅游、土地利用。类似的情况，你平时把这六个方面反复背诵，但是考试的时候做问答题，有可能你就只能想起来其中五个，剩下一个死活记不起来。对不对？"

妖星承认："没错，经常会漏掉一两个。在这种情况下，如果有人稍微提醒一下，哪怕就提醒一两个字，立刻就能回忆起来，但考试的时候偏偏不可能有人提醒。而且这种问题，还有可能每次错漏不同的点，比如第一次考试漏掉了航运，第二次考试航运记得了，土地利用却忘记了……"

"没错。而如果用图像记忆法就好办了，遗忘率会大幅降低。

"刚才举例的生物知识点记忆，本质上是把两个图片进行关联和匹配，现在对这个地理的知识点，我们只需要把六个知识点图片各编码后再联系起来就行了。

"防洪，意义联想，用一个水坝的图片来代表；航运，用一条船的图片来代表；发电，用一根电线杆的图片来代表；提高水质，用一个净水器或者饮水机的图片来代表；旅游，用一个戴着导游帽、穿着导游衣服的导游的图片来代表；土地利用，主要是指恢复绿地，所以用一棵树来代表。

"最后把六张图片进行串联，在大脑里想象这个画面——一个水坝，有一条船撞了上去。船上面立着一根巨大的电线杆，电线杆的顶部有几根电线在四处摆动。电线缠绕着一台饮水机。饮水机上面的塑料桶里，关着一个导游，拼命地敲打着塑料桶，想要挣扎出去。导游的手里不是举着一面导游旗，而是举着一棵树！"

"诡异的图片……我回忆下，水坝、船、电线杆、饮水机、导游、树，分别对应着防洪、航运、发电、水质提高、旅游、土地利用。这一些场景图片太诡异了，太好记了……"

"简单吧？所有的记忆都只是在做一件事——用图片代表信息，并把图片串联起来。"

随后，卢标又简单讲明如何将此方法用于语文课文背诵。

妖星忍不住感叹："这样背诵东西真是高效多了，又快速，又稳定。啊！真是奇技淫巧啊！这种'诡异'的技巧要是没人教，怎么可能想得到啊！"

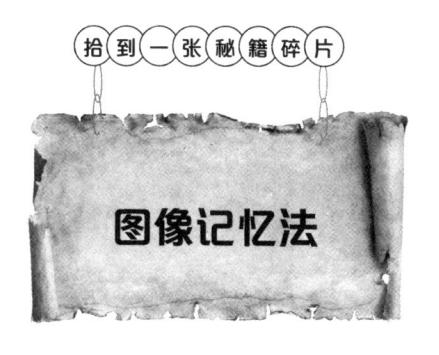

拾到一张秘籍碎片

图像记忆法

卢标接道："不仅这一个图像记忆法，其实在思维方法和学习策略的世界里，绝大多数内容都是常人无法自行领悟出来的，必须专业学习才行。"

顿了顿，妖星面无表情道："而没有资源、天生家境贫寒、家庭教育视野局限、学校环境不好的人，就注定无法学到了。

"连听都不会听说过。"

第五十五章

学习状态复盘

"林老师，你终于来了……"修远有气无力地说。

又到了与林老师见面的日子。补课还有一周结束，修远想在假期之前与林老师再深度聊聊，或许有助于在假期里再提高水平。毕竟现在自己已经返回实验班了，不仅环境有变化，而且压力更大了。

这一天太阳格外暴烈，猛晒了一阵，兰水市暑气蒸腾。修远等了半个小时，被暑气蒸得身上发软。虽然在湖边树底下不会直接晒到太阳，但是高温炙烤依然让人难受。

"啊，不好意思，我主要是因为……"

"临时有咨询业务？哪个校长找你？还是有重要的会议？"

"睡过头了。"

"……"

"不过话说回来最近确实很忙，暑假是教师培训的高峰期，我自己又开了学习策略课程，经常要全国到处跑……"

"啊？林老师你还有专门的学习策略课程啊！我要参加啊，多少钱？"

"这……"林老师痛苦地用手捂脸，"唉，其实免费教你都教得差不多了……话说回来这到底为什么啊？我跟你不熟啊，也没什么利益关系，最开始我还救过你一次，怎么搞得像是我欠了你钱一样？想不通啊……"

"哈哈哈……林老师真会开玩笑，我们都这么熟了！当然没什么利益关系啦，就是纯洁的友谊嘛！哈哈……"

"唉，算了算了，说吧，考试结果怎么样？"

"进步很大！"修远高兴地汇报，"这次我年级第二十一名，目前已经换回实验班了！"

"嗯，不错。"

"就像做梦一样啊，有一种王者归来的感觉！英雄登场，感觉什么背景音乐啊、聚光灯啊，都来了！"

"第二十一名不是低于实验班的平均水平吗？"

"这……"修远一脸无语，"毕竟……还是进步了不少嘛……我觉得可以鼓励一下……"

"哦？好吧好吧。嗯，确实进步了不少，我记得最开始你是……你是多少名来着？"

"实验班倒数第五出去的，后来又退步了一阵子，估计年级二百名以后了吧。现在是年级第二十一名了！我感觉自己太强了，真的，这种自信，踏实的自信，从没有过的感觉！我感觉不仅过去的一学期进步了很多，而且未来也会不断进步，根本没有什么事情能够阻挡我了！哈哈哈哈！"修远得意扬扬。

"嗯。等哪天没有我指导你了，也能继续进步，那就是你真的很强了。"

"呃……哈、哈哈，当然也少不了林老师你的指导啦！你教的方法真是太管用了啦！你真是太厉害了！哈哈……"修远赶紧吹捧一阵。

"行了，不用吹捧了，你的进步确实不小。这样吧，今天我们在这学期刚刚结束的时候来做一个完整的复盘。"

"复盘？"修远有些疑惑，"要下围棋吗？"

"……"

"复盘不是围棋用语吗？"

"一开始是围棋用语，后来广泛地指代在事后进行回顾、总结这件事情……"

"哦，总结啊，早说嘛！"

林老师一声叹息——就这智商也能进步这么大？基本状态都还没到位呢。

修远又问道："要总结什么啊？知识点的话，各科好像太多了吧？而且我也没带什么资料，书包里只有两本数学参考书……"

"当然不是总结知识点，是对你的学习状态变化进行复盘。"

修远一愣，似乎一瞬间内脑海中的信息太多，又太模糊："有点儿抽象，这个东西也能复盘总结？"

"复盘是一项非常重要的工作。"林老师正色道，"比如专业的棋类选手，在每一场比赛结束后，都会系统地研究自己这次下棋的过程——其中有哪几步下错了？哪几步下得很好？错的那几步为什么错？下得好的那一着儿是不是蒙的？通过不断地复盘，棋手的水平会不断提高。

"从没有哪个专业棋手是复盘工作不认真做的。

"再如金融行业，所有的操盘手都要对当天的行情进行复盘，也就是我们说的修正工作。你以为A股的操盘手每天工作时间就是开盘的那四个小时吗？恰恰相反，每天大量的工作是在收盘以后的复盘期间——今天的买入是否合理？这几个板块的下跌如何解释？涨停板上的股票背后有些什么资金？

"越是高层次的操盘手，越是重视复盘修正工作。从不复盘的，是供人收割的散户。

"那些不断对弈却不复盘的棋手和死盯着屏幕却不复盘的散户,其劳累程度并不比高效复盘、修正思路的专业玩家低,但在水平上有很大的差距。因为复盘修正不耗费时间,反而会带来全盘效率上的飞跃。

"学习,也是一样。

"你只意识到知识需要总结,却还没意识到状态也需要复盘,说明自我认知能力还没有跟上。"

"自我认知能力?我记得我有一段时间在做自我心智损耗的觉察练习,还有结构化……"

林老师一摆手打断道:"不要这么零零散散地说。教了一个学期的结构化,给你20分钟时间,用系统的结构化思维分析一下这段时间进步的原因吧!"

"好!"修远说着迅速从书包中拿出纸和笔,写写画画起来。

20分钟一晃而过。

"林老师,好了。"修远对着自己的思维导图,自信地说道,"这段时间进步很大,主要有下列原因。

"从三个方面来讲:一是思维能力的提升;二是部分特殊学习方法的应用,观念意识改变;三是心理状态的改善。

"思维能力提升上,有结构化思维的学习与应用,有思维状态的提升。结构化思维我就不多说了,用得比较熟了,重点就是强调一下知识点的结构化与解题技巧的结构化,对于数学、物理这种比较难的学科,解题技巧的结构化更重要,更要注意。

"思维状态的提升,主要是学会放松。越难的学习任务,越要放松状态。我感觉不管是在平时学习上,还是在考场上,这个道理都适用。

"特殊学习方法上,主要用的是脉冲策略,这个见效最明显。还有分层处理,用过几次,但是不熟练,后面再继续练习吧。

"观念意识上主要是远离一些错误的观念。比如,认为学习就是拼智商,或者认为学习就是疯狂刷题。只有远离了这些错误的观念,才能安心走向正确的努力方向。

"最后是心理状态,主要是减少心智损耗。对于我个人来讲,最严重的是虚荣。减少这些心智损耗的方法,一方面是自我意识,意识到虚荣是没用的;另一方面是用呼吸法进行临时的情绪控制。

"大致就是这些了吧!"

"嗯……等下,我记得教过你冥想法,怎么没有写上?还有,情绪管理的部分,提到过体育锻炼对情绪有积极作用,进而在一定程度上减少部分心智损耗,你也没有加进来。"

"呃……主要是这两项我自己都没有长期坚持下来……"

"没有长期坚持？你练习了多久？"

"冥想的话，大概不到一周……"

林老师在心里一笑，又问："那么慢跑呢？"

"有两三周……"

"这两项为什么没有坚持练习呢？"

"冥想没有练习主要是因为环境问题，住在寝室里实在不方便……"

"嗯。慢跑呢？"

"这个……最近天气实在太热了……"

林老师瞟了修远一眼："我记得建议你跑步的时候才4月吧，也就是你5月就停止锻炼了，跟最近的天气扯不上关系。"

"呃，这个……"

林老师又笑了笑，倒也不为难修远，说："算了。今天教你的学习状态复盘，其实也是自我学习管理和节奏把握的一部分。之前跟你讲过学习中心论的问题，对于高手来说，学习节奏要掌握在自己的手上才行。然而如果没有自我学习管理的能力，节奏掌握在自己手上的效用其实并不会太大。所以学会复盘，学会及时认知并调整自己的学习状态非常重要。"

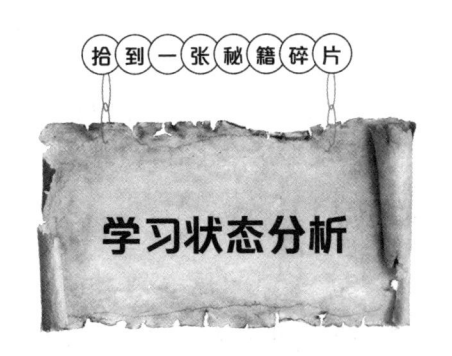

拾到一张秘籍碎片

学习状态分析

"嗯嗯！"修远点头道，"那这种自我状态总结，多久做一次比较好呢？"

"看情况吧。什么时候感觉自己的状态突然莫名其妙地变差了，或者某次考试成绩突然下滑而又原因不明，可以及时进行。学习环境发生了大幅变化的时候，比如你换到实验班了，可以及时进行。平时没什么事的时候，一两周做一次就行了。"

"那做完以后又该怎么办？"修远问。

"……能怎么办？有进步的地方继续保持，有问题的地方想办法改进。"

"哦。那用什么办法改进呢？"修远又问。

"……你问我问题不用动脑子的吗？当然是根据不同情况具体分析啊！"

修远不好意思地挠挠头："是哦。对了，林老师，这段时间我化学已经'脉冲'了大部分了，估计再过一个星期已经学过的内容就能全部搞定了。其实目前学过的化学内容也没多少。下面我想冲刺语文了，对于这一学科的学习您有什么建议吗？"

"哦？准备冲刺语文了？进度很快嘛。数学、物理、化学都学扎实了？"

"嗯！"修远自信满满。

"嗬，行。那么，你觉得语文学科有什么特点？"

"特点？反正和数学、物理之类的很不一样吧，至少上课的感觉不一样。数学、物理之类的，上课听完以后明确知道自己学会了什么。但语文课听完了还是云里雾里的，不知道这节课学了什么。其实上课老师讲的东西，每一句话都能听懂，但是合在一起就不知道学了什么……另外英语课也有一点儿这种感觉。"

"嗯，你说的这种感觉其实是广泛存在的，很多学生都觉得语文课学不到什么东西，再怎么认真听成绩也提不上来。其实这种现象的产生，主要是由于高中语文的能力考核和成绩评测，并不是按照知识单元来进行的，而是按照题型板块来进行的——论述文阅读、现代文赏析、文言文阅读、古诗词赏析、语言能力题型、作文等。

"然而，语文课平时的学习又是按照课本知识单元来进行的，与考试的模式完全不同。大部分高中语文的学习，是前两年学习课本，第三年总复习时开始高强度做题、做试卷，而前两年课本学习又和考试脱节，这就造成了一个结果——相当于语文学科，你们只为高考做了一年的准备，而数学、物理等学科，可都是准备了三年的。"

"这样啊！"修远惊讶道，"跟考试严重脱节，那岂不是语文课根本没用？语文课本有问题啊，它就不该这么设计啊！"

"倒也不能说语文课完全没用。其实语文课本和高中语文课程的编排逻辑是：设计者希望通过这些课文和课程的学习，增强你们的语文素养，提高你们的语文能力，等你们的素养和能力提高了，语文考试的能力自然就增强了。但在实际一线教学操作中，绝大部分老师都无法完成对学生语文能力和素养的真实提升，于是学生的应试能力也就上不去了。少部分极端优秀的名师能够带领学生真实提高语文能力和素养，学生也确实取得了极佳的应试成绩，这证明顶层设计者的逻辑有可行之处。然而这部分老师成功带领学生真实提高了语文能力和素养，却不仅是靠课本学习完成的，还添加了大量的课外阅读和学习。有的老师常年给高中生阅读、分析万字长文；有的老师常年在班级里做批判性思维教学；还有的老师甚至自己重新编写教材，给学生做了二十八个语文专题。这些真正实现了顶层设计逻辑的教师，偏偏抛弃了顶层设计的课本，说明了语文课本的设计确实有一定问题。

"不过，这是另一个故事了，是该由精英教师和教改设计者关心的问题，你不用做太多思考。当下你只需要明白，为了应对好语文考试，你需要做的不是在教材上放太多精力，而是使用脉冲策略，按照题型模式的方式去逐一攻克。"

"哦，那具体的每个模块有什么技巧呢？"

"具体的技巧以后再说吧，你都还没开始练呢，有什么好讲的？先训练一段时间再来找我。"

"好的！"一想到自己能够在不久之后把语文这个老大难的问题解决掉，甚至拥有新的优势科目，修远便摩拳擦掌起来，"林老师，那我们下次什么时候见啊？我现在已经是一周一天假了，只能星期天见面了。下周日怎么样？"

"嗯，我想想，9月第一个星期天的下午吧。"

"啊？这么久！"这才7月下旬呢，岂不是有一个多月见不到林老师了？其间产生了疑问该怎么办啊？

"嗯。暑假我很忙。"

"那能不能给我个微信号？手机号？我有问题了可以问你啊！"

"早跟你说过了，我的联系方式不外扬。"林老师笑道，"没事，自己慢慢摸索吧！"

修远悻悻而归，一时不知如何应对这段没有林老师出现的日子。

第五十六章

再谈希望

　　高二分班后,实验班的师资安排也有所调整。原数学老师金玉玫调任普通班,而实验一班班主任严如心兼任实验二班数学老师。相应地,实验一班英语老师逍遥调任普通班,而实验二班班主任李双关兼任实验一班英语老师。

　　如此安排,想必与分班后两个班学生相互交叉有关。历史班与物理班分班后,实验一班定位为历史实验班,而实验二班定位为物理实验班,部分一班学生进入二班,二班学生进入一班。相应地,让原来两个班的班主任同时兼任另一个班的学科老师,让这批相互交叉的学生在新的班级里有一个熟悉的教师,有利于学生尽快适应新环境。尤其学校领导认为,一班班主任严如心与高二唯一的清北种子选手占武关系较好,让她兼任二班数学课,有利于稳定住占武。

　　对于修远来说,进入实验班后的第一个小考验,是部分科目进度不一致。数学科目上,必修课本按照一、四、五、三、二的顺序学习。高一结束后,普通班的进度是刚学完必修三,而实验班已经将必修二学了接近一半——"立体几何初步"章节基本学完了。

　　于是修远需要在暑假期间一边跟着学"平面解析几何初步"一章的新课,一边还得自学"立体几何初步"的内容。好在新的数学老师严如心颇有老派教师作风,虽然平时上课严肃,管理也严厉,但对于回答学生提问倒是颇有耐心。尤其对于几个从普通班进入实验班、进度落后的学生,花费了不少时间帮他们补习。另外,修远觉得"立体几何初步"一章也并不是什么大难点,只要看得懂空间图形就好了,剩下的与初中的平面几何差不了太多。

　　物理学科进度差距更小一点儿,大约半章。普通班动量守恒刚开始学,而实验班已经学了过半。等到暑假结束,"动量""原子结构"等内容都全部学完了。这一部分倒是比高一的物理难度更大,并且要频繁用到高一的力学与运动学内容。修远心想:幸亏自己之前抽空把高一上学期的物理漏洞补起来了,否则学这一章还真有点儿吃力。

　　另外修远也感觉到,经过脉冲策略的突击之后,自己在数学和物理两科上已经有了不一样的感觉。之前突击的内容虽然已经学过，但在学习新内容的时候，自己似乎依然比高一上学期的时候更强了——掌握得更快，学得更深了，似乎建立了某种学科感觉。至少在面对新知识的时候，更自信了，不会畏难了。而这一心态的变化又进一步导致听课时更专注，面对中高难题心智损耗更少，更容易学通透。当然，修远没法做出这样细致的分析，他只是模糊地感觉到，自己不一样了。

假期补课结束前进行了一次月考，这也是分班之后的第一次月考。经过这一个月的补习后，自己的排名将变成多少呢？有多大程度的进步？两天以后，成绩单发了下来。

"总分571分，排名第十一！啊，又进步了十名。"修远拿到分数条，心里小高兴了一把，"看看各科分数吧！语文104分，真着急，假期要好好补补；数学139分，正常；英语109分，唔，英语也是个问题啊，以后再说；物理88分，正常，'动量'这一章确实有点儿难，还要再巩固一下；化学73分，咦，这一个多月'脉冲'化学怎么没见效果，还要加强吗；生物58分！天哪！怎么还有个不及格的！"修远最初看到生物分数，心中大惊，不过随即一想，自己这段时间根本就没怎么学生物这门课吧，最基本的知识点很多都没有背，考差也正常。

不过换个角度想想，自己在语文、英语平庸，生物基本血崩的情况下，还能进步到第十一名，如果过两个月自己语文提上去了呢？如果英语提上去了呢？如果生物也达到80分以上了呢？如果……

画面过于美好，简直不敢想象啊！

"喀喀。"修远稳定了一下自己的情绪，心想：不能太得意，毕竟自己刚进来的时候可是班级第四名！第十一名和那时候比还算是退步了不少呢。

看完了自己的分数，修远又向周边同学打听了一下班级前几名的分数和排名。

"第十名齐宇轩575分。这人是谁？原来一班的？百里思总分578分第九，天哪，偏科比我还严重，数学146分，生物54分？也是个人才了。嗯，不认识，不认识……夏子萱总分591分第六？厉害啊。罗刻613分第五，咦，好像比原来退步了啊，我记得原来罗刻是第二或第三的。诸葛百象617分第四，陈思敏620分第三，这两个倒是稳定。"

修远心想：这一次排名分数隔得好紧啊，前后一名相隔经常只有不到10分，甚至不到5分的距离。

"李天许648分第二？这个让人讨厌的家伙怎么没退步点儿？记得他蛮嚣张的……第一名是占武？之前就听说过了，好像跟卢标一个级别的人。总分……总分……"

有好事者已把占武的分数抄写了下来，在班级里到处传阅。修远看着纸张上的分数，露出目瞪口呆的神情。

"总分703分！"修远简直不敢相信自己的眼睛，"开玩笑，假的吧！"之前的排名，每进一名，分数不过涨了 5~10 分而已，李天许比第三名多了 28 分已经是质的飞跃，而占武居然一次性抬高了 50 多分！要知道，越往高分段可是越难涨分的啊！

这各科得什么分数才能总分超过 700 分啊！修远心里惊呼：语文 131 分！天啊，语文这种学科也能考到 130 分以上？数学 150 分！满分！简直不是人啊！英语 134 分，也很厉害，语、数、英三大科根本没有缺点。物理 96 分，接近满分！这次物理考试可不简单啊！化学 98 分，又是接近满分！生物 94 分，依然接近满分！

修远无比震惊，眼睛瞪大，嘴巴也合不拢了："除去语文、英语，每一科都接近满分，这到底是个什么人？这还是因为本次考试没有按照赋分制来计算，如果按照赋分制的话，理、化、生三门都是直接满分了！"高一上学期倒是已经听说过这个人，可是也没有想到如此厉害啊！况且返回试验班补课的这一个月来，只是感觉他比较孤僻，经常一个人闷在角落里做题，也不跟人交流，谁曾想到这个闷不吭声的家伙居然有如此惊人的水平！

"这个成绩，已经超越卢标了吧……"

实在是强中自有强中手，一山更比一山高。普通高手让你感叹"他可真厉害，我想赶上他有难度"，而顶级高手却能让你震惊得合不拢嘴，连一点儿想要跟他比较的念头都提不起来，仿佛完全不在一个次元里。

自己接受了林老师的指导，学会了很多思维方法和学习方法，暂且只在第十名左右，571 分而已。假设自己的语文、英语全部跟上来了，生物的弱点也补好了，甚至化学也再提高一点儿，一切都完美按照预想实现，能达到的分数，也不过就是李天许的水平而已——这已经是纯粹完美的想象了！而占武的真实水平，却能比自己的完美想象更高出不止一个层次！

笼中鸟，井底蛙，两只"萌宠"形象出现在修远的脑子里。看来自己在普通班待久了，视野太狭窄，根本不知道世界有多大了啊！修远暗自紧张起来，幸亏返回实验班了，否则在普通班，连一个高级别的参照系都没有，盲目自大，学了半桶水就以为自己很厉害了。人还是要在高手集群的环境里才能不断受到鞭策，有足够的前进动力啊。

"修远，我看了你的成绩，又有进步了呢！"一个女生的声音从背后传来。

"夏子萱？啊，哪里哪里，还需要继续进步呢。"

夏子萱笑道："你返回实验班也好，省得我每周还得给你传资料。"

"哈哈，那是……说起来真得感谢你，麻烦你一个学期了。"修远心中对夏子萱有着不少感激。

"光谢她不谢我吗？你那有机化学的资料还是我发给你的呢。"诸葛百象也来凑个热闹。

"没错没错！感谢二位！"修远笑道，"刚好，一起吃饭吧，我请客！"

"不过话说回来，你的生物明显是没认真学吧，就这样都考了第十一名，等你生物补上来，可就厉害了！"

"啊，希望能尽快补上来吧。"修远道。其实按照规划，下面要重点突击的是语文，再下面安排的是英语，中间还要看情况是不是再巩固一下化学。生物大约安排在很靠后的位置了，不知什么时候才能赶上来。他问："对了，那个占武是什么情况？703分？太假了吧！这次考试难度可不低啊！"

"是啊，顶级学神哪。你高一时没听过他吗？每次把卢标压在第二名的就是他呀！"夏子萱道。

"听倒是听过，不过……看他平时闷不吭声，实在没发现什么特殊的地方，怎么就这么厉害呢……"修远嘀咕着。

三人来到食堂打好饭。虽然是修远请客，但夏子萱与诸葛百象也没狠宰修远一顿，只点了些普通饭菜而已。三人边吃边继续聊天。

"还是回到实验班好些啊，至少能见到各种高手了。以前有卢标，卢标走了又有占武，真让我们这些凡人大开眼界。"修远随口感叹。

诸葛百象却轻轻一笑，道："未必尽是好事。这样的顶级高手，确实让人开了眼界，但又有什么实际意义呢？不过让人过眼瘾而已。甚至对不少人反而有些负面影响。过去半年里，班里总有一种衰惫的氛围，因为高中课程的难度越来越高，尤其数学、物理这种，很可能是你怎么学也学不好的，不少人已经从高一时斗志昂扬的状态，变得消极，乃至绝望了。

"而占武这样顶级学神的出现，又进一步加剧了这种绝望。你想想看，如果仅仅是自己学得不好，打击还不算特别大，可是出现一个顶级学神，每天跟你一样学，然而你百思不得其解的高难度题，他却轻松秒解出来；你花费大量时间才勉强优秀甚至是及格的科目，他没花多少时间就学到顶尖；你这科多花点儿时间就进步一点儿，另外几科就退步了，而他每一科全部都是顶尖……

"自己学不好是失望，再和顶级学神这么一对比，就绝望了。"

"这么说，顶级学神的存在，对于普通人来说反而是坏事了？之前卢标在的时候好像没有这种感受吧？他还经常分享一些学习方法什么的……"修远说。

"卢标比较特殊，像他这样愿意积极分享、帮助别人的学神，很少见。"诸葛百象道，"不过即便如此，又有多少人真正从他身上受益呢？凡人的局限决定了我们从学神身上学不到多少东西。而卢标之外的、没有那么热情助人的学神，更多的就是让那些原本有些沮丧的人变得更加绝望了。"

听到诸葛百象的话，夏子萱默默点点头，修远也颇有感触，想到了高一上学期期中到下学期刚开始的那一段时间，自己内心的恐惧、焦虑一步步加深，情绪波动剧烈，对自己充满了怀疑，感觉生命里一片黑暗，可不就是绝望嘛！在那样绝望的状态下，自己过得浑浑噩噩，想努力学习都努力不起来。幸好高一下学期的后面几个月，自己重新燃起了希望，每天能够精神抖擞地投入学习中，才有了今天的大幅进步、重获新生。

"人还是要活在希望中才行啊……"修远感叹，"没有了希望，人就像行尸走肉一样。"

"话虽然如此说，可是去哪里寻找希望呢？"夏子萱道。

修远看了夏子萱一眼，没有回答这个问题。说起来，他重新燃起希望的原因太过特殊，最主要是偶然遇到了神秘的林老师。可是这事情又无法宣扬，自己如何开得了口？难道要所有人都像自己这样好运才能有希望？把希望寄托在运气上，这事情原本就很让人绝望。一瞬间的念头闪过时，修远感到仿佛内心代表希望的天空立刻就出现了一丝裂缝，好像那天空不是天空，而是电影《楚门的世界》里死板的天空画板一样，不过是身在其中之人的幻觉。修远简直不敢多想。

"最典型的就是罗刻了。高一上学期那么刻苦努力的一个人，每天都充满了拼劲和斗志，多么让人敬佩啊！我想大家都还记得吧。可是后来被李天许折腾了几次，各种嘲讽鄙视让罗刻自信受挫，觉得自己怎么着也无法赶上李天许了。结果现在……"夏子萱叹口气。

"现在怎么了？他不还是前五名吗？也不差啊。"修远疑惑。

"毕竟还是退步了啊，而且这次还不算太差。之前有几次月考，他都退到七八名的位置了。另外，虽然他每天还是在认真学习，可是总能感觉到，他的精气神不对了，有点儿沉闷虚弱的感觉。"

"哦？"修远疑惑，"这我还没注意到。"

"毕竟你才回来不到一个月，观察的时间短。"诸葛百象补充，"我也注意到罗刻的状态了，高一上学期的时候，他每天都是非常专注的，而现在眼神却有些涣散了，看得出来有时候在开小差——上课、写作业的时候都有这种情况出现。外在的眼神都有明显的变化了，内心世界的信念必然不知道崩塌过几次了。

"现在还支撑他每天勉强认真学习的，只剩下他这么多年来养成的拼命努力的习惯了。"

眼神变化？修远似乎没有留意过罗刻的眼神有什么变化。从一个人的眼神里能够看出什么东西吗？他不知为什么回忆起原来十四班时舒田看他的眼神似乎带着额外的温柔和崇拜，又联想到占武的眼神似乎特别坚毅和冷傲。还有林老师，林老师的眼神特别深沉而凝聚，仿佛能穿透人心一般，像幽深的山谷，又像高山上的湖泊。

"不只是罗刻，还有其他比较明显的几个人。"诸葛百象又道，"木炎，上学期的时候每天跟着罗刻一起，学习劲头十足，朝气蓬勃。下学期跟着罗刻一起沉抑下去了，而且比罗刻更严重。他眼神涣散得更厉害，连身形都显得有些佝偻了，这是心气剧烈受损，已经影响到生理状态了。他现在已经是班上倒数几名，差点儿就出实验班了。"

夏子萱略显惊异地看着诸葛百象："你观察人倒是挺仔细。"

"还有个柳云飘，原来成绩比你还好点儿。"诸葛百象看了夏子萱一眼道，"现在也不行了。不过她的问题可能不像罗刻、木炎他们那样是单一的绝望情绪，她似乎还有比较严重的焦虑问题。"

"你跟她聊过？"夏子萱又诧异道。

"没有，但是看得出来。还有赵雨荷，她也有绝望的情绪，主要是因为物理这科死活学不好，基本定理理解不透，运动过程和受力分析死活弄不清楚，整个人都崩溃了，只好去隔壁历史班了。"

"她不是说因为她喜欢历史吗？"

"声称喜欢历史，不过更多的是因为对物理绝望了。"

"又是你自己看出来的？"

"是啊，怎么了？她原来坐在我前面，所以我了解得比较多。除了这几个明显地表现出绝望，还有不少同学其实内心深处也有这种绝望的感觉，但没有表现出来，或者是以其他形式表现出来的。有些原本成绩就靠中下的同学，他或许在情绪上没有表现出明显的痛苦、绝望，甚至可能故作轻松，但在行为上已经有明显的逃避状态了，不愿意学、不愿意思考。这也是内心深处绝望的一种外显方式。"

"不愿意学就是内心感到绝望？"修远疑问。

"不一定，学习意向低下有很多种原因，我说的是，我们班里有不少同学不愿意学是因为感到绝望了。"

"你怎么知道？"修远又问。

诸葛百象一摊手："自然就看得出来吧。"

夏子萱盯着诸葛百象看了半天，突然想到那天见到的妖星。妖星在饭桌上一通分析让她折服，又听妖星自述自己看人从来没错过。今天再发现诸葛百象原来也有不弱的观察人的功夫，看来这兄弟俩真有相似之处啊。

修远叹气道："想不到大家都很难啊，还以为就我一个人学起来很艰难呢。可是无论如何，都不能放弃希望啊！一定要告诉自己还有希望，哪怕暂时看不见了也要相信，未来一定有希望！哀莫大于心死，必须要为自己找到希望才能坚持下去，这是高强度、高压力的高中学习必经之路，也是人生的道理啊！"

这番话很"鸡汤"，并没有什么操作手段，但至少表明了修远的态度。诸葛百象与夏子萱都略显诧异，之前没看出来，原来修远竟是这样一个积极向上、充满阳光心态的人啊。

第五十七章

阅读的挫折

暑假补课结束了,高二的学生们大约有三周的假期。

按照修远的计划,假期里除了完成作业,最主要的精力应该放在语文的脉冲式突击上。按理说,语文这种考试与课本分离的学科,高考考查的内容大多是课本之外的,更适合早期突击练习,有一劳永逸的效果。试想,如果高二甚至高一就把语文学好了,那么剩下两年时间不就轻松了吗?只需要定期稍微复习下即可。它不像数学这种学科,每学期都有新的知识章节,根本不存在提前学好一说。

至少,如果暑假能够把语文瓶颈突破了,那么后面两年的考试成绩就会好看很多,自己的排名、自信也会跟着起来。

语文的几个大模块——现代文阅读、古诗词赏析、文言文阅读、语言应用,以及作文,先从哪一个开始练起呢?

修远最开始曾异想天开地以为一个暑假能够把所有模块全部练到,然而返回实验班的一个问题在于,那种高压管理的模式又回来了,作业量极大,二十天的假期里,各科累计不少于五十张试卷,还有其他习题册,语文、英语的背诵、作文练习等。总之,要把这些作业完成,会耗去大半时间,这还得是马不停蹄地赶作业才行。若是放松一些,恐怕要到开学前一两天找人抄作业才能完成。

放假第一天,修远估了一下作业量,排了时间表,发现如果较为宽松地做作业,最终能够用于语文脉冲式突击的时间不足三天,大为吃惊。于是狠了狠心,计划逼自己更高强度地快速完成作业,也不过腾出五天时间冲刺语文,还是不够;又狠了狠心,假设自己能够像平时在学校里那样高强度地学习,完全放弃假期休息,也顶多是七到八天的空闲而已。

七到八天时间,明显不足以完成所有的语文模块训练,甚至连一个模块能不能搞定都不好说。修远最后狠了狠心,决定做得更彻底、更决绝一点儿——数学、物理的部分练习不用详细做了,直接分层处理,加快速度;英语、生物都还没到脉冲式突击的时候，作业不必完全做，挑要紧的完成，剩下的应付了事。就这样东拼西凑，勉强腾出了十天左右的时间进行语文的训练。

就从现代文阅读开始练习吧！

现代文阅读有三个小模块：论述类阅读、实用类阅读、文学类阅读。三者并没有什么内在逻辑关系，就按照试卷顺序，先练论述类阅读吧。

前两天时间里，修远做了大约三十篇论述类阅读，最近几年的高考真题基本做遍了，各地模拟题也有不少，然而总的来讲，惨不忍睹。

论述类阅读一直是修远的弱项，平时一张语文试卷里，由于作文有40多分，语言应用也不难，可以把总分提起来，所以看起来能有100左右的分数，整张试卷的得分率在70%左右。然而单独做论述类阅读时，这个缺点就被剧烈地放大——如果想要保证70%以上的正确率，就会做得很慢、犹豫很久；如果想要比较快速地做完，那正确率就会大跌，大约40%，比随机乱蒙的25%正确率好不了多少。

于是改错的时候就极为影响心情，看着专题试卷上大片大片的红叉，修远心都要碎了。更可恨的是，论述阅读的改错并不如数学、物理那样清晰——一看答案就知道为什么对、为什么错了，明白哪里算错了或者思考错了。而语文阅读题，就连看答案都看得似是而非、云里雾里。

"可恶，'作家树立了与时代积极互动的理念，在创作实践中就能做到以人民为中心'，还有'对人民的情感认同，是新文化运动以来很多作家创作取得成功的重要原因'，这两个选项明明看起来都有道理啊……"

题目要四个选项中找一个错的，结果看起来都是对的，这是比较迷茫的情况，你与答案差了25%；四个选项中找一个对的，结果看起来全部都是对的，这是非常迷茫的情况——你与答案差了75%！

两天下来，修远只觉得头晕眼花，丝毫没有感觉到任何进步。

第三天修远决心严格按照考试的模式测试五篇，然后统计正确率，看一看前两天做的三十套题有什么效果。结果确实进步了——从不足50%的正确率，进步到55%了。当然，其中有一两个题还是蒙对的。

"相当于没进步啊……"修远身心俱疲，如此辛劳地做了两天的题，相当于白做了？

第三天又练习了一整天，正确率提高到60%左右了，然而第四天再练习一整天，已经没有提高了，卡住了。第五天也是如此。这样不得技巧的高强度练习，让修远感到无比难受，只觉得心浮气躁，脑袋要炸裂了一般。实际上，从第四天开始，由于太过难受，修远已经没法保持超高强度的训练了，学习时间剧烈减少，发呆、走神儿的状态也在增多，最严重的一次，居然在书桌前抠手指抠了半小时……

他实在不擅长语文的学习，就连加强练习都不知道该怎么练。第六天，修远已经受不了这样无头苍蝇一般强化练习大脑的痛苦，干脆放空大脑，上午睡到 10 点起，下午出去打了半天的篮球，晚上回来玩了玩手机，彻底远离了让人崩溃的论述文阅读。

第七天，修远决定绕开论述文阅读的坑，开始试着练习一下实用类文本和文学阅读。实用类文本的正确率大概 70%，比论述文好了些；文学阅读又是个大坑，得分率不足 50%。

折腾了两天，依然没有长进，从第九天开始，修远终于放弃了现代文阅读的冲刺计划，开始背诵语文的古诗词和文言文。一整天基本把高一所有背诵的内容全部复习了一遍，还背诵了高二的部分诗词。不过第十天基本又会忘记大半。第十天复习完后再背诵新的内容，第十一天又忘记大半……

"奇迹，这简直是个奇迹……"修远瘫软在床上，疲惫地心想：这十一天自己是怎么过来的？完全是地狱式训练，疯狂地逼迫自己学习。也就是最近自己充满希望、斗志昂扬才能坚持下来，要是换作以前，早就崩溃无数次，中途放弃了。然而根据小说和电影的情节，地狱式训练后应该有相应的超强效果啊！比如，武侠小说里，一个人在漆黑的山洞里闭关修炼一个月，出关以后就应该是一流高手了。自己高强度训练了十一天，几乎没有任何效果。

修远一边热切地期盼下一次与林老师的见面，一边又在心里有点儿抱怨林老师：真是的，为什么不给我个电话号码呢？或者中间抽空跟我见一面，教教我怎么处理语文的阅读嘛！这样我就不用这么辛苦地刷题了，还像无头苍蝇一样到处乱撞没有效果……

这也是修远半年来第一次遭遇重大挫败。之前脉冲式突击数学、物理等科目，全都得到了迅速和强烈的正面效果，就连化学也有不小进步。语文却毫无进展。要说这十一天受的苦，可不比突击数学、物理的时候少。

"连论述阅读的困难都突破不了，一开始真没想到是这个结果啊……"修远暗自感叹，"后面的文言文阅读、诗词赏析该怎么办？作文老是 40 分出头又该怎么办？会不会'脉冲'这些模块的时候也会遇到问题呢？"看来成为学霸乃至学神没有那么简单啊！

当然，一旦开学了，等林老师的暑假业务繁忙期结束了，后面的问题就都可以解决了。目前这样的痛苦和烦躁，不会是未来的长久状态啦！

不过修远以"大"字形瘫在床上时，也会忍不住想，那个占武是怎么学语文的呢？他怎么连语文这种科目都能考到 130 分以上？他又是怎么学其他科目的呢？算起来，他既没有罗刻那种极度刻苦的努力，也没有表现出像卢标那样懂得各种思维方法和学习策略，这么平平淡淡地居然就成了顶级学神？应该就是天生聪明吧！人比人气死人啊，修远想：我要是也天生像他那样聪明，那就能够少吃很多苦，少走很多弯路了。

修远又联想到：不知道临湖实验的学生又是怎么学习的呢？他们怎么做论述阅

读？怎么分析数学题？怎么背英语单词……一个个的问题自然地浮现上来，修远慢慢感到困意袭来，睡着了。

梦里面，修远变成了一个天才，像占武那样的超级天才。不论什么知识点一学就会，甚至不学就会；不论什么学科都能轻松搞定，完全没有弱点。他梦见自己从小就是这样的天才，一路顺风顺水，没有任何坎坷，没有任何挫折与痛苦……

占武这样的天才，应该从小就是这么过来的吧。

梦境里，人生仿佛整个重来了一遍。他成为更明显的班级中心，乃至全校中心，所有老师都对他无比客气，同学对他万分仰慕。他也长得更高了，更帅气了，像占武那样帅气。他在篮球场上高速奔跑着，做出各种炫酷的过人动作，无数女生围在球场边，兴奋地尖叫着……

▶ 第五十八章 ◀

第一次对话

开学了，修远走进高二实验二班教室。

刚开学，看得出来部分同学假期玩得很愉快，兴奋地说着自己抽空追了哪部剧，甚至去了哪里旅游，至少假期电脑没人管，可以放松玩玩游戏——这大部分是班级里排位靠后的同学。这让假期里并没有愉快玩耍的修远心中暗暗发痒，生起一股自豪感——我可是非常勤奋认真啊，基本一整个暑假都没休息，连自己都要感动了。

开学后高二立刻进行了摸底考试，以检测学生假期里有没有认真学习。修远好歹努力了一个暑假，虽然成效并不明显，但至少没有彻底放飞自我，基础的专注和题感算是保持住了。这一次，他又进步了一点儿，成了班级第九名。

而占武毫无疑问又是第一。这次占武的成绩更高了，总分居然高达709分！

"语文130分、数学148分、英语141分、物理98分、化学96分、生物96分，这家伙真的是人吗？"修远想着占武的成绩，心中突然疑惑，或许占武也有什么特殊的学习方法呢？就像卢标那样。只不过卢标公开把自己的方法讲了出来，或许只是一小部分，而占武并没有讲，让人以为就是单纯的智商高而已。

修远对占武可能隐藏的方法极为好奇。既然占武比卢标更高一筹，那么占武的方法可能也就更厉害、更有效了吧！他很想找机会向占武问一问。虽然内心深处对此还是很紧张的，毕竟那家伙整天一副高冷脸，不过他又想起原来在十四班时，有些跟自己完全不熟，甚至还略有敌意的人也能装出嬉皮笑脸的样子向自己咨询学习问题，心里仿佛就受到了某种激励，想：为什么我就不能呢？

晚上吃完饭后，他终于找到一个机会——占武在教室外的走廊上凭栏远望，微微仰着头，应该是在看天。同样是在走廊上看风景，有些人习惯看地上的人，有些人习惯观看远处的建筑，而占武则凝视天空。修远凑过去打了招呼："你好，你是占武吧！我是修远，来新班级一个月，我们好像还没说过话呢？"

占武回过头来瞟了修远一眼，一言不发，眼神里分明透着四个字——不要烦我。

这家伙，好高冷！不过修远觍着脸继续说："啊，那个，我想向你请教下学习上的问题啊。你学习这么厉害，各科都简直完美，是我这辈子见过最厉害的人了，不知你是怎么学的呢？应该有什么特别的学习方法吧！不知道你现在有没有空指导一下我？哈哈！"

修远语气诚恳，言辞恭敬，脸上堆着笑容，甚至还有点儿哈着腰，心想：这家伙应该多少透露一点儿吧？

占武打量了修远两秒钟："没空。"

修远就这么僵在原地，不知所措。

占武回头继续看天，完全不理会修远的尴尬。几秒钟之后，修远自知没趣，离开了。

天哪，这么高傲！修远恨恨地想：真不愧封号是杀神，一点儿人情味都没有！原本还想问一问语文论述文阅读怎么做的，算了，我还是等着周日去找林老师问吧。

尽管摸底考试修远又有所进步，然而语文依然毫无起色，尤其论述阅读三道选择题错了两道，更是直接在修远心头捅了一刀。而之前以脉冲策略突击数学、物理时，并没有遇到大的阻碍。"没想到语文的难度居然比数学更大。"修远回到座位上轻声感慨，顺便看了一下同桌的语文试卷——107 分。

新的同桌是刘语明，一个在班级里排名中下游的学生，学习既不是很有天赋，也不算特别认真，数学、物理等科目都比修远差了很多，唯独语文与修远大致相当——修远这次 106 分。

"语文嘛，典型的狭窄学科，要考高分当然比数学更难了。"刘语明发表自己的看法。

"狭窄学科？什么意思？"修远不明所以。

"意思是，这个学科下限比较高，上限比较低。别的学科，比如数学，你要是不学的话，可以得一个非常低的分数，不及格，甚至五六十分都可能。如果学得特别好，像占武那种，也是可以考到满分的。但语文不一样啊，你就是不学，也不会很差，想不及格都很难。就算认真学了，也不会很好，想考 140 分以上几乎不可能，占武能上 130 分，这已经是个奇迹了。

"也就是说，语文的分数不会大幅波动，大部分人的分数都被框定在 90~120 分这个狭窄的区间里，所以说语文是个狭窄的学科。"

"是啊，低分、高分都很难，大部分人都在中间档。"修远附和道。

"没错！像我，语文是从来不学的，顶多背一背文言文应付下检查，分数反而比刷了无数道题的数学还高。"

天哪！修远心里暗自无语，完全不学都有 107 分，我可是辛苦了一个暑假，还只有 106 分。修远一把拿过刘语明的试卷，着重看了看三篇阅读——只错了两个题，又觉得心口更痛了，仿佛有人把原本就插在心脏上的一把刀抽了出来，然后叹口气："咦，我好像不会包扎伤口哎！"然后又把刀插了回去。

修远强忍住心痛问道："论述阅读你是怎么做的？只错一个，算不错了……"

"哦，论述阅读啊，这简单啊！"刘语明轻松道。

修远立刻被勾起了兴致，瞪大眼睛问："真的？！怎么做？"

"凭感觉蒙啊！"

"……"修远简直要摔倒了，"算了，服你了，我看你高考敢不敢这样蒙吧……"

"怕什么！真的，语文蒙起来是很稳定的！"

"瞎蒙还敢说稳定？"

"那当然！其实，蒙题时很稳定，这是一种概率性的稳定。不管是论述阅读，还是实用类阅读、现代文赏析，甚至是文言文阅读，都是凭语感蒙的。毕竟我们读了十几年的书，对于语文学科来说，基础的感觉还是有的，所以语文的蒙题比数学稳定多了。这道题蒙错了，下道题又会蒙对，总体来说会有一种动态平衡。这叫作概率性稳定！"

学渣总有学渣的理论，修远心里只想着如何迈过论述阅读这道坎儿，对刘语明的诡异理论并无兴趣："算了，你继续蒙吧，我还是找找有没有靠谱儿的方法。已经问过语文老师了，没有什么有价值的说法，就说我题做少了。扯淡吧，我可做了不少题。又找占武问了，服了，完全不理我……"

"天哪！你还敢找占武问题？佩服你！"刘语明惊叹。

"这有什么不敢的？不过是没有答复而已……"修远有些丧气地趴在桌子上。

"没理你？具体他是怎么说的？"

"我问他有没有空教我点儿学习方法之类的，他果断、干脆地直接说'没空'喽。"

"就这？那还算好的了。我听说之前他在一班的时候，有人找他请教问题，他直接说'你不配'！当面啪啪打脸！所以你知足吧。"

后续几天时间里，论述阅读如同一个心魔，留在修远心里，不时跳出来，让他心神不宁。一时他想，先不管论述阅读了，等到星期天去问林老师吧；另一时又觉得不甘心，凭什么我就不能自己摸索出一点儿诀窍呢？于是又狠心做上三五篇阅读。一会儿错一道，一会儿错两道，有时运气好一点儿来了次全对，让修远兴奋不已，以为自己终于有所进步了，结果再做一篇，又错了两道，才知道刚才只是运气好一点儿而已。

如果是以前，碰到这么磨人的事情，修远早就心浮气躁地放弃了，想当年初中研究几何压轴题的时候都没这么烦躁过。这一次能支撑这么久不放弃，说老实话，连他自己都感到惊讶了。

为什么自己支撑的时间更长了呢？修远暗想：这就是希望吧？虽然目前没有解决

这个问题，但自己心里感觉，未来一定能够解决。带着这样的希望，坚持下去似乎并不难。

不过生活并非总是一帆风顺，周四下午数学单元测验，考查"圆和直线"一章，修远出乎意料地在考场中卡住了。

"这是什么鬼……明明就是很简单的思路，但死活算不出来？"这已经是修远卡住的第二道题了。

这是试卷的倒数第二题：

已知点 $C(1,0)$，点 A，B 是 $\odot O: x^2+y^2=9$ 上任意两个不同的点，且满足 $\vec{AC} \cdot \vec{BC}=0$，设 M 为弦 AB 的中点。

（1）求点 M 的轨迹 T 的方程。
（2）若以点 M 为圆心，$|\vec{MC}|$ 为半径的圆与直线 $x=-1$ 相切，求 $|\vec{AB}|$。

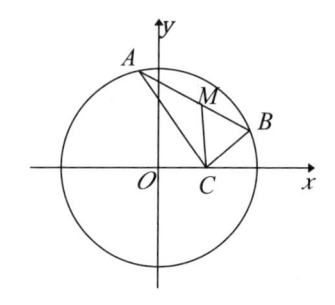

一张试卷的倒数第二题一般是有些难度的，然而第一问总该容易点儿吧？修远却在第一问上卡了10分钟。

"直线 AB 设为 $y=kx+b$，与圆的方程联立，可以求得 x_1+x_2，x_1x_2，y_1+y_2，y_1y_2；由 AC 垂直 BC 可得，$y_1y_2=-(x_1-1)(x_2-1)$……理论上就是这个思路啊，怎么算不出来了？"

早在20分钟之前，他已经听到了占武翻试卷的声音——占武做完了。在倒数第二题卡了10分钟后，他又听到了李天许翻试卷的声音，想必也是做完了。修远开始心慌了，怕时间不够，被迫放弃了倒数第二题，开始攻克最后一题。而李天许嘴欠的一声"压轴题太简单"，更是让修远心乱如麻——一道让他人感叹、鄙视"太简单"的题，如果他做不出来该怎么办？

已知点 $G(5,4)$，圆 $C_1:(x-1)^2+(y-4)^2=25$，过点 G 的动直线 l 与圆 C_1 相交于两点 E，F，线段 EF 的中点为 C。

(1) 求点 C 的轨迹 C_2 的方程。

(2) 若过点 $A(1,0)$ 的直线 $l_1: kx-y-k=0$，与 C_2 相交于两点 P，Q，线段 PQ 的中点为 M，l_1 与 $l_2: x+2y+2=0$ 的交点为 N，求证：$|AM|\cdot|AN|$ 为定值。

修远画好图，心道：C_1 作垂线过来，C 点是直角端点……这不是个圆吗？第一问简单……但第二问的计算量又大了起来，算到一半的时候，下课铃已经响了，修远长叹一口气，无奈地趴在桌子上。

算起来，已经有好几个月没有在数学这门学科上感受到这样的无奈了。"前面还有一个选择、一个填空有点儿够呛，大题一道半没有做，万一加上点儿算错的……恐怕120 分不到了。怎么会这样呢？怎么数学又学不好了呢？"修远又无奈又疑惑，"之前不是已经把数学的问题解决了吗？怎么换了一个章节又学不好了？难道这一章克我？跟我有仇？"

修远脑海里念头翻腾，一会儿给自己找借口——这章刚学完，我的结构化还没有做完呢，等我做完了肯定就比现在强了；一会儿焦虑——语文阅读的问题还没解决，数学又出问题了；一会儿又不服气——怎么倒数第二题第一问都做不出来呢？找了诸葛百象一问，原来是用几何关系做的。"MC 的平方加 MO 的平方等于半径的平方，列个式子就出来了。"

"天哪！好简单啊！"修远一拍脑袋恨恨道。这么简单的思路，怎么考试当时就没想出来呢？平时应该能做出来这种难度的题啊，怎么临场就卡住了？然而得知了正确思路后，修远的疑惑并没有减轻，反而更甚。他一会儿想：为什么有些题目可以用代数式子算，有些题目就得用几何；一会儿又想：怎么才能保证考场上不被卡住？平时状态好的时候应该会做的题，考场上万一状态不好、没有灵感了怎么办？

无数的杂念涌上来，让修远心浮气躁，只觉得更加想念林老师了。

第五十九章

关键词阅读法

"林老师!"修远几乎是喊了出来,"我总算把你盼来了!"这一次修远来得格外早,等了半小时林老师才到。数学和语文同时面临大问题,修远的心情颇为急切。

"哦?今天来得挺早嘛。"林老师带着一丝神秘的微笑。

"林老师,我遇到大问题了,不敢不早点儿来!"修远嚷嚷起来。

"什么大问题?"

"首先是数学,不知怎的突然又退步了!这次考试只有117分,要知道以前都是130多分,甚至140分以上的!"

"哦?学习新章节了?"

"呃,是啊,你怎么知道的?"

"正常,你的数学状态提上来也不过几个月的时间,遇到新的章节一时不适应很正常,退回去也是常有的事。新章节结构化做完了吗?"

"还没有……"修远犹豫道,"您是说,做完解题思路的结构化就不会存在这个问题了吗?其实我也觉得应该是,只不过最近很多精力放到语文上去了,这一章的解题思路结构化还没来得及做完就考试了。不过话说回来,我还是做了一部分的,总感觉太多了,明显比前几章更多了……"

"你们学到哪儿了?"

"圆和直线。"

"哦,开始学解析几何了?解析几何题型繁杂,这是事实。圆和直线还算好的,后面圆锥曲线更麻烦,你要做好准备。这几个章节,做结构化一定要及时、迅速,不能拖沓,越拖到后面问题越多,自己给自己心里添乱。"

"哦,明白了。"修远点点头,心想:果然还是结构化的问题吗?他问:"不过我还是有点儿疑问。比如'圆和直线'这一章的题,我已经做了一部分结构化,知道有几何解法,也有纯代数解法,可是考场上到底该用哪一种解法呢?这次考试我就遇到了刚才说的问题，倒数第二题第一问，我用代数解法想了半天没想出来，后来考完试才发现，应该用几何解法才行。"

"两种解法都试下不就完了？"林老师很轻松、随意。

"理论上是这样说，可是没时间啊！就像这次考试的倒数第二题，其实也不算很难。如果有灵感的话，我可能3~5分钟就做完了；没有灵感，如果考试时间充足，比如说我有20分钟思考它，那么也能想出来。我平时课下没有时间压力的时候，慢慢想肯定能想出来。可是考试的时候时间太紧了，好几种解法，根本没时间一种种地去试。"说着，修远还把试卷拿出来给林老师看。

这是试卷的倒数第二题：

已知点 $C(1, 0)$，点 A，B 是 $\odot O: x^2+y^2=9$ 上任意两个不同的点，且 $\overrightarrow{AC} \cdot \overrightarrow{BC}=0$，设 M 为弦 AB 的中点。

（1）求点 M 的轨迹 T 的方程。

（2）若以点 M 为圆心，$|\overrightarrow{MC}|$ 为半径的圆与直线 $x=-1$ 相切，求 $|\overrightarrow{AB}|$。

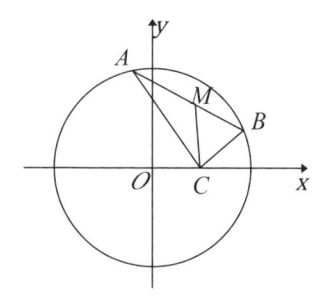

林老师瞟了一眼那道题，心想：圆的弦中点，明显的几何解法特征，不过要涉及模式识别的概念，又要给这小子讲新课，麻烦。"这题不难，基本题型，你的题目做少了。另外，如果完整地做过解题思路结构化，这题也不会有问题。"林老师忽然打岔道，"上次你提到没有坚持冥想和锻炼，暑假期间空闲比较多了，有练吗？"

修远有点儿奇怪。林老师又提到冥想和锻炼了？难道这个很重要？他不好意思地答道："没……没练。这个、这个要紧吗？"

林老师听罢微微一笑，转口道："还有什么其他问题吗？"

"当然有了！其实数学问题只是段小插曲，最近一个多月，我快要被语文的论述文阅读逼疯了！林老师，我已经做了一百篇论述文阅读都不止了，然而几乎没什么长进，到现在正确率还只有不到60%！以前做数学和物理的脉冲式突击，都没有这么困难啊！

"而且做结构化好像也不好使。阅读和数学题不一样，似乎没法做有效的结构化啊！如果说非要做结构化，从题型角度做结构化，好像也只有两种题型：四个选项中选一个错的；四个选项中选一个对的。这种结构化根本没意义啊！如果说内容，语文阅读题不像数学有固定的公式和原理，它千变万化，根本没有重样的！

"另外我也自己上网查了攻略什么的，很多人说阅读题要增强自己的逻辑理解能力才行，还有人推荐去看什么批判性思维、识别逻辑谬误之类的，我还专门买了一本《批判性思维工具》，可是看了一小部分，感觉跟语文论述文阅读没什么关系啊……

"总之，现在是一团乱麻，完全不知道怎么着手了！这大概是我近期学得最痛苦的一段时间了！"

这点儿问题就最痛苦了？林雨心里暗笑。当初跳湖的时候已经忘记了吗？不过他随口说道："嗯，语文论述文阅读是个常见困难，很多高中生不知道怎么应付。说它有规律可循呢，似乎又不像数学、物理那么明显；说它无规律可循嘛，可又有部分同学能稳定做全对，不过他们很多也讲不出所以然来，有些只是练习量太大以后题感好了……"

"我的练习量也不小，怎么没题感？"修远抱怨道。

林老师不理会修远，接着讲道："当然，每个人做不好论述阅读的原因是不一样的，但有一个主要原因，却是对大多数人都适用的，那就是阅读的思维模式问题。这也是一个非常本质的原因。"

"阅读的思维模式？是什么意思？"修远疑惑道。

"我问你吧，你阅读的时候，是怎么阅读的？"

这个问题有点儿没头没脑。怎么阅读？就这么自然地读啊。他答："这让我怎么回答呢……就这么读啊，用眼睛读啊……"

"呵呵。那我换一种问法吧。你知不知道刚学会认字的小朋友是怎么阅读的？"

"小孩怎么阅读？这……不是很清楚啊。难道跟我们阅读方式有区别吗？他们识字量比较小，所以是挑简单的书读？"

林老师摇头，道："不是书籍难易的问题，而是阅读模式的问题。几乎所有小孩，最初读书的时候，都会采用指读法——用手指指着书上的字，一边指一边读。指一个字，读一个字，这样能保证完整地读出一个句子。"

"嗯，好像是这样。"修远回忆起自己曾见过的家长教低龄儿童读书的场景。

"然而这样的读书方法速度太慢，大大影响了阅读效率。所以到了小学中高年级以后，大部分语文老师都会主动指导学生替换成另外一种阅读模式——关键词阅读法！"

"关键词阅读法？"

"没错。所谓'关键词阅读法'，就是指，不要把阅读的精力均匀地分配到文章的每一个字上，而是重点阅读其中的关键词，主要是那些能够表达核心意思的关键词。

"比如一句话，'在我国科学技术突破重重障碍，达到跨时代的飞速进步历程中，这些伟大科学家的勤恳工作和无私奉献是不可忽视的重要因素'，这是个非常长的句子，如果我们按照指读法来阅读，显然是非常慢的，根本就不是正常中学生和成年人该有的速度。一般人就会选择按照关键词阅读法，对整个句子进行选择性阅读，提取其中最具关键意义的词汇，实际会把句子压缩，看成'科学飞速进步、科学家、工作、奉献、因素'，甚至进一步简化成三个关键词——科学进步、科学家、因素。

"然后，大脑自动把这些关键词重组为一个简单的单句——科学进步的因素是科学家。

"这种阅读模式，就是关键词阅读法。"

"是的，是的！"修远兴奋地叫起来，"就是这样子！我也是这么想的，但是不知道怎么说出来。听林老师描述出来，感觉太清晰了，一下子把脑子里模糊的运作过程讲清楚了！"

"这样的关键词阅读法，刚才说过，小学中高年级的老师就会教。如果没有老师教，其实随着阅读量的增大，大部分人也会自发地领悟出这种阅读方法——因为它是一种最符合人脑生理特点的阅读方法。在这种方法下，我们的阅读速度会有大幅提高，并且对文章意思的理解也不会出现严重偏差。"

"嗯嗯，那它和我们的阅读理解有什么关系呢？"

"别急，慢慢听我解释。这种阅读模式原本并没有太大的问题，用它来阅读大部分文字资料都是可以的——小说、新闻、普通的科普文、实用文等，都没问题。所以正常受过教育的成年人，平时也是这么阅读的。

"然而这种阅读模式，对一些特别精细的、需要深刻理解的内容是不能使用的。越是逻辑性、思辨性特别强的内容，像数学、物理课本，中高难度的哲学书、逻辑学书、辩论稿等，关键词阅读法会造成的问题就越大。很不幸，语文论述文，也在此列。"

"啊？"修远听得有些蒙，觉得似乎有些道理，但又很抽象。

"举个例子吧，还是刚才那句话。

"'在我国科学技术突破重重障碍，达到跨时代的飞速进步历程中，这些伟大科学家的勤恳工作和无私奉献是不可忽视的重要因素'，我们对它提取的关键词是科学进步、科学家、因素。如果换一句话呢？比如这句，'在我国科学技术突破冲破重重障碍，达到跨时代的飞速进步历程中，部分伟大科学家的勤恳工作和无私奉献是不可忽视的主要因素'。

"如果你一个字一个字地慢慢看，就会发现，意思已经有了细微的变化——'这些'变成了'部分'，'重要因素'变成了'主要因素'。但是，由于这些词并不是句子里的核心关键词，所以在关键词阅读模式下，这个新的句子一样会被我们的大脑自动理解成'科学进步、科学家、因素',跟上一个句子的结果是一样的。"

修远立刻醒悟过来了,惊道:"所以,原文是第一句,而选项中却写成了第二句,但由于我们习惯性地使用关键词阅读法,所以很容易忽视其中的细微变化,而误以为这个论述是正确的。这就是我们做题经常出错的原因。怪不得啊,每次总觉得自己眼瞎,总有那么一两个细节注意不到,原来是多年养成的阅读模式问题。"

"没错!所以在论述文阅读的时候,那些明明仔细看、仔细想可以找出来的错误,由于我们依然在使用多年习惯养成的关键词阅读法,极有可能快速略过去而意识不到问题。四个选项中找一个对的,你用关键词阅读法,可能觉得有两个,甚至三个都是对的。这样第一遍选不出来答案,就觉得自己速度慢了,速度一慢就心急,心越急就略读得越厉害,更加依赖最本能的关键词阅读,结果恶性循环,等到耗了10多分钟,觉得时间不够了,实在受不了了,就凭着感觉随便选一个,匆匆忙忙地去做下一题。大部分不擅长论述文阅读的人,考试时大概就是上述的心态历程。

"很多学生甚至老师,研究论述文阅读,都着重从理解文章意思的角度去练习,觉得要加强理解能力,可是这抽象的理解能力如何加强呢?这次理解了,为什么下次遇到类似的题型又会错呢?它不像数学题,会就是会,不会就是不会,它总要给你一种'我会了一半'的感觉,好像理解了,但总是做不对。如果你从阅读模式的角度去思考这个问题就容易多了。虽然你有理解文章意思的能力,但是在惯性的关键词阅读模式下,你的理解能力总会打些折扣。所以,我们对论述文的训练,有一个不可忽视的重点,就是对阅读模式的修正,只有解决了这个习惯问题,才有可能真正做到理解文章。"

"天啊!"修远仿佛拨云见日一般,恍然大悟道,"原来是训练方法出了问题!这谁能想得到?谁会去研究阅读的模式啊!关键词阅读法,谁能想到问题隐藏在这里?平时这么读书都没有问题的啊!"

"没错,因为一般的书籍创作,作者不会去刻意纠正一些细节的字眼,什么'主要''重要''首要'的,一两个词,就算读者混淆了,或者没注意到也没关系,并不影响对文章整体意思的理解。在高考的论述文阅读理解里,却突然考查得更仔细了。大部分人不习惯这个变化。"

修远急忙问道:"既然关键词阅读模式不行,那得换成什么模式呢?"

"很简单,反过来就好了。在做论述文阅读的时候,要学会注意非核心词,注意虚词,比如那些因果关系词、程度副词等。你要练习自己的注意力投向,打破本能,不要只把注意力放在常规关键意思的词上。"

"由于关键词阅读法的核心作用是提速,所以为了克服这个本能,你需要先降速。"

"降速?可是考试时间很紧张啊,降速了不会做不完吗?"

林老师笑着摇摇头:"先降速,后提速。你不降速,就无法克服原先的本能。克服完了，多练习，形成新的本能，这样速度还会提上来，比原来更快。"

"所以核心还是多练？"

"嗯，为了克服关键词阅读模式的本能而多练。"林老师心想：虽然用模式识别来做的话能够大大提速，对部分题目甚至能够做到秒杀，但又要花时间给他讲模式识别这个复杂的理论，太麻烦了。

现在，林老师有更重要的事情要做——是时候告诉修远那件事情了。

第六十章

秋凉

微湖边上绿荫蔽日,这日的阳光也不猛烈,再加上湖面上送来凉爽的风,让湖边的游人身心舒适,沉醉在淡淡的舒适秋意里。这正是一个告诉修远重要消息的好时候。

(背景音乐:《五月雨》高利康志)

"还有什么其他问题吗?"林老师问道。

"呃,这次暂时没有了,我回去练练看效果如何,太谢谢林老师啦!"修远高兴道。现在,他不再惧怕那纠结半个多月的语文阅读题了,因为已经掌握了最核心的训练方法。虽然他还没有验证那个方法是否真的有效,但信心膨胀,仿佛已经彻底解决了问题一般。因为那可是林老师给出来的方法,林老师的方法什么时候失效过呢?

"嗯,那我告诉你一个消息。"林老师轻松道,"我们之间的'游戏'到今天就正式结束了,后面一段时间我有自己的事情要做,不能和你见面了。"

一阵舒爽的微风吹过。修远愣在那里,感觉后脖子一丝凉气经过。

"'游戏'?结束?为……为什么啊?"修远一时还反应不过来。

"啊,一件事情,有开始必有结束,这是常理,不必大惊小怪。"

"可……可是……"修远感觉手心里开始冒汗,有无数的话急切地想冲出喉咙和嘴唇的"关卡",现在反而堵在那里,如同上午8点北京三环的私家车一样,"可是我还有……还有很多问题没有解决啊……"

林老师轻松一摊手,道:"那就自己想办法慢慢解决吧。"

"可是你为什么突然就不教我了啊?"修远越发急切地叫了起来,"前面几个月不是一直好好的吗?"

"有事,要去外地。"林老师一脸平静道,"另外,你要搞清楚,我们之前只不过萍水相逢,相互没有任何义务,可进可退。现在就是该退的时候了。"

是啊,是啊,萍水相逢,没有任何义务。算起来,这段奇妙关系的开始,还是因为自己偶然掉进湖里,被林老师救了起来,是自己欠了林老师的人情,而林老师并不欠自己任何东西。

可是，可是！修远好不甘心！他忽然感觉到自己又虚弱了起来，掌心冒冷汗，手脚发凉，仿佛那层皮肉已经包裹不住身体的能量，像裂开的水杯一样开始漏水，力气一丝丝地往外抽离，修远只觉得手脚发软。

"那就给我留一个电话吧，留一个线上的联系方式！"修远又叫着，嗓音依然有些嘶哑。

"早就说过了，我的联系方式不外扬。"

空气仿佛越发令人绝望了，修远愣了几秒钟，再次喊道："林老师！你有没有开什么课程？我付费参加！"

"这个嘛，其实课程中的内容基本都免费告诉你了，算是给你的福利吧，新手大礼包。上课已经没什么必要了，回去多练练就好。"

不可能吧，不可能的……一定还有很多东西没讲。每次提出新的问题，就会引出新的学习策略，如同神秘宝库一样无穷无尽，现在你突然就说没货了？不可能的！这是明摆着拒绝啊！

可是为什么啊？为什么突然就不愿意教我了？真的是因为外出吗？还是一个借口而已？我难道做错了什么吗？惹林老师不高兴了？似乎也没有啊！或许应该给他送点儿礼物？可是现在……修远心乱如麻，杂念纷飞。

"去外地……那您什么时候回来……"修远说话已经有气无力了。

"工作问题，很长时间，算是搬家吧。"

搬家，那就是说有可能根本就不回来了？

修远还想说些什么，张开嘴，却无话可说。他感到自己的身心正在发生剧烈的变化，凉气顺着脊椎爬满后背，肩膀僵硬。为什么自己的反应居然强烈至此？为什么自己会突然变得如此虚弱？为什么……

以后的日子又该怎么办？如果数学的问题没有解决呢？如果语文论述文阅读练习中又出现了问题呢？就算顺利解决了，如果文学类阅读出了问题呢？如果作文也不会写呢？更大的范围，英语又该怎么加强？还有生物，自己的生物在及格线徘徊……

甚至，遇到各种心理、情绪上的问题该怎么调节？出现新的心智损耗又该怎么处理？人生那么漫长，那么复杂，无数让人迷茫而痛苦的情景又该如何应对？太多太多的问题，修远原本都寄希望于林老师了。此刻，一切都成为梦幻泡影，在风中幻灭，修远才突然意识到，这些都是自己的幻想啊……把如此多的要务都押宝在林老师这个半熟人的身上，原本就是自己的无知啊。

近半年来包裹着他身体的自信"汹涌退潮"，他之前所庆幸依然持有的希望之光，此刻仿佛风中残烛一般摇曳不定。

结束了吗，他和林老师这段因机缘巧合而开始的关系？

结束了吗，他努力拼搏想要争取的这段逆袭故事？

他仿佛一只井底之蛙，被人用吊篮拉着抬出井面，看了一眼外面更大的世界，刚想兴奋地聒噪两声，却不想吊篮上的绳子一松，又跌落了回去。

井底，那是自己原本就该待着的地方吗？可是不甘心，不甘心啊……

"以后自己好好努力吧，我相信你。"林老师轻轻拍了拍修远的肩膀，淡然离去。

修远虚弱地瘫靠在湖边的座椅上，扭头呆呆看着林老师离去的身影，连再见都忘记了说。

结束了啊。

修远感受着浓烈的凉意。是秋凉吗？可是这才9月初啊，秋天尚未真正到来啊……

这一周，修远失魂落魄，常常莫名走神儿、发呆，无数细微的迹象，总能强迫他想到林老师的离去。一道数学题不会做了——如果林老师在，会不会有什么特殊的思维方法？英语单元测验分数偏低了——如果林老师在，该教我怎样的英语学习方法呢？语文作文只有41分——那些高分学生的写作方式自己怎么也学不来，甚至看不懂，真该提前向林老师请教的啊！甚至，自己这般情绪波动、失魂落魄的样子，又该怎么调整状态？无数的困难接踵而至——数学、英语、生物、作文、状态调整——这都是自己原本指望林老师去解决的问题。修远心中苦笑，亏得自己还有脸跟诸葛百象和夏子萱说什么要相信希望，自从林老师离开以后，修远才猛然发现，自己所谓的希望都建立在林老师身上，根本就不是属于自己的希望。来得快，去得也快，这虚无缥缈的希望啊，仿佛是对修远的嘲弄。

而当下一个星期日下午来临时，那种失落的感觉才最为强烈地袭来。修远又去了微湖边上，在那熟悉的地方徘徊着，看着空荡荡的座椅，一声叹息，望穿秋水。

"今天这么闲？没去教那个学生？"

"嗯，不教了。"

"哦？怎么不教了？"

"资质一般，没什么教的必要。"

"哈哈哈哈，资质一般可以慢慢调教嘛。"

"何必呢？又不是自己家的，又不是6岁。16岁都不止的人了，与其说培养，不如说筛选了。"

"教了那么久，我还以为是你正式收的徒弟呢。"

"不算徒弟，心性远达不到要求。"

"那么以后也不去了？"

"再教下去不过浪费时间，该让他自己去磨砺和体悟了。有句话怎么说的？不是我觉到的、悟到的，你给不了我，给了我也拿不住。只有我自己觉到的、悟到的，才有可能做到，做到的才是我的。对这小子正适用。"

"或许对一切人都适用。"

"是啊。算起来，你比我更厉害啊，连自己家里的小子，都能狠心等他自悟那么长时间。"

"这算什么厉害，到现在还没悟出来，说白了就是我没教好呗！哪像你家的孩子，老早轻松搞定了，还是你厉害啊！"

"运气而已。不过可以讨论下，你是怎么做的决定？为什么不提供外部的引导和辅助？自悟虽然好，但风险太大。首先要确认，大部分人，自悟是悟不出来的；其次得承认，这世间凡夫俗子居多，而自己的孩子，也有可能是凡夫俗子。"

"是，呵，你倒是容易承认啊，偏碰上你的孩子资质上佳，你只需要承认别人家的孩子是凡夫俗子就好。承认是容易，可是真放到自己身上，不会有一点儿不甘心吗？"

淡淡一笑。

"再退一步，不要说孩子了，放到我们自己身上，会不会有不甘心呢？这几年你不是也在想着要不要再进一步做出些成就来？你的习性嘛，虽不如这样懒散、放荡，但也好不了多少，你不是个雷厉风行、杀伐果决的人，真要做大事，劳心劳力，并不符合你的生活习惯。但是你为什么不放下这念头？做技术研究、个体研究你可以，但意识深处是不是也有所怀疑——自己能不能做一点儿影响百万人，甚至千万人级别的大事，然后又对这个怀疑有所不甘？话说回来，你到底决定没有呢？再拖几年，你这年龄可就真干不动了。"

"没定。古有姜太公80岁钓鱼，今有褚时健80岁种橙子，我还早着呢。而且我一直强调的一句话——这个时代，适合大器晚成嘛！"

"呵，你就拖着吧，明日复明日。"

"嗯，比你个穷鬼强。"

"去你的！今天继续你请客！"

第六十一章

学霸大会

"一起去吃饭吧,修远?你怎么看上去心情不好?"诸葛百象一只手搭上修远的肩膀。

上午最后一堂课结束,该吃午饭了。诸葛百象准备约修远一起吃饭,却看到修远一副失神、呆滞的样子。修远还沉浸在失去林老师指导的失落和彷徨之中,实际上,已经连续很多天心神不宁了。刚刚最后一节物理课试卷讲评,他也没怎么好好听,至少一半时间在发呆。

"哦?"修远勉强抬头看了看诸葛百象,"没什么,想点儿事……嗯,去吃饭吧。"连这回答都有些有气无力。

诸葛百象察觉修远状态不对,又想起似乎他最近好几天都是这副模样,不过也不知如何与他沟通:"嗯,今天我们不打饭了,去食堂包间点菜。"

"哦?你请客?"修远迷迷糊糊地问。

"想得美!"诸葛百象笑道,"AA制。还有其他人呢。"

"谁?"

"你跟我,还有陈思敏、罗刻、夏子萱、柳云飘、百里思,一共七个人。"

"哦?班里前几名都齐了啊。这是要搞什么事情?"修远稍微提起一点儿兴致。

"嘿嘿,就是聚一聚,聊聊天。也不能说前几名都齐了。占武大神太高冷,请不动;李天许嘛,没人喜欢他,故意不叫他。剩下的就这么多了,都是平时关系还不错的。"

修远点点头,跟诸葛百象一起来到食堂的一个包间里。

"来啦来啦,终于可以吃了!我要饿死了。"柳云飘喊道。

"菜还没上呢……七个人抢一盘凉菜和一盘土豆丝吗,多难看!"陈思敏笑道。两人的笑闹声在包间沉寂的氛围里显得有些突兀。夏子萱保持着静如处子的姿态;百里思向来不善与人交际,沉默不语;罗刻脸色凝重,一言不发。

诸葛百象、夏子萱两人和修远是平时有交集的,毕竟他上学期得到他们不少帮助。

百里思、柳云飘与修远不熟，不过关系倒也不坏。陈思敏在开学最早的时候也和修远有过一两次聊天，那时候修远还是班上的前五名，属于学霸之间的学习交流。倒是罗刻，修远对他原本颇有好感，不过随着自己的堕落，与罗刻也自动拉开了社交距离，但毕竟曾经勉强算是当过朋友。这么多人里面，罗刻的成绩还算靠前，在班里也依然有不小的"江湖地位"，但他一脸的疲惫与抑郁，明显状态不佳，倒是与近期陷入迷茫与失落的修远呼应。

"罗刻，好久不见。"修远郑重地打了招呼。

"是啊，修远，你又回来了。"罗刻点点头。

罗刻与修远对视一眼，眼神都显沉重。两人心思不同，却都能感到对方眼神里的压抑与迷茫，冥冥中似乎有所感应。

修远落座，问道："谁组的局呢？聚集了一帮人来吃饭，准备搞什么事呢？"

"我！"陈思敏道，"我和夏子萱一起商量的，召开实验二班第一届学霸大会！"

大家一起轻笑了起来，包间里的氛围活跃了些。

陈思敏继续道："占武大神请不动，所以不敢叫学神大会。剩下的就是我们这些所谓的学霸了。"柳云飘嘀咕："我可算不上学霸了……"

"唉，差不多啦！不要在意这些细节。"陈思敏摆摆手，"有一个问题，我和夏子萱讨论过几次，我相信在座各位可能都多少思考过。今天召开所谓'学霸大会'，就是想集中讨论下这个问题，集思广益，看看有没有好的方法解决。"

"哦，什么问题？"众人齐问。

陈思敏与夏子萱对视一眼，相互点点头，道："我来说吧。这要从半年前的事情说起。

"兰水二中的教学风格，向来是很严格，乃至严厉的，尤其对实验班管得特别紧。最核心的表现，莫过于作业布置得非常多，多到让大多数人不堪重负的程度。我们这些人都是成绩相对较好、做作业相对较快的了，然而我们都感觉很吃力，光是完成作业就要接近晚上 12 点了。如果哪位老师一时兴起多布置点儿，做到凌晨 1 点也正常。这样的状态，从高一初始就存在了，大家想必并不陌生。

"我记得那时候大部分同学都完不成作业，罗刻却偏偏能完成，甚至还会主动加练。我当时很佩服罗刻，很多时候，还是以他为榜样的。"

随着话音，众人一起看向罗刻。罗刻却微微低下头，发出一声不易察觉的叹息。

"再加上罗刻的成绩也非常好，从开学第五、第六名，到稳定第三名，由此我一度认为，高中的学习，就应该是这么疲劳而艰苦的。我以为，这样高强度的训练，无穷无尽的题海，是对我们有好处的，虽然很累，但是在帮助我们。我以为，需要克服自己的疲惫和懒惰。"

席间几人频频点头。这样的观念，每个人或多或少会有一些吧？

"李老师也是反复这么强调的。"夏子萱补充。

"没错。班主任李双关这样强调，又有罗刻作为榜样，我一直认为高中学习就应该这么繁忙、疲惫，直到我听到卢标的理论。"

卢标，那个已经离去的人。那个已经离去，却依然在影响着留下来的每一个人的人。对于每个人来说，卢标意味着什么呢？陈思敏看到的是一个需要仰望的大神；罗刻看到了命运，感到愤怒，然后将卢标作为需要超越的对手；百里思莫名遇到了一个懂自己的人，却不知要与他如何互动；柳云飘与夏子萱看到了一个优秀的男生，想要学习，却又不经意陷入某种暧昧，尴尬收场；修远看到了虚荣和攀比，幼稚地想要与其竞争，却如同拳打瀑布一般。

"有一次卢标和李双关在办公室里谈论把握学习节奏的问题，争执不下，几乎起了正面冲突，我在门外听到不少内容。卢标说，真正的高手，一定要把学习节奏掌握在自己手上，什么时候该看基础概念，什么时候该做题，什么时候该深入总结和思考，甚至什么时候该战略性地暂时放下哪一科、重点攻克哪一科，都需要由自己掌握才行！

"他觉得，如果一味沉浸在老师布置的作业里，会失去自己的学习节奏，丧失学习的主动性和灵活性，反而效率更低！

"也就是说，老师给我们布置了太多的作业，挤压了我们的自主学习时间，其实对我们的学习进步是不利的！"

"很大胆的想法……"柳云飘道。

"但也很有道理。"修远补充，"不仅是学习节奏的问题，而且高效学习的本质是对知识的深度思考，现在作业那么多，负担那么大，根本就没有时间去深入思考了，这也会对学习效率造成巨大的拖累。"

陈思敏、诸葛百象等人都点头赞同。

"其实这涉及一个学习中心论的问题。"修远继续说，"其他一切要素，包括课本、试卷、教辅、学习策略、思维方法、教师、硬件设备、课程体系等，全部都是围绕着学习者而发挥作用的。只有学习者本身，才是一切学习的中心，这是教育的基本原理。但学校出于管理方便、风险回避等多种原因，会强行逼迫学生放弃自己的节奏，转而以老师、学校为中心，形成'学生围着老师转'的局面。这降低了学校的教学难度，但也削弱了教学效果，结局是老师更轻松，学生更累，同时学得更差……"

修远一通理论让其他人略显惊讶，他们问："你怎么忽然之间懂这么多理论了？"

"啊，这个……我也是听其他人说的……"修远忽然想起，这不就是林老师曾经给自己讲过的理论吗？可是一想到林老师，就不由得联想到他已经弃自己而去，那股失落与烦躁又刹那间涌上来了。

诸葛百象说:"总结一下吧,从高一到现在,不断的高压管理,繁重的作业,已经构成了我们学习的障碍,形成'作业越多,学得越差'的局面,我想大家已经有共识了。不管是我们自己的感觉,还是卢标的先例,以及修远的理论,我们对此的意见都是高度一致的。现在来说一说,如何解决这个问题呢?"

无人搭话。

诸葛百象有点儿无奈,继续说:"其实这个环节才是今天最有意义的环节。我想的是,对这个问题,每个人可能都有一定的缓解方法。也许你的方法并不完全奏效,只有一部分效果,但如果我们所有人都把自己的方法分享出来,综合后使用,也许就能有更大的作用了呢?说不定能够彻底解决这个问题呢?"

"还能怎么样?有时候作业就不做了啰。"陈思敏撇撇嘴。

"不做?"柳云飘惊讶,"检查作业怎么办?不交的话老师骂死你!"

"有时候就抄啰,像数学、物理的部分题就推说不会做⋯⋯"

"那能有多少题不会做?一张试卷顶多三四道题用这个借口吧,可是剩下的还是很多,做不完啊!"

"那总比所有题全部做要好一点儿吧⋯⋯"陈思敏无奈道。

"还有个问题。如果直接抄的话,你不怕有些重要的自己不会做的题被错过了吗?"夏子萱问。

"也是啊,所以也不能经常抄,偶尔实在没时间了就抄一点儿吧⋯⋯"

"那总体来说还是没有解决问题嘛!"

陈思敏一摊手:"所以说不好办啊!我就这么点儿能耐了,你们有什么解决方法?"

众人看向诸葛百象,诸葛百象只好道:"其实我的方法跟陈思敏差不多,也没有真正解决问题。"

又看向罗刻,罗刻沉着嗓音道:"我基本所有作业都做了吧。什么'题做多了反而效率低'这种事情,之前根本就没想过⋯⋯唉,我没有卢标那么聪明。"

接着看向修远,修远说:"我也不知道怎么解决。我之前在普通班是直接不做的,因为普通班老师不管我⋯⋯现在不行了,上周化学作业没做完,结果被化学老师痛批一顿,在办公室里站着补完作业才能回教室上课⋯⋯我简直有点儿后悔回实验班了⋯⋯"

柳云飘附和着:"普通班老师不管?干脆我也去普通班算了。"

修远赶紧道:"啊,其实普通班也有普通班的问题,学风、师资什么的都要差不少⋯⋯各有各的毛病吧。"

于是众人陷入沉默。夏子萱忽然道:"不知道占武是怎么解决这个问题的?"

是啊!我们这些凡人解决不了的问题,占武说不定就能解决啊!可惜本次学霸大会请不动他。

"不如改天我们一起请占武吃饭，顺便向他请教？"夏子萱提议。

"其实我知道占武怎么解决的……"柳云飘忽然压低声音说。

"哦？真的？！"众人讶异。

"但是他的方法对于我们来说完全没用……"

"为什么没用？哎，你先说说他用的什么方法啊！"陈思敏等人急切问道。

"不想做的作业，他就是直接不做的。"柳云飘环视众人，郑重道，"你们以为他做了，其实没有做！"

"啊？不是吧！每天没做作业人的名单里，根本没有他啊！"夏子萱有些吃惊，其余人也不解，因为没有完成作业的人，会统计成一个名单，名单上的人被各科老师和班主任李双关批评。然而占武从来没有出现在名单上。

"这里面有内幕的，你们不知道。"柳云飘道，"每次组长收作业的时候，占武都说自己亲自交给老师就行了，组长不用管，但实际上他并没有交，老师也知道他不交，但是没有说他，只是假装他交了作业而已。"

"李双关也不管吗？他不是最严格的吗？"众人又疑惑。

"不管！最精彩的部分来了！暑假补课的时候，我恰好偷偷看到了占武和李双关谈这件事情，还有我们的数学老师、一班班主任严如心也在场。李双关也是要求占武必须完成所有作业，起到榜样作用之类的，结果你们猜占武怎么说的？"

"怎么说？！"所有人的心都提到嗓子眼了！

"占武非常淡定，直接说，'作业多了没用，不做'。李双关吼着，让他必须听老师的话。占武说，'不行就转学吧，我相信三中、七中都很愿意接收我，说不定开价更高'。"

居然这么嚣张？众人大惊！

"一说到这里，李双关立刻偃旗息鼓了，还有旁边的严如心老师也劝李双关给占武一定的'自由作业权'，只要不产生广泛影响就好了。"

不愧是占武啊！众人心里感叹，能够这样和李双关正面对抗的，也就只有他一个人了。另外，早有传言说，占武是学校花重金谈来的，这下子算是证实了。不过也正如柳云飘所说，这样的方法对于其他人来说，完全没有意义啊？除了占武，谁敢这样跟李双关说话？毕竟自己只是个普通学习好的学生而已，顶多211水平，985都未必冲得上去。可人家占武，那是几乎稳定地上清北的水平，超越所有人的独一档存在，学校不会得罪他。

众人唉声叹气。占武的方法没用，这个问题还是解决不了啊！哀叹声中，菜上齐了，众人无精打采地吃起饭来。

第六十二章

后遗症

午餐时，修远藏了一手没有说出来，那便是分层处理对解决作业太多、时间太紧的问题有一定帮助。不过修远倒也不是刻意藏私，一是以分层处理来解决作业多的问题，帮助是有限的，作业量太大的话分层处理也是处理不过来的，就好比快要饿死的人，你给他三五粒米饭也无济于事；二是分层处理修远自己应用得也不熟练，实际上就没用几次，而且一旦分层处理，总会出现一些自己实际上不会做，但以为会做了的情况，于是漏过重要的题型。

而最重要的是，一旦提起分层处理的方法，其他人必要追问这是从哪儿学来的——这当然是从林老师那里学来的。可是修远现在提起林老师就烦，甚至想到他也会烦，于是干脆不要提分层处理这个茬儿了。

饭后各自回寝室休息，修远躺在床上，却又控制不住地想到林老师。分层处理会漏过重要题型的问题如何解决？林老师一定有办法，早知道就应该在他离开之前找他问的……可是鬼知道他会突然离开？烦、烦、烦……

修远翻来覆去好久，终于勉强睡着，然而也没睡踏实。大概13点20分，修远顶着迷迷糊糊的脑袋走进教室，见着诸葛百象、陈思敏、夏子萱等人正在讨论一道物理题，不由得凑过去看看。

> 取水平地面为重力势能零点。一物块从某一高度水平抛出，在抛出点其动能与重力势能恰好相等。不计空气阻力，该物块落地时的速度方向与水平方向的夹角为（ ）。
>
> A. $\dfrac{\pi}{6}$ B. $\dfrac{\pi}{4}$ C. $\dfrac{\pi}{3}$ D. $\dfrac{5\pi}{12}$

修远略微思索了一下，感觉这题不难啊。设几个字母，分别把水平和数值速度求出来不就知道了吗？于是说："这题怎么了？很难吗？"

"啊，修远啊，一起来讨论下这道题。"夏子萱说，"这题做出来不难，但是应该有不同的解法，我们在研究哪一种方法更快，也就是如何在考试中选取最佳阶梯方法的问题。你想到什么方法解决这道题了？"

"假设水平速度为 v_1，竖直速度 v_2，质量 m，高度 h。最终我们要分别求出水平和竖直速度，先算竖直速度吧。竖直方向的是自由落体运动，$h=\frac{1}{2}gt^2$，这样可以求出 t。然后 $v_2=gt$，算出 v_2。动能与重力势能相等，$\frac{1}{2}mv_1^2=mgh$，应该可以算出来水平速度。最后比较一下两个速度，可以得到角度吧。就这么做了。"

陈思敏说："应该还可以再简化一下吧。运动学公式里面，有一个 $2as=vt^2-v_0^2$，这样可以直接求出竖直方向的速度 v_2，不用计算 t 了，这样算起来更快了。"

修远一愣，对啊，心想：这要是考试，我可就算得比她慢了。不由得一拍脑袋，暗暗责备自己。唉，最近状态太差了，都怪林老师走了……

夏子萱问："咦，你怎么想到用那个公式能够简化一步呢？"

"我记得上课的时候老师讲过类似的题吧？"

"是吗？我怎么没印象……"夏子萱有点儿不好意思，"看来上课还是不够专注。"

修远心想：看来物理老师还算比较靠谱儿，经常能讲到比较简便的方法。然而诸葛百象却道："其实我们物理老师讲的方法还不够简便，还有更精髓的方法，10 秒钟就能算出来。"

"啊？"陈思敏、夏子萱都疑惑，"这么夸张？"

"很简单，重力势能完全转化为竖直方向的动能，与水平方向的动能相等，所以竖直和水平方向速度相等，45 度角。算完了。"

这么简单！修远大惊，照这个算法，最多 5 秒钟就算完了，而自己的方法至少要算 3 分钟吧！一道简单的选择题就能出现 3 分钟的速度差距，几道选择题加起来……简直不敢想象啊！

陈思敏也惊讶："看不出来啊，诸葛百象这么厉害？老师没讲过吧！动能也能这样矢量叠加的吗？感觉应该不行吧！这样算真的正确吗？"

陈思敏说着用自己的方法算了一遍，1 分钟后也得出了相同的答案，确实是 45 度角。她惊讶道："答案真的是对的啊！可是为什么能这样算啊？动能不是标量吗？"

"其实这里并没有进行矢量叠加，你这样理解好了——假设不存在水平速度会怎么样？"

陈思敏盯着题目思考了好久才反应过来："好像也真的说得通……可是你怎么想到的啊？高手啊！"

诸葛百象笑道："其实也不是我想出来的，我最初的想法也和修远一样，还没你的方法简便呢。最后这种方法，是临湖实验高中物理老师讲的。"

临湖实验高中的物理老师？修远一愣。诸葛百象在外面补课了？请了临湖实验高中的老师当家教？陈思敏继续思考这方法中的原理，没有理会临湖实验高中的老师如何。夏子萱知道这定是诸葛百象的哥哥妖星告诉他的，微微一笑。

可是修远又强迫性地产生另一种想法——临湖实验高中的老师水平比我们二中实验班的老师的水平明显高出一截，那我们又该怎么办？今天诸葛百象告诉我了一道物理题的最简方法是什么，那明天碰到其他题该怎么办？跟着我们自己的老师学，岂不是经常学不到最好的内容？这个问题又该如何解决呢？

用什么样的方法学习，才能尽量弥补师资上的劣势？显然，这也是个学习方法的问题。这样的问题就应该去问林老师才合适。修远万分肯定，林老师一定能够想到方法来解决的。可是！可是！

修远感觉心情更烦躁了，头脑更乱了，而且身体似乎更软弱无力了。已经连续两周了，仿佛不论什么事情，总能触发他想到林老师的离开，进而引发他的焦虑、烦躁和不安，甚至对未来学习的恐惧。情绪起伏剧烈，上课也没法安心听讲，做作业也经常走神儿，思考效率急剧下降，整个状态几乎要崩溃了！

如果按照林老师的话来说，这就是典型的心智损耗了。那么如何解决这个心智损耗呢？自然是要请教林老师才行——死循环了。而且是恶性死循环，愈演愈烈！

随着时间的流逝，修远状态越来越差，成绩短期内急剧下滑，任何一点儿学习上遇到的问题都能触发他想到林老师。语文作文训练，他想到还没来得及找林老师问作文的问题；英语单词背了又忘，他想到林老师还没教他如何高效地记忆知识点；做数学解题思路的结构化，他又会莫名想到，会不会还有其他更高端的数学学习方法林老师还没有教过他？

那些念头如同梦中的恶鬼一样缠绕着修远，让他精神几乎崩溃，以至于连续好几天睡眠都不安稳，在床上辗转反侧，不到晚上12点就上床了，却熬到2~3点才勉强睡着。

更进一步，修远甚至感到自己的整个希望信念系统都动摇了。他好怀念几个月前那种充满希望、充满干劲的状态，每天都心情舒畅、动力十足，相信自己一定能够学得更好，然后满怀希望地投入学习中去。如今他只剩下源源不断的自我怀疑、悲叹、烦躁、焦虑。心底一丝剧烈的恐惧如同恶魔之手一样缓缓向自己探过来。难道，自己又要落回高一上学期那样的状态吗？

想到这里，修远感到后背发冷。

他又疑惑，其他人靠什么来维持希望呢？他们怎么面对学习中遇到的各种问题？他想：占武这样的顶级大神，在学习的路上肯定是顺风顺水的，根本就不存在丧失希望的问题吧？可是诸葛百象呢？陈思敏呢？他们如何保持良好的心态？

甚至于那个让人讨厌的李天许呢？算起来李天许也是仅次于占武、领先于其他人的独一档存在了，或许这样的成绩也不会让他感到焦虑，进而也不存在希望的问题吧？

还有罗刻，他近期的状态似乎也不好啊，是不是也存在丧失希望的问题呢？他这么多年来遭遇的困难应该比自己更大吧？那么他之前又是如何能够保持希望，不断努力、奋斗的呢？他的方法，会不会对自己有用？可是既然他的状态也变差了，是不是说明他的方法其实也不怎么样呢？毕竟罗刻的成绩也在缓慢退步。

修远只感到自己的念头好杂乱，脑袋要炸裂了一般。

第六十三章

想念修远

9月下旬,一场秋雨过后,温度终于降了下来,秋意变得浓烈。雨停之后,兰水市迎来了天清地宁的秋季,不急不躁,不冷不热,空气温润而清新,多水、多山、多草木的地理特色,终于移开了酷暑的掩盖,展现出自己的美好。

在这样的天气里,读书的学生觉得神清气爽、头脑清醒;锻炼的人感到上下通透、身心愉悦。第一节晚自习后,一名女生在操场上慢跑了几圈,然后在边上一个长椅上坐下休息。

地上还有少许雨后的积水,月光明亮,微风吹动水中月影,如梦如幻。

[背景音乐:*Touch the Rain*(Jannik)]

修远,我还会再见到你吗?一定会吧。舒田想。

风从她的耳边掠过,从乌黑的发丝间穿过,从手腕上拂过,凉而不寒,却让她思绪清晰,念头分明。

修远,今天我背了两个单元的单词,你知道吗?上学期期末考试我的英语只有97分,必背单词好多不会,高一有单词大量遗漏,初中单词也未掌握完全。可是我要一点点把它们补起来了。

修远,今天我把上学期概率统计的常见题型做了结构化,你知道吗?用的就是你教给我的方法呢。虽然我并不完全知道什么是结构化,虽然我的结构做得也并不清晰,但是我依然坚持做了下来,一定会有用的。

修远,我坚持每天慢跑2000米,你知道吗?因为你说,锻炼会让人的情绪更平静,精力更充沛。我一个人在操场上慢慢跑,累了也不停下。放假回家就在小区里跑,已经连续三个月了。不想锻炼的时候,我想到你,就不会偷懒。

修远,我走读了,在学校外面租了一间房子,你知道吗?因为你说,练冥想对专注力有帮助,还会让人内心更安定。我不知道该怎么练,也不太懂你说的方法,我就一个人静静地坐在那里,尽量保持专注而已。

修远，我今天学得好累啊，中午看见一只小鸟绕着我飞两圈又飞走了，突然觉得好开心。

修远，你肯定不知道这些吧？可是我还是想告诉你，哪怕是在心里默默地对你说也好呀。

修远……

如果，如果有一天，我可以再见到你啊。

不是在路边偶然遇见，是你停下来，认认真真地看着我。

我永远在心里默默注视你、仰视你。你是光，照耀进我的黑暗，你点燃了我，薪尽火传。

这微弱的火焰啊，我小心翼翼地呵护着，不会让它熄灭。

我要从这黑暗里走出来，走得好吃力，可是我会想到你的身影，决定不论怎样一定要走下去。

我好累啊，有时候好困惑、好迷茫，我不知道该怎么办，可还是坚持下去了。

这火焰在前方引领着我，哪怕疲惫、痛苦，也不会放弃。

修远啊，这是你的火焰。

那一丝光明啊，我不能放弃。

修远啊，修远啊。

如果有一天，我会再见到你……

周二下午晚饭后，修远依然无精打采地趴在桌子上。已经三周了，林老师离去后的迷茫、焦虑和失落反复在修远的心里翻滚，逐渐沉淀为疲惫与冷漠。

"修远，今天你过生日？"同桌刘语明从教室外走进来，脸上是不怀好意的表情。

"啊？你怎么知道？"今日状态衰颓，修远早就把生日的事情忘记了，也没有告诉任何人，刘语明是怎么知道的？

"外面有人找你，说是给你送生日礼物的！是个美女哟！你小子在哪儿认识的美女呢？"

"哦？"修远很意外，暂时从疲惫、失落的状态里抽出身来，一脸疑惑地走出教室。

舒田？修远忽然想起，几个月前，舒田确实曾问过自己的生日。

舒田的样子熟悉又陌生。修远记得舒田之前常穿灰色、深蓝等色调偏暗而不显眼的衣服，或者干脆套件校服，一度让修远以为这或许是个家境略显窘迫的女孩。今天舒田却给修远不一样的感觉。是衣服的问题吗？一身纯白的运动服，简洁大方，但也并没有太特殊啊？为什么却感觉舒田跟原来不一样了？

"修远，祝你生日快乐。"舒田抬起头，将一个包装精美的礼品盒子递过去，略显羞涩地微笑，"不知道我选的礼物你喜不喜欢……"

"哦，谢谢！"修远仓促接过礼物，眼睛还在上下打量着舒田，以至于舒田不好意思地低下了头。可是修远顾不了那么多，他今天不知为何格外敏锐地注意到了舒田与几个月前相比有变化，又不知为何格外地为这一变化所吸引。

到底哪里不一样了？修远产生了想要和舒田聊一聊的想法。"最近过得怎么样？"修远道，"啊，稍等下，我把礼物放进去，我们出去聊一聊吧。"随即匆忙返回教室后出来。舒田微微一怔，道："好啊。"

两人下楼，来到操场上。几个月前，他们曾一起在操场上夜跑，在操场上聊对未来的想法，也算是一段惬意的时光吧，尽管非常短暂。

"最近忙什么呢？"修远问。这是句废话，高中生除了每天上课、写作业还能忙什么呢？不过修远也算不上什么聊天高手，就以一句废话开启谈话。

"最近……挺忙的。我初中和高一时候漏的基础知识很多，最近在想着怎么补起来。每天背一背之前的单词、数学基础公式啦……对了，我现在也把每个单元的知识点、题型都做了结构化，按照你教的方法……虽然没有做得像你一样好，但感觉还是很有用呢。"

两人并排靠在操场边器材区的双杠上，修远偏头看着舒田的侧影："哦？是吗，那挺好……"

"修远，你呢？在实验班感觉怎么样呢？"

"我？"修远略显慌张，"啊……也、也还行吧。都一样，高中生嘛，到哪里不是每天做题、刷试卷的？"他最近状态很差，萎靡不振，但没必要在舒田面前表现出来。

"嗯，也是。"

"啊，对了，那个……舒田，你最近，有没有发生什么变化？"

舒田道："变化……很多呢。"

"很多？快说说，有什么变化呢？"修远语气显得有些急切。

"现在学习比以前更努力了。对比起来，之前浑浑噩噩的，每天不知道自己在干吗，现在更清晰了，更有目标了吧。"

"哦？目标？"修远问，"什么目标？"

"就是……就是，大学之类的吧。"舒田含糊道。

"你想考哪个大学呢？"修远追问。

"倒也没想好具体哪个大学，只不过产生了这样的想法，想要考一个更好一点儿的大学吧。"

因为有了明确的目标，所以整个人产生了变化吗？修远心想。目标给她的力量？

"其实，不仅仅是大学的事情……"舒田忽然脸红起来，微微低下头，"更广泛地说，应该是想要变成一个更好的人、更优秀的人，想要从之前的阴影里走出来吧。"

从阴影里走出来？什么意思？

舒田抬起头看向修远："修远，谢谢你。"

"谢我？"修远一时没有反应过来。

"是啊。修远，谢谢你对我的帮助。谢谢你给我一只手，教会我要学着站起来。"

哦？修远意识到，大概是说上学期期末的那件事情吧。当时舒田瘫坐在一片污水中，被所有人嘲笑着，而自己拉她起来。准确地说，是给她一只手，等待她自己站起来。修远也不太记得自己当时为什么选择那样做，但他忽然回忆起当时的自己，站在那里，仿佛带有巨大的力量，与现在萎靡的样子不可同日而语。

"谢谢你让我变得坚强，谢谢你驱散黑暗。修远，你是光……"

我是光？似乎有点儿夸张……修远心想。等等，光？修远忽然想通了舒田哪里不一样了——光！他转过身来，从舒田的侧面走到正面，直挺挺地盯着舒田，从头打量到脚，又退后一步，看着她整个身体。

她变得更明朗了！修远忽然意识到。之前的舒田，总给人一种暗弱的感觉。她的声音中总是夹杂着虚弱与恐惧，姿态略显萎靡，低着头，微微驼着背，收着肩，走路时脚步略显拖沓，就连面部表情也常显露一种惊惧虚弱。

可是今天，眼前的舒田，完全不一样了啊！她变得更明朗了，声音更平和、稳定了，也没有弯腰驼背，身体姿态更挺拔了，就连她的眼神也大有改变，不再躲躲闪闪，似乎整个人都变得更加精神了。没有她惯常的卑微和惊恐，也没有像修远当下所陷入的焦虑与迷茫，仿佛身心的能量变得更加凝聚和坚定，给人一股积极向上、生机勃发的感觉。

"舒田，你……你似乎产生了不小的变化啊！不仅是学习目标的问题，我怎么感觉你的气质变了呢？"修远更加急切地问。这种能量凝聚而生机勃发的感觉，不正是修远目前所欠缺的吗？他陷入焦虑、迷茫和失落中，萎靡不振，不知如何重新燃起希望。而更加虚弱、无力的舒田，究竟为什么产生了巨大的变化？

经过这一段时间的痛苦和迷失，修远深刻感觉到，那种生机勃发、充满希望与干劲的状态是多么重要，而又多么难得。有了这种状态，每天全心投入学习，自然学得好。而在当前迷茫、焦虑与烦躁的情绪旋涡里，怎么学都没用，甚至连想要去学的劲头儿都提不起来。什么学习方法思维方式，全都用不上。修远意识到，精神状态的改善，才是学习的根基啊！

在当下的迷雾之中，修远步履蹒跚、跌跌撞撞，找不到方向，一点点被消磨了意志。而舒田的突然出现，那个将他称为"光"的舒田的出现，恰恰给修远昏暗的世界带来一线光明。

舒田温柔的眼神投向修远："嗯，我这几个月精神状态变化很大。谢谢你，修远，我只是按照你教我的方法在做而已。"

第六十四章

由内而外

修远一边紧紧盯着舒田的眼睛，感受着她由内而外散发出来的微弱光辉，惊叹一个人居然能有这么巨大的状态改变，一边又疑惑："我教你的方法？"修远心想：我是泥菩萨过江，自身难保了，教了你什么方法？真的有用吗？

"是的。"舒田轻声道。声音虽轻，却并不弱，声音里几乎消除了原来的卑微与恐惧，"我按照你的方法，一直在练习长跑和冥想……"

"长跑和冥想？"修远惊讶。练习长跑和冥想能够显著地改变人的精神状态？一瞬间，他脑海里忽然闪过许多画面，仿佛意识到了什么。他想起最初林老师教他心智损耗与情绪管理的内容，就曾经提到了体育锻炼和冥想的作用；他想起就在林老师离开之前，曾经几次有意无意地问到他是否在坚持体育锻炼和冥想。难道林老师放弃他，和他没有按照指导练习长跑和冥想有关？难道林老师曾暗示，他现在所面临的困境，可以由长跑和冥想解决？

舒田不知道修远心里诸多变化，只自顾自地说道："嗯。对于长跑，之前你没有和我一起练习以后，我也停了下来，但后来期末考试那次你点醒了我之后，我又开始练习了。冥想是暑假补课的时候就开始练习了，一开始练起来很麻烦，我也不是很懂怎么练，寝室里环境也比较乱……后来放假回家后，家里比较安静，我的练习就顺畅些了，也在网上查了些资料，逐渐有了些小小的心得。再后来开学了，我想着回寝室练习冥想不方便，就申请搬出去住了，在学校旁边租了房子，这样每天还可以坚持20~30分钟的冥想练习。不过有时候太困了，练10分钟就睡着了……还有一个原因是练长跑经常出汗，在外面租房子洗澡比较方便啊。"

"练了以后效果如何呢？有什么感觉？"修远更急切地问。这真的就是目前自己困境的灵丹妙药吗？或许是呢？

"坚持练习长跑两个多月了。最开始很累，总是想放弃，尤其是下雨天之类的，更容易给自己找借口。但是练了一个月以后，好像慢慢习惯了，也不觉得累了。练完以后感觉似乎心情会变好，不像原来那么压抑了吧。感觉身体变好了，发烧感冒的次数减少了。有几次淋了雨，按照从小以来的经验，肯定要发烧感冒了，但练习长跑后就没有感冒了。白天更有精神了，上课不会困，应该也和长跑有关系吧。"

真的有这些益处？修远心想。最初林老师讲授情绪管理时就强调，体育锻炼可以舒缓人的负面情绪，但自己总觉得有些怪怪的，总会根据固化的思维，认为体育锻炼是用来促进身体健康的，而自己的身体健康又没什么明显问题，于是进一步认为体育锻炼的重要性没有那么大。再外加上，不习惯运动的人要开始坚持运动，那种疲劳感也会让人抗拒运动，于是不多久修远就放弃了，再也没有重视过。可是今天，舒田却用她自己的经历告诉修远，原来体育运动真的可以改变人的精神状态！一个充满自卑、恐惧的女生，居然会因为坚持了体育锻炼，在这么短的时间里焕然一新？实在是不可想象啊！

"想不到单纯的体育锻炼就有这么强的效果？你的变化真是太大了……"修远喃喃道。

"也不单是体育锻炼吧，我觉得冥想的效果也很明显。"舒田赶紧解释道，"练了几个月的冥想后，我感觉自己的注意力更集中了。以前上课的时候会不自觉地开小差，写作业写到一半也会经常走神儿，哪怕想控制也控制不了。但练习冥想以后，走神儿的次数大幅减少了，尤其最近一两个星期特别明显，感觉自己上课效率提高了，信心也跟着增加了。"

"哦？"

"还有一种感觉，就是感觉脑子特别清醒，思考问题的时候更清晰了，原来一个简单的概念定理半天看不懂，现在好像能看懂了……当然，我不像你那么聪明，基础题目原本就很容易看懂，但这对于我来说是一个比较显著的进步。"

"这样……"修远想：如果我也练习了，会不会形成高级的效果，那些中高难度的题也一看就懂了呢？

"还有一些附带的小变化，我也不知道是不是冥想带来的，但是我练习冥想以后感受到的。像睡眠状态，练习了冥想以后，感觉睡眠更好了。原来早上总是脑子发蒙，起不来床，现在好像精神更好了，早上很容易醒来。另外冥想的时候，会感觉心情很平静，有时候心情很压抑，就先去跑步锻炼，晚上再练冥想，这样基本上睡觉之前心态就很好了。原来可是会持续好几天，甚至好几个星期的……"

舒田讲了许多自己的变化，修远安静地听着，心里无限感慨。这些简单的练习，看似与学习无关，居然可以对学习造成如此强大的影响！如果不是舒田现身说法，自己着实难以想象，就算林老师之前重点强调过，也难以引起自己的重视啊！或许是因为自己那时候本来状态就不错，所以没有重视这些内容？那时候怀揣希望，每天充满干劲，似乎不太需要这些改善状态的方法，也没有料到，有朝一日自己会变得像今天这样迷茫、疲惫、压抑、烦躁。一个充满希望的人，怎会料到未来的某一刻，自己会变得悲观、绝望呢？而舒田的现身说法，仿佛又拨开了遮阳的云雾，让希望重新降临。

体育锻炼与冥想，林老师特别强调很重要，舒田又亲身验证了确实很有效，这一次，绝对错不了。修远甚至想：林老师会不会就是因为自己没有按他的要求练习，所以不愿意再教自己了？如果他坚持练习了，甚至练习得很勤奋、效果很好，会不会林老师就愿意回来了呢？

舒田又说："……总之，修远，你教了我好多东西，不管是体育锻炼还是冥想，或者是结构化思维等学习方法，都很有效果，我能走到今天，多亏了有你。但最让我铭记的，还是那天你对我的点醒……"

"点醒？"

"嗯。那天……那天我跌倒在地上，同学们都在敌视我，你走了过来，我以为你要扶我起来，但是你没有，告诉我，要自己站起来……

"我从来没有想过人可以自己站起来，总以为需要别人保护，需要强大的父母，或者一个童话里的王子。我想要一个友好的、善良的环境，以为这些才是我的救赎，可我从没想过，人可以自己站起来。

"是你，修远，是你教会了我这些。虽然你没有说话，但是我能感到你想要说什么。人可以自己站起来，也应该自己站起来。对于我来说，也许这一次内心的领悟才是最重要的吧。修远，谢谢你，给我带来一束光……"

修远在心里哑然失笑。多么戏剧性，甚至讽刺性的一幕！自己迷茫、疲惫，丧失了希望的时候，却被她感谢，因为曾经给她带去了光明和希望。生活真是开了一个巨大的玩笑啊。自己真的可以堪称"光"吗？能给人带来光明吗？更多的是各种机缘巧合与阴差阳错吧？就像偶然中考发挥失常来到兰水二中，就像自己偶然遇到林老师……

无论如何，今天舒田的拜访给了修远莫大的帮助。他重新生起了希望，至少找到了努力的方向。这一份生日礼物，太珍贵了。修远认真看着舒田的脸，感受着她由内而外的气质变化，心想：如果我也像她这样努力，应当也能取得类似的效果吧？即便不敢完全保证，至少有极大的概率……

"对了，舒田，你的生日是什么时候？"修远有些不好意思地问。之前在十四班的时候，修远从来没有问过，这次人家又专程过来送生日礼物，自己怎么着也得问一问她的生日吧？到时候得回个礼之类的，否则也太不合礼数了。何况，今天舒田能够给自己带来巨大的启发，明日未尝就不会呢？

"我的生日……"舒田微微一红脸，低头道，"在5月，已经过了。"

"哦，这样。"修远有点儿尴尬，"啊，那就等明年吧。"

舒田又抬起头看向修远："我……我跟你说这些，不知道会不会耽误你的时间？我总感觉有很多话想跟你说，就是按照你的指导来提高自己，发生的一些变化之类的……我也不知道你愿不愿意了解……"

"啊，愿意啊！"修远赶紧说，"怎么说呢，能够帮到你其实我也挺开心的，所以能了解一下你的动态也不错……"

同样是对高中学习有帮助的内容，情绪管理、体育锻炼、冥想等，其性质与结构化思维、费曼技巧等似乎有所区别。后者是具体的思维方法，而前者算什么呢？算是学习状态管理吧？修远想：自己一直以来重思维方法而轻状态管理，再加上特殊外部事件的刺激，导致了今天的状态崩溃。现在，自己将要在没有林老师辅导的情况下，独自开始状态管理世界的摸索了。

第六十五章

第二届学霸大会

人的大多数恐惧来源于未知。由于未知,你不知道此刻是当进还是当退,怀疑上一刻是否错过了重要的路口,更担忧下一刻又会发生些什么。无数的念头与情绪纠缠在一起,在大脑里翻涌、搅和,不断损耗精神能量,颠倒妄想,惊惧愤怒。

林老师到来之前,以及林老师离去之后,修远的生活写照便是如此。他奋力回顾着林老师离去之前留下的技术指导,以及舒田的尝试经验,试图用体育锻炼和冥想来恢复自己的精神状态。

长跑,一件修远原本不愿意坚持的事情,现在附上了更强烈的意义——用来调整情绪状态的工具,于是便强行坚持下来。一开始每天1000米,逐渐加到2000米、3000米,最终稳定。这是相对容易的项目。冥想更为复杂,因为最初打乱冥想的那个外界条件依然存在。他还住在寝室,而寝室里总会有动静,无法保持绝对安静。虽然转回实验班的寝室了,比普通班的寝室人更少,半夜讲闲话的也少了。可是这个同学翻个身,那个同学起来上个厕所,总会让钢架床"嘎吱"响两声,从而打断修远冥想时的专注。多番调整后,修远最终定在早上6点起床,冥想10分钟。

两项练习综合执行的效果是,修远的情绪逐步稳定下来,颓丧之气驱散,焦虑、恐惧与迷茫减弱,又或者是被压在内心深处了,谁知道呢?好在专注力基本恢复,日常听课、写作业和考试都不受明显影响了。偶尔有情绪爆发的时候,但持续的时间也不会太长,短则几个小时恢复,长则一两天,总能让状态好转了。可见长跑与冥想确有其作用。

不过对于修远来说,究竟是长跑与冥想本身有其技巧性作用,还是它们能给修远带来希望,然后希望的力量在支持和引导着修远呢?谁也说不清。

同时修远也偶然在心底最深处有所疑惑。每次见到舒田,修远总感觉舒田的状态似乎更好一些,有一种由内而外的、生机逐步恢复与加强的感觉。而他自己的状态恢复,更像是包裹在身体外部的一层浮光。他说不清楚,这毕竟只是一种模糊的感觉。

另外，说到底舒田的成绩水平比他差了不少，即便最近几个月大幅进步了，也不过是从"与他差非常多"变成了"与他差比较多"而已。舒田的经验，尚不足以构成对修远的决定性指导。

在具体的学科学习上，修远又花了几个星期，按照林老师最后一次所讲的方法练习论述文阅读，做了"关键词扭转"，再加上对一些常见错误选项设置方式的结构化，终于勉强有所突破，大约有 70% 的正确率了。偶尔能全对，大部分情况下只错一个，错两个的情况大幅减少，之前错两个可是常态，而三个全错的情况再也没有发生了。后面又陆续解决了文学类文本的阅读和古诗词赏析等。等到作文的部分时，尝试了不到两周的时间，最终认为这一板块太复杂，目前做效率太低，于是决定暂时放下。

语文作文的"脉冲"被迫暂时放下，另一个原因在于数学和物理等模块，每学到一个新的章节时总会有反复，迎来一次成绩的突然下降。常规情况下，修远的数学基本稳定在 130 分以上，偶尔冲击 140 分。然而新章节开始后，成绩总会突然下跌。刚开始学圆和直线方程时，数学跌到了 117 分，然后经过结构化与大量刷题，勉强回到 135 分；刚开始学空间向量与立体几何时，跌到了 121 分，又过了两星期才回到 141 分；接着圆锥曲线，更惨，陡然跌到 112 分，又是一番艰苦努力，回到 137 分。这种大幅波动似乎成了常态。

物理学科也是类似。化学经过上一轮"脉冲"过后，效果还不如数学、物理学科，修远盘算着什么时候再来一轮化学的"脉冲"。至于英语和生物，尚未腾出精力去折腾它们。

综合成绩在月考上反映。除去林老师刚离去的那一次月考，状态下滑掉到第十五名，修远后面几次月考状态好转，成绩依然在节节进步。第二次月考变成了第十一名；第三次月考是期中，进步到第九名；第四次月考则进步到第八名。

再考虑到，修远由于其特殊的学科安排，截至目前完全放弃了生物这门最简单的学科，每次月考生物成绩都在 60 分左右。所以，目前的总分依然处于有所低估的状态。一旦修远开始将精力转移到生物学科上来，至少可以提高十几分吧。毕竟班级的生物平均分就有 76 分。

但同时修远也感觉到，越到高分段，进步越难了。9 月初的月考比分班考进步了十名，10 月底的月考比 9 月底进步了四名，11 月中的期中考进步了两名，而 12 月月考只进步了一名——越来越难了。毕竟不是只有修远一个人在认真学习，排名越靠前的学生，努力程度也越高，越难以超过。

另外，学习方法和节奏上的老问题也依然存在。各科老师依然发疯一样地布置作业，即便是排名前十的那些同学，每天依然是在紧张地赶作业。作业写完，差不多就该睡觉了。而那些写作业速度稍慢一点儿的同学，要么写到晚上 12 点，甚至凌晨 1~2

点，要么完不成作业，第二天被罚，并且点评作业的时候跟不上。偶尔还有同学一周内多次无法完成作业，直接被停课回家反省了，吓得其他疲惫而犹豫要不要写完作业的同学纷纷熬到凌晨 2 点补作业。

这对于修远来说是一个巨大的困扰。他需要很多时间进行总结思考，去做他的各科知识点结构化和解题思路结构化，甚至去使用脉冲策略。然而在高作业量和高压管理下，腾出时间已经越来越难了，又或者说，从来就没有容易过。他加快写作业的速度，没用，时间依然不够；他尝试着少写一点儿，推说部分题不会做，一开始有可行性，但时间长了也不管用了，毕竟他的数学长期 130 分以上，怎么会长期做不出来中低难度的题呢？老师不会信。而语文、英语这些学科，不存在想不出来思路所以空着不做的情况，即便不会做那也该是写完题目但做错了而已，所以空着不做依然交不了差。于是修远又尝试对他认为价值不大的作业，用极快的速度随机乱写，选择题 A、B、C、D、D、C、B、A 地一通乱填过去，以此节省时间。可这样的做法又太考验运气。如果这一次作业，老师只查做没做而不批改，那他就幸运蒙混过关；如果不幸老师居然批改了，那他就倒大霉了。有一次英语作业，一张试卷，这样乱做被勤劳的李双关老师认真批改作业给抓出来了，一通严厉批评，结果写了 1000 字检讨，罚抄试卷三遍，警告如果再犯就停课回家反省。

那一次惩罚，不仅让后续几天修远的时间更紧张了，也让他从内心深处再次爆发出一股强烈的焦虑和无力感。他明知道自主学习、深入思考很重要，但偏偏被学校高压学习管理拼命压榨，压得几乎腾不出自主深入学习的时间，每天都在感受着，自己明知道怎样学才更高效，却又偏偏不被允许这样学，简直让修远感到崩溃。那一次修远的状态又大幅下滑，而且时间更久了，足足一周之后才缓过劲来。

12 月初的一个周六上午，兰水二中高二正常上课。中午，修远、诸葛百象、夏子萱、陈思敏、柳云飘、罗刻、百里思七个人又聚到了一起，大约可以叫实验二班第二届学霸大会。占武高高在上，不屑与这些人为伍；虽然李天许成绩较这些人略好，这些人却不愿与他为伍。总之，七个人再次于食堂的小包间里聚了起来。

"哈哈，又聚会啦！"陈思敏道，"每次聚会心情总会好一点儿。"

夏子萱说："是啊，平时学得无聊死了，又累。虽然大家每天都在一个班里，反而连说话的时间都少，还得专门吃饭的时候聚一下才行。"

"对了，这次聚会主题是什么？"柳云飘问。

"讨论一下状态管理的问题吧！"修远赶紧建议道。他最近几个月虽然状态有所好转，但依然深受其困扰，时不时就面临一次状态突然崩盘。他很想知道，其他人是如何处理这些问题的。

"状态管理？"

- 349 -

"对，如何调整自己的学习状态，主要是心理情绪方面的。有时候我会突然变得状态很差，没精神，不想学，各种情绪崩溃，怎么样才能尽快恢复过来呢？甚至以后不再犯呢？诸葛百象你有没有什么办法？"修远说着，看向诸葛百象。

"呃，我好像没什么情绪崩溃的时候……"

"真的？状态这么好！"修远讶异道，"怪不得成绩这么稳定。我反正是每个月总有那么几天……"

说到这里，几个女生捂着嘴笑了起来，修远一开始还莫名其妙，然后突然反应过来，慌忙解释道："啊！不是，我是说情绪状态上面，总有那么几天不太稳定……"

"嗯，确实会伴随情绪上的问题。"陈思敏打趣道。

几个人又是一阵哄笑。修远有点儿无语道："好了，开玩笑也开完了，认真聊一聊这个话题吧。总不会你们所有人都像诸葛百象那样心态稳定，心里永无波澜吧？"

这是一个有意义的问题。谁的状态没有波动呢？即便夏子萱、陈思敏等人没有经历像修远那样频繁而剧烈的状态波动，但总会有起伏。而罗刻则受到同样问题的困扰，他的状态近一个学期有明显下滑。柳云飘从高一上学期的前十名，到现在第二十名左右的成绩，亦对此问题饶有兴趣。

"还是诸葛百象先说吧，就你心态最好了。"陈思敏道，"一直心态很好，也得有原因吧！总不能是天生的？"

众人于是看向诸葛百象。

诸葛百象笑笑："好像没什么特殊的原因呢，从小一直这样，除了极少数条件下会受刺激，大部分情况都比较稳定。可能没什么特殊的原因吧……"

极少数条件下受刺激？夏子萱暗想：是指哥哥妖星吗？从小都心态平稳，是因为家庭教育吗？

"搞什么嘛，难道真是天生的？"柳云飘有些不满，"陈思敏，你说呢？"

"我？我感觉自己状态也有起伏啊，也不是很会调整状态，尤其高中以后，状态调整的能力好像更弱了，初中时还好些……"

"因为高中压力更大了吧，初中比较轻松，不用调整状态就很好了。"修远说。

陈思敏摇头："也不是，初中也会有压力啊，尤其初三的时候。但是初中我会用一些特殊方法来调整。"

"哦？特殊方法？"修远来了兴致，其他人也齐齐看向陈思敏。

"嗯，那时候主要是通过抄书来调整状态。"

"啊？不是吧！抄书那么无聊的事情也能调整状态？"修远有些无语，"我只有没写作业被抓住了才会抄书……"

"不是那种啦！"陈思敏鄙视道，"我是主动抄书，而且肯定不是抄课本、试卷之类的啊！"

"那你抄什么书？"

"这个习惯我从小学就开始了。因为小学的时候学过书法，所以习惯抄一些著名的书法帖子，如《兰亭集序》之类的。后来范围比较广了，有些散文名篇还有国学经典之类的也会抄，比较杂。但是到初中，尤其是初三，我发现抄写某一本书的时候，内心特别安定，抄完了以后状态特别好。"

"什么书？"众人兴趣更甚了。

"《庄子》！"

"《庄子》？"

"没错。你们没试过的，可能不会知道那是什么感觉。刚开始只是在练字而已，但是练着练着，就会感觉好像文字中有奇特的力量，而你抄写得越久、越专注，这力量仿佛能慢慢传递到你身上一样，滋养你的内心。"

"这么神奇？"

"真的。有段时间，我每天抄《逍遥游》一章，抄完以后就感觉自己精神特别好，仿佛心胸很开阔。甚至有时候状态不好了，哪怕就写'逍遥游'三个字，也会感觉眼前的这点儿小小烦心事根本不算什么。

"我觉得那段时间抄写《庄子》对我影响很大。原来我属于比较没有想法的一种人，老师和家长说什么就是什么。经过那段时间后好像就变得更有想法了。后来自己想的事情越来越多……"

"然后呢？"众人被吊起胃口，更加迫不及待地问，离席前倾。

"然后发现想多了也没什么用……"

"喊！"众人四散，嘘声一片。

"但是抄写《庄子》确实有心态调整的作用啊！只不过后来我没有更进一步到达更高的境界而已。"

"等等。"诸葛百象打断道，"你说的是初中时候用过，意思是现在没在用了？那你为什么现在不用这个方法了呢？还是用了也不起效果？"

"没时间啊！"陈思敏抱怨道，"抄一遍至少 20 分钟吧，有时候写得上瘾了，一不小心 40 分钟，甚至一个小时就没了。现在每天写作业时间都不太够，还哪来的时间抄《庄子》啊！"

"也是……"诸葛百象道，"时间问题。夏子萱呢，有没有什么好方法？"

"我？跟陈思敏一样，初中的时候用过一些方法。"

"哦？什么方法？"修远、柳云飘等人再次提起兴趣。

"我初中主要是写日记吧。有什么烦心事，写到日记上，感觉就舒服多了，心里没那么难受了。"

"唔，烦恼写下来，应该有一定效果，我记得在什么心理治疗的说明资料里看过类似的方法……现在还用吗？"诸葛百象问。

"一样，没时间啊！作业平均写到晚上 12 点，都困得不行了，哪有时间写日记？"夏子萱也很无奈。

"都是时间问题啊。"修远感叹，"其他人呢？有没有什么方法？"

柳云飘叹口气道："我的方法更不行了。如果是在家里，有手机，心情烦躁的时候就去看小说、看漫画之类的，看完之后倒是能暂时忘掉那些烦心事，但也只是暂时而已。而且看完了会感觉有点儿累，还是不想学……"

"手机对人的精神消耗很大。"诸葛百象补充道。

"罗刻呢？"修远又问，他想知道这个同样面临状态问题的同学有什么想法。

"我？没什么方法，强忍着吧……"

"呃，这难道不会导致状态越来越差吗？"

"忍住了就不会，忍不住就会。"

"……"这算什么解释？

罗刻叹气道："或者说靠习惯坚持吧。这么多年了，一直都极限地努力，已经习惯了。状态不好，效率会更低一些，但是靠着习惯，还是逼着自己坚持学下去吧。"

状态不好的时候还要逼着自己高强度学习？多么困难而痛苦的事情啊！大约也只有罗刻这种人能做到吧。

"百里思呢？"修远又问。她是个比较特殊的人，总是闷在一旁不大说话，但又并不是性格怪异、与人隔绝的那种类型，就是莫名地感觉她与其他人不在一个频道上。

"我没什么波动啊，每天自己想自己的事情就完了。"

"……"

诸葛百象问："修远，你呢？我看你的状态，有时候好，有时候差，你肯定也有些调整方法吧？总不会一直差下去。"

"我啊，状态波动是比较剧烈，要是没点儿状态调整的方法，我怕是早就精神崩溃了。我主要是靠体育锻炼和冥想吧。尤其体育锻炼，练完以后，身体感觉比较舒服，精神也会好一些。"

"我好像注意到了，你是每天晚上两节自习课之间的休息时间去夜跑的吧？"

"对。也只有见缝插针地靠着这点儿时间去锻炼了，否则还能怎么办？跑完大概 15 分钟，慢一点儿 20 分钟。然后上下楼，以及跑完后需要一段时间恢复体力，算起来大概 30 分钟时间。所以第二节自习课一开始会停 7~8 分钟用来休息。"

"这倒是个好习惯，身体也好了。不像我们，每天弯腰驼背地学习，身体越来越差了。"陈思敏羡慕道。

众人边吃饭边聊着，又各自提供了几个改善状态的小建议。诸葛百象总结说："刚才提到的改善状态的方法，是一些通用法。如果想要解决个人不同问题的话，可能还需要一些专用法吧？每个人为什么状态差，产生了什么情绪，心里有什么问题，原因是不一样的。不一样的问题和原因，最好也能有不一样的方法解决。"

修远忽然怔住，停下筷子，想：是啊，我现在的状态、焦虑、烦躁和疲惫，其实很多其他人也有啊。然而在这些情绪背后，更本质的原因是什么呢？相应又该如何解决呢？

"对了，有个消息我顺便提前给你们透露一下！"夏子萱突然说道，"你们知不知道，下周要搞一个'交换体验日'活动？"

第六十六章

交换体验日

兰水市教育局关于认真做好兰水市高中学生交换体验日工作的通知

兰水市各高中：

  为落实省教育厅关于"教育均衡，共同进步"的指示，促进兰水市各高中学校之间的相互交流学习，特举办"兰水市七所高中交换体验日"活动。交换体验日活动当全面落实教育厅"工作规范化，学习常态化"的精神，不搞一次性表面活动，而做系统性规划。具体安排现通知如下：

  一、交换体验日活动中，六所学校各自派出五名教师、十名学生至临湖实验高中进行学习体验。临湖实验高中向各校分别派出两名老师与五名学生进行学习体验。时间为一整日，具体行程由体验学校根据各校教学安排拟定。

  二、每次交换体验日活动，安排在一个年级中进行。拟安排高一年级教学交流活动于 11 月 20 日进行，高二年级教学交流活动于 12 月 10 日进行，高三年级交流活动于 12 月 30 日进行。

  三、交换体验日活动中，各校分别安排一位老师进行统筹安排与带队，带队老师须参加全部三次体验活动。

  ……

  望各学校接到通知后，认真组织，按照时间要求妥善安排，切实地将交换体验日系列活动做好。

兰水市教育局
2025 年 10 月 19 日

"交换体验日？什么意思？"柳云飘问。

"就是选十个学生到临湖实验高中去体验一天，跟着他们上课。"夏子萱解释道，

"我们班和实验一班各出五个学生。"

"哪五个人？"

"还没定。因为临湖实验高中水平更高一些，所以学校觉得这是个比较好的学习机会，原计划是每个班上次考试的前五名参加。不过也还是要看各人意愿。"

"等下，去跟着他们一起上课？"陈思敏疑惑道，"可是各个学校上课进度不一样啊！怎么跟着上课呢？"

"我也问了李老师这个问题，但是李老师说没关系，重在体验……"

"我晕，也就是说没办法喽？所以说这也不是什么特别有意义、特别重要的活动喽？"柳云飘说。

"但是我觉得，去看看总归是好的吧，看看临湖实验高中是什么样子，他们上课有什么特点之类的。反正我想去看看。"

"总觉得这活动有些怪怪的……"柳云飘说。

"其实吧，也不是必须要参加。"夏子萱解释，"前两名的占武和李天许已经表示不想去了……所以李老师让我从第三名开始，顺着往后面问。"

"我也不去。"诸葛百象说。

好家伙，由于上一次考试诸葛百象就是第三名，所以现在前三名都不去了。夏子萱想：这个班级工作做起来真尴尬啊，亏李老师还说这是个好机会，要留给成绩最好的学生。占武的成绩，即便放到临湖实验高中也是顶尖的吧，自然没有去学习的必要；李天许性格怪异，不知道为什么不愿意去；诸葛百象为什么不愿意去呢？大约与他哥哥有关吧。

"我去。"陈思敏说，"看看也好，见识一下高手们是什么样子的。"

"我也去！"修远叫道，"前三名都不去，我第八名，刚好名额到我了吧？"很久之前修远就疑惑过，临湖实验高中是什么模样的，也幻想过，如果当年中考没有失误，上了临湖实验高中，又会怎样呢？这一次，他一定要去看看。

"嗯。罗刻去吗？"

"我感觉去一天也学不到什么吧，毕竟上课进度不一样。"罗刻声音低沉，"去旅游吗？我还是算了吧。"

"行，这样的话，就是我、陈思敏、修远，还有李宇浩去。还差一个人，按排名是百里思了，你去吗？"

"去啊！就当去旅游了。"

12月10日上午6点20分，大部分学生刚刚起床，兰水二中门口站着五名老师与十名学生，为首的一人正是高二年级负责人、传言未来的校长接班人李双关。李双关

- 355 -

站在一旁对着手机喊:"喂!老肖,别吃了,快过来吧……不用你带饭,我们吃过啦!叫的中巴已经到了!再不来就要错过临湖实验的早自习了……"

修远、陈思敏、夏子萱、百里思在学生队列中,从实验一班转到实验二班的李宇浩正和实验二班的老同学们热切地交流着。一班学生舒静文一脸失望地问李宇浩:"占武呢?他不去吗?我以为他会去呢……"

修远闲来无事,忽然想到一个问题,向夏子萱和陈思敏小声问道:"我突然想到一个问题,不是说实验一班在高一的时候比二班成绩更好吗?怎么分班以后,我们班的前几名都是原来实验二班的呢?一班只有占武一个人拿得出手。"

陈思敏一摊手表示不知道,夏子萱说:"可能恰好一班的优秀学生都选了历史,留在本班了吧?"

几人的说话声不小心被一名一班学生听到了,那人略微嘲讽地说道:"你把占武叫'拿得出手'?他是神好不好!不用问都知道,他比你强了十万八千里。还有,你以为你们物理班成绩好的人多是二班原来的学生,能说明什么问题吗?告诉你,我们学校的重点根本就不是你们物理班,是我们历史实验班!物理这种学科,你们再怎么拼也拼不过临湖实验高中这种强省重点的高中,更不要说和文兴的国家级重点高中比了。

"我们一班,历史实验班,才是学校的希望所在,师资力量可比你们领先多了。除了英语和数学共用老师,我们其他科目的老师配置都比你们班强多了!尤其历史老师,是从文兴市重点高中挖过来的!还有,除了占武,我们班其他优秀学生,都是学校主动劝说安排留在一班的,因为在兰水二中,只有选历史组合才更有可能上重点985高校。至于你们班嘛,除了占武是我们班转过去的,能有几个上985的?就算上了也是末流985吧?"

"你!"夏子萱气得说不出话来。

这人太嚣张了,修远刚想发作,一名老师显然也听到了几人的对话,走过来拍了一下那人的脑袋,喝道:"别乱说话!"那人瞟了修远一眼,回到一班的队伍里。修远一边生气,一边也无奈地想:是啊,除了占武,优秀的学生都去了实验一班,优秀的老师在实验一班。又想:然而不论那人再怎么嚣张,和临湖实验高中比也差远了啊,不论是学生还是老师都如此。兰水二中实验班的优等生,放到临湖实验高中的普通班去,恐怕也只能是个中游水准吧?甚至还是中下游?

修远心里生起更强烈的渴望,想要看看临湖实验高中是什么模样的,对今天的活动更加期待了。

中巴穿过市中心的老城区,绕着微湖开了半圈,来到临湖实验高中门口停下。一行人下车了。

"这就是临湖实验高中?好漂亮啊!"夏子萱小声感叹,生怕被老师们听见,"面积大,环境比我们学校好多了,到处都是绿树。你看那几棵树,好大啊,怕是有上百年树龄了。不像我们学校都是碗口粗的小树。"

陈思敏也感叹:"是啊。学校里面的环境好,学校附近的环境也好,真是依山傍水,风水宝地啊。"

"哎哟,你还懂风水?"

"不懂,感叹一下嘛!"

临湖实验高中原本也在老城区,二十年前兰水市做开发时,老校长慧眼识珠,找政府要了这块地建立学校。学校在微湖边的一座小山脚下,大门朝南边的微湖而开,正是背山面水的灵慧之地。校门口微湖边上一排古木,春夏之季郁郁葱葱、林荫浓密。上一个小坡后便可以看见学校大门,虽无雕梁绣柱,也不飞阁流丹,但简洁开阔、气势磅礴。入门后是一片开阔的广场,稍远处,教学楼高大、雄伟、厚重,一片气派的现代学校景象。转个弯,风格忽变,有池塘假山、亭台楼阁、花房柳坞,寒冬之下也流露出江南水乡的韵味。再往前,又是一座高大楼宇,一行人在临湖实验高中接待老师的带领下走了进去。

想必这就是临湖实验高中的高二教学楼了。

接待老师给每个学生发了一张行程安排表,上面标明了当天要听的课程。交换体验活动没有如应付上级检查一样做表面工作,没有把他们集中起来然后找一位临湖实验高中的老师上"表演课",而是将他们分散到各个班去,跟随临湖实验的学生一起真正地日常听课。修远看了看自己的行程表,今天一天都在高二五班体验了。根据每个人的不同课程,临湖实验高中又给每个人发放了需要用到的课本和练习册。其余几人也各自领到行程表和书籍资料,都在带队老师的带领下到各自班级里听课了。

走到高二五班,修远走进教室,带队老师向课程老师打了声招呼就走了,大约之前已经交代过具体事项了。五班老师引着修远在第四组最后一排一个空位坐下。同行还有一位不认识的二中老师,似乎是实验一班的语文老师,在一组一个空位坐下。

"各位同学,今天是兰水市高中生交换体验日,所以有几位外校的同学和老师来我们班听课,课下可能也会和大家有些交流。不过大家也不用受什么影响,照常学习就行了。好,继续早读吧。"

学生们抬头听本班老师讲完,有部分人回头看了看在最后一排旁听的修远和老师,并无什么异样。大部分人没有回头,自顾自地早读了。

"你是哪个学校的?"修远的临时同桌问道。

"你好,我是二中的。"修远赶紧道。

"哦。那个老师和你一起的吗?"

"嗯,是,不过不是我们班的老师,是隔壁班的老师。"

"应该是语文老师吧？"

"啊，你怎么知道？"修远诧异。

那人耸耸肩："我们第一节语文课，他要不是语文老师来听什么啊？"说完他埋头早读起来。

修远一边跟着早读，一边分心观察班上同学。有人捂着耳朵小声念，有人高声朗读，似乎没什么特点，倒是大部分人都会比较专注。修远转念一想：一个早读能有什么区别呢？还是等上课再观察吧。

早读结束，休息10分钟后第一节课开始了。守自习的那位老师正是语文老师。那位老师道："同学们好，旁听的同学和老师，你们好。我是五班的语文老师常羽。很巧，有人来参观访问的这节课，我们刚好要讲一个名篇——《庖丁解牛》。书翻到第七十一页。"

高中语文选修之中国古代诗歌散文赏析。

"都预习过了吧？生字词直接过，我们来讨论一些问题。先看课本后的第一个问题——庖丁解牛，竟然如同音乐、舞蹈一样，那么他的境界，是技艺娴熟的表现吗？给大家2分钟时间思考。"

在修远的眼里，语文课，是十分无聊的一门课，而且学不到什么东西。在二中，语文老师讲课，不过是照本宣科，让大家读一读课文，讲解下段落意思，做一些不着调的所谓赏析而已。而文言文的学习又更加枯燥，生字词讲解就要占掉30%的时间，然后找人朗读、老师示范读又花掉30%的时间，最后看一看课后讨论题，假装讨论一下，寥寥几个人举手。如果课后讨论题的练习有助于高考阅读的分析还好，可是它和高考阅读又不是一个套路，练了也没什么帮助。总之，语文课就是在消磨时间，学不到什么东西，甚至他感觉，就连语文老师本身也是在消磨时间。

他之前就好奇，这么无聊的文言文课程，不知道临湖实验的老师会怎么讲呢？

谁知字词直接就跳过了，直接开始讨论题！一下子就节约出来30%的时间。修远翻看看课本，想：这不是废话吗，肯定不仅是技艺娴熟啦，书上都说了，是"道"，而不是"技"。

修远的思维就此停了下来，开始打量起附近的同学。

2分钟后，一名学生主动举手，老师点头示意他说。那人道："按照阅读题的标准答法——不是，庖丁的境界已经超越了技艺娴熟，因为他'所好者道也，进乎技矣'，这是原文，意思是超越一般的技艺层面了。

"但我有疑问，为什么这样就超越了技艺的层面？它的一系列描述，什么从缝隙里下刀，十九年刀不磨损啊，我觉得依然可以解释为技艺高超啊？为什么这就是'道'了呢？"

"臣附议！"

"臣附议！"

一群学生跟风道。

修远略一吃惊，想：这些倒是好问题！首先，在二中的语文课堂上，老师只会讲到"所好者道也，进乎技矣"那里，再讲正确答案就完了。学生能回答出来就算阅读理解过关了，大概率不会提出后面的问题。另外，后面那个问题并不好回答，至少自己不知道怎么回答。并且他强烈地感到，如果叫二中的老师来回答，也回答不好，很有可能随便扯几句自己的感想，也不管学生们听不听得懂就糊弄过去了。

那么，临湖实验高中的老师会怎么应对学生的提问呢？

第六十七章

语文课的三个维度

"好的,小陆提出了一个很有意思的问题,为什么说庖丁最后面算作入了'道',而不仅仅是技艺更娴熟了?这个问题有难度,一开场就是王炸啊!有没有同学来讨论下这个问题?"

修远屏息凝神,看临湖实验高中的师生如何应对这个问题。常老师说得没错,这个问题有难度。如果这问题出现在兰水二中,语文老师根本回答不出来,要么转移话题,要么一通乱扯。而兰水二中的学生们,也大概率对这个费脑子的问题没有兴趣。临湖实验高中又如何呢?

"因为庖丁解牛一共有三个层次啊。"一名女生站起来了,"一开始'所见无非牛',这是还没入门的层次;后来'未尝见全牛',这是技术的层次;最后'以神遇而不以目视',这就是'道'的层次了。"

修远心想:很标准的回答,引用了课文原文,要是在兰水二中,这问题就算停止了。二中实验班的语文老师,大概也会这么回答。

然而刚才提出问题的小陆同学立刻站起来道:"你这相当于没有回答嘛!为什么最后一个层次就叫作'道'呢?我也可以说它还是技术啊,只不过是技术更娴熟了而已。"

女生又站起来道:"肯定不仅仅是技术了啊!你看课文,'良庖岁更刀,割也;族庖月更刀,折也。今臣之刀十九年矣,所解数千牛矣,而刀刃若新发于硎',杀牛数千刀都不卷刃,庖丁明显就是比技术更高一个层次啊!"

"是啊!更高的技术啊!"小陆顺口道。

一阵哄笑。女生有些着急,道:"你怎么胡搅蛮缠啊!明显就是不一样的啊!"

修远想:确实是不一样的,可是男生的问题并没有得到回答。问题出在哪儿了呢?

另一名女生插嘴道:"我觉得你们的讨论差了一个前提,就是究竟什么是'道'?现在要判断庖丁的水平是高明的技术,还是'道',需要有一个'道'的标准才行吧?否则就是鸡同鸭讲了。"

原来如此，缺了基础定义啊。修远心里有点儿埋怨自己没有想清楚这个问题。

有一名男生附和道："我觉得技术和'道'之间，不一定是跃迁性质的，有可能是个连续可导的变化量……"

"啥？连续可导是什么意思？"修远一愣。

"晕，还可导呢！"有人插嘴。

"可导啥意思？"有人小声问。

"函数的一种性质，就是求图像的切线斜率。高二下学期要学的内容。"另一人小声答。

"原来如此，不愧是竞赛大佬……"

"哦，钟玉辉刚才提到了跃迁和连续可导，你具体讲讲什么意思？"语文老师常羽显然也没听懂跃迁和连续可导，不过他没有就此糊弄过去，回避掉自己不懂的地方，而是大大方方地提出来了。修远心想：这要是兰水二中的老师，估计都不会接这个茬儿，很可能为了避免暴露自己不懂而略过去了。

那名叫钟玉辉的男生站起来道："可导……其实我是说，技术和'道'之间可能是一个从量变到质变的过程，并不能'一刀切'——这边就是技术，那边就是'道'。就好像高个子和矮个子一样，身高多少厘米是高呢？180厘米？175厘米？反正身高2米的肯定是高了，身高150厘米的肯定是矮，但中间的分界线不好确定，而且也没必要去纠结那条分界线。"

"很好！"常羽赞扬说，"钟玉辉提出了一个独特的观点，认为技术和道是从量变到质变的。这个观点有一定的价值，但是我们也……"

语文老师常羽说到一半，又有一个男生嚷道："可是'道'这个关键字，还是没有给出精确的定义啊！"

修远心想：要是在兰水二中，敢这么插嘴打断老师讲课的人，肯定要挨批了。

"对啊对啊，到底什么叫作'道'呢？"又有人附和。

常羽耐心说："关于什么是'道'，有本书叫作《道德经》，大家肯定听说过。这本书花了5000字来解释什么是'道'，后世的人们还觉得太简略了，看不懂。所以我们今天没法给出一个关于'道'的非常精确的定义，只能模糊地解释，'道'，大概就是指某种深刻的规律。

"其实《庖丁解牛》这篇文章，它的重点并不是去解释什么是'道'，我们这节课也不用太纠结于这个问题，所以关于什么是'道'的讨论就此打住。现在换个方向，关于《庖丁解牛》这篇文章，千古名篇，大家看完之后有什么其他的感想或者疑问吗？"

"道"的讨论结束了。修远想：临湖实验的学生反应速度好快啊，而且理解问题也很深。一开始提出了技术和"道"的问题，这已经是兰水二中学生不太会去想的问题，也不好回答。而这个不好回答的问题，立刻就有两个学生找到了解答的关键点——先要有"道"的定义，才能进一步讨论技术和"道"的区别。其中一个男生还用数学中的某些概念来进行类比，提出技术与"道"是从量变到质变的过程。

而修远全程插不上话，绷紧神经也就是刚好跟上临湖实验学生的思路而已。

又一名女生站起来："我还有个问题。文章最后，文惠君说'吾闻庖丁之言，得养生焉'。庖丁讲的内容和养生有什么关系呢？"

几名学生跟着点头，显然他们也有相同的疑问。从庖丁解牛到养生，跨度实在有点儿大了。

是啊，宰牛跟养生之间是什么关系呢？修远读到文章末尾时也模糊地有类似的问题，但是不知怎的就跳过去了。说到底，自己根本没有思考文言文的习惯，都是在背记字词意思而已。

修远抬头看语文老师，等待解答。

"有谁能回答下这个问题？"常羽没有自己解释，而是向同学们询问。

"我觉得养生和解牛是类似的吧，触类旁通。"一个学生没有站起来，直接在座位上说。

"哪里类似了？怎么触类旁通？"那人的同桌立刻问。

"这个，怎么说呢……"那人一下子卡住了。

"喊，不懂就不要乱说嘛！"同桌一摆手。

常羽继续问："没错，怎么类似了？为什么文惠君突然就'得养生'了呢？哦，语文课代表举手了。唐灵灵，你说。"

"哇，'国学大师'又来'布道'了。"有学生笑道。

"去，别闹。"唐灵灵起身，"养生和解牛看起来没什么关系，但其实都是符合道家思想的——道法自然。只有把握了道家思想的总体脉络，才能明白这两者的类似之处。

"所谓'道法自然'，就是尊重事物的客观规律和事实。比如庖丁解牛，客观规律就是，那里有个关节，你就不该去硬碰它，所以庖丁就选择了不去碰；那里有个缝隙，你从缝隙里下刀就很省力，所以庖丁就选择了从缝隙里下刀。庖丁解牛看起来很巧妙，但他并不是在客观事实和规律之外独创了什么东西，而是仅仅顺着客观规律与事实走，就能达到外人看起来很高超的境界。

"文惠君说，'得养生焉'，我推测他应该就在说刚才的道理。比如养生，不需要外在创造什么东西，只需要根据天地自然的规律进行，就能有很好的效果了。比如《黄帝内经》的内容，春三月、夏三月、秋三月、冬三月，各自有不同的特性，你根据天地特性去做适应性的事情，就有养生的效果。"

"哦，根据自己的知识储备进行了发散性思考。"常羽点评道。

"这里还要做一些背景补充。"唐灵灵又说,"如果仅仅是上面所说的那些,我们可能还是觉得文惠君提到养生有些突兀,但是补充一些时代背景以后,就更容易理解了。庄子是战国时候的人,那个时候道家很流行,其中炼丹术一类的糟粕文化也跟着兴起,很多人求养生、求长寿,都炼仙丹去了,大方向都歪了。而如果用庖丁的理论来理解养生的问题就是:我们根本不必去人为地制造仙丹,不需要追逐这些子虚乌有的东西,只需要尊重客观规律和事实,就能有很好的养生效果。所以文惠君很可能是在这个背景下发出的感叹。"

"说得太好了!"常羽带头鼓掌,同学们齐齐响应,一时掌声四起,经久不息。

修远一边鼓掌一边感叹,太牛了!这个叫作唐灵灵的女生,不愧是被人称作"国学大师"啊。博文广识,积累深厚,回答一个庖丁解牛的问题就可以看出,她对《庄子》《黄帝内经》,以及道家文化和时代背景都有深刻了解。这语文素养,与自己不可相比啊!临湖实验的学生都这么牛的吗?这样的语文课,还真是精彩啊,与兰水二中死气沉沉的课堂有天上地下、云泥之别。

修远又想:当临湖实验的老师还真轻松啊,学生提出的问题都不用自己回答,总有另外的学生能帮他解答。他只用说"其他人有什么想法""谁来解答一下这个问题""说得太好了"就行了,活像个相声里捧哏的角色。

常羽又说:"好的,一个高难度的问题,被唐灵灵轻松解决了。其他人还有什么问题吗?或者还有什么感想?"

沉默了半分钟,常羽说:"我们来看看这一段话,'虽然,每至于族,吾见其难为,怵然为戒,视为止,行为迟。动刀甚微,謋然已解,如土委地。提刀而立,为之四顾,为之踌躇满志,善刀而藏之'。你们看到这段话后,有没有什么启发?给大家 2 分钟时间思考。"

这段话有什么深意吗?修远暗想:大概就是说要谨小慎微之类的。

2 分钟后,常羽点人起来回答。一名穿运动衣的男生被点名,他说:"这段话的主要意思是说,即便技艺很高超的时候,也不能骄傲、大意,碰到复杂的关节处,还是要认真对待。我觉得他说的是要有一种平和的心态吧,不能得意忘形了。"

后续又点了几个人,都是类似的回答。修远想:还能解答出什么新鲜的意思吗?

常羽见几个同学说法类似,于是不再点学生了,而是发表了自己的想法:"刚才几个同学说的意思都类似。从阅读理解的角度来说,这些回答都没有问题。但是我们学习语文啊,学习经典,要有孟子的精神,吾日三省吾身,学会对着经典来自我反省,以经典为镜。

"很多高中生在想:什么是高手?就是别人学得很累,他很轻松,就是高手。别人辛辛苦苦、一丝不苟地学,还学不会;他随随便便不认真地学,都能学会,他就是高手了。有些同学在这种想法之下，再进一步，就成了，为了表现出自己是个高手，于是故意就做出吊儿郎当，看起来很轻松、很随意的样子。可是仅仅做出轻松、不在意的样子，就能变成高手了吗？"

几名同学小声道："不能……"

"没错，不能！甚至，即便你经过长久的努力，已经具备了相当高的水平，但如果你不保持谨小慎微、一丝不苟的态度，还有可能临场犯错，出现新手一样的低级失误。

"这样的问题，我们班的同学有没有呢？其实可以大胆承认，因为这不是你们某几个人的问题，而是青春期学生常见的特性，喜欢出风头，喜欢假装自己是高手，或者用你们的话说，就是喜欢装样子。那今天这节课告诉你，你如果想要假装高手，想要装样子，那你在做事的时候就要谨小慎微，像庖丁一样，'怵然为戒，视为止，行为迟'，这才是高手的样子，否则就是装样子都装错了。那种吊儿郎当的样子，不是高手的样子，是半桶水晃荡的样子，是很 low（低级）的样子。"

常羽一番解说，几十名学生时而会心一笑，时而蹙眉静思，全神贯注，修远被这场景深深吸引了。想不到，这老师居然能够从《庖丁解牛》联系到学生的心理，从课本中脱离出来，指导学生的日常行为。这就是传说中的语文素养吗？这样上课不仅生动有趣，而且引发了学生的思考，甚至促进学生思维和心理成长！对比二中的语文课，真是……修远心里既激动，又丧气。

"好了，这节课的时间也快结束了。剩下 7~8 分钟，我们从作文的角度来想一想，这篇语文课文，能够作为哪些作文主题的素材？"常羽提问。

还能这样学？修远又震惊了。二中的老师可从来没有引导学生去思考，如何把语文课本作为素材应用到作文中去。

1 分钟思考后，有人陆续举手回答："我觉得碰到与'智慧'相关的主题可以用，学习庖丁解牛的智慧。"

"还有'平凡与卓越'这类主题也可以用。庖丁杀牛都能杀出艺术感来，做小事也可以创造出卓越人生。"

"还有'平常心'主题，即便已经达到了'道'的水平，依然保持谨小慎微的态度，不骄傲。"

"那'谦虚骄傲'之类的主题也可以用。"

……

众多学生发散联想，七嘴八舌地回答着，将一篇《庖丁解牛》用作各类主题作文的素材。而修远一边百感交集，一边飞快地将本节课的内容进行结构化整理。

这节语文课，临湖实验高中的语文老师从三个维度进行了讲解。

最基础的维度是阅读理解，梳理了文章的基本意义，回答了课后的一些基础问题。

这是兰水二中老师能够达到的层次。

第二个维度是疑惑与感想，讨论了"技术与'道'的区别""庖丁解牛与养生有什么关系""对庖丁谨小慎微态度的感想"这三个问题。这里就是临湖实验高中超出兰水二中的地方了。兰水二中的学生回答不了这样有难度的问题，甚至提不出这些有价值的问题；兰水二中的老师也讲不好这样复杂的问题，甚至组织不起这样复杂的讨论过程。

第三个维度是如何将课文化作写作素材。语文课的一大问题是课本、课程与考试脱节，学生普遍感觉在语文课堂上学不到什么东西。而临湖实验高中的课堂，不仅让高技术含量的问题与讨论促进了语文素养的培养，让学生在素养层面学有所得，还加入了"课文化作素材"的环节，引导学生思考哪些作文主题能够使用这篇文章，清晰地将课程与应试联系起来了，更是把学习落到了实处。

修远在笔记本上记完了这节课的结构，心想：这节语文课简直是自己这辈子上过的最有水平的一节课了。他一边感慨这节课上得真有意义，一边又后背发凉——临湖实验的课堂水平实在比兰水二中高出太多了。

语文课已经高下立判，不知后面难度更高的数学、物理等课，又会是怎样的场景？

第六十八章

全方位碾压

课间，修远走出教室，到走廊上呼吸新鲜空气。仅仅一堂课他已经感慨良多。毫无疑问，临湖实验高中的老师水平比兰水二中老师的高出很多，课堂效率和深度也不可相比。兰水二中的学生，已经比临湖实验的学生在起点上要差了不少，再加上更弱的老师和更低效而肤浅的课堂，三年以后会是什么结果？其水平还不得天悬地隔？想到这里修远就觉得可怕，后背发凉。

修远就这样在走廊上晃荡着，到走廊楼梯口时，突然听见身边有人喊了一声："修远？"

抬头一看，竟然是卢标？！

修远一愣，随即回过神来。对了，卢标在临湖实验高中读书啊。想不到今天居然会见到卢标。修远不知作何感想。

"你……你也转学到临湖实验高中了？"卢标怔怔地问。

"啊？没有，是交换体验日的活动……"修远尴尬回答。

从卢标身后走出一人，问："谁啊？你同学？"

"啊，原来二中的同学，我还以为他也转学过来了。"卢标道："修远，我有事，先走了啊！"

修远来不及回答，卢标和那人一起下楼去了。两人的闲聊声传来，卢标问："交换体验日活动是什么？"

"就是我们学校的学生和二中、七中等学校的学生交换体验一天。"

"我怎么没听说过？"

"小活动，大家都不愿意参加，班主任随口提了一句……"

"为什么不愿意参加？"

"那几个破陋学校有什么好看的？据说年级里选了几个成绩差、不愿意学的学生，去看看那些学校有多么差，对比一下自己学校的条件有多么好，以此来激发他们的学习动力……"

修远差点儿跌倒。二中派了最好的学生过来体验学习,而临湖实验却要派最差的学生出去,体验优越感。修远心里五味杂陈,却又无可奈何——这就是差距啊!

修远心烦地走进教室。

临时同桌在无所事事地翻着书,修远于是找他闲聊。

"你好,同学,问你几个问题啊!"

"啊?怎么了?"那人扭头看他。

"你们平时语文课都是像刚才这么上的吗?"

"啊?刚才怎么了?有什么特点吗?"

修远说:"我觉得讨论的问题很深刻,好几个同学的回答都很精彩……"

"啊,差不多吧。"同桌随意答道。

"刚才那个女生,你们称为'国学大师'的,她在你们班算什么水平啊?"

"唐灵灵?她,语文单科大佬啊。"

"这样啊,感觉她挺厉害的,语文素养很高呢。"

"啊,人家从小背国学经典长大的,《大学》《中庸》《论语》《道德经》全文背诵,《庄子》《管子》基本也背得差不多了。"

修远心想:那不得背了几万字的文言文?他问:"这么厉害?那她平时语文考试得多少分啊?这些语文素养在试卷上能体现出来吗?"

"考试啊,她上次月考语文好像考了126分还是125分来着?"

"果然是大佬啊!"修远惊叹。

同桌瞟了修远一眼,道:"然后哭了一晚上……"

"……"啥玩意儿?意思是125分对于她来说已经低得不能接受了啊!

"你们都这么厉害的吗?你平时多少分来着?"

"我嘛,渣渣一个,没看我坐最后一排吗?也就是100分左右吧。"

"那她总分多少名呢?"

"不知道,可能年级两百名左右?不清楚。"

"那你呢?"

"我?八百到一千名吧。"

"哦。那你的成绩能上一本吗?"修远又问。

"啥?"那人瞟了修远一眼,"一本都上不了,你当我是弱智吗?再渣也不可能上不了一本吧。这问的什么玩意儿……"

修远一边嘴上赔不是,一边心里苦笑。这个排名八百到一千名的临湖实验学生,居然也能上一本,并且一副上一本极端容易,上不了简直是侮辱智商的态度。要知道,兰水二中上一届高考只有不到 50% 的人上一本，并且还破历史纪录了。

"你们这是前多少名能上一本的啊？"修远又问。

"你反过来问比较方便点儿。"同桌说，"想上不了一本很难，年级一千多个人，可能得努力考进倒数一百才行。"

"……"修远恨不得找块豆腐撞死了。啥叫"同一个世界同一个梦想"，根本就不是一个世界，也不是一个梦想。

"那……你们各科老师，你觉得哪一个水平更高呢？"修远挣扎着"爬"起来问。

"老师的水平都差不多吧？没什么感觉，毕竟我不怎么听课。"

就这不听课的鬼样子，还能对普通一本保持不屑的态度。修远问："我觉得你们语文老师水平挺高的……"

"他？还行吧。我们班作文还可以，阅读不行。总成绩一般。"

修远认为已经非常厉害的老师，在这人眼里只是一般。那么临湖实验高中的老师得有多么厉害？是他故意贬低老师的水平吗？不像，毕竟成绩是硬道理，如果他们班总成绩真的一般，那么大概率临湖实验高中的老师普遍有不输于常羽老师的水平。

"对了，你们平时作业多吗？"修远又问。

"当然多了。哪有高中生作业不多的？"

哦，原来临湖实验高中作业也很多？修远好奇："你们一般几点睡？"

"不同人差别很大啦。一般人作业做完大概晚上 10 点？但有些大佬速度快的可能晚自习之前就做完了。也有些大佬不做作业。"

"哈？10 点就做完了还叫多？"修远大跌眼镜，要知道，他们可是日常做到晚上 12 点的，1~2 点也不稀奇。

"这难道不多？你们一般几点睡觉？"

"不早于 12 点吧……"

"啊，那很辛苦啊。"

修远心想：12 点都算早的了，问："还有人不做作业？不会被罚吗？"

"不写作业的人也不少吧。看情况，如果成绩又差又故意不写作业，会被叫家长。如果成绩好的就问题不大，随便找个借口说有自己的学习规划之类的，一般就没事了。有的说老师布置的题太简单了，不想做，要换成自己的资料；有的要搞竞赛，其他科目就暂时放一下；还有的……还有的就是不想做，只要成绩好，老师一般随他了。"

好自由！修远暗自羡慕。他在兰水二中，目前面临的最大问题就是无法掌控自主学习节奏，会被学校大量作业占据时间，连总结、反思的时间都没有了，修远觉得这就是当前他的最大瓶颈。当然，今天之后他又意识到，学校在师资力量上也有很大差距，而师资力量差距对学习效率的影响，甚至可能比自由时间、自主节奏的更大。

上午后续的时间里，又上了英语、数学、生物和化学课，每节课都让修远大开眼界。午饭时间，修远联系了夏子萱、陈思敏、百里思一起到临湖实验高中的食堂吃饭。

"老师们在二楼包间，我们自己吃，顺便聊聊吧。"陈思敏道，"都说说，听了一上午课，有什么感想？"

陈思敏、夏子萱和百里思互相对视，面如死灰，夏子萱低声道："差距好大。"

看来各人的经历都差不多啊，修远心想。

"早就知道临湖实验高中比我们厉害了，没想到差距这么大。"夏子萱说，"老师的水平普遍高了一个层次，讲课逻辑清晰，重点明确，课堂效率和我们学校比，明显提高不少。我上午两节数学课，一节课讲试卷，另一节课讲圆锥曲线的新课——极坐标。他们的速度比我们快，不过也能跟着听。老师讲课速度很快，我跟着有些费力，但是看周围的同学学起来都很轻松，我一开始以为他们之前学过，后来问了，其实也是第一次学，但感觉就是很轻松。

"再后来上了一节物理课，电学的总结复习课，这个跟我们进度差不多。老师讲了很多种题型，从最基本的到最难的都有，非常齐全。简单题一笔带过；中等难度题也不会细讲，提一下要点和思路就行了；高难度压轴题说一下思考过程和常见盲区。不知怎的，同样一个题，就感觉临湖实验的老师讲起来更清晰一些。有几个电学压轴题，原本二中老师在班上讲我是听不懂的，但这里的老师讲完我就听懂了。

"还上了地理和英语，总之，感觉差距好大。感觉在我听课的那个班，我只能算中下游水平。"

在兰水二中实验班名列前茅的夏子萱，到了临湖实验的普通班，就成了中下游水平了。

夏子萱刚说完，陈思敏迫不及待地接道："没错，我也是类似感觉，老师的水平明显更高了。我还注意了他们日常用的试卷和资料，基本每一科都看了。试卷里，数学和物理试卷难度明显更高，中高难度题更多；语文试卷是他们老师自己出的，感觉和高考题很接近，不像我们学校，一旦碰到老师自己出的试卷就感觉怪怪的，跟高考卷不是一个风格；英语试卷生词量更大；化学试卷的计算题更难，选择题陷阱更多；生物试卷的琐碎知识点考查得更细。总体来说，就是难度更高了。

"还有日常用的资料。最突出的化学和生物，资料讲解非常细致，我们平时总会在试卷上发现一些题，它们考查的知识点课本上没有，但是他们的资料上全都有。并且主次分明，哪些是基础知识、高频考点，哪些是衍生知识、偏僻知识、低频考点，全部标出来。英语也类似，知识点特别细致、明确，词组搭配、语法讲解很清晰，每种语法配几个例句。数学和物理的资料特点是题型全面，分知识模块、分难度做的题库，基础题型、中等题型、高级题型很清晰，适用于不同阶段的学生。

"所有资料全都是他们自己教研组编写的。我看到的是普通班的资料,实验班据说还有更核心的内部资料。"

众人面面相觑,回忆起兰水二中集中购买的劣质教辅,以及偶尔老师自行编写但也残缺不全的内部资料。

"百里思,你呢?有什么感想?"

"呃,我上午上了两节英语课,一节体育课……"

"还有体育课?"修远问。在兰水二中,体育老师一般"生病",然后英语、数学老师就会"瓜分地盘"。

"对,我问过了他们体育课从来不取消,一周两节基本是自由活动。另外每天课间也有很多人活动,教学楼地下一层有活动室,六个乒乓球台,全天开放自由进出……我每节课间都去了,今天打了一上午的乒乓球……"

"……"

这个百里思,总感觉跟一般人不在一个频道上啊。

但从另一个角度来看,充裕的体育活动时间进一步反映了临湖实验的先进。最起码,他们的学生学起来很高效,不需要从体育课和体育活动上挤时间来加强学习。而且多活动一下,对促进身体健康、缓解学习压力也有好处吧?

夏子萱补充:"临湖实验的学生感觉很积极向上,学习是自我驱动的,而不是被外界逼迫的。课间的时候我见他们讨论学习问题,很积极主动,而且看他们的表情,眉飞色舞的,感觉就像是在娱乐一样,对题目特别感兴趣的样子。我看他们班级氛围也很好,轻松活跃,不像我们一天到晚死气沉沉的。"

"没错。我原以为像我们一样每天死气沉沉地学习是正常的,今天看了临湖实验学生的状态才知道,学习也可以比较轻松。他们学得比我们轻松,效果还更好……"陈思敏摇头叹气。

四人都低下头,对着饭菜叹气。结果百里思又补了一句:"你们有没有发现他们食堂也比我们更好。菜好吃、量大,还更便宜……"

"……"

什么叫作全方位碾压?这就是了。老师更好,学生更好,作业更少,效率更高,心情更愉悦,生活更轻松,硬件更先进,校园环境更优美,就连食堂都更物美价廉!

百里思原本还想说,其实临湖实验的厕所更加干净、更大,女生不用排队。不过看到众人无语的样子,硬生生憋了回去。

各自沉默着吃了一阵,饭菜美味却并不可口。修远忽然说:"我今天看到卢标了。"

众人听到卢标的名字,抬起头看着修远。

"卢标转学到临湖实验高中,真是个正确的选择啊。"

第六十九章

意外的转机

交换体验日活动于下午课后结束。一行人回到二中，各自用餐，然后学生上晚自习。李双关晚上不用守晚自习，但也没有回家，而是走进了校长室。

校长马泰也用餐完毕，没有什么公务，显然是在等李双关："怎么样？"

李双关自行拉过一把椅子坐下，说："听了几节课，跟他们的几个老师和年级组长聊过。总的来说，一个小活动，看不到太多东西。上次高一的交换日我也去了，跟这次没有什么区别。两个学校基础条件不一样，对应的教学风格和方法也不一样，彼此之间可以参考，但能借鉴的地方不多。"

"具体说说。上次你参加高一的活动后，我没空跟你交流，最近又去文兴调研，一直拖到现在，今天你就把两次交流的结果一起跟我详细说下吧。以前去临湖实验都是和他们校长、主任交流，基本没有现场听过课。这次交流活动虽然是个小活动，但是能进教室听课，现场观察他们的学生，总该有些新内容的。"

"好的。先说英语学科。我听了四个班的英语课，和四名老师做了交流，最后又与英语教学组长聊了聊。第一个老师上课很常规，但喜欢做课外拓展阅读，假期作业基本都是阅读英语小说；第二个老师年纪比较大，注重基本功培养，每篇课文全篇背诵；第三个老师没看出什么特点，课外做一点儿，试卷也练一些；第四个老师喜欢练一些时事新闻听力、影视听力等。课堂上了解的就只有这些表层现象了。

"课后跟他们英语教研组长沟通，了解一下他们的学科教学机制。他们没有统一的教学风格，除了资料是公用的，其余各自为政。新老师会接受统一培训，再由一名老教师带一年。由于老教师的风格各异，所以新教师最终成长为什么风格也很随机。

"在教研体系上我思考过了，他们这套体系并不先进，对老师的培养也很弱，全靠老师自身的功夫。当然，他们新引进的老师质量都很不错，一般是985和211高校的优秀研究生，但成长为什么样子，并没有多少学校的引导功劳。所以对于我们来说，他们的教师培养体系没什么可取之处，他们的教师质量仅仅靠'进水口'的高要求而已。"

校长马泰点点头。

"临湖实验的教学成绩优秀，更多的是靠生源优秀。我在课堂上观察的结果，发现他们的学生基础知识更扎实，学习积极性更高，反应也更快。这一点我和其他学科的几名老师也沟通过，他们也认同。当然，不是什么新鲜事，这么多年了，临湖实验的生源一直比我们好。

"生源不同又进一步导致了学生管理方式的不同。他们的学习管理很松散，对学生没有统一要求，作业查收也不严，主要依靠学生的内动力学习。这个我们肯定不能学，一放就散。他们的作业也比较少，这个前几年我们就有结论了，一样不适合我们。临湖实验的学生更聪明，基础更好，不需要那么多作业，我们的学生就不行了。

"行为管理上，不用多说，临湖实验的学生闹事的少，都很积极主动，专注学习，平均水平可能跟我们的实验班差不多。我们普通班上的那些麻烦事他们基本没有。

"总的来说，没什么新鲜事。

"哦，对了，他们最近半年搞什么家校联盟升级，有些选修课进一步使用了家长资源。像是职业规划课之类的，有几个家里自己开公司、工厂的家长，对学校师生开放参观了，还兼任讲解员。"

马泰一摆手："小事，不重要。"

一番交流过后，晚上 8 点 30 分了，第一节晚自习已经结束。李双关准备在回家之前再去班里看看。来到实验二班的教室，李双关忽然来了兴致，在第二节晚自习开始前给学生们讲一番道理。

"各位同学，上课之前，我来简单地说几句话。部分同学已经知道了，今天兰水市搞了一个教育交流活动，我们班的几位同学和我一起，去临湖实验高中听了一天的课。每个同学待在临湖实验高中的一个班里，跟着他们上一天课，而我则是去了四个不同的班级，听了很多节课，还跟他们的老师做了深入沟通。你们想不想知道我听完这一天的课，有什么想法？"

不想，很多人在心里说道。然而这种时候，学生们本能地做出反应，仿佛演对手戏一般，必须配合地说："想知道！"

于是李双关"顺利"地说："我的感想是，大家真的应该好好学习！"

学生们一脸平静，或者说冷漠。

"为什么这么说？因为我们的学习环境太好了。我今天听了好几节课，发现临湖实验高中的老师啊，水平也就那个样子，还比不上我们学校，至少比不上我们学校的实验班老师！"

修远心想：扯淡。

"他们学校的管理松散，老师们各自为政，没有成熟的教学系统，这样的教学效果能好吗？"

陈思敏心想：能。

"班级氛围上，临湖实验高中很松散、随意，课间打打闹闹，不像话，有些学生下课玩疯了，上课还收不了心。"

夏子萱想：人家心态好。

"总的来说，我希望同学们知道，我们的师资条件、同学环境等，都比临湖实验高中要强。当然，他们的实验班我不了解，不好评价，但是我们的实验班，绝对比他们的普通班更好。这样好的学习条件，你们该不该努力学习？"

几名学生高声呼喊："该——"李双关心满意足地离去了。

说啥呢。

修远、陈思敏、夏子萱、百里思，都是班上，乃至二中年级上的前几名，然而放到临湖实验高中去，只能是中下游的水平，就这样子，李双关居然好意思说比临湖实验更强？虽然是为了鼓舞学生的士气，但明显背离事实地鼓舞，并没有什么作用。

修远心里叹气，真是全方位碾压啊。兰水二中，硬件比不上临湖实验，老师比不上临湖实验，学生自然也比不上了。

除了那个人。

修远抬头向占武看去。兰水二中独一档的存在，如果放到临湖实验去，会是什么水平呢？自己在兰水二中名列前十，到临湖实验去不过中下游。占武呢？他如果被放到临湖实验去，会退到多少名呢？但无论如何，总比自己强多了吧？或许能进前二十？

修远又想起了卢标。不知道卢标在临湖实验是什么水平？卢标还在的时候，和占武是同一档次的。

同样是在这个硬件、管理和师资都更差的学校里，为什么卢标和占武就能保持极高的水准呢？卢标是因为懂得各种高端学习技巧吧！想到这里，修远心里有些后悔，卢标当年讲的那些方法他没有认真听，而林老师给的方法虽然好用，但中途离他而去，已经没有机会再进一步学习了。林老师的方法让他从普通班回到实验班，且进了前十，如果林老师还在的话，他应该还能继续进步下去吧？如今林老师走了，他该找谁学习呢？

他曾经想过找占武学，可那家伙太孤僻、冷傲，根本不愿意教自己。

到底该怎么办啊？

基础好、聪明的学生，去了临湖实验，遇见了更好的师资和同学，于是实力进一步加强。一开始自己距离这些聪明人只有一点儿距离，他们却在不断变强，于是差距越来越大。最初蚂蚁大小的差距，被一步步放大成猫狗，乃至巨象，任你如何用尽全力地想要改变命运，却找不到任何翻盘的点。犹如龟兔赛跑，乌龟想要赢，唯一的机会在于兔子睡觉。然而那只是童话故事的情节。现实世界里，兔子不但不睡觉，还坚持锻炼身体，甚至抽空研究下如何开车。

修远产生了一种强烈的无力感。

修远不敢想，不敢把那扇"门"彻底打开。他内心深处知道，一旦打开那命运的思索与疑惑的"门"，他就会彻底沉沦在对命运抱怨的负面情绪中，他的状态就会崩溃，无法学习了。

晚上没有睡得太好，第二天心情也很郁闷，幸亏上午第四节课迎来了一个好消息——物理老师生病了，物理课改为自习。

"这怎么是好消息了？"修远听着班里四起的嚷嚷声，疑惑着。

同桌刘语明解释道："笨！第五节体育课！原本是物理老师借过来做连堂课的，结果他病了，说明什么？说明这节体育课可以上了！"

"语文、数学、英语，说不定哪个老师来占一下体育课呢？"

"不可能！最后一节严如心在隔壁班上课；英语课代表刚确认过，李双关去开会了；语文老师最后一节课在普通班上课！其他几科老师默认语、数、英三个老师会提前预定体育课，所以没有占课的习惯！"刘语明兴奋道，"这节体育课，上定了！"

高中生，因为一节体育课得以保全而兴奋不已，不知算不算一种悲哀呢？

体育课如期而至。没有教学内容，体育课自由活动。十几名男生凑到一起打篮球，女生中有些坐在操场边休息，有些去打羽毛球、乒乓球了。修远好久没有打球了，也跟着大家一起娱乐一下。

四人一组，三组轮流上。修远手生，几次失误导致他们一队被人打了五比一，早早下场休息。修远在场边休息时，瞥见占武一个人四处踱步，似乎在想什么问题。修远心想：真不愧是学神啊，体育课也不上，光顾着学习了，现在还在思考哪道题吧？亏得占武180厘米左右的身高，居然不打篮球，可惜了。

"喂！几比几了？"

"一比一！"

"天哪！"

可气的是，第一队打他们时百投百中，打第三队时却又变成了菜鸡互啄，打了好久也才一比一而已，修远等得都有些不耐烦了，在篮球场边缘晃荡了好久。

"打快点儿吧！"修远哀求道，"再不快点儿我要'跳崖'了！"

他们使用的球场在一个相对高的平台上，球场外五米远处就要下一个台阶，大概2米高，这就是修远所谓的"跳崖"了。

"跳吧跳吧！你跳下去摔死就不用上了，待会儿我替你上！"场上的人开玩笑道。

"呸，1米多高能摔死人？"修远毫不犹豫地就跳下平台了。的确，1米多高跳下去，对正常的高中男生毫无难度，并不会受伤。

修远就在这平台下面的地方晃来晃去，等着上场。忽然听到台上传来一声大喊："啊呀！小心！"

一回头，居然看见一个人正从高台上掉下来，正准备落在修远身上。

"完了！"

原来，有人运球，球被拍飞，差点儿出界，那人急忙之中一个飞身救球，冲得太猛，正好撞上散步到场边的占武。占武被人从侧面猛地撞到肩膀，失去平衡，踉跄几步，眼看就要从高台上斜着掉下去了。

不足2米高的距离，对于一名高中男生来说，原本不应该构成重大危险，但那也得需要你脚先着地才行啊！占武被人撞下去，那可是要平躺着落地的啊！甚至有可能被平台挡一下，变成头先着地，那可就有重大危险了。

好巧不巧，修远居然就在占武掉下去的位置正下方。修远一回头，正看见一个人影向自己头上砸来，根本来不及思考，立刻双手一举，托住那身子。

好重！

可不是嘛！身高超过180厘米的占武，体重不低于140斤，从2米高的地方跌下来，那冲击力能小吗？修远双手一托——托不住！又加上肩膀的力量，右脚往后撤一步，降低重心，手脚并用，全力托举！还是托不住！最后那人背部砸在修远胸口，两人一起横着倒地了。

"哎哟！痛死了！"修远嚷嚷着。

同学们赶紧跑过来查看两人伤势。好险！虽然修远没有完全把占武接住，但至少抵消了大部分的冲击力，更重要的是改变了占武跌落的方向。按照原本占武在空中的姿态，没有修远从肩背处托住他，那么他必然是头肩着地，要重伤了。

"占武？哎哟……压死我了……"修远痛苦地叫着，"你们两个撞上了，结果我最惨，给你当了垫背的！"

撞到占武的人赶紧下来一番道歉，既向占武道歉，也向修远道歉。好在两人都没受大伤，修远只是蹭破点儿皮，而占武压在修远身上，连皮都没伤到。占武瞟了那人一眼，知道他也不是故意的，于是没说话，又抬头看了看天，冷哼一声，自言自语道："开玩笑吗？"最后转向修远，说了声"谢谢"，转身准备离开。

"啊，啊，不客气。"修远坐在地上回道。天哪，这就走了？一句"谢谢"也太简单了吧？我可是救了你的命啊！好歹请我吃顿饭吧。

然而占武忽然停下脚步，仿佛听到了修远内心的呼喊一样。他微微回头，淡淡对修远道："我记得你曾经问过我一些问题？"

"啊？"修远一时愣住，而后立马想起，几个月之前，他曾经向占武请教过学习方法。

▶ 第七十章 ◀

错题笔记法

修远看着占武冰冷的眼神有些发愣，那冷漠的样子让他逐渐兴奋起来。显然，这位金口难开的杀神占武，看在自己刚刚救了他的分儿上，决定要教给自己一些学习秘诀了！

修远忽然觉得自己身上被砸的地方不疼了，甚至还有点儿舒爽，就好像被按摩了一样。修远心里感慨：自己的运气也太好了吧？上半年自己莫名其妙地掉进湖里，被林老师救起来，还被传授了一堆学习策略。等林老师刚刚离开，自己正在发愁学习方法的事情，忽然又和占武搭上了关系。

占武，封号"杀神"，兰水二中的天字第一号学神，实力甚至在卢标之上！卢标已经花样百出、策略无数了，占武能少得了吗？一定更强吧！

"啊，对对对，之前找你问的时候你没时间。那个，不如就今天午饭时候吧！我们可以边吃边聊。"修远兴奋地从地上爬起来。

"食堂人太杂，就在教室里吧，聊完了再去吃饭。给你半个小时。"占武面不改色地答复，然后离开球场返回教室。

球场上其他几个围观的同学还不知道两人在说什么事情，还在担心修远的伤势："没事吧，修远？你被占武砸得可惨了。"

不惨，不惨，一点儿都不惨！修远心想：这是天上掉馅儿饼了！他回忆起这几个月来的挣扎、焦虑和彷徨，内心的痛苦纠缠。如果被砸一下就能化解那么多的痛苦，他愿意天天被砸！

10多分钟后，体育课结束了，修远飞快地跑回教室，占武已经在教室里等他了。修远道："啊，来了来了！今天真是太荣幸了，我最近正好有一些学习上的困惑呢！"

"开始吧，你有半个小时。"

"好的好的。"修远略作思考道，"我最近刚好到了一个瓶颈，不管怎么努力也就卡在那个水平上不去了……"

"你目前什么水平来着？"

"哦，各科成绩吗？数学基本能保持130分以上，语文和英语不到110分，物理85分左右，化学75分左右，生物还没及格。目前英语和生物还没有开始认真学，精力都放在数学、物理和语文上了。

"我是想一个学科一个学科地冲刺上去，但目前卡在语文上了，费力冲刺了没什么效果。化学也是，效果一般。另外数学和物理虽然还可以，但是花费的时间很多……"

"你想问什么？"占武冷不丁道。

"啊？问什么？哦，我是想，我目前这个状态，你有没有什么好的建议？"修远略显尴尬地问道。

"学习这件事情，你还没有入门。建议你入门。"

"……"

这算什么鬼建议！占武不说话的时候，修远求着，想要他说话，可是一旦他开口了，又恨不得让他赶快闭嘴。

"这个……不知道你说的入门是指的什么呢？其实我对学习方法也算是有些研究，大的学习方法体系上没什么问题，可能有些细节方法还需要补充，就是各个学科的一些小窍门……"修远含含糊糊道。他想：自己经过这段时间的练习，对结构化思维、脉冲策略已经运用熟练，分层处理、费曼技巧时有应用，冥想法、情绪管理也基本上手，学习中心论、心智损耗等理念也了然于心，再加上时不时地复盘练习，整个学习方法的框架体系应该构建得差不多了。目前存在的问题，大约主要是在部分学科的细节上面，而这与老师的教学水平有关。他想要请教的内容，原本主要就是这些方面的。

"产生'整体没什么问题'的感觉，可能是因为处处都有问题。"占武冷不丁又冒出来一句。

"……"大哥，我知道你厉害，但也不用这么嚣张吧？你怎么知道我处处都有问题？修远被占武噎得说不出话来。

占武瞟了修远一眼，道："简单来说，应试体系下的学习不过是'上课—做题—改错'的三步循环而已。这三个步骤做好了，学习就不会有问题。而所谓学习的方法，就潜伏在这三个简单的步骤里。"

占武学习的秘密，就在这三个简单的步骤里吗？或者他的能力远不只如此，只是今天他不准备教给修远太多。

"啊？这三个步骤里有什么方法呢？"

占武不回答，而是反问道："你是怎么改错题的？"

改错题？三个步骤当中的最后一个步骤。修远回忆一下，自己平时是怎么改错题的呢？一般的改法是把错题抄一遍，然后答案抄一遍，这显然是最低级的做法。如果能把答案详细看一遍，确保自己能理解、能看懂，这就高出一个层次了。而修远在此之上，又增加了结构化错题本的技巧，已经是第三个层次之上的方法了。

"我嘛，一般是做的结构化错题本。"修远拿出自己的数学错题本给占武看。只见错题本干净整洁，按照解题思路的不同将题目分门别类，条理清晰，不失为优等生的笔记本。修远将它拿出来给占武看，心里多少有点儿较劲的意思。

不料占武随手翻阅了几秒钟就说："这样做的笔记，恐怕不能入脑。"

"不能入脑？是什么意思？"修远疑惑。他这么随手翻了几面，就能断定不能入脑？

"错过的题不再错，能做到吗？原题不再错，类似的题也不再错？"

"这……不好说。"

原题不再错已经不容易，类似的题不再错更是无法保证了。

"今天先教你一种错题笔记方法吧。不过事先说明，我只负责教，不保证你会，也不保证你会了就有用。这是我自己领悟的方法，没有教过别人，不保证对其他人适用。"

终于要动真格的了！学神占武的秘密，将首次揭开一角！

"这种笔记方法，我称为条件核检法，主要适用于数学和物理学科，尤其是数学。

"数学、物理学科的中高难度题目，解题思路变化很多，究竟要用哪一种思路，初学者很难把握，临考往往寻找半天而不得。尤其是，第一次不会做，改完错以后，由于没有挖掘出题目的内核，第二次、第三次碰到同样的、类似的题依然不会。"

"那如何才能挖掘出题目的内核呢？"修远急切地问道。

"这就是条件核检法要做的事情。一道题，该用这种思路而不是那种思路，是由什么决定的？一定是条件，只有题目的条件才能决定解题思路的变化。所以那决定题目难度、解题方向的内核，就藏在条件当中，只不过凡人的肉眼无法识别出来。

"所谓'条件核检法'是指，在改错题的时候，面对做错的或者不会做的题，你要仔细地看答案，研究清楚是哪一个解题步骤做错了，或者卡住了想不出来。然后将这一个解题步骤和题目条件进行比对，是由于哪个或者哪些条件导致了这个解题步骤的出现？本题的内核即隐藏在这个或这些条件里。以这样的方式改错题，久而久之，成习惯后，碰到生题，也会本能地感应到题目的关键点在哪里，形成做题直觉。"

占武淡淡地看向修远："听明白了吗？"

修远听着占武的解释，先是只觉得脑海里一片空白——这是什么方法？自己多年来从来没见过。学校老师没讲过，卢标没有提起过，就连林老师也没有介绍过。条件核检，他完全没想过面对错题时可以采取这么一个方法，需要这么一个方法。几分钟前，他还以为自己的学习方法已成体系，只有少数漏洞，不承想占武随口讲的一种方法，就点中了他脑海中的一大片空缺。

接着，他又强烈地意识到这方法多么强劲！他的思路还没有彻底厘清，但思绪如浪涛汹涌，一个个细碎的想法汇聚成的思维，在脑海里盘桓。为什么？为什么他会觉得这方法非同一般？这方法到底厉害在哪里了？

是大脑思维的精细程度！普通人面对错题进行改错，自然地感觉大脑在思考，在加工信息，可是加工了多少呢？这个加工强度又有多高呢？完全无从检测。就好比几个人都在跑步锻炼身体，但有的人每天跑5000米，有的人每天跑500米，还有的人每天只跑50米，而这几个人，都会声称自己在跑步锻炼身体。实际上，那些每天跑500米、50米的人，几乎没有锻炼效果，因为量太少了。

大脑思考也是一样啊！学习当然是用大脑来学，老师反复强调一定要动脑，要深入思考，可是如何深入思考呢？思考到什么层次才算深入？根本没有标准，也没有反馈。你思考不到位，也不会有人提醒你，更不会有人教你怎么才能思考到位。所以绝大部分人的大脑思考，会停留在肤浅的表层信息加工上。

这个肤浅的加工，既是主动的，也是被动的。被动是因为无人提醒、无人指导，而主动则是因为，这样肤浅的思考早已形成习惯，大脑会顺着多年习惯主动往肤浅的方向走，这样才最熟悉、最舒适。就像早期的雨水在平地上随意冲刷出一条沟渠，而后期的雨水则更容易顺着沟渠奔流，不再费力开辟新路了。

而条件核检法，则是给出新的、更高难度的路径，逼迫自己进行更深入的思考，逼迫自己将隐藏的要点挖掘出来。题目的玄机一定藏在条件里，而对条件的深度加工，一定能破解题目的玄机。

修远陷入震惊，久久说不出话来，慌忙翻出几道数学题进行条件核检法的尝试。要试，就直接试难题！

已知斜率为 k 的直线 l 经过点（-1, 0）与抛物线 C：$y^2=2px$（$p>0$，p 为常数）交于不同的两点 M，N，当 $k=\dfrac{1}{2}$ 时，弦 MN 的长为 $4\sqrt{15}$。

（1）求抛物线 C 的标准方程。

（2）过点 M 的直线交抛物线于另一点 Q，且直线 MQ 经过点 B（1，-1），判断直线 NQ 是否过定点？若过定点，求出该点坐标；若不过定点，请说明理由。

这道题第二问，修远没有做出来，改完错以后，依然觉得迷迷糊糊。倒是能够把答案背出来，但要再来一道类似的题，不能保证做出来。

第一问求出来 $p=2$，而第二问的答案解法为：

（2）设点 $M(t^2, 2t)$，$N(t_1^2, 2t_1)$，$Q(t_2^2, 2t_2)$，

所以 $k_{MN} = \dfrac{2t-2t_1}{t^2-t_1^2} = \dfrac{2}{t+t_1}$,

则直线 MN 的方程为 $l_{MN}: y-2t = \dfrac{2}{t+t_1}(x-t^2)$,

即 $2x-(t+t_1)y+2tt_1=0$,

同理可得 $l_{MQ}: 2x-(t+t_2)y+2tt_2=0$,

$l_{NQ}: 2x-(t_1+t_2)y+2t_1t_2=0$,

由 (-1, 0) 在直线 MN 上可得 $tt_1=1$, 即 $t=\dfrac{1}{t_1}$ ①,

由 (1, -1) 在直线 MQ 上可得 $2+t+t_2+2tt_2=0$ ②,

将①代入②可得 $t_1t_2=-2(t_1+t_2)-1$ ③,

将③代入直线 NQ 的方程可得 $2x-(t_1+t_2)y-4(t_1+t_2)-2=0$,

即 $2x-(4+y)(t_1+t_2)-2=0$,

当 $y=-4$ 时, $x=1$, 所以直线 NQ 过定点 (1, -4)。

答案看下来, 每一步都看得懂, 可就是有一种迷迷糊糊的感觉。这一题, 计算也复杂, 中间过程也复杂, 题目的核心要点在哪里呢？之前修远改错, 只能将原答案背下来。

如果按照占武的条件核检法做, 该怎么做呢？

顺着答案一步步往下看, 哪一步是自己没有想到的？

第一步。修远意识到, 自己第一步就和答案不一样。答案在假设参数时, 直接设了三个点, 而没有设直线。自己先设了一条直线, 就导致后续的计算无比复杂, 并最终算不出来。

按照条件核检法, 现在就该想一想, 是哪些条件导致了该步骤直接设三个点而不设直线呢？

修远再次查看题目条件, 仅 1 分钟之后, 修远恍然大悟——因为条件中直接给出了三个在抛物线上的动点啊！三个对称的动点！

图形中, 有三个动点、三个定点, 题目是给出了两个定点和三个动点, 要求最后一个定点——如此对称, 如此简洁与和谐！这样对称的条件, 明显就是要把三个动点都设出来啊！太明显了！

这么明显的关键点, 自己之前为什么没有想到？现在为什么又想到了？

显然, 之前没想到就是因为占武所说的, 没有找到题目的关键点, 而现在能够想到了, 则是因为使用了条件核检法, 逼迫着自己去寻找题目的要点！条件核检法, 在引导着大脑对题目进行精细加工。

拾到一张秘籍碎片

条件核检法

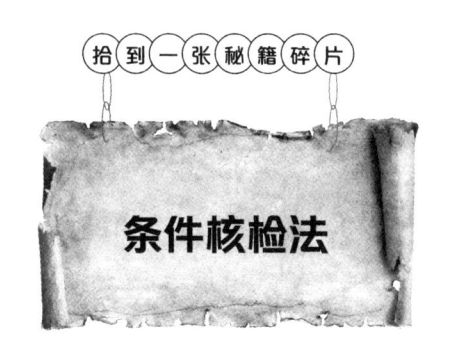

"神、神了！居然有这么立竿见影的效果？！"修远大为震惊，"你是怎么想到这么厉害方法的？在哪本书上看的？谁教你的？"

"跟你说过了，我自己领悟的。"占武冷冷道。

"自己领悟，自己领悟！怎么才能领悟出这样的方法啊？！简直……"修远激动得有些语无伦次了，"天才，绝对是天才！人与人的差距怎么这么大啊！有这样的天赋，十几年的学习历程里，该少走多少弯路，少受多少苦啊！真是不同人不同命……"

"今天就到这里了，吃饭。"占武嘴角微微一撇，露出一丝不易察觉的冷笑。

第七十一章

错误的康奈尔笔记

后续几天时间里,修远忙着抽空检视自己过去所做的错题,对其中还抱有似懂非懂感觉的中高难题,全部用条件核检法处理一遍,果然找出不少思维中的漏洞。

前后对比下来,修远觉得自己对学习方法又有了新的感悟。自己之前所用的学习方法,虽然也有用,但感觉精细度不够,大脑的思维还不够细致。就好像练武的人,每天都在练固定的套路和招式,练得烂熟,却从没想过这一招为什么这样练,练好了有什么作用。

而条件核检法的加入,就像是把每一招的作用全部细细讲解清楚,于是之前已经熟练的招式功效忽然放大 10 倍,思维之中念头分明、灵活百变了。

"修远!"

课间时分,修远正在走廊上散步,忽然背后传来声音。修远问:"夏子萱?陈思敏?怎么了?"

"我们可都听说了!"夏子萱笑盈盈道,"据说大神占武亲自给你传授学习方法了?快说,有没有这回事?"

诸葛百象也不知从什么地方冒出来:"我证明,有!虽然传授的具体过程没人看见,但是很多人都亲眼看见占武答应教他学习方法了,就在篮球场上'签订'的契约!估计这几天已经教过了吧!"

"赶快分享一下嘛。"夏子萱和陈思敏都说。

修远机缘巧合给占武当肉垫换来的学习方法,亲测有效,高深莫测,就这么分享出去,修远心里其实颇有几分舍不得。然而夏子萱和诸葛百象都是当初帮过自己的人,尤其是善良的夏子萱,自己也不好意思拒绝。

"呃,嘿嘿,被你们发现了……"修远挠挠头,"前几天教过一种错题分析的方法。"

"天啊!太幸运啦!你可千万要教给我们啊!"陈思敏惊呼。

"好,我找时间教给你们……"修远勉强答应下来。

"别找时间了，就今天吧！等下吃午饭的时候一起讨论下！"陈思敏生怕修远反悔，赶紧定了下来，"啊！第三届学霸大会今天中午就要召开了！我去找柳云飘和百里思，你们谁去叫下罗刻？课间赶快去食堂订个包间，免得等下临时去不一定有位子，我看学校最近经常有人过生日用包间的……"

中午时分，第三届学霸大会在学校食堂里召开了。与前两次大会的迷茫与闲散不同，本次会议主题明确，内容清晰——修远向众人分享占武所传授的机密方法。

众人随意点了几个菜，等菜的时间里，陈思敏等人就迫不及待地问起来："占武教你什么方法？用过没有？好不好用？"

修远娓娓道来，将条件核检法讲解一遍。陈思敏若有所思，夏子萱和柳云飘暂时疑惑不解，诸葛百象和罗刻也在细细品味，百里思喃喃自语道："有时候思维中会自动闪过这方面的想法，不过没有控制……"

夏子萱说："有点儿抽象，没有完全明白。我是说，听懂了它的操作步骤，但是这个方法有多大的作用呢？是属于有一点儿用的方法，还是特别核心的呢？"

柳云飘说："占武大神透露的方法，肯定是特别核心的高级方法啦！不过我们并没有完全听懂而已。喂，修远，是不是你省略了什么东西没有说？"

修远有些得意道："就知道你们领会不了那么深，还怪我没有讲全。来，给你们举一个案例，你们一看就知道了。"修远于是将那天自己领悟的圆锥曲线的例题拿了出来，"特意给你们带上的，当老师当然是要装备齐全啦！"

已知斜率为 k 的直线 l 经过点 $(-1, 0)$ 与抛物线 $C: y^2=2px$ ($p>0$, p 为常数) 交于不同的两点 M, N, 当 $k=\dfrac{1}{2}$ 时，弦 MN 的长为 $4\sqrt{15}$。

（1）求抛物线 C 的标准方程。

（2）过点 M 的直线交抛物线于另一点 Q, 且直线 MQ 经过点 $B(1, -1)$, 判断直线 NQ 是否过定点？若过定点，求出该点坐标；若不过定点，请说明理由。

"第二问你们谁做出来了？"

柳云飘、夏子萱一耸肩；陈思敏和诸葛百象表示，自己没有完全算出来，拿了点儿过程分；罗刻做出来了，但那是因为刷题量太大，偶然做过原题，考场上直接照搬答案；百里思言简意赅："这是个送分题。"

"……"

"我相信看答案大家最后都看得懂，这题不能设直线方程，否则就特别难算，而应该设三个动点的未知数，这样的计算是最简洁的。但这个结果是事后看出来的，事前怎么会想到要设三个动点未知数呢？这个问题是我们在做错题笔记的时候必须要解决的，如果没有分析清楚，仅仅是把答案抄上去，那么这个错题笔记就没有太大的意义。"

"没错！"陈思敏略显激动地大声说，"类似的问题我已经遇到很多次了，看完答案，表面上看懂了，实际上还是不明就里——这题怎么会想到这么做的？总有一种模模糊糊、没有真正掌握的感觉。那这种问题和条件核检法有什么联系？能解决吗？"

"能有指引作用。"修远继续解释，并将那天自己受条件核检法指引，思考出本题精髓的过程细细说了出来。陈思敏等人屏息凝神，不敢漏过修远说的每一个字。这可是杀神占武通过修远流露出来的智慧啊！

"厉害，厉害啊！"柳云飘赞叹，"原来条件核检法有如此深刻的作用！今天勉强听懂了，回去还得多练习一下啊，免得过几天又忘记了！"

修远补充说："没错，要多练习，我这几天越练越觉得它有用，解决了我之前很多遗留的数学问题。其实真正把题目研究懂了还是蛮有意思的，有很强的求知的乐趣，我甚至恨不得一整天都在研究、应用条件核检法！"

夏子萱忽然笑道："话说回来，这就是你语文作业又没有做，化学作业也很潦草的原因？"

"这……"修远叹气，"唉，学习和练习这个方法自然要花点儿时间，英语作业是李双关管的不敢不做，只能在语文、化学上面强行偷点儿懒了……"

"嚅，你以为语文老师好欺负？还不是要罚抄课文十遍，反而浪费了更多时间。"

柳云飘打断道："行了行了，扫兴的话就不说了。对了，菜怎么还没上？都20多分钟了吧？我去催一下。"

众人各自品味条件核检法的妙用，直到2分钟后柳云飘返回包间。"菜来了没？"夏子萱问。

柳云飘缩着脖子吐吐舌头："快了，看见他们正在炒。我刚才看见占武就在外面。"

"啊？占武？"众人一愣。自己在包间里传播学习占武的秘密方法，而占武就在外面大堂吃饭。

"那……你有没有跟他说话？"

"我晕，连招呼都没敢跟他打！"

众人面面相觑，沉默了半分钟，诸葛百象低声道："他教修远学习方法是因为修远那天救了他，现在修远传给我们，不知道他会不会介意。"

"这……"

夏子萱又提议："要不叫占武也进来？我们请他吃顿饭？"

修远道："那要再加几个菜。刚才就我们几个吃，菜点得不丰富。"

众人一阵商议，推修远去邀占武进来。修远出去后，其他人略显紧张地在包间里等待，不知结果如何。万一占武不愿意给面子呢？万一占武不高兴呢？

几分钟后，包间门开了。众人齐刷刷抬头看去，只见修远迈步进来，然后颇具戏剧性地做出一个"请"的动作，道："大神降临了。"

来了！天字第一号学神，杀神占武，来了！

柳云飘紧张得噌地一下站起来，其他人也忍不住跟着站起来，仿佛行礼一般。"你好……"夏子萱勉强打了个招呼。

"请坐，请坐！"修远拉占武坐下，又对其他人说道："好消息！刚才跟占武说过了，他不介意我给你们讲他的学习方法。"

"啊，太好了！"众人各自舒了一口气。

包间里的气氛缓和了一些，菜品又陆陆续续端上来。修远接占武来时已经叫了工作人员再加几个菜，此时都端上桌来，摆了满满一桌子。

"好丰盛啊，这一顿饭得吃一个小时吧……平时都是赶时间吃完饭回教室做题，像这样慢慢吃已经太奢侈了。"夏子萱感叹道。诸葛百象心想：多点几个菜也好，一是请客对占武表示感谢，自然不能寒碜了；二是菜多了吃得就慢，席间刚好找机会和占武多聊聊，看能不能再挖出点儿秘籍来。

占武也不客气，自顾自地吃了起来。一会儿将烧鱼的鱼肚子上最嫩的肉大块刮下来，一会儿扯下烤鸭的鸭腿，一会儿大碗盛汤，大口喝饮料。总之，没有丝毫客气，完全不顾及吃相。幸而这世界对男女要求有别，餐桌上的仪表、仪态，若女生违反了就是不合礼数，难登大雅之堂；若男生违反了还可能被原谅，说是大口吃肉、大碗喝酒的豪爽之气。

不过占武这样子倒也让其他人放松下来。"我们先一起敬占武一杯吧！饮料代酒了。"夏子萱提议。敬饮料过后，大家都动筷子吃饭了，并不时试探着再向占武请教问题。

"今天能请到占武过来真是荣幸啊！前两届学霸大会没有占武，我们自称学霸还有点儿心虚，今天占武来了，那可就名副其实了！对了，占武，条件核检法你是从哪里学的啊？"陈思敏先是一番恭维，然后试探着问。

"自己领悟。"

陈思敏感叹："果然是大神啊，好高的悟性。自己领悟的方法，比我在其他地方学的还好用！"

"哦？你学的什么方法，分享下啦！"柳云飘好奇。

"哪敢啊！大神在上，我怎么能班门弄斧！"

诸葛百象笑道："没事没事，大神俯瞰众生，不介意的，你说吧。"

众人催促之下，陈思敏只好说了出来："我原来做笔记，一直按照康奈尔笔记法做的，这是我在网上报名了一个学习方法的课程里面学到的。不过用了这么久，成绩也没有太好……"

"康奈尔笔记法？好像听说过，但没用过。"罗刻终于吭声了，"你说说是怎样的方法。"

"修远，借你的纸、笔用下。"陈思敏边讲边写，"我们平常做笔记，就是在一张普通的纸上做笔记，而康奈尔笔记法，是把一张纸划分成三个部分。"

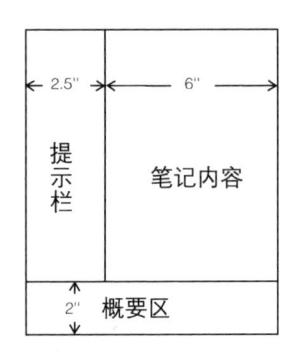

```
 ← 2.5" → ←    6"    →
┌──────┬──────────────┐
│  提  │              │
│  示  │   笔记内容    │
│  栏  │              │
├──────┴──────────────┤
│ ↕2"    概要区        │
└─────────────────────┘
```

"右上是笔记主要内容，就是我们正常做的笔记，为 1 号区域。左边是提示栏，把笔记内容中的关键词、提示词写上去，为 2 号区域。底下是总结概要区，写自己做的总结和想法概要，为 3 号区域。然后每过一段时间——一般是每周一次，复习一下三个区域。这就是康奈尔笔记法了，是从康奈尔大学里传出来的。"

"有好的学习方法怎么不早说嘛，藏私！"柳云飘不满道。

夏子萱说："这么有名的方法你没听说过吗？我虽然没有具体做过，但听总是听过的，不过一直没有来得及尝试。网上可以搜到很多康奈尔笔记法的资料呢。"

康奈尔笔记法？修远有些好奇，自从遇到林老师后，他就对各种各样的学习方法非常感兴趣，而林老师没有讲过的方法他就更感兴趣了。"那这种方法——"修远还想多问些内容，却被打断了。

"没用。"

埋头吃饭的占武冷冷抛出两个字。

"啊？"众人吃惊地扭头看占武，陈思敏更是绷紧神经，急切地想听占武说些什么。"占武大神，你研究过康奈尔笔记法吗？"陈思敏问。

"没听过。"

"那你为什么说它没用呢？"

"直觉。"

占武的回答简单了当。直觉？凭直觉就说康奈尔笔记法没用？其他人这么说肯定要被群嘲了，可这是占武啊！没人敢说他的不是，甚至很多人一听到占武的话，立刻就在心里否定了这种方法——既然占武说它没用，那就肯定是没用了。

夏子萱试探着问陈思敏："这个方法你用了多久，你觉得有效吗？"

"我从初中开始用起的，到现在三四年了吧。可是有没有效果，真的不好说啊，我每天学习的时候，这么多行为和方法混合在一起，究竟哪一种起了什么效果，根本没法分辨啊！又不像做生物实验一样，可以控制变量。"

众人沉默下来。诸葛百象突然抬起头看向陈思敏："等等，不对吧。我虽然没有用康奈尔笔记法，但也听说过，它好像有五个操作步骤吧？你刚才说，三个区域，这就是三个操作步骤，再加上一周复习一次，那就是四个操作步骤，还差一个吧？"

"啊？"陈思敏一愣神，努力回忆了一阵子，恍然大悟道，"我记得最初学的时候，课程里好像是提到有五个步骤，有一个我漏掉了。我想想，对了，二号区域做完以后还有一个步骤我漏掉了！二号区域做完后，应该挡住一号区域的笔记主体内容，然后对照着二号区域的提示词，尝试回忆一下一号区域的完整内容！就是漏了这一个步骤。"

柳云飘忽然想起接近一年前卢标曾经给自己讲过如何高效记忆，其中有一条记忆的原则就叫作提取信息，似乎与陈思敏所说的这个漏掉的步骤很相似。正回忆着，忽然听到占武插话道："这个步骤，有点儿用。"

"你怎么知道这个步骤有用？"罗刻问。

"直觉。"

直觉，又是直觉！诸葛百象、修远等人暗想：康奈尔笔记法既然是从一个著名大学里传出来的著名方法，那就必然有可取之处。陈思敏一开始介绍这方法时漏掉一个步骤，占武听后就直截了当地说这方法没用，而陈思敏补充了漏掉的步骤，占武立刻就说这个步骤有用，可见占武的直觉是非常准确的啊！柳云飘想：高手的心意都是相通的吗？卢标当年教给自己的记忆法则，和康奈尔笔记法中的某个步骤高度一致，而占武立刻就直觉地感受到这个步骤有用，果然是英雄所见略同啊！

占武难得又主动开口了："所谓三个区域，无非是纸上多画几条线而已，这要是有用，那就再多画八条、十条线，人人都可以上清华、北大了。关键步骤就那个'尝试回忆'，而你，刚好漏掉了。"

"原来如此！"陈思敏沮丧道，"最开始做的时候，因为经常回忆不出来，所以觉得这个步骤做了也没什么用，久而久之就忘记这个步骤了！想不到正好错过了精华的部分。现在好了，我终于知道康奈尔笔记法的核心是什么了，也终于知道怎么用才有效果了！"

拾到一张秘籍碎片

康奈尔笔记法

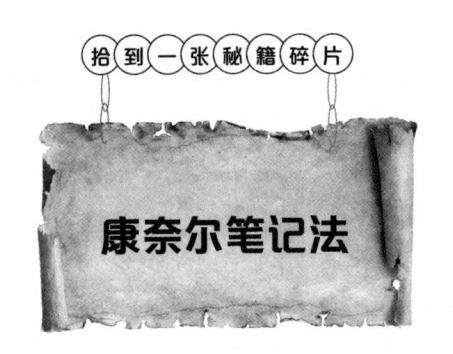

"占武的直觉好厉害啊，碰到陌生的方法都能感觉出来它有没有用。那我们用的其他方法，你能直觉判断一下有用吗？"夏子萱又问道。

这个问题非同小可。如果占武说"可以"，那就相当于又免费给出大量极具价值的学习方法指导了。每个人都屏息凝神看着占武，内心祈祷着他一定要答应下来啊！

占武放下筷子，淡淡说："随意。"

第七十二章

长久的寂静

夏子萱恍惚回忆起当年卢标还在时，曾主动公开分享自己的学习经验和方法，然而班级里无人响应，他号召共同学习合作型同学关系，无人搭理。等到卢标离开后，班级学习气氛受到重创，很多人接连遇到无法解决的学习困难，这时候才想起要群策群力、众人拾柴火焰高，举办几次学霸大会。可惜，所谓"学霸大会"，也不过是凑在一起发发牢骚、提出问题，并没有能力解决问题。毕竟学霸也常有疑惑，遇到多处迷局，需要学神来指点迷津啊！

而这次大会在机缘巧合之下，有了占武的加入，他居高临下，俯视众生，众人的迷茫之雾，终于有风吹雾散的希望了！

当占武放下筷子说"随意"的时候，众人喜出望外，纷纷挺直了腰杆子。

"我先问！"陈思敏兴奋喊道，双手撑着饭桌，身体前倾。夏子萱吓一跳，看着陈思敏的身体姿态，忽然想到"夜半虚前席"的典故。

"卢标之前讲过一种方法，费曼技巧，您了解过吗？这方法有用吗？"不知不觉中，陈思敏对占武的称呼变成了"您"。

"既然是卢标讲的方法，应该比较靠谱儿。"占武平静回答。

"哦？您是认同卢标，还是认同这种方法呢？"陈思敏追问。

"你说下这方法的具体操作步骤。"

修远等人也聚精会神地听着，他们中有部分就曾经尝试过费曼技巧。

陈思敏简述了费曼技巧的操作步骤，然后急切问道："怎么样？有用吗？"

"有点儿用。"

"那您用过这方法吗？虽然您不知道它的名字，但会不会曾经自己悟出来过？"

"用过。"占武答道。他的眼神忽然变得深沉，仿佛陷入了某段悠远的回忆。

"那……那这种方法您用得多吗？什么时候用？什么学科用？"

"很多年前用过，小学阶段，当我还很弱的时候用过。一种初级方法而已，现在不用了。"

大名鼎鼎的费曼技巧，在占武眼里只是个初级方法？好大的口气啊！可是占武语气平淡，毫无故弄玄虚的意味。并且以占武的实力说出这种话，大家也并不怀疑。

"那也是您自己领悟出来的吗？"

"是。"

诺贝尔物理奖学者领悟出来的方法，占武也自己领悟出来了！陈思敏心里对占武的崇敬多了几分。她忽然走了神，心想：占武身高有多高来着？180厘米？还是185厘米？

"那为什么说它只是个初级方法呢？为什么你后来不用了？"诸葛百象追问。

"这种方法的本质是监控自己的思维断裂点，找出自己反复遗漏、不知道自己没学好的地方。我的思考能力已经过这个阶段了。"

一针见血！罗刻和诸葛百象微微皱起眉头，细细品味占武的回答。

"还有问题！"陈思敏又问，"卢标在原来班会课上公开讲过一次流程策略，怎么预习、怎么听课之类的，这些方法您知道吗？用过吗？有用吗？"陈思敏又花了几分钟将核心内容简述了一遍，比如预习时做提问表、听课时的节奏把握、复习的时间周期等。

占武倒着回答："有用。用过。现在不用。"

"也是因为它是初级方法吗？"陈思敏问。

"是。小学用的。"

"也是你小学就自己领悟出来了？"诸葛百象不敢置信地问。

"是。"占武继续平静地回答。

"是其中的哪一部分，还是全部都领悟出来了？"罗刻也补充问道。

"全部。"

震惊啊！诸葛百象、修远、夏子萱、柳云飘等全都惊呆了，罗刻更是惊讶得无以复加。初中时期，他曾强烈地嫉妒卢标，嫉妒对方天神下凡一般优越的命运——接触最好的教育资源，百万成本请名师掌握了顶级的学习策略。而这个占武，居然能够仅凭自己领悟就把卢标巨资学来的方法都掌握了！

夏子萱、柳云飘等人都曾是卢标的小迷妹，尊崇有加，可是今天面对占武，她们又产生了更强烈的敬畏。

所有人都在惊叹，一个人的天赋真的可以到达如此境界吗？！天才的高远能力难道是没有极限的吗？

柳云飘问："我有一个小问题，考试的时候老是算错数据，比如'$2 \times 7=9$'之类的，各科加起来，这种低级错误每次要扣好几十分。这有没有什么方法能改变呢？"

修远每次低级错误也不少，这问题他也感兴趣。

夏子萱插嘴道："这不是粗心问题吗？细心点儿呀。这也能有方法解决？"

"可是细心不了啊！"柳云飘无奈地看向占武，"我看你每次考试都很稳，从来没有计算错误这种低级失误，你是怎么做到的啊？这种粗心问题有对应的方法吗？"

"有。改善草稿格式。"占武的回答永远那么言简意赅。

"啊？怎么改善？"

"简单来说，把草稿当成正式答题过程一样写，草稿清晰可查。"

"把草稿当成正式答题过程一样写？"柳云飘喃喃自语。是啊，草稿清晰了，粗心算错的概率不就降低了吗？这个困扰了她好久的问题在占武这里居然这么简单？她还在思考着，占武忽然又说道："你的情绪问题比较重，心神不定，也有影响。"

柳云飘更加震惊了，他为什么说自己的情绪问题太重了？他怎么知道的？自己跟他完全不熟啊！他不可能了解自己啊！

诸葛百象也是一阵惊异，占武对他人下判断时果断、干脆，让他想到了自己的哥哥诸葛千相——封号妖星、精通人性的学神。而占武说话时冷静、平定的气场，更在妖星之上。如果说妖星身上是名副其实的诡异妖气，那占武身上就是名不虚传的霸气！

修远想起了最近语文作文写不好的问题，问："那有没有什么写作文的方法？数学题不会做可以看答案，看了就懂，可是作文看了范文也还是不会写啊！感觉作文比数学更难！我也去背了一些素材，可分数还是不行。是不是要多练练文笔，文字优美些才行？"

对，作文！罗刻的作文也不怎么样，夏子萱作文时好时坏，诸葛百象作文分数尚可，经常有50分以上，可是他并不觉得自己懂得如何写作，只是准备了一些取巧的套路而已。百里思更不用说，作文长期离题不及格。其他人也纷纷表示，作文是个难题。

"两条路。第一条路，大量背范文，理解范文，仿写范文；第二条路，思考人生，思考世界，文笔随意，文章必出彩。建议你走第一条路。"

"啊，为什么？第二条路听起来更本质、更优秀一些啊？"修远疑惑道。思考人生和世界，对作文给出的话题有自己独到的看法，思想深刻，立意高远，自然就是高分一类文，再加上一点儿文笔，甚至能冲击54分以上的分数！这不是更好吗？

"你的资质不够。"

冷面无情！

然而修远向来不擅长语文啊！或许占武说的是对的呢？或许第一条看似机械的、应试的路更适合自己呢？修远低头沉思起来。

而诸葛百象又开始疑惑：占武怎么判断人的资质的？占武跟修远也不熟啊。诸葛百象又想起了妖星，那个自称看人从不出错的家伙。他曾无数次疑惑为什么妖星能够透过表象看懂一个人？人的性格、强弱，人的内心所想与特点等，为什么妖星能够硬生生用双眼看出来？他想：或许是妖星偷偷找作为心理咨询师的父亲学了点儿什么？可是眼前的占武呢？显然，占武的父母不是心理咨询师吧！根据那次偶然遇见的占武小学同学的话语，占武的父母可是没什么素质的人啊！

百里思忽然插嘴道："你的思维速度快吗？"

这个问题好奇怪！众人心里疑惑百里思为什么这么问。占武的思维速度当然快啊！不然怎么当学神？

"不是普通的快，是持续不断、永不停歇、自动运转且基本不费力的那种快。"百里思补充说明。

占武抬起头，看向百里思，眉毛微微抖动一下："如何？"

"我有一个问题，思维速度太快以后好像就停不下来了，不受控制了，全跟着本能的灵感走了。你有没有这个问题？"

思维流，卢标所说的最强的思维状态，而自己的思维流只是个残缺版本。在卢标离开之后，百里思也曾后悔没有和卢标一起研究清楚自己的思维方式是怎样的，又该如何改进。她逐渐生出一点儿想要进化的动机，可只是沉浸在思维流里，被"潮水"席卷与冲刷，如海中扁舟，并不知如何改变。

占武顿了顿，扭头看了一眼百里思——他在回答其他人的问题时，几乎是不停顿的。他问："你好像数学、物理还不错？"

"对！"陈思敏抢道，"她数学、物理经常接近满分，是偏科天才！"

"不受控制，能起作用吗？灵感带着你走，正确率能有多少？"占武询问。

"灵感好像很好用吧，几乎每次都是脑子自己转啊转的，题目就想出来了。"

占武略作沉思，道："你的能力恐怕是天生的，未经过磨炼。磨炼过的，一定能够控制。哼，你倒是个有意思的人。可惜了，浪费天才。不过又有什么可惜？无数天才的结局都是坠落。命运长河里，凡人终将坠落。"

最后这几句话有些莫名其妙了，没人听得懂。

"那你呢？"百里思不管那奇怪的坠落之谈，继续问道，"你能控制吗？怎么控制？"

"控制大脑和控制手脚没有区别。练，百练，千练，万练。"

诸葛百象、陈思敏和夏子萱都知道百里思的大脑异于常人，她的思考速度极快，思维极灵活，但并不知道具体原因。在他们眼里，百里思是个无法理解的神秘人。可是听占武与百里思的对话，似乎这两人可以相互理解！而且占武更高一个层次！难道……难道，连百里思那可怕的天才能力所思考的内容，占武都已经领悟了吗？！

夏子萱忍不住问道："难道你也有百里思类似的能力吗？难道你也是从小学就领悟出来的？"

"14岁，初二。"

简短的回答，却又包含着充足的信息：

是的，他有类似的能力！

是的，他是自己领悟的！

是的，这能力较为高深，他到初中二年级才领悟出来！

"具体该怎么练？"百里思又问。

"在你弱势的学科那里练。"

"啊？"百里思思维卡住了，疑惑不解。

占武看着百里思，露出那经典的、代表性的轻蔑而冷峻的笑："呵呵，女人，女童。"

百里思不解其意，愣在那里。其他人也不知何意，但不愿多想，抓紧机会问自己最重要的学习问题。

"物理该怎么学？"夏子萱问。她的英语、语文尚可，而数学、物理较弱。相比起来，物理又更不擅长。

"用脑子学。"

这回答真不客气！不过意思也很明显，夏子萱的问题问得太没脑子了，根本就没法回答。

夏子萱略一愣神，重新问道："不好意思，我说详细点儿。我对物理的中高难度的题不知道怎么处理，尤其是运动学、力学、机械能、动量这几个章节结合的题，总是想不清楚。这种难的感觉还跟数学不一样，数学的难题我不会做，但是看答案还能看懂，然后感叹这个方法真巧妙，我没想到。可是物理的难是反过来的，看答案觉得明明很简单啊，就是那几个公式定理的应用，可是我怎么想不到呢？而且……而且看完答案以后自己再分析一遍，还是觉得很难，心里会觉得很烦。我其实并不讨厌学习，但是就会对物理的难题产生这种烦躁感觉。面对物理难题，总会觉得很不舒服，有一种奇怪的感觉，就像……就像……"

夏子萱卡住了，不知道如何描述那种感觉。

"就像大脑被抽空，就像你用柔弱的手臂去推一辆卡车。"

占武忽然发声。夏子萱惊讶不已："对对对！就那种感觉！"

"画图。"

"啊？"夏子萱不解。占武的回答也太抽象了吧？前后连不起来啊！

诸葛百象倒是若有所思："是不是我说的这样？中高难度的物理题里，有复杂的动态过程，而你的难点就在于脑子里想不清楚这个复杂的动态过程！所以你觉得大脑很累，就像推一辆卡车一样推不动！而占武说要画图，意思是你就不要强行在脑子里想了，把运动变化过程在纸上画出来。占武，是这个意思吗？"

占武不语，算是默认了。而陈思敏、柳云飘忽然又想到一件事情。卢标当年讲过实物模拟法，其中一种具体用法就和占武刚才说的颇有相通之处！

夏子萱沉思占武的言语之际，罗刻终于找到机会问问题："我刷的题目非常多，不仅能做完学校布置的海量作业，还会自己找题做。但是我现在也疑惑，做那么多题到底有没有必要呢？题海战术到底有没有用呢？不知道这个问题你怎么看？"

"有用。效率低。"

"那怎么提高效率呢？"

"挑题做。"

"怎么挑题？"

"把学校的垃圾作业甩开，自己找高质量题。"

"啊？这……"罗刻犹豫，这方法对自己可行吗？其他人也暗自想：李双关那里如何交代？柳云飘又想起卢标曾经讲过一种分层处理的方法，大部分题可以看而不做，理论上可以应对题目质量不高的问题。她想找占武确认一下，便问："那能不能用一种叫作分层处理的方法？就是对大部分题目，只看题而不做题？"

分层处理？修远一愣，怎么柳云飘也会这种方法？这是林老师教给自己的。

"可以。等下，你从哪儿学来的这种方法？"占武问。

诸葛百象注意到占武的用词——学来的。也就是说，占武立刻就判定了这方法不是柳云飘自己想出来的。

"也是卢标教我的。"柳云飘如实告知。

"他可以用，你不行。层次不同。"

卢标也会分层处理？修远心想。难道这方法其实很普通，很多人都会？

诸葛百象忍不住又问："这个叫分层处理的方法，你也会吗？又是你自己领悟出来的？"

占武瞟了诸葛百象一眼："你很诧异。"

好强的气场！没有情绪，没有声调变化，把反问用平淡陈述语气表露出来，反而在一句话里透露出冲天的气势！诸葛百象暗自惊叹，一个人是如何能有这样惊人的自信啊！其他人可能只是在普通层面上感到占武很有自信——一个顶级学神怎么会不自信呢？

可是诸葛百象不一样，他能感受到更多东西。他见过很多极端优秀、极端自信的人，比如他的哥哥诸葛千相，封号妖星的另一个顶级学神，也是一个极端自信的人。可是那种自信的感觉和占武并不一样！以及其他顶级学神，他们的自信都与占武不一样！可是这区别在哪里呢？诸葛百象思绪涌动。普通人的自信浮于表面，是身体外薄薄的一层；而顶级学神的自信，则是一种从骨子里透露出的自信，根基深厚。可是占武又不一样！那是比骨子里更深的自信。可那又是什么呢？

诸葛百象来不及细想，又听见陈思敏说："天啊，你真是太厉害了！这么多的方法，全都是自己领悟出来的，这到底是怎么想出来的啊？！"

是啊，所有人都在心里感叹，天才，占武是真正的天才啊！修远想：这样的天才，一辈子基本不会走弯路了啊！罗刻想：这命运的馈赠，与卢标不同，却又无异。诸葛百象想：真正的顶级强者，就该是这副模样？而陈思敏、柳云飘等人已经放弃了所有想法，仅剩下感叹——天才！天才！天才！

占武瞟了陈思敏一眼："这是句感叹，还是个问题？"

诸葛百象立刻反应过来：难道这句当作问题也是成立的？！占武领悟出来这么多的学习方法已是无比难得，难道在此下更深层，还有更本质的方法能够让他想出这些？眼见更深一层的秘密就要被挖掘出来了，诸葛百象赶紧抢着说："问题！这是个疑问！"

占武看了一眼诸葛百象，又看了一眼修远，道："这问题不属于解答范围，如果你们一定要解答，那么今天中午的问答就到这个问题解答完为止了。并且不保证你们能听懂。"

这个问题解答完就不再回答问题了？众人有点儿舍不得，可是又明白这个问题非常关键，只得咬牙道："好，就解答这个问题吧。"柳云飘还赶紧追问道："那以后还能找你请教问题吗？"

"没兴趣。"这才是高冷学神占武该有的回答，"今天是给修远面子而已。"

众人一齐羡慕地看向修远得意的脸。显然，自此以后只有修远一个人能够享受到占武大神的私人解答服务了。

"好，占武大神，您就解答这个问题吧。"陈思敏恭敬道。所有人屏住呼吸，生怕漏掉一个字！超级天才占武是如何自行领悟到这么多高深学习方法的，甚至超越了封号命运之神的卢标，这个终极秘密，就将要揭晓了！

"长久的寂静。"

拾到一张秘籍碎片

长久的寂静

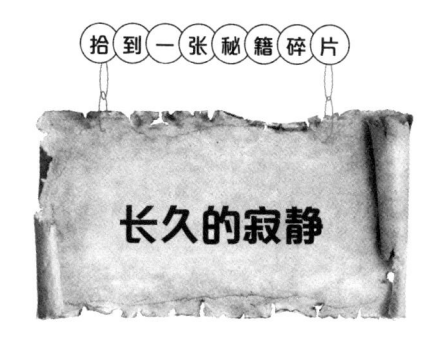

"啊？长久的寂静？这是什么意思？"众人一脸蒙。

修远忽然想到，林老师曾经教过自己冥想法！占武说的是这个意思吗？

"是冥想法的意思吗？"修远兴奋地问道。

"不是。"占武冷冷一笑，"我说过，不保证你们能听懂。看在修远的面子上，我再多说一句，依然不保证你们能听懂。听好吧。

"在长久的寂静里，一切浮尘散去，生命的本原逐步展现。学习也好，生活也罢，命运中的一切都经历同样的过程——**破皮，穿肉，透骨，通神**。"

第七十三章

人物传：占武——皮相篇

人活着，是为了什么呢？

7岁，身高118厘米，体重21公斤。

他停留在学校门口，看着小朋友们一蹦一跳走出校门的背影。

为什么他们都喜欢回家？

入冬后的第三次感冒刚刚痊愈，他不想再感冒了，不仅头晕难受，而且被父亲大骂："病死鬼！天天病！打吊瓶不要钱的吗！"

"难道医保不报销？"母亲紧张地问。

"报销完了还不是要自己出一部分！"

"有报销就行。"母亲出门打麻将去了。

［背景音乐：*Pilgrimage*］

他写作业，有些题会，有些题不会。他想了一会儿，真的不会。他不敢找爸爸问，但老师要求作业必须要家长签字。他小心翼翼地把作业交到父亲面前。父亲大骂："你是猪啊！这都不会！"不耐烦地签完字，又吼道，"去学校认真听讲！好好听老师的话！去打牌了，不会的自己想！"

不会做是没有认真听讲的原因吗？他觉得自己认真听了，不过也许没有特别认真吧。但有些同学笑话他有点儿笨。他想：我真的笨吗？

但这问题并没有太纠结。他想：我要听话，听老师的话，听父母的话。如果我听话了，父母会少骂我一点儿，老师会多表扬我一点儿。

下雨的晚上，家里部分房间会漏雨，空气潮湿，衣柜里的衣服也潮湿。他的皮肤上有点儿瘙痒，有时长几片湿疹。而此时父母又经常外出打麻将，他一个人蜷缩在潮湿的被子里，盯着窗外的黑夜，雷声一响，他就吓得打个冷战。他想有人抱一抱自己，据同学们说打雷时，他们的父母就会来抱他们，有女生说自己有毛绒娃娃，抱起来很暖和。

星期六不上学，他看着窗外发呆。有时候父母出去打牌，把他反锁在家里；有时候忘记关门，他就跑出去玩。但外面有很多黄头发的大哥哥，有时候会莫名其妙地吼他、打他。他被打过一两次后，也不太想在街上玩。还是学校里好些。

他最初也希望父母留在家里，就算在家里打牌也可以。但如果输得多了，几个打牌的人就开始相互骂人，甚至会动手、泼水、扔麻将，甚至掀桌子。他于是又想，还是不要到家里来好。

为什么同学们都说乘法很简单？为什么他们都能考90分以上？为什么他们的作文能写300字那么长？

8岁，身高123厘米，体重23公斤。

他想：是因为自己没有按照老师的话去预习课文吗？他迷茫。考完试以后，分数每每不高。如果父母着急打牌，那么随便骂他两句就走了；如果在喝酒，那就会愤怒地大骂与嘶吼，说他是废物、垃圾、蠢猪，还会打他。他痛苦，一开始是皮痛，然后随着时间的流逝，痛感逐渐渗透下去。

他不喜欢说话。也没谁主动找他说话。

为什么我活得这么痛苦？人应该为什么活着呢？

因为我没有听父母的话吗？因为我没有听老师的话吗？他又想到预习的问题。他看到女班长预习做得很认真——上课的前一天晚上，她会把一篇语文课文上的所有生字词全部标记好并且背熟，数学的公式和定理上也画满了直线和方框。

啊，我没有听老师的话，我没有预习。

我该预习。

他养成了预习的习惯。他反复看课文，抄写公式，在上课开始之前就熟悉了课程内容。他的成绩果然提升了一些。可是男生反而笑他："这么简单的内容还要预习啊？好笨。"

背诵古诗要家长签字，他找妈妈背，背到一半卡住了，妈妈怒骂："这么几句话还不会，你白上学了！白吃这么多饭了！没脑子吗！我辛辛苦苦地生你、养你，你对得起我吗？你看看别人家小孩，需要父母操心吗？"

他低下头，不敢说话，恨自己为什么四句诗也记不住。如果课堂上检查默写他没写对，找爸爸签字又会被骂。如果连错三次，还会被打。如果只错两次，但爸爸喝过酒，也会被打。但如果喝得太多，喝醉了，又不会被骂、被打了。如果没有喝醉，但爸爸喝得高兴，就不会被打。但有时候又会突然不高兴，恰好看见占武，就会顺口骂几句。但有时准备打他，发现酒喝完了，就不会打他，而是呵斥他去买酒回来。

好复杂的规律。

但是总的来讲，一定不要再忘记古诗。一定不要再忘记了。

他再不敢刚刚背完古诗就找妈妈签字。背完10分钟再试着背一次，忘记了。复习完，记住了，找妈妈背，背会了，可是第二天随堂默写又错了，又被骂。看来还需要再复习。如果一整天没有复习，那么必然忘记。他又尝试，背完后隔半天复习，也会忘。下一篇课文他又尝试，背完后半小时赶紧复习，依然不熟练。他反复尝试，皮肤上叠加着红肿的印记。是的，背完后10分钟简单地复习一次，一小时复习一次，四小时复习一次，然后二十四小时复习一次，这样反复背诵，不会忘。

他的成绩变成了班上中等水平。笑他笨的人变少了。

但班上没几个人喜欢他，也没几个人愿意和他一起玩。女生说，这人老皱着眉头，好丑。男生说，跑步也跑不快，个子又矮，没法带他玩。他一个人待在角落里，看看操场上飞奔的学生，然后做数学题。

数学作业，八道题。

他正在做第二十二道题。

9岁，身高128厘米，体重24公斤。

他不会做较难一点儿的应用题，而周围的同学很多都会做。老师说，不会做的要多找老师问，他却很怕，不敢找老师，不敢开口，抓着作业看着老师，迈不出脚步，直到手心的汗把作业纸打湿。终于有一天，他积蓄了足够的勇气去找老师问。然而问了几次以后，老师有点不耐烦了："你就是题做少了，自己回去练吧！"

他感到老师在应付他。他很累。

试卷上只有一道应用题不会做，分数91分，不算低。这次家长签字应该问题不大。打开家门，他递出卷子要签字，但父母正在吵架，妈妈在破口大骂，爸爸骂回去，还打了她一巴掌，妈妈扔凳子，刚好砸到他。

额头砸出一个裂口，鲜血直流。他痛哭。父母接着吵架，抽出空来骂他："应用题都不会做，哭什么哭。"半小时后，伤口自动止血了。

他躺着，一身的疲惫。

没有力气哭，没有力气笑，也没有力气玩闹，哪怕是那些最有意思的课程。

音乐课有意思，美术课也不错，老师会发给他纸和画笔，每次他不带画笔老师也不怪他。三年级新开了国学课，老师讲了《三字经》，又讲了《二十四孝》和《弟子规》。

"……父母呼，应勿缓。父母命，行勿懒。父母教，须敬听。父母责，须顺承……"老师动情地讲道，"爸爸妈妈养我们辛不辛苦啊？"同学们用响亮的声音答道："辛苦！"

"那爸爸妈妈喊我们做事的时候，我们要拖拖拉拉地不去做吗？"

"不要！"稚嫩的声音整齐地响起。

"同学们，天下没有不爱孩子的父母，每一个孩子都是母亲辛辛苦苦怀胎十月生养大的宝贝……

"但也没有哪一个父母是完美的，有时候，父母不知道如何表达自己对你们的爱。也许，父母用不合适的方式来表达了，但我们需要用智慧去理解。爸爸妈妈骂你的时候，会不会其实是想表达一种关爱呢？比如恨铁不成钢？比如……

"所以，我们平时不要老是记住爸爸妈妈哪一次偶尔对我们不好，而要记住，在那些打骂的背后，都是父母浓浓的爱意，大家记住了吗？"老师动情地引导着。

一个小女生站起来，娇声娇气地说："老师，我知道！我上次偷偷吃了三个冰激凌，妈妈就骂了我！但是后来我肚子痛了，我才知道妈妈是对的，是我错了，妈妈打我其实是爱我的！"

老师表扬了她，还鼓掌。同学们也跟着鼓起掌来。

后排听课的校长站起来鼓掌："好！这个可以做成示范课，作为学校的范例申报上去。"同学们和老师一起更卖力地鼓掌。

占武木讷地跟着鼓掌。

真的……是这样的吗？

他再次下决心，要听父母的话，要听老师的话。他记得老师说，该多做些题目，于是他将所有的课后时间都拿来做题。有时候同学家长看到他在教室里做题，忍不住评论道："这孩子真刻苦啊，怎么感觉跟隔壁的高中生一样辛苦了？"

他的成绩果然又略有提升，但依然有不少稍难一点儿的应用题他不会做。有些时候，他在考场上碰到了原题，硬生生背出了答案。不会做的应用题也没人可问。父母不用提，老师说课外作业没空辅导。他盯着那一个个不会的题目，它们就像吸血蝙蝠一样吸取他的力气。

他只能等无力感缓和一点儿以后，再强行打起精神。

他偶然又听到老师对其他成绩好的同学说，"要好好学习，不要骄傲，要学得像老师一样好才行"。

什么叫像老师一样好？

他不懂。

像老师一样。

那就模仿老师吧。老师讲一个题，他就抄下来，不仅抄题目和答案，还抄写老师的解题步骤。老师讲课，学生们坐着听，或者不听——成绩很差和很好的都不听——而他跟着抄写老师讲的内容。

大部分时候是抄老师的 PPT 课件，但上了年纪的科学老师讲课时喜欢写板书。科学老师的板书很有意思，像画画一样，把知识点和科学定理写在一些线条上，每条线上是不同类的知识要点。他唯独听科学老师的课，觉得一听就懂，听完了还能记得住。

于是他更认真地按照科学老师写板书的方式去抄笔记。

他的笔记抄了一大本，两大本，三大本。他喜欢科学老师，试着用科学老师的方法去做数学和语文的笔记。

成绩的微小进步，抵消了一点儿身体上的疲惫，让虚弱的精神微微振奋。

"你个兔崽子以为笔记本不要钱的啊！"爸爸一巴掌扇过来，破口大骂，"每天买那么多笔记本干吗？"

妈妈也吼："还有，你一个星期用了几支笔？怎么没见别家的小孩要那么多笔？你吃饱了撑的啊！记那么多笔记干什么？！"

他大哭，明明成绩又有进步了，老师明明说上课就该记笔记的。

他哭湿了枕头，哭湿了床单，哭得鼻子堵塞、喉咙沙哑，哭得头脑发昏、后背发凉，哭到他用尽了所有力气。他根据历年的经验能够预感，这场大哭必然会导致他明天感冒，然后再次被骂。

他忽然停止了哭泣。他起身，打开灯，站在书桌前。

他的书桌是一个破旧的梳妆台，是妈妈嫌弃不用的东西。他看着梳妆台镜子里的自己。

他看着自己的脸和身体。儿童的皮肤常常泛有光泽，他没有。他皮肤暗淡，脸色泛黑——尽管他很少晒太阳。几颗雀斑散落在粗糙的皮肤上，大腿的缝隙间有疹子，疹子在发痒，脚底长了一个小水疱。他的皮肤发冷，带着后背一起阴阴地冷，他汗毛竖起、皮肤打战。可是那疲惫的感觉啊，皮肤仿佛连打战的力气都没有。

他又盯着自己镜子里的眼睛，眼神空洞而虚无，眼球上仿佛覆盖了一层迷雾。他长久地盯着这双眼睛，光脚踩在冰凉的水泥地面上。

忽然那迷雾里透出一丝光，他眼神凝聚而坚定起来。汗毛竖起，皮肤打战，皮下的肉开始剧烈地颤抖，肌肉紧绷，一层层力量涌出来。虚弱的感觉莫名地退下，后背挺直，拳头紧握，呼吸深沉，气息至脐下。

我要，离开这里。

我要，为自己而活。

第七十四章

信息源管理

"啊，请问这道题怎么做？答案我是看懂了的，我是想了解下这个分析过程。"

高铁酸钾（K_2FeO_4）是一种强氧化剂，可作为水处理剂或高容量电池材料。$FeCl_3$ 与 $KClO$ 在强碱性条件下反应可制取 K_2FeO_4。某学习小组的学生设计了如下装置制取少量的 K_2FeO_4，已知 $FeCl_3$ 的沸点为 315℃。请根据要求回答下列问题：

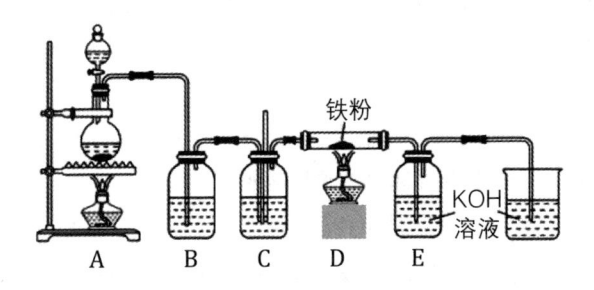

（1）检查装置的气密性后，应先点燃_____（填"A"或"D"）处的酒精灯。

（2）B 装置中盛放的试剂是_____，其作用是_____。

（3）C 装置中竖直玻璃管的作用是_____。

（4）从 D 装置通过导管进入 E 装置的物质是_____。

（5）E 中可能发生多个反应，其中一个为 $Cl_2+2OH^-=Cl^-+ClO^-+H_2O$。制备 K_2FeO_4 的离子方程式为_____。

（6）简述 K_2FeO_4 作为水处理剂的优点：_____。

自从傍上了占武这棵大树，修远的日子变得积极、轻松多了。他那些不知如何解决的技术问题，现在交由占武来解决了。

这段时间，他将主要精力放在了化学的补漏上。之前他已经"脉冲"过一段时间的化学了，但效果不佳，至今化学也不过是 70 多分的水平。化学的基础知识点他已经认真学习并掌握过了，比如氧化还原、元素周期、离子反应、化学平衡等，但每次化学考试总是分数不高，其中，化学实验是扣分的重灾区。

占武被迫放下手中的笔，看了一眼这道题，又斜着瞟了一眼修远："这是本周你问的第几道化学实验题了？"

"啊，哈哈，实验这块比较弱，还请多多指教……"看出了占武的不耐烦，修远赶紧客气道。

"根据条件核检法，氯化铁沸点 315℃这个条件，明显与 D 有关，即，在 D 中制造氯化铁，推断前面都是在制造氯气。氯气和氢氧化钾生成 KClO，也就是主反应的第二反应物。你觉得这题难点在哪儿？"

"呃，你怎么想这么快……好像有些细节我总想不通，比如 C 那个管子的作用，死活想不出来……"

"多出来一根管子明显是调节气压用的，从喷泉实验、恒压分液漏斗当中都可以得到启发。再看管子在水面下的位置，决定了是检测右侧的高压。然而气流从左向右，怎么会有右侧高压？显然是右侧管子有可能要堵塞——氯化铁汽化后再固化堵塞管子。"占武冷冷答道。这段分析对于修远来说可能过于简洁了，但对于占武来说已经算是相当地费口舌了。

修远挠挠头，他听懂了占武的分析，然而想不通占武怎么能够分析得这么快？这道他做了 10 多分钟还错了一半的题，按照占武这个分析速度，怕是 3 分钟就做完且拿满分了。难道就是单纯的智商差距？为什么自己不是占武那样的天才啊？！修远心里恨得慌，老天太不公平了。

占武强行耐着性子又讲道："你的化学基础太弱了，化学实验的基础内容都没掌握。"

"啊？不是吧，我觉得我基础内容都掌握了啊，刚才这算是中高难度的题了吧？"

占武瞪了修远一眼，修远不敢说话了，占武再说道："化学实验里，你对常见的器材作用都不熟悉，题目稍微变化一下你就做不出来了。对于化学，你的学习方式是看课本和完成学校内的作业，自己加练的内容少且随意，缺乏系统和目的性。化学实验部分，你这样是学不好的。"

"那……该怎么学？"

"先考查你几个问题吧。能够直接加热的仪器有哪几个？圆底烧瓶和烧杯加热方式一样吗?"

"这……好像……试管、烧杯……"

"分液、除杂的仪器有哪几种?"

"洗气瓶?分液漏斗?"修远好不容易想起来两个。

"还有。"

"还有……"

"还有冷凝管,还有球形干燥管、U形管,以及普通漏斗。这还只是单一器材的使用,你已经弄不清楚了。组合器材又该怎么办?"

"这……这些你全都知道?"

"你以为呢?"

修远一阵尴尬,他与学神的差距实在太大。

"你不仅不知道,而且不知道你不知道的原因。"占武说了句绕口的话,修远继续愣着。

"这些化学实验的基础知识点你没有掌握,原因就是一开始我说的,你仅仅看了课本,做了学校最基础的练习题。化学实验这一章最特殊的地方在于,不同器材的作用、使用方式等,课本上是不齐全的,已有的部分也很零散,未经整理。一般的辅导书上也未必齐全,需要专门寻找那些总结好的教辅。这样的教辅很少,按照比例来算,大约不足10%,即如果你随机找一本教辅来辅助学习,你能学好化学实验的概率不足10%。"

说着,占武掏出一本他自己的教辅书,翻到相应章节。只见化学器材的特点和使用注意事项,都极为清晰而系统地被整理在册。可直接加热的仪器、可垫石棉网加热的仪器、加热仪器、计量仪器、干燥仪器、分理除杂装置等,全部罗列出来,图文并茂。除基本仪器之外,还有按照组合用途制作的解析表格,又清晰罗列了如何检查气密性、如何防倒吸、如何防堵塞、如何防爆炸、如何处理尾气、如何使用试纸和指示剂等。

修远看得目瞪口呆,对比之下,自己的那本教辅简直是垃圾啊!

"另外一个解决方法是,在省重点和国家级重点的、师资力量和教研水平都显著高于兰水二中这所三流学校的学校,会统一发这些已经整理好的知识内容作为辅助资料,这样就避免了市面上教辅的水平差异。"

"你,没有好的师资,也没有刻意去找高质量的教辅,必败。"

修远听得一愣一愣的,是啊,教辅不行,师资也不行,怎么能学得好?从体验临湖实验高中教学回来后,修远对兰水二中和优秀学校的师资差距已经有了深刻的认识。

修远快速记下占武那本教辅的名字,感叹道:"我怎么就没找到这么好的教辅呢?"

"你不是没找到,而是根本没去找。要找到一本高质量教辅很难吗?书店里多翻几本一定能找得到。实在不行，买三本、五本、八本回来，其中必有一本知识总结齐全的。实在不行，就将五本、八本教辅书综合起来，必然齐全。"

修远一愣："需要买那么多教辅书吗？那也做不完啊！平常老师布置的作业够多了。"

"教辅书一定要做完吗？你把教辅书当成需要做的题目，只看到了题目。在我眼里，教辅书就是一个信息源，是可以在某种程度上替代老师的物品。老师也是一样，一个信息源而已。如果老师这个信息源质量高，我就'用'他；如果质量不行，就用教辅书替代老师。在我眼里，老师和教辅书是相等的，都是起到某种功效的'物品'而已。顺便一提，还有其他的信息源，包括同学、网课、课外辅导班、私人教师等。

"我对老师没有任何责任，没有听他讲课的义务；我对教辅书没有任何责任，没有做完它、看完它的义务。他们或它们，只是为我所用的'物品'而已。既然是为我所用的'物品'，是提供信息的'工具'，自然是要好用的、丰富的才行，宜多不宜少。而你，说穿了，你缺乏信息源管理的意识。"

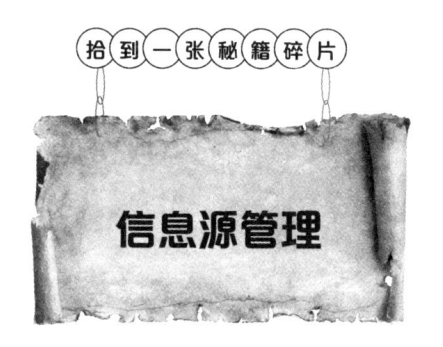

拾到一张秘籍碎片

信息源管理

好一个信息源管理！按照占武的说法，那简直就是不要把老师当人看，而是当物看了。是不是有点儿极端了呢？不过修远听到占武的讲解，联想起了林老师曾经讲过的学习中心论，感觉两者颇有相似之处啊！

再次放假回家后，修远抽空去书店买了那本教辅，将化学实验中不熟悉的知识点——器材使用方式、实验操作常规步骤等，全部熟悉了一遍。随后的几次化学小测验里，修远的分数果然提高了一些，已经到了80分以上。

"好！"修远暗自高兴，"化学算是起来了，幸亏遇到占武帮忙啊！按照这个趋势，期末之前再把生物补一部分，这样期末的分数应该会好看很多了。下学期再'脉冲'一下语文和英语……哈哈哈！"

这天午饭，修远随意打了点儿菜。正在找地方坐，碰巧看到诸葛百象、夏子萱、陈思敏三人坐在一桌，于是打了声招呼加入进去。

"好巧！"修远笑道。

夏子萱回以微笑，诸葛百象略显沉寂，而陈思敏则是一脸疲惫，连打招呼的力气都没有。

"你们怎么了,无精打采的?发生什么事了吗?"修远好奇。

"没怎么,就是累呗。每天十五个小时以上的学习,周日休息也有大量作业,相当于不休息。持续几个月了,没事发生也够累的。"陈思敏无奈地说。

修远看着陈思敏疲惫的神情,心想:连排名前几的陈思敏都疲惫成这样,其他人就更不用说了。是啊,高中确实太累了。不过这么想着,修远忽然意识到,自己最近居然心情还不错啊,状态也挺好的。同样是每天很多作业,每天体力、精力消耗都很大,但心态居然没有被拖累,这是为什么呢?

修远心想:因为希望吧。

自己在高一上学期和高一下学期最初阶段的消沉,就是因为失去了希望,找不到方向。而偶然遇见林老师,给自己带来了巨大的希望,仿佛将要熄灭的火焰被重新点燃。那段时间,自己成绩进步巨大,从普通班又回到了实验班,并且持续进步。一方面,是林老师所教的学习方法确实好用;另一方面,那股希望所带来的强大驱动力也不容忽视啊。每天精神饱满、充满希望地学习,怎么会学不好呢?

作为对比,林老师离开后,自己的状态立刻下滑了,学起来无比吃力,心情烦躁不安,经常濒临崩溃。林老师教他的方法他也还在用,但那种无人指导带来失去希望的感觉,足够摧毁他了。

被失去希望的光芒照耀,草木只能迅速枯萎。

而机缘巧合之下,占武在此时出现,弥补了林老师留下的空缺。不仅有了新的技术指导,而且重新点亮了希望之光,让修远觉得一切皆有可能,学习上有劲头了。

话说回来,上次占武对诸葛百象、陈思敏等人也有指导,不知他们应用得如何了?

"对了,上次聚会占武教你们的那些方法,后来有用吗?"修远问。

"基本没怎么用……"夏子萱叹气。

"为什么啊?"修远不解。

"有些方法讲解也不细致,不像你能够日常跟他请教,有些细节问题我们执行中解决不了。更重要的是,根本没时间这么去做啊……"

"啊?"

"比如占武叫我画图,我也想每个题都去画图慢慢分析,但是这样一道物理题就要做半个小时,作业都做不完了。一个新技能、新方法,最开始练的时候本来就会慢一些,可按照我们目前的日常作业量,根本没时间练啊!"夏子萱无奈地说。

诸葛百象也点点头:"其实我也问了罗刻、柳云飘、百里思几个人,都有类似的问题。比如他叫罗刻放下学习的低质量资料,可是怎么放?李双关查得那么严,惩罚那么重,没法放。"

修远叹口气，又是那个自主学习节奏的问题。自己不也面临同样的困境吗？只不过困境之外，自己先是有林老师的帮忙，后来有占武的指导，从其他维度上提高了效率，强行把这个问题暂时压了下去而已。他又想起了临湖实验高中，临湖市民办高中里唯一一所堪比省重点的高中，不仅教师水平更高，管理也更为宽松。在临湖实验，就不会有我们所困扰的问题了啊！

他看着陈思敏、夏子萱几人的苦瓜脸，又想：不仅学习时间太长，学校作业抢夺学习节奏本身对他们有损害，而且在这高压而疲惫的环境里，人本身也容易感到压抑，乃至抑郁吧？在压抑而又无助的环境里，如何才能保持着希望呢？修远心想：对于他们来说，要保有充实的希望、昂扬的斗志，原本就很难吧！

如此对比下来，修远更觉得自己的希望之心无比宝贵了。

第七十五章

神威

高二上学期的期末将至,学生们陆续开始进入复习的节奏。期末复习本应是繁忙而紧张的,然而到高二的这一阶段,学生们已经麻木了。期末复习固然繁忙而压力大,可难道平时压力就不大吗?平时作业就不多吗?平日里已经经常做作业到晚上 1~2 点睡觉,期末还能怎样呢?

高二实验二班,即物理实验班,在李双关的管理下,长期氛围压抑。期末复习阶段,整个班级里心态轻松的人寥寥无几。除了不可捉摸的占武,可能就只有修远了。整一年前,高一上学期期末时,他对期末复习心事重重、神思不定,将期末逆袭的希望压在一个漏洞百出的思维导图上,一边骗自己一定有用,一边又在内心深处恍惚不安。而今天的期末复习,却气定神闲、内心平静,自信一定能够考出更好的成绩。

这一次,说不定就能进班级前五了呢?

这不是一种幻想,而是真实的可能性。修远为这样的可能性摩拳擦掌。前面几次月考,修远的名次就已经到七、八名了,而那时候,他的化学还只有 70 多分,生物完全没复习,徘徊在及格线边缘。现在得益于占武的指导,化学已经基本稳定在 80 分以上了,生物也初步复习了一段时间,虽然不完全,但及格肯定没问题了,估计能到 70 分左右。光这两科就已经提高了 20 分,如果语文再微微提高一点儿呢?毕竟也是"脉冲"过一阵子的。

带着这样积极的自我暗示,修远的复习极为认真,专注力很高,状态也不错,各种知识漏洞和思考盲区都被抓住了。不仅生物、英语的琐碎知识点复习充分,就连已经比较擅长的数学和物理,也有部分压轴题的思维难点得到解决——不懂就问占武嘛!不仅告诉你答案,还能深入分析一番,让修远学会了题目之外,还能领悟更深一层的分析和思考方式。

这天中午自习时,修远又带着一道复杂的物理题来到占武面前。距离期末考试只有三天了,修远的数学、物理已经复习得相当充分了,尤其是物理,他甚至产生了一种幻觉，物理题他都差不多会了，期末考试简直要奔着满分去了！只要再把眼前最后一种复杂的题型解决掉，几乎就复习完美了。

"哎，占武，看下这题！"修远递过去一张试卷。

占武看了看修远的试卷，大约1分钟时间没有说话，做出沉思的样子。

啊？占武没想出来？修远心里疑惑。对于一道压轴题来说，1分钟左右的思考时间并不长，但由于占武对这些压轴题从来都是秒杀的，修远已经习惯了，以至于1分钟左右没有想出来这道压轴题修远都有些诧异了。

占武终于抬起头，斜眼瞟向修远："到此为止了。"

"啊？什么到此为止了？"修远一脸蒙地拿回试卷看了看，"电流到此为止了？还是做功过程停止了？"

占武冷冷道："这一个多月，我已经在你身上浪费太多时间了。你在我这里的面子，原本就不是无穷无尽的。你让我免于摔伤，并不是真的救命。你还指望我能无穷无尽地解答你的问题吗？我对你的指导，到此为止了。"

什么？！修远惊得说不出话来了！

他只感到脑子里一阵轰鸣，清醒的大脑瞬间杂乱，充满着各种标准解题思路的大脑瞬间空白了。甚至于心怦怦直跳，呼吸紊乱，各种情绪上下翻腾——震惊、失望、迷茫，乃至恐惧！怎么会、怎么会这样……

如果理性地想一想，这结果难以预料吗？并不！占武原本就很孤僻高冷，修远与他原本就搭不上话。而偶然地救下占武，也确实如占武所说，并不是真的救了占武的命，只是让占武免于摔伤而已！这样的情分，能用多久呢？说实话，修远这段时间不断地拿各种琐碎的问题来叨扰占武，仿佛市井小民趁着超市开业抢免费放送的产品一样不放手，可谓过度使用了。如今占武断掉了对他的指导，真的很令人意外吗？

一点儿都不令人意外啊！理性地想，修远从一开始就应该预料到这一天的来临啊！可是为什么他没有？为什么他从来没有考虑这事情？是这事情超出了他的思考分析能力，还是在潜意识的深处，他抗拒去考虑这种可能性？他如此急迫地沉浸在占武天神降临般给他带来的希望里，沐浴着希望的光芒而幸福地学习着。那样的光芒是一种享受，是超越了肉体享乐的高级精神享受！

一顿美食饱餐的享受只能维持几个小时，美美睡上一觉的痛快只有醒后的30分钟内才有感觉，并且那些肉体的享乐是多么肤浅！当更高级的精神享受被麻木的灵魂体验到以后，又怎会再留恋低级的肉体享乐？

而最高级的精神享受，莫过于对自我成长的体验了。我，那个自我，正在成长，正在变好，并且未来将要变得更好。我将更加优秀，学得更好，考出更好的成绩，上更好的大学，然后见识更大的世界，认识更美好的人，过上更美好的生活……这样的联想多么诱人！美好的世界充满着优秀的人，而我正在变成那个优秀的人，那是多么巨大的成就感和自我肯定！那是超越一切的自我身份塑造啊！带着这样的希望，灵魂将多么激荡而振奋？于是跟着，大脑也变得积极而活跃，身体也不觉疲劳，不辞辛劳地工作着。

可是今天，这希望之光又破灭了！林老师离开了，占武也离开了！为什么，为什么会这样？修远只觉得天要塌了。他手脚无力、发软，手指仿佛捏不住沉重的试卷，小腿仿佛撑不起他庞大的身体。他忽然感到冬天来了，因为后背开始发冷，冷气从头顺着脊椎直往腰上钻。

"占武，我……"他想说什么，但其实不知道要说些什么。

"回去吧。"占武对他再没有客气，又恢复了往日冷淡、孤傲的神态。

在巨大的精神冲击下，修远足足花了大半天才勉强缓过神来。占武已经离开了，现在又该怎么办？希望又在哪里？

修远又想：暂时管不了这么多了，先把期末考试应付过去再说。以他当下的心态，如果不做及时调整，恐怕连期末考试都要崩溃。努力学习了一整个学期，明明不少科目都有进步了，怎么能因为期末前的这一次突发事件而掩盖了所有的努力！

修远回忆起林老师当初教给自己的情绪管理方法，在后面的两天里，修远战略性地放弃部分期末复习，腾出不少时间来使用这些情绪管理的方法。他临时加大了锻炼量，不仅慢跑，还要每天在寝室里做五十个俯卧撑和五十个蹲起。他还频繁练习呼吸法，一次次反复深呼吸，试图将心底的慌乱、恐惧，甚至黑暗都排出体外。他的呼吸法练习得如此之频繁，以至于同桌问他是不是得了哮喘病。他又临时开始练习起了冥想，每天睡前练20分钟，早上睡醒后再练10分钟，午睡前后各又练10分钟。甚至在教室里，他在桌子上刻了一个"定"字，一感到情绪有所波动，立刻用手在桌上重复写"定"字，同时心里反复默念：定、定、定……

临时抱佛脚有用吗？总好过不抱。所有招数一起用，也确实勉强起到了一些效果。到期末考试开始前，修远的情绪总算稳定下来了。两天的考试还算顺利，一方面是情绪稳定下来的功劳，另一方面修远这学期确实足够努力，林老师方法的余波和占武近期的多次指导也功效不浅。最终的成绩，并没有让修远太失望。

"第六名，又进步了一点儿……"修远看着发下来的成绩单，心里稍稍松了一口气，期末考试总算没有崩掉，一学期的努力和进步也算是展现出来了。这次考试，语文和英语正常难度，数学和生物异常难。他的数学131分，居然是班级第三高分了，仅次于占武的146分和百里思的141分；生物虽然有重点复习，但由于难度太大，还是只有69分；语文没有发挥太好，108分；英语一直就那样，109分；物理还算稳定，

88 分，错了一个计算题，压轴题没有做对；化学勉强上了 80 分。总分 585 分，班级第六，已经能够对自己交差了。

毕竟排名更前的还是那几个班里最强的人。占武毫无疑问排第一，李天许依然第二，差了占武 60 分以上。诸葛百象升到了第三，陈思敏稍微低了 2 分落到第四。罗刻第五名，再往后就是修远了。夏子萱、百里思和从一班转来的李浩宇都在修远之后。

不凡的成绩啊！不错的进步啊！对比一年前的那个寒假，已经好了太多了。父母绝不会批评他了，老师也相当满意，可是修远皱着眉头，丝毫高兴不起来，就连那松一口气的感觉也只有须臾的效果。

连续几日高强度使用情绪控制技巧的效果慢慢淡去，心中不安逐渐浮现出来，越来越强烈。修远感到疲惫，感到颓丧，感到迷茫而无助。林老师离去，占武离去，他仿佛看见一大片黑暗向他袭来，如同大暴雨前铺天盖地的乌云从远处席卷而来。他甚至隐隐感到，高一上学期时的那种绝望又要降临了。

希望之光，他所念念不忘的希望之光，湮灭在黑云之下，而他只剩下迷茫和恐惧。希望破灭变成失望，他很清楚，如果再不做点儿什么，这失望就会逐渐化为绝望，痛彻心扉的绝望，湮灭一切的绝望。

（背景音乐：*300 Violin Orchestra*，歌手：Jorge Quintero）

在期末这样的全市统考中，二三流中学的学生都会更痛苦一些，因为试卷难度兼顾了临湖实验这样的重点学校。试卷变难了，二三流中学的学生不习惯，临湖实验的学生却没什么反应。比如难度异常高的数学和生物，让兰水二中的学生叫苦连天，乃至对出题人破口大骂，但在临湖实验高中那里不过是一句轻微的感叹："哟，这次数学和生物有点儿意思嘛。"

高二九班，学生们各自领完了成绩单，等待老师布置作业然后就放寒假了。有些科目的老师还在办公室里忙碌，学生们一脸轻松地在教室里闲聊着。有人讨论寒假去哪里旅游，有人计划下午先去和隔壁班打一场篮球赛。

卢标看着手里的成绩单，年级第九。这个成绩对于普通班学生来说已经是出类拔萃了，比前几次却是已经有所下滑了。他身旁的座位空着——妖星出去转悠——但他已经知道妖星的成绩，年级第十五名。算上这次，妖星已经连续三次考试没有进年级前十了。

他们之前讨论过原因，分析来分析去，排除各种偶然因素，最终只剩下一个宏大的规律——马太效应。强者总容易越强，而弱者自然会变弱，即便他们已经是学神级的人物了，依然逃不脱这个规律。

实验班的人有更好的师资和配套资料，同学环境也更优秀。那些一开始与卢标和妖星水平相近的实验班学生，在更优质的环境里浸没得久了，逐渐也就衍生出更大优势来了。随着时间的流逝，实验班学生逐渐甩开普通班学生，并不奇怪。

规律纵然如此，卢标依然担心。按照往届的数据，每年能上清北的有十六到十八人，在"3+1+2"的考试机制下，分配到物理组合这边是十二人左右。年级第九的成绩，已经接近清华、北大的人数线边缘了。如果再进一步下滑，清华、北大已经不保险了。妖星心态好，能上个不错的985就行，但卢标的心里还是希望能进入顶级高校的。寒假里需要思考下，该如何应对了。

妖星眯着眼睛走进教室，回到卢标身边坐下。

"出事了。"

妖星声音略显深沉，卢标于是问："谁出事了？"

"我们学校出事了，高二年级出事了，实验班出事了。"

"怎么？"

妖星不回答，而是看向窗外，一副眺望远方的姿态。

"卢标，我可能要去一趟兰水二中。"

"到底怎么了？"卢标摸不着头脑，实验班出什么事了？去兰水二中干吗？

"一定有问题，一定……"妖星自言自语道，先是沉闷而微皱着眉头，忽然又露出妖异的笑容。

卢标不知道妖星在说什么，但他知道妖星的脾气，静静地等待妖星揭晓谜底——到底实验班出了什么问题，为什么要去兰水二中？

许久，妖星终于从远处天边收回眼神，回过头来对卢标说道：

"这次期末全市统考，高二的全市第一名，不在实验班，不在我们学校。"

第七十六章

再探秘，看向学神的身后！

　　临湖实验高中，兰水市民办高中里实力绝对领先的高中，全省口碑排名也很靠前。而其他民办高中与临湖实验比起来，纯粹是二三流的配角。历年来的中考前一千名生源几乎全进了临湖实验高中，尤其是前一百名，更是奔着临湖实验高中的实验班去了。超优质的生源配上优质的教师，必然是更加优质的结果。每年的高考，兰水市的前三十名必然全是临湖实验高中的，前三百名至少有二百五十到二百六十人在临湖实验，绝对碾压本市其他民办学校。

　　既然高考有如此成绩，那么平时期末全市统考也不会有什么差距，每年的全市前几十名都被临湖实验高中占据。而这一次，别说前三十名了，高二的全市第一居然不在临湖实验高中！这绝对是耸人听闻的消息！

　　卢标惊讶道："不在实验班？兰水二中……那就是占武了？！"

　　妖星眯着眼说："没错。我刚从实验班回来，这次数学和生物难度偏高，其他科难度中等，总体分数比往期稍微低了点儿。叶玄一还是本校第一名，702分，全市第二。而第一名，就在兰水二中，占武！"

　　卢标一时说不出话来。占武，占武！当年在兰水二中时占武就高出自己一筹，再往前追溯，在长隆实验初中也压了自己三年。他向来知道占武无比优秀，可这一次依然超出了他的预期，没想到占武居然得了全市第一！连临湖实验高中的学神们也挡不住他了吗？

　　"实验班已经乱套了，学生在疯狂地讨论这个占武的来历，老师们更慌，我还看见副校长在和班主任激烈地沟通着什么问题。原本想凑上去旁听下，被赶开了。叶玄一也和我聊过了，他对占武很感兴趣。"

　　"真是不敢相信，临湖实验高中会有输给兰水二中的一天，太……"卢标一时半会儿想不出什么词来形容当下的感受，"震惊""震撼"等都太浅了，"恐怕是校史上第一次吧？"

"没错，校史上第一次，要不然不会连校长们都出面了。我在实验班门口看到的是副校长，估计回头正校长也要出马了。"

"怎么会这样……"

"初步讨论的原因是，实验班这学期有部分人分心去搞竞赛了，常规课程没太用心学，所以成绩下滑不少。这确实是个客观存在的原因，但仅凭此，依然不足以让学校安心。往年实验班停课备战竞赛的时候，并没有出现如此状况，全市前三十名一样是我们全包。而且，至少叶玄一没有停课搞竞赛，他高一就拿到了强基计划的加分，高二已经重新学回高考内容了。所以……"

卢标没有接话，他低头沉思着。为什么自己和占武的差距越来越大了？他已经转学到条件更好的临湖实验高中，遇到了更好的老师和同学，为什么还是无法追上占武，甚至反被拉开差距？或者这话该反过来问，占武身上究竟藏着怎样的秘密，让他在如此恶劣的环境里，居然能打破临湖实验一众学神的"封锁"，强行出头？

"所以我要再去一次兰水二中了。占武身上的秘密，必须解开。"

卢标沉吟片刻，又道："占武实力确实强劲，但这一次夺得第一，也许只是偶然呢？说不定下一次又退下来了呢？你有这么大兴趣去二中费力调查他？就算去了又能干什么呢？人的秘密哪有那么容易揭开。先找他面谈？他恐怕不会见你，更懒得跟你真诚沟通。我和他认识这么多年了，他未曾跟我深入说过什么。这事情，费力不讨好。"

"必须去。哪怕下次他退到全市第二、第五，或者第十，也有必要去一探究竟。毕竟他曾经全市第一过，毕竟打破了学校这么多年的纪录。而且——"

"而且什么？"

"而且他目前的表现已经严重干扰到我对这个世界的理解了。你还记得上次在二中门口遇到的那个人吗？他所描述的占武存在诸多疑点。一个周边环境一无是处、百害而无一利的人，怎么可能成长到这个地步？真当这世界几千年来形成的心理规律是摆设吗？当时我们提出了这些疑点，但没有深究，让疑问存留下来了。可是这次考试结果一出来，我便觉得，当时的疑点必须解开了，否则……"

"否则会在你心里留下空洞？阴影？"

"反正很不爽，必须解开谜团。"

卢标看着妖星坚定的样子，也暗自想：如果能解开占武的秘密，或许能对自己有所启发呢？毕竟自己现在也被卡在瓶颈上。

"好，剩下的就是考虑如何才能挖出占武的秘密了。"

临湖实验高中校长办公室里，几个中年男人低头私语，分别是校长洪流，副校长左盛，高二年级负责人兼实验班班主任蔡明轩，高三实验班班主任兼学校教务主任何建章。

"……竞赛准备的情况大概就这么多。总的来说,竞赛对实验班本次考试的影响是有限的,往年的竞赛准备并没有带来实验班成绩的大幅下滑。另外,本届实验班的水平也并没有显著低于往届,应该还是正常水平,从分数上看也是如此。在数学和生物难度明显高出高考试卷的情况下,最高分叶玄一702分,是可以接受的。"蔡明轩说。

洪流点点头,右转向教务主任何建章道:"你认为呢?你是学校总教务负责人,我想听听你的想法。"

"我的想法和蔡老师基本一致。我看了高二的试卷,其他科目就是正常的难度,数学和生物确实偏难。这两门偏难对于前几名的学生来说,总分会有10分左右的下降,如果还原回去,那么第一名就是710分开头,是正常成绩。从竞赛的成绩来看,高二实验班的国家一二等奖情况不差,也从侧面说明了这一届实验班并没有问题。分析来分析去,还是要回到这个叫作占武的学生身上去。特殊的不是我们,是他。其实之前的历次全市统考里,占武也有好几次进了全市前十,只是当时我们没有太过注意而已。"

"哦?那就介绍下这个占武吧。"

"嗯。我查了往期的成绩,比如上次期中考试,他是全市第六;再上次期末考试,他是全市第五。因为市里面安排的变化,前几次考试都是学校各自批卷,没有统一改,所以我们觉得,应该是批卷的时候二中老师给自己学校的学生放水了……"

"但这次是全市统一批卷了吧。"洪流插嘴道。

"嗯。我通过多个渠道了解了占武。这学生原本就实力强劲,在初中时成绩就非常优秀,是中考全市第七名,被二中想办法挖过去的,好像是学校给了他们家三十万。他学习上以自学为主,性格比较孤僻,同学给他的封号是'杀神'。"

"封号?"

"哦,这是学生间开玩笑的'黑话'。据说最早是从文兴市的几所国家级重点中学里传出来的文化传统,把那些成绩特别优异的学生尊为学神,然后根据每个学神的特征取一个类似于外号的名字,就是所谓的封号了。在文兴市的学校里,不仅最优秀的学生有封号,特别厉害的老师也会被学生赠送封号。不过这个风俗传到兰水来了以后,给老师封号就被忽略了,只是学生们内部玩的游戏。能得到封号也从一个侧面代表了学生群体对占武这个人的高度认可。"

洪流点点头,又问:"高三年级怎么样?"

"没问题,全市前三十全是我们,前五十只有三个是外校的……"

左盛看了看三人,急切插嘴道:"你们可真轻松!偶尔出一个天才学生不算怪事,但对于我们是不可接受的!洪校长,你想想,万一高考的时候这个叫占武的成了本市状元,怎么办?那可就真创纪录了,对我们的脸面是巨大的打击!"

"这还只是当年的影响。对后续招生的影响你们考虑了没有？兰水二中会怎么宣传？他们会说，一个普通学生被他们教成了状元！家长会怎么想？会不会以后他们再去挖优质学生的时候就更加方便了？这次被他们挖了中考第七名过去，会不会以后前五名、前三名都挖去了？甚至，会不会家长就主动把优质生源送过去了？

"如果这样的事情发生了，恐怕临湖实验高中的地位就不保了！大家都知道对于我们来说，优秀生源有多么重要！这就是命门所在！兰水二中的马泰，本来就是个长袖善舞的人呢，如果被他抓住这个机会后我们不能快速反应，恐怕临湖实验几十年的优势就要被翻转了！原本出一个天才占武只是个偶然事件，但经过马泰运用以后，却可以扭转整个趋势！现在本校的很多老师还停留在看新奇的阶段，可我说，这绝对是决定本校生死存亡的大事件啊！"

蔡明轩赶紧说："老师们当然也能意识到问题的严重性。现在事情刚出来，我们也在研究嘛。昨天晚上教研组的几个老师讨论了下，要调查下二中的课程体系和教学法上是否有重大改动，师资力量是否有重大提升或引进，还需要弄到二中的各学科资料。另外，既然二中能在短时间内搞出这么个大新闻，说明教育的潜力很大，我们也应该有可以提升改进的地方……"

洪流一摆手将蔡明轩打断："课程、教学和辅助资料，我们体系早已成熟，要优化也不是几个月就能显著生效的，恐怕没有三五年的工夫不行。而兰水二中的占武对我们构成的威胁，一年以后就到了。左盛考虑得对，这次事件非同小可，直接影响到临湖实验的命数，必须紧急处理掉。"

左盛、蔡明轩与何建章紧紧盯着洪流，想知道校长有何打算。

"这是重大事件，一定要处理，但不是按蔡老师的方法处理。要用更快的方法……"

四人一阵密语，不为外人所知。

几日后，临湖实验高中已经照例放假了，而兰水二中还在补课。这天下午课后，卢标与妖星来到兰水二中，在食堂的一个包间里坐下。

"你准备怎么去挖掘占武的秘密？"卢标问妖星。

"很难，问了一圈，几乎找不到直接了解占武的人。他的小学和初中同学我都找到了，居然都没有深入地了解他，只是肤浅地看到他的成绩好。这家伙太孤僻了，简直像是一个朋友都没有的样子。今天先从侧面了解下吧。"

"侧面了解？"

"叫了几个人过来，等下你就知道了。"

正说着，门开了，最先走进来的是诸葛百象。毫不意外，诸葛百象正是妖星与二中关联的最直接纽带。

"卢标，又见面了。"诸葛百象点点头。卢标也点头回礼。

"卢标？"身后走出一人来，竟然是修远，"这是干吗呢？诸葛百象，不是简单吃顿饭吗？"

卢标一愣，修远来干吗？难道他很了解占武吗？

身后又走出一人，一位招人怜爱的清秀女生。"舒静文？"卢标看向妖星和诸葛百象，"厉害啊，连她也找来了？"

几人坐定，诸葛百象开口了："找了一圈，就这两个人最合适了。修远，原本和占武并不熟，但机缘巧合救了占武一命，于是和占武有了一个月左右的深入交流，对占武应该有不少了解。"

"救命倒也算不上……"修远道。

"舒静文，卢标应该见过，我们也见过几次。怎么介绍她呢？呃，算是占武的……"

"不算。"舒静文看着诸葛百象说。

"呃，总之就是和占武走得很近的人吧……"对于占武和舒静文的关系，他也不太理得清楚，只知道他们距离很近，推测她一定知道占武的不少事情，他继续道，"今天大家聚在这里，主要是想弄清楚占武身上的秘密。占武这人很优秀，也很神秘，没有人完全知道他的秘密，可能各自有些道听途说的信息，对他的了解也如同盲人摸象。我想，大家把自己对于占武的了解汇聚在一起，或许能够拼接成一张完整的拼图。"

卢标点点头，妖星戏谑道："啊，几周不见，主持功力见长啊。"

舒静文狐疑问道："弄清占武的秘密是想干吗？"她对这几人都不熟，只勉强认得卢标。几个人神神秘秘地想要摸占武的底，总让她有些没安全感。

"啊，你放心，不会有对占武不利的事情发生。"妖星笑着说，"我们只是单纯地好奇，占武这样的天才是怎样成长出来的。就像……就像著名的科学家、伟人都会有名人传记，而写传记者则需要弄清楚名人的生活细节一样。不用担心，我们可都是占武的粉丝呢。"

舒静文盯着妖星的眼睛，摆出一副不信任的姿态："且看你们要干吗。"

妖星耸耸肩，又忍不住露出一丝诡异的微笑。他看着舒静文警惕的神情，心想：占武的秘密，恐怕今日多半将要揭开了。

第七十七章

又见卢标，挖掘机密的学霸小队！

"卢标，你先说吧。"妖星道，"你与占武也算是老相识了，我们这些人对占武的了解多半从你开始。"

"好。"

卢标，从长隆实验初中开始，就是占武的老对手了。他是永远的年级第二，而占武却是永远的年级第一。

"我最初注意到他是在初一第一学期期末的成绩榜，我第二，他第一，所以不得不注意到他，就这么简单。初中几年我跟他的交流很少，每每都是在领奖台上碰个面，平时没有沟通过……"

"我晕，一点儿有价值的信息都没有。"妖星抱怨。

"别急嘛。虽然没有直接沟通，但是也有间接观察过。到初二的时候，我观察他的机会就比较多了，每个月至少一次。那时候，我每次考试都是第二，赢不了他，对他的注意也就越来越多。从初二开始，我们每个月都要月考，而月考经常是按照成绩排座次的，所以每次我都坐他后面。这样，每个月我都有两天时间可以近距离观察他。"

"考试怎么观察？"修远疑惑。

"从一个人做题的速度、节奏，草稿纸和肢体动作，可以部分推断出人的思维状态，这个不是难事。比如数学考试，我抻一抻脖子就能看到他的试卷……"

"嗯？"众人皆惊，难道学神卢标也会偷窥别人的试卷？

"……别吃惊了，我主要是为了看他做题的速度。通过我和他做题速度的对比，可以知道很多信息。比如，他的做题速度、他的思维速度。常规的试卷，他速度比我快，可能是他刷题多，熟练度高，但创新型试卷他比我快，那就说明他确实是思维能力强了。"

"原来如此……"

"虽然占武一直是年级第一，但我还是记得占武中间发生过一段时间的变化。以前他的速度只是比我快一点儿，尤其是创新题型，甚至比我还慢一点儿。但是越到后期，他的速度就越快，优势就越明显，甚至连创新题型也能够高速完成，这个变化大概是初二末期到初三早期出现的。还有，有时候会出现材料很多的阅读题，他就速度慢，但同样是初三开始后，他的这方面劣势又消失了。"

"那段时间他突然开窍了？"修远疑惑。

"舒静文？"诸葛百象转向舒静文，"你们是初中同班同学吧？他初二末期到初三早期这段时间，发生了什么事情吗？"

"啊，好像没什么大的转变吧？成绩的话他一直都是年级第一，这怎么转变呢？想不到卢标对人的观察这么细致，我和占武距离更近，反而不知道有这些变化……"

"总该有些了解吧？"妖星不甘心地追问，"任何变化？或者时间限制放宽松一点儿，初二中期呢？初三开始以后呢？一定有些特殊变化吧？"

舒静文低下头红着脸道："我就记得他初三以后长高了很多……"

"……晕死。"妖星无语道，内心深处暗自鄙视道：女人啊！

倒是修远愣愣地问道："长高？"

"嗯。他……他原本个子很矮。我记得初一刚入学的时候，他在班里面几乎是最矮的吧，可能只有150厘米？甚至还不到，到了初二还没怎么发育。那时候班里面很多男生都170厘米或180厘米了，所以他显得很突兀，有些不礼貌的人还给他取外号，叫他小矮人、侏儒之类的，好听点儿的就叫他浓缩的精华。"

"浓缩的精华……"修远无语道，"占武现在不是挺高的吗？比我还高点儿。180多厘米？"

"嗯，就是初三突然间就长起来了，好吓人，一年多长了接近30厘米！"

修远道："长这么快？该不会骨头都是空心的吧？商品生产得太快的话，容易出假冒伪劣产品。"

舒静文恼怒道："你才假冒伪劣产品呢！他初三的时候身高接近180厘米，体重68公斤。现在高二了，至少183厘米，体重75公斤以上了。"

"这么重？看起来挺瘦的啊！"修远又感叹。

"没肉又重，那就是骨头重呗。"诸葛百象随口道。

卢标忽然凑过来说："我可能知道他为什么忽然初三长了起来！"

"怎么？"修远、诸葛百象和舒静文一起兴致勃勃地凑过来。

"初三的时候不知怎的，他忽然交了好运，学校给他额外提供了很好的条件。据说每个月给他两千元的生活补贴，一次性打到饭卡里，让他每天到教师食堂吃饭。还有，因为他家住得比较远，有个校领导在学校多了一间房，就免费提供给他住了，让他每天少花一个小时在路上，多点儿时间睡觉休息。"

"待遇这么好？"几人惊讶。

"吃得好，睡得好，长点儿个子不奇怪。"

几人频频点头，原来如此，原来如此。

旁边的妖星一脸无语："喂，偏题了吧！我们聚在这里可不是来讨论占武八卦的！有些人早一点儿发育，有些人晚一点儿发育，有什么好奇怪的？刚才那些信息一点儿价值都没有！"

"呃……"修远等人有点儿尴尬。

"我们需要挖掘的是有价值的信息！比如，占武拿补贴吃得更好了，所以长了个子，说明什么？说明他的家庭经济条件很差，连基本的饮食都保证不了！这种家庭背景的信息对我们的分析才有意义吧！"

卢标接着说："家庭背景信息我了解得很少，我对他的了解都是在学校里的观察。我还是先把知道的全部说完吧，你们再补充。除去刚才说的，还有一点，他的成绩变化有阶段性特征。初一是数学很强，英语和语文一般，勉强高我一筹拿第一。到初二就是数学、英语都满分，明显高我不少了。而到了初三的转变期后，他的语文也追上来，三科全部是年级的单科第一，这就碾压我了。

"另一件事可能也值得注意。初三他参加了一次作文比赛，拿了二等奖。看起来没什么了不起的。但我看了那篇作文，写得大气磅礴，思想极为深刻，文笔刚烈，思路开阔，根本就不像是中学生的手笔。这个细节能说明什么不好说，但我觉得还是有必要提一下。

"我这么长时间的观察下来，可以总结为这几点：第一，他的成长是分阶段的。他从一开始就很优秀，但在初二下学期和初三上学期之间的某个时刻，他又有了剧烈的变化；第二，他的优秀是全方位的，不是高分低能，不是书呆子，也不是死刷题，他是真的思考能力很强；第三，他的专注力极高。考场上不论发生什么突发事件他都不受影响。有一次考试到一半，学校旁边的一个工地忽然开了几台机器，整个考场都吵得要炸了，我都受不了了，但他依然皱着眉头把试卷做完了，而且没有失误；第四，他的成长和长隆实验初中的老师关系不大，在他成长的最初阶段，长隆实验初中没有对他资源倾斜，学校曾经想要安排老师给他私人补课，他拒绝了。

"总的来说，我看到更多的是他表现出来的各方面优秀结果，至于原因，在我的视野之外。要想挖掘原因的话，要么就要看他小学时候的状态，要么就要从他初中时日常生活的细节里找，甚至要直接访问他的家庭了。"

"访问家庭今天是不可能了，倒是可以从他的生活细节里探一探。"妖星转向舒静文："美女，你有没有什么可以提供的信息？"

舒静文瞪着妖星，道："没有。"

"……"妖星无奈，这女人防备心好重。

诸葛百象转向修远："修远，占武这段时间跟你交流很多，你有没有什么信息提供的？"

舒静文转向修远，心想：占武居然和这个人交流很多？怎么回事？

"啊，我……我是跟他学了些东西，但多半是他单方面地教我各种学习方法和思维方法，生活中的内容、过往的经历等私人信息，从没有谈起过……"修远叹气，最近连学习方法都没得学了。

"什么学习方法？说来听听。"

修远于是将这一个月所学的内容大致描述了一遍，听得懂的、听不懂的都如实转述出来。

卢标边听边惊叹，原来占武自行领悟了这么多的学习策略？天啊，这是怎样的一个天才！他还以为占武的能力仅仅是专注力极高、思维爆发力强而已，没想到……按照修远的描述，占武已经基本进入思维流的境界了！而自己花费百万从老师那里学来的策略体系，也有不少应该已经被占武自发领悟了。并且占武并未在修远面前展示全部的秘密，一定还有更多内容可以挖掘。占武的能力，已经远超卢标的想象了。

天才，天才啊！这真的全部都是他自己领悟出来的吗？如果说初级的方法可以用日常经验总结出来，但那最高的境界又岂能轻易达到？或许……

"什么玩意儿？"妖星皱着眉头道，"破皮？穿肉？透骨？通神？这都说的什么？！"

"这个我也不太懂，他没解释过……"修远说。

"先不管这四个词是什么意思了，单说这种遣词造句的风格，你自己想想，这是中学生说话的风格吗？显然不是！不论四个词的内涵是什么，显然，那是一个经过高度总结和凝练的体系！这样的说话方式，明显是个成年人的风格，还不能是30岁左右的人，一般是到了40岁以上才会偏向这种词句风格！"

妖星的声音略显激动，引得卢标和诸葛百象有些诧异，他们很少见到妖星有情绪波动。

"这说明了什么？说明那些方法、境界，绝不可能是他独自领悟出来的！一定是从某处学来的。要么是某个人，要么是某些书籍！"妖星斩钉截铁，"这又回到了上次我们碰到占武小学同学的场景。我说过，人的成长逻辑不可能随意打破。一个人，不可能在无所依归，一片黑暗而绝望的环境里成长起来！他的命运中，一定有某些巨大的助力潜藏着！"

"又或许真的就是单纯智商太高了呢？"诸葛百象忍不住问。

妖星十指交叉，下巴搁在手背上，情绪稍微平缓了一些："理论上有可能，但实际上不可能。单纯高智商的天才，如果不符合命运的规律，也会被强大的命运之力给'磨平'，天才坠落的案例比比皆是。

"对于占武，我们需要的是，去寻找他崛起的力量到底在哪里？那些在暗处隐藏的贵人，那些不为人知的命运礼物与馈赠，一定、一定隐藏在哪里……"

"美女，该你说点儿话了。在座的没有占武的敌人，都是朋友。而你，满足一下我们的求知欲吧。"妖星转向舒静文，眼睛里几乎要迸出火来。

▶ 第七十八章 ◀

二中大危机

"我能提供给你们的信息也没有多少……"舒静文缓缓抬起头,"一些日常生活观察到的琐碎信息而已。"

"且说来听听。"

"我和他初一进班时认识。一开始只是惊叹他成绩特别好而已,对他并没有额外的兴趣,接触也少。他一天到晚皱着眉头,表情很扭曲,眼睛里都是凶光,一副憎恨全世界的样子,一般人也不会特别接近他。

"我记得他当初很矮、很瘦小,经常生病,可能是感冒、发烧之类的。体育活动他参加得也少,各种球类运动他基本没有份。每天学习特别勤奋,永远待在教室里做题,早上到得特别早,晚上走得特别晚,就是个普通刻苦学习的学生样子。再加上他衣着特别朴素,甚至可以说是寒酸了,在班级里总有一种与其他人格格不入的感觉。即便他每次都是年级第一,我也没有额外留意他。

"到了初三的某一天,我忽然注意到他了,他突然长个子了。好像那时候有160多厘米了,我就注意到他了。我感觉他的气质忽然变化了,变得……变得……我也不知道怎么用词语描述,但就是感觉,在高冷、凶悍之外,又多了一些感觉,似乎有些吸引人……

"不过随后我也很快发现了他的另一个特点:他对女生完全没有兴趣。我对他示好,他没有任何好脸色,甚至还很凶地对我。另外也有几个女生想要跟他走近一点儿,都被他态度恶劣地赶走了。班级里有个好事的人一度传他是同性恋,结果有一次被他听见了,他一脚就把那个人踹飞了。三个人围起来打他一个,居然没打赢。所有同学都很震惊,因为他在班级里一向是体弱多病的瘦弱小矮子形象,没想到突然产生巨大的反差……"

舒静文的阐述视角完全是一个小女生的视角,所述内容并没有太多妖星感兴趣的,于是妖星引导性地问道:"你跟他做了三年同学,有没有见过他的父母?"

舒静文摇摇头："没有。我没有去过他家里。"

"那家长会呢？学校亲子活动呢？"

"都没有见过。对了，说到家长会，我听说他的家长经常不来参加家长会。可能也不需要参加吧？家长会都是家长来了解学生情况的，家校配合，提高学生学习成绩。他都稳定年级第一了，还提高什么呢？"

"家长不来参加家长会……还有其他的吗？"妖星不满意地追问。

舒静文看了看妖星，道："你如果想了解他的家庭情况，我能说的只有这么几点。第一，他家里很穷，从他的日常穿着可以看出来；第二，他和父母的关系非常恶劣。他小时候挨过不少打骂，被父母以三十万的价格'卖'到兰水二中了，他对父母基本没有半点儿好感；第三，他的父母恐怕不是什么好人，可能是很没素质的那种。有同学提过，曾见到他父母在街上和人骂街、打架，和街边流氓、小混混没什么差别。"

"这样？"妖星更加疑惑了。舒静文所说的和那一日占武小学同学所说的比较类似，难道真的如此？不太可能。原生家庭对人的影响太大了，一个没有优点、丑陋不堪的家庭里生长出来的人，会有严重的畸形和扭曲，更不要提精细而强大的思维能力了。第一种可能，占武的秘密藏在家庭之外的地方。影响人成长的因素里，家庭是第一位的，而同伴和教师紧随其后。尽管重要性比不上家庭，但如果在同伴和教师环节能够有极为有力的补充，那么占武能够侥幸地从黑暗里爬出来也是有可能的。

但这种可能性太低了，恐怕连百分之一都不足。家庭的重要性实在太大了，绝大部分情况下，不论你遇到了怎样好的同伴和教师，都不足以抵消原生家庭的灾难性黑暗。所以更大的可能是，无论哪个小学同学，都没有了解到占武的真实家庭情况。

在不为人知的地方，必定潜藏着惊人的秘密啊。

妖星又探了舒静文许久，没有太多新的信息。终于叹道："今天恐怕只能这样了，占武的秘密，终究没有挖出来。回头我继续去挖他的小学经历吧，或许有所收获。当然，如果他转学到临湖实验来，那就轻松多了，我甚至可以想办法找他私聊了。"

"转学？什么意思？"诸葛百象、舒静文和卢标都问道。

"嘿嘿，从实验班同学那里听到的小道消息，不敢保证绝对正确，但也差不到哪儿去。我们学校，正在想办法挖占武，让他转学过来。"

"什么？"修远大惊，还有这种操作？

"你想想，兰水二中居然抢了全市第一的位置，临湖实验的领导们能甘心吗？再说了，学校之间互挖墙脚的事情，还见得少吗？本就是业界常态。更何况占武本来就是要上临湖实验高中的，是临时被二中挖走的。现在他成绩这么优秀，学校自然想把他挖回来。"

舒静文略显失落。如果占武真的去了临湖实验，他们距离就更远了。

而修远却是一阵心绪涌动：高中还可以转学的吗？

他想，高中学校收哪个学生，主要看什么？那就是看成绩啊！占武这样神一般成绩的临湖实验高中怎么会不要呢？问题是像自己这样中等成绩的又该怎么办呢？有转学的可能吗？与占武不同，当初自己并没有考上临湖实验，而占武可是中考前十啊。

转学的念头在修远的脑海里闪过，埋下了种子，不知何时会生根发芽。

风平浪静之下，或许藏着暗流涌动。又几日之后，兰水二中终于放寒假了。学生们开始休息，而部分老师却突然忙碌起来。

"天哪！不让人睡觉了！立刻解决！"兰水二中校长马泰愤怒地对着手机吼道，"我马上过去！叫李双关和严如心也立刻赶到！"这日晚上11点，他刚刚接到一个让二中老师心惊胆战的电话——占武的父母提出转学了。

他匆忙起身赶往占武家里。校长马泰，副校长肖英，两个实验班的班主任——李双关和严如心悉数到场。在那个破旧的老房子里，占武父母轻松交代出临湖实验高中给出几十万的价格，一脸得意。显然，二中想要人就得加钱。如果不加钱，那么占武立刻就要走了；如果加了钱，恐怕也不能立刻确定占武能留下来，因为不知道临湖实验会不会转过身再加价。这事已经变成了一场竞价游戏。

当晚的价格定在了六十万，马泰亲自拍板作数。六十万，对这个贫穷的家庭已经是天大的数字。两个人脸上露出抑制不住的喜色，而占武关在自己的房里，始终不曾出现。他是"拍卖品"，不需要出现。

从占武家里出来之后，李双关不无担忧地提道："占武的价值，对于临湖实验和我们来说，都远不止六十万，如果双方不断抬价下去，如何收尾呢？"

严如心也点头称是，肖英不作声地看着马泰。马泰道："收不了尾。就在你我这里，是收不了尾的。你看看他们见钱眼开的样子，一旦临湖实验提价，他们立刻就转向了；一旦我们提价，他们立刻就回来。这事情已经超出私下能解决的范围了。"

"您是说？"肖英道。

"没错。明天，李双关和肖英陪我一起去趟教育局。"

"大过年的，你们又想闹哪样？"局长牟勇文不耐烦地训斥道，"'709惨案'之后我怎么说的？真当我是不管事的病猫啊！"

"其实学生想要转学到更好学校去也是很正常的需求……"临湖实验的副校长左盛轻声道。

校长洪流在一旁没吭声，因为这事情他不在理，更因为他还没想好怎么处理。他最大的失误就是没料到占武的父母会轻易把他们的价格和整个行动全部兜底透露给了兰水二中，让此次行为变成了一个赤裸裸的竞价游戏。他以为占武父母亲口表示对价格很满意，亲口答应转学过来，事情就已经稳妥了。他作为优质民办高中的校长，太少接触那些教育程度低、见钱眼开又完全不讲信用的人。以临湖实验的实力与威名，又许以高价，怎么可能会不满意呢？他预判不到他们的想法。

"够了！够了！跟你们说过几次了！安安心心搞好教学不行吗？非要搞这些歪门邪道！高一争一争生源我都忍了，学生都高二上过一半了，你们还搞什么？要不要脸了！有没有考虑到对学生的影响？对教师的影响？都想着去挖别人家的好学生，自己不用好好上课了！"牟勇文火冒三丈，他都已经回去准备年货了，准备好好跟自己3岁的小孙子过个年，结果临时被马泰和洪流扯了出来。

局长的话说到这个程度，临湖实验的两位校长又自觉理亏，不好直接对抗。左盛不甘心道："抢生源的问题，确实是局长您该管的，既然管了那就管到底嘛，不光高二的学生要管，高一的抢生源问题也要管吧，那才是源头呢！"左盛的话意味很明显：这次出钱抢占武是他们理亏，可是高一招生的时候，二中花高价挖占武过去，则是他们理亏，并且是问题的起点。

"别给我转移话题！"牟勇文继续不耐烦道，"你们放心，两边我都要管！前几年高考改革的问题太忙了，我没心思收拾你们这些挖学生的破事！结果呢，你们要翻天了！好，逼着我下狠手是不？就从这次事件开始收拾你们！占武不准转学！你们也不准抬价！临湖实验的四十万不准给，二中的六十万也不准给！全都收回去！"

几个来回，占武父母的额外三十万就泡汤了。

"也别给我扯什么学生转学的正当权利了，借口！当我是傻子啊！自己去擦屁股吧，我要回去过年了。"牟勇文不客气地将四人赶出办公室。

兰水二中的危机暂时化解了。

第七十九章

一念生，在艰难的学期之后！

寒假里，修远强行打起精神来继续努力学习。化学要巩固，实验仪器操作和流程中的细节很容易弄混，而物质推断题中也时不时蹦出点儿知识点漏洞；数学需要维持，因为不断地上新课，而新课的难度又很大，圆锥曲线的压轴题多半不会做，倒数第二题也偶尔卡壳，选择、填空的小压轴题也费时费力，再加上选修的极坐标也不熟悉；语文的论述文阅读勉强过关，可文言文还一塌糊涂，作文也没什么门路；英语更不必说，还没入门呢；至于生物，知识点太杂碎，背了忘，忘了背，不断反复。

太多了，太多了，要学的东西太多了，全都是漏洞。越是高分段，越是难以往上冲刺。高一下学期时，修远处于一本线的边缘，那时候提分相对容易，进步得飞快，每做一点儿努力都能看到直接的成果反馈，并受到激励。而修远目前处于末流211的水平，再往上进步，已经不那么容易了。在没有任何正面反馈的情况下努力着，就像在汪洋大海中游泳一样——不是在沙滩边，而是在海中心坠落，看着滔天巨浪，挥动瘦小的臂膀，无力地挣扎。

更不要提，修远还在努力对抗着自己情绪上的抑郁和失望。没有林老师，没有占武，没有任何人帮助。诸葛百象、陈思敏、罗刻都还各自有困惑，水平并没有高出自己一个层次，无法指导自己，甚至由于各自水平的局限，连聚起来相互讨论都收效甚微。他想到了临湖实验高中，如果是那样的学校，即便找不到林老师这种绝世高手，普通老师的水平也会比二中高很多啊。他不会因为一些学科知识细节而反复纠结，直接问老师就好了。他也不需要拼了命地翻找各种辅导资料来补充知识点和题型，永远都在怀疑自己的资料到底够不够好，题型到底全不全，因为更高水平的学校教研组就会做高水平的辅助资料发给学生。就连同学环境都要更好一些，既轻松又情绪平和，水平更高，交流和讨论更有效。

什么都没有，他就如此一个人孤独地摸索着。

黑暗中前行的人，不仅需要光明来看路，更需要光明来提供支持他走下去的希望与动力啊。

而这希望之光,又在哪里呢?

高二下学期开学考试,修远微退一位到第七名——一个寒假的努力没有任何成果。如果说这是因为其他同学也在努力,那么绝对分数上的倒退又如何解释呢?

看到分数的那一刻修远只觉得心中泛起强烈的无奈与疲惫。

疲惫,而又不能停歇,强撑着努力下去。

数学开始学导数的内容了——高中最难的板块。导数,高中数学难度之王,不仅本身的理解难度高,而且作为一个平台型模块,能够将高一、高二的知识模块的函数、三角函数、数列、不等式,甚至圆锥曲线都包含进去,形成极为复杂的题目。

仅仅导数内容的新课学习,就让修远的成绩剧烈波动,起伏达 20 分以上。

物理与数学同步达到难度最高点。电磁感应和交变电流不仅自身的难度已经很高,也能与高一、高二的力学、运动学、圆周运动、动量、机械能等高难度模块结合起来,让人发晕。全班的物理成绩集体倒退,修远不能免俗。

而语文和英语的试卷难度又在持续加大。语文的阅读难度逐渐提高,让修远冲刺语文阅读的那点儿效果被轻易抵消掉。英语的生词量越来越多,修远连课本上的单词都没有做到百分之百地记熟,动词词组搭配更是一塌糊涂,再加上超纲生词,英语分数又降一个台阶。

生物,一堆琐碎的知识点,几乎无从下手。

所有的重压让修远越来越疲惫、无力。

这如同一场残酷的军事训练,体力被迅速耗尽后,依然不得停歇,没有休整的机会。不像运动比赛那样有暂停和战术布置,也没有教练指导,只有野蛮的教官挥着鞭子抽打,驱使你前进。你看不到终点,甚至路过一个个分岔路口时不知道该往哪里走。前面的人有些向左,有些向右,有些停滞不前就地放弃,群体性的绝望相互传染。

你跑着,接着拖着沉重的脚步走着,然后跪下来爬着,最后痛哭着匍匐在地上,一点儿一点儿地挪着。唯一能够确定的是,这并不是终点前的最后拼搏、冲刺,你距离终点还有遥远的距离。可你已经用尽了最后的力气,路程却只走了一半,甚至或许不到三分之一。你如此痛苦与绝望,甚至开始怀疑这只是一个残酷的恶作剧,根本就不存在一个让你能够放松下来休息的终点。

如果你被逼进入这样残酷的游戏,那痛苦已然刻骨铭心。如果你是满怀着理想与期待,主动加入这游戏,希望它来改变自己的命运,那绝望更加深入骨髓、透骨寒凉。

周四下午数学单元测验,没有进步;周五晚自习语文单元测试,没有进步;第二周周一是物理测试,依然没有进步。英语单元模考终于涨了 5 分,可试卷分析下来却发现是多蒙对了三道题；化学单元测试也涨了5分，而下一次月考时又被打回原形。3月月考又退了两名，4月月考进步一名，5月初期中考试再退一名。来来回回，震荡起伏，一脚深一脚浅地挣扎在沼泽里。

而每一天又在不断地安慰自己，继续努力，一定会有回报。每一天晚上都在逼迫自己拿出所有的精力，一遍遍地背单词、刷数学题、整理物理的改错本，然后绞尽脑汁写一篇分数极低的作文。每天逼迫自己撑住，不要睡着，不要被烦躁的情绪打败，不要被压抑的心理拖垮，不要陷入绝望的黑暗……撑住……

撑住，撑住，撑住。可人的意志是无穷无尽的吗？精神的力量可以支撑你永远地陷在黑暗里而不崩溃吗？

5月9日，修远终于撑不住，情绪崩溃了。

回到家里，关上卧室的门，他忍不住埋头在被子里痛哭起来。眼泪向外涌，却又不敢发出声音，只能无声抽泣。从黄昏哭到黑夜，哭到全身瘫软，哭到内心深处一片沉寂，一切杂念消失，两眼空洞地看着窗外的黑暗。

为什么，为什么会这样？

为什么会有那么多的痛苦？

为什么要在17岁的时候经历如此的黑暗与绝望？

他又想：前几次的危机都有好运化解，先是碰到林老师，后是碰到占武，为什么这一次的坎儿就过不去了？为什么幸运不再降临？

这绝望只能自己默默消化，无人可以诉说。无法对父母说，也无法对同学说。同桌说，你已经成绩这么好了，还假装痛苦，矫情。而罗刻等人与自己略有共情，倒是能相互诉苦一番，可是那又有什么用呢？终归沉寂。

（背景音乐：*Cello Romance*）

"修远，黑眼圈有点儿严重哦。"同桌刘语明说，"熬夜做题还是熬夜玩游戏了？"

玩游戏？修远暗自苦笑，那已经是好遥远的事情了。再回到学校，他的作业还没有完成，而他还停留在疲乏与倦怠之中，无意再去做作业了，抄完了事，也无力在乎是否会被老师抓住。

晚饭时，修远偶然在食堂碰到罗刻，两人自然地坐在同一桌。修远一脸疲惫，罗刻满目沧桑，两人相顾无言，又埋头吃饭。

修远沉默良久，忽然说："你知道吗，高一的时候，很多人都很佩服你。"

罗刻怔了一瞬，道："为什么？"

"因为你够拼、够努力，努力到极限。当时其他人都做不到。"

"你们当时没有习惯而已。"

"初三新入高一的学生，的确很难做到。人怎么能平白无故努力到那种程度？必定要经历很多磨难以后，才能下得了狠心对自己。"

罗刻不语。

"接近两年高中过去了，现在很多人已经能做到了像你一样的极限努力。当年你可望而不可及的境界，我现在也达到了。"修远低声道。

罗刻抬起头，苦笑着说："然后发现，这并没有什么用，对吗？命还是那条命，努力了也并不会就此转运。天赋没有变，环境没有变，弱点没有变，局限没有变。在我们这种层次，努力的红利会很快过去，在那高不成低不就的中间档次里卡住。进一步难如登天，退一步却是万丈深渊。命运是向下的重力，努力是向上的拉力，以有限的拉力对抗永恒的重力，又有几分胜算呢？"

修远也跟着沉默。自高二回到实验班以来，他已经发现，崇拜罗刻的人越来越少，而崇拜占武这种绝对天才的人却越来越多。甚至那吊儿郎当、性格恶劣、自私自利但天赋不错的李天许，都有一定的粉丝。他刚与罗刻交流时，抱有一丝幻想，也许更早进入这极限努力境界的罗刻能知道未来的出路在哪里，却只发现，他伫立在一片荒原，将要被冰冻成雕像。

"我不知道你想从我这里了解些什么。修远，我没什么可以告诉你的。我的成绩停滞不前，甚至稍有倒退，已经一年半了。甚至我的努力程度也不是你能想象的，你以为你到了我的程度，其实并没有。但可以告诉你，我再努力也没有冲过那道屏障。"

修远低声叹息："原本想在你这里寻找一点儿希望，却……"

饭后开始自习课了，周围的同学各自低头苦学。修远看着黑板发呆。他又看了看占武，如同山脉一样矗立在那里，再看陈思敏、罗刻、夏子萱、诸葛百象，一个个弓着身子，疲惫地握着笔。

他忽然又看到了易姗，恍惚才记起，自己已经好久没有注意这个女生了。高一入学的时候，自己不是对她兴致盎然吗？见她的微笑就心动，一举手一投足都让他注目。为什么再回到实验班后，半年多的时间里，自己反而没有太注意她了？自己已经压抑得连美女都没兴趣了吗？

他恍惚回忆起了第一次见到易姗时的场景。他刚刚中考失利，带着巨大的自我怀疑与不甘来到二中。在高一的开学典礼上，易姗恰巧就坐在他身边。他回忆起易姗精致的脸，她露出崇拜的表情娇声娇气地赞扬他"你好厉害啊"，而他仿佛被电击中了一般，虚荣心与自尊心得到了巨大的满足。

他在疲惫中猛然意识到，自己并不是真的喜欢易姗。他在最脆弱的那一刻偶然地被易姗击中了自己最软弱的内心，然后将那卑微的自尊投射到易姗的身上，仿佛爱恋一般。

他忽然就明白了这一点。

可为什么就在这一个晚上他忽然就看透了之前的迷局呢？

那虚荣与自尊，是对自我成长的扭曲的追逐。高一初始时，他想要成长，想要表现得更厉害，于是通过自我欺骗的手段去假装自己更厉害。而今天，他已经甩开了自我欺骗，开始真正地努力学习，极致地努力，真实地追逐梦想，自我成长，于是自然不再需要那虚假的寄托，不会再注意到易姗，爱恋的幻觉就此驱散。这是一种进步吧？

可为什么他的内心比那时更痛苦了？

在自我安慰与欺骗的时候，还没有开始真正地努力，因此不仅有当下自我欺骗的快感，还有一层安全底子——如果哪天我真正的努力起来了，就一定可以解决问题。那时的痛苦，至多是疑惑、担忧，怕万一努力了也没用怎么办。

而此时的修远，真的已经尽全力了。他已经掏出了最后的底牌，再无后路可退，对未来的担忧变成了当下的绝望，无能为力。

退无可退之时，从哪里寻找希望呢？

对于普通家庭的学生来说，在高中这个阶段里，学业就是命运。它究竟被哪些因素驱动着？修远机械地掏出纸和笔，出神地写出潦草的字。

智商。如果我是占武那样的天才，不会经历那么多痛苦和迷茫。

父母。如果我的家庭像卢标那样，不会那样地捉襟见肘与自卑。

努力。我已经努力到极限，又能怎样？即便到罗刻那样的程度也突破不了局限，然后撞上屏障，反弹回来，成绩退步。

老师。我失去了林老师，而班上的老师水平又如此平庸。如果我当年没有中考失误，考上了临湖实验，在更高水平的环境里，我不会有那么多无奈和困顿。

同学。占武水平很高，又机缘巧合指导了我一阵，可终究不长远。而其他人的水平并不足以给我启发，连日常交流、沟通都很低效。

资料。资料是学校教研组做的，与学校老师水平息息相关。如果我当年考上了临湖实验高中，也不会每天因为低质量的资料如此狼狈。

智商、父母、努力、老师、同学、资料……修远忽然瞪大了眼睛，一拍桌子站了起来，惊得同学们纷纷侧目，他只好尴尬地走出教室，假装要去上厕所。

修远推门跑出去，双手撑住走廊的栏杆向远处眺望，胸口剧烈起伏，那个埋藏了许久的念头终于彻底爆发出来——

为什么，我，不能去，临湖实验高中？

▶ 第八十章 ◀

试探——曙光初现！

《兰水市高中学生学籍管理办法》

……

符合以下条件之一的，可以申请转学：

1. 学生户籍及家庭住址跨省、市、区县迁移（不含同城区内迁移）的。

2. 学生父母或者其他监护人长期出国（出境）工作、支援边疆建设、现役军人（含武警）工作调动等原因，其子女投靠亲属到非户籍所在地居住的。

3. 学生身体等特殊原因确需在同城区内转学的，其中考成绩须达转入学校当年录取分数线。

4. 具有技术特长或爱好的，可以申请转入中等职业学校学习。

……

手续流程：

1. 由学生父母或其他监护人持上述转学材料向转入学校提出申请（需有学生本人及其父母或其他监护人的签字）。

2. 转入学校依据相关规定和学校学位空余情况，认真审核学生转学条件及相关证明材料，对证明材料有疑问的，应到相关部门核实确认。

3. 对于同意接收的，由转入学校在全国学籍系统中发起转学申请并核办（须上传相关转学证明材料原件的电子照片）。不符合条件的，学校要做好解释工作；符合条件，但学校因学额不足无法接收的，学校要指导学生父母或其他监护人向当地县级教育行政部门申请，统筹解决。

4. 转入学校的主管教育行政部门在全国学籍系统中核办。

5. 转出学校在全国学籍系统中核办。

6. 转出学校的主管教育行政部门在全国学籍系统中核办。

7. 转入学校获得其他三方同意信息后，通知学生报到入学。

8. 学生到转入学校报到后，转入学校通过全国学籍系统调取学生学籍电子档案（全国学籍系统将同时通知转出学校）。

……

周六晚上，修远在网上搜出了一堆材料。

"看来转学还是有可能的，跨区就能转。兰水二中和临湖实验高中不就是不同的区域吗？随便找个搬家的理由就好了。按照学籍管理办法的条款看，关键是能不能取得临湖实验高中的同意……"

卢标这样的顶尖学神，临湖实验自然愿意收取。可是他修远呢？

修远心想：应该也可以的吧？自己的水平虽不如卢标那样拔尖，但也有末流211的水平了，放到临湖实验去，至少也有中下游水准了吧？至少不会垫底。给学校增加一个211名额，临湖实验为什么不同意呢？

想到这里，修远有些激动起来。如果真的转学成功，那么这两年来积累的所有遗憾、困顿都会被一扫而光了！更好的师资，更优质的同学，更宽松而便于自主的环境，更高效的学习气氛……

这就是黑暗里重新燃起的光芒啊！

既然确定了这事情有可能性，那就要着手正式去做了。下一步，该找父母沟通了。

大约两年前，他曾有机会进入临湖实验高中，代价是五万元的择校费。父亲不太愿意出，他也觉得这钱太损尊严。如果今天提出转学，那么需要付多少钱呢？

最好的预想是不用钱。两年前的中考，他没有达到临湖实验的最低标准，而两年后的今天，他已经达到了临湖实验高中的中游水平，或许临湖实验就不收他的钱了呢？当然，这是最乐观的预想。

次一点儿的可能是，降低交费额，即交费低于五万元。比如，三年的学习要交五万元，如今高中只剩下一年，那么理论上就是五万元的三分之一，不到两万元成本，父母应该也能接受。

最差的可能是没有任何折扣，即便只读一年，依然要交全部的五万元择校费。如果这样，父母还会同意吗？不好说，他暂时还摸不清父母的态度。可是无论如何要尝试啊！如果父母不同意，就去哀求他们，就当……就当是找他们借钱吧。

"什么？"父亲修督风按下电视的暂停键，瞪大眼睛看向修远，"这种时候要转学？怎么转？"

母亲也放下手机，诧异地看着修远："怎么了？学校里有什么不愉快的事让你想转学？"

"没什么特别的事情，就是……就是感觉这学校水平有限，环境也不是很好……我想去临湖实验高中，老师和同学的水平都更高，说不定我还能更进一步……"

修督风皱了皱眉头："现在成绩不是还可以吗？怎么还想换呢？"

"可是……可是还想再进步一点儿啊。"

"成绩好不好那是自己努力的问题！换学校就一定能提上去吗？"修督风有些不耐烦。

修远一阵语塞，红了眼睛，千言万语噎在喉咙里，说不出话来。努力？自己已经努力到极限了啊，可是环境的局限在那里，努力又有什么用呢？改变学校代表的是同学、教师、资料、氛围的整体提升，一定能让自己更进一步的啊！

母亲插话："唉，孩子想学好，是好事啊！临湖实验高中肯定比二中更好嘛！环境好了，孩子也容易进步。不过要想想怎么转学啊，规定让转吗？我们这小市民，也不认识有关的人啊？老修，你认识吗？"

"我去哪儿认识有关的人？"修督风不耐烦道。

修远颤抖着说："最……最主要的可能还是临湖实验高中的态度吧，如果他们愿意接收应该就没问题……"

"你又知道了？"

"我……我在网上查了下教育局的文件资料……"

"网上的资料有啥用！"修督风大声吼道，"现实生活是网上那样吗？想找到能办这事的人有多难你懂吗？"说完陷入沉寂。修远红着眼不知如何再劝父母。几分钟后，修督风叹口气，说："算了，想办法吧。这种事情，肯定就是找人了，还不知道找不得到。我这几天打电话去问下，看具体需要什么条件。再找我们领导打听一下，看他知不知道……唉，难啊。"

修督风叹着气，修远却觉得心头一亮——有希望了！父亲这就算是答应了吧！

"修远啊，你先去上学吧，这事情要花点儿时间，让妈妈和爸爸好好想想怎么办。"母亲开口安慰道。她摸了摸修远的脑袋，修远感觉那手心里传来一阵暖意。

（背景音乐：*Cello Romance*）

修远回到学校，走在操场边的小路上，心里松了一口气，只觉得那绝望的黑暗露出一线光明，仿佛黎明将至。他心绪起伏，不愿意就此回教室坐下，而是到操场上散散心。

如果最终转学成功，他今天的困局就能迎刃而解了吧。他感觉操场上的空气如此清新，微风拂面清凉，恍惚间还有清脆的鸟鸣。他又想到了卢标，转学去临湖实验高中的卢标，这一年多来该又有许多进步了吧？他原本就那么优秀，那么聪明，又从小享受优渥的教育资源，再加上临湖实验高中更优质的老师和同学，怎么会不好呢？老天就是如此不公，给了某些人太多的偏爱——卢标的优质家庭，占武的天赋异禀……

可是自己呢？修远从内心深处生起一股信心。这一次，一定能行。转学成功，本是八字没有一撇的东西，虚无缥缈，可修远就是无端地生起信心来。一定没问题的，他想起那句反复在课外书上、网上看到的话——上帝关上一扇门的同时，一定会给你打开一扇窗。老天不会真的要灭我，不会真的逼我到绝境上去。看似到绝境的时候，他遇到了林老师。看似又到绝境的时候，他遇到了占武。这一次仿佛再到绝境，真的会是绝境吗？这一次，一定也会有新的转机。

必须要有啊。

"修远……"背后响起一个女生的声音。

"舒田？"修远从自己的思绪里回过神来。好久没有见到舒田了，自从生日以后，只是零星地见过舒田几次而已，都是路上遇到的，她并没有再主动来找他。再看舒田，她的气质又有变化，似乎更平静了，也更阳光了，脸上的阴郁之色又淡了一分，自信增了三成。身穿一套纯白色短款运动服，脚上是淡蓝色跑步鞋，额头上渗出细汗，胸口也有汗迹，显然是刚刚跑完步。

"刚锻炼完？"修远问。

"嗯。"舒田轻轻点头而微微一笑，"每天坚持慢跑几圈，回去再练冥想，已经成习惯了。这样精力好很多。修远……好久没见你了，你还好吗？"

与舒田越来越阳光、开朗、积极的样子相比，修远过得着实不好。半年多以来，不仅压力很大，身体疲惫，而且负面情绪累积严重。更可笑的是，舒田用来调整状态的方法，都是自己从林老师那里学来然后转教给她的。两相对比，修远略显尴尬地说："一般吧，总会遇到各种各样的问题……"

"实验班肯定压力很大吧。"舒田莞尔一笑，"但我相信你总会找到办法解决的。修远，我相信你一定可以。"

修远淡淡一笑，现在反过来成舒田来安慰和开导他了。舒田又低下头，略显害羞地说："其实我也遇到了很多问题，高二的课程难度好大。可是我总不放弃，一点儿一点儿地学下去，今天不会明天学，明天不会，后天继续努力。我常常会想到你，想到你就感觉充满力量……"

修远抬起头看向舒田，不知如何回应。舒田又说："我不知道为什么想要跟你说这些，其实也不是想要你表达什么态度……"

一瞬间，修远看着舒田秀美的脸，竟有些恍惚。在漫长的苦闷里，他不曾享受些许乐趣；在残酷的挣扎里，他未尝体会温柔与美好；在疲惫的拼搏里，他甚至无处可以放缓脚步安心休息，也找不到一个可以让自己放下焦虑的人。高中三年的时间仿佛被无尽地拉长，甚至停滞，而在这无尽的黑暗之中，多了一丝温柔与信任，多了一个对自己崇敬而关怀的女生，总是件好事吧？这甚至可以说是一种福报了。

可他当下的心思全部凝聚在转学这件事情上，再无心处理其他事务。这一次，他依然不能纵容自己停下来。这一次，历史又将相似。

"舒田，我告诉你一件事情好吗？"修远忽然打断她。

"什么事？"舒田抬起头看向修远，目光纯粹而明净。

"我可能要转学了，去临湖实验高中。"

"啊？"舒田惊讶地叫起来，"那样……以后就看不到你了吗？"

修远不吭声。

"这半年多原本就很少见你，没想到又……"舒田又低下头。

修远也不知如何作答。高一下学期离开十四班前，舒田曾向他表白，哀求他留下来。对于一个内向的少女来说，这需要鼓起多大的勇气？或许她的腿都在颤抖，手掌里尽是汗，心跳得飞快。而他却决然地离开，甚至忘记了对她稍作安慰。他深知自己曾经给了舒田怎样的激励，也知道舒田可以给他怎样的温柔与快慰，一个如此秀美、温柔而善良的女孩能陪在自己身边，该会让多少人艳羡？可他绝不能因此改变了自己的命运轨迹，他的内心深处有强烈的不甘，那是更宏大的意义。那一次，他必须放下她。而这一次，他又将离她而去，去更遥远的地方，也不知此生是否再有交集。

他将走向远方，也许若干年之后，他会回忆起人生路径分岔的这一刻，回忆起舒田，会带着一丝遗憾轻声叹息。可如果这一刻他恍惚间放纵了自己脆弱的感情，之后在人生每一个不得志的日子里，他都会愤怒地痛恨自己，咬牙切齿地咒骂当年的软弱。

这所谓人生的十字路口啊，你看似有无数的选择，而心里最深的欲望和不甘，又决定了你最终只有一条路可走。

忽然舒田又抬起头，认真地看着修远，脸上浮现出无比温柔的微笑，眼里满是关切和美好的光："可是……可是我支持你，也祝福你。我希望你转学顺利，希望你在临湖实验高中过得越来越好，希望你的成绩更进一步，希望你每天都能过得更开心……"

修远有些意外，这一次，舒田的态度变了。

"嗯，谢谢你。"修远点点头。这虚无的祝福有多大的意义呢？不知道。此刻却给了修远一些安慰与温暖。多了一个理解他的人，不觉得他的所为是在添麻烦，也不觉得他的挣扎是矫情。谢谢你，舒田。

"可是修远，即便你将要离开，我也想留下你的踪迹。未来的某一天，或许，我还会再找到你……"

这是柔软的期待。

这是光明的追寻。

第八十一章

转学？开启命运的窗口

　　心神不宁的一周快要过去了。这一周里，修远每天都忍不住在想：转学到底能不能成功呢？会不会出什么意外？他一时安慰自己——既然卢标可以，其他人可以，那么自己也一定可以吧；一时充满疑惑——自己的成绩比卢标差了太多，自己真的可以吗；一时又忽然爆发出无穷的信心——天不亡我，天无绝人之路，我一定能够挣扎出一条生路来啊！

　　学习的状态自然也随着上下起伏。一时听课走神儿脑袋空白，一时闷声做题而效率低下，一时又积极奋进，提笔挥洒自如。好不容易挨到周六放学，同学们一个个离开教室了，或者回家，或者回寝室。修远心跳忽然快起来。回家后，能否转学成功的答案就要揭晓了。他屁股仿佛变成钉子，钉在板凳上，迟迟无法起身。

　　"修远，还没走呢？"教室里的人不多了，诸葛百象便是其中一个。他收拾书包时，注意到修远的表情似乎有些异常，随口关切了一下。经过几次学霸大会，他与修远的关系也比高一时密切了一些。

　　"啊，是啊。"修远回过神来，勉强答道。

　　"怎么了，有什么事吗？"

　　修远没有回答，而是反问道："诸葛百象，我想问你一个问题。你人生中有没有什么特别重要的事？"

　　"特别重要的事？你是指对人生产生了重大积极作用的事？"

　　"算是吧。"

　　"嗯，好像……"诸葛百象被这突兀的问题难住，"好像一时半会儿还真想不出有什么产生重大积极作用的事呢……"

　　"不说积极作用吧，刻骨铭心、久久难忘的事情有吗？"修远又问。

　　诸葛百象又沉思了一会儿，道："其实我们这些人，哪有什么惊天动地、刻骨铭心的事呢？不只是我，很多人都一样吧。我们远离了战争和饥荒，没有吃过什么大苦，也没有过人生的大起大落。因为些许小事而高兴，又因为鸡毛蒜皮而烦恼。世界如此纷杂而忙乱，我们的喜怒哀乐如此平凡，除了自己和家人，谁会关注？甚至许多情绪连家人也无法理解，只有自己内心世界里一片混沌而已。

"目标也渺小，奋斗也渺小，疲惫而又波澜不惊地活着。还能怎样呢？"

修远听罢心中无限感慨，对诸葛百象的话感同身受，却又不尽认同。是啊，我们都如此平凡，生活寡淡，可是在平凡与寡淡的体验之中就不会有惊天动地与刻骨铭心吗？表面上平静如水，可是内心深处的精神不会剧烈地波动着吗？在精神的世界里，有大浪滔天，有烈焰翻腾，有万丈深渊，也有朗朗乾坤。

凡俗的生命里没有惊天动地的大事，每天不过是听听课、写写试卷而已。可是其中一样会有强烈的悲欢。那种被卡在瓶颈上的迷茫与困惑，如同深陷沼泽、迷雾的探险。在瓶颈处挣扎的痛苦，如同穿越荆棘丛林时满身撕裂的创伤。每天十四小时以上的高强度学习，逼迫自己坚持，所消耗的毅力远胜热闹而喧哗的马拉松大赛。而被教室、学校与家庭局限，被先天智商、思维和身体健康困扰，那命运之网中的奋力挣扎与绝望嘶吼，更如同神鬼乱世，山河倒转，天崩地裂，沧海桑田。

如何不刻骨铭心？

而他过去几年已经经历的，今天与未来将要经历的，哪一件不是影响长远人生的至关重要的事件？

学校教室虽小，却映射着整个世界；高中三年虽短，却影响了命运人生。

许久之后，他终于鼓起勇气离开教室，走出校门，走上回家的公交车。天已经接近全黑了，街道上行人稀少，公交车从湖心路穿过，低垂的树枝敲打着公交车的车顶和车窗。他终于到家了，艰难地推开家门，就见着父母在沙发上正襟危坐。

他轻轻将书包放在地上，静静地盯着父母的眼睛。

"修远，怎么回来这么晚啊？吃饭了吗？"母亲问。

"嗯，学校有点儿事。吃过了。"修远随口编了个理由。他没有吃过饭，但现在完全没有心思吃饭，也吃不下。

他紧紧盯着父亲，等待父亲开口。

父亲修督风回看着他："坐吧。已经问过工作人员了，也问了其他人。转学理论上是有可能，但实际上基本不可能了……"

修远听到"不可能"三个字，只觉得五雷轰顶，手脚上的肌肉立刻软了下来，脑子里开始嗡嗡地响。怎么会，怎么会这样……

"……现在对转学规定非常严格，从差学校往好学校转，难度非常大，民办学校也一样。我们这样的家庭，没什么特殊的条件，基本不可能了。而且你中考的成绩没有到临湖实验的分数线，这也是个很大的影响。"

"可是，可是……"修远怔怔地辩解，嘴唇都在发抖，"我有同学就转学过去了啊……"

修督风不耐烦道："鬼知道他们怎么办到的？"这样的问题，总是在提醒他的无能。

那黑暗几乎将要从修远的内心深处涌起而席卷、泛滥，淹没一切，但忽然又听到父亲接着说道："……转学就不用想了，借读的事情倒是可以考虑一下。"

"借读？什么意思？和转学有什么区别？"修远一愣，赶紧问道。他本能地感到，这个概念无比重要。

母亲赶紧解释道："转学意思是不仅人去临湖实验读书，而且学籍档案什么的都要调过去，这样肯定很难。借读是人去临湖实验读书，但是学籍档案都留在二中，高考的时候还是以二中学生的身份考。"

修远忽然打起万分的精神，脑子飞快地转动。学籍？我要学籍干什么？学籍文件上写我是哪个学校的学生，有什么要紧的呢？最重要的是我要去临湖实验读书啊！更好的老师，更好的同学，更宽松和积极的氛围，更高质量的课程和辅助资料……

更多的光明，更多的希望，更多的力量！

果然天无绝人之路！我不会被命运彻底地抛弃，不会被彻底地粉碎！再多的苦难只是考验而已，而我相信，最终一定会突破重重障碍，达成愿望！

"我要借读！我要借读！"修远几乎从沙发上跳起来，急切地吼着。

"哎哟，吵死了！"父亲被吓了一跳，不耐烦道，"别急！别高兴太早了！借读的事情也没有确定，还要跟临湖实验高中详谈。公司的领导帮我联系了临湖实验高中学籍管理办公室的一个负责人，如果确定了要借读，那就要找时间和这个老师谈一下。"

还要再谈？怎么谈呢？要满足什么条件呢？修远又担心起来。

"可能会有一个什么成绩测试，不过你现在的成绩应该可以了，你不是二中的前十名吗？后面的问题，可能主要就是钱的问题了。"修督风叹了口气，"希望能少点儿钱谈下来吧。"

修远的心又亮起来——那就是问题不大了。没错，自己的成绩现在是普通211的水平，在临湖实验也能接近中游的排名，成绩应该是没问题了。至于钱的问题，爸爸既然已经这样说了，哪怕是贵一点儿那也不构成核心障碍了。

成了，成了，成了！

"太好了！"修远开心地大叫起来，先前的阴霾一扫而空。

啊，那些挣扎，那些迷茫，那些痛苦，那些绝望，全都消散吧！重新站起来的人，带着希望，如潮水奔腾不息！

光明，驱散所有黑暗。

希望，抚慰一切悲鸣。

周日上午，父亲带着修远来到临湖实验高中。宏伟的校门，宽阔的操场，气势磅礴的高大教学楼，生机勃勃的绿色植物，一切都那么美好。几次弯弯绕绕，两人来到学籍管理办公室。深吸一口气，修督风敲门了。

"请进！"

两人推门而入。"李主任，您好！"修督风主动上前问好握手。

"哦，你好。是老钱说的那位吧？"

"对对对，钱科长是我领导的朋友。这是我儿子，修远。"

"嗯。借读的事情呢，问题不大。按老钱的介绍，你儿子成绩还不错啊，二中的前几名。"

"对对，成绩在二中是很好的。"修督风赶紧接嘴道，"而且二中的环境肯定跟临湖实验高中不能比，要是能来临湖实验上学肯定能更进一步嘛！"

"成绩条有没有？"

"有有有！"修督风一招手，修远赶紧掏出历次月考学校发的成绩条，修督风也拿出手机，"这是学校发给家长的成绩通知，系统里的东西，这是不会有假的。"

李主任看罢点点头："嗯，还行。当然，你得这次期末考试也有相近的成绩才行，不然就不好说了。你们运气不错，下学期就是高三了，这学期有几个外地的借读生提前调回去了，腾出来了名额，所以现在能让你调进来。否则你再想进来，那就麻烦了……"

原来如此。修远心想：果然运气不错啊！果然天不亡我啊！

李主任又看了看修远问："你中考离我们学校的分数线差多少分？"

"差了四五分。"修远不好意思道。

"唉，只差了四五分而已嘛，你中考的时候就该到临湖实验来，交几万块钱就行了。怎么跑到二中去了呢？"

修远不知怎么回答，修督风低声道："那个……那个时候也不懂嘛，没想到学校的影响有这么大，以为二中的实验班也还不错……"

"什么不错？差远了！"李主任不屑道，"二中那水平能跟我们比？简直没有常识！"

"是是是……"修督风赔笑道。

"那种实验班，连我们普通班都比不上！我知道，二中的老师肯定吹嘘自己怎么厉害，实验班怎么好，什么资源全给实验班了……有个啥用！十个二流加起来能变一流吗？你拿十条木筏加起来，看有没有一条轮船跑得快？"

"是是是……"

"你们呀！父母不懂，耽误孩子发展！你看着孩子，啊，挺不错的一个孩子嘛！看着就很聪明，很懂事！在二中的环境里是能学得不错，但这成绩也就能上个末流211，要是从高一开始就到我们学校学，现在不得能上985？你们做父母的一个决策错误，是不是就耽误了孩子？"李主任坐在黑色皮质办公椅上，跷起二郎腿，对两人一阵指点江山。

"是是是……"

"你们这种人啊，我每年见得多了。有些是被二中、七中这些学校骗去了，有些是舍不得交一点儿费用！抠门！真是没远见啊。孩子一生的发展是那点儿费用能比的吗？考个好大学，报个好专业，一年工资轻松几十万，甚至上百万；上个不好的大学，工作找得差，一个月几千块钱，发展后劲也弱，干十年也升不了什么职。你这么比一比，几万块钱的费用算钱吗？小学算数也算出来了！"

"是是是……"

"唉，你们这些人啊，不懂，把教育当消费看。教育是消费吗？错了！教育是投资！是为了给你赚钱的！消费可以节俭，教育怎么能够抠门？你省下来八万块钱的相关费用，有意义吗？那是亏了未来的钱，亏了几百万、几千万你还不知道！"

八万？修远一愣，最近又涨了？自己中考那一年不是五万吗？

"是……李主任，您说得太对了。"修督风尴尬地问，"那现在孩子转过来借读一年时间，借读费是怎么算的？"

李主任左手端起一小杯茶，右手捏着杯盖吹着热气，嘬了一小口茶，气定神闲地说道：

"一年十二万。"

十二万！修远感到一瞬间手脚变得冰凉，小腿开始打战。

"怎么……怎么会是十二万？"修督风也慌了神，"不是说过来读三年的费用也才八万吗？我们那时候还只要五万呢！这……这高三一年的借读费，怎么比三年的费用还多呢？"

"咳，那能一样吗？初三毕业，那是你的学籍档案直接从初中调入我们学校，集体办理，那多简单。现在借读，还要从二中那边转出来，明显更麻烦一些嘛！两者根本就不是一回事。"李主任又看了两人一眼，"你这么理解吧。中考后交费进我们学校，每年可以有两三百个名额，甚至更多一点儿。但是借读的话呢，每年能有十个左右的名额就不错了。你说这价格能一样吗？"

修督风说不出话来，修远手心里全是汗，背后又寒气飕飕，也许是办公室里的空调太冷了吧。

李主任慢悠悠地说："所以说嘛，一着不慎满盘皆输，你说你们当年中考直接过来多好呢？行啦，回去慢慢考虑吧。"

两人强装微笑，手脚冰凉地走出李主任的办公室。

第八十二章

最后一战

[背景音乐：*Sadness and Sorrow*（Naruto）]

上天给修远开了一个巨大的玩笑。

他曾经估算过家里的经济状态，父母各自每个月几千元的收入，应付房贷和日常开支就已经很捉襟见肘了，每年能存下来的钱又有多少呢？顶多也就一两万吧。随意遇到点儿病痛，就交给医院了。在此情况下，当年五万元的费用已经很困难了，最初的估算，如果要按照五万元的原价交借读费，父母是否同意还是问题。按修远的想法，最好能降到一两万。

可是不仅没有降，反而大涨了，翻倍都不止！十二万，对于这个家庭来说，实在是一笔巨大的负担。家里根本就没有这么多钱啊！就算借来了，难道以后就不用还了吗？以家里的经济能力，还款的重担依然背负不起啊。

修远再次濒临崩溃。

父亲铁青着脸不说话，回到家后，连一向关爱他的母亲也沉默不语。家里死一样的寂静。他们有不超过两周的时间考虑，因为三周后就期末考试了，而借读手续需要在期末之前办理。高三开学以后，借读名额就要作废了。

两周的时间，从哪里变出十二万来？根本不可能。

巨大的压力让修远又动摇了。其实现在的成绩也不差，末流 211 的水平，真的不能接受吗？就在二中待着不行吗？何必给家里带来如此巨大的压力？他尝试说服自己。可是心里又有强烈的不甘、委屈、愤怒。他的愤怒不是对父母，他知道父母赚钱很不容易。他怨恨这愚弄他的命运，为什么要把自己一步步逼到精神崩溃的边缘？

如他从这样家庭中长大的人，就没有资格为命运所青睐吗？就没有资格享受更好的教育吗？就没有资格努力与挣扎，想要改变自己的命运吗？！

为什么？！

在返回学校的公交车上，修远趴在座位上眼神呆滞，眼泪顺着脸颊流下来。到学校后也没心情去上自习课了，在操场边上一个无人的角落里呆呆地坐着。高中生涯的一幕幕在眼前回放着，镜头里全是卑微。所有的拼搏、努力、抗争，都那么软弱无力、那么渺小。占武有惊人的智力天赋，我没有。自私自利、招人厌恶的李天许也相当聪明，比我聪明。卢标能成功转学，我却连借读都不行……我没有努力吗？我努力到极限依然没有用。更早努力到极限的罗刻也没有突破命运的局限。

修远呆呆地看着夕阳，恍惚间感觉眼前有一张巨大的网，每个人都被罩在网中，或愚昧无知，或挣脱不开。这网从苍穹上降落下来，铺天盖地，法力无边，让人透不过气来。

他在巨大的网中，如同一只渺小的蚊蝇。命运蜘蛛并不饥饿，结了网又不急于置他于死地，而是一点点地戏弄他，这里踹一脚，那里吐一口唾沫，蔑视，嘲讽。

许久之后，修远挪着步子回到教室。熬过一节晚自习，力气几乎枯竭，趴在桌子上不能动弹，老师讲什么完全入不了耳。按这个状态，第二节晚自习也没法做什么事了。

"干吗呢，大佬？"同桌刘语明问，"心事重重的。谁欠你钱不准备还了？"

修远无力地苦笑一声："能怎么样，学习问题呗。"

"唉，我真是想不通你们这些大佬，都已经成绩这么好了，还不满足吗？每次考完试就说自己考崩了，成绩一出来，一个比一个分数高。你现在的成绩都已经达到211水平了，我这刚刚到一本线呢！非得一个个都清华、北大不成？何必那么执着呢？"刘语明抱怨道。

修远趴在桌上，又埋下头去不说话了。是啊，从刘语明的角度来看，自己的成绩已经很好了，怎么会还不满足呢？自己的纠结，何尝不是他眼中的一种矫情呢？甚至，刘语明还算好的，他是没有尽全力学习的，还有些同学，已经尽全力学习却又被卡在普通一本线上，那又怎么说呢？自己今天的成绩，是不是他们眼中最渴望的目标呢？

难道真的是自己错了？难道自己要的太多？难道以他的家庭，以他不够高的天赋，就注定要被困在这个水平上？或许人生到此就该转换方向了，从努力、拼搏、奋斗转变成平淡、无欲、不争？

他抬起头看了一眼占武，那个冷冰冰的、高傲而孤僻的占武，正埋头聚精会神地学习着。他好羡慕占武，好羡慕占武有那样超常的智商，有足以藐视一切的惊人天赋。又想起卢标，更加羡慕起来——原本就很聪明，家庭也很好，接触到优质的教育资源。卢标啊，现在在干吗呢？他一定是稳稳当当地坐在临湖实验高中的教室里学习吧，听更高水平的老师讲课，与更高水平的同学交流。

卢标原本就非常优秀，而以后的日子里，又将变得更加优秀。自己原本就比不上卢标，而在以后的日子里，自己与他的差距将越来越大。不论自己怎么努力，这命中注定的差距都无法缩小。他忽然理解了罗刻对卢标的态度，又羡慕又嫉妒，甚至还恨。

恨的是什么？是卢标吗？不是啊，恨的是命运的束缚，恨的是自己的拼搏、努力根本没有意义，没有希望。

他又想到另一个人——木炎。差点儿跌出实验班，目前在班级里垫底的木炎。他出身更差，小学和初中受到的教育也比不上自己。可他的努力并不比自己差，也是无数个日日夜夜埋头苦学着，不曾歇息。然而他只能在班上成绩垫底。

他是不是会很羡慕自己呢？

可是从另一个角度来看，罗刻也好，自己也好，木炎也好，以及千千万万其他的人也好，又有什么区别呢？或许是二本的水平，或许是刚刚一本的水平，又或许是到了211的水平，但每个人都在命运的网中，看着那网随意一阵摇摆，就抵消了自己全力以赴的挣扎。那网空洞洞地挂着，遍布着让人肌肉无力的黏液。

他还有再挣扎的力气吗？

无数次，同学们都喜欢叫嚷着"累死了""我要崩溃了"，他也不例外。但他们内心最深处知道，那只是一时的烦躁和疲惫，并不是真的要死了，也没有彻底崩溃。可在这一刻，他真切地感到，自己离最后的崩溃已经不远了，自己只剩下最后一丝丝的力气，苟延残喘着。这最后一丝的力气就是一层保护罩，保护着他一时最深处、最脆弱的精神。这一层保护罩从来不会被打破，因为保护罩里安放的是最深的恐惧，最让人绝望的黑暗，健康而充满活力的人以一层层的精神能量包裹着它，绝不让它泄露出来。

如果人的精力耗尽，彻底地耗尽，在底层的信念处被长久地耗尽，那么最可怕的事情就会发生了。那里面包裹着的是怪物，是地狱，是吞噬一切的黑洞，黑暗倾巢而出，毁灭一切，甚至连最本源的生命力都要被腐蚀和吞没。人会彻底崩溃，身不由己，癫狂乱舞，行尸走肉。

为了避免吞噬一切的黑暗倾巢而出，人一定会有自我保护的机制。当防护罩上的精神能量越弱，就越不允许你再去触碰和干扰它，不允许你去调用那所剩无几的精神能量。于是你变得萎靡、抑郁，行动拖延、迟缓而不想努力做任何事情。这是什么？这是生命的恐惧与自救，避免你真的踏入黑暗深渊。

当然，又有另外一种说法，认为做人、做事就要不顾一切，不计后果，就要拼尽全力，尽力之后才能安心，声称尽力之后会心如止水，会问心无愧。一边是地狱，一边是天堂，最终结果谁又知道呢？

修远神思恍惚时，忽然听到有人喊话："修远，发什么呆呢？自习怎么不认真了？"一抬头，居然是李双关站在身边。李双关问，"好几次看你学习的时候心不在焉的，怎么，这半年成绩比较好就有点儿骄傲了？不想认真学了？"

修远心中苦笑，自己当下的状态与骄傲哪有半点儿关系？他抬头看了一眼李双关，看见他严厉的眼神与严肃的表情，心中忽然有所感触。他想起了自己在临湖实验高中交换体验的那一日，想起了自己听到的那堂精彩绝伦的语文课，想起了那个叫作常羽的语文老师，想起了那些沉浸在优秀环境中的学生。他们不需要每天紧绷着神经，轻轻松松地跟着大环境走，就能取得不错的成绩，被环境的力量包裹着、推动着，如同顺流而下轻舟上的人，一日千里，旅途愉悦。

他看着李双关的双眼，忽然就下定了决心。

李双关在教室里巡视了一圈，然后走向行政楼校长办公室。校长马泰、副校长肖英、高二一班班主任严如心、高一年级的两位负责人和高三年级的两位负责人都已经到了。八个人散坐在办公室的沙发、皮椅、板凳上，办公室显得有些拥挤了。众人表情严肃，如临大敌。

"人都齐了，开始吧。"肖英说，"马校长，您先讲一下主要的精神。"

与其他七人的严肃、紧张相比，马泰更显镇定，靠在黑皮老板椅上，大将风度。他开口说话时，其他人目光立刻汇聚过来："高考刚刚结束，高三年级组的老师辛苦了，还没来得及休息，马上过来开会，又将进入新的战斗。高三除外，高一、高二现在是紧张的教学阶段，尤其高二，要在暑假前学完高中所有课程，进度是有点儿赶的。今天主要是提醒一下大家，不论教学如何紧张，都不要忘记了更重要的事。'709惨案'大家都还记得吧？不仅要记得，还要时刻注意，这不是一次已经过去的偶然事件，是时刻还会卷土重来的重大风险。

"这几年的招生战、挖生源战，已经越打越激烈了。前几年是我们主动进攻，临湖实验仗着底盘大、底气足，不理不睬。这几年他们开始主动反击了，我们才发现，人家的反击力度远比我们想象的要大。'709惨案'不必说，高二年级的原第二名卢标，也是清北种子选手，不就被临湖实验挖去了吗？就连现在唯一的火苗，第一名占武，如果不是我们及时出手干预，恐怕也留不住了。顺便告诉大家一个消息，前几天我才和七中校长沟通过，就在这个学期，他们高二年级的第三名、第四名、第八名全都被临湖实验挖走了。而在上一个学期，他们的高一年级第一名、第五名刚刚去了临湖实验，怎么留都留不住。可怕不可怕？

"生源之争里，我们前几年一直只注重'入口'的中考招生战，没想到在入学后还会有这么多的麻烦，这是我们低估了临湖实验的地方。从今年开始，我们必须将生源争夺战做得更加严密、更成体系，从'入口'的中考，到高中期间的转学，再到高考前的临时抢人战，最后到高考后招生宣传，要做成一体化的系统。系统里每个阶段要有对应的方案，每个阶段也要考虑上下游的影响。

"梁老师，刘老师，你们一方面要准备高三的报志愿工作，另一方面也马上开始中考招生工作。最近会比较忙，但无论如何要顶住压力，配合招生办的老师做好中考招生。其他各个年级老师,一方面要思考如何挡住临湖实验的挖墙脚攻势,另一方面也要积极地寻找反击手段。再告诉你们一个消息,三中过去两年里反挖了临湖实验高中七名学生,目前他们年级的前十名里,有六个就是从临湖实验挖来的,厉不厉害?

"我们要想清楚其中逻辑。三中从临湖实验挖一些排名中游,甚至中下游的学生,临湖实验会有什么感觉?不痛不痒,他们根本不在乎。这些中游的学生却能够给三中的尖端力量带来不少的成绩提升,看起来211学生人数翻倍了!这样的缝隙就是他们下手的地方。我想三中的操作案例能够给我们带来不小的启示。

"后面一两个月,招生上的会议我们可能会经常召开,因为教育局那边的态度出现了微妙的变化。我也会和牟局长多做沟通,有什么动态会及时通知你们。估计本学期期末考试之后就有动静了。但在变化出现之前,大家要按常规经验做好万全准备。下面各年级老师说一下你们年级的情况和部署吧。"

八人一阵密切商谈。

六天之后,一周的学习又结束了。不知不觉中,修远已经站到了家门口,敲响了家门。这一周修远想了很多东西,他的头脑几乎要爆炸了。他强行忍住各种激烈翻腾的情绪,强行逼迫大脑去思考各种他之前从未思考过的事情。悲哀、痛苦、失落、彷徨,最终被他强行压制下来,为最后一战做了最充分的准备。

这就是他能力的极限了。他将未来命运的兴衰起伏,全压在了这一刻。

门,开了。

第八十三章

卑微

吃过晚饭，父亲照常坐在沙发上看电视，母亲照常边摆弄手机边吃点儿瓜果零食。修远深吸一口气，走到沙发前，刚好挡住父亲看电视的视线。

"干吗？"父亲一愣。

修远紧张地低下头，咬了咬牙，控制不住地搓着手，终于勉强开口了："爸，妈，我想……我想去临湖实验高中。"

母亲放下手机，叹了一口气，父亲皱着眉头不耐烦道："之前不是说过了吗，没钱。"

修远眼睛泛红，颤抖着声音："我知道，爸，妈，你们辛苦工作，赚钱养家，很辛苦，很不容易。我也知道，赚钱本来就是一件很难的事情，十二万真的是一笔很大的钱，尤其对于我们家来说……你们养了我这么多年，为我付出了很多很多，我都知道……"

母亲的眼睛有些湿润，父亲紧皱着的眉头放平。

"可是……可是我真的、真的很想去临湖实验高中。这个学校对我太重要了，真的太重要了。我知道，爸，您觉得我现在的成绩已经可以了，弱一点儿的 211 的水平。但是我……我真的还想再进一步！二中的水平您也知道，老师讲课质量很一般，整体的环境比临湖实验差了很多，我在二中真的没法进步了。我真的很需要去临湖实验高中……"

父亲还没吭声，母亲叹口气，忍不住说道："修远……孩子啊，我知道你的想法，你想成绩更好一些，我当妈妈的怎么能不愿意呢？隔壁家的那个小林，儿子上初二，一天到晚四处野，逼他学都不想学，而你这么积极主动地想要学习，其实也是好事，说明你懂事了，我真的为你高兴啊。可是……可是我们家里真的没有那么好啊。十二万，你可知道我跟你爸每个月赚多少钱吗？我们……我们也想让你去更好的学校啊，但是现实摆在这里……"说到最后，母亲忍不住流下眼泪。她好难过，只要多赚点儿钱就能让儿子去更好的学校，可是她偏偏没有这些钱。一分钱可以难倒英雄汉，十二万，足以让一个爱子心切的母亲肝肠寸断。

修督风眉头皱得更紧了，死死地盯着地板不吭声。

［背景音乐：*Sadness and Sorrow*（Naruto）］

"知道，我都知道……"修远的眼睛更红了，哽咽着说，"我知道十二万是很大一笔钱，知道我们家里还有房贷要还，知道日常生活开销也不便宜……但是妈妈，我真的需要去临湖实验高中啊！爸，妈，你们也看到了我最近一年多成绩进步了很多，知道我有多努力，多拼命吗？我每天 6 点起，夜里 12 点睡，有时要到凌晨 2 点左右。连周末休息也没敢多睡两个小时！我连上厕所的时候都想要多背两个知识点，连走路的时候也在多思考一道数学题！连续一年多了，几乎从来不敢放松！电脑游戏早就不玩了，手机也戒了，小说、漫画沾都不沾……所有的娱乐活动都断掉了，就为了成绩更进一步！"

母亲哭出声来，父亲难过地闭上眼睛。

"努力是有用的，可是单纯的努力能够带来的效用太有限了。以我的智商，努力到极限以后，也就这样了，再也无法前进了。整整一个学期，我的成绩没有半点儿进步。不是我不努力，不是我没有好好学，是真的进入瓶颈了。再努力也没有用了，做再多的题，熬再多的夜也没有任何作用了……这个瓶颈是环境决定的，再要往前走，只能改变环境了！

"我已经思考无数次了，想不到其他办法了，真的没办法了。如果不是被逼到退无可退的地步，我真的不愿意在这种事情上麻烦你们，给你们太多压力……

"可是、可是……爸，妈，我希望你们能在这里帮帮我！这一个关口，对我真的太重要了。我真的，需要你们……"

母亲泣不成声。父亲终于开口了："就不能从其他方面改善下吗？多请教下老师、同学，自己多思考下学习方法……"

修远辩解道："其他方面都已经尝试过了，一切能想的方法都想尽了……爸，我真的尽力了。同学里的高手我都请教过了，有些不愿意教，有些教了一部分学习经验方法，我已经用上了。可是最大的问题是老师啊，老师讲课的水平实在差距太大了。我……我去临湖实验高中听过课，学校组织一个交换体验活动时去的。他们随便一个普通班的老师，讲课比我们老师强太多了。就那一节语文课我学到的东西，比二中一星期，甚至一个月都要多！"

修督风终于也叹了一口气："唉。我知道，临湖实验比二中好，这不废话吗？你以为我不知道？但是十二万，从哪儿变出来十二万？当初中考的时候五万就能进去，你当时为什么不选？现在倒是叫起来了。"

是啊，中考的时候就花五万进临湖实验，不仅只要五万元，而且能多在环境更好的临湖实验高中读两年书，怎么看都更划算。可是谁知道呢？当年的自己，如何能预料到今天的窘境？如何能预料到在未来的两年里，自己将要在内心世界里经历如此的波澜？这几天的夜里，修远后悔得夜不能眠，却又无可奈何。眼泪终于流了下来，仿佛乌云再也承受不住雨水的重量，一滴滴顺着脸颊落下去。

"对不起，对不起……是我选错了，我选错了！当时我不懂啊，不懂啊……"他大声哭着。

初中毕业，15岁的少年，当然不懂人生的复杂变化，不懂教育中各项要素的加减与权重。这本是家长要做的决策。

"但是现在我懂了，我真的懂了！能不能让我有一次改过的机会啊？爸，妈，我……"

修督风又叹一口气："我知道，你想读好学校。你说了一堆理由，都很对。但是哪有钱？哪有钱？别的都不用说了，就这一个问题。我不愿意你去临湖实验高中吗？但是哪有钱？"

这就是问题的症结所在了。冷冰冰的金钱啊，操控了最火热的希望；抽象的数字啊，影响着最实际的幸福。

修远抬起头来，鼓足勇气说出了最重要的话："能不能……能不能找人借点儿钱？"

"借？"修督风惊讶地看向修远，声音里生出一丝愠怒，"你知道'借'是什么意思吗？你知不知道借的钱也是要还的？十二万，借了怎么还？"

母亲一边擦眼泪，一边哭着说："老公，找人借吧，我俩苦一点儿，成全了孩子吧！我实在是不忍心……我不行了……"她哭成了泪人，也没有脑力再去思考怎么还钱的问题。

"我问你怎么还！苦就能还得了吗？"修督风大骂起来。他必须要坚持最后的理性，不能轻易答应妻子的要求，不能让未经慎重思考的高危财务规划把家庭拖得财务崩溃。

修远着急地哭喊道："爸！妈！这钱我不要你们去还，我不要你们还！我来还！就当是我向你们借的吧！我……我给你们写借条，写保证书，我……我一定不会让你们有太多压力……"

母亲听到"借条""保证书"等字眼，突然号啕大哭起来，疯狂地用力捶打着修督风。修督风用力一甩手，母亲扑倒在沙发上，痛哭流涕。

修远看到母亲的大哭样子，心如刀绞，对着父亲大叫道："爸！爸！你听我说！你听我说！我以后一定会多赚钱的！我现在的水平只能上一个末流211，但是如果你让我去了临湖实验，我一定能上一个985！到时候毕业工作，工资肯定要高很多的啊！我一定能够很快还钱的啊！我……我上大学也去外面打工，可以做兼职，我一定更努力地学，拿奖学金！我……"

他也终于说不下去了，泪如雨下。

他忽然用力跪在地上，对着父亲修督风重重地磕了一个响头。

又一个。

又一个。

"爸，我求你了！我求你了！我求你了……"

他哭喊得声嘶力竭。

修督风只觉得，这一晚上，一辈子的力气都要用尽了。

几分钟之后，他终于拉起了修远。"借吧，借吧，借……"他说着瘫靠在沙发背上。眼神空洞，形如枯槁。

"老家的亲戚借一点儿……同事借一点儿……领导那里求爷爷告奶奶的，再借一点儿……"

母亲听到父亲终于同意了，止住哭声，道："我找你外婆要点儿钱，还有你二姨，还有我的一个老同学……一定凑得够的，一定凑得够的！"

……

客厅里的女人和少年又大哭起来。男人看着窗外的黑夜。

一夜无眠。

修远心中无限悲叹与感慨。如果他有卢标的家庭，不会亲历这人间惨剧；如果他有占武的天生智商，也无须经历许多折磨。

可他偏偏什么都没有。

可他偏偏又看得见。

见过了可欲，已乱了心神。这可欲却又多么正当，多么美好！

人生啊，命运啊。

又一周周末回家，父母在桌前拿着手机小心、反复地计算着数字："大哥八千，我爸一万，你妈一万，这是送的，不用还。你妹五千，我堂弟五千，这是可以晚几年还的。后面是要尽快还的：老刘三千，吴总一万，徐春霖五千，小马三千五，小赵两千八……"

一笔一笔地算着，修远就站在一旁静静地看着。

"一共七万六千，加上我们自己的五万八千，十三万四千。够了，还能剩下一点儿备用，后面几个月房贷还能正常还……"

父母两人终于放下纸和笔，放下计算器，抬起头来看向修远。修远看着母亲，看着父亲，两人头上都兀自多出几十根，甚至上百根白头发。他心里一片悲凉，想古人所谓一夜白头，今天自己亲见父母一周白头，也差不多了吧。

第二日，修督风带着修远再次来到临湖实验高中。

"好，你就按照这个账号转吧。这就对了嘛！想清楚了，教育是投资，而且是回报最高的投资！不仅回报钱，还回报眼光见识，回报人生的幸福……既然做了这个决定，那你就算是临湖实验高中的学生了！啊，不是，那个，是临湖实验高中的借读生。"李主任清清嗓子，又说，"其实借读生比转学好，转学呢，现在已经基本上办不下来了。借读生就好些，不仅政策上能办，而且操作手续上还简单。你要是办转学啊，我估计二中都不愿意放你，处处给你设障碍，毕竟你也是二中的前几名是不是？借读就不一样了，高考考好了还是算二中的，那样办手续他们就愿意了。

"手续知道怎么办吗？你们回去啊，先找二中填转出证明，再到我们这里开同意接收证明，最后材料发到教育局去盖章。电子档案学校和教育局会处理，你们不用管。稍等，我打电话去财务核实下，应该是及时到账的……嗯，对，十二万，好，没问题。"李主任放下手机看向修远父子，"好了，到账了。恭喜你了，修远同学，还有这位家长，可以回去办手续了。"

修远悬着的心终于放下来。他的最后一搏，成功了。

只是代价颇大，撕心裂肺。

回学校几日后，期末考试开始了。修远情绪基本稳定，正常发挥，最终排名班级第五，又进步了。罗刻心态失常，发挥不稳，掉到第六。陈思敏、诸葛百象和李天许成绩基本不变。占武万年第一，无人挑战。有流言传，临湖实验高中又准备挖占武了。

当然，这些都不重要了。

将要再见了吧，兰水二中。

将要开始了吧，新的人生。

第八十四章

众神之神

期末考试过后,学生们心心念念着放暑假,老师们却还不能休息,尤其是学校的高层领导。一边,马泰携李双关驱车到教育局,留下肖英在学校里主持工作。牟局长发话,在中考招生工作正式开始之前,约谈兰水市所有高中校长。

另一边,临湖实验高中校长洪流、副校长左盛也驱车前行。

"招生战的问题,牟局长都说了好几次吧?不知道这一次又要说什么?虽然说是要禁止相互挖墙脚,但总有些是符合政策要正常转学的。在正常转学的人中间混几个挖墙脚的,不容易发现。除非他把其他更重要的工作放下来,专门盯着招生挖墙脚问题。这也不大可能啊?综合素质评价这么麻烦的问题他不管了?课程改革不跟了?小学的教育创新不用引导了?"左盛边开车边随意说着。

副驾上的洪流冷静道:"这次可能有点儿不一样。"

"哦?你知道牟局的意思?这次怎么不一样了?"

"一而再,再而三,领导的威信是不容反复挑衅的。牟局长虽然是快退休的人,脾气也温和,但总归是个管人的领导。这一次,可能是要动真格的了。"

"是吗?其实那也不怕,相互都不挖了,算是打个平手,我们也不亏。"左盛轻松答道。

洪流淡淡一笑:"你错了。是我们赢了。"

"啊?"左盛一时没反应过来。

"你想想,是我们更需要挖他们的学生,还是他们更需要挖我们的学生?他们的前几名不过普通211、985的水平,我们学校一大堆,缺那几个吗?像上次考试全市第一的那个占武,不过是个偶然出现的例外,高考大概率得不了第一,不过是清华、北大而已。清华、北大虽然好,但是我们每年有十几个,也没那么重要。说穿了,他们不挖我们活不下去;我们不挖他们,毫无影响。"

"所以你知道,我们这几年花力气挖他们的学生是为了什么吗?"

- 452 -

又不重要，又要花大力气去做，岂不矛盾？左盛开着车不好分神细想，随口说："做个反击，把气势打出来？"

洪流摇头："气势问题是个次要问题，关键是要把这个事情闹得正式一点。这种抢人大战，几十年来一直都有，你见什么时候有人认真管过？归根到底动静太小，大家没那个精力管这个小事。只有把它闹大了，我们跟其他学校过度竞争，相互不得安宁，才会真正重视起来，只有真正重视了，才会下狠心把它彻底断掉。"

"断掉了，我们就赢了。"

"啊？"左盛大惊，差点儿方向盘都没控制住，"您这是下了好大一盘棋啊！这都几年了？有五六年了吧？您五六年前就想着这一手了啊？所以才安排我们搞几次大规模挖人行动，故意搞得满城风雨？您也太高明了吧！"

洪流露出一丝得意的微笑："小手段而已。连这点儿能耐都没有，怎么当校长呢？今年，差不多该有结局了。"

临湖实验高中的作业布置已经结束，假期正式开始了。在一个自习教室里，三个年轻的男生聚集在一起交谈着。

"啊！高二就这样结束了！"妖星靠着身后的桌背，双手搭在两旁的桌面上，摆出轻松写意的姿势，"暑假好好放松一下吧！啊！还有一年，高中生涯就结束了呀！人生啊！"

"嗬，瞧把你高兴得。这次暑假还不错啊，有四十多天，应该是所有学校里最多的吧？"卢标轻松回复道。

"不稀奇，临湖实验高中历来如此。"叶玄一道，"不过好好放松下，享受下暑假还是不错的。啊！高二结束了。还不错吧，总算是对自己有个交代！高二的最后一次考试，终于又拿了年级第一。最后一次第一终于没有旁落他家，满足了！高中生涯啊，接近完美了吧！高三就是退到第二也无憾了。"

卢标看向叶玄一，心里奇怪，怎么听叶玄一的遣词造句，仿佛对高三继续拿第一很没信心一样？最后一次第一？年级里有谁对他构成威胁了吗？

"最后一次？"妖星也听出异样，"怎么，被那个叫占武的吓到了？这次应该你是全市第一吧？"

"嗯，我第一。不过都这个时候了，谁还有空管那个叫占武的？"叶玄一瞟了妖星一眼，"那个人，就要回来了。"

"那个人？"卢标和妖星都一愣，"谁啊？"一个能对叶玄一第一构成威胁的人？甚至按叶玄一的口气，都已经不算威胁了，他已经承认那人比自己更高一筹了。

叶玄一不吭声，意味深长地看向妖星。妖星盯着叶玄一的眼睛，忽然瞪大眼睛惊叫起来:"那个人!难道……难道是!"

"没错,就是那个人。"叶玄一带着诡异的微笑道。

"那个人不是转学走了吗?怎么还会回来?"妖星急切问道。

"嗯,一开始我们都以为是转学走了,后来才知道,是借读,学籍还是在我们学校。高一、高二在文兴的一个国家级重点高中读,那边的课程更好。高三一年备考,国家级重点高中一样是应试内容,就没必要待在那边了,准备调回我们学校了。"

"真的……真的要回来了!"妖星激动地站起来,双手用力地一拍桌子。

卢标看着两人激动的神色,大感不解:"那个人?谁啊?解释一下吧。"

妖星回过头看着卢标:"那个人!哈哈哈,卢标,没想到你也有机会见见那个人了!严格来说,那不是一个人,那是个神!学神!"

卢标道:"你们两个也是学神啊。"

"不一样!"妖星斩钉截铁道,"我们只是所谓的学神,而那个人是真正的神!是学神之上的学神,是众神之神!"

众神之神?好大的口气!卢标将信将疑地看向叶玄一。叶玄一的实力比妖星更强,他会认可妖星对那个人众神之神的评价吗?

叶玄一笑着点点头。

卢标大为惊异,难道那个人还能比叶玄一更出色?

"那个人才是临湖实验高中真正的第一名,绝对最强者!我还记得高一第一次月考时那个人的成绩——数学150分,英语147分,语文141分……"

什么?!卢标瞪大了眼睛。光这三门的分数已经让人震惊了!这分数全都是单科高考状元级别的啊!究竟是什么人能有这样的成绩?即便是学神如卢标,也完全无法想象。

"……物理99分,化学100分,生物98分,政治95分,历史93分,地理96分。九门课,每一门都是全校单科最高分!总分自然也是最高,甩了第二名60分以上。碾压一切的存在!"

卢标根本不敢相信,这样的成绩是人能考出来的吗?

妖星兴奋地喊道,声音都在颤抖:"不仅应试成绩高超,在综合素养、能力、思想深度、见识广度上,全方位优秀到极致!学神,那是真正的学神,天字第一号学神!是众神之神!"

叶玄一平静地总结道:

"众神之神,封号,禅师。"

修远今天带了手机,他准备随时拿手机联系父亲。今天领完成绩单,就该和父亲一起去见李双关了，然后去学籍管理办公室填转出证明。他看着教室里的同学们，内心安定、祥和，脸上甚至浮现出一点儿若隐若现的笑容。

他看罗刻，心里同情对方，又深感自己的幸运。每到最绝望的时候，或是天降好运，或是自己拼搏，总能"山重水复疑无路，柳暗花明又一村"。

他看着诸葛百象和陈思敏。这两个排名一直在自己前面的人，等自己到了临湖实验以后，自然就会超过他们吧？环境的力量压碎挣扎的个体。

甚至李天许，那个高傲、自私但又聪明过人的讨厌家伙。如果自己在临湖实验够努力，老师又足够好，也许自己能超越李天许呢？这是之前想都不敢想的。

他再看向占武。超越占武他不敢想，哪怕去了临湖实验也一样。占武啊，你的天赋确实惊人，但我也有我的人生道路，也能在绝境里找到出路。在这一点上，我不比你差。

他又看易姗，一个精致、狡黠而浮华的小美女。两年前，自己肤浅地喜欢她、关注她，而今天他的精神境界里，早已把她当作一张廉价的画纸过滤掉了。

他看教室里坐满了人，如同飞鸟在天空中俯视下方的草木虫鱼。

修督风在校门外的一个茶楼里坐着。

几分钟后，修督风的手机响了，是一条短信。他读完短信，打了个电话，又发了几条微信。修远的手机也响了，一个又一个的微信消息。

银行交易：
您的账户尾号 0794 的卡于 6 月 29 日 09：51 收到转账 120000.00 元，余额 134875.65 元。工商银行祝您生活愉快！

@所有人 通知！根据洪校长上午在教育局开会的内容，市教育局责令本学期和下学期所有转学、借读全部暂停办理！学籍管理处所有老师，本校所有与招生工作有关的老师全部注意！
——学籍管理办公室李主任

家长你好！不好意思，根据教育局最新指示，借读全部暂停了。不是我不给你办啊，教育局的官方规定，我们也是没有办法的，你把文件送过去了教育局也不会批。你的借读费财务已经退回去了，你查下收到没？

"……兰水市民办教育工作在全省评比里，排名又往下降了！你们扪心自问，有全心全意为人民办好教育吗？一天到晚把几个学生挖来挖去，有意思？全部停掉！从今天起，所有转学、借读手续一律暂停批复！符合规定的我亲自批！看你们还玩什么猫儿腻！现在的年轻教师里面人才不少，有些不安心做学校管理的老校长，看情况决定是不是要提前安排退居二线了！"牟勇文怒吼着，顺口就在转学后面加上了"借读"两个字。

修远号啕大哭。

班里所有同学都看向他，不明白他何以突然崩溃了——不是考得挺好吗？

他哭得天昏地暗，声嘶力竭。桌子上全是眼泪，两个袖子被泪水浸透。哭得背部剧烈抖动，甚至手脚都开始抽搐起来。

无边无尽的黑暗。

吞噬一切的绝望。

穿透骨髓的痛楚。

以及身处虚空的悲凉。

这不是一次普通的转学或借读的失败，这是命运在戏弄他，将他最后一丝希望碾压得粉碎。

这是命运的鄙视与嘲弄，轻轻一挥手就抵消了他的全力以赴，就抹杀了他日日夜夜的苦难和挣扎。

这是命运向他展示了自己的强大与残忍，让他终于领悟到苍穹之下的渺小与无力。

他想到的不仅是自己的转学失败，而且是自己将要继续卡在这不可动摇的学习瓶颈上，更是自己将要去一个没有那么优秀的大学。他又想到，在命运绝对的威压之下，自己的努力又有什么意义？在未来人生的每一个重要关口，每一段重要旅程，他都会回忆起这一刻的黑暗与绝望。他仿佛被抽走了灵魂，肩膀、手脚、膝盖与腰背上，全都系满了绳子，眼神空洞，表情僵硬。他不是一个人，分明是一个木偶，在命运的提线之下机械地摆出各种姿势。

平凡的人啊，或许从来就没有真正的自由。

所有的意志化解。

这便是他失去灵魂的日子。

议论纷纷。

夏子萱关切地围上去，问不出结果；诸葛百象目瞪口呆，不知所以然，他从没听过如此绝望的哭喊；罗刻皱着眉头，被哭声里蕴含的痛苦带着，回忆起每一个不眠的夜晚；陈思敏与柳云飘等人面面相觑，心想他怎么突然就崩溃了？又想在这高压到变态的学习中，自己会不会哪一日也突然就崩溃了。

教室里乱成一团。

在那个角落里，占武静静地看着修远。

崩溃了吗？

意志覆灭了吗？

占武喃喃自语：

"以希望为食的，终是凡人。而凡人终将毁灭。

人生的悲剧与坎坷可以无边无际，

而凡人的力量又岂能无穷无尽？

在凡俗的精神世界里，如何能生长出不灭的意志？

所谓'不灭的意志'，只属于——

神之领域。"

《进击的学霸》中篇《不灭的意志》至此完结。
敬请期待下篇《神之领域》！

策略师叶修